Diridari

Susanne Rößner lebt nach einigen Jahren in den USA und Italien in München. Als berufliches Multitalent hat sie sich unter anderem als Werbekauffrau, Assistentin eines Magiers, Geschäftsleitungsassistentin, Key-Account-Managerin und Tauchlehrerin engagiert. Ihre bayerische Heimat rund um Tegernsee und Schliersee empfindet sie von jeher als ganz besonderes Fleckerl.

Dieses Buch ist ein Roman. Handlungen und Personen sind frei erfunden. Ähnlichkeiten mit lebenden oder toten Personen sind nicht gewollt und rein zufällig.

SUSANNE RÖẞNER

Diridari

KRIMINALROMAN

emons:

Bibliografische Information der Deutschen Nationalbibliothek
Die Deutsche Nationalbibliothek verzeichnet diese Publikation in der Deutschen Nationalbibliografie; detaillierte bibliografische Daten sind im Internet über http://dnb.d-nb.de abrufbar.

MIX
Papier aus verantwortungsvollen Quellen
FSC® C083411

Umschlagmotiv: © mauritius images/Stefan Hefele
Umschlaggestaltung: Tobias Doetsch
Gestaltung Innenteil: César Satz & Grafik GmbH, Köln
Lektorat: Christine Derrer
Druck und Bindung: CPI – Clausen & Bosse, Leck
Printed in Germany 2015
ISBN 978-3-95451-690-2
Originalausgabe

Dieser Roman wurde vermittelt durch die
Verlagsagentur Lianne Kolf, München.

Gestern warst Du arm und blank, es kam der Neid und macht Dich krank
Weiß soll Deine Weste scheinen, guten Ruf hast Du nur einen
Doch bald schon sind die Skrupel fort, Moral ist nur ein leeres Wort
Heute ist es nur noch Geld, das Dein Licht am Brennen hält
Morgen gehst Du über Leichen, um Deine Ziele zu erreichen

»Diridari« ist die bayerische Bezeichnung
für Zahlungsmittel jeglicher Art.

PROLOG

Es war ein kühler Morgen, und die Februarsonne hatte kaum genügend Kraft, um den Schnee zu schmelzen, der über Nacht auf den kleinen Balkon gefallen war. Nichtsdestotrotz bahnten sich die Krokusse, die erst vor wenigen Tagen auf der großen Wiese vor dem Haus ihre Spitzen durch das Erdreich gebohrt hatten, beharrlich einen Weg ans Licht.

Es war Montag, der beginnende Tag hatte sich mit seinen Lichtfingern einen Weg durch die Jalousien im Schlafzimmer gesucht und Miriam nach einer bis in die frühen Morgenstunden schlaflosen Nacht frühzeitig geweckt. Deswegen war sie zwei Stunden vor der Zeit fertig angezogen, bevor Kretschmer sie abholen kam und sie gemeinsam zur Arbeit fuhren. Wenigstens hatte sie sich irgendwann nach Mitternacht zu einem Entschluss durchringen können, nachdem sie tagelang unentschlossen gebrütet hatte. Um es sich nicht im letzten Moment doch noch anders zu überlegen, hatte sie dem Abteilungsleiter um vier Uhr morgens eine E-Mail geschickt. Jetzt nahm sie ihr Handy in die Hand und schrieb eine Nachricht per WhatsApp: *Ich weiß jetzt, was ich machen werde. Hoffentlich ist es die richtige Entscheidung. Drück mir die Daumen!*

Sie ließ einen doppelten Espresso aus ihrer Kaffeemaschine und setzte sich mit dem dampfenden Becher auf den Balkon. Die Luft war eisig, trotzdem war sie zufrieden damit, sich an die windgeschützte Hauswand zu setzen und darauf zu warten, dass es klingelte.

Verträumt dachte Miriam daran, welch ein Glück sie hatte. Endlich. Zu lange hatte sie sich klein gemacht. Vor ihren Männern und im Job. War immer lieb und nett gewesen, in der irrigen Annahme, dass jeder sie mögen würde, wenn sie sich allem und jedem anpasste. Doch jetzt begann ein neues Leben. Zuerst hatte sie einen weisen Satz von Winston Churchill gelesen: *Wenn zwei immer derselben Meinung sind, ist einer davon überflüssig.* Und auch ihr Horoskop behauptete, dass es längst überfällig war, Mut zu beweisen. Ein Wink des Schicksals, eindeutig. Von nun an würde sie mutig sein und eine eigene Meinung haben.

Als es an der Tür klingelte, war es halb sieben. Ihr Lächeln wich einem Ausdruck des Erstaunens. Kretschmer war eineinhalb Stunden zu früh. Sie stand auf, überprüfte ihr Aussehen im Spiegel und nickte sich aufmunternd zu. Ohne zu fragen, drückte sie den Türöffner. Es war ein Ritual geworden, dass er eine Tasse Kaffee bei ihr trank, bevor sie sich auf den Weg machten.

Leise klopfte es. So schnell hatte es Kretschmer noch nie nach oben geschafft. Verwundert öffnete sie die Tür und sah sich einem Mann gegenüber, dessen Gesicht ihr vage bekannt vorkam. Bevor sie reagieren konnte, schob sich ein schwarzer Stiefel durch den Spalt. Eine Hand folgte und sprühte eine übelriechende Substanz in ihre Richtung. Ehe sie auch nur einen Ton herausbrachte, gaben ihre Beine nach. Sie ließ den Türgriff los, taumelte und suchte Halt an der altweiß gestrichenen Kommode. Ein starker Arm packte sie und fing sie auf, bevor sie mit dem Kopf auf den Boden aufschlug.

Als Miriam wieder zu sich kam, summte es in ihrem Schädel wie in einem Bienenstock. Sie blinzelte und hob das Kinn. Der Stuhl aus Aluminiumrohr, an den sie gefesselt war, war vor das Acrylbild geschoben, das sie vor drei Jahren in Hoi Ann gekauft hatte. Vietnam. Eine halbe Ewigkeit her. Ihre Schultern brannten unter dem Zug, mit dem sie nach hinten gebunden waren. Sie wollte rufen, brachte aber nur ein Brummen heraus.

»Wenn du schlau bist, dann lässt du das.«

Der Richtung nach, aus der die Stimme kam, saß der Eindringling auf dem Sofa hinter ihr. Sie versuchte, ihre Benommenheit abzuschütteln, und überlegte fieberhaft. Wie lange war sie bewusstlos gewesen? Kretschmer würde sie um acht abholen. Sie hoffte, dass er nicht aufgeben würde, wenn sie nicht auf sein Klingeln reagierte.

Die kleine Bewegung, die ihre Fesseln ihr erlaubten, ließ sie in einem unerwarteten, scharfen Schmerz aufstöhnen. Ihr Rücken brannte wie Feuer, und ein diffuser Stich schoss ihr bis in den Kopf.

»Wenn du dich erholt hast, dann können wir übers Geschäft reden.« Sie hatte keine Ahnung, wovon er sprach. Bevor sie auch nur einen klaren Gedanken fassen konnte, fuhr er fort: »Ich mache dir einen Vorschlag. Wenn du versprichst, nicht zu schreien, dann entferne ich das Klebeband, okay?«

»Mhhmm.« Sie nickte angsterfüllt, froh, dass er hinter ihr saß und ihren Gesichtsausdruck nicht sehen konnte. Sobald sie konnte, würde sie losschreien. So laut, dass man sie bis auf die Straße hören würde.

Sie hörte das Knarzen des Sofas, als er aufstand. Kurz darauf spürte sie seinen warmen Atem an ihrem Hals.

»Um alle Missverständnisse von Anfang an auszuräumen, darf ich dir verraten, dass ich deinen Körper für meine Zwecke, sagen wir, optimiert habe. Spürst du das?«

Er fand die verletzte Stelle an ihrem Rücken und drückte mit einem Finger dagegen. Der Schmerz war scharf und stechend, und ihr ganzer Körper wand sich, um seiner Berührung zu entkommen. Als sie wieder zur Ruhe kam, war ihr Rock nach oben gerutscht, und Tränen der Erleichterung liefen ihr übers Gesicht.

»Hübsch«, sagte er anerkennend, beugte sich vor und strich mit seinem Daumen unter den Rand ihrer halterlosen Strümpfe. Er kam um den Stuhl herum, kniete sich vor sie und schob ihren Rock weiter zurück. Dann schnupperte er an ihrem Höschen. »Mmm. Ich glaube, wir könnten eine Menge Spaß miteinander haben, was denkst du?« Er lachte, als er die Angst in ihren Augen sah. »Aber dafür haben wir jetzt keine Zeit. Schade, findest du nicht?«

Wenn sie anfangs noch gehofft hatte, dass der Schmerz schnell wieder nachlassen würde, hatte sie sich getäuscht. Und obwohl ihr der Mann das Klebeband mit einem Ruck von ihrem Mund gerissen hatte, sagte ihr ein Instinkt, dass es besser war, nicht zu schreien. Er stand viel zu nah bei ihr und hätte sie längst überwältigt, bevor sie auch nur einen halbwegs vernünftigen Ton herausgebracht hätte.

Er deutete ihr, aufzustehen. »Ist dir klar, dass du es bereuen wirst, wenn du Ärger machst?«, fragte er lauernd.

Sie nickte ängstlich. »Ich mache alles, was Sie wollen. Bitte lassen Sie mich doch gehen! Sie können mir vertrauen, ich verrate Sie auch nicht, das verspreche ich!« All ihre Hoffnung konzentrierte sich darauf, dass es irgendeine Chance geben würde, ihm zu entkommen. Oder dass er wieder verschwinden würde, sobald er hatte, was er von ihr wollte, auch wenn sie nicht verstand, was das sein könnte. Mit jeder Minute, die verstrich, wurde ihr Kopf klarer, und sie erinnerte sich an das Versprechen, das sie sich selbst am Morgen gegeben hatte. Da er sie nicht mit einer Waffe bedrohte, schöpfte sie neuen Mut. Nur den Gedanken, dass sie sein Gesicht gesehen hatte und ihn jederzeit hätte identifizieren können, verdrängte sie.

Er musterte sie argwöhnisch, dann löste er ihre Fesseln und zog sie vom Stuhl hoch. »Stell dich da drüben an die Wand«, forderte er. »Und dann dreh dich um und sieh mich an.«

Zögernd machte sie einen Schritt nach vorn. Als sie ihm endlich in die Augen sah, zog er ein kleines Kästchen aus seiner Jacke. »Hast du eine Idee, was das ist?«

Hilflos hob sie die Schultern. Sie stand drei Meter von ihm entfernt, und was immer es auch war, sie hatte es noch nie gesehen.

»Dann pass jetzt gut auf.« Für den Bruchteil einer Sekunde drückte er auf einen roten Knopf. Lange genug, dass ein unbeschreiblicher Schmerz sie von den Beinen riss. Wie unzählige Spinnenbeine schoss er von der wunden Stelle an ihrem Rücken in ihr Rückenmark, loderte ihre Wirbelsäule hinauf und drang scharf und stechend in ihr Gehirn. Sie fiel auf die Knie und rang nach Luft.

Als der Schmerz endlich nachließ, liefen heiße Tränen ihre Wangen hinab. Dass ihr Rock nun vollends nach oben gerutscht war, störte sie nicht mehr. Mit einer kleinen grauen Fernbedienung war ihr Traum vom selbstbestimmten Leben geplatzt.

Sie hatte keine Ahnung, wie viel Zeit verstrichen war, seit sie ihr Bewusstsein wiedererlangt hatte. Aber sie wusste instinktiv, dass Kretschmer längst wieder gefahren war. Und sie hatte auch kein Glück. Das neue Leben, das heute begann, hatte sie sich nie gewünscht.

EINS

Die Anruferin war in Panik, als sie nach mehreren Versuchen endlich zu Martin Sauerwein durchgestellt wurde. Der Kriminalhauptkommissar hatte sein Telefon umgestellt, gleich nachdem er sich in seinen Bürostuhl gesetzt hatte, weil er nach dem Zirkus mit seinen Töchtern am frühen Morgen so müde war, dass ihm die Augen zufielen. Nur fünfzehn Minuten himmlische Ruhe, das würde reichen, hatte er gedacht und seinen Apparat auf die Sekretärin umgeleitet.

»Himmel, Arsch und Zwirn. Wo ist Sauerwein?« Die quäkende Stimme Märkels war wie dafür geschaffen, Tote aufzuwecken. Zumindest Sauerwein wurde davon wach. Verwundert sah er auf die versilberte Tischuhr, die ihm seine Töchter zum Geburtstag geschenkt hatten. Viertel vor zwölf. Scheiße.

Mit einem Satz sprang er auf und drückte sich in die Ecke hinter seinem Aktenschrank, als der Polizeidirektor ins Zimmer gestürmt kam.

»Ausgeflogen«, stellte Märkel wutschnaubend fest und fuhr Oberkommissarin Eva Neunhoeffer an, die ihm in Sauerweins Büro gefolgt war. »Nehmen Sie sofort die Rufumleitung raus. Ich bin doch nicht seine Sekretärin!«

Eva trat hinter Sauerweins Schreibtisch und setzte sich auf die Stuhlkante. Während sie sein Telefon umprogrammierte, lächelte sie. »Die Luft ist rein. Du kannst wieder rauskommen.«

Mit müdem Blick linste Sauerwein hinter dem Schrank hervor und versicherte sich, dass Märkel wirklich verschwunden war. »Woher weißt du, dass ich hier bin?«

»Weil dein Stuhl keine elektrische Sitzheizung hat. Also hast du bis vor einer Minute drin gesessen.«

»Schlau kombiniert, Miss Watson.«

»Ja, nicht wahr?« Sie stand auf und machte ihm Platz. »Aber das Telefon auf Märkel umzustellen, das war eine echt dämliche Idee.«

Sauerwein fuhr sich mit den Händen übers Gesicht, das vor Müdigkeit ganz grau war. »Wollte ich auch nicht. Ich hab mich vertippt. Eigentlich sollten die Anrufe bei Nora landen.«

Eva schüttelte belustigt den Kopf. »Dann mach es noch mal, aber richtig. Du siehst fürchterlich aus. Willst du nicht lieber nach Hause gehen?«

»Nein. Ich brauche nur noch eine Stunde Schlaf, dann geht es wieder.«

Leider war der Frieden nur von kurzer Dauer. Sauerwein schrak hoch, als das Telefon trotz Umleitung klingelte, und stieß sich das Knie am Schreibtisch.

»Sauerwein, du gehst mir aufn Keks«, drang Nora Wallners Stimme aus dem Hörer. »Erst muss i mi wegen dir vom Chef zsammscheißen lassn, und jetzt hast dei Kistn a no auf mi umgstellt. Nimm gfälligst die Rufumleitung raus, i bin doch ned dei Telefonmamsell!«

Aufgeregt und zusammenhanglos plapperte die Anruferin, die ungeduldig in der Leitung darauf gewartet hatte, dass Sauerwein das Gespräch endlich annahm.

Genervt unterbrach er sie schließlich. »Langsam bitte und noch mal von vorn. Ich habe kein Wort verstanden. Wer sind Sie, und worum geht es?«

»Brigitte Gebauer. Meine Freundin ist verschwunden.«

Sauerwein sprach eine Viertelstunde mit der hysterischen Frau. Dann hatte sie ihm das Versprechen abgeluchst, sie vor dem Haus der Vermissten zu treffen. Erst aber rief er in der Vermisstenstelle an.

»Ja, wir haben hier eine Anzeige«, sagte der Kollege mit vollem Mund. Bevor er weitersprach, schluckte er vernehmlich, was in Sauerwein die fast verdrängte Erinnerung an das Chaos am Frühstückstisch hervorrief. Er schüttelte den Gedanken an das Gebrüll seiner Jüngeren ab, als sie sich den kalten Kakao über ihren orangefarbenen Filzrock gekippt hatte, zwang sich zur Aufmerksamkeit und bekam gerade noch das Ende von Hegbert Sesslers Antwort mit.

»… nicht erschienen ist.«

Er bat den Kollegen, den Satz zu wiederholen, dann rief er nach Eva.

»Brigitte Gebauers Freundin wollte am Montag wegen eines Verdachts, den sie gegen einen Mitarbeiter eines Unternehmens hatte, für das sie zurzeit arbeitet, mit dessen Chef sprechen«, erklärte er ihr. »Am Abend wollten sich die beiden Frauen zum Essen treffen. Miriam Dahl ist aber weder zu der Verabredung noch in der Firma aufgetaucht. Brigitte Gebauer hat seither an die zehn Mal bei ihr angerufen und fünf oder sechs WhatsApps an sie geschickt. Die wurden allem Anschein nach aber nicht geöffnet, weil die blauen Haken der Lesebestätigung fehlen. Wir haben eh nix zu tun, also fahren wir hin und sehen uns um.«

»Wieso wir?«, fragte Eva verwundert. »Das ist doch ein Fall für die Vermisstenstelle.«

Sauerwein seufzte. »Ja. Aber weil Frau Gebauer eine Freundin meiner Schwester ist und mich so nett darum gebeten hat, machen wir das jetzt. Außerdem habe ich mit Hegbert Sessler gesprochen. Brigitte Gebauer hat gestern bereits bei ihm angerufen und ihre Freundin als vermisst gemeldet. Aber da war es noch zu früh, um der Sache nachzugehen. Hegbert wäre heute Nachmittag selbst hingefahren, ist uns aber nicht böse, wenn wir ihm die Arbeit abnehmen.«

***

Als sie vor dem gelb gestrichenen Mehrfamilienhaus, in dem Miriam Dahl wohnte, ankamen, lief eine zierliche, blond gefärbte Enddreißigerin davor auf und ab.

»Knallroter Kurzmantel. Das ist sie«, stellte Sauerwein fest. Er parkte den Dienstwagen und stieg gleichzeitig mit Eva aus.

»Gott sei Dank. Ich hab einen Schlüssel.« Brigitte Gebauer machte sich eindeutig Sorgen. Trotz aller Aufregung war sie nicht der Typ, der Wind um nichts machte.

Sauerwein nahm ihr den Schlüssel ab. »Sie warten hier unten. Nein«, wehrte er ihr Drängen ab, »Sie können nicht mit hinein. Aber bleiben Sie hier, falls wir Sie brauchen.«

Sie waren vor der Eingangstür angelangt, und Eva klingelte.

Als auch nach dem dritten Klingeln niemand öffnete, sperrten sie mit dem Schlüssel auf. Der im Haus angebrachte Briefkasten war voll mit Tageszeitungen.

Eva blätterte sie durch. »Alle Ausgaben der ›Süddeutschen‹ seit Montag. Wenn sie geplant hätte, zu verreisen, dann hätte sie die wohl abbestellt.«

In der Wohnung war es still. Rasch kontrollierten sie die drei Zimmer.

»Nichts«, sagte Eva, als sie sich im Flur trafen. Sie ging ins Schlafzimmer und zog die Türen des Spiegelschranks auf. »Keine größeren Lücken im Schrank. Schwer zu sagen, ob was fehlt.«

»Dann fragen wir die Gebauer«, sagte Sauerwein.

Eva gab Brigitte Gebauer ein paar blaue Überziehschuhe. »Nur zur Vorsicht«, sagte sie beruhigend. »Bleiben Sie bei mir und fassen Sie nichts an. Wir müssen versuchen herauszufinden, ob sie eventuell kurzfristig verreist ist.«

Langsam gingen die Frauen Seite an Seite durch die Wohnung. »Ich weiß es wirklich nicht«, sagte Brigitte Gebauer schließlich hilflos. »Wir waren zweimal zusammen im Urlaub. Da hatte sie die große braun-schwarze Sporttasche dabei. Ich habe keine Ahnung, ob sie nicht noch irgendwelche anderen Taschen oder Koffer hat.« Dann fächerte sie durch die Kleider, die ordentlich auf Bügeln im Schrank hingen. »Sie besitzt ein geblümtes Kleid, das sie häufig trägt. Das fehlt«, stellte sie schließlich fest und schlug die Hände vors Gesicht. »Mein Gott, an mehr kann ich mich einfach nicht erinnern.«

Sicherheitshalber sahen sie im Wäschekorb nach. Doch auch dort gab es keine Spur von dem Kleid. Und eine chemische Reinigung schloss Brigitte Gebauer ohne Zögern aus. »Niemals. Sie kauft nichts, was sie nicht selbst waschen kann.«

Schließlich kam Eva auf das zu sprechen, was Brigitte Gebauer am Telefon zu Sauerwein gesagt hatte. »Sie haben erwähnt, dass Frau Dahl etwas entdeckt hatte, das sie einem Vorgesetzten melden wollte. Können Sie mir das etwas genauer erklären?«

Brigitte Gebauer zuckte hilflos mit den Schultern. »Ich weiß nur wenig darüber. Miri hat mehrere Auftraggeber und bei einem ist sie vor ein paar Wochen auf irgendetwas gestoßen, das ihr seither keine Ruhe gelassen hat. Sie wurde nie konkret, aber am Freitag war sie sich sicher, dass sie richtigliegt. Sie wollte am Wochenende darüber nachdenken, was sie in der Sache unternehmen wollte. Sonntagnacht hat sie wohl eine Entscheidung getroffen, ich weiß aber nicht, welche. Ich kann nur vermuten, dass sie den Geschäftsführer informieren wollte. Sie wollte es mir bei unserem Treffen erzählen. Aber dazu kam es nicht mehr.«

»Was ist mit ihren anderen Freunden und Bekannten?«, fragte Eva. »Vielleicht weiß von denen jemand etwas?«

»Miri hat wenig soziale Kontakte«, sagte Brigitte Gebauer traurig. »Sie ist mit ihrer letzten Beziehung richtig schlimm auf die Nase gefallen, inklusive Mobbing in diversen sozialen Netzwerken. Seither vertraut sie kaum noch jemandem. Sie hat kurz nach der Trennung ihr kleines Büro gegründet und sich in Arbeit vergraben.«

»Wissen Sie, für welche Firma sie zuletzt gearbeitet hat?« Sauerwein kam mit einem Stapel Papier in der Hand aus dem kleinen Gästezimmer, das Miriam Dahl offensichtlich als Büro nutzte.

»Nein, darüber hat sie nie gesprochen. Sie war überaus diskret.«

»Was genau war, ist«, verbesserte sich Eva rasch, »ihr Aufgabengebiet?«

»Sie bietet verschiedene Dienstleistungen an. Oftmals haben große Firmen ja ganze Abteilungen für Auftragsangebote, Buchhaltung, Rechnungsstellung und so weiter. Dabei weiß oft die eine nicht, was die andere macht. Ungereimtheiten lassen sich dabei gut vertuschen. Und da kommt Miri ins Spiel. Sie bekommt vom Auftraggeber die Generalvollmacht, alle Unterlagen sichten zu dürfen, und gräbt sich durch die Akten, die ihr interessant erscheinen. Keiner weiß, was sie als Nächstes anpackt und was dabei rauskommt. Wenn jemand sie gefragt hat, was sie beruflich macht, hat sie nur gesagt, sie sei ein Holzwurm.« Brigitte Gebauer schluchzte.

»Clever«, sagte Eva, als nichts mehr von ihr kam. »Aber das bedeutet auch, dass ihr die Auftraggeber ein immenses Maß an Vertrauen entgegenbrachten. Wie kam sie an die Kontakte?«

»Das weiß ich nicht im Detail.« Brigitte Gebauer schnäuzte sich lautstark. »Vieles lief über Mundpropaganda. Sie fing klein an, wurde weiterempfohlen und wieder weiter. So wurden die Firmen immer größer und ihre Aufträge dementsprechend auch.«

»Ich kann mir gut vorstellen, dass sie damit dem ein oder anderen ans Bein gepinkelt hat«, mutmaßte Sauerwein.

»Ja, klar«, Brigitte Gebauer nickte. »Wegen ihrer Recherchen kam sogar schon mal jemand in den Knast.«

Eva und Sauerwein sahen sich alarmiert an. »Dann hatte sie definitiv Feinde«, sagte Eva. »Wissen Sie Namen?«

»Nein. Wie gesagt, sie hielt sich in der Richtung vollkommen zurück.«

Als sich zeigte, dass Brigitte Gebauer nicht mehr weiterhelfen konnte, schickte Sauerwein sie nach Hause. »Wir melden uns, sobald es etwas Neues gibt.«

Eva rief im Präsidium an und gab Nora Waller die Handynummer von Miriam Dahl durch. »Die KTU soll es orten, und zwar sofort. Was? Natürlich habe ich selbst angerufen, es geht aber nur die Mailbox ran. Entweder Miriam Dahl steckt in einem Funkloch, oder der Akku ist leer. Wir dürfen keine Zeit verlieren!«

»Fällt dir etwas auf, wenn du dich hier umsiehst?«, fragte Sauerwein.

»Sicher.« Evas Antwort kam wie aus der Pistole geschossen. »Ihr Rechner ist weg.«

Sauerwein nickte. »Darüber hinaus habe ich keinen Kalender gefunden. Und auch kein Handy.«

Erst als Sauerwein zufällig einen Blick unter das Sofa warf, wendete sich das Blatt. »Eva, komm her«, rief er seine Kollegin, die noch immer das Schlafzimmer der Vermissten auf sich wirken ließ.

Zu zweit knieten sie vor der Couch und verrenkten sich die Hälse. »Was denkst du ist das?«, fragte Sauerwein.

»Ein Tupfer. Mit Blut daran?«

Sauerwein richtete sich stöhnend auf. »Das glaube ich auch. Ruf die Spusi an. Und Max und Karl sollen ihre Überstunden wann anders abbauen.«

***

»Wolkenstein hat angerufen«, sagte Eva.

Nachdem sie in der Wohnung von Miriam Dahl nichts mehr gefunden hatten, waren sie zurück ins Kommissariat gefahren.

»Er kommt in zehn Minuten rüber. Er hat ausdrücklich darum gebeten, dass wir dann alle hier sind«, redete sie weiter.

»Jost? Was will der denn?«, fragte ihr Kollege Max Hansen missmutig. Anstatt froh zu sein, dass sie keinen aktuellen Fall am Hals hatten, hatte Sauerwein sich die Arbeit einer anderen Abteilung aufhalsen lassen. Dass sie sich jetzt um eine vermisste Frau kümmern sollten, nur weil Sauerweins Schwester ihn darum gebeten hatte, ging ihm gewaltig gegen den Strich. Und dass nun auch noch der Chef des kriminaltechnischen Labors anrückte, verhieß unter Garantie noch mehr Arbeit.

»Er bringt die Ergebnisse aus der Wohnung von Miriam Dahl rüber«, antwortete Eva.

»Wenn er es so spannend macht, dann hat er bestimmt was gefunden«, rief Karl aus dem Flur, wo er einen erbitterten Kampf gegen den Süßigkeitenautomaten führte.

»Übertreibst du nicht etwas?«, fragte Max, als Karl schließlich mit sechs Schokoriegeln in der Hand zurück ins Zimmer kam.

»Eine Spende der Automatenfirma. Zahl einen, zieh sechs«, antwortete Karl Holtau und warf Max einen Riegel zu. Im selben Augenblick kam Sauerwein aus seinem Büro und stoppte den Flug des Riegels mit seinem rechten Ohr.

»Na super.« Sauerwein bückte sich, hob das Snickers vom Boden auf, riss das Papier ab und biss hinein. »Was is mit Wolknstein?«, fragte er mit vollem Mund.

»Er kommt mit den Auswertungen der Proben zu uns, die von der Spusi in Miriam Dahls Wohnung sichergestellt wurden«, erklärte Eva und erleichterte Karl um zwei Riegel, von denen sie einen an Max weiterreichte.

»Schokoladenparty? Super!« Jost Wolkenstein kam zur Tür herein, schnappte sich ein Mars und setzte sich auf Evas Tischkante. »Ihr werdet nicht glauben, was ich gefunden habe.«

»Mach bloß kein Quiz daraus«, knurrte Sauerwein.

»Die Substanz an dem Tupfer war Blut. Und zwar von Miriam Dahl.« Genüsslich biss Wolkenstein in die Schokolade und ließ die

Kollegen schmoren, bis er zwei Drittel des Riegels gegessen hatte. »Aber nicht nur Blut, sondern ein ganzer Cocktail an Substanzen. Sowohl ein Antiseptikum als auch ein Antibiotikum haben wir gefunden. Außerdem eine winzige Faser. Von einem medizinischen Faden, ebenfalls mit der DNA der Dahl. Es sieht so aus, als wäre eine Wunde desinfiziert, genäht und mit einer antibiotischen Salbe bestrichen worden. Ich vermute, dass der Tupfer dafür benutzt wurde, um die Überreste zu entfernen.«

»Eine ambulante OP im eigenen Heim?« Eva runzelte die Stirn. »Das ist merkwürdig.«

»Wieso denn?«, fragte Max irritiert. »Wer rennt schon wegen jeder Kleinigkeit zum Arzt?«

»Eine Kleinigkeit? Welcher Privathaushalt hat medizinische Fäden in seiner Hausapotheke? Geschweige denn, dass sich jemand zutraut, eine Wunde zu nähen. Es sei denn, er ist Arzt.« Dass ausgerechnet der hypochondrisch veranlagte Max von einer Kleinigkeit sprach, brachte Eva zum Schmunzeln.

»Lassen wir das erst mal so stehen. Was hast du noch?«, fragte Sauerwein.

»Wie, was noch? Das reicht doch!« Wolkenstein sah ihn empört an.

»Schon«, bestätigte Sauerwein. »Aber dafür schwingst du deinen Hintern nicht hierher.«

»Stimmt«, gab sich Wolkenstein geschlagen und lachte breit. »In den Proben, die die Spusi im Flur hinter der Eingangstür, an der Kommode und auf dem Boden genommen hat, haben wir Spuren eines Aerosols isolieren können. Mit einem hohen Anteil eines Sedativs.«

»Das heißt, sie ist betäubt worden?«, fragte Eva.

»Das, liebe Kollegin, müsst ihr selbst herausfinden. Ich kann nur sagen, dass das Zeug von der Tür aus in die Wohnung gesprüht worden ist. Das kann man anhand der Tröpfchenverteilung sagen. Und zwar vor maximal fünf Tagen. Das wiederum kann man anhand des Zerfalls der Substanzen sagen.«

»Scheiße. Dann ist sie entführt worden«, folgerte Max aufgebracht.

»Damit sind wir raus«, zerstreute Sauerwein Max' Befürchtungen. »Das ist jetzt wirklich nicht mehr unser Gebiet. Ich werde den Teufel tun und hilflos in einer Materie herumstochern, mit der wir wenig Erfahrung haben, andere dafür aber umso mehr. Ich würde mich schließlich auch bedanken, wenn eine andere Abteilung in einem Mordfall herumpfuscht. Heftet alles in einer Akte ab, und dann übergeben wir den Fall der Vermisstenstelle.«

ZWEI

Spätsommer

Eva sortierte einen Stapel Faxe, als Sauerwein und Karl gleichzeitig das Büro betraten. Sie sah kurz auf, murmelte einen Gruß und vertiefte sich weiter in die Papierbögen auf ihrem Tisch. Plötzlich riss sie den Kopf hoch und starrte Karl mit offenem Mund an. Das kleine Ziegenbärtchen erstrahlte in einem unnatürlichen Dunkelbraun. Eigentlich steht es ihm nicht schlecht, dachte sie. Nur passte es überhaupt nicht zu seinem roten Haarschopf.

Er hatte ihren Blick bemerkt und sah sie verlegen an. »Nicht gut?«, fragte er schüchtern.

»Doch, ja, schon. Aber, ich weiß nicht. Also … Nein.«

»Schade«, sagte er und strich sich mit der Hand über die Stoppeln. »Sissy dachte, es würde gut aussehen.«

Klar, Sissy. Seine Frau. Sie war für die lindgrüne Hose und das rosa-weiß karierte Hemd verantwortlich, das er heute trug. An seine sonderbare Kleidung hatten sie sich in den letzten beiden Jahren gewöhnt, seit er die dicke Kollegin aus der Verwaltung kennengelernt und wenige Monate später geheiratet hatte. Aber dass sie nun auch noch anfing, ihn umzufärben, das ging Evas Meinung nach zu weit.

Sauerwein streckte den Kopf in ihr Büro. »Wo ist Max?«

»Der kommt später. Er muss was aus der Apotheke holen.«

Sauerwein verzog den Mundwinkel. Die Arbeitsfläche auf Max Hansens Schreibtisch war im Lauf des letzten Jahres auf die Hälfte zusammengeschrumpft. Den anderen Teil nahmen Schachteln und Döschen ein. Die Kollegen von der Sitte lästerten schon hinter vorgehaltener Hand darüber, dass die Apotheken rund um den Ludwigsplatz allein von dem Geld leben konnten, das Max dort monatlich liegen ließ.

»Guten Morgen«, flötete Nora Wallner und rauschte wie ein Wirbelwind in Sauerweins Büro. »In Miesbach hat's letzte Nacht an Einbruch gebn. Die Kollegn vom KDD san vor Ort und wartn auf euch. Ja, ja«, die Sekretärin winkte ab und hob die Nase. »Die Spusi weiß a scho Bscheid.«

»Mist«, brummte Karl, der durch die offene Tür mitgehört hatte und es im Gegensatz zu Max hasste, Tatorte zu besichtigen. Wohnungen waren für ihn das Schlimmste überhaupt. Im Privatleben wildfremder Menschen herumzustochern war die gefühlte Höchststrafe.

»Eva, Karl, herkommen!«, drang auch prompt Sauerweins Stimme aus seinem Büro. »Ihr müsst nach Miesbach.« Sauerwein reichte ihnen das Blatt mit Nora Wallners Gekritzel über den Schreibtisch. »Tut mir leid, aber es sieht so aus, als bekämen wir Arbeit.«

Keine Mittagspause in Sicht also. Doppelt Mist.

***

»Wer hat den Einbruch entdeckt?«, fragte Eva den Leiter der Spurensicherung.

»Marina Felber, die Mieterin der Wohnung. Sie war drei Tage zur Konfirmation ihres Neffen in Augsburg und hat das hier vorgefunden, als sie vor zwei Stunden zurückkam.« Johann Preisenbacher deutete auf das Chaos, das man schon von der Tür aus sehen konnte. Die Schubladen der Kommode im Gang standen offen, und der Inhalt war über den Boden verstreut. Anscheinend hatte der Täter wahllos in den Sachen der Bewohnerin gewühlt.

Eva ging vorsichtig durch den Flur ins Wohnzimmer, bemüht, nicht auf die Sachen zu treten, die überall herumlagen.

Dort hatte die Spurensicherung bereits damit angefangen, farbiges Pulver über sämtliche Gegenstände zu verteilen und Fingerabdrücke zu sichern.

»Ohne den Untersuchungsergebnissen vorgreifen zu wollen, glaube ich, dass wir hier eine Besonderheit haben, die die Ermittlungen unter Umständen erleichtert«, sagte Preisenbacher zu Eva.

Sie sah ihn überrascht an. Zu orakeln war im Präsidium mehr als verpönt, und der Chef der Spusi war jemand, der sich sonst strikt und sehr deutsch an alle Vorschriften hielt.

Er grinste, als er ihren Blick bemerkte, und reichte ihr einen Bogen, auf dem er eine Reihe Klebestreifen mit Fingerabdrücken befestigt hatte.

Eva sah sofort, was er gemeint hatte. Die Abdrücke waren so groß, als wäre ein Yeti durch die Wohnung getappt.

Karl hatte sich inzwischen zu Marina Felber durchgefragt. Sie hatte bei einer Nachbarin Unterschlupf gefunden, nachdem Christoph Schenk vom Kriminaldauerdienst ihr bis auf Weiteres untersagt hatte, ihre Wohnung zu betreten.

»Haben Sie eine Idee, was der Einbrecher bei Ihnen gesucht haben könnte?«, fragte Karl die völlig verstörte Frau.

Verständnislos sah sie ihn an. »Was er gwollt hat? Was willn jemand, der a fremde Wohnung ausraubt? Geld, Smuck, Wertgegnstände. Wasn sonst?«

Ihre undeutliche Ausdrucksweise sprach für sich. Vor ihr standen eine Flasche Campari und ein Tetrapak Orangensaft. Wenn sie für den halben Liter verantwortlich war, der aus der Flasche fehlte, dann musste er sich beeilen, um brauchbare Antworten aus ihr herauszubekommen. Damit revidierte Karl seinen ersten Eindruck. Die Frau war nicht verstört, sondern schlichtweg betrunken.

Sie hatte seinen Blick bemerkt. »Ja, des war ich. Allein. Ws dagegn?«, lallte sie.

Mit einem verstohlenen Blick auf die Küchenuhr schüttelte er den Kopf. Kaum halb zwei Uhr nachmittags und schon eine halbe Flasche Alkohol intus.

»Hören Sie«, mischte sich die Nachbarin ein, die dem Klingelschild nach Stefanie Jäger sein musste. »Frau Felber hat vor zwei Stunden entdeckt, dass ihre Wohnung verwüstet und ausgeraubt wurde. Da darf sie ja wohl was für ihre Beruhigung tun, egal wie früh es ist!«

»Hör uf, mein Benehmn dem da gegnüber zu rechtfertign. Es geht n nix an, was i in meiner Freiseit mache.«

»Es geht mich auch nichts an, was Sie beruflich machen, Frau Felber. Trotzdem wäre es hilfreich, wenn Sie sich kooperativ verhalten würden. Sie wollen doch, dass wir den Täter schnappen und Ihnen Ihr Eigentum zurückbringen, oder nicht?«

Erstaunt sah sie ihn an. In dem ganzen Trubel war ihr völlig entgangen, dass die Polizei hier war, um ihr zu helfen. »Schuldigung. Sie habn recht. Also, was wolln Sie wissn?«

»Gibt, ähm gab«, verbesserte Karl sich, »es etwas in Ihrer Wohnung, was sich zu stehlen lohnt?«

Sie lachte ein bellendes Lachen, das unmittelbar in einen Raucherhusten überging. »Soll das 'n Wizz sein? Logisch ham die was klaut. Sehn Sie sisch doch um, 's meiste Zeug is aus Münschn in der Maxilianstraße.«

Insgeheim musste er ihr recht geben. Der Chic der Wohnung war trotz der Unordnung, die der oder die Einbrecher hinterlassen hatten, unübersehbar.

Sein Handy klingelte. Es war Eva. »Kannst du die Felber herbringen?«, fragte sie. »Die Spusi ist fertig, und sie soll sich umsehen, was alles fehlt.«

Als Karl die Frau nach oben führte, hatte sie leichte Schlagseite und hing ihm schwer am Arm. In der Wohnung taumelte sie gegen die blau gestrichene Küchentür und fing an zu weinen. »Was machns da? So 'n Seiße. Sie machn alls noch viel schlimmr.«

Karl musste ihr recht geben. Durch das Fingerabdruckpulver, das die Spurensicherung in der ganzen Wohnung verpinselt hatte, reichte es nicht mehr aus, die Wohnung einfach nur aufzuräumen. Nun musste sie alle Zimmer von oben bis unten putzen.

»Es tut mir leid, Frau Felber«, sagte Eva mitfühlend. »Wir würden Ihnen das gern ersparen. Aber ich muss Sie bitten, uns zu sagen, ob etwas fehlt.«

Hilflos sah sich die grellrot gefärbte Endfünfzigerin um, während Eva sie beobachtete. Alles an ihr war ein bisschen zu viel. Zu rot, zu schrill, zu sehr auf jugendlich getrimmt. In dem grellen Licht der Stehlampen, die die Spurensicherung in der gesamten Wohnung aufgestellt hatte, sah sie einfach nur alt aus. Sie tat Eva leid. Sie kannte jede Menge Frauen, die es mit wesentlich mehr Würde über das halbe Jahrhundert hinweg geschafft hatten.

Nachdem Marina Felber eine Weile gesucht hatte, fand sie eine große Schmuckschatulle unter einem Berg Wäsche. Mit zitternden Händen versuchte sie vergeblich, den Mechanismus nach hinten zu schieben, bis Eva sie ihr aus der Hand nahm. Als Marina Felber die offene Schatulle wieder in den Händen hielt, wühlte sie fieberhaft in dem hauptsächlich aus Modeschmuck bestehenden Inhalt.

»Scheiße!«, rief sie aus und hielt Eva einen Ring hin, der mit kleinen Diamantsplittern besetzt war. »Die Schachtl war im Säif. Alls is weck. Nur den und das Modezeig is no da. D' ganze Schmuck is weck. Und da«, deutete sie auf drei kahle Stellen an der Wand. »Bilda. Ah weck. Zsamm zweihundatviazigtausnd Euo.« Sie stemmte sich mühsam hoch und stolperte in das kleine Zimmer, das vom Wohnzimmer abzweigte und als Büro eingerichtet war. Unter der Schreibtischunterlage lagen drei Hundert-Euro-Scheine. Triumphierend wedelte sie mit dem Geld. »Nur des hata ned gfundn. Des is as beste Verschdeck.«

Eva verkniff sich eine Antwort und suchte nach Karl. Sie fand ihn im Treppenhaus, wo er sich mit einem etwa sechzehnjährigen, kaugummikauenden, androgynen Teenager unterhielt. Eva betrachtete die Gestalt fasziniert. Rabenschwarze Haare, schwarzer Nagellack, geschminkt wie ein Pandabär und total cool. Irritiert sah sie zu Karl, der sie mit einer Frage beim Zählen der Piercings unterbrochen hatte.

»Vierzehn«, antwortete sie instinktiv.

»Äh, was?«, fragte Karl.

Eva sah ihn verwirrt an. Dann musste sie lachen und bat ihn, seine Frage zu wiederholen.

»Ob ihr was gefunden habt. Die junge Dame hier meint nämlich, dass die Frau Felber gar nicht so vermögend ist, wie sie sich gibt.«

»Aha. Wieso das denn?«

»Na, sie schleppt ständig Tüten von Prada, Doof und Geil und Gutschi mit sich rum, aber –« Der Kaugummi quietschte, während der Pandabär sprach.

»Wovon bitte?«, fragte Eva irritiert.

»Na, die Diseinerfirmen.«

»Ja, das hab ich verstanden. Zumindest zum Teil. Aber was soll das mit doof und was war das noch?«

Die Vogelscheuche kicherte. »Na, Doltsche und Grabada halt. Aber das meiste Zeug, das sie trägt, sieht eher nach H&M aus.«

»Frau Felber, ich habe eine Frage zu Ihrer Kleidung«, sagte Eva eine Viertelstunde später. »Eine Ihrer Nachbarinnen hat uns erzählt, dass Sie zwar viel bei Markenherstellern wie Dolce & Gabbana und Gucci einkaufen, aber meistens eher günstige Kleidung tragen«, versuchte sie, die betrunkene Frau aufs Glatteis zu führen. Obwohl es ihr widerstrebte, immerhin war die Frau ein Opfer. Aber wenn es stimmte, was der Pandabär behauptete, dann war es schwer zu glauben, dass aus der Wohnung Schmuck und Bilder im Wert von zweihundertvierzigtausend Euro entwendet worden waren. »Ist das korrekt?«

Marina Felber wurde rot und musterte verlegen den silbernen Anhänger an Evas Kette. »Is des n Haifischzahn?«

»Beantworten Sie bitte meine Frage.«

»I hab die Tüttn bei eBay erschdeierd. Weil i's so shön fand.«

Eva nickte. Etwas Ähnliches hatte sie sich schon gedacht. Der Spatz schmückte sich mit Federn vom Pfau. Blieb die Frage, was der Einbrecher wirklich erbeutet hatte.

***

»Wer wusste, dass die Felber verreisen wollte?«

»Die Kollegen und eine Nachbarin, die ihr zufällig im Hausflur begegnet ist, als sie mit ihrer Reisetasche die Treppe herunterkam«, beantwortete Eva Sauerweins Frage, als sie zurück im Kommissariat waren.

»Die Nachbarn können wir wohl ausschließen, wenn das ganze Haus über die Tüten gelacht hat. Was, wenn ihre Kollegen gedacht haben, dass sie wirklich so viel Geld hat, um in derart exklusiven Läden einkaufen zu gehen?« Er lehnte sich in seinem Stuhl zurück, bis die Lehne fast waagerecht stand.

Eva ging um den Ficus herum, der ihr die Sicht auf sein Gesicht versperrte. »Die werden sich ihren Teil denken, da sie zwar teuren Schmuck und Gemälde besitzt, aber nicht wirklich viele Stücke in ihrer Garderobe hat, die auch nur annähernd wertvoll aussehen. Und das ist komisch. Wer trägt schon extrem teuren Schmuck zu Billigklamotten?«

»Trotzdem.« Sauerwein ließ sich nicht beirren. »Verboten ist das schließlich nicht. Wenn sie kein enges Verhältnis gepflegt haben, dann können weder Kollegen noch Nachbarn wissen, was die Felber in ihrer Wohnung gebunkert hat. Immerhin gibt es in der Wohnung einen Safe, und das ist nun auch wieder kein Standard, sondern spricht dafür, dass die Bewohnerin Wertsachen besitzt. Außerdem kann der Schmuck als Wertanlage gedacht gewesen sein. Max soll das nachprüfen. Wo ist er überhaupt?«

»Mal wieder in der Apotheke. Er hat da irgendwas bestellt.«

Sauerwein verdrehte genervt die Augen. »Das muss aufhören. Schick ihn zu mir, sobald er wieder da ist.«

»Servus beieinand. Ich hab was für euch. Und zwar was richtig Gutes.« Dass Wolkenstein unangekündigt bei ihnen im Büro erschien, hatte einen derartigen Seltenheitswert, dass allen klar war, dass etwas passiert sein musste, mit dem niemand gerechnet hatte.

»Die Fingerabdrücke, die Preisenbacher sichergestellt hat, sind in der Kartei.«

»Juhu«, jauchzte Karl und streckte eine Faust in die Luft.

»Und wer ist es?« Max, der in aller Seelenruhe zur Tür hereinstolzierte, hatte Wolkensteins Information gerade noch mitbekommen. Nun schickte er heimlich ein Dankgebet zum Himmel. Endlich ein einfacher Fall.

»Darauf kommt ihr nie im Leben!«

»Lass dir nicht alles aus der Nase ziehen!« Sauerwein hingegen hätte ihn am liebsten erwürgt. Seine Geduld für alberne Ratespielchen hatte sich im letzten Jahr völlig erschöpft.

»Okay, okay.« Wolkenstein hob die Hände. »Mach mal Platz«, sagte er zu Max und schob ihn zur Seite. Mit ein paar Klicks loggte er sich auf dessen Rechner in sein eigenes Postfach ein und leitete eine Datei an Max' E-Mail-Adresse weiter.

Der setzte sich wieder auf seinen Stuhl und öffnete die Datei. »Matthis Ammler? Der Name sagt mir nichts.«

»Sieh dir den Link an, den ich mitgeschickt habe.«

»Das glaube ich jetzt nicht«, sagte Max nach einer Weile. »Da will uns doch jemand verarschen, oder?«

In der Nacht zum vierten Januar kam es in der Ostsee zu einem tragischen Unglück. Unweit der Boltenhagener Bucht havarierte das Fährschiff MS Evendor auf der Fahrt nach Travemünde aus bisher noch ungeklärten Ursachen und sank binnen zwei Stunden. Polizeilichen Informationen zufolge kamen bei dem Unglück in der vier Grad kalten See mindestens fünfhundert Menschen ums Leben. Einhundertfünfzig weitere Personen werden noch vermisst.

Während Karl den Bericht auf dem Bildschirm las, setzte Wolkenstein Sauerwein und Eva ins Bild. »Matthis Ammler war einer der Schiffspassagiere, die nach dem Fährunglück vor Boltenhagen im Januar letzten Jahres vermisst wurden. Er war weder unter den Überlebenden, noch wurde seine Leiche jemals gefunden. Die Küstenwache geht bis heute davon aus, dass er mit der Strömung aufs offene Meer getragen wurde. Seine Frau hat ihn acht Monate später für tot erklären lassen und eine Versicherungssumme von zweihundertfünfzigtausend Euro kassiert.«

»Moment mal, da kann was nicht stimmen«, wandte Karl ein. »Man kann eine Person nach dem Verschollenheitsgesetz erst nach zehn Jahren für tot erklären lassen, wenn es keine Leiche gibt.«

»Das ist nur bedingt richtig«, widersprach Sauerwein. »Bei Schiffs- und Flugzeugunglücken ist die Karenzzeit kürzer. Max?«

»Warte.« Max gab die Daten in seinen Computer ein. »Stimmt«, sagte er nach wenigen Sekunden und sah seine Kollegen an. »Bei einem Unglück auf See verkürzt sich die Frist auf sechs Monate.«

»Das heißt, wir haben einen von offizieller Stelle für tot erklärten, aber sehr aktiven Einbrecher?«, fragte Eva. »Wie sollen wir den denn jemals finden? Himmel!«

Max tippte auf seinem Computer herum, dann stutzte er. Er forderte einen Ausdruck an, rollte seinen Stuhl an den Drucker und wartete, bis das surrende Geräusch erlosch. Dann zog er zwei Seiten heraus und streckte sie Eva hin.

»Das ist nicht dein Ernst«, stöhnte sie, nachdem sie die Bögen überflogen hatte.

»Was ist los?«, fragte Sauerwein.

»Auf Ammlers Konto gehen bereits mehrere Einbrüche. Und zwar alle in unserer Region!«

»Wie bitte?«, fragte Sauerwein. »Und was sagen die Kollegen dazu?«

»Welche Kollegen denn?«, fragte Max.

Sauerwein sah ihn mit zusammengekniffenen Augen an. »Das Einbruchsdezernat«, sagte er. »Wer denn wohl sonst?«

»Nichts. Ich meine, die haben noch überhaupt nicht anfangen können, deswegen zu ermitteln, weil sie den Crash hatten«, antwortete Max sauer. »Dass wir die Arbeit einer anderen Abteilung übernehmen müssen, ist doch das Letzte.« Dass der Minibus mit den Mitarbeitern des Einbruchsdezernats in einen tragischen Unfall verwickelt worden war und die Kollegen sich nun kollektiv im Krankenhaus einen lauen Lenz machten, nahm er persönlich. »Viel mehr als die Ergebnisse der KTU ist noch nicht im Computer hinterlegt.«

»Das darf doch nicht wahr sein«, wetterte Sauerwein. »Da draußen rennt ein Irrer rum, wir sollen die Kollegen vom Bruch vertreten, aber niemand hält es für nötig, uns über einen aktuellen Fall zu informieren, geschweige denn, uns die entsprechenden Akten zu schicken?«

»Wissen wir etwas über den Verbleib seiner Witwe, äh Frau?«, fragte Eva, als sie die Information verdaut hatte.

»Sie wohnt in der Nähe von Augsburg. Und zwar seit …«, Max musste suchen, bis er den Eintrag fand, »vierzehn Jahren. Also hat sie dort schon mit ihrem Mann gewohnt. Seltsam.«

»Was ist daran seltsam?«, fragte Karl.

»Es kommt darauf an, ob sie in die Pläne ihres Gatten eingeweiht war«, führte Eva Max' Überlegungen weiter. »Setzen wir mal voraus, er hat sein Verschwinden vorgetäuscht, um die Versicherungssumme zu kassieren. Dann muss er seine Frau eingeweiht haben, da er ohne sie nicht an das Geld herankommt. Und sie bleibt einfach auf dem Präsentierteller sitzen? Kaum vorstellbar.«

»Was, wenn sie eben nicht eingeweiht war? Und er nur verschwinden wollte, um noch einmal ganz von vorn anzufangen?«, fragte Karl. »Allein.«

»Ohne Geld, Kreditkarten, Pass?«

»Das wissen wir doch gar nicht«, sagte Karl.

»Stimmt«, gab Sauerwein ihm recht. »Wir müssen alle Konten

der Familie Ammler überprüfen. Und zwar rückwirkend für die letzten zehn Jahre, um herauszufinden, ob sie nicht schon im Vorfeld Geld auf die Seite geschafft haben, damit er die Zeit überbrücken kann, bis die Versicherung zahlt. Versucht herauszufinden, was mit dem Geld aus der Versicherungssumme passiert ist.«

Er nahm sich das letzte Snickers von Karls Schreibtisch und ging zurück in sein Büro. An der Tür drehte er sich um. »Ich schätze, ihr könnt die Idee vom vorgezogenen Feierabend vergessen. Wir brauchen die Informationen von den Banken so schnell es geht. Fangt schon mal an, ich kümmere mich um die Legitimation bei Richter Kirchberg.«

»Die vermeintliche Witwe lebt ziemlich bescheiden, und das Geld aus der Versicherung ist größtenteils noch vorhanden«, sagte Eva, als sie sich nach dem Mittagessen wieder in Sauerweins Büro versammelten. »Aus den Kontoauszügen geht hervor, dass drei Summen von jeweils etwa fünfzehntausend Euro an Handwerksbetriebe gezahlt wurden. Ich habe die Firmen angerufen, um nachzufragen, wofür das Geld war. Sie hat neue Fenster und eine neue Heizung einbauen und die Hausfassade isolieren lassen.«

»Sie lebt also weder auf großem Fuß, noch versucht der Gatte, an das Geld heranzukommen?«, fragte Sauerwein.

»Nein. Sie geht bei Aldi einkaufen, und ihre Bargeldabhebungen halten sich in Grenzen. Im Vergleich zu der Zeit vor dem Schiffsuntergang verbraucht sie deutlich weniger Geld, was darauf schließen lässt, dass nur noch sie allein davon leben muss. Ich denke, wir können ausschließen, dass sie ihn irgendwo heimlich durchfüttert.«

»Vielleicht haben sie schon vorher genügend Geld auf die Seite geschafft, damit er davon leben kann, bis Gras über die Sache gewachsen ist«, warf Karl ein.

Eva dachte eine Weile über seine Worte nach. »Das glaube ich nicht. Die Abhebungen in den Jahren vor dem Unglück bewegen sich im normalen Rahmen. Das reicht nicht, um jahrelang davon verdeckt leben zu können.«

»Es sei denn, er hat ein Konto, von dem wir noch nichts wissen.«

»Ich frage mich etwas ganz anderes«, sagte sie. »Erstens, falls die beiden sein Verschwinden wirklich jahrelang vorbereitet haben, woher wussten sie, dass die Evendor untergehen würde? Dazu noch das entsprechende Datum? Soweit bekannt ist, hat es kein Attentat gegeben. Und falls es doch eines gewesen wäre, hätten sie in engstem Kontakt zu den Attentätern stehen müssen, um vorab davon zu erfahren.«

»Und wenn sie es selbst geplant hatten?«

»Oh Karl, du alter Verschwörungstheoretiker.« Max grinste albern. »So ein Schiff machst du nicht einfach platt wie einen alten Autoreifen.« Er wandte sich an Eva. »Und zweitens?«

»Wenn die Ammlers noch keinen derartigen Plan hatten, als das Schiff unterging, dann hätte er innerhalb weniger Stunden nach seiner Rettung den Entschluss fassen müssen, abzutauchen.« Sie schüttelte den Kopf. »Das kann ich mir genauso wenig vorstellen. So was erfordert eine monatelange Vorbereitung. Insbesondere, wenn man in ein normales soziales Umfeld eingebunden ist.«

»Außerdem ist die Evendor nur ein paar Kilometer vor der Küste gesunken«, las Max von seinem Bildschirm ab. »Die meisten Boote, die zur Rettung an die Unglücksstelle gefahren sind, haben die Personalien von allen Überlebenden schnell an die Küstenwache gefunkt. Der Name Matthis Ammler taucht dabei nirgendwo auf.«

»Was ist mit den ganz kleinen Booten?«, hakte Sauerwein nach. »Motorisierte Schlauchboote oder Ruderboote, die vielleicht zu Hilfe geeilt sind? Die haben in der Regel keinen Funk.«

Max hob die Schultern. »Da werden sich die Überlebenden wohl an Land selbst gemeldet haben. Es gibt eine Gesamtliste der überlebenden Personen, auf der steht er aber auch nicht.«

»Könnte er geschwommen sein?«, fragte Karl.

Max tippte etwas in seinen Computer ein. »Die Ostsee hat im Januar eine durchschnittliche Temperatur von drei bis vier Grad«, sagte er, als er fündig geworden war. »An dem Tag, an dem die Evendor sank, hat es geregnet, und die Außentemperatur betrug ebenfalls nur vier Grad. Ich habe keine Ahnung, wie weit ein Mensch bei den Bedingungen kommt, aber ich denke, um das zu überleben, brauchst du eine Spezialausrüstung. Und du musst verdammt gut schwimmen können.«

»Vielleicht ist es eine Kombination aus beidem. Ammler hat tatsächlich den Plan, sein Ableben zu inszenieren. Er spart über Jahre Geld, und dann kommt ihm Kamerad Zufall zu Hilfe und versenkt die Fähre.«

»Er nutzt die Gunst der Stunde, verschwindet, seine Frau lässt ihn für tot erklären und kassiert eine Viertelmillion«, führte Max Karls Gedanken weiter.

»Der Haken an der Sache ist, dass Ammler die Passage zwei Wochen vorher gebucht hat und auch tatsächlich auf der Passagierliste der an Bord gegangenen Personen stand. Kein Schiff hat ihn an Bord genommen, und Schwimmen scheidet ebenfalls aus«, fasste Eva zusammen und bremste die Euphorie ihrer Kollegen. »Und es gibt noch einen weiteren Punkt, der das Ganze ins Schleudern bringt. Sein eigenes Verschwinden zu inszenieren erfordert einen klugen Kopf, stimmt ihr mir zu?«

Als ihre Kollegen nickten, fuhr sie fort. »Wie kommt es, dass ein Mensch intelligent genug ist, seinen Tod über eine so lange Zeit glaubhaft vorzutäuschen, und dann ist er so dämlich und verteilt überall in den Wohnungen, in die er einbricht, seine Fingerabdrücke?«

Ratlos sahen sich die Kommissare an.

»Verdammt. Das ist schon wieder so ein Kackfall wie die Serienmorde vom letzten Februar«, maulte Max. »Das heißt wieder Überstunden ohne Ende und keine Wochenenden.«

»So kommen wir nicht weiter«, stellte Sauerwein fest, als ihnen die Ideen ausgingen. »Es ist an der Zeit, dass wir der Witwe einen Besuch abstatten.«

***

Max hatte umgehend klargestellt, dass er keine Zeit hatte, Sauerwein zu begleiten. Ein wichtiger Arzttermin, der keinen Aufschub duldete, wartete auf ihn. Eva verdrehte die Augen, war insgeheim aber froh, aus dem Büro zu kommen. Den ganzen Tag in der Bude zu hocken und über Theorien zu brüten, war sowieso nicht ihr Ding. Hinzu kam, dass draußen das schönste Wetter herrschte und sich der Spätsommer von seiner besten Seite zeigte.

»Wir werden nicht mit der Tür ins Haus fallen, bis wir wissen, wie Frau Ammler drauf ist«, beschloss Sauerwein. »Falls sie tatsächlich unschuldig und vom Tod ihres Mannes überzeugt ist, dann müssen wir behutsam mit ihr umgehen.«

Er parkte den Dienstwagen gegenüber einem kleinen Häuschen, das von einer Thujenhecke umgeben war. »Sag mir, was du siehst«, forderte er Eva auf, nachdem er den Motor abgestellt hatte.

»Ein Haus aus den Fünfzigern. Renoviert. Hübsch, aber bescheiden. Grundfläche vielleicht siebzig, höchstens achtzig Quadratmeter. Gepflegter Garten. Etwas bieder.«

Er nickte. »Sehen wir uns an, ob die Frau dazu passt.«

Als Eva auf den Klingelknopf drücken wollte, öffnete sich die Tür, und ein Mann und eine Frau kamen händchenhaltend heraus. Sie bemerkten Eva und Sauerwein nicht, die schnell ein paar Schritte zur Seite traten und das Paar aufmerksam beobachteten.

Erst als sie auf dem Gehweg standen, sprach Sauerwein die Frau an. »Frau Ammler?«

Erschrocken drehte sich die farblose Frau zu ihm um und sah ihn überrascht an. »Ja?«

»Sauerwein, Kripo Rosenheim. Meine Kollegin, Frau Neunhoeffer. Haben Sie einen Augenblick Zeit?«

»Was? Weshalb denn? Geht es um meinen Mann? Gibt es etwas Neues?«

»Wir würden das nicht gern auf der Straße mit Ihnen besprechen. Können wir hineingehen?«

»Bitte setzen Sie sich«, forderte Elke Ammler die Kommissare auf, nachdem sie die Tür aufgeschlossen hatte und ihnen voraus ins Wohnzimmer gegangen war. Das Zimmer stand voller tropischer Topfpflanzen, die einen modrigen Geruch verströmten.

Sauerwein und Eva setzten sich auf die geblümte Couch, die unter einem grellen Landschaftsbild stand. Auf einer langen Fensterbank reihten sich unzählige Keramikfigürchen in schreiend bunten Farben aneinander, der Esstisch, der in einer kleinen Nische stand, war ein billiges Katalogmodell. Wer für die Einrichtung verantwortlich war, hatte versucht, verschiedene Stile zu mischen. Herausgekommen war ein ungemütliches Durcheinander.

Elke Ammler ließ sich auf einem beigen Sessel nieder. Mit ihrem blassen Gesicht, den strohblonden Haaren und der hautfarbenen Seidenbluse verschwand sie fast völlig vor dem Hintergrund. Ihr Freund setzte sich zu ihr auf die Armlehne und legte seine Hand auf ihre Schulter. Da er keine Anstalten machte, sich vorzustellen, hakte Eva nach.

»Thomaso Hebert von Pürckhausen-Grevell«, sagte er mit einer Arroganz, die darauf schließen ließ, dass er erwartete, dass ihnen sein Name bekannt war.

»Gut, Frau Ammler. Vielleicht wäre es besser, wenn wir ohne Herrn Prückhaus mit Ihnen sprechen könnten.« Mit einem kaum wahrnehmbaren Lächeln sprach Sauerwein den Namen des Lackaffen absichtlich falsch aus.

Ängstlich griff Elke Ammler nach der Hand ihres Liebhabers. Offensichtlich war sie zu unsicher, um sich das Gespräch mit den beiden Beamten allein zuzutrauen.

»Wir haben tatsächlich ein paar Fragen zu Ihrem Mann. Wann haben Sie zuletzt mit ihm gesprochen?«

»Aber … Sie wissen doch, dass mein Mann verstorben ist, oder?«

»Wir wissen von dem Schiffsunglück, falls Sie das meinen.«

»Ja, aber dann verstehe ich nicht, was Sie von mir wollen. Das ist doch schon eineinhalb Jahre her.«

»Es ist eine ganz einfache Frage, Frau Ammler. Wann haben Sie zuletzt mit Ihrem Mann gesprochen?«

Eva sah ihren Chef überrascht an. Entgegen ihrer Abmachung, die Witwe mit Samthandschuhen anzufassen, ging Sauerwein die Frau ziemlich unfreundlich an.

»Am Abend vor dem Untergang. Wieso fragen Sie das?«

»Was wollen Sie überhaupt hier?«, mischte sich von Pürckhausen-Grevell ein. »Frau Ammler hat schon genug gelitten.«

»Halten Sie sich da raus«, fuhr Sauerwein ihn an und brachte ihn mit einer Handbewegung zum Schweigen.

Daher also weht der Wind, dachte Eva. Sauerwein konnte den aufgeblasenen Angeber nicht ausstehen.

Von Pürckhausen-Grevell sprang zornig auf. »Was fällt Ihnen eigentlich ein? Sie platzen einfach hier rein und belästigen uns.

Ich würde vorschlagen, dass Sie umgehend wieder von hier verschwinden!«

»Ruhe!« Bevor die beiden Streithähne sich gegenseitig an die Gurgel gehen konnten, stand Elke Ammler auf und schüttelte die Hand ihres Freundes ab. »Ich will keinen Streit in meinem Haus. Also bitte, stellen Sie Ihre Fragen und dann verschwinden Sie.«

»Frau Ammler.« Eva trat neben sie an das große Fenster. »Es könnte sein, dass Ihr Mann noch lebt.«

Verständnislos sah Elke Ammler Eva an. Dann wurde sie auf einen Schlag weiß im Gesicht, und ihre Augen rollten nach oben. Eva konnte sie gerade noch auffangen, bevor sie zu Boden sank.

Ein paar Minuten später wurde sie auf dem Sofa wieder wach. Sie setzte sich mit einem Ruck auf und starrte Eva entsetzt an. »Haben Sie wirklich gesagt, dass Matthis lebt?«

»Wir wissen es nicht«, versuchte Eva die Wucht ihrer Aussage abzumildern. »Aber wir haben Hinweise, dass es so sein könnte.«

»Welche Hinweise denn?«, fragte Elke Ammler schwach.

»Es gab einen Einbruch, bei dem seine Fingerabdrücke gefunden wurden.«

»Ein Einbruch? Mein Matthis?« Elke Ammler schoss in die Höhe. »Das glaube ich nicht. Nein. Nie im Leben! Für so was hat er viel zu viel Angst. Er traut sich ja nicht mal, auf den Blumenfeldern eine Extrablume zu schneiden, wenn er nicht genügend Geld dabei hat. Und dabei sind die doch völlig überteuert.«

Eva tauschte einen überraschten Blick mit Sauerwein. Die Frau war, ohne es zu merken, ins Präsens gewechselt.

»Dann wissen Sie also, dass er noch lebt?«, nutzte Sauerwein ihren Fauxpas. Als sie ihm keine Antwort gab, sagte er: »Schließlich sprechen Sie von ihm in der Gegenwart.«

Es dauerte eine Stunde, bis Elke Ammler wieder ansprechbar war. Während sie immer wieder in Tränen ausbrach, überraschte von Pürckhausen-Grevell Eva und Sauerwein damit, dass er ihnen Tee kochte und sich liebevoll um seine Freundin kümmerte.

Dann entschuldigte er sich. »Ich wollte nicht unfreundlich sein. Aber Elke hat mir erzählt, wie schlimm die Zeit nach dem Untergang für sie war. Ihre Kollegen haben sich damals nicht gerade mit Ruhm bekleckert und sie behandelt, als ob sie ein Verbrechen begangen hätte. Deswegen haben bei mir die Alarmglocken geläutet, als Sie Ihre Fragen gestellt haben.«

»Was sagt dein Bauch?«, fragte Sauerwein, als sie auf dem Weg zurück nach Rosenheim waren.

Eva grinste. Sie hätte, ohne mit der Wimper zu zucken, um fünfhundert Euro gewettet, dass er sie das fragen würde. »Ich glaube, dass ihre Reaktion echt war. Sie müsste eine verdammt gute Schauspielerin sein, um das alles vorzutäuschen. Und schlagartig blass zu werden, kann man nicht üben.«

»Vielleicht hat sie aber auch nur darauf reagiert, dass ihr Mann aufgeflogen ist«, regte Sauerwein sie zum weiteren Nachdenken an.

Eva schüttelte den Kopf. »Mich müsste meine ganze Menschenkenntnis im Stich lassen, wenn ich mich so in ihr täusche. Ich denke, sie ist authentisch.« Sie drehte sich auf dem Beifahrersitz zu ihm. »Aber ich bin mir nicht sicher, ob dieser von und zu es auch ist. Was denkst du?«

Er antwortete nicht sofort, sondern starrte gedankenverloren aus dem Fenster. Erst als sie nachhakte, seufzte er.

»Dasselbe wie du, deswegen wollte ich auch nicht weiter nachbohren, als sie nicht auf die Frage geantwortet hat, ob sie weiß, dass ihr Mann noch am Leben ist.«

Eine Weile betrachtete sie sein Profil. Dann fragte sie: »Was ist los mit dir?«

»Hmm?«, brummte er. Als sie nicht darauf reagierte, drehte er den Kopf zu ihr und sah, dass sie ihn prüfend anstarrte. »Entschuldige, ich hab nicht zugehört. Kann ja mal vorkommen. Was ist?«

»Genau das habe ich dich gefragt. Was mit dir los ist. Du hängst den ganzen Tag schon irgendwelchen Gedanken nach und bist auch nicht so richtig bei der Sache. Also, was ist?«

Ungeduldig trommelte er mit den Fingern auf das Lenkrad. Schließlich sagte er: »Charlotte Sommerfeldt hat mich um eine Unterredung gebeten.«

»Oh. Das klingt aber ernst.«

»Ja, das befürchte ich auch.« Es hatte Monate gedauert, bis er sich getraut hatte, die so bezaubernde wie eigensinnige Frau, die ihm das Jugendamt zur Betreuung seiner Kinder zur Seite gestellt hatte, zu fragen, ob sie sich privat mit ihm treffen wollte. Ewig hatte er mit sich und seinem Gewissen gehadert, ob es sich schickte, so kurz nach dem Tod seiner Frau mit einer anderen auszugehen, obwohl ihn sein gesamtes Umfeld dazu ermutigt hatte. Nun war fast ein Jahr seit dem Unfall vergangen, als das Motorrad zu schnell um die Kurve gekommen war und ganz plötzlich alles in seinem Leben anders war.

»Warst du denn mit ihr aus?«

»Letzte Woche. Kaffee trinken. So wie du es mir geraten hast.«

»Hab ich das?«, fragte sie erstaunt. »Aber das ist doch schon Monate her.«

Prompt überzog eine leichte Röte sein Gesicht. »Ja mei.«

Eva kicherte. Dann wurde sie sofort wieder ernst. »Und wann soll euer Gespräch stattfinden?«

»Heute Abend.«

DREI

Eva fühlte sich grauenvoll. Ihre Nase war komplett zugeschwollen. Nur links kam noch ein wenig Luft durch. Kein Wunder, dass sich ihr Hals anfühlte, als hätte sie eine Handvoll Nägel geschluckt. Sie tastete blind nach den Taschentüchern, die sie vor dem Schlafengehen auf das Nachttischchen gelegt hatte.

»Oh Mist«, krächzte sie, als ihr einfiel, dass sie mitten in der Nacht vom Schlafzimmer auf die Couch ins Wohnzimmer umgezogen war. Keine Taschentücher also.

Wie von Geisterhand schob sich ein Päckchen in ihre Hand. Und von irgendwoher roch es nach Kaffee. Zumindest funktionierte ihr Geruchssinn noch.

»Schlecht geschlafen?«, fragte der attraktive Fremde und knabberte an ihrem Hals. Dann wanderte er mit seinen sehnigen Händen unter ihrem T-Shirt ihren Rücken hinauf. Als er ihren Mund mit einem Kuss verschloss, hatte sie genug.

»Du bringst mich um.« Sie schob ihn weg und öffnete die Augen. Der Fremde war gar nicht mehr so fremd. Er hieß Julian, war seit einigen Monaten ihr Freund und tatsächlich schon in aller Herrgottsfrühe verdammt attraktiv.

Er saß neben ihr auf dem Sofa und studierte ihren Gesichtsausdruck. »Fühlst du dich so, wie du aussiehst?«

»Was bin ich froh, dich kennengelernt zu haben. Ich hasse charmante Männer.«

»Ach komm schon, Eva. Wenn ich dir jetzt ein Kompliment mache, dann nennst du mich ja doch nur einen Lügner.«

Da hatte er recht. Wie jedes Jahr, wenn die Nächte kälter wurden, spielte ihre Nase drei Wochen lang verrückt. Wochen, in denen ihre siebzigjährige Nachbarin jeden Schönheitswettbewerb gegen sie gewinnen würde.

»Ich hab dich vermisst, als ich aufgewacht bin.« Das klang schon besser. »Warum bist du geflüchtet?«

»Du hast geschnarcht. Und geträumt.«

»Schlimm?«

»Hmm.«

»Komm, geh ins Bad. Ich mach uns Frühstück.«

Zwanzig Minuten später fühlte sie sich nicht viel besser, aber sie war frisch geduscht, und durch die Nase bekam sie immerhin so viel Luft, dass sie ihn küssen konnte. Sie setzte sich zu ihm an den Küchentisch und merkte erst jetzt, wie hungrig sie war.

Er wartete, bis sie satt war und ihr Besteck auf den Teller legte. Dann fragte er sanft: »Möchtest du reden?«

»Reden?«, echote Eva. »Worüber denn?«

»Was nicht so richtig stimmt zwischen uns. Und was meine Träume mit dir machen.«

»Sie lassen mich ins Wohnzimmer auswandern«, ignorierte sie den ersten Teil seiner Frage leichthin und griff nach einem Croissant.

»Lenk nicht ab«, sagte er und nahm ihr das Hörnchen aus der Hand. »Ich weiß, wie meine Träume sind. Also sprich mit mir.«

Unschlüssig schob sie die Krümel auf ihrem Teller mit dem Finger zu einem Häufchen zusammen, als sie an die Alpträume dachte, die ihn im Schlaf quälten. Oft genug war sie in letzter Zeit von seinen Schreien aufgewacht und daraufhin ins Wohnzimmer geflüchtet. Ihn deswegen zu wecken, brachte überhaupt nichts, wie sie bereits mehrfach festgestellt hatte. Er wurde kurz wach, schlief wenige Minuten später wieder ein und träumte offensichtlich an genau der Stelle weiter, an der sie ihn aus dem Traum gerissen hatte. »Sie sind beängstigend. So hab ich es mir nicht vorgestellt.«

»Was hast du dir denn vorgestellt?«

»Jedenfalls nicht, dass es so schlimm ist. So intensiv. Dass ich davon wach werde.« Sie sah ihn an. »Und es ist erst der Anfang, oder?«

Er sah an ihr vorbei auf einen weit entfernten Punkt. Dann drehte er den Kopf und sah ihr in die Augen. »Ja. Das war noch gar nichts.«

Als sie ihre Stiefel anzog, fragte er: »Was machst du heute Abend?«

»Ich habe eine Verabredung mit einem Mann.«

Er hob eine Augenbraue und sah sie abschätzend an. »Ist er jünger als ich?«

»Ja.«

»Sieht er besser aus?«

»Hmm.« Sie nahm sein Gesicht in die Hand und drehte es von links nach rechts, während sie ihn genau musterte. »Schwer zu sagen. Anders.«

»Was hat er dir zu bieten, was ich nicht habe?«

»Das muss ich dir nicht beantworten.«

»Stimmt, das musst du nicht.«

»Aber ich werde die Nacht mit ihm verbringen.«

»Wirst du?«

»Hmm.«

»Warst du schon mal mit zwei Kerlen gleichzeitig im Bett?«

»Spinnst du?«, fragte sie entrüstet. »Was hältst du von mir?«

»Baby, irgendwann ist immer das erste Mal«, sagte er lässig und schenkte ihr sein verführerischstes Lächeln. Dann schob er ihr die Hand unter den Bademantel. »Und für dich ist es heute so weit.«

***

»Guten Morgen allerseits.« Max kam mit unnatürlich guter Laune und einer großen Papiertüte unter dem Arm zur Tür herein. »Ofenwarme Brezen, Leberkäs und der gute Händlmaier-Senf.« Schwungvoll stieß er mit dem Ellbogen die Tür zu und stellte seine Schätze auf Evas Tisch. »Evchen, sei ein Schatz und hol uns Teller, okay?«

Eva musterte ihn mit einem unergründlichen Blick und fuhr fort, die Orchideen auf dem Fensterbrett mit Wasser zu besprühen.

Konsterniert sah Max sie an. »Dann geh ich eben selbst.«

»Das ist auch besser so«, murmelte Eva ihrer neuesten Errungenschaft zu, die in voller dunkellila Blüte stand. »Evchen«, äffte sie ihn nach. »So ein Trottel.«

»Was riecht hier so verlockend?«, rief Sauerwein aus seinem Büro.

»Hüftgold in Form von Leberkäs. Max gibt einen aus.«

»Wie kommen wir denn zu der Ehre?«

»Keine Ahnung. Das wird er uns aber sicher nicht lange vorenthalten.«

»Leider kann ich euch nur alkoholfreies Weißbier anbieten. Schließlich müssen wir noch arbeiten«, sagte Max, als er drei Minuten später mit Tellern, Gläsern und Besteck bewaffnet zurück ins Büro kam.

»Haben wir deinen Geburtstag vergessen? Oder hast du im Lotto gewonnen? Oder was sonst verschafft uns das Vergnügen?« Sauerweins Magen knurrte beim Anblick der Brotzeit vernehmlich.

»Nur so. Lasst euch doch einfach mal von mir verwöhnen.«

Eva und Sauerwein wechselten einen raschen Blick. *Einfach nur so*, das gab es bei Max nicht.

»Wie war's eigentlich gestern beim Arzt?«, fragte Eva beiläufig, während sie eine dicke Schicht süßen Senf auf den Leberkäse strich.

»Ach, alles super. Der Verdacht auf Hodenkrebs hat sich nicht bestätigt. Der Urologe meinte, die Schmerzen kommen von dem ganzen Stress hier. Ich bin einfach überarbeitet.«

Schon bei dem Wort *Hodenkrebs* musste Eva husten und sah ihn mit großen Augen an. Und als Max dann auch noch von Überarbeitung redete, war es mit ihrer Beherrschung vorbei. Sie ließ ihre Breze auf den Teller fallen und rannte aus dem Zimmer.

»Oje, sie bekommt keine Luft mehr. Bin gleich wieder da.« Karl rannte ihr nach und zog die Tür hinter sich zu. Er fand sie in der Küche, wo sie nach Luft japste. Lachend ließ er sich auf einen Stuhl fallen.

»Heilige Scheiße. Ich, hicks, ich kann nicht mehr.« Eva hatte Schluckauf. »Unser kleiner, hicks, Hypochonder.« Sie wischte sich die Tränen vom Gesicht und sah Karl an. »Irgendwie hab ich das Gefühl, dass es immer schlimmer wird mit ihm. Mit seinen Krankheiten, meine ich.«

»Hast du was anderes erwartet?«

»Was meinst du? Hicks. Wieso denn?«

»Weil du verliebt bist. In den falschen Mann. Aus seinem Blickwinkel natürlich«, beschwichtigte er, als sie ihn mit zusammengekniffenen Augen ansah. »Doch, das ist schon so.« Er nickte bekräftigend. »Er bildet sich die ganzen Krankheiten doch nur ein, weil er von dir nicht genügend Aufmerksamkeit bekommt.«

Eva hatte keine Lust, sich weiter Gedanken über Max Hansens Liebesleben zu machen. Außerdem wurde die Brotzeit kalt.

»Möchtest du reden?«, fragte Eva, nachdem sie schon eine ganze Weile an der offenen Verbindungstür zu Sauerweins Büro lehnte, ohne dass er sie bemerkt hatte. Sie kannte ihren Chef lange und gut genug, um zu spüren, dass hinter seiner Stirn eine Zeitbombe tickte.

»Was? Worüber denn?«

»Über was wohl.« Sie kam ins Zimmer und kickte die Tür ins Schloss. »Über deine Unterhaltung mit Frau Sommersprosse.«

»Sommerfel–« Sauerwein unterbrach sich, als er merkte, dass sie ihn nur aufziehen wollte. Er lächelte, als er daran dachte, wie ihn die geschätzte Million Sommersprossen in Charlotte Sommerfeldts Gesicht bereits vom ersten Tag an, wie auch heute noch, regelmäßig aus dem Gleichgewicht brachten.

»Hmm«, brummte er. »Ich würde mal sagen, es war eine Katastrophe. Aber ich will dich nicht mit meinem Privatkram belästigen.«

»Belästigen?«, hakte sie nach. »Hast du wirklich ›belästigen‹ gesagt? Wenn ich dich nicht gut genug kennen würde, dann könnte ich jetzt beleidigt sein. Immerhin hab ich schon dein Haus entrümpelt, dir zugehört, wann immer du –«

»Hör auf. Ist ja schon gut.« Gedankenverloren spielte er mit einem Radiergummi. Schließlich blickte er auf. »Ich werde mich wohl entscheiden müssen. Entweder sie spielt weiterhin Kindermädchen, oder sie trifft mich privat.«

»Oha. Wieso das denn?«

»Weil sie sonst in einen Interessenkonflikt mit ihrem Amt kommt. Private Techtelmechtel sind dort ebenso wenig willkommen wie bei uns.«

»Mist«, stellte Eva trocken fest. »Aber ist das nicht ein bisschen übertrieben? Ich meine, ihr wart ein einziges Mal Kaffee trinken. Das ist doch in keiner Weise heikel, oder?«

»Das eine Mal nicht. Aber sie weigert sich, es zu wiederholen.«

»Warte mal«, sagte Eva, nachdem sie eine Weile über die Situation nachgedacht hatte. »Wenn sich das Sommersprösschen weigert, dann doch nur, weil sie auch etwas für dich empfindet. Das ist doch irgendwie genial.«

»Du bist aber schlau. An dir wär echt eine Kommissarin verloren gegangen, falls du einen anderen Beruf gewählt hättest.« Sauerwein grinste. »Aber ja, du hast recht. Ihr geht es genauso. Sie hat seit Monaten darauf gewartet, dass ich sie endlich nach einem Date frage.«

***

Sechs Monate vorher

Er fuhr den dunkelgrauen Kombi in einen Waldweg, würgte den Motor ab und starrte wie benommen auf die bewusstlose Frau auf dem Beifahrersitz. Nach einer Weile drehte er den Kopf zurück nach vorn und stierte mit leerem Blick auf den Wald. Nur seine Finger, die beharrlich auf das Lenkrad trommelten, zeigten, dass sein Inneres in höchstem Aufruhr war. Immer wieder stieg das Bild in ihm hoch, wie es den zarten Körper geschüttelt hatte, als er den Taser ausgelöst hatte. Seine Gedanken wanderten zu dem Telefonat, das er mitten in der Nacht geführt hatte.

»Bist du völlig bescheuert?«, hatte Lubiczek ihn gefragt. »Die Alte gehört weg, verstehst du? Finale Lösung, keine Entführung! Wir machen das Miststück kalt und können uns anschließend an ihr wärmen, wenn wir mit ihr den Ofen einheizen. Wenn du eine Frau brauchst, dann geh in einen Puff.«

Als wenn es darauf ankommen würde! »Nein«, hatte er bestimmt gesagt und den Telefonhörer einen halben Meter von sich gehalten, bis Lubiczeks ekelhaftes Lachen verstummt war. »Wenn du die Frau kaltmachst, dann bin ich raus. Dann trennen sich unsere Wege. Und zwar endgültig.«

Lubiczek hörte ihm fünf Minuten lang fassungslos zu, dann versuchte er erneut, ihn umzustimmen. »Hör doch auf mit dem Scheiß. Und denk nur einen Augenblick nach. Was willst du denn mit der Tussi anfangen? Du kannst sie doch nicht ewig einsperren!« Schließlich hatte Lubiczek nachgegeben. »Also gut, mach, was du nicht lassen kannst. Entsorgen können wir sie auch später noch.

Aber nur unter einer Bedingung: Wir verpassen ihr eine Fessel, die sie daran hindern wird, an Flucht auch nur zu denken.«

Anschließend hatte er an der Seite der bewusstlosen Frau ausgeharrt, bis Lubiczek eintraf und ihr das Gerät implantierte. Als Lubiczek fertig und wieder abgefahren war, wartete er darauf, dass sie das Bewusstsein wiedererlangte. Als es Punkt acht klingelte, hätte er fast die Panik bekommen. Die Frau hatte angefangen, sich zu bewegen, und er hatte nur hoffen können, dass der ungebetene Besucher keinen Schlüssel zu ihrer Wohnung besaß. Doch der hatte nach drei erfolglosen Versuchen offensichtlich aufgegeben, und es war wieder still gewesen.

Jetzt saß er hinter dem Lenkrad, und noch immer hämmerten seine Finger darauf herum. Er fragte sich, ob Lubiczek nicht doch recht hatte. Er drehte den Kopf und sah nach der Frau, die leise stöhnte.

Als sie mit dem Lift in die Tiefgarage gefahren waren, hatte er gewartet, bis sie eingestiegen war, erst dann hatte er die Spritze aus seiner Manteltasche gezogen, die Schutzkappe abgezogen und ihr die Kanüle in den Oberschenkel gerammt. Bis sie überhaupt reagieren konnte, drückte er den Kolben bis zum Anschlag hinunter, und ehe sie den Mund aufmachen konnte, sank sie erneut in eine tiefe Bewusstlosigkeit.

Er vergrub seinen Kopf in den Händen. »Scheiße«, murmelte er. Seit Stunden dachte er an nichts anderes als daran, ob es funktionieren würde. Seit ihn der Alarm mitten in der Nacht geweckt hatte, der andeutete, dass der Crawler auf etwas gestoßen war, das er nicht ignorieren durfte. Lange hatte er daran gezweifelt, ob die Software, die in allen ein- und ausgehenden Nachrichten nach bestimmten, von ihm vorgegebenen Schlagwörtern suchen sollte, überhaupt einen Nutzen brachte. Doch dann war der Suchalgorithmus sogar auf zwei Begriffe angesprungen. Als er die E-Mail las, die Miriam Dahl geschrieben hatte, war klar, dass sie handeln mussten. Und zwar sofort. Als Erstes hatte er die Mail gelöscht und dafür gesorgt, dass sie den Empfänger nie erreichen würde, dann hatte er Lubiczek angerufen.

Nun wurde ihm in aller Deutlichkeit klar, dass der Anführer recht gehabt hatte und es nie und nimmer funktionieren konnte.

Zumindest nicht auf Dauer. Und dass er Lubiczeks Angebot, Miriam Dahl zu töten, eines Tages würde annehmen müssen.

***

Spätsommer

Als es um acht Uhr abends klingelte, hatte Eva es gerade noch geschafft, das Bett frisch zu beziehen und die Schmutzwäsche in die Waschmaschine zu stopfen. Sie kontrollierte ihr Aussehen im Spiegel und strich sich die Haare hinter die Ohren, bevor sie den Türöffner drückte.

»Hallo, schöne Frau.« Julian Vossen hob sie hoch und trat die Tür mit dem Fuß zu. Als sie ihre Beine um seine Taille schlang, verrutschte ihr Bademantel. Kichernd versuchte sie, ihn zurück über ihren nackten Po zu ziehen.

Julian wehrte sie ab. »Lass das. Es gefällt mir«, flüsterte er in ihr Ohr und rieb seine unrasierte Wange an ihrem Hals. Er drückte sie gegen die Wand, und als er sie so fest eingeklemmt hatte, dass sie nicht mehr herunterrutschen konnte, zog er seine Jacke aus. Dann zog er das Revers ihres Bademantels auseinander und betrachtete mit einem Lächeln, was sich ihm darbot. Er fuhr mit dem Handrücken über ihre Brust und klemmte eine Brustwarze vorsichtig zwischen zwei Finger ein. Als er anfing, sie hin und her zu bewegen, stöhnte Eva und schloss die Augen. Er ließ den Nippel los und steckte ihr einen Finger in den Mund. Mit dem feuchten Zeigefinger umkreiste er den Warzenhof und glitt mit der Hand tiefer. Als er zu dem kleinen, festen Hügel kam, hielt er inne. Er streichelte das Röllchen und zwickte mit der Hand zu. »Was ist denn das? Du hast einen Bauch?«

»Du Mistkerl!« Sie packte eine Zeitschrift, die neben ihr auf dem Sideboard lag, und klopfte ihm damit auf den Kopf. »Nimm deine Hand da weg.«

Er lachte, bis ihm die Tränen kamen, und ließ sie sanft zu Boden gleiten. »Süße, ich weiß, du findest mich unwiderstehlich. Aber jetzt gibt es keinen Sex.«

»Was ist in der Tüte?«, fragte Eva, als sie ihm in die Küche folgte.

»Ich dachte, wenn sich mein Nebenbuhler erst einmal vollgefressen hat, dann ist er keine Konkurrenz mehr für mich«, antwortete Julian und zog ein in Papier eingewickeltes Stück Leber heraus.

Eva seufzte, als der rote Kater in der Lautstärke eines Presslufthammers schnurrend um Julians Beine strich. »Männer sind ja so leicht zu durchschauen.«

»Unsinn.« Er hob die norwegische Waldkatze hoch und hielt sie ein Stück von sich weg. »Kaum zu fassen, was du für ein räudiges Stück Katze warst, als du hier eingezogen bist.« Er hatte Fotos von dem halb verhungerten Kater gesehen, nachdem Eva ihn aus der Wohnung einer ermordeten Frau gerettet hatte. Jetzt glänzte das Fell, und das Tier strotzte vor Kraft und Energie.

Der Kater interessierte sich nicht im Geringsten für den Schnee von gestern und maunzte leise, als er das frische Fleisch roch.

»Ich hab hier noch etwas. Für uns.« Julian drückte Eva die Tüte in die Hand.

»Was ist da drin?« Neugierig zog sie die Henkel auseinander.

»Frischer Spinat und Rinderfilet.«

»Super, du bist echt ein Schatz. Danke.« Sie nahm die beiden Päckchen heraus und legte sie in den Kühlschrank.

»Das kannst du nicht machen«, protestierte er.

»Oh doch. Kein Sex für mich, kein Essen für dich. Also, was willst du?«

»Du bist ein Miststück.«

»Und du ein guter Lehrer.« Sie lachte und drückte ihm ein Glas Rotwein in die Hand.

Als Eva das dritte Mal aufstehen wollte, um etwas zu holen, das sie nicht brauchten, hielt Julian sie fest.

»Was ist los mit dir?«, fragte er.

»Nichts. Was soll denn sein?«

»Du rennst herum, als hättest du Hummeln im Hintern. Und dass wir den Küchenboden wischen mussten, weil du den Rotwein umgeworfen hast, ist auch kein Ritual, das zum harmonischen Miteinander zählt. Zumindest kenn ich das so nicht. Also noch mal, was ist los?«

Sie senkte den Kopf und wehrte sich gegen die Tränen. Julian fasste sie am Kinn und hob ihren Kopf. Sie wollte seine Hand wegstoßen, aber er hielt sie fest. Sanft strich er mit dem Daumen über ihre Wange, schob seine Hand in ihre Haare und zog sie zu sich. »Hey, Fräulein, hab ich was Falsches gesagt?«

Sie schluckte. Zur Untätigkeit verdammt, spürte sie, wie die Unruhe in ihr wuchs, die sie gepackt hatte, seit er ihr eröffnet hatte, dass er mit ihr reden wollte. Sie hatte in den letzten Tagen selbst gemerkt, dass es ihm nicht verborgen geblieben war, dass sie sich innerlich zurückgezogen hatte. Obwohl sie den Moment lieber bis in die Unendlichkeit hinausgezögert hätte, gab sie sich einen Ruck. »Ich weiß einfach nicht, ob das, was zwischen uns ist, für eine gemeinsame Zukunft reicht.« Endlich war es raus.

Fassungslos sah er sie an. »Das ist es, was dir schon seit Wochen durch den Kopf geht?«, fragte er.

Als sie nickte und sich mit dem Handrücken die Tränen vom Gesicht wischte, nahm er sie in die Arme und zog sie an sich. »Vielleicht wäre es besser, wenn du nicht länger darüber nachdenkst, sondern einfach die wenige Zeit, die wir miteinander haben, genießt. Ich glaube nämlich sehr wohl, dass es reicht. Denkst du wirklich, ich möchte es mir entgehen lassen, wenn du die halbe Nacht wegen deinem Heuschnupfen nicht schlafen kannst und morgens aussiehst, als hattest du gegen die Klitschkos geboxt?«

»Nicht?«, fragte sie zaghaft.

Er musste lachen und küsste sie auf die Nasenspitze. »Oh, Frau Kommissarin. Auch wenn du die erste Frau bist, die mich ins Gefängnis werfen ließ und die mein Haus bereits durchsucht hat, noch bevor ich sie das erste Mal geküsst habe, würde ich freiwillig nicht darauf verzichten, zu erfahren, was dir sonst noch so einfällt.«

Sie schüttelte den Gedanken an den Fall aus dem letzten Frühjahr, in dem er eine nicht unwesentliche Rolle gespielt hatte, ab und schob ihn von sich. »Was redest du da für einen Blödsinn! Ich hab dich weder verhaftet noch dein Haus durchsucht. Das waren meine Kollegen, nachdem Sauerwein mich von sämtlichen Untersuchungen ausgeschlossen hatte, die dich betroffen haben.« Kaum waren die Worte heraus, hätte sie sich die Zunge abbeißen können. Natürlich sprang er sofort darauf an.

»Dein Chef hat dir die rote Karte gezeigt? Weshalb denn?«

»Das tut jetzt nichts zur Sache«, sagte sie und sprang auf. »Ich finde, wir sollten jetzt endlich das Filet braten.«

»Moment, langsam. Ich finde es durchaus interessant zu erfahren, warum –« Er stockte, als er das wütende Glitzern in ihren Augen sah. Dann hob er die Hände. »Gut, lassen wir das. Das heißt aber nicht, dass wir nicht darauf zurückkommen«, setzte er nach, als sie erleichtert aufatmete.

***

Sechs Monate vorher

»Darf ich etwas fragen?«, stammelte Miriam. Sie war vor wenigen Minuten erwacht und fühlte sich völlig benommen. Lediglich die Nachwirkung des Medikaments, das er ihr gespritzt hatte und das jegliches Gefühl dämpfte, verhinderte, dass sie in Panik ausbrach. Und der Gedanke, der beharrlich durch ihr Bewusstsein irrlichterte, dass er ihr befohlen hatte, eine Tasche voll Kleidung einzupacken, ließ sie einen winzigen Funken Hoffnung schöpfen. Den zweiten Gedanken hingegen, der mit einer ebenso steten Hartnäckigkeit immer wieder für den Bruchteil einer Sekunde aufflackerte, dass sie sein Gesicht gesehen hatte und er sie schon allein aus diesem Grund nicht mehr gehen lassen würde, konnte sie verdrängen. Noch.

»Sicher.«

»Was ... Was haben Sie mit mir vor?«

Überrascht sah er sie an. Dann konzentrierte er sich wieder auf die Straße. Nur seine Finger, die ein stetes Stakkato auf das Lenkrad trommelten, zeigten, dass er über ihre Worte nachdachte. Ohne ihr eine Antwort zu geben, langte er nach hinten, griff sich ein dünnes Tuch vom Rücksitz und warf es ihr in den Schoß. »Augen verbinden«, befahl er und startete den Motor, nachdem er sich vergewissert hatte, dass sie wirklich nichts mehr sehen konnte. Dann fuhr er den Wagen zurück auf die Bundesstraße.

Fünfzehn Minuten später wurde das Fahrzeug langsamer. Aufmerksam sah er in den Rückspiegel und bog in eine Auffahrt ein, die zu einem sich langsam öffnenden Tor führte. Er fuhr den Wagen hindurch und blickte in den Rückspiegel. Erst als es sich wieder vollständig geschlossen hatte, stellte er den Motor ab und riss ihr die Binde vom Kopf. »Steig aus!« Er ging nach hinten und öffnete den Kofferraum.

Miriam blickte auf ihre Hände. Sie hatten angefangen zu zittern, und ihr Magen fühlte sich an, als hätte man Beton hineingegossen. Im Spiegel konnte sie nur den Kofferraumdeckel sehen. Die Idee, auszusteigen und wegzurennen, verwarf sie sofort. Ihre Beine fühlten sich an wie Gummi, und sie wäre sicher keine fünf Meter weit gekommen, bevor sie der rote Knopf an der Fernbedienung zur Strecke gebracht hätte. Verzweifelt hielt sie den Blick starr nach vorn gerichtet. Hinter dem großen Haus vor ihr war die Spitze des Breitensteins zu sehen. Einer ihrer Lieblingsberge. Sie schluckte und wischte sich die Tränen mit dem Ärmel vom Gesicht.

Als sie einen Ruck im Fahrzeug spürte, glitt ihr Blick zum Seitenspiegel. Irgendetwas im Garten hatte seine Aufmerksamkeit erregt. Nach einer Weile drehte er sich zum Wagen und kam auf die Beifahrertür zu. Sie konnte den Gegenstand in seiner Hand nicht erkennen und schloss die Augen. Freiwillig würde sie nicht aussteigen, und sie wollte auch nicht sehen, womit er sie umbringen würde. Wenn er kein Blut in Fahrzeug haben wollte, dann musste er sie schon mit Gewalt herausheben.

»Worauf wartest du?«

Sie gab ihm keine Antwort und kniff die Augen zu.

»Möchtest du etwas trinken?«

Es war ein Trick, mit dem er erreichen wollte, dass sie ihn ansah. Sie reagierte nicht.

Ein leises Zischen. Dann schlossen sich zwei Finger um ihre Nase. Erschrocken riss sie den Mund auf und fühlte, wie eine kühle Flüssigkeit ihre Kehle hinabrann. Wasser. Kalt und rein. Sie schluckte und merkte erst jetzt, wie durstig sie die Angst gemacht hatte.

»Steigst du jetzt endlich aus?«

»Wovor hast du eigentlich Angst, kannst du mir das sagen?«, fragte er, als sie ihn wie ein verschrecktes Kaninchen ansah.

Was für eine Frage! Sie machte sich nicht die Mühe, darauf zu antworten. Seit sie aus der Betäubung erwacht war, fühlte sie sich grauenvoll. Hinter ihren Schläfen pochte es im Sekundentakt, und dazu hatte sie das Gefühl, irgendwas würde von innen gegen ihre Augen drücken. Wenigstens überwog der Schmerz in ihrem Kopf die Angst davor, was ihr Entführer mit ihr vorhatte. Flüchtig blinzelte sie gegen das Licht und versuchte, ihre Umgebung auszumachen. Aussichtslos. Der kleine Raum, in den er sie gezerrt hatte, hatte kein Fenster, und das Licht, das aus einer Stehlampe neben ihr kam, war zu schwach, um das ganze Zimmer auszuleuchten. Irritiert nahm sie wahr, dass das Bett, auf das er sie gesetzt hatte, einigermaßen bequem war. Sie verstand immer weniger, was er von ihr wollte.

»Denkst du, ich mache mir all die Mühe mit dir, nur um dich umzubringen?«, fragte er, als hätte er ihre Gedanken gelesen.

Wenn sie nicht vor Angst wie gelähmt gewesen wäre, hätte sie über seine Antwort gelacht. Er hatte sie betäubt, verletzt und entführt, und jetzt sah er sie so beleidigt an, als hätte sie ihn darum gebeten.

Fast unmerklich schob er seine Hand in die Jacke. Dorthin, wo die Höllenbox versteckt war.

»Nein, natürlich nicht«, lenkte sie ein, als die jäh aufkommende Panik ihren Körper mit Adrenalin überflutete. »Aber ich kann doch noch nicht wissen, was Ihnen durch den Kopf geht. Sie müssen mir Zeit geben, Sie kennenzulernen.«

Offensichtlich glaubte er ihr. Er entspannte sich und zog seine Hand zurück.

»Ich bin Miriam. Wie heißt du?«, fragte sie ihn unvermittelt und wechselte bewusst die Anrede. Sie erinnerte sich an einen Artikel, in dem sie gelesen hatte, wie wichtig es war, im Falle einer Entführung eine persönliche Ebene mit dem Geiselnehmer herzustellen. *Es ist schwerer, jemanden zu töten, dessen Namen man kennt.*

»Weshalb willst du das wissen?«, fragte er misstrauisch.

»Ich muss dich doch irgendwie anreden. ›Hey du‹ ist auf Dauer ein bisschen komisch, findest du nicht?«

Er dachte darüber nach. »Robert«, sagte er schließlich. »Das muss genügen.«

Sie nickte. »Gut, Robert. Und was machen wir jetzt?«

Nachdem er den kleinen Raum verlassen und zweifach verriegelt hatte, stemmte sie sich mühsam von dem Bett hoch und erkundete, was hinter der zweiten Tür war. Zu ihrem Erstaunen ließ sie sich ganz leicht nach innen öffnen. In dem spärlichen Licht der kleinen Lampe erkannte sie, dass sich ein winziges Bad in dem Kämmerchen befand. Mit Toilette, Waschbecken und einem Schlauch an der Wand. Vorsichtig drehte sie den Wasserhahn auf. Der Wasserdruck war ein Witz, aber besser als nichts, und sie war erleichtert, dass sie keinen Eimer benutzen musste.

***

Spätsommer

Als Eva am frühen Morgen unschlüssig in seiner Tür stand, fragte Sauerwein: »Ist was?«

»Ich hab mir Gedanken gemacht zu deiner Verbindung zu Frau Sommersprosse.«

Als Sauerwein den Schalk in ihren Augen sah, verzichtete er darauf, sie zu korrigieren. »Und?«, fragte er stattdessen.

»Was ist mit Claudia?«

»Vergiss es«, winkte er ab. »Ich bin mir zwar sicher, dass sie wieder einspringen würde, aber wenn ich an die Zeit nach Luisas Tod zurückdenke, dann wird mir klar, dass ich meine Schwester und ihren Mann mehr als überstrapaziert habe. Ich glaube, es ist besser, wenn sie weiter ein Backup für Notfälle bleibt, aber ansonsten die liebe Tante sein kann.« Gedankenverloren spielte er mit seinem Stift. »Das Ganze ist einfach eine saublöde Situation. Wenn ich Charlotte weiter treffen möchte, dann gibt sie den Auftrag ab, und die Kinder bekommen eine neue Betreuerin vom Jugendamt gestellt. Aber was, wenn das mit uns nix wird?«

»Dann verschwindet sie wieder aus deinem Leben«, stellte Eva fest.

»Genau. Und das wäre richtig dämlich.«

»Wieso denn? Wenn das mit euch nicht klappt, dann seid ihr vermutlich froh, wenn ihr euch nie wieder sehen müsst.«

»Auch wieder wahr«, gab Sauerwein zu. »Aber das ist nicht unbedingt das, was mir vorschwebt. Und außerdem, was mache ich, wenn wir mit der neuen Betreuerin nicht zurechtkommen? Ich kann die doch nicht alle paar Monate austauschen. Da drehen meine kleinen Grazien irgendwann völlig durch.«

»Stimmt. Ich hab da aber auch noch eine ganz andere Idee.«

»Und zwar welche?«

»Rosie.«

»Rosie?«, fragte Sauerwein erstaunt. »Wie kommst du denn auf die? Ich meine, sie ist Haushälterin, kein Kindermädchen.«

»Ich denke, dass das völlig wurscht ist. Sie hat einen gesunden Menschenverstand, ist eine äußerst liebenswerte und warmherzige Person, und ich glaube, dass es den Mädchen guttun würde, wenn sie so was wie eine Oma hätten. Außerdem bin ich mir sicher, dass es auch für Rosie eine gute Lösung wäre.« Eva schnippte ein zerknülltes Stück Papier von Sauerweins Schreibtisch und starrte eine Weile aus dem Fenster. »Bei Kristina ist sie eh komplett unterfordert. Sie geht zwar noch immer dreimal pro Woche zu ihr, aber die braucht keine Gesellschafterin mehr, die auf sie aufpasst.«

Eine Weile hingen beide ihren Gedanken nach. Erinnerungen an den letzten großen Fall tauchten auf. Als Kristina sich als Lockvogel zur Verfügung gestellt hatte und beinahe dabei gestorben wäre. Als Rosie nach zehn Jahren Dienst feststellen musste, dass ihr Arbeitgeber ein psychisch kranker Serienmörder war. Anschließend hatte Rosie Kristina gesund gepflegt, und damit waren beide Frauen in Evas Leben hängen geblieben.

»Glaubst du denn, dass Rosie dazu Lust hätte?«, unterbrach Sauerwein die Stille.

»Da bin ich mir sogar sicher«, antwortete Eva. »Das wäre geradezu eine Win-win-Situation. Denk einfach mal darüber nach. Wenn du dich damit anfreunden kannst, dann frag ich sie einfach.«

Eine Stunde später baute sich Max vor Eva auf. »Wieso hetzt du Martin gegen mich auf?«

Eva sah ihn verdutzt an. »Wie bitte? Spinnst du?«

»Wer hat ihm denn unbedingt verraten müssen, dass ich noch mal zur Apotheke bin?«

Eva bedeutete ihm einen Vogel und ersparte sich die Antwort.

»Darüber reden wir noch.« Wütend trat er die Schublade an seinem Schreibtisch mit dem Fuß zu und ging zur Tür. »Ich mache jetzt Feierabend. Nur dass du Bescheid weißt, falls du mich wieder verpetzen willst.«

Kaum dass er zur Tür hinaus war, stand Eva in Sauerweins Büro. »Was bitte hast du zu Max gesagt?«

»Ganz sicher nicht das, was er mir unterstellt.«

»Dir? Dir unterstellt er gar nichts. Aber mir, dass ich ihn bei dir verpetzt hätte.«

»Das hab ich gehört. Aber damit unterstellt er mir auch, dass ich das zu dir gesagt habe, oder nicht?«

Eva zog die Nase kraus. Dann musste sie lachen. »Du und deine Tricks, abzulenken. Das ist echt das Letzte.«

»Immerhin lachst du darüber«, stellte er mit einem zufriedenen Lächeln fest. »Was hat unser Todkranker eigentlich so Wichtiges gekauft?«

»Keine Ahnung. Und es interessiert mich ehrlich gesagt auch nicht.«

»Nein? Mich mittlerweile schon. Komm, lass uns nachsehen.«

Unter Max' Tisch stand eine prall gefüllte Papiertüte mit dem Logo der Heilig-Geist-Apotheke. Sauerwein stellte sie auf die Schreibtischunterlage und packte ungeniert aus. »Ein Vitaminpräparat, gut für Nerven und Gehirn. Ein weiteres zur Stressreduzierung. Vitamin C zur Stärkung der Abwehrkräfte. Gojibeerenextrakt zur Bekämpfung freier Radikaler. Und das Ganze kostet«, er studierte den Kassenzettel mit einem finsteren Blick, »achtundsiebzig Euro. Respekt.«

»Sieh mal da.« Eva nahm eine Dose vom Schreibtisch, auf der fett das Bild einer Zitrone prangte, und schüttelte sie wie eine kubanische Rassel. »Vitamin C ohne Ende. Mindestens halb voll. Und da steht noch ein ähnliches Präparat.«

»Vielleicht ist er auf der Suche nach dem perfekten Mittel. Aber solange er Sachen kauft, die nicht verschreibungspflichtig sind, kann es mir egal sein.«

Im gleichen Augenblick glitt Eva die Dose mit den Vitaminkapseln aus der Hand.

»Schei…«, sagte sie, als der Deckel absprang und die Tabletten in alle Richtungen davonrollten.

»Schlechtes Rhythmusgefühl, Frau Neunhoeffer, was?«, zog Sauerwein sie auf und half ihr, die Ausbüchser einzusammeln. »Was ist?«, fragte er, als sie eine der Pillen zwischen Daumen und Zeigefinger hielt und sie nachdenklich anstarrte.

»Das sind keine Originalkapseln«, antwortete sie nachdenklich. »Ich kenne das Zeug. Meine Mutter hat sie mir im Winter verordnet, als ich Grippe hatte. Aber das da ist was anderes.«

Sauerwein sah sie skeptisch an. »Bist du dir da sicher?«

»Todsicher.«

Er steckte eine der Kapseln in seine Jackentasche. Vor der Tür zu seinem Büro blieb er stehen. »Das bleibt unter uns, verstanden?«

VIER

Am nächsten Vormittag rief Sauerwein Eva und Karl zu sich ins Büro, nachdem er sich eine Stunde lang mit Max im Besprechungszimmer verschanzt und das »Bitte nicht stören«-Schild an den dafür vorgesehenen Haken gehängt hatte.

»Schlechte Nachrichten«, sagte er knapp. »Max fällt die nächsten zwei Monate aus.«

Entgeistert starrte Karl in Sauerweins verschlossenes Gesicht. »Weshalb denn?«, fragte er.

»Kann ich euch leider nicht sagen.«

»Ist er denn krank?«

Anstelle einer Antwort sah Sauerwein Eva an und zog die rechte Augenbraue nach oben.

Sie verstand. »Komm, Karl, lass es gut sein.« Sie zog ihn am Arm aus Sauerweins Büro, schloss leise die Verbindungstür und bedeutete ihm, sich zu setzen.

»Ich glaube, es hat damit zu tun, dass wir gestern Abend durch einen blöden Zufall Tabletten in Max' Vorrat gefunden haben, die als Vitaminkapseln getarnt waren.«

»Und?«

Eva kniff die Augen zusammen. »Den Rest werden wir uns wohl denken müssen.«

Karls Augen wurden so groß wie Unterteller. »Du denkst, das waren Drogen?«

»Das oder ein verschreibungspflichtiges Medikament. Aber jedenfalls keine Vitaminpillen, Martin hat es vermutlich von der KTU untersuchen lassen. Und der zeitliche Zusammenhang mit seiner Auszeit legt nahe, dass es sich um eine Substanz handelt, die sich nicht mit unserer Arbeit vereinbaren lässt.«

Karl ließ sich schwer auf seinen Stuhl fallen. »Oh Gott. Glaubst du, dass sie ihn rauswerfen?«

»Das weiß ich nicht. Ich hoffe nicht. Jedenfalls noch nicht.«

»Können wir denn irgendetwas für ihn tun? Wir könnten zu Märkel gehen und ihm erzählen, dass Max nie Fehler gemacht hat. Oder besser, wir gehen gleich zu Hofer.« Er ereiferte sich zusehends für die Idee, zu ihren obersten Vorgesetzten zu rennen.

Eva schüttelte den Kopf. Karl war der sozialste Mensch, den sie kannte. Um Max' Kopf zu retten, würde er sich um seinen eigenen bringen, wenn er nur helfen konnte.

»Nein, Karl. Zum einen stimmt es nicht, dass Max keine Fehler gemacht hat, und zum anderen machen wir uns selbst unglaubwürdig, weil wir damit zugeben würden, amtsblind zu sein. Das Beste, was wir tun können, ist, Martin zu vertrauen, dass er das Richtige macht. Und Max gegenüber loyal zu sein. Das heißt, wir reden außerhalb dieses Zimmers mit niemandem darüber. Und damit meine ich auch Sissy.«

Karls Frau hatte vor knapp zwei Jahren die Stelle als Controllerin übernommen. Keine zwei Wochen später hatte sie sich Karl geangelt und ihn nach ein paar Monaten vor den Traualtar geschleppt. Nora Wallner den Titel der Tagespost streitig zu machen, hatte hingegen nur wenige Wochen gedauert. In Sissy Holtaus Büro liefen seither sämtliche Informationen zusammen und wurden teils willkürlich gestreut. Den Wahrheitsgehalt diverser Geschichten konnte man nur erahnen.

»Erde an Eva.«

»Was? Entschuldige. Ich war mit meinen Gedanken woanders.«

»Ich habe gesagt, dass ich keine Geheimnisse vor meiner Frau habe.«

Eva atmete tief durch. Dass sie Karl so voreilig ins Vertrauen gezogen hatte, bereute sie nun fast. »Wenn du es ihr erzählst, dann wird Max bei seiner Rückkehr von der Hälfte unserer Kollegen geschnitten, gemobbt oder ausgelacht. Willst du das?«

Betroffen sah er sie an. »So ist Sissy nicht.«

»Verdammt, Karl, wach auf! Genau so ist sie eben schon. Deine Frau ist nicht der fleischgewordene Engel, der vom Himmel gefallen ist. Kapier das endlich!« Wütend stand sie auf und stürmte ohne anzuklopfen in Sauerweins Büro.

Erstaunt sah der sie an. »Was ist denn mit dir los?«

»Ich könnte Karl mit seiner Naivität manchmal an die Wand klatschen. Grins nicht so blöd!« Das alberne Lächeln ihres Chefs brachte sie nur noch mehr auf die Palme.

»Hey, mach mal langsam. Da«, deutete er mit dem Zeigefinger auf den Besucherstuhl, »setz dich.«

Als sie den Stuhl vor seinen Tisch gezogen hatte, fragte er: »Also, welcher Gaul hat dich gebissen?«

Nachdem sie fertig erzählt hatte, sah er sie konsterniert an. »Manchmal bis du genauso naiv wie er, findest du nicht? Weshalb hast du es ihm denn auch unbedingt auf die Nase binden müssen?«

»Aber –«

»Aber was?«

»Ich hatte dich so verstanden, als sollte ich mit ihm reden.«

»Hab ich das etwa gesagt?«

Verdammt, nein. Das hatte er nicht. Sie hatte seinen Gesichtsausdruck nur so interpretiert. Eva wurde rot.

»Du fängst jetzt aber nicht an zu heulen, oder?« Als sie ihn wieder ansah, grinste er übers ganze Gesicht. »Natürlich hatte ich es so gemeint. Aber kann ich von meinem besten Mitarbeiter nicht erwarten, dass er zumindest manchmal klüger ist als ich? Und die Dummheiten, die ich gelegentlich zu machen pflege, nicht weiterführt?«

Ihr fiel ein Stein vom Herzen. »Und was machen wir jetzt? Können wir eine falsche Information verbreiten, was Max fehlt? Irgendwas Harmloses?«

»Ja, das können wir. Lasst euch etwas einfallen.«

»Wir uns? Du meinst Karl und mich?«

»Sicher. Mach ihn zu deinem Verbündeten. Dann kannst du dir wenigstens sicher sein, dass er sich nicht verplappert.«

Er lehnte sich lächelnd in seinem Stuhl zurück. »Und wenn wir schon von Verbündeten reden, ich habe über deine Idee nachgedacht. Die mit Rosie meine ich. Ich finde sie wirklich gut. Frag sie, ob sie Lust dazu hat.«

Als sie aufstand, fiel ihr noch etwas ein. »Hast du eben ›bester Mitarbeiter‹ gesagt?«

»Hmm, hab ich. Weil es die Wahrheit ist.«

Sie wurde schon wieder rot. Vor Freude diesmal.

Nachdem Eva Karl über den Plan der gezielten Fehlinformation zu Max' Krankheit informiert hatte, saß er stumm auf seinem Stuhl und folgte mit den Augen einer Fliege, die an der Fensterscheibe einen verrückten Tanz aufführte. Schließlich sagte er: »Aber das ist doch eine Lüge.«

»Eine Notlüge. Allerhöchstens«, entgegnete sie. »Entweder du bist deiner Frau gegenüber hundertprozentig ehrlich, oder du beweist deine Loyalität Max gegenüber.« Es war nicht fair, und das wusste sie. Aber einen Tod mussten sie sterben. Entweder sie sagten allen die Wahrheit, oder sie hielten Max die Tür offen für seine Wiederkehr.

»Hast du denn eine Idee?«, fragte Karl zögernd.

»Wie wäre es mit einem Magengeschwür? Oder einem Bandscheibenvorfall?«

»Einen Burn-out? Das hat doch heute fast schon jeder Zweite.«

»Und ist noch immer mit einem Makel behaftet. Da können wir gleich erzählen, er hätte Syphilis.«

Das war so absurd, dass sie beide anfingen zu kichern. In dem Augenblick ging die Tür auf, und Sauerwein kam ins Zimmer.

»Lasst ihr mich an eurer guten Laune teilhaben?«

Nachdem sie es ihm erzählt hatten, meinte er trocken: »Kombiniert es einfach miteinander. Max bekam einen Burn-out, nachdem er von der Syphilis erfahren hat.« Kopfschüttelnd ging er in sein Büro zurück. Manchmal bedauerte er es, den Posten als Teamleiter der Soko angenommen zu haben. In den Zeiten, als er noch auf einer Stufe mit den Kollegen gestanden hatte, hatte er Spaß daran gehabt, mit den anderen herumzualbern. Und die verrücktesten Ideen waren oft genug seine eigenen gewesen. Er seufzte und nahm das Bild seiner Frau in die Hand. Traurig strich er mit dem Finger über ihr Gesicht. Als er von seiner Beförderung erfahren hatte, hatten sie eine Flasche Champagner aufgemacht. Zum »Drübernachdenken« hatte sie gesagt. Am nächsten Tag stellte die Nachricht von der ersten Schwangerschaft Lisas die Beförderung in den Schatten. Und von da an war es keine Frage mehr.

Inzwischen hatten sich Eva und Karl für das Rückenleiden entschieden.

»Und wir streuen es als Gerücht. Offensiv«, beschloss Eva. »Max ist beim Mountainbiken gestürzt und hatte ein Schweineglück, dass nicht mehr passiert ist.«

»Damit stilisierst du ihn zum Helden«, warnte Karl. »Dann dreht er völlig durch, wenn er zurückkommt.«

Auch wieder wahr. Eva überlegte. »Wir machen es trotzdem. Außerdem haben wir ihn damit in der Hand. Wenn er überdreht, dann drohen wir ihm mit der Wahrheit. Vielleicht lernt er dadurch endlich Bescheidenheit.«

***

Sechs Monate vorher

»Weißt du, was wirklich traurig ist?«, fragte Robert, als er am nächsten Tag die Tür zu ihrem Verlies aufsperrte und ihr eine Zeitung auf den Schoß warf. »Dass dich niemand zu vermissen scheint. Du bist noch nicht mal eine Randnotiz in der Tageszeitung.«

Er trat mit der Fernbedienung in der Hand zu ihr und stellte ihr einen Korb vor die Füße. »Da hast du Essen für drei Tage. Das Bad hast du ja schon entdeckt, wie ich sehe. Dir wird es also an nichts fehlen.«

Bevor sie ihm auch nur eine einzige Frage stellen konnte, trat er den Rückzug an, schloss die Tür und ließ zwei Riegel laut und vernehmlich ins Schloss schnappen.

Miriam starrte eine Weile fassungslos auf die Stelle, an der er gerade noch gestanden hatte. Tausend Fragen brannten ihr auf der Zunge, doch machte es nicht den Anschein, als ob sie auch nur eine Antwort bekommen würde. Sie ließ sich seitlich auf das Bett sinken und weinte, bis ein gnädiger Schlaf sie in seine Arme nahm.

In dem fensterlosen Raum verlor Miriam mit den Tagen jegliches Zeitgefühl. Nie hätte sie sagen können, ob es Tag war oder Nacht. Die Zeit plätscherte vor sich hin wie ein nie versiegender Bach und verging quälend langsam in stets gleichförmiger Eintönigkeit. Allmählich wurden ihre Tränen weniger, und ihre Angst wich einer fast unerträglichen Langeweile, die nur von Roberts gelegentlichen Besuchen unterbrochen wurde. Wann immer er sich blicken ließ, stellte sie ihm Fragen, in der Hoffnung, dass er Lust auf Gesellschaft hatte und eine Weile bei ihr bleiben würde. Anfangs kam es ihr noch paradox vor, doch schließlich wurde ihre Einsamkeit so schlimm, dass alles besser war, als allein zu sein.

***

Spätsommer

»Vielleicht habe ich einen Hinweis für euch, was den merkwürdigen Einbruch bei dieser Frau Felber angeht«, sagte Wolkenstein, der erneut unangekündigt im Kommissariat aufgetaucht war.

Als ihn seine Kollegen gespannt ansahen, drehte er eine Seite des KTU-Berichts in ihre Richtung und tippte auf eine Stelle, die er rot markiert hatte. »Auf dem Bild, hinter dem der Safe versteckt war, haben wir nur die Fingerabdrücke von Marina Felber gefunden. Wenn ich mir überlege, was der Täter alles angefasst hat, dann müssten wir seine Abdrücke doch auch auf dem Rahmen finden. Schließlich hat er den Tresor leer geräumt.«

»Wieso sollte er den als Einziges abgewischt haben? Wären so nicht auch die Abdrücke der Mieterin weg gewesen?«, fragte Karl.

Verblüfft sah Eva ihn an. »Du denkst …?« Urplötzlich rotierten viele kleine Rädchen in ihrem Gehirn.

»Er musste den Rahmen nicht anfassen, weil nicht er den Tresor ausgeräumt hat. Der Safe hat ihn gar nicht interessiert«, sagte Wolkenstein.

Und Sauerwein ergänzte: »Versicherungsbetrug.«

»Aber wie passt das alles mit den Fingerabdrücken von Matthis Ammler zusammen?« Eva stand auf und schnappte sich ihre Jacke. »Ich muss an die frische Luft. Da kann ich besser nachdenken. Kommt jemand mit?«

Eine Stunde später waren sie zurück im Büro. Der kurze Spaziergang, der die Eisdiele in der Fußgängerzone zum Ziel gehabt hatte, hatte neben einem großen Schokoladenfleck auf Karls Hemd auch zwei Ideen mit sich gebracht. Da die Rosenheimer Umgebung grenznahes Gebiet war, konnte es nicht schaden, bei den Österreichern anzufragen, ob es dort in der letzten Zeit ähnliche

Vorkommnisse gegeben hatte. Außerdem wollten sie sich die Einbruchsdelikte der letzten Jahre näher ansehen, in der Hoffnung, einen Zusammenhang zu der aktuellen Serie zu finden.

Jetzt spürten sie deutlich, wie sehr Max ihnen fehlte. Was Eva und Karl mühsam über die anderen Einbruchsfälle recherchieren mussten, hätte er in deutlich kürzerer Zeit herausgefunden. Und Sauerwein war mit seiner Aversion Computern gegenüber überhaupt keine Hilfe. Nach zwei Stunden gab Eva auf.

»Das führt zu nichts.« Sie schnappte sich ihren Notizblock und ging zu Sauerwein. »Wir kommen so nicht weiter. Aber ich habe eine Idee.« Sie setzte ihm auseinander, was ihr durch den Kopf ging.

Sauerwein dachte eine Weile nach. »Ich kann das nicht entscheiden. Aber ich werde mit Hofer darüber reden.«

»Können Sie das nicht anders regeln?«, fragte der Polizeipräsident, nachdem ihm Sauerwein sein Anliegen geschildert hatte.

»Das können wir sicher. Sorgen Sie dafür, dass wir einen neuen Mitarbeiter bekommen, der Hansen interimsweise ersetzt, oder dass Jensen endlich einen Nachfolger bekommt.« Der Leiter der IT-Abteilung hatte nach einem Todesfall in seiner Familie vor vier Monaten den Polizeidienst quittiert, und seither war für die Kollegen alles eine Qual, was über einfachste Recherchen hinausging.

»Herrn Hansen kann ich nicht zeitweise ersetzen, das wissen Sie. Und der Antrag für eine neue IT-Leitung läuft, aber ich habe noch keine Genehmigung.«

»Dann muss ich Sie bitten, dass Sie den Fall nach München abgeben.«

Hofer sah ihn entgeistert an. »Ist das Ihr Ernst?«

Das war es nicht, aber das würde er ihm nicht auf die Nase binden. Er kannte Hofer gut genug, dass er niemals etwas in die bayerische Landeshauptstadt abgeben würde, falls es sich irgendwie vermeiden ließ. Im Gegensatz zu Märkel, der ständig damit drohte. Doch sein direkter Vorgesetzter war seit fünf Tagen an der Nordsee zur Kur, wenn auch niemand so genau wusste, wovon er sich eigentlich erholen musste.

Sauerwein zog die Schultern nach oben. »Irgendwie muss der Fall ja weiterkommen, oder nicht?«

»Es kommt überhaupt nicht in Frage, dass wir das nach München geben«, entschied Hofer.

Und denen die Ehre erweisen, den Ruhm für einen so außergewöhnlichen Fall einzuheimsen, dachte Sauerwein insgeheim.

»Also gut«, sagte Hofer. »Machen Sie das. Schicken Sie mir den Vorschlag schriftlich, dann unterschreibe ich ihn am Montag.«

»Warum nicht gleich?« Sauerwein schlug die Mappe auf, die ungeöffnet vor ihm lag, zog ein Blatt heraus und schob es über den Tisch. »Dann können wir schon am Wochenende damit anfangen.«

Mit dem unguten Gefühl, ausgetrickst worden zu sein, zückte Hofer seinen goldenen Füllhalter. Als er zur Unterschrift ansetzen wollte, zuckte er zurück. »Hundertdreißig Euro in der Stunde? Sind Sie verrückt geworden?«

Sauerwein war auf den Einwand vorbereitet. »Ihre S-Klasse repariert Ihnen auch niemand für fünfzig Euro, oder?«, sagte er trocken. Dass der Polizeipräsident genauso wie Polizeidirektor Märkel alle zwölf Monate einen völlig überdimensionierten neuen Dienstwagen fuhr, war von jeher Stein des Anstoßes.

Mit der Gewissheit, den Kürzeren gezogen zu haben, unterschrieb Hofer. Sauer sagte er: »Das bleibt unter uns, verstanden?«

***

Fünf Monate vorher

Nie hielt sich Robert länger als nötig bei ihr auf, und als mit der Zeit ihre Tränen versiegten, spürte sie, dass es das schlechte Gewissen war, das ihn plagte und ihn regelrecht vor ihr flüchten ließ.

Ihre wiederholte Frage, was er von ihr wollte, ignorierte er mit einer stoischen Beharrlichkeit, die sie allmählich zur Weißglut brachte. Erst als sie ihn eines Tages bat, ihr etwas zu lesen zu bringen, taute er ein wenig auf, und sie merkte, dass es gefährliches Terrain war, ihn wegen der Entführung zu bedrängen. Aber sobald sie Themen berührte, die nichts mit ihr zu tun hatten, reagierte er zunehmend zugänglich.

Ihrem Gefühl nach mussten mehrere Wochen vergangen sein, als Robert sie unvermittelt aufforderte, mit ihm nach oben zu kommen.

»Ich zeige dir jetzt unser Zuhause«, sagte er, öffnete eine schwere Feuerschutztür und lud sie mit einer weiten Armbewegung dazu ein, sich umzusehen.

Als Miriam keine Anstalten machte, in den hellen Flur zu treten, fragte er: »Was ist los?«

Sie schluckte den Kloß in ihrem Hals hinunter. »Das ist dein Zuhause, nicht meines. Ich möchte heim. Bitte.«

Seine Augen wurden schmal. »Lass mich eines zum letzten Mal klarstellen: Wenn ich dir sage, was du zu tun hast, dann machst du das. Ganz einfach. Du hast kein Mitspracherecht, und ich mag es auch nicht, wenn du widersprichst. Hast du das verstanden?«

Als sie nichts erwiderte, packte er ihr Kinn und zog ihren Kopf zu sich hin. »Antworte gefälligst, wenn ich dich etwas frage. Oder muss ich es dir auf die harte Tour beibringen?«

Mit vor Angst aufgerissenen Augen schüttelte sie den Kopf. »Nein, nicht«, wisperte sie. »Ich habe es verstanden. Aber ich –«

»Aber, aber, aber«, äffte er sie nach. »Meine Geduld ist zu Ende.« Er fasste sie an der Hand und zog sie in den Flur. »Jetzt komm endlich!«

Hinter ihr fiel die schwere weiße Kellertür mit einem Klick ins Schloss. Als Erstes fiel ihr Blick auf eine Wand, an der drei farbenprächtige Gemälde hingen. Miriam hatte keine Ahnung von Kunst, aber das, was hier hing, sah wertvoll aus. Sehr wertvoll.

Er führte sie an einer modernen, offenen Küche vorbei in einen großzügigen Raum, zu dem drei Stufen nach unten führten. Zwei wollweiße Sofas standen vor einem großen Kamin, über dem ein wunderschönes Bild hing. Der goldfarbene Teppich, der davor lag, sah aus, als könnte man darin versinken. Miriam war sprachlos. Das war das Haus ihres Entführers? Er musste in Geld geradezu schwimmen. Sie verstand immer weniger, weshalb er sie entführt hatte. Bei ihr gab es nichts zu erpressen, und an irdischen Gütern hatte er mehr als genug.

Langsam ging sie die Stufen hinab und trat an die Glasfront, die sich über die gesamte Südseite des Raumes erstreckte. Etwa zwanzig Meter vom Haus entfernt entdeckte sie einen Teich. Er musste tief sein, da ein großer Ponton mit einer Sechsergruppe Loungemöbel und ein kleiner Sprungturm über die Wasserfläche ragten.

Robert beobachtete sie, wie sie wie ein verschrecktes Reh mitten im Zimmer stand und kein Wort hervorbrachte. »Gefällt es dir?«, fragte er schließlich.

Sie verzog den Mund zu einem schiefen Lächeln. »Es ist wunderschön. Alles hier ist schön.« Sie machte eine weite Handbewegung. »Wieso kannst du dir das leisten?«

Er lachte kurz auf, packte sie am Arm und führte sie in die Küche, ohne darauf einzugehen. Ohne zu fragen, was sie haben wollte, machte er ihr einen Cappuccino und sich selbst einen Espresso. Dazu holte er eine Packung Kekse aus der kleinen Vorratskammer neben dem Kühlschrank aus Edelstahl und richtete sie auf einem zu den Kaffeetassen passenden Teller an. Er ließ sich auf einem Stuhl nieder und deutete auf einen anderen.

Miriam zögerte, dann setzte sie sich zu ihm an den großen Esstisch aus geeistem Glas und trank schweigend ihren Kaffee. Allmählich wurde sie etwas ruhiger. Dass er sie nicht töten wollte, erschien ihr nach den fürchterlichen Tagen der Einsamkeit nun offensichtlich. Niemals hätte er sie dazu in dieses großartige Haus gebracht. Und wieso auch hätte er so viel Zeit verstreichen lassen? Aber was hatte er vor? Sie kannte sein Gesicht, und jetzt wusste sie auch, wo er wohnte. Zumindest würde sie sein Haus von innen beschreiben können, und die Wahrscheinlichkeit war groß, dass irgendjemand sich erinnern konnte, es schon einmal gesehen zu haben. Dann durchfuhr sie die Erkenntnis wie ein Blitz. Er konnte sie nicht mehr gehen lassen. Und dann wurde ihr schlagartig übel.

Als er sah, dass sie blass wurde, packte er sie und zog sie hoch. Er hatte damit gerechnet, dass sie irgendwann umkippen würde, er hatte nur nicht gewusst, wann es passieren würde. Er führte sie in ein kleines Bad und ließ sie allein. Das Fenster war vergittert und machte es ihr unmöglich, zu entkommen. Sie ließ sich auf den weich gepolsterten Hocker neben der Toilette sinken und vergrub ihr Gesicht in den Händen. Erst ganz vereinzelt, dann immer stärker kamen die Tränen, bis schließlich ihr ganzer Körper bebte.

Als sie sich wieder beruhigt hatte, wusste sie nicht, wie viel Zeit vergangen war. Sie wickelte einen Streifen Toilettenpapier ab und putzte sich die Nase. Dann stand sie auf und sah in den Spiegel.

Grauenvoll. Ihre Augen waren vom vielen Weinen verquollen, und bereits jetzt lag ein verhärmter Zug um ihren Mund. Mit den schwarzen Ringen, die unter ihren Augen lagen, sah sie aus wie ein trauriger Clown. In all den Tagen im Keller hatte sie keinen Gedanken an Körperpflege verschwenden können. Wie auch. Sie lachte bitter. Ohne Spiegel, ohne vernünftige Dusche, ohne Gesichtscreme war das auch nur schwer möglich. Sie besah sich die Handcreme, die auf dem Waschbecken stand, entnahm der Tube einen großen Klecks und verteilte sie großzügig im Gesicht. Gierig wie ein Schwamm nahm die vernachlässigte Haut die Lotion auf und fühlte sich sofort weniger trocken an. Dann strich sie sich die Haare hinter die Ohren und atmete tief durch.

Robert hatte die großen Türen zur Seite geschoben und saß mit dem Rücken zum Haus auf dem Ponton. Eine Weile blieb sie stehen und überlegte, ob sie es schaffen würde, über den Zaun auf der anderen Seite des Hauses zu klettern. Vermutlich würde er ihr Verschwinden nicht sofort bemerken. Sie musste nur weit genug kommen, um aus der Reichweite seiner Fernbedienung zu gelangen. Das war ein Problem. Sie hatte keine Ahnung, aber einen Versuch war es wert. Sobald sie auf der Straße war, konnte sie ein Auto anhalten und sich zur Polizei bringen lassen.

Leise trat sie zurück ins Haus. Sie überlegte kurz, als sie in einer Nische neben dem Eingang ihre Tasche sah. Achtlos abgestellt. Zwei ihrer Lieblingskleider waren noch darin. Lediglich ein paar T-Shirts und Unterwäsche hatte er herausgenommen und ihr in ihr Gefängnis gebracht. Bedauernd sah sie auf die Kleider. Die Tasche würde sie bei ihrer Flucht behindern. Sie schlich zur Tür, blickte auf die Klinke und hielt die Luft an. Was, wenn sie einen Alarm auslösen würde? Vorsichtig drückte sie den Riegel nach unten. Im Haus blieb es still, Gott sei Dank. Sie zog. Fester. Noch fester. Schließlich zerrte sie panisch am Türknauf, aber die Scheißtür gab keinen Millimeter nach. Sie kam nicht aus dem Haus hinaus, solange sie nicht wusste, wo die Schlüssel waren. Sie schluchzte hysterisch. Es musste einen anderen Weg geben.

Fünf Minuten später stand sie wieder an der Glastür vor dem Teich. Robert hatte sich nicht bewegt. Er saß noch immer am Wasser und ließ seine Füße im Wasser baumeln. Irritiert sah sie ihm eine Weile zu. Dann begriff sie.

Ohne sein Einverständnis gab es keinen Weg hinaus. Deswegen saß er so sorglos am Weiher und ließ sie nach einem Fluchtweg suchen. Frustriert und wütend überlegte sie, ob sie ihn ins Wasser stoßen sollte. Mitsamt den elektronischen Geräten, die neben ihm lagen. Während sie nachdachte, kam ein Entenpärchen angeflogen und legte eine kunstvolle Landung im Teich hin. Sie vertrauten dem Menschen, der da saß.

Aus einer Tasche, die neben ihm stand, holte er eine Tüte mit geschnittenem Toastbrot. »Möchtest du sie füttern?«

Verwirrt trat sie näher an ihn heran. Woher wusste er, dass sie da war? Er hatte sich in der ganzen Zeit kein einziges Mal nach ihr umgedreht, und sie hatte keinen Ton von sich gegeben. Vorsichtig kam sie näher.

»Setz dich«, forderte er sie auf. »Ich zeig dir was.«

Sie zog ihre Schuhe aus und setzte sich neben ihn auf die Holzplanken. Als ihre Füße in das eiskalte Wasser tauchten, sog sie überrascht die Luft ein. Robert drückte ihr das Tablet in die Hand, auf dem ein Punkt auf einer schematischen Karte blinkte.

»Das bist du.« Er zeigte auf den Punkt. »Und da«, er beugte sich zu ihr und berührte kurz den Bildschirm, »warst du die letzte Dreiviertelstunde. Fünfundzwanzig Minuten im Bad, dann im Wohnzimmer. Danach warst du an der Haustür und hast versucht, hinauszukommen. Soll ich noch weiter erzählen?«

Stumm schüttelte sie den Kopf. Deswegen hatte er sich keine Sorgen gemacht. Das verdammte Ding in ihrem Rücken war mit einem GPS-Sender gekoppelt.

»Nur damit du eine Vorstellung hast«, sagte er bestimmt. »Ich kann damit nicht nur überwachen, wo du dich aufhältst, sondern den Empfänger unter deiner Haut genauso aktivieren wie mit der Fernbedienung. Es spielt also keine Rolle, wie weit du weg bist. Nur falls du dir Gedanken darüber machen solltest. Mit dem Telefon funktioniert es übrigens auch. Wie bei einer Standheizung. Verstanden?«

Als sie keine Antwort gab, setzte er nach: »Weil du noch nicht wusstest, dass ich jederzeit kontrollieren kann, wo du bist, übe ich dieses eine Mal Nachsicht und belasse es dabei. Lass es dir eine Warnung sein. Das nächste Mal bekommst du eine Quittung für dein Verhalten.«

Wortlos sah sie ihn an. Der Alptraum, in dem sie gefangen war, nahm kein Ende. Sie starrte auf das Wasser und überlegte, ob sie lieber sterben wollte. Vielleicht sollte sie sich einfach hinlegen und nie wieder aufstehen. Sie ließ sich nach hinten sinken und schrie vor Schmerz, als ihr Rücken die Holzplanken berührte. Keuchend stemmte sie sich auf die Ellbogen.

Er sah sie belustigt an. »Ich hätte nicht gedacht, dass du so dumm bist. Selbst ein Kind weiß, dass man sich nicht auf eine Verletzung legt. Wie es aussieht, wird es wohl noch eine Weile dauern, bis sich dein Körper an die Veränderung gewöhnt hat und du wieder auf dem Rücken schlafen kannst. Da.« Er drückte ihr die Tüte in die Hand. »Unsere Gäste haben Hunger.«

Er stand auf und ließ sie allein. Neidisch sah sie den Enten zu, die sich um das Futter stritten. Sie hatten die Freiheit, zu kommen und zu gehen, wann immer sie wollten. Nur sie war eine Gefangene. Wenn auch in einem goldenen Käfig.

Eine halbe Stunde später gab das Tablet ein Summen von sich. »Essen ist fertig. Komm rein und bring das iPad mit.«

Er hatte sich Mühe gegeben, den Tisch hübsch zu decken. Es gab viel Rohkost mit einem bunten selbst gemachten Dip, himmlisch duftenden Schinken, Parmesankäse und frisches Krustenbrot. Er deutete auf den Platz, auf dem sie schon zuvor gesessen hatte. Ein kleines Weißbierglas stand neben ihrem Teller, und die goldgelbe Flüssigkeit hatte eine Schaumkrone. Wie zuvor hatte er sich mit keinem Wort erkundigt, was sie trinken wollte. Er ließ sich nicht in die Karten sehen, und auch sie musste anfangen, Informationen zu sammeln, ohne dass er es merkte. Als sie in das lauwarme Brot biss, knurrte ihr Magen. Sie wurde rot, als ihr bewusst wurde, welchen Hunger sie hatte.

»Du darfst dir den Rücken nicht waschen, solange die Wunde nicht vollständig verheilt ist. Wenn du aufpasst, dass kein Wasser hinkommt, dann kannst du dich duschen«, hatte er gesagt, sie in das in warmen Sandtönen geflieste Badezimmer im ersten Stock geführt und die Narbe an ihrem Rücken inspiziert. »Ich denke, in drei, vier Tagen können wir die Fäden ziehen.«

Jetzt stand sie vor dem Spiegel und versuchte, einen Blick darauf zu erhaschen, was er ihrem Rücken angetan hatte. Als sie den Bluterguss sah, erschrak sie. Er hatte sich wie ein Stern um eine knapp zehn Zentimeter lange Naht gebildet, die sich über ein Rechteck spannte, das die Größe einer Streichholzschachtel hatte. Er musste eine Tasche in Höhe ihres dritten Brustwirbels geschnitten und etwas hineingeschoben haben. Die Hoffnung, dass sie den Fremdkörper selbst entfernen konnte, schwand, je länger sie ihn betrachtete.

Sie erinnerte sich an einen Zeitungsartikel, in dem sie gelesen hatte, wie ein Bergsteiger in einer Felsspalte eingeklemmt gewesen war. Bevor er für den Abstieg zu schwach wurde, durchtrennte er die eingeklemmte Hand mit einem stumpfen Messer am Gelenk. Sie schauderte. Dagegen wäre es ein Kinderspiel, die Naht aufzutrennen und den Empfänger zu entfernen. Doch selbst wenn sie ein Messer gehabt hätte, das scharf genug gewesen wäre, hätte sie die Stelle niemals erreichen können. Mutlos ließ sie sich auf dem Rand der großen Badewanne nieder. Noch immer hatte sie keine Antwort auf die Frage, was er von ihr wollte. Geld war es offensichtlich nicht, und auch Sex schien keine Rolle zu spielen.

***

Spätsommer

Eva hatte ein schlechtes Gewissen, dass sie ihrer Freundin noch nicht Bescheid gegeben hatte, dass es nichts werden würde mit dem gemeinsamen Ausflug in die Berge am Wochenende.

»Ach, das ist schade.« Kristina klang enttäuscht. Seit sie vor sieben Monaten in der Gewalt eines Psychopathen gewesen und nur knapp mit dem Leben davongekommen war, hatte sie nicht viel Lust gehabt, etwas zu unternehmen. Dates und Oberflächlichkeiten waren mit einem Schlag unwichtig geworden.

»Aber wir könnten am Abend zusammen kochen, wenn du möchtest?«

Das Angebot versöhnte Kristina Winter einigermaßen mit dem geplatzten Wandertag.

»Und ich wollte dich fragen, was du davon hältst, wieder zu arbeiten«, fragte Eva vorsichtig. Nach wie vor gab sie sich die Schuld daran, dass Kristina fast gestorben wäre. Ihr erneut einen Job anzubieten, war verdammt heikles Terrain.

»Arbeiten?« Kristina lachte. »Du weißt doch, dass ich mir das gerade abgewöhnen will.«

»Und trotzdem bist du nicht zufrieden damit, den ganzen Tag herumzusitzen, hab ich recht?«

Kristina seufzte. »Ja, sicher. Aber ich will einfach nicht mehr jeden Tag im Netz hinter dem lieben Geld herjagen oder irgendwelche Bastionen verteidigen. Und was anderes kann ich leider nicht. Ich hab mir überlegt, ob ich ein kleines Geschäft aufmachen soll. Mit hübschen Geschenkartikeln und so ein Zeug. Dafür brauch ich nur einen Steuerberater und meinen guten Geschmack.«

Darüber machte Eva sich keine Sorgen. Kristina war die Sorte Mensch, der alles gelang, was ihr Spaß machte. »Ich meinte auch keine langweilige Tätigkeit in einer IT-Firma. Ich dachte bei uns. Aufregende Polizeiarbeit.«

Eine Weile war es still am Telefon, und Eva fragte sich schon, ob ihre Freundin eingehängt hatte. Dann vernahm sie ein leises Stöhnen. »Kristina? Bist du noch dran?«

»Ja«, krächzte es aus dem Hörer. »Eva, das kann nicht dein Ernst sein. Du glaubst doch nicht, dass ich noch mal Lockvogel spielen will?«

Oh Gott. »Natürlich nicht«, beeilte sich Eva zu versichern. »Kein Außeneinsatz und auch kein Kontakt mit irgendwelchen Tätern.« Sie umriss in wenigen Worten, worum es ging. »Und es wäre gut bezahlt. Hundertdreißig Euro pro Stunde!«

Kristina lachte. »Schatz, du weißt, dass ich genügend Geld habe, um bis ans Ende meiner Tage bestens versorgt zu sein.«

Das stimmte, Eva wusste davon. Dass der Großteil ihres Vermögens aus der Zeit stammte, in der die schöne IT-Spezialistin einer der gesuchtesten Hacker Europas war, hatten sie mit Einverständnis der Staatsanwaltschaft unter den Tisch fallen lassen. Immerhin hatte sie ihr Leben dafür riskiert, einen der schlimmsten Serienmörder in der Geschichte Deutschlands zu überführen. Und Eva dankte Gott noch immer jeden Tag dafür, dass ihre Freundin keine bleibenden Schäden zurückbehalten hatte und auch ihr, die sie in diese Situation gebracht hatte, niemals böse gewesen war. Nur eins hatte sich Eva versichern lassen: dass sie niemals Menschen um ihr Erspartes gebracht hatte. Kristina war zuerst entrüstet gewesen, dann fing sie an zu lachen. »Nein, Süße. Ich hab keine alten Omis ausgeraubt. Es waren die ganz bösen Buben, die dran glauben mussten.«

Später hatte Eva erfahren, dass es bei einigen der Internetkriminellen durchaus so etwas wie einen Ehrenkodex gab. Und dass Kristina auch heute noch einen Teil des ergaunerten Geldes dafür verwendete, den Opfern ihr Leben zurückzugeben, die von weit skrupelloseren Menschen betrogen worden waren.

»Also, pass auf«, sagte sie jetzt. »Wir kochen morgen zusammen, und ich erzähle dir dabei, worum es geht. Das Einzige, worum ich dich im Moment bitte, ist, dass du nicht gleich Nein sagst.«

***

»Ich weiß nicht«, sagte Eva, als sie sich am Nachmittag wieder in Sauerweins Büro trafen. »Das Ganze verwirrt mich. Wenn es sich tatsächlich um Versicherungsbetrug handelt, wie kommt Ammler an die Adressen der Opfer? Woher stammen die Informationen, wann die Bestohlenen für längere Zeit verreist sind? Zum Teil müssen Sicherheitscodes an den Türschlössern geknackt und Safes aufgebrochen werden. Das ist alles Insider- oder Fachwissen, weder das eine noch das andere hat er nach unserem derzeitigen Wissensstand erlangt. Der ist doch allerhöchstens ein Kleinganove. Und noch nicht mal das traue ich ihm zu.« Mutlos ließ sie ihre Schultern sinken.

»Lass uns den Gedanken weiterdenken«, schlug Karl vor. »Wie kommt man an solches Wissen heran? Und wie lange braucht man, um eine ausgefeilte Sicherheitstechnik umgehen zu können?«

Eva sah ihn nachdenklich an, dann suchte sie im Internet nach einer Nummer und griff zum Telefon. Sie plauderte mit jemandem, den Karl nicht kannte, und versprach abschließend, in einer halben Stunde vorbeizusehen. »Komm mit«, sagte sie. »Das könnte interessant werden.« Ohne ihn weiter aufzuklären, stand sie auf und schnappte sich die Schlüssel von Sauerweins Dienstwagen.

Eva blätterte in dem Schnellhefter, den sie mitgebracht hatte, und reichte dem Chef der Alarmanlagenfirma eine Zusammenfassung. Mit anerkennendem Blick deutete er auf den Eintrag, der auf die Sicherheitsanlage hinwies.

»Das da ist eine solide kleine Anlage von einem der besten Hersteller«, sagte Bauer. »Damit können Sie Ihr privates Reich recht gut schützen. Sie müssen einen sieben- bis zehnstelligen Code eingeben. Wenn Sie sich nur vertippen, erkennt die Anlage das zum Beispiel als Zahlendreher, der passieren kann, und fordert Sie auf, es erneut zu versuchen. Falls Sie aber einen völlig falschen Code eingeben, wird ein stummer Alarm ausgelöst, und wenn die Polizei in der Nähe ist, klicken ein paar Minuten später die Handschellen.«

»Wie schwer ist es, so ein Ding zu knacken?«

»Ohne spezielle Geräte ist es völlig ausgeschlossen. Und die haben nur vom Hersteller autorisierte Fachhändler.«

»Wie Sie zum Beispiel«, stellte Karl fest.

»Selbstverständlich.« Bauer lächelte. »Trotz aller Gewohnheit gibt es immer wieder Leute, die sich nach ein paar Jahren urplötzlich nicht mehr an ihren Code erinnern. Dann kommen wir und öffnen ihnen das Haus.«

»Welche Sicherheitsmaßnahmen sind dafür nötig?«

»Zum einen wird eine Sicherheitsfrage mit dem Kunden vereinbart. Zum anderen kennen wir unsere Klientel größtenteils persönlich, weil wir sie beraten und die Anlagen auch dort eingebaut haben. Außerdem sind Fotos hinterlegt.«

»In Papierform oder auf Ihrem Computer?«, fragte Eva. Seit sie vor ein paar Monaten mit einem extrem spezialisierten Internetkriminellen konfrontiert gewesen waren, klingelten bei ihr sofort die Alarmglocken.

»Natürlich auf dem Computer. Wer hebt denn heute noch Mengen von Papier auf, die zudem schnell vergilben können?«

Eva und Karl tauschten einen schnellen Blick aus. Das war definitiv eine Schwachstelle. »Das kann ich Ihnen sagen: jeder, der sich vor Manipulation schützen will«, sagte sie.

Dem Sicherheitschef war ihr genervter Unterton nicht entgangen. Er grinste provokant. »Liebe Frau Kommissarin, Sie ahnen gar nicht, wie gut man heutzutage auch einen Computer vor Zugriffen von außen schützen kann.«

Obwohl Eva ihm am liebsten sein dämliches Grinsen mit einem Tritt vors Schienbein aus dem Gesicht getreten hätte, sagte sie nur: »Mein lieber Herr Bauer, und *Sie* ahnen nicht, wie viele ebenso Ahnungslose jeden Tag bei unseren Kollegen von der Abteilung Internetkriminalität Anzeige erstatten. Weil sie so davon überzeugt sind, dass ihre Schutzmaßnahmen das Gelbe vom Ei sind. Sogar ins Pentagon wurde vor fünf Wochen eingedrungen. Und Sie nehmen sicher nicht an, dass die schlechter geschützt sind als Sie, oder?«

In dem Augenblick verstand sie Kristina und jeden anderen Hacker, dem es eine Genugtuung war, in ein angeblich unbezwingbares System einzubrechen. Am liebsten hätte sie ihrer Freundin den Auftrag gegeben, dem Typen einen Denkzettel zu verpassen. Dann riss sie sich zusammen. Bauer war das Grinsen sowieso vergangen. Außerdem schien er die Lust verloren zu haben, den Kommissaren weiterzuhelfen. Er sah auf die Uhr.

»Wenn Sie keine Fragen mehr haben, ich muss dann wieder.«

»Nur eines noch: Gibt es einen Schwarzmarkt für diese Geräte?«, fragte Karl ruhig.

»Nicht dass ich wüsste. Und wenn, dann vermutlich am ehesten im Osten. Rumänien, Russland. Aber selbst da kann ich mir nicht vorstellen, dass Sie eine Organisation finden, die alle Geräte für die Vielzahl von Alarmanlagen besitzt, die es mittlerweile auf dem Markt gibt.«

»Das Pentagon ist gehackt worden? Woher weißt du das denn schon wieder?« Karl konnte seine Neugier nur schwer im Zaum halten.

»Ich hab keine Ahnung, was mit dem Pentagon ist.« Eva musste lachen, als sie an den dämlichen Gesichtsausdruck Bauers dachte. Und noch mehr darüber, wie enttäuscht Karl gerade dreinsah. Ein

Skandal in Amerikas Vorzeigeeinrichtung? Das wäre genau nach seinem Geschmack gewesen.

***

Karl balancierte einen gefährlich schwankenden Stapel Unterlagen in den Händen. Als ein Kollege von der Sitte aus seinem Zimmer stürmte und gegen ihn prallte, konnte der Druck, den Karls Kinn auf den Packen ausübte, nicht mehr verhindern, dass sich eine ganze Menge an losem Papier verselbstständigte.

»Sorry, Karl, bin in Eile«, winkte der Kollege ab und ließ ihn inmitten des ganzen Papiers stehen.

Fassungslos starrte Karl ihm hinterher. »Du dämliche Hohlfritte«, murmelte er in dem Augenblick, in dem Eva aus dem Waschraum kam.

Ohne zu fragen, bückte sie sich und half ihm, alles wieder einzusammeln. Nachdem sie die Berichte sortiert hatten, fiel Evas Blick auf einen Ausdruck, auf dem ein unübersehbarer Fleck prangte. »Hast du das gelesen?«

Er legte den Kopf schräg und versuchte zu erkennen, was sie in der Hand hielt. »Das muss das Fax sein, das Nora oben auf den Stapel gelegt hat. Ich glaube, es ist eine Antwort auf unsere Anfrage.«

»Wir heften die Berichte später ab. Das ist jetzt wichtiger.« Sie wedelte mit dem Fax und schob ihn in Richtung von Sauerweins Büro.

»Ihr werdet nicht glauben, was ich hier habe. Die Landespolizeidirektion Salzburg schickt eine Antwort auf unsere Frage bezüglich der Fingerabdrücke.«

»Hat unser Mann auch dort zugeschlagen?«

»Nein«, sagte Eva. Es war viel schlimmer. »Sie haben eine Serie von fünf Einbruchdiebstählen. Bei den Geschädigten handelt es sich um gut betuchte Bürger, deren Häuser ausgeräumt wurden, als sie verreist waren. Zu den Einbrüchen gibt es jede Menge Fingerabdrücke von einer einzigen Person.«

Also doch. Sauerwein lehnte sich in seinem Stuhl zurück, bis der gefährlich knarzte. »Matthis Ammler.«

»Nein. Thomas Kreiner.« Eva machte eine theatralische Pause. Sauerwein und Karl sahen sie verständnislos an. Bis Karl schließlich fragte: »Sollten wir den kennen?«

»Wenn ihr eure Hausaufgaben gemacht hättet, dann schon.«

»Eva!« Sauerweins Augen funkelten. »Raus mit der Sprache.«

»Spielverderber«, antwortete sie mit einem Blinzeln. »Thomas Kreiner war auch Gast auf der Evendor. Und zwar an dem Tag, als sie sank.«

»Das ist nicht dein Ernst!«

»Leider doch. Und wie Ammler ist er seither spurlos verschwunden.«

»Gib mal her«, Sauerwein streckte die Hand nach dem Bericht aus.

Fünf Minuten lang war es totenstill in seinem Zimmer. Nachdem er fertig gelesen hatte, war er fassungslos. »Träume ich das gerade? Das kann doch nicht wahr sein!«

Eva klärte Karl auf. »Kreiner wurde erst vier Tage nach dem Untergang als vermisst gemeldet. Er war zum Zeitpunkt der Havarie zweiunddreißig Jahre alt und Schlosser von Beruf. Keine Angehörigen. Deswegen fiel sein Verschwinden erst auf, als er nach seinem Urlaub nicht zur Arbeit erschien. Sein Arbeitgeber hatte nichts von seiner Fahrt auf dem Fährschiff gewusst. Und die Behörden vor Ort waren offensichtlich tagelang damit beschäftigt, sämtliche Daten von überlebenden, ertrunkenen und vermissten Personen mit der Passagierliste abzugleichen.«

»Das Ganze wird immer obskurer«, stellte Sauerwein fest. »Jetzt haben wir schon zwei verschwundene Personen, die in irgendeiner Art und Weise zusammenhängen. Fragt sich nur, wie.«

»Können wir uns die Bankdaten und Versicherungsunterlagen der geschädigten Personen kommen lassen?«, fragte Eva. »Wenn wir mit unserem ursprünglichen Verdacht richtigliegen, dass es sich bei den Einbrüchen um Versicherungsbetrug handelt, dann müssten die alle ziemlich klamm gewesen sein.«

»Nicht unbedingt«, widersprach Sauerwein. »Aber überprüfen sollten wir das trotzdem. Sprich das auch gleich mit den Salzburger Kollegen ab und frag, ob sie neue Erkenntnisse haben und ob wir auch ihre Unterlagen einsehen können. Im Gegenzug können sie gern alles erfahren, was wir wissen. Ich habe keine Lust auf ein Kompetenzgerangel mit den Österreichern.«

»Salzburg bedankt sich für den Hinweis. Sie werden ihre Opfer auf die gleichen Parameter überprüfen«, sagte Eva, nachdem sie zwanzig Minuten lang mit den Salzburger Kollegen telefoniert hatte. »Dort liegt der durchschnittliche Versicherungswert bei einhundertfünfundsiebzigtausend Euro.«

»Und bei uns?«, fragte Sauerwein.

»Da ist es weniger bescheiden. Die Summen schwanken zwischen zweihundert- und vierhunderttausend Euro.« Karl stieß einen Pfiff aus und blätterte sich durch die Liste der gestohlenen Gegenstände. »Dazu kommt, dass nur Sachen entwendet wurden, die reißenden Absatz auf dem Schwarzmarkt finden. Von dem Bargeld abgesehen, das in den Safes lag.«

»Angeblich darin lag«, verbesserte Eva. »Wenn das wirklich lauter krumme Nummern waren, dann können wir davon ausgehen, dass gar nicht alles gestohlen wurde.«

»Ich habe die Namen der Geschädigten durch den Computer laufen lassen. Wirkliche Unschuldslämmer finden sich dabei nur wenige«, sagte Kristina. Nachdem Eva Stein und Bein geschworen hatte, dass sie sie nie wieder mit Internetrecherchen über einen geisteskranken Frauenmörder beauftragen würde, war Kristina Feuer und Flamme für den Job gewesen.

»Als Erstes hab ich Marina Felber überprüft. Wenn ich euch richtig verstanden habe, hat der Einbruch bei ihr schließlich den Stein ins Rollen gebracht. Also, jedenfalls ist sie schon mal sauber. Aber hier haben wir einen Handelsvertreter, der mehrfach wegen Industriespionage verklagt wurde. Allerdings konnte man ihm nie etwas nachweisen.« Sie reichte Sauerwein eine Liste mit Strafmandaten. »Der Zweite hat eine Karriere wegen Veruntreuungsdelikten hinter sich.« Ein zweites Blatt wechselte den Besitzer. »Der hier hat keinen Dreck am Stecken, aber seit er dreihunderttausend Euro von seiner Versicherung kassiert hat, dürfte er ruhiger schlafen als zu der Zeit, als ihm die Gläubiger noch auf den Fersen standen.« Sie blickte von ihrer Liste auf. »Und zwei, die mehr oder weniger unbeschriebene Blätter gewesen sind, die aber ihren Kontoständen nach deutlich über ihre Verhältnisse gelebt haben.«

»Wir haben also eine Ansammlung von Personen, deren Hemmschwelle hinsichtlich eines Versicherungsbetrugs nicht allzu hoch sein dürfte«, resümierte Sauerwein und wandte sich an Eva. »Hast du schon weitere Informationen von den Kollegen aus Salzburg?«

»Das Bild ist ganz ähnlich. Ein Kandidat wurde vor zwei Jahren wegen Versicherungsbetrug schon einmal verdonnert, allerdings ging es dabei um eine vergleichsweise kleine Summe von hunderttausend Euro. Wobei ich mich frage, ob man so blöd sein kann und es zweimal versuchen würde, eine Versicherung zu bescheißen. Dass die nach einem erneuten Fall sofort hellhörig werden, kann man sich schließlich an einer Hand abzählen. Ganz zu schweigen davon, dass es eh merkwürdig ist, dass er nach dem ersten Delikt überhaupt noch eine Versicherung gefunden hat, die ihn genommen hat. Genau das ist vielleicht ein entscheidender Punkt«, überlegte Eva.

Sauerwein konnte ihr nicht folgen. »Was meinst du damit?«

»Na, dass die österreichischen Kollegen da mal nachhaken sollten. Ob es mit rechten Dingen zugegangen ist, dass er noch mal eine Police bekommen hat. Ich schreibe denen gleich noch eine Mail dazu«, sagte Eva und fuhr mit ihren Ausführungen fort. »Einem anderen konnte man nichts nachweisen, da hatte der Paketbote das Paket vor der Tür abgelegt und selbst unterschrieben. Das Paket mit Computerhardware im Wert von knapp zwölftausend Euro ist verschwunden, und der Kunde hat Ersatz vom Lieferanten bekommen. Die gestohlenen Computerteile sind nie wieder aufgetaucht, lassen sich aber übers Internet bestens verhökern, da es Teile waren, die keine Seriennummern hatten. Und die anderen drei Geschädigten waren bis zu den Einbrüchen unauffällig, aber ziemlich abgebrannt. Die ausbezahlten Versicherungssummen liegen zwischen einhundertzwanzig- und zweihundertsiebzigtausend Euro.«

Kristina räusperte sich. Als alle zu ihr blickten, fragte sie: »Darf ich auch was dazu sagen?«

»Du hast einen Sonderstatus hier, das solltest du wissen. Auch wenn du keinerlei polizeiliche Erfahrungen hast, ich meine von der guten Seite her«, Sauerwein blinzelte ihr zu, »halte ich dich für intelligent genug, dass du durchaus etwas Brauchbares beitragen kannst.«

Kristina wurde rot vor Freude, was ihr ausgezeichnet stand. »Also, ähm, ich finde, dass die Summen, um die es sich handelt, ausgesprochen gering sind. Was bekommt man denn bei Versicherungsbetrug? Fünf Jahre?«

Sauerwein wiegte den Kopf hin und her. »Kommt auf die Umstände an. Wenn es Bagatelldelikte sind, sicher nicht so viel. Aber bei den Summen kann es hinkommen.«

»Und bei einer Million?«

»In etwa genauso viel. Warum?«

»Weil ich mich frage, wieso es jemand riskieren sollte, wegen läppischer zwei- bis vierhunderttausend Euro für fünf Jahre in den Bau zu kommen. Wenn das Risiko für eine Million nicht wesentlich höher wäre.«

Sauerwein zupfte nachdenklich an seinem Ohrläppchen. »Aber vielleicht ist es ja genau das. Bei solchen an und für sich tatsächlich geringen Summen ist die Gefahr, dass die Polizei eine groß angelegte Ermittlung durchführt, nicht so hoch wie bei Einbrüchen, deren Schaden in die Millionen geht. Und die geschädigten Versicherungen dürften sich mit Privatermittlungen eher zurückhalten. Das müssen wir allerdings überprüfen. Wer macht das?«

Karl nickte sofort. »Mach ich.« Hauptsache, nicht irgendwelche Zeugen befragen müssen. Er liebte es, am Schreibtisch zu sitzen, ein bisschen zu telefonieren und Eva den einen oder anderen Bericht abzunehmen. Dafür war sie immer sofort dafür zu haben, raus aus der Bude zu kommen, die Leute in ihren Häusern zu besuchen und daraus ihre Schlüsse zu ziehen. Fremde Wohnungen waren das Schlimmste für Karl. Man wusste nie, ob nicht irgendwo ein Hund hinter der Ecke hervorsprang und ihn ansabberte. Oder ein verzogenes Gör, das seine schokoladenverschmierten Hände an Karls Hosen abwischte. Lieber am Computer sitzen. Da konnte er auch viel besser mal eben die neueste »Gala« oder »Bunte« unter der Schreibtischunterlage hervorziehen und ein bisschen schmökern.

***

Vier Monate vorher

Als sie wach wurde, war sie für einen Moment orientierungslos. Sie rollte sich auf den Rücken, und erst als der Schmerz kam, wurde ihr schlagartig bewusst, wo sie sich befand. Seit einigen Wochen erlaubte Robert ihr gelegentlich, im Gästezimmer im ersten Stock zu übernachten, bei von außen verschlossener Tür. Stöhnend rollte sich Miriam über die Seite ab, bis sie am Bettrand saß. Mit einem Blick auf den kleinen Wecker auf dem Nachttischchen sah sie erschrocken, dass es bereits nach neun war. Sie sprang aus dem Bett und lief ans Fenster. Der Tisch auf dem Ponton war gedeckt, und ein großer Sonnenschirm warf einen großzügigen Schatten darauf. Robert nippte an einer Tasse und blätterte in einer Tageszeitung. Als sie ihn sah, wurde sie wütend auf sich selbst. Er saß so selbstherrlich da, als wäre sie sein freiwilliger Gast und nicht sein Opfer. Und sie? Sie war seit Wochen von einer inneren Unruhe erfasst. Wie lange würde er diesmal Zeit für sie haben, bevor sie zurück in den Keller musste? Sie gierte nach seiner Anwesenheit, selbst wenn er oft nur stundenlang Zeitung las oder an seinem Computer tippte. Allein seine Gesellschaft und die Nähe, die sie zu ihm verspürte, gaben ihr so viel, dass es ihr die Tränen in die Augen trieb.

Um keine weitere Minute zu verpassen, putzte sie sich nur schnell die Zähne und band ihre Haare zu einem losen Zopf. Dann schnappte sie sich weiße Shorts und ein buntes T-Shirt, riss an der Tür, die sich zu ihrer Überraschung ganz leicht öffnen ließ, und stolperte die Treppe hinunter.

Als Miriam aus dem Haus stürmte, war Robert weg. Irritiert blieb sie stehen und holte tief Luft. Nachdem sie gemerkt hatte, dass er es bei seiner Androhung, den Taser zu benutzen, beließ, aber keinen weiteren Gebrauch mehr davon machte, war sie sich sicher, dass er sie mochte. Und vielleicht sogar mehr als das. Unschlüssig stand sie am Ufer und schaute aufs Wasser. Dann sah sie die Flusskrebse, die sich am Uferrand in der Sonne wärmten. Vorsichtig ließ sie sich auf die Knie nieder, streckte langsam eine Hand nach dem Krebs, der ihr am nächsten saß, und schnappte blitzschnell zu. Dass sie ihn tatsächlich erwischt hatte, freute sie. Lächelnd sah sie ihm zu, wie er mit seinen braun gefleckten Scheren ruderte und versuchte, sich aus der unerwarteten Gefangenschaft zu befreien. Plötzlich kam ihr der Gedanke, dass sie Brüder im Geiste waren. Sie setzte ihn zurück an den Gewässerrand und beobachtete, wie er blitzschnell im Wasser verschwand. Traurig winkte sie ihm nach, als sie Schritte hinter sich hörte.

Als sie sich umdrehte, stand Robert hinter ihr. »Guten Morgen. Gut geschlafen?«, fragte er leichthin. Als sie ihn vor sich sah, barfuß, in verwaschene Jeans und ein kariertes Hemd gekleidet, das ihm lässig über die Hose hing, hätte sie sich am liebsten in seine Arme gestürzt.

Sie lächelte scheu. »Guten Morgen. Ja, sehr gut. Und du?«

Als er keine Antwort gab, sich nur an den Tisch setzte, ein Brötchen aus dem Korb nahm und genüsslich hineinbiss, verfluchte sie ihren Magen, der bei dem Anblick verräterisch knurrte. Zwei Stimmen in ihrem Inneren kämpften um die Oberhand, und das machte sie wütend. Sie wollte nichts davon wissen, dass sie ihm die Stirn bieten sollte, ihm ihre Meinung sagen und verlangen, dass er sie nach Hause bringen sollte. Oder ihr zumindest endlich sagen sollte, weshalb er sie hierher gebracht hatte. Stattdessen setzte sie sich rasch zu ihm, trank den Cappuccino, den er aus der Küche mitgebracht hatte, aß eine Semmel mit Schinken und ein weich gekochtes Ei und ignorierte die Stimme der Vernunft.

»Warum bist du so sauer?«, fragte er, während er sich die zweite Hälfte seines Sesambrötchens mit Käse und einer Tomatenscheibe belegte.

Als sie nichts erwiderte, sagte er sanft: »Ich spüre doch, dass etwas ist. Also?«

»Weil ich nach Hause möchte, aber nicht kann«, wagte sie einen Vorstoß. »Weil du mich hier festhältst und weil ich noch nicht mal weiß, warum.«

Verwirrt lächelte er sie an. Für einen Augenblick schien auch er vergessen zu haben, dass sie nicht freiwillig sein Gast war. »Entschuldige«, sagte er mit einem Lächeln. »Du hast natürlich recht. Aber wie wäre es, wenn du dich einfach an den Gedanken gewöhnst, dass sich dein Leben verändert hat? Du hast dir doch sicher schon gewünscht, genügend Geld zu haben, um nicht mehr in eine Arbeit zu gehen, die dir keinen Spaß macht. Dass du in einem schönen Haus leben kannst. Und dass du einen Mann hast, der dich liebt und der dich glücklich machen will.« Er machte eine weite Handbewegung. »All das hast du hier. Was findest du so falsch daran?«

Irgendetwas in ihrem Kopf rief ihr zu, dass etwas an seinen Worten nicht stimmen konnte. Dass sie wütend hätte werden müssen, ihn mitsamt seinem Lächeln ins Wasser stoßen sollte. Dass sie nicht aus Liebe hier war, sondern weil er sie gefangen hielt. Doch stattdessen machte ihr Herz einen Satz. Er wollte sie bei sich behalten und sie glücklich machen. Nur das zählte! Und bei seinen nächsten Worten kamen ihr erneut die Tränen.

»Ich kenne dich besser, als du denkst. Ich weiß, was du gern isst und trinkst, ich kenne deinen Humor, deine Intelligenz und was du dir wünschst. Und ich bin bereit, dir all das zu erfüllen. Wieso versuchst du nicht, dich darauf einzulassen? Und vielleicht denkst du auch mal darüber nach, dass es offensichtlich niemanden juckt, dass du verschwunden bist. Dein Umfeld schert sich einen Dreck darum, was mit dir passiert ist. Oder merkst du irgendetwas davon, dass dich die Polizei sucht?«

***

Spätsommer

»Da wir im Moment nichts haben, wo wir ansetzen können, werden wir jetzt den Geschädigten auf den Zahn fühlen«, sagte Sauerwein. »Ihr könnt dabei auch ruhig die Schrauben anziehen und ein bisschen Druck machen.« Er reichte Karl eine Tabelle mit Namen und Anschriften der Einbruchsopfer.

»Mit *wir* meinst du Eva und mich«, stellte Karl säuerlich fest. Obwohl er beileibe kein Drückeberger war, fand er es ziemlich ungerecht, Max' Job übernehmen zu müssen, während der sich einen faulen Lenz in der Rehaklinik machte. Schließlich war es normalerweise Max' Aufgabe, gemeinsam mit Eva den Leuten auf den Nerv zu gehen.

»Gut erkannt«, antwortete Sauerwein ihm mit einem Grinsen. »Es sei denn, du möchtest mich bei der Besprechung mit Märkel und Hofer vertreten, dann fahre ich mit Eva.« Er wusste selbst, dass es eine Notlösung war, Karl mit Eva loszuschicken, wenn es darum ging, Zeugen in die Mangel zu nehmen.

»Na los. Das packen wir schon«, versuchte Eva, die dunklen Wolken auf Karls Stirn zu vertreiben. »Je eher wir damit anfangen, desto eher sind wir fertig.« Sie packte seine Stuhllehne und schubste ihn hinunter. »Wir fangen mit Igor Glasik an. Der hat seine Firma gleich um die Ecke.«

»Was wollen Sie von mir?«, ging der hochgewachsene Schönling in die Offensive, ohne sie hereinzubitten. »Ich habe Ihren Kollegen schon alles erzählt.«

»Dann erzählen Sie es uns eben noch mal«, sagte Eva und drängte sich an ihm vorbei in sein Büro. Abrupt blieb sie stehen und sah sich um. Dann drehte sie sich zu Glasik um, der fast auf sie geprallt wäre. »Für jemanden, der kurz vor der Insolvenz stand, leben Sie ja auf reichlich großem Fuß.«

»Na und? Ist das etwa strafbar?«

»Das nicht, aber es erweckt den Anschein, dass Sie sich durch den Einbruch gesundgestoßen haben.«

Da Glasik keine Anstalten machte, sie zum Sitzen aufzufordern, lehnte Eva sich an ein dunkelbraunes hochglanzlackiertes Sideboard und stützte sich wie zufällig mit den Händen daran ab.

»Wissen Sie, Frau Oberkommissarin, viele Dinge haben einen Anschein, der trügt. Aber ich gebe zu, dass die Versicherung nach Abzug des ganzen Ärgers eine hübsche Summe überwiesen hat. Das war allerdings nur die Entschädigung dafür, dass ich bestohlen worden bin. Die Möbel hatte ich im Übrigen schon vorher. Dass ich auf so großem Fuß gelebt habe, war sicher nicht ganz unschuldig daran, dass ich kurz vor der Pleite stand.« Er lächelte sie mit einem treuherzigen Blick an.

Eva drückte sich von dem Schrank ab und warf einen kurzen Blick zurück. Mit Genugtuung sah sie, dass ihre Handcreme einen deutlichen Abdruck auf dem Lack hinterlassen hatte.

***

»Wieso wolltest du so schnell wieder gehen?«, fragte Karl.

»Weil der Typ so glatt ist wie seine Schränke. Außerdem hat er uns angelogen«, sagte Eva. »Die Schränke und die Sitzgruppe wurden erst vor zwei Monaten in der ›Schöner Wohnen‹ präsentiert.«

»Du liest Einrichtungsmagazine?«, zog er sie auf.

»Na und? Ist ja nicht strafbar«, griff Eva Glasiks dumme Antwort auf.

»Was habt ihr herausgefunden?«, fragte Sauerwein, als sie mit Kuchen beladen zurück ins Präsidium kamen.

»Im Grunde genommen überhaupt nichts«, sagte Karl. »Wir haben alle Namen auf der Liste abgeklappert. Irgendwie waren die alle aalglatt und haben sich angehört, als wären sie bei der Gehirnwäsche gewesen. Von denen gibt sich keiner eine Blöße.«

»Wir hatten den Eindruck, dass sie darauf vorbereitet waren, nochmals von der Polizei befragt zu werden.« Eva betrachtete mit glänzenden Augen die große Erdbeere auf ihrer Gabel, bevor sie die Frucht in ihren Mund schob. »Ja, ich war pleite, jetzt bin ich's nicht mehr. Ist doch nicht strafbar. Natürlich bin ich froh, dass die Versicherung bezahlt hat«, sagte sie mit vollem Mund. »Lauter so ein Kram eben. Komisch daran ist, dass sie alle dasselbe heruntergeleiert haben. Als hätten sie eine Bedienungsanleitung auswendig gelernt.«

»Und was sagt euer Bauchgefühl?« Sauerwein war von jeher ein Verfechter dessen, dass seine Mitarbeiter in sich hineinspürten, was ihre Intuition hergab. Bis auf Max, der seine persönlichen Animositäten nie in den Griff bekam, täuschten sie sich dabei nur selten.

»Dass wir weitergraben sollten. Nicht so offensiv wie heute. Aber ich glaube, dass wir auf dem richtigen Weg sind.« Eva verdrückte das letzte Stück Kuchen und schielte sehnsüchtig auf Sauerweins Teller, der noch immer unangetastet vor ihm stand.

»Vergiss es«, machte er ihre Hoffnung zunichte. »Karl?«

»Das Gleiche. Und mir ist noch was aufgefallen.« Er wunderte sich, dass Eva nicht schon längst darauf zu sprechen gekommen war. »Die Opfer waren alle im mittleren Alter. Dass keine jungen Leute darunter sind, wundert mich nicht, bei denen ist meist noch nicht so viel zu holen. Aber wo sind die alten Menschen, die viel Geld in Wertgegenstände umgesetzt haben? Die wären doch ein viel besserer Opferkreis als der betuchte Mittvierziger, der sein Haus schon mal mit einer Alarmanlage und allem möglichen anderen elektronischen Schnickschnack sichert.«

Verblüfft sah Eva ihn an. Dann schlug sie mit der flachen Hand auf den Tisch, dass die Tasse klirrte, die sie auf ihrem Teller abgestellt hatte. »Verdammt«, rief sie. »Ich hab mich die ganze Zeit gefragt, was mich so irritiert. Genau das ist es! Karl, du bist ein Held! Ich glaube zwar nicht, dass das die Ermittlungen voranbringt, aber es ist zu auffällig, um es zu ignorieren. Jedenfalls ist es ein deutlicher gemeinsamer Nenner. Weil diese Altersgruppe erfahrungsgemäß die höchsten Einkommen verzeichnet, aber die geringsten Hemmungen hat, eine Versicherung oder auch das Finanzamt übers Ohr zu hauen.«

FÜNF

Nachdem sie im Laufe der Zeit verstanden hatte, wie sie mit ihm umgehen musste, fiel es Miriam immer leichter, sich mit ihrer unmöglichen Situation abzufinden. Und obwohl sie sich dafür selbst verachtete, schrie ihre Seele nach Zuwendung. Da ihr jegliche sozialen Kontakte fehlten, sehnte sie sich mehr und mehr nach seiner Anerkennung. Als es sich eingependelt hatte, dass er sie nur noch morgens, wenn er zur Arbeit ging, in den Keller einsperrte, war sie richtiggehend froh, ihn zu sehen, wenn er abends nach Hause kam und sie für ein paar Stunden wieder herausließ. Und die Wochenenden durfte sie bis auf die Nächte ganz oben im Haus verbringen, wenn sie sich gut benahm. Die Glücksgefühle, die sie überkamen, wenn Freitag war, waren unbeschreiblich und ließen sich mit nichts vergleichen, was sie jemals für einen Mann empfunden hatte. Und schließlich hatte es sich ergeben, dass er sie küsste, als sie dicht neben ihm auf der Couch saß und, statt dem Film zu folgen, nur ihn ansah.

Als Miriam nach dem Zähneputzen in die Küche kam, merkte sie sofort, dass Robert aufgewühlt war. Sie schlich sich von hinten an ihn heran und schlang ihre Arme um ihn. »Was ist los mit dir?«, murmelte sie in sein Ohr und rieb ihre Wange an seinem Dreitagebart.

Er schob ihre Hände von seinen Schultern und stand auf. Ihre unterwürfige Art ging ihm zunehmend auf die Nerven. Das, was ihm anfangs als zumindest brauchbare Idee erschienen war, erwies sich im Laufe der Monate mehr und mehr als wirkliche Schnapsidee. Und seine nahezu völlige Unfähigkeit, mit der Situation umzugehen, brachte ihn in eine Hilflosigkeit, die ihn vollends wütend machte. Er kaute an den Nägeln seiner linken Hand und verzog das Gesicht, als ein jäher Schmerz durch sein Nagelbett fuhr. Ärgerlich besah er sich, was seine Zähne in der letzten Zeit angerichtet hatten, und lachte freudlos auf. Nägelkauen, das hatte er noch nicht mal in der Pubertät zustande gebracht. Und heute?

Zum wiederholten Male ging ihm das Gespräch, das er ein paar Tagen zuvor mit Lubiczek und seinen Handlangern geführt hatte, durch den Kopf.

»Du hast doch nicht mehr alle Tassen im Schrank«, hatte der gebrüllt, als Robert sich nach wie vor strikt dagegen weigerte, *die Versicherungstussi zu entsorgen.* »Was sollen wir mit dem Weib denn sonst anfangen? Sie laufen lassen kommt jedenfalls nicht mehr in Frage. Dafür bist du schon viel zu weit gegangen. Die blöde Kuh lässt uns alle auffliegen, ohne mit der Wimper zu zucken. Und dass du sie seit Monaten in deinem Haus gefangen hältst, macht die Sache auch nicht besser für dich. Und sag bloß nicht, ich hätte dich nicht gewarnt!«

»Ich hätte nichts dagegen, sie hier unterzubringen«, schlug Nicola mit einem wölfischen Grinsen vor. »Meine Alte lässt mich eh nur noch alle Jubeljahre ran. Und so ein bisschen Ablenkung hier, wieso denn nicht? Dabei hätten wir alle unseren Spaß.«

»Das ist endlich mal eine geile Idee«, sagte Lubiczek kalt. »Damit lässt sich auch noch jede Menge Kohle machen. Wir filmen das Ganze und verhökern es anschließend. Der Markt schreit doch nach echten Vergewaltigungen, und Gangbang-Rape ist die Krönung überhaupt. Den ganzen gestellten Scheiß will doch keine Sau mehr sehen. Wenn sie dabei draufgeht, umso besser, dann muss sich keiner von uns erbarmen. Sieh zu, dass du das Fickstück asap herschaffst.«

Es hatte nicht mehr viel gefehlt und Robert hätte sich übergeben. Fieberhaft dachte er darüber nach, wie er sie von der Idee wieder abbringen konnte. So, wie die anderen bei dem bloßen Gedanken an Lubiczeks Vorschlag johlten und ihre Augen dabei glänzten, wären sie durchaus in der Lage, die Frau hier eine Ewigkeit gefangen zu halten und sie wieder und wieder zu missbrauchen. Hier in dieser beschissenen Abgelegenheit würde sie niemand jemals finden können. Allein beim Gedanken daran wurde ihm schlecht.

Eine Zeit lang stand er mit dem Rücken zu ihr am Küchenfenster und starrte in den grauen Himmel. Als er einen Entschluss gefasst hatte, setzte er sich zu ihr auf die Eckbank und zog die Zeitung hervor, die er unter das Sitzkissen geschoben hatte. Gespannt beobachtete er ihr Gesicht, während sie die Schlagzeile las und das Foto entdeckte, das in ihrem letzten gemeinsamen Urlaub mit Brigitte entstanden war.

Kraftlos ließ sie die Zeitung sinken. »Das bin ja ich.«

»Was du nicht sagst«, erwiderte er ironisch. »Das bringt uns in verdammte Schwierigkeiten.«

Mit einem Mal schossen tausend Gedanken durch ihren Kopf. Gedanken, die sie sich in letzter Zeit mehr und mehr versagt hatte, weil sie so schmerzten, dass sie dachte, sie würde darüber verrückt werden. Erinnerungen an eine Zeit, als sie noch ein Mensch voller Träume und Hoffnungen gewesen war. Frei und selbstbestimmt. Sie drehte den Kopf von ihm weg, wollte nicht, dass er ihre Tränen sah. Es hatte Wochen gedauert, bis sie sich etwas entspannt hatte. Bis sie gelernt hatte, ihn wenigstens ein bisschen zu mögen. Ihm zu vertrauen. Ja, mehr als das. Und er hatte ja recht gehabt. Kein Mensch schien sie zu suchen. Er war meistens gut zu ihr. Die wenigen Male, die er den verhassten Knopf gedrückt hatte, lagen lange zurück.

Aber als ihr jetzt schlagartig wieder bewusst wurde, dass es da draußen doch noch Menschen gab, die sie vermissten, wurde ihre Kehle eng.

Dann wanderten ihre Gedanken zurück zu ihm. Die Zuneigung, die sie ihm gegenüber empfand, stand im völligen Widerspruch zu der Situation, in der sie sich befand. Aber er war so gut und freundlich zu ihr, brachte ihr die Bücher, um die sie ihn bat, und als sie ihn um ihre Lieblingslotion gebeten hatte, hatte er die komplette Pflegeserie für sie gekauft. Als er sie schließlich das erste Mal geküsst hatte, war es, als sei sie wieder ein Teenager. Ihre Gefühle schlugen Kapriolen, und sie hätte sich am liebsten an ihn geklammert und ihn nie wieder losgelassen. Dann hatte es weitere vier Wochen gedauert, und sie hatte mit ihm geschlafen. Allein, in seinem Bett wollte er sie nicht übernachten lassen. Offensichtlich hatte er Angst davor, dass sie ihm eines Nachts ein Messer zwischen die Rippen stoßen könnte.

Nur wenn er zur Arbeit ging, sperrte er sie noch immer in den Raum im Keller.

»Du brauchst keine Angst zu haben«, hatte er gesagt und ihre

Kooperationsbereitschaft mit einem Lächeln zur Kenntnis genommen. »Ich lasse das Licht an, und du hast genug zum Trinken und zum Lesen.«

Irgendwann wurde ihr klar, dass zweimal in der Woche eine Putzfrau ins Haus kam, und sie begann, winzige Spuren zu hinterlassen. Ein kleiner Kaffeefleck auf der Arbeitsplatte, ein Spritzer Zahnpasta auf dem Badezimmerspiegel, ein Brotkrumen unter dem Esstisch. Wenn sie am Abend wieder aus ihrem Kellerzimmer durfte, kontrollierte sie wie beiläufig, ob an den Stellen sauber gemacht worden war. Nach ein paar Wochen hatte sie das Muster ausgemacht. Montag und Donnerstag waren die Tage, an denen sämtliche Räume geputzt wurden.

Eine Weile dachte sie darüber nach, ob sie rufen sollte. Vielleicht würde die Frau sie hören. Oder eine Nachricht hinterlassen. Doch ihre Angst überwog. Sollte er es mitbekommen, dann würde er den roten Knopf drücken, da war sie sich sicher. Im Laufe der Zeit war die Wunde gut verheilt, und an guten Tagen konnte sie wieder auf dem Rücken liegen. Trotzdem vergaß sie den Schmerz nie, den der Elektroschock verursachte. Und noch etwas machte ihr Angst. Wenn er richtig sauer war, könnte er sie wieder tagelang in den Keller sperren. Vielleicht sogar ohne Wasser, ohne Licht. Nein, für den Moment wollte sie den Frieden, der seinen Platz zwischen ihnen gefunden hatte, nicht gefährden.

***

Bevor Sauerwein ihnen eröffnen konnte, was sie erledigen sollten, kam Nora Wallner zur Tür herein und beschwerte sich, dass schon wieder alle Telefone auf sie umgestellt waren. Sie drehte sich um und wollte Sauerweins Büro gerade verlassen, als ihr noch etwas einfiel.

»Außerdem hat a irgendso a Typ angrufen. Er macht sich Sorgn um sei Frau. Die sollt bei Bekanntn Blumen gießn und is seither nimma hoam kemma.« Sie zog einen zerknüllten Zettel aus der Tasche ihrer Jeans. »Des is sei Telefonnummer.« Sie trippelte gnädigerweise zurück ins Zimmer, warf das Papier auf Sauerweins Schreibtisch und tippte nachdrücklich mit einem dunkelrot lackierten Zeigefinger auf das Knäuel. »Da rufst an, Sauerwein. Und zwar jetz glei!«

Entgeistert sahen ihr die drei Kommissare nach. Dann griff Sauerwein wie automatisch zum Telefon und wählte die Nummer, die in Noras flüchtig dahingekrakelter Schrift geschrieben war. Er bedeutete Eva und Karl zu bleiben und stellte den Lautsprecher an.

»Hildebrandt«, dröhnte ein heiserer Bass aus dem Hörer.

Sauerwein stellte sich vor und informierte den Mann darüber, dass zwei weitere Kollegen zuhörten. Dann bat er um eine Schilderung seiner Befürchtungen.

»Meine Frau sollte bei Bekannten Blumen gießen, weil die am Gardasee sind. Und seither kann ich sie nicht mehr erreichen.«

»Wie lange ist das her?«

»Vier Stunden.«

Karl verzog das Gesicht und sah Sauerwein mit zusammengekniffenen Augen an. Bei Erwachsenen ging die Polizei frühestens vierundzwanzig Stunden nach dem letzten Kontakt einer Vermisstenmeldung nach.

Inzwischen hatte der aufgeregte Mann weitergeredet. »Ich weiß, dass das nicht lang genug ist, damit Sie aktiv werden können. Aber wir wollten vor zwei Stunden nach Salzburg fahren, und dafür ist es jetzt zu spät. Meine Frau hätte sich niemals von irgendwas aufhalten lassen. Und wenn, dann hätte sie Bescheid gegeben. Ich kann mich zu hundert Prozent auf sie verlassen. Immer!«

»Sagen Sie, Herr …« Sauerwein hatte den Namen vergessen und versuchte vergeblich, ihn auf Nora Wallners Zettel zu entziffern.

»Hildebrandt«, half der ihm aus.

»Danke. Also, Herr Hildebrandt, wie wohlhabend sind Ihre Bekannten?«

»Was?«, fragte Hildebrandt verwirrt. »Was soll denn die Frage?«

Sauerwein verzog das Gesicht. Wieso konnten die Leute nicht einfach darauf antworten, was sie gefragt wurden. Es ging ihm zunehmend auf die Nerven, dass er sich andauernd wiederholen musste.

»Bitte antworten Sie einfach.«

»Ja, also, ich würde sagen, gehobener Mittelstand.«

»Gibt es in der Wohnung etwas zu holen?«

»Was?«, fragte Hildebrandt erneut, und sein Tonfall wurde schlagartig frostig. »Sie wollen meiner Frau doch nicht unterstellen, dass sie das Haus unserer Freunde ausräumt!«

»Niemand will Ihrer Frau etwas unterstellen und ich am allerwenigsten«, sagte Sauerwein sanft. »Meine Frage hat einen ganz bestimmten Grund, den ich Ihnen zum jetzigen Zeitpunkt aber nicht erklären kann. Also beantworten Sie bitte meine Frage.«

»Tja, es gibt einige Gemälde, die etwas wert sein dürften. Sehr viel teurer Schmuck, aber den haben sie sicher mit in den Urlaub genommen. Ansonsten«, Hildebrandt machte eine Pause und dachte nach, »ich weiß es nicht, ich kenne die beiden nicht besonders gut. Aber es steht viel Zeug rum. Kristallschalen, Bronzebüsten. Ich habe keine Ahnung, ob das was wert ist.«

»Wenn Sie das Ehepaar nur flüchtig kennen, woher wissen Sie von dem Schmuck?«, schaltete sich Eva in das Gespräch ein. »Und wieso glauben Sie, dass sie ihn mit in den Urlaub genommen haben?«

Aus dem Lautsprecher drang ein bellendes Lachen. »Weil meine Frau eifersüchtig ist, dass ihre Freundin so viel Bling-Bling besitzt. Und wir uns das nicht leisten können. Zu jedem Kleid etwas Passendes, von den Ohrringen über die Kette bis hin zu den Uhren. Und Sie können Gift darauf nehmen, dass sich die vornehme Dame nicht in ein Luxushotel setzt, ohne perfekt gestylt zu sein.« Er sprach das Wort »geschdeilt« aus.

Sauerwein verkniff sich ein Grinsen und bat ihn, kurz zu warten. Er drückte einen Knopf und legte ihn auf Musik. Er sah seine Mitarbeiter an. »Was denkt ihr?«

»Dass wir nachsehen sollten«, sagte Eva. »Auch wenn vier Stunden das in keiner Weise rechtfertigen. Aber ich habe ein ganz blödes Gefühl bei der Sache.«

»Gut. Nehmt eine Einheit vom Einsatz mit. Das wird kein Alleingang, ist das klar?«

***

Vor dem Haus, in dem die Wohnung der Familie Vollmann lag, wartete bereits ein Streifenwagen, als Eva Sauerweins Dienstwagen auf einem freien Stellplatz parkte. Sie stieg aus, klopfte im Vorbeigehen an die Seitenscheibe und winkte den Kollegen, ihr zu folgen. Dann klingelte sie. Als sich nichts rührte, versuchte sie es erneut. In dem Augenblick kam eine Frau mit einem kleinen Kind aus der Erdgeschosswohnung und ließ die Polizisten ins Haus, ohne weitere Fragen zu stellen.

»Ziemlich leichtsinnig«, sagte Eva zu Karl, als sie die Treppe hinaufliefen.

Im obersten Stock befand sich eine einzige Tür. Karl bückte sich und nahm das Türschloss in Augenschein.

»Da hat sich schon mal jemand dran zu schaffen gemacht. Schau«, er zeigte auf zwei kleine Kerben im Metall. Dann zog er einen Satz Dietriche aus seiner Jacke und schob sie in den Türschlitz. Nach ein paar Sekunden klickte es. Er zog die rechte Augenbraue nach oben. »Nicht abgeschlossen. Was machen wir?«

Eva drückte die Tür ein kleines Stück weit auf und sah schon vom Eingang aus, dass die Wohnung verwüstet worden war. »Wir gehen rein. Gefahr im Verzug.«

Mit einer Handbewegung deutete sie den uniformierten Kollegen, den linken Teil zu durchsuchen, während sie sich mit Karl nach rechts vorarbeitete. Gegenseitig sicherten sie mit gezogenen Waffen die Fünfzimmerwohnung, die unübersehbar durchwühlt worden war. Dann rief einer der Kollegen sie ins Wohnzimmer. Auf dem Boden lagen drei zerbrochene Bilderrahmen, von deren Inhalt jede Spur fehlte. Über dem modernen verglasten Kamin stand die Tür eines geräumigen Safes offen. Eine Deckenschiene, von der mehrere Nylonschnüre hingen, zeugte davon, dass eines der Bilder vor dem Tresor gehangen hatte.

»Da, da liegt eine, äh, Leiche, glaube ich«, sagte der jüngere der beiden Streifenpolizisten mit starrem Gesichtsausdruck und deutete auf eine Gestalt, die hinter einem Sessel in einer Blutlache auf dem kalten grauen Steinboden lag. Rasch kniete sich Eva neben die Frau und betastete ihren Hals.

»Sie hat Puls. Ganz schwach, aber sie lebt. Ruf einen RTW.«

Eva rief Josef Hildebrandt an und informierte ihn behutsam über den Zustand seiner Frau. Nur mit Mühe konnte sie ihn davon abhalten, zur Wohnung der Vollmanns zu kommen. »Fahren Sie direkt ins Krankenhaus in der Pettenkofer Straße«, bat sie ihn und versprach ihm, ihn später dort zu treffen.

Während die beiden Streifenpolizisten bis zum Eintreffen des Notarztes unablässig Puls und Atmung der verletzten Frau kontrollierten, sahen sich Eva und Karl vorsichtig weiter in der Wohnung um.

»Hildebrandt hat etwas gesagt, das mich stutzig macht. Und zwar, dass er sich sicher ist, dass die Vollmanns ihren Schmuck mit in den Urlaub genommen hat. Bei den bisherigen Einbrüchen lag der Großteil der Preziosen immer im Safe, und die Bestohlenen hatten nur Kleinigkeiten dabei«, sagte Eva mit einem Blick in den leeren Tresor. »Das müssen wir schnellstens abklären.«

Kurze Zeit später fuhren sie zum Krankenhaus und erkundigten sich bei einer Krankenschwester nach Frau Hildebrandt. Während Karl Sauerwein auf Evas iPad eine Email an die italienischen Kollegen schreib, suchte Eva nach dem Ehemann des Opfers. Als sie ihn endlich fand, saß er wie ein Häufchen Elend auf den unbequemen Plastikstühlen im Flur und wirkte verzweifelt und verloren. Sanft berührte sie seinen Arm und stellte sich ihm vor. »Schaffen Sie es, mir ein paar Fragen zu beantworten?«

Mit wässrigen Augen sah er sie verständnislos an. Dann blitzte ein Funke darin auf. »Sie lassen mich nicht zu ihr. Ihr Zustand ist kritisch. Ich weiß nicht, was ich machen soll. Sind Sie Frau …? Entschuldigen Sie, ich habe Ihren Namen nicht verstanden.«

Eva stellte sich nochmals vor und führte ihn in das leere Zimmer, das ihr die Schwester angeboten hatte. Nachdem sie eine Flasche Wasser und zwei Gläser auf den Tisch gestellt hatte, setzte sie sich zu ihm.

»Was können Sie mir über die Familie Vollmann erzählen?«

Er suchte nach Worten. Dann sah er Eva hilflos an. »Ich weiß nicht, was ich Ihnen sagen soll. Was ist denn wichtig?«

»Mich würden ihre Vermögensverhältnisse interessieren. Ob sie oft und lange in den Urlaub fahren, und ob Sie und Ihre Frau schon zusammen mit ihnen verreist sind.«

»Ich weiß nicht, was sie an Geld haben. Der Wohnung und den

beiden Autos nach kommt es mir schon so vor. Gemeinsamen Urlaub haben wir aber keinen gemacht.«

»Hatten Sie das Gefühl, dass sie sich, im Vergleich zu früher, einschränken mussten?«

»Einschränken? Die?« Josef Hildebrandt lachte ein freudloses Lachen. »Denen ist es total wichtig, zu protzen. Mit allem, was sie haben. Das sind keine Menschen, die zurückschrauben, wenn es nicht mehr reicht. Zumindest kann ich es mir nicht vorstellen«, sagte er mit einem undefinierbaren Unterton. Erst als er verlegen auf seine ungeputzten Schuhe sah, verstand Eva. Er hatte ein ungutes Gefühl dabei, seine Bekannten schlechtzumachen.

»Ich kann Sie verstehen«, sagte sie. »Ich mag es auch nicht, etwas über meine Freunde zu erzählen, das ich selbst nicht gutheiße. Aber alles, was Sie uns sagen können, könnte wichtig sein.«

Er dachte über ihre Worte nach. Dann gab er sich einen Ruck. »Lore ist mit Julia Vollmann zur Schule gegangen, und das verbindet die beiden noch immer miteinander. Den Mann kann sie genauso wenig ausstehen wie ich. Er ist ein aufgeblasener Fatzke und redet immer nur davon, wie toll die Aufträge sind, die er an Land zieht. Ein richtiges Arschloch.« Hildebrandt redete sich in Rage. Als er Evas fragenden Blick spürte, wurde er rot. »Entschuldigen Sie. Dass wegen ihm meine Frau im Koma liegt, nimmt mich sehr mit.«

Eva wollte ihn gerade beruhigen, als ein Arzt seinen Kopf zur Tür hereinstreckte. »Herr Hildebrandt?«

Hildebrandt kämpfte mit den Tränen, als sich der Mediziner zu ihm setzte.

»Es ist vorbei, stimmt's?« Hildebrandts Stimme kippte. Er griff nach Evas Hand. »Ich weiß nicht, wie … Ich ertrage das nicht.« Er sackte wie ein kleiner Junge in sich zusammen und fing an zu weinen.

Eva schloss die Augen. Der große, tollpatschige Mann tat ihr unendlich leid. Sie atmete tief durch und bereitete sich darauf vor, ihm einige Fragen zu stellen, für die ganz sicher nicht der richtige Zeitpunkt war, die aber keinen Aufschub duldeten.

***

»Was ist los? Du bist ganz grau im Gesicht«, stellte Sauerwein fest, als Eva sich auf den Stuhl vor seinem Schreibtisch fallen ließ.

Sie wischte sich mit dem Ärmel ihrer Bluse über die Augen, bevor sie zu einer Antwort ansetzte. Schließlich schloss sie den Mund wieder. Sie wusste nicht, was sie sagen sollte.

Sauerwein stand auf und schloss die Tür. »Red mit mir«, forderte er sie in einem Ton auf, der keine Ausflüchte zuließ, und setzte sich auf den Stuhl neben sie. Er nahm ihre eiskalten Hände in seine und rieb sie leicht.

»Es ist dieser Berg von einem Mann. Die Nachricht vom Tod seiner Frau hat ihm das Rückgrat gebrochen. Er sitzt da vor dem Krankenzimmer und weint wie ein kleines Kind. Das ist einfach furchtbar.«

Aufmerksam hatte Sauerwein zugehört. Jetzt nickte er. »Ich weiß. Egal, wie oft du es den Angehörigen beibringen musst, es wird nie leichter.«

Sie zog die Nase hoch. »Das ist es gar nicht mal. Damit werd ich schon fertig. Aber wenn die Vollmanns den Einbruch wirklich inszeniert haben, dann hat deren Gier, etwas Besonderes zu sein, eine Frau getötet, die nur ein paar beschissene Blumen gießen wollte. Wie kann man so was in Auftrag geben, aber nicht dafür sorgen, dass die Menschen, die einem nahestehen, nicht gefährdet werden? Das ist es, was mir zu schaffen macht.«

Sauerwein lächelte leicht. »Das ist nicht besonders logisch, oder?«, fragte er.

»Du verstehst das nicht?« Schlagartig hatte sie wieder Farbe im Gesicht. Sie stand auf. »Typisch Mann! Mit euch kann man so was nicht diskutieren!« Sie rauschte aus seinem Zimmer und warf die Tür ins Schloss.

Er lächelte. Sie hatte keine Ahnung, wie gut er sie verstand. Und genauso wenig Ahnung hatte sie, dass er genau wusste, wie er sie aus einem Jammertal holen konnte.

»Die spinnen doch, die Italiener«, murrte Karl und stierte angestrengt auf die Worte auf seinem Bildschirm.

»Waren das nicht die Römer?«, fragte Eva, nachdem sie sich wieder beruhigt hatte.

»Und die sind etwa keine Italiener, oder was?«

»Holla, langsam. Ich bin nicht für deine schlechte Laune verantwortlich.«

Er verzog den Mund. »Ja, nee, stimmt schon. Aber es darf doch nicht wahr sein, dass diese Idioten von der Polizia di Garda mir auf Italienisch antworten, oder? Schließlich hab ich meine Mail ja auch auf Englisch geschickt.«

Eva stand auf und stellte sich hinter ihn. »Die spinnen!«, bestätigte sie mit einem Blick auf die Mail. »Frag Nora. Ich glaube, sie spricht Italienisch.«

Nora regierte ungehalten auf Karls Anfrage. »Denkst'n du, dass i ned selber gnug zu tun hab?« Als sie dann jedoch verstand, dass die Kollegen ein Problem hatten, das sie ohne ihre höchsteigene Hilfe nicht lösen konnten, streckte sie die Brust heraus und schwebte hocherhobenen Hauptes auf ihren High Heels zu Karls Schreibtisch.

»Ja, also, die schreibn, dass sie die Vollmanns im Hotel antroffn und über den Einbruch in ihrem Haus verständigt habn. Draufhin hat's an Streit zwischn dene gebn. Die Frau wollt den Urlaub sofort abbrechn, aber er hat drauf bestandn, dass sie bis zum End der Wochn bleibn. Schließlich kost d' Nacht fünfhundert Euro, zahlt hättns a scho, und ändern kannt ma eh nix mehr. Worauf sie ihn a egoistischs Arschloch gnannt hat.«

»Das steht da?«, fragte Eva erstaunt.

»Si.«

»Der Typ ist wohl tatsächlich so ein Idiot, wie Hildebrandt ihn geschildert hat. Bitte gib uns die Übersetzung schriftlich. Und zwar vollständig«, sagte sie zu Nora.

Die wollte sich schon über den Sonderauftrag beschweren, als ihr erneut bewusst wurde, dass sie den anderen nicht alle Tage so weit voraus war. Sie streckte die Brust heraus, warf den Kopf in den Nacken und rauschte zur Tür hinaus.

»Und was machen wir jetzt?«, fragte Karl.

»Die italienischen Kollegen sollen den Vollmanns klarmachen, dass sie innerhalb der nächsten zehn Stunden hier zu erscheinen haben«, klang Sauerweins gedämpfte Stimme durch die angelehnte Verbindungstür aus seinem Büro. »Dass die Frau gestorben ist, gibt uns die Handhabe, die Wohnungseigentümer hier antanzen zu lassen. Und wenn die nicht kooperieren wollen, dann sollen die Carabinieri ihnen androhen, dass wir einen Haftbefehl mit Auslieferungsantrag anfordern werden.«

Eva blinzelte Karl an. »Den bekommen wir nie«, sagte sie laut.

»Aber drohen können wir ihnen damit. Der Typ soll ruhig erleben, wie es ist, wenn andere Eindruck schinden.«

***

»Dyrkhoff hat angrufn. Er is mit der Obduktion fertig.« Nora Wallner war ausnahmsweise gut gelaunt, als sie am nächsten Morgen wieder im Büro der Kommissare stand. »Und ihr wisst ja, ich bin ned eure Telefontussi. Also stellts eure Gespräche ned ständig auf mich um.«

»Servus, Kollegen, immer hereinspaziert«, rief ihnen der Rechtsmediziner kurz darauf freudestrahlend entgegen, kaum dass sie sein Reich betreten hatten. Noras Gute-Laune-Virus schien ansteckend zu sein. »Bitte schön, meine Herren, setzt euch. Ich habe hervorragende Neuigkeiten.«

Eva verdrehte die Augen. Sie hatte es aufgegeben, dagegen anzukämpfen, sich von Dyrkhoff als Mann titulieren zu lassen. Und dass es in einem Raum, in dem sämtliche Kunden einen gewaltsamen Tod erlitten hatten, gute Nachrichten gab, war bestenfalls ein Witz. Wenn auch ein verdammt schlechter.

»Also, ich muss euch mal was sagen. Vielleicht habt ihr es ja schon von selbst gemerkt. Ich bin ein Genie!« Dyrkhoff wedelte mit den Armen. Kurz befürchtete Eva, dass er zum Ententanz ansetzen wollte. Die Vorstellung ließ sie grinsen.

»Schön, dass Sie meiner Meinung sind«, deutete er ihr Lächeln falsch. Er nahm einen Apfel, der auf der Ablage neben dem Sterilisator lag, und biss hinein, ohne ihn vorher zu waschen. »Also, zum Wesentlichen. Die Leiche da«, er spuckte kleine Apfelstückchen, als er mit der freien Hand auf den Tisch deutete, auf dem Lore Hildebrandt zugedeckt lag. »Die ist nur halb erschlagen worden.« Er machte eine künstlerische Pause. »Ich habe mich nur ganz kurz gewundert. Wirklich nur ein Sekündchen. Dann habe ich aufgrund meiner überdurchschnittlichen Erfahrung natürlich sofort gemerkt, dass mit der Leiche etwas nicht stimmt. Und siehe da«, er wirbelte herum und deutete mit dem angebissenen Apfel auf die Fotos, die neben den Röntgenaufnahmen an der Wand hingen. »Fällt Ihnen da was auf?«

Sauerwein und Eva schüttelten gleichzeitig den Kopf. »Machen Sie es nicht so spannend, Doktor«, sagte Sauerwein. »Wir müssen heute auch noch arbeiten.«

»Hä.« Dyrkhoff setzte eine enttäuschte Miene auf, kam aber schließlich zur Sache. »Also gut. Wie gesagt, ich wusste sofort, dass sie nicht an dem Hiebchen gestorben sein konnte. Aber ihr Schädel weist eine Anomalie auf. Hier.« Er kreiste den Bereich am Hinterkopf, der von einem harten Gegenstand getroffen worden war, mit dem Zeigefinger der Hand ein, die den Apfel hielt. »Das hier ist angeboren. Ein Teil ihrer Schädeldecke hat sich nicht ausgebildet. Wie Sie vielleicht wissen, ist der Schädel bei Babys ganz weich. Das muss so sein, damit die Dinger durch den Geburtskanal passen. Und wachsen muss der Kopf ja auch noch. Im Laufe der Jahre verhärtet sich der Knochen und wird gegen allerlei Einwirkungen von außen immun.«

Sauerwein wippte ungeduldig mit den Füßen. Das war alles nichts Neues. »Weiter, bitte!«

Dyrkhoff warf ihm einen beleidigten Blick zu. »Bei der da hat sich ein Areal von etwa zehn Zentimetern nicht ausgebildet. Da ist der Knochen so empfindlich geblieben wie bei einem Kleinkind. Dummerweise hat sie der Schlag genau dort getroffen. Ein gesunder Mensch wäre davon ohnmächtig geworden, hätte aber von dem Schlägelchen nur zwei Tage Kopfschmerzen gehabt.« Dyrkhoffs gute Laune war verflogen. Er hasste es, wenn seine Leistungen nicht ausreichend gewürdigt wurden. Als Sauerwein aufstand und Eva deutete, ihm zu folgen, rief ihnen Dyrkhoff hinterher: »Sie können froh sein, dass ich wirklich viel mehr Erfahrung habe als die anderen Kollegen hier. Die hätten das sicher nicht entdeckt.«

»Und? Hast du mitgezählt?«, fragte Karl, als Eva zurück ins Büro kam. Es war ein alter Witz, dass er eine Liste führte, wie oft sich Dyrkhoff in Szene gesetzt hatte.

»Vergiss es, der war in schlechter Form.«

»Komm schon, erzähl.« Karl zog eine Tabelle hervor, die er unter seiner Schreibtischunterlage aufbewahrte.

»Fünf. In zehn«, klärte Eva ihn auf.

»Echt?« Er sah sie enttäuscht an. Der Rekord lag bei acht Selbstbeweihräucherungen in fünfzehn Minuten.

***

Miriam war noch immer weiß wie die Wand. Sie hatte sich am Vortag freiwillig in das Kellerzimmer zurückgezogen und sich in der Nacht ständig übergeben. Auf Roberts Klopfen reagierte sie mit einem »Lass mich in Ruhe«. Als sie am späten Nachmittag in die Küche kam, war ihr noch immer schlecht.

Robert stand auf und rückte ihr den Stuhl zurecht. Als er ihre Schulter berührte, zuckte sie zusammen. Ganz leicht nur, aber ihm war die Bewegung nicht entgangen. Er setzte sich ihr gegenüber und nahm ihre Hand. Erst da fiel ihr auf, wie elend auch er aussah.

Wortlos sah sie ihn an. *Erklär es mir*, forderte ihr Blick.

»Die Frau ist tot.« Mehr sagte er nicht.

Als Miriam in aller Tragweite verstand, was er gesagt hatte, sprang sie auf und stürzte ins Bad. Da sie seit zwei Tagen nichts gegessen hatte, war bittere Galle das Einzige, was ihr Magen noch von sich gab. Sie spuckte aus, spülte den Mund mit heißem Wasser und tapste zurück in die Küche.

»Was passiert jetzt?«, fragte sie leise.

Diese Frage hatte er sich selbst auch gestellt, nachdem er in der Zeitung vom Tod der Frau gelesen hatte. Die Antworten, die er darauf gefunden hatte, waren ebenso unbefriedigend wie angsteinflößend. Dass sie in der Wohnung von der Frau überrascht worden waren, war ein Desaster. Es hätte ein ganz normaler Einbruch werden sollen, und plötzlich stand diese Frau vor ihm, wie aus dem Nichts. Bevor sie schreien konnte, hatte er in einem Reflex mit der Büste, die er in der Hand hielt, zugeschlagen. Die ganze Situation war einfach furchtbar.

Zuvor hatte er wochenlang mit sich gerungen, ob er Miriam zu einem seiner Raubzüge mitnehmen, aus seinem Opfer eine

Komplizin, aus der von ihm Abhängigen eine Gefährtin machen sollte. Die Idee war aus der Hoffnung geboren, dass sie ihre devote Art ablegen würde, sobald sie eine Aufgabe hatte, und sei sie auch noch so ungewohnt. Und tatsächlich, beim ersten Versuch war alles so glatt gelaufen, dass es ihr sogar richtig Spaß gemacht hatte. Hinterher war sie aufgekratzt gewesen, irritiert von der Leichtigkeit, mit der alles abgelaufen war, und verwundert von der Meisterhaftigkeit der Logistik, die seine Hintermänner ausgetüftelt hatten.

Doch dann lief alles schief. Die Frau war zum falschen Zeitpunkt am falschen Ort gewesen. Er hatte keine Ahnung, auf wessen Konto der Fehler ging. Fest stand nur, dass irgendjemand versäumt hatte, dafür zu sorgen, dass die Wohnung in dem Zeitfenster des Einbruchs von niemandem sonst betreten wurde. Müde fuhr er sich mit den Händen übers Gesicht. Vielleicht war aber auch nur alles schon viel zu lange gut gegangen.

»Ich weiß es nicht«, sagte er schließlich. »Ich wollte nie jemandem wehtun, das musst du mir glauben. Das Ganze war ein Unfall.«

Sie dachte über seine Worte nach. Vielleicht ließ er sie jetzt endlich frei. Von hier weggehen, dachte sie, und ihr Herz machte einen Sprung. Zurück nach Hause. Zurück ins richtige Leben. Sie sah ihn an. Sah die Fragen in seinem Gesicht. Die undurchdringlichen Augen, in denen sie nach all den Monaten das erste Mal ein Zeichen von Angst sah. Angst davor, was die Zukunft bringen würde. Angst, dass sie gehen könnte, falls er sie tatsächlich ließ.

Ein kleines Lächeln huschte über sein Gesicht. Dass sie wieder anfing, sich Hoffnungen zu machen, stand in Großbuchstaben auf ihre Stirn geschrieben.

»Ich kann dich nicht gehen lassen«, sagte er leise und bestimmt. »Ich habe keine Lust, in den Knast zu gehen, nur weil du zur Polizei rennen wirst. Falls deine Beschreibung überhaupt gut genug wäre, dass sie mich hier finden würden.« Im Stillen dankte er Gott für seine Vorsicht, dass er ihr die Augen verbunden hatte, als sie das Haus verließen. Und dafür, dass er einen langen Umweg gefahren war, damit sie nicht merkte, dass sie weniger als eine halbe Stunde von Rosenheim entfernt lebten.

Ihr erster Gedanke war purer Widerstand, und sie konnte nur

mit Mühe die Tränen ihrer Hilflosigkeit unterdrücken. Doch dann dachte sie über seine Antwort nach. Und wieder wurde ihr bewusst, dass sie ihn wirklich mochte. Ja, mehr als das. Dass sie den Gedanken nicht ertragen konnte, dass er für Jahre ins Gefängnis musste. Seine Fürsorge, sein Charme, wie er sie zum Lachen brachte. All das schoss ihr durch den Kopf. Und nicht zuletzt, dass er der erste Mann war, der ihr so viel Aufmerksamkeit schenkte, dass sie zum Orgasmus kam.

Sie zog sich mit dem Gedanken in das Zimmer im ersten Stock zurück. Nach einer weiteren durchwachten Nacht stand ihr Entschluss fest. Einen großen Beitrag zu ihrer Entscheidung leistete, dass er das erste Mal in all den Monaten, in denen sie seine Gefangene war, ihre Tür nachts wie auch den Tag zuvor nicht verschlossen hatte. Ohne Licht zu machen, ging sie um fünf Uhr morgens in die Küche. Er saß noch immer auf dem Stuhl, den er schon am Nachmittag nur ein einziges Mal verlassen hatte, um ins Bad zu gehen. Sein Kopf war zur Seite gekippt, und ein feiner Speichelfaden lief über sein Kinn. Sie setzte sich lautlos auf die Bank neben ihn und beobachtete ihn. Ab und zu gab er ein leises Schnarchen von sich. Dann zuckte sein Körper leicht, aber er wurde nicht wach. Als sie ihn lange genug angesehen hatte, beugte sie sich nach vorn. Sie berührte ihn am Arm. »Robert. Wach auf.«

Mit einem Grunzen schreckte er hoch. Und sah als Erstes den auseinanderklaffenden Ausschnitt ihres Bademantels, der den Blick auf ihre Brüste freigab.

»Hübsch«, murmelte er und fuhr dann mit einem Ruck hoch. »Was ist los?«

Sie stand auf und holte ihm ein Glas Wasser. »Ich bleibe«, teilte sie ihm ihren Entschluss mit und verdrängte dabei wie schon die ganze Nacht den Gedanken, dass er ihr am Vorabend sowieso mitgeteilt hatte, dass er sie nicht gehen lassen würde. »Ich hänge genauso mit drin wie du.«

Irritiert sah er sie an. »Das stimmt nicht. Ich habe dich entführt, dich gezwungen, mit mir zu leben und auch bei dem Einbruch mitzumachen.«

»Trotzdem. Wenn ich jetzt gehe, dann wird mich die Polizei

endlos verhören. Ob sie mir glauben, steht auf einem anderen Blatt. Nein, ich bleibe. So lange, bis Gras über die Sache gewachsen ist.«

Lange musterte er sie. Dann glitt ein Lächeln über sein Gesicht. »Du lügst. Du bleibst wegen mir, richtig?«

***

Als Eva und Karl nach dem Mittagessen zurück ins Präsidium kamen, lag der Duft eines schweren, sündhaft teuren Parfüms in der Luft. Allerdings in derart konzentrierter Form, dass es den Anschein machte, als ob ein ganzer Lkw mitsamt seiner teuren Fracht umgekippt wäre.

»Pah.« Karl versuchte vergeblich, die Luft anzuhalten, bis sie im Büro waren. Er schob Evas Orchideen zur Seite und riss das Fenster auf.

Auch Evas Magen fühlte sich an wie nach einer Lebensmittelvergiftung. Currywurst und Pommes vertrugen sich denkbar schlecht mit einer halben Flasche der Essenzen, die bewegungslos in der Luft hingen.

Eva ging zu Sauerwein ins Büro. Auch er war grau um die Nase. »Was ist denn hier los? Und was stinkt hier so?«, fragte sie.

Sauerwein lächelte gequält. »Die Vollmanns sind eingetroffen und warten im Besprechungsraum.«

»Und daher kommt der …« Eva wedelte mit der Hand vor ihrer Nase. Das Wort *Duft* wollte ihr nicht über die Lippen kommen. »Na super.« Allein bei der Vorstellung, wie dicht die Wolke in dem fensterlosen Kabuff sein musste, wurde ihr noch schlechter. »Wer soll …?«

»Wir beide.« Sauerwein stand auf. »Aber nicht, um sie zu vernehmen. Komm mit«, forderte er sie auf, ohne ihr seine Worte näher zu erklären.

Das in einem scheußlichen grüngrau gestrichene Nebenzimmer gab den Blick durch einen Einwegspiegel auf den nur unwesentlich freundlicheren Vernehmungsraum frei. Grelles Neonlicht flackerte an der Decke und ließ die Gesichter hart und ausgezehrt wirken, und vier unbequeme Stühle ließen keinen Zweifel am Zweck des Zimmers.

Als Sauerwein und Eva den kleinen Nebenraum betraten, hatte Julia Vollmann einen Parfümflakon in der Hand und sprühte eine weitere Giftwolke in den Raum. »Mein Gott, ist das schrecklich hier. Wieso lassen die uns so lange warten? Mach doch was!«

»Bist du blöde? Was soll ich denn machen?« Völlig entnervt zeigte Thorsten Vollmann seiner Frau einen Vogel.

»Na, dass wir hier rauskommen. Ich ertrage das nicht.« Unter ihren Armen hatten sich riesige Schweißflecken gebildet. Eva zweifelte nicht daran, dass die taubenblaue Seidenbluse ruiniert war.

»Und dass Lore tot ist, kann ich immer noch nicht glauben.« Sie holte einen Kosmetikspiegel aus ihrer Handtasche und tupfte sich mit einem Spezialpapier fettige Stellen vom Gesicht.

»Na und?«, gab er zurück. »Du konntest die langweilige Kuh doch sowieso nie richtig leiden.«

Entgeistert sah sie ihn an. »Du bist ein kaltes, egoistisches Arschloch. Sie ist tot, und wir sind schuld daran.«

»Halt bloß die Klappe«, warnte er sie und sah auf die große Glasscheibe an der Wand. »Du hast sie doch nicht mehr alle.«

Sauerwein war der Blick nicht entgangen. »Bleib hier«, sagte er zu Eva. Er wollte sie als Trumpf in der Hinterhand halten. Angeber wie Thorsten Vollmann hatten selten gute Freunde. Eine spätere, natürlich rein zufällige Begegnung der Ehefrau mit einer freundlichen Unbekannten konnte Gold wert sein.

Sauerwein verließ das Kämmerchen und betrat Sekunden später den Vernehmungsraum.

Vollmann sprang auf. »Das wurde aber auch Zeit«, bellte er. »Was fällt Ihnen ein, uns so lange warten zu lassen! Schließlich haben wir für Sie extra unseren Urlaub abgebrochen.«

»Für Ihre Freundin, die dafür gestorben ist, dass Sie unbeschwerte Tage genießen konnten«, korrigierte ihn Sauerwein. »Sie können gehen.«

Eva verstand den fassungslosen Blick, mit dem die Vollmanns ihn ansahen. Sie konnte sich selbst keinen Reim auf seine Worte machen.

Der sprang sofort auf Sauerweins Worte an. »*Wie bitte?* Sie lassen uns grundlos aus Italien hier antanzen, nur um uns gleich wieder wegzuschicken? Ich werde mich wegen Schikane über Sie beschweren. Darauf können Sie Gift nehmen!«

Völlig ungerührt lächelte Sauerwein ihn an. »Bitte tun Sie sich keinen Zwang an. Beschwerdeformblätter erhalten Sie unten am Empfang. Und morgen früh erwarte ich Sie um neun Uhr hier. Geduscht und ohne in Chemie oder was auch immer gebadet zu haben. Ich kann Sie aber auch festnehmen lassen«, kam er Vollmann zuvor, der erneut aufbrausen wollte. »Wegen des Verdachts, dass Sie Hannelore Hildebrandt selbst ermordet haben.«

Entgeistert sah Vollmann ihn an. »Wir waren in Italien, als es passiert ist.«

»Was zu beweisen wäre. Es wird dauern, bis wir Zeugen dafür gefunden haben.«

Eva lächelte und streckte den Daumen nach oben. Sie hatte Sauerwein selten so autoritär erlebt. Er musste eine mächtige Aversion gegen den aufgeblasenen Angeber haben, der seine Frau gerade wortlos aus dem Zimmer schob. So mächtig, dass er vergessen hatte, dass sie im Nebenzimmer auf ihn wartete. Nach fünf Minuten wählte sie seine Nummer. »Ist die Luft rein?«

»Wo zum Teufel steckst du? Ich suche dich überall!«

Sie verdrehte die Augen. »Nur nicht da, wo du mich zurückgelassen hast.«

Karl hörte Eva mit offenem Mund zu. Dass Sauerwein die Stinkschwalbe, wie er sie für sich nannte, hinausgeworfen hatte, gefiel ihm ausnehmend gut. »Und was machen wir jetzt?«

»Wir schreiben den Italienern eine neue Mail. Und bitten sie, für uns zu recherchieren, ob irgendjemand die Vollmanns zum Tatzeitpunkt gesehen hat. Plus/minus drei Stunden für die Fahrt vom Gardasee nach Rosenheim«, sagte Sauerwein.

***

»Der Einbruch geht ebenfalls auf Ammler, so viel ist sicher. Wir haben seine Fingerabdrücke gefunden«, berichtete Wolkenstein. »Aber das ist noch nicht alles. Erinnert ihr euch an die Frau, die im Frühling spurlos verschwunden ist? Miriam Dahl?«

»Klar«, antwortete Sauerwein. »Schließlich haben wir ihre Wohnung durchsucht, bevor wir den Fall an die Vermisstenstelle weitergegeben haben. Ich habe erst vor drei Tagen mit den Kollegen darüber gesprochen, die haben aber bis heute keinen einzigen Hinweis darauf gefunden, was mit ihr passiert ist. Wieso fragst du?«

»Vielleicht gibt es den entscheidenden Hinweis jetzt«, sagte Wolkenstein und reichte ihm ein Blatt, auf dem die Skizze eines DNA-Abgleichs zu sehen war. »Wir sind so ziemlich durch mit den Spuren aus der Vollmann-Wohnung. Und darunter haben wir ein Haar gefunden. Es ist von Miriam Dahl.«

»Wie bitte?«, fragte Eva fassungslos. »Wir haben Fingerabdrücke von einem Verstorbenen und die DNA einer Vermissten? An ein und demselben Tatort? Das ist doch ein Witz«, stellte sie fest und nahm Sauerwein das Untersuchungsergebnis aus der Hand.

Nachdem Wolkenstein gegangen war, war die Ratlosigkeit in Sauerweins Zimmer greifbar.

»Ruft die Vollmann an und fragt sie, ob sie und Miriam Dahl sich kannten. Nach so langer Zeit ist es zwar unwahrscheinlich, dass es ein einzelnes Haar schafft, sich sämtlichen Putzaktionen zu widersetzen, aber möglich ist es trotzdem. Falls die Vollmann das verneint, dann fahrt ihr zu Ammlers Witwe und hakt dort nach«, wies Sauerwein sie an. »Ich werde mich mit der Freundin von Miriam Dahl unterhalten, wie hieß die noch gleich?«

Da Eva durch ein kurzes Telefonat mit Julia Vollmann klären konnte, dass diese keine Ahnung hatte, wer Miriam Dahl war, meldete sie ihren Besuch bei Elke Ammler an. Sauerwein hingegen hatte sich dazu entschlossen, bei Brigitte Gebauer ohne vorherige Ankündigung aufzutauchen. Entsprechend erstaunt war sie, als sie ihm die Tür öffnete. Sie zupfte nervös an ihren Haaren, und ihre Hände zitterten leicht, als sie ihm ein Glas Wasser einschenkte. Dann entschuldigte sie sich einen Augenblick. Als sie zurückkam, trug sie Wimperntusche, und die leicht feuchten Haare glänzten mit einem hellrosa Lipgloss um die Wette. Was er nur ahnen konnte, war, dass sie nun einen Push-up-BH trug. Ihr Dekolleté sah plötzlich, na ja, üppiger aus.

Sie deutete sein Lächeln falsch und setzte sich gekonnt in Pose. »Irgendwie denke ich ständig an Sie, seitdem Miri verschwunden ist, und nun besuchen Sie mich so plötzlich. Ihre Kollegen von der Spurensicherung sind ja längst nicht so freundlich. Sind Sie sicher, dass Sie nicht doch ein Glas Wein möchten?«

»Frau Gebauer, ich bin nicht hier, um Ihnen einen Höflichkeitsbesuch abzustatten. Es haben sich möglicherweise neue Hinweise auf den Verbleib von Frau Dahl ergeben, und dafür benötige ich Ihre Hilfe«, sagte Sauerwein förmlich und zog einen Notizblock aus der Jacke.

Enttäuscht lehnte sich Brigitte Gebauer zurück und zog ihre Bluse wie beiläufig ein Stück zusammen.

»Es war also wirklich eine Entführung? Steht das jetzt fest? Dann lebt sie also noch?« Sie sah ihn mit einem bettelnden Gesichtsausdruck an. *Bitte sag ja*, stand ihr in Großbuchstaben auf die Stirn geschrieben.

Sauerwein zögerte. Er wollte ihr keine Hoffnung machen, die sich vielleicht nie bestätigen würde. »Die Möglichkeit besteht«, sagte er schließlich. »Sagt Ihnen der Name Matthis Ammler etwas?«

Sie ließ sich Zeit. »Nein, den kenne ich nicht. Ist das der Mann, der Miri entführt hat?«

»Möglicherweise. Hat sie Ihnen jemals beschrieben, wie der Mann aussah, den sie im Visier hatte?«

Diese Frage konnte sie sofort beantworten. »Nein. Sie hatte mir nur von einem Verdacht erzählt, aber nicht mehr.« Brigitte Gebauer wischte sich eine Träne aus dem Auge. »Miri war so loyal. Ist«, verbesserte sie sich rasch. »Sie wollte erst mit dem Abteilungsleiter sprechen, um nicht irgendwelche unhaltbaren Gerüchte in die Welt zu setzen.«

Sauerwein zeigte ihr ein Foto, das er von Elke Ammler bekommen hatte. »Kennen Sie diesen Mann? Lassen Sie sich bitte Zeit«, sagte er, als sie sofort den Kopf schüttelte. »Sehen Sie sich ihn genau an. Gesichtszüge kann man verändern. Mit einem Bart, einem anderen Haarschnitt oder mit Schminke. Aber eine Ähnlichkeit bleibt meistens bestehen.«

»Ich weiß nicht«, sagte sie nach einer Weile. »Haben Sie noch ein anderes Bild?«

Das hatte er tatsächlich. Aber es war älter und keine gute Aufnahme. Auch hier erkannte sie ihn nicht.

»Es tut mir leid. Ich würde so gern helfen und hab das Gefühl, ich nütze Ihnen überhaupt nichts.« Sie flirtete nicht mehr. Sie war wieder ganz darauf konzentriert, wie sehr sie ihre Freundin vermisste.

***

Karl sprach aus, was seit Stunden in ihm rumorte. »Könnte es sein, dass die beiden sich zusammengetan haben? Und jetzt einen auf Bonnie und Clyde machen?«

Überrascht sahen die Kollegen ihn an. Nicht dass sie nicht schon von selbst auf die Idee gekommen wären, der Gedanke war nur so abwegig, dass sie ihn sofort wieder aus ihren Köpfen verbannt hatten.

»Ausschließen dürfen wir nichts, egal, wie abstrus es ist«, sagte Sauerwein. »Trotzdem fällt es mir schwer, das zu glauben.«

»Geht mir genauso. Zwei völlig unbescholtene Bürger beschließen zeitgleich, aus heiterem Himmel eine Verbrecherlaufbahn einzuschlagen?« Eva sah zweifelnd in die Runde. »Nach allem, was wir in Erfahrung bringen konnten, kannten sich die beiden nicht. Ammlers Witwe schließt es zumindest aus. Und selbst wenn sie sich doch irgendwann begegnet wären, hätte die Zeit nicht dafür gereicht, dass sie sich gut genug kennengelernt hätten. Das A und O für eine derartige Synergie ist immerhin eine sehr große Portion Vertrauen zueinander.«

»Ich denke mir auch, dass das Haar eher durch eine Übertragung in die Wohnung der Vollmanns gekommen ist«, sagte Sauerwein. »Das ergibt doch viel mehr Sinn.«

»So oder so, es wäre in beiden Situationen ein seltsamer Zufall«, stellte Karl sich stur.

Kurz vor sieben Uhr abends streckte Eva ihren Kopf zu Sauerweins Tür hinein. Er saß grübelnd an seinem Schreibtisch und hielt das gerahmte Foto in der Hand, das ihn mit seinen Kindern und Luisa zeigte.

Erst als Eva sich mit einem Räuspern bemerkbar machte, schreckte er hoch.

»Möchtest du darüber reden?«, fragte sie.

Er grinste schief. »Das ist mein Spruch.«

»Dann können wir ihn ja auch auf dich anwenden. Also?«

Liebevoll strich er mit dem Daumen über das Gesicht seiner verstorbenen Frau. Dann stellte er den Rahmen zurück auf den Tisch. »Ich habe ein schlechtes Gewissen. Weil ich so selten zu ihrem Grab gehe. Weil ich zu wenig Zeit für die Mädels habe. Und ...« Er schwieg. Als er Eva in die Augen sah, wurde er rot.

Sie sah ihn wortlos an. Eine Zeit lang saßen sie da, ohne miteinander zu reden. Dann überwand er seine Bedenken.

»Und weil ich ...« Gedankenverloren spielte er mit einem Flummi, den Lisa ihm in seine Jackentasche geschummelt hatte.

»Weil du was?«, hakte Eva schließlich nach, als er seinen Satz nicht weiterführte.

»Weil ich ...«, schließlich gab er sich einen Ruck und blickte verlegen zu Boden, »... mich verliebt habe.«

Also daher wehte der Wind. Eva hatte unwillkürlich die Luft angehalten. Jetzt lächelte sie. »Ich kann verstehen, wie du dich fühlst. Es ist ein bisschen wie Verrat, oder?«

Überrascht hob er den Blick. »Nicht nur ein bisschen. Eher wie Hochverrat.«

Eva überschlug die Zeit. Sauerwein hatte das leichte Zucken ihrer Finger gesehen, mit dem sie die Monate abzählte. »Zehn«, sagte er. »Zehn Monate. Nicht gerade eine lange Zeit, oder?«

Eva nahm eine grün-weiß gestreifte Murmel von seinem Tisch und drehte sie in der Hand. »Ich weiß nicht«, sagte sie unsicher. »Es gibt ja die Auffassung von einem Trauerjahr. Aber ist es wirklich unrecht, sich nach ein wenig Wärme zu sehnen?« Sie schlug ein Bein unter. »Vielleicht weiterhin nur auf einen Kaffee. Das ist unverbindlicher. Und unverfänglich.« Fragend sah sie ihn an.

»Du meinst, ich soll sie noch mal zum Kaffeetrinken einladen?«

»Ja. Nicht zum Abendessen. Zumindest noch nicht. Und wenn du dabei immer noch ein schlechtes Gewissen hast, dann frag Claudia.«

»Meine Schwester? Ich soll sie um Erlaubnis bitten?«

»Sicher.« Eva dachte kurz über ihre Idee nach und nickte bekräftigend. »Was du brauchst, ist das Einverständnis der Personen, die dir nahestehen. Dass du das Richtige tust.« Sie stand auf. An der Tür blickte sie zurück. »Meinen Segen hast du jedenfalls. Ich finde es gut, dass du wieder zu leben anfängst.«

SECHS

Als Julia Vollmann einen halben Meter hinter ihrem Mann am nächsten Morgen pünktlich um neun Uhr im Präsidium erschien, war sie schlicht gekleidet und sehr blass. Sauerwein atmete vorsichtig ein und roch – nichts. Erleichtert bat er Thorsten Vollmann, im Flur zu warten, und hielt der Frau galant die Tür zum Vernehmungsraum auf. Das Zimmer hatte nichts von seinem Schrecken eingebüßt. Ängstlich ließ sich Julia Vollmann auf der Stuhlkante nieder. Obwohl ihre Wut auf ihren Mann in der letzten Nacht noch gewachsen war, fühlte sie sich zutiefst verunsichert, dem Kommissar allein gegenüberzusitzen.

Sauerwein spürte ihre Nervosität und zögerte gerade deshalb den Anfang des Gesprächs hinaus. Umständlich sortierte er den Haufen Papier, der in einer Mappe vor ihm lag und nichts mit dem Fall zu tun hatte. Während er so tat, als ob er wichtige Berichte las, und ab und zu ein kurzes Brummen von sich gab, wuchs Julia Vollmanns Angst. Schließlich zog er eine einzelne Seite aus der Mappe und sah sie mit durchdringendem Blick an.

»Sie waren also in Italien, als Ihre Freundin ermordet und Ihre Wohnung ausgeraubt wurde.«

»Ähm, ja. Am Gardasee.«

»Wie ich hier sehe«, er hob das Blatt hoch, »ist jede Menge Schmuck aus Ihrem Safe gestohlen worden.« Die Liste, die die Vollmanns bereits den italienischen Kollegen ausgehändigt hatten, nachdem sie von ihnen über den Einbruch informiert worden waren, war überraschend detailliert.

»Ja, richtig. Fast mein gesamter Schmuck.«

»Fast?«

»Alles, außer ein paar Kleinigkeiten, die ich im Urlaub dabeihatte.«

Sauerwein sah sie über den Rand seiner Brille nachdenklich an. »Und die wären?«

»Ähm, ja, ein Ring. Nein, zwei. Meinen Ehering lege ich natürlich nie ab.« Sie kicherte kindisch. »Ein paar Perlohrringe und ein schmales Armband. Auch mit Perlen, passend zu den Ohrringen.«

»Keine Halsketten?«

Falls Julia Vollmann sich wunderte, was der Kommissar der Mordkommission alles über ihren Schmuck wissen wollte, hatte sie sich gut unter Kontrolle. Aber vermutlich war sie nur zu naiv, um seine Taktik zu durchschauen.

»Ähm, ja, doch. Eine.«

Er sah sie fragend an.

»So kurz«, sie deutete auf die Kuhle an ihrem Hals. »Mit einem Perlanhänger.«

»Was noch?«

»Das war alles.«

»Frau Vollmann, kann es wirklich sein, dass eine so elegante Frau wie Sie nicht mehr Schmuck in ein Fünf-Sterne-Hotel mitnimmt?«

Eva, die es sich erneut in dem Kämmerchen nebenan bequem gemacht hatte, kicherte. »Alter Schleimer.«

Julia Vollmann indes war rot geworden. »Ähm, ja, Sie haben recht. Aber Sie wissen ja, Italien!« Sie ließ wieder ihr albernes Lachen hören. »Da ist man besser dran, wenn man sich bescheiden gibt.«

Karl, der bisher nur stumm neben Sauerwein gesessen hatte, griff in die Mappe, die vor ihm lag, und zog das oben liegende Blatt hervor. »Wie kommt es dann, dass das Hotelpersonal behauptet, Sie hätten eine auffallende Menge teuren Schmuck getragen?«

Es war ein Schuss ins Blaue. Aber Julia Vollmann lief knallrot an und fasste sich an den Hals. »Das, ähm, war Modeschmuck«, brachte sie gerade noch heraus, als die Tür aufging und Thorsten Vollmann hinter einem schmierigen Anzugträger in den Raum stürmte.

»Ölschläger«, stellte sich der Schmierlappen vor. »Was fällt Ihnen ein, meine Mandantin ohne Anwalt zu verhören?«

Sauerwein lehnte sich in seinem Stuhl zurück und verschränkte die Arme. Der Name ist Programm, dachte er. Laut sagte er: »Kein Verhör. Nur eine Zeugenbefragung. Nichtsdestotrotz finde ich es sehr aufschlussreich, dass dafür gleich die Kavallerie anrückt. Wenn auch mit Verspätung.«

Ölschläger strich sich eine Strähne seines gegelten, rabenschwarz gefärbten Haares hinter das Ohr zurück und setzte sich demonstrativ neben Julia Vollmann. Ihrem Mann blieb nichts anderes übrig, als sich neben Karl ans Tischende zu quetschen.

»Ich verlange die Herausgabe des Tonbandmitschnittes«, blies sich der Anwalt auf.

»Tonbandmitschnitt«, echote Sauerwein. »Tut mir leid, haben wir nicht. Wie gesagt, es ist nur eine Befragung. Ihre Mandanten stehen schließlich nicht unter Tatverdacht«, sagte er unschuldig dreinblickend. »Es sei denn, wir täuschen uns. Dann schneiden wir selbstverständlich sofort mit. Dann danke ich Ihnen für den Hinweis.« Er wandte sich an Karl. »Schalt das Band ein.«

»Lassen Sie den Quatsch.« Vollmann hatte das unbestimmte Gefühl, hereingelegt worden zu sein, und sah seinen Anwalt sauer an. »Wir haben nichts getan.«

Sauerwein blickte fragend von einem zum anderen. »Herr Ölschläger?«

»Ich möchte mit meinen Mandanten allein sprechen.«

»Selbstverständlich.« Sauerwein stand auf und gab Karl ein Zeichen. »Wir warten draußen.«

»Was denkst du?«, fragte Sauerwein Eva, die in der Tür des Beobachtungsraumes stand.

»Dass wir auf der richtigen Spur sind. Die Reaktion auf Karls Spruch zum Hotelpersonal war bemerkenswert.«

Karl nickte zustimmend. »Ich dachte, sie kippt gleich um. Mist, dass der Schleimwalt ausgerechnet in dem Augenblick reinplatzen musste.«

Sauerwein sah ihn erstaunt an. »Wer?«

»Schleimiger Anwalt. Abgekürzt Schleimwalt«, übersetzte Eva.

Sauerwein verkniff sich ein Grinsen. »Jedenfalls sind sie jetzt gewarnt und werden vorsichtig sein. Wir brauchen dringend die Aussagen aus Italien. Hotelpersonal, Gäste und wen auch immer die Carabinieri sonst noch auftreiben können. Karl, ich mache hier allein weiter. Du kümmerst dich um die Zeugen und –«, Sauerwein unterbrach sich, als die Tür zum Vernehmungsraum aufging und Ölschläger seinen Kopf herausstreckte.

Während Sauerwein scheinbar ziellose weitere Fragen stellte und dabei das Tonband mitlaufen ließ, wäre Eva in dem fensterlosen Kämmerchen fast eingenickt. Sie wusste, dass Sauerwein mit seiner Strategie seine Opfer genauso einlullen wollte, wie es ihr gerade ging. Sobald er spürte, dass sie unachtsam wurden, würde er aus dem Hinterhalt zuschlagen. Jetzt machte er mit halb geschlossenen Augen und leicht schläfriger Stimme selbst den Eindruck, als ob er sich durch die Befragung quälte.

»Wie haben Sie die Italiener kennengelernt, die Ihre Wohnung ausrauben sollten?«

»Das waren keine Ital...« Thorsten Vollmann biss sich auf die Zunge, kaum dass das Wort halb heraus war. »Ich meine, sind es Italiener? Woher wissen Sie das? Haben Sie sie etwa schon gefasst? Dann bekommen wir unser Eigentum zurück, das ist ja großartig«, versuchte er stammelnd seinen Fauxpas wiedergutzumachen.

Sauerwein sah ihn scharf an. Keine Spur von Müdigkeit war mehr von seinem Gesicht abzulesen. »Sie wissen also, dass es keine Italiener sind«, stellte er sanft fest. »Was sind es dann? Deutsche? Österreicher?«

»Machen Sie sich nicht lächerlich. Sie legen meinem Mandanten etwas in den Mund, was er nicht gesagt hat.« Endlich war auch der Schmierlappen aufgewacht und versuchte zu retten, was nicht mehr zu retten war.

Eine Stunde später stieß Karl einen Jauchzer aus. Er drückte eine Tastenkombination und beugte sich zu dem schnurrenden Drucker, der zwei eng beschriebene Seiten ausspuckte. Auf Evas fragenden Blick erklärte er: »Die Italiener sprechen sogar Deutsch.« Er feixte über das ganze Gesicht, als er ihr die Blätter über den Tisch schob.

Zwei Minuten später konnte sich auch Eva das Lachen nicht mehr verkneifen. »Frau immer herausputzieren, wenn abenns gehen spatzieren an die Prommenade. Viele Juweliere hengen an die Hals und Ringe von die Ohren brillieren«, las sie kichernd vor. »Sach ma, was hast du denen geschrieben?«

»Nur, dass wir mit italienischen Mails nichts anfangen können. Weil wir nur eine Putzfrau haben, die das übersetzen kann, und die kommt nur einmal die Woche.«

»Mein Gott«, sie rieb sich den Bauch. »Sag das mit der Putzfrau bloß nicht Nora, die beißt dir sonst den Kopf ab. Und wenn ich das so lese, frag ich mich, ob das eine gute Idee war. Da hatte wohl jemand Mitleid mit uns ungebildeten Deutschen. Und wir müssen den ganzen Senf interpretieren. Als Zeugenaussage taugt das jedenfalls nicht. Auch wenn klar ist, dass die Vollmann sich abends mit Juwelen behängt hat, brauchen wir eine vernünftige Aussage. Schreib denen, sie sollen das Ganze noch mal schicken. Entweder auf Italienisch oder Englisch. Vorausgesetzt, sie haben jemanden, der das besser beherrscht als Deutsch.«

»Ich glaube, das brauchen wir gar nicht«, wandte Karl ein und schob ein weiteres Blatt zu ihr hinüber. »Zur gleichen Zeit wie die Vollmanns war ein österreichisches Adelspaar im Hotel, das ebenfalls bereits abgereist ist.« Er hob den Telefonhörer ab und wählte eine vierzehnstellige Nummer. Als sich eine Frau mit »Ja bitte?« meldete, stellte er sich vor und fragte nach den Vollmanns. Nachdem er Julia Vollmann hinreichend beschrieben hatte, notierte er sich eine E-Mail-Adresse.

»Sie will ein Foto sehen«, erklärte er Eva, nachdem er das Telefonat beendet hatte.

Fünf Minuten später klingelte sein Telefon.

»An die Frau kann ich mich erinnern. Sie saßen einmal am Nebentisch und haben sich den ganzen Abend nur gestritten«, erklärte Mercedes von Skorski mit rauchiger Stimme.

»Können Sie sich erinnern, worum es bei dem Streit ging?«

»Er hat sie eine dumme Gans genannt, weil sie irgendein Schmuckstück trug. Wir, also mein Mann und ich, haben uns darüber noch amüsiert. Immerhin waren wir in einem Fünf-Sterne-Hotel und nicht auf dem Campingplatz. Ich hatte jedenfalls keine Angst, meinen Schmuck zu tragen.«

»Und sonst?«

Mercedes von Skorski zögerte. »Hmm. Ich weiß nicht, was ich sagen soll. Weshalb ist das denn überhaupt wichtig?«

Karl erzählte ihr mit knappen Worten von dem Einbruch, ohne jedoch zu erwähnen, dass es dabei eine Tote gegeben hatte.

»Ach, deswegen sind die so plötzlich abgereist. Wir haben uns darüber schon gewundert, wissen Sie? Immerhin hatten die beiden in dem Hotel eine ideale Bühne.« Wieder stockte sie. Dann warf sie ihre Bedenken über Bord. »Was soll's. Die beiden waren ein fürchterliches Paar. Besonders er. Angeber, Aufschneider, neureich. Das waren noch die freundlicheren Worte, die wir und auch andere Gäste für sie hatten«, gab sie freimütig zu. »Und extrem unsympathisch. Wobei ich glaube, dass sie gar nicht mal so unrecht ist, aber er …«, sie stieß einen unterdrückten Laut aus. »Entschuldigen Sie die Wortwahl, aber er ist ein echtes Arschloch.«

Eva lächelte. Sie hatte das Gespräch über Lautsprecher mitgehört. Die gewählte Ausdrucksweise der Österreicherin bekam einen Knacks, sobald ihre Emotionen Oberwasser gewannen.

»Erzählen Sie von dem Schmuck«, führte Karl die Gräfin auf das eigentliche Thema zurück.

Die Frau am Telefon überlegte. »Also, da war nichts Besonderes. Massenware eben.«

Karl und Eva sahen sich enttäuscht an. Vielleicht hatten sie doch zu viel Hoffnung in die Theorie mit dem Versicherungsbetrug gelegt.

»Die Sachen waren zusammengenommen vielleicht fünfzig- bis sechzigtausend wert. Aber nichts davon war exklusiv«, fuhr Mercedes von Skorski ungerührt fort.

Eva starrte mit aufgerissenen Augen auf den Ring ihrer Großmutter, den sie seit ihrem zwanzigsten Lebensjahr nicht mehr abgelegt hatte. Schmuck für sechzigtausend Euro nannte die Skorski *nichts Besonderes*? Evas Familienerbstück mit den kleinen Smaragden war vielleicht tausend Euro wert und absolut etwas Besonderes für sie.

Mercedes von Skorski indes war in Fahrt gekommen. »Das soll nicht dekadent klingen. Aber Sie wollen eine realistische Beschreibung. In dem Hotel residieren für gewöhnlich keine Leute, die beim Dorfjuwelier einkaufen gehen. Niemand aus der Oberschicht trägt Schmuck oder Kleider, die Sie irgendwo anders sehen können. Weil alles andere als Einzelstücke in diesen Kreisen höchst peinlich wäre.« Sie seufzte. Dann lachte sie über sich selbst. »Nehmen Sie es mir nicht übel. Ich kann mir vorstellen, dass Sie das abartig finden. Das ist es wohl auch. Aber reich geboren zu sein, ist auch ein Fluch. Nur wenige haben den Mut, mit Konventionen zu brechen.

Wie meine Schwester.« Ihre Stimme war leise geworden. Und Eva meinte, einen traurigen Unterton zu hören. »Sie ist davongelaufen, als sie sechzehn war. Durchgebrannt mit einem Automechaniker, können Sie sich das vorstellen?« Sie seufzte erneut. »Sicher nicht. Aber ich vermute manchmal, dass sie glücklicher ist als das ganze verlogene reiche Pack.« Irritiert wurde ihr bewusst, dass sie erneut vom Thema abgewichen war, während Eva und Karl so fasziniert wie fassungslos ihren Ausführungen lauschten.

Mercedes von Skorski lachte. »Entschuldigen Sie. Meine Sentimentalität macht sich manchmal selbstständig. Also, die Frau trug Schmuck von der Stange. Immerhin passte der zu ihrem jeweiligen Outfit. Zumindest an den beiden Tagen, an denen ich sie gesehen habe.«

»Könnten die Sachen Modeschmuck gewesen sein? Gut genug gemacht, um echt zu wirken?«, mischte sich Eva in das Gespräch ein.

Die Skorski lachte wieder ihr anziehendes, kehliges Lachen. »Nein. Das war alles echt.«

»Sind Sie sich hundertprozentig sicher? Bitte überlegen Sie genau.« Eva sprach schnell weiter, als die Skorski sie unterbrechen wollte. »Es ist sehr wichtig, dass wir uns auf Ihre Aussage verlassen können.«

»Das können Sie. Wenn ich eines in meinem Leben wirklich gelernt habe, dann echten Schmuck von falschem zu unterscheiden.«

Karl bedankte sich und beendete das Gespräch, nicht ohne der Frau das Versprechen abgenommen zu haben, ihnen eine detaillierte Beschreibung der Schmuckstücke per Mail zu schicken.

***

»Was denkt ihr?«, fragte Sauerwein am nächsten Vormittag. »Können wir uns auf die Aussage der Skorski verlassen?«

»Sie klang sehr souverän, das muss ich ihr lassen«, sagte Karl. »Von daher würde ich sagen, ja. Andererseits wundert es mich allerdings, dass sie die Vollmanns so genau beobachtet hat. Wenn die doch so weit unter ihrem eigenen Niveau lagen.«

Eva sah Karl amüsiert an. »Aber genau das ist doch der Reiz. Frustrierte, gelangweilte reiche Frauen, die keine Aufgabe haben. Was gibt es da Schöneres, als über andere herzuziehen. In deren Kreisen wird sicher mit Argusaugen darüber gewacht, wer sich wie anzieht, wer mit wem rummacht. Ich würde wetten, dass die Skorski ganz genau hingesehen hat. Und die anderen blasierten Ziegen auch.«

Sauerwein hatte ihr nur mit halbem Ohr zugehört. Seine Aufmerksamkeit wurde von einer Frau in Anspruch genommen, die lässig, aber mit unübersehbarer Eleganz im Türrahmen lehnte.

»Was können wir für Sie tun?«, fragte er an seinen Kollegen vorbei.

In dem Augenblick, als Eva sich nach der Besucherin umdrehen wollte, hörte sie ein leises Lachen. Kehlig und rau. Unwillkürlich zog sie ihren Kopf ein. Und wurde bis an die Haarspitzen rot.

»Mercedes von Skorski«, stellte sich die Besucherin vor. »Eine von den frustrierten Ziegen, wie Ihre Kollegin das so treffend formuliert hat.«

Eva wünschte sich, dass sich der Boden unter ihr auftun würde. Oder ein Blitz ins Gebäude einschlagen. Oder die Skorski vom Schlag getroffen. Egal was, nur raus aus dieser unmöglichen Situation. Leider wurde keiner ihrer Wünsche erfüllt. Als es sich nicht mehr vermeiden ließ, drehte sie sich um und stand auf. Mit vorgestreckter Hand ging sie in die Offensive und trat auf den Überraschungsgast zu. »Es tut mir leid, ich wollte Sie damit nicht –«

Mercedes von Skorski winkte ab, bevor Eva zu Ende gesprochen hatte. »Lassen Sie nur. Ich nehme es nicht persönlich. Und im Grunde haben Sie sowieso recht. Wer in unseren Kreisen nicht selbst tritt, der wird getreten.«

Wider Erwarten war die gepflegte Frau Eva auf den ersten Blick sympathisch. Sie hatte einen festen Händedruck und ein offenes, etwas schiefes Gesicht mit Zähnen, die einen Hauch zu gerade und weiß waren, um echt zu sein, und der perfekte Haarschnitt erinnerte sie daran, dass ihr eigener Friseurbesuch längst überfällig war. Das etwas zu klein geratene Näschen ließ Mercedes von Skorski jünger wirken, als sie vermutlich war. Eva schätzte sie auf Ende vierzig. Das Bemerkenswerteste aber waren ihre Augen, die in einem so intensiven Blau strahlten, dass es Eva die Sprache verschlug. Sie verspürte einen leichten Stich. Allein das rote Kleid war vermutlich teurer als ihre gesamte Garderobe. Unwillkürlich verschränkte sie die Arme vor dem langärmligen T-Shirt, das sie vor nicht mal einem Monat bei H&M erstanden hatte und schon jetzt aussah, als müsste es aussortiert werden.

Als Eva nach einem ziemlich ereignislosen Nachmittag einen höchst spontanen Entschluss fasste und um vier Uhr die Segel strich, merkte sie erst kurz vor sieben vor ihrer Haustür, dass sie ihren Schlüssel im Büro vergessen hatte. Immerhin steckte ihr Handy in ihrer Jackentasche, und so konnte sie zumindest Kristina informieren, dass es später wurde.

Mit leiser Genugtuung stellte sie ihren Smart auf Märkels Parkplatz. Abends war die Gefahr ausgesprochen gering, dass er im Präsidium aufkreuzen würde. Außerdem war er sowieso noch zur Kur.

Sie sprang die Treppe hinauf und stutzte, als sie die Hand bereits an der Klinke hatte. Unter der Tür fiel ein schmaler Streifen Licht in den Flur. Seltsam. Weder Sauerweins noch Karls Auto stand vor dem Haus, und sonst hatte niemand etwas in ihrem Büro verloren. Sie legte ihre Wange an die Tür und lauschte. Als sie nichts hörte, drückte sie den Griff langsam nach unten und öffnete sie vorsichtig. Ein Mann stand mit dem Rücken zu ihr und war so in Gedanken versunken, dass er nicht bemerkte, dass er nicht mehr allein im Zimmer war. Erst als Eva sich räusperte, fuhr er erschrocken herum.

»Mein Gott, hast du mich erschreckt.«

Eva musterte den nächtlichen Besucher. Er sah gut aus. Verändert, aber ziemlich gut. »Hallo Max. Was machst du denn hier?«

Er machte eine weitläufige Bewegung und brachte ein schiefes Lächeln zustande. »Zeit, um ein bisschen Ordnung in mein Leben zu bringen.«

Erst jetzt fiel Eva die Tüte auf dem Schreibtisch auf. Und eine ganze Menge leerer Schachteln lag im Papierkorb.

»Du wirfst das weg?«

Er nickte stumm. Dann sah er weg.

»Max?« Es dauerte einen Augenblick, bis sein Blick ihren wiederfand.

»Ja?«

»Ich finde es toll. Dass du das durchziehst, meine ich. Und wir hoffen alle, dass du bald wiederkommst.« Eva spürte bei ihren eigenen Worten, dass es die volle Wahrheit war. Dass er in letzter Zeit so ein Ekel gewesen war, lag bestimmt zum großen Teil an den Tabletten, die er zum Schluss wie saure Drops konsumiert hatte.

»Meinst du das wirklich?«, fragte er zögernd.

Als ob sie da noch Nein hätte sagen können. »Für mich kann ich das sagen, ja. Aber ich weiß auch, dass es den anderen genauso geht.« Sie schnappte sich ihren Schlüssel. »Und jetzt lass ich dich wieder allein, damit du weitermachen kannst.«

Er schluckte. Dass sie gehen wollte, zeigte ihm, dass sie wirklich darauf vertraute, dass er alles wegwerfen würde.

»Eva.« Als sie sich zu ihm umdrehte, musterte er sie von oben bis unten. »Du siehst anders aus. Hammermäßig irgendwie.«

Sie warf ihm eine Kusshand zu und verschwand. Max blickte noch lange auf die Stelle, an der er ihren Umriss noch immer wahrnehmen konnte. Dann sah er den Blister in seiner Hand an. Valium. Das perfekte Mittel, um das Herzstolpern zu eliminieren, das ihn in der Gegenwart seiner Kollegin wie so oft gepackt hatte. Um zu vergessen, dass es da etwas gab, das er nicht haben konnte.

***

»Moritz, du armes Aschenputtel.« Kristina hob Evas riesigen Kater hoch, der die aufgeregte Begrüßung der abendlichen Besucherinnen mit seinem hungrigen Geschrei umgehend beendet hatte. »Du armer, vernachlässigter Kater. Vielleicht sollte ich dich besser zu mir nehmen, wenn deine Dosenöffnerin schon so selten zu Hause ist.«

»Vergiss es!« Eva öffnete einen Oberschrank ihrer kleinen Küche und nahm einen Teller heraus. Der rote Kater strampelte sich im Nu von Kristina los und suchte das Weite. Sekunden später polterte es im Bad.

»Das glaube ich jetzt nicht«, sagte Kristina und rümpfte die Nase. Auf dem Teller lagen drei Eintagsküken, die Eva morgens aus dem Tiefkühlschrank geholt und zum Auftauen außerhalb Moritz' Reichweite in den Schrank gestellt hatte.

»Puh, das ist ja eklig.«

»Ist es nicht. Es ist das Artgerechteste, was man seinem gefräßigen Liebling bieten kann. Oder glaubst du, dass Katzen in der freien Wildbahn Dosenfutter fressen?«

»Aber die armen Küken. Ich könnte das nicht.«

»Das, was aus der Dose kommt, hat auch mal gelebt«, beendete Eva die Diskussion und drückte sich an Kristina vorbei ins Bad. Dort stand das rote Ungetüm leise maunzend in der Badewanne, die Vorderpfoten auf den Rand gestemmt.

»Wieso fütterst du ihn in der Wanne?«, fragte Kristina staunend, als der Kater das erste Küken ausgiebig anfauchte, bevor er ihm schließlich den Kopf abbiss.

»Weil ich die Sauerei nicht aus den Fliesenfugen kratzen möchte«, sagte Eva und deutete auf einen Fleck aus Blut und Eigelb. »Aber ich bin froh, dass mir die Tierärztin empfohlen hat, es mit Küken zu versuchen, nachdem er sonst fast gar nichts gefressen hat.« Sie fuhr mit der Hand durch das seidig glänzende Fell. Wenige Minuten später sprang er aus der Wanne und ließ drei Füße zurück.

»Was ist mit denen?«, fragte Kristina.

»Ich hab keine Ahnung. Aber er lässt von jedem Küken einen Fuß übrig. Immer.«

Nachdem der Kater satt und zufrieden schnurrte, machten sich die beiden Frauen über eine Käseplatte her. Eva schwenkte den tief rubinroten Wein in dem großen, bauchigen Kristallglas und verdrehte hingerissen die Augen, als ihr ein starkes Aroma von Kirschen, gefolgt von den leichteren Anklängen von Vanille und Mandeln, in die Nase stieg. Vorsichtig ließ sie den ersten Schluck über die Zunge rollen, ihn sich im gesamten Mund verteilen und zog etwas Luft dazu ein, ganz so, wie Kristina es ihr beigebracht hatte.

Kristina, die sie dabei beobachtet hatte, lächelte. »Schmeckt er dir?«

»Und wie! Ich habe zwar noch immer null Ahnung von Wein, aber von dem hier könnte ich ein ganzes Fass trinken. Ich finde ihn wunderbar weich und vollmundig. Wo hast du den denn ausgegraben?«

»In München«, sagte Kristina und besah sich das Etikett. »Masetto Due, das war wirklich eine grandiose Empfehlung.« Sie stieß mit ihrem Glas leicht gegen Evas. »Auf Herwig.«

»Herwig?«, fragte Eva irritiert.

»Herwig Sabitzer, der Inhaber der Vinothek im Lehel. Weil er mir mit seinen hervorragenden Empfehlungen schon so manch schönen Abend beschert hat.«

Später lagen sie auf Evas gemütlichem roten Sofa. Moritz hatte es sich zwischen ihnen bequem gemacht und genoss die doppelte Aufmerksamkeit. Kristina musste seufzend zugeben, dass sie hundert Küken am Tag auftauen würde, wenn der Kater ihr gehören würde.

Als das Telefon klingelte, war Eva gerade auf der Couch eingenickt. Orientierungslos rappelte sie sich hoch.

»Was ist denn?«

»Eva? Schläfst du?« Es war Sauerwein. »In der Waldheimer Straße wurde ein Einbruch gemeldet. Wir treffen uns in zwanzig Minuten dort.« Aufgelegt.

Wie spät war es überhaupt? Halb vier. Sie stand auf und setzte sich sofort wieder, als sich alles um sie herum drehte. Ihr Blick fiel auf zwei Rotweinflaschen. Die eine leer, die andere halb voll. Immerhin. Schlagartig fiel es ihr wieder ein. Sie hatten die zweite Flasche aufgemacht, obwohl sie schon nach der ersten angeheitert genug gewesen waren, um nur noch albern kichernd um Moritz zu streiten. Als es dem Kater zu blöd geworden war, hatte auch Kristina genug und rief sich ein Taxi. Und nun saß Eva da. An der Grenze zwischen angeheitert und einem sich anbahnenden Kater.

Fluchend drückte sie die Rückruftaste.

»Was ist los?« Sauerwein klang gestresst. Vermutlich versuchte er gerade den Spagat zwischen Pflichterfüllung und Kinderversorgung.

»Es gibt 'n Problem.«

»Du bist betrunken. Herrgott noch mal, Eva!« Er war ungerecht, das wusste er selbst. Aber in einer Zeit, in der ein Mitarbeiter seinem Suchtentzug frönte und der andere dringend übers Wochenende mit seiner Frau die Verwandtschaft in München-Trudering besuchen musste, weil er sonst in eine Beziehungskrise schlittern würde, war es extrem dämlich, wenn sich die einzige zur Verfügung stehende Kollegin mit Alkohol aus dem Leben schoss.

»Du nimmst jetzt zwei Aspirin und duschst dich. Ich rufe dir in zwanzig Minuten ein Taxi.«

***

»Wie sieht es denn hier aus?« Nur mit Mühe kämpfte sich Eva ihren Weg durch das Chaos, das die Einbrecher hinterlassen hatten.

Erstaunt sah Sauerwein sie an. Sie wirkte, als hätte sie zwei Nächte durchgemacht, und trotzdem war sie ihm noch nie so hübsch vorgekommen. Obwohl sie Überstunden ohne Ende vor sich herschob, musste man sie normalerweise dazu zwingen, sich Zeit für sich selbst zu nehmen. Doch der Friseurbesuch am Nachmittag hatte sich über die Maßen gelohnt. Er stieß einen Pfiff aus.

Eva warf ihm einen raschen Blick über die Schulter zu, was zur Folge hatte, dass ihr schlagartig schlecht wurde. Verzweifelt sah sie den Kollegen von der Spurensicherung an, der neben ihr stand. »Bad?«

Er schüttelte den Kopf und hielt ihr eine Tüte hin.

Als Eva zehn Minuten später zurück in die Wohnung kam, war ihre Nasenspitze immer noch weiß. Trotzdem fühlte sie sich besser. Zum Glück hatte sie immer eine kleine Flasche Wasser und ein Reisezahnputzset in ihrer Tasche. Sie setzte die Flasche an und trank den Rest auf einen Zug aus.

»Besser?«, fragte Sauerwein.

»Viel«, bestätigte sie. »Erzähl.«

»Die Spusi hat eine Menge Abdrücke sichergestellt. Wir warten noch auf die Bestätigung, ob unser Freund darunter ist. Sicher ist allerdings, dass die Einbrecher den Safe gefunden haben und keine Probleme hatten, ihn zu öffnen.«

Verwundert sah Eva ihn an. »Wieso hätten sie ihn auch nicht finden sollen?«

Sauerwein deutete auf die Tür, die ins Nebenzimmer führte. »Sieh es dir selbst an.« Er folgte ihr und wartete, bis sie die Situation erfasst hatte. »Und was sagst du dazu?«

»In der Tat sehr ungewöhnlich.« Sie blieb eine Weile stehen, um den Raum auf sich wirken zu lassen. »Von hier aus würde ich nie vermuten, dass da ein Safe ist.«

»Kämst du auf die Idee, ihn hier zu suchen?«

»Nein. Aber die Idee finde ich verdammt clever.«

Sie gingen nebeneinander durch die einzelnen Zimmer.

»Sieh dich in Ruhe um und sag mir dann, was dir sonst noch aufgefallen ist«, forderte Sauerwein sie zu einem Rundgang auf.

Sie zögerte und versuchte, einen Gedanken zu fassen, der noch nicht in greifbarer Nähe lag. Irgendetwas zog sie zurück in die anderen Zimmer. Fünf Minuten später stand sie wieder neben Sauerwein.

»Die Bilder«, sagte sie.

»Was ist damit?«

»Einige sind offensichtlich nicht wertvoll genug, dass die Einbrecher sie mitnehmen wollten.«

»Weiter«, sagte Sauerwein. Er spürte, dass sie noch nicht fertig war.

»Erst dachte ich, dass ich mich getäuscht habe. Oder dass es am Alkohol liegt«, sagte sie entschuldigend. »Aber jetzt bin ich mir sicher. Die Bilder hängen viel zu gerade. Dass das die Spusi war, schließe ich aus. Die hinterlassen für gewöhnlich weniger Ordnung, als sie vorgefunden haben. Der Täter muss gewusst haben, wo der Safe ist.« Sie machte eine Pause und formulierte ihren Gedanken neu. »Kein einziges Gemälde hängt schief. Und das ist nach den Schränken normalerweise der erste Ort, an dem ein Einbrecher suchen würde, oder?«

»Und was schließt du daraus?«

»Insiderwissen«, antwortete sie wie aus der Pistole geschossen. »Ich frag mich nur, ob uns das weiterbringt.«

Sauerweins linke Augenbraue wanderte ein Stück nach oben. »Für die Bemerkung mache ich deinen Alkoholkonsum verantwortlich. Du fragst dich hoffentlich nicht ernsthaft, ob das relevant ist?«

Eva gähnte. »Vermutlich nicht. Aber dazu muss ich erst mal wieder wach und nüchtern genug werden.«

»Wenn der Täter schon vorher wusste, dass der Safe an einer derart außergewöhnlichen Stelle verborgen ist, dann ist das sogar mit an Sicherheit grenzender Wahrscheinlichkeit Insiderwissen. Und das erhärtet unseren Verdacht auf Versicherungsbetrug. Eva?«, hielt Sauerwein sie zurück, als sie gehen wollte.

Sie drehte sich nach ihm um. »Ja?«

»Du siehst klasse aus. Ich frag mich nur, ob es der richtige Zeitpunkt ist, mit einem Hangover an einem Tatort zu erscheinen. Was denkst du, hinterlässt das für ein Bild?«

»Ganz ehrlich Sauerwein, das ist mir im Moment völlig egal. Ich will nur ins Bett.«

Sauerwein grinste. »Verschwinde. Und schlaf dich aus.«

SIEBEN

»Wow, Eve. Du siehst toll aus!« Karl hauchte ein Küsschen in ihre Richtung.

Bis Sauerwein am Montagmorgen ins Büro kam, hatte Eva Karl auf den neuesten Stand gebracht. Verblüfft sah er sie an, als sie ihm erzählte, wo der Safe verborgen gewesen war.

»Hinter den Fliesen im Kachelofen? Das ist ja mal ein originelles Versteck«, sagte Karl bewundernd. »Und der Täter fängt an, Fehler zu machen.«

»Ich weiß nicht, ob es ein Fehler ist.« Eva drückte eine Kurzwahltaste an ihrem Telefon. »Was ist mit den Fingerabdrücken?«, fragte sie, als nach dem fünfzehnten Läuten endlich der Hörer abgenommen wurde. Sie hörte eine Weile zu, dann hakte sie nach. »Bist du dir sicher?«

»Danke.« Sie legte auf und verzog das Gesicht. »Ich könnte diesen Ammler erwürgen! Der verarscht uns doch nach Strich und Faden.«

***

»Hast du Lust, am nächsten Wochenende ins Theater zu gehen?«, fragte Robert, während er in der Tageszeitung blätterte. »Ich finde, es wird Zeit, dass wir ein bisschen unter die Leute kommen, meinst du nicht auch?« Er hatte eine schier endlose Stunde mit sich gerungen, ob er es wagen könnte, sie mit in die Öffentlichkeit zu nehmen. Aber nach dem schrecklichen Desaster mit der Frau, die er in der Wohnung in einem Reflex niedergeschlagen hatte, musste er etwas unternehmen, um sie auf andere Gedanken zu bringen.

Miriam sah ihn einen Augenblick lang verständnislos an. Dann spürte sie, wie sich ihr Herzschlag beschleunigte und widersprüchliche Gefühle um die Oberhand kämpften. Obwohl sie ihm gesagt hatte, dass sie bei ihm bleiben würde, war ihr irgendwo in ihrem Unterbewusstsein klar, dass sie noch immer seine Gefangene war. Und dass er sie niemals freiwillig gehen lassen würde. Und nun wollte er mit ihr ins Theater gehen? Meinte er das ernst? Sie sah ihn fragend an. War das vielleicht endlich die Gelegenheit, zu fliehen? Vielleicht würde sie auf Bekannte treffen und auf sich aufmerksam machen können. Sie schluckte, um ihre trockene Kehle anzufeuchten. »Das wäre schön. Was läuft denn?«

»›La Traviata‹.«

»Oh. Das ist ja phantastisch. So was bei uns in Rosenheim?«

»Aber nein, wo denkst du hin.« Er durchschaute ihre Gedanken und grinste böse. »In München natürlich.«

»Ach so, das ist ja noch besser. München ist prima. Die Oper dort soll wunderschön sein«, stammelte sie verlegen. Und hoffte, dass sie nicht die Einzigen waren, die den Weg nach München auf sich nahmen.

Prüfend musterte er sie aus zusammengekniffenen Augen. Dann nickte er. »Also gut. Das machen wir.« Er stand auf und ließ sie allein am Frühstückstisch zurück.

Sie sah ihm mit offenem Mund nach und konnte ihr Glück kaum fassen.

Als sie nachts in dem schmalen Bett im Gästezimmer lag, in dem Robert sie seit ein paar Tagen bei abgeschlossener Tür schlafen ließ, faltete sie seit langer Zeit wieder ihre Hände zum Gebet. Es fühlte sich merkwürdig an. Sie hatte der Zwiesprache mit Gott nie etwas abgewinnen können. Doch jetzt erschien es ihr wie ein Anker in der Not.

»Bitte, lieber Gott, wenn du mich hören kannst, dann hilf mir. Ich habe Angst, und ich bin so einsam. Ich will nach Hause, ich möchte meine Freunde wiedersehen. Ich bitte dich von ganzem Herzen, mir zu helfen«, wisperte sie und wischte die Tränen mit dem Bettzipfel von ihrer Wange. »Ich war nie besonders gläubig, aber das macht doch nichts, oder? Bitte lass mich jetzt nicht im Stich.«

Irgendwann, viel später, schlief sie ein. Sie träumte vom Phantom der Oper, das sie in die Katakomben der Stadt verfolgte und mit einem irren Lachen auf den unzähligen Knöpfen einer riesigen Fernbedienung herumdrückte. Mitten in der Nacht riss sie ein heftiger Donnerschlag aus dem Schlaf. Verstört und verängstigt saß sie auf dem Bett und lauschte dem Sturm, der die Vorhänge aufblähte. Als es zu schütten begann, nahm sie ihren Mut zusammen und stand auf, um das Fenster zu schließen.

Sie sah hinab zum Teich, und als es erneut blitzte, dachte sie, sie hätte einen Mann am Wasser stehen sehen. Beim nächsten Blitz war die Gestalt verschwunden. Kurz darauf sank sie in einen traumlosen Schlaf.

***

»An die Ostsee?« Entsetzt sah Karl seinen Chef an. »Was sollen wir denn da?«

Sauerwein warf eine Mappe auf Karls Tisch. »Die Boltenhagener Kollegen haben uns endlich die Akten zum Untergang der Evendor geschickt. Ich habe mir das gestern Abend alles noch durchgesehen. Und dabei bin ich auf etwas gestoßen, das mich stutzig macht: In der Nacht sind zwei Männer von einem Boot aufgegriffen worden, die an Land ihre Personalien angegeben haben, kurz darauf aber auf Nimmerwiedersehen verschwanden. Ich habe mit den Kollegen vor Ort telefoniert, die winken das Ganze aber als Hirngespinst eines ihrer ehemaligen Kollegen ab.«

»Und was stört dich daran?«, fragte Eva.

»Dass mir das zu viele Zufälle auf einmal sind. Zum einen haben wir zwei für tot erklärte Einbrecher, die auf demselben Schiff waren, zum anderen haben wir auf ebendiesem Schiff zwei weitere Männer, die erst gerettet werden und kurz darauf verschwinden? Von Miriam Dahl ganz zu schweigen. Da stinkt doch irgendetwas zum Himmel.«

»Du denkst, dass die beiden geretteten Männer Ammler und Kreiner waren, die sich anschließend unter falscher Identität abgesetzt haben?« Eva nickte nachdenklich. »Aber dann verstehe ich nicht, wieso das weder die Kollegen herausgefunden noch die Versicherungen sich dafür interessiert haben.«

»Weil die beiden Männer möglicherweise falsche Namen angegeben haben. Außerdem hat ein ehemaliger Polizist die Daten aufgenommen, und an seiner Schilderung haben seine Kollegen erhebliche Zweifel angemeldet.«

»Und?«

»Ich habe ihn gestern Abend angerufen, aber er weigert sich, ans Telefon zu gehen«, antwortete Sauerwein. »Seine Frau hat mir erzählt, dass wir nur etwas aus ihm herausbekommen, wenn wir ihn persönlich besuchen. Allerdings auch nur dann, wenn er sein Gegenüber als vertrauenswürdig befindet. Er ist nach dem Untergang der Evendor regelrecht gemobbt worden. Also bleibt euch nicht anderes übrig, als hinzufahren.«

»Scheiße«, befand Karl und verzog das Gesicht. »Das geht aber nicht!«

»Und wieso nicht?«

»Ich ... Nein ... So weit weg ... Und Sissy, äh ... meine Frau ...«, stammelte Karl und blickte verlegen auf den Boden. Die Ostsee war verdammt noch mal viel zu weit weg. Außerdem würde seine Frau ihm die Hölle heißmachen, wenn er gemeinsam mit Eva einen Ausflug unternahm, den Sauerwein sicherlich mit drei bis vier Tagen veranschlagte. Sie würde ihn jede Nacht mindestens fünfmal anrufen, um zu kontrollieren, ob er auch wirklich allein im Bett lag.

Obwohl Eva normalerweise herzlich wenig Geduld für die Nöte ihres von seiner Frau drangsalierten Kollegen hatte, ahnte sie das Dilemma, in das eine derartige Aktion sie beide bringen würde. Meistens hatte sie ihre Freude daran, Karl aus seinem Schneckenhaus zu kitzeln, aber auf die Aktionen, mit denen Sissy Holtau sie beide terrorisieren würde, hatte auch sie keine Lust. Außerdem hatte sie eine bessere Idee.

»Kristina?«, fragte Sauerwein fassungslos. »Du spinnst. Kristina ist weder Polizistin, noch ist sie dazu autorisiert, Zeugen zu vernehmen. Und du brauchst ja wohl kaum jemanden, der für dich vor Ort im Internet surft.« Entschieden schüttelte er den Kopf, als sie den Mund öffnete, um ihm zu widersprechen. »Vergiss es. Kommt überhaupt nicht in Frage.«

Eine Weile war es still in dem kleinen Büro, während jeder seinen Gedanken nachhing.

Karl rutschte unbehaglich in seinem Stuhl hin und her, bis er die Stille nicht mehr aushielt. »Also, ich finde die Idee gar nicht so dumm. Kristina muss ja weder Zeugen befragen noch irgendwelche bösen Buben verhaften. Im Grunde wäre sie sogar die ideale Reisepartnerin«, ereiferte er sich. »Es geht doch nur darum, dass Eva eine Begleitung hat, die sie ein bisserl unterstützt. Und den pensionierten Kollegen kann Eva auch gut allein befragen. Ich wäre dabei doch eh völlig überflüssig.«

»Hmm«, brummte Sauerwein, noch nicht wirklich überzeugt. Widersprüchliche Gefühle kämpften darum, die Oberhand zu gewinnen. Insgeheim musste er seinen Mitarbeitern jedoch recht geben, und Karl konnte er wirklich besser in Rosenheim gebrauchen. »Es geht trotzdem nicht. Märkel wird niemals einen Flug und ein Hotelzimmer für Kristina genehmigen«, sperrte er sich weiter gegen die Idee.

»Das braucht er auch gar nicht.« Eva kicherte. »Bei dem Stundensatz, den du für sie herausgeschlagen hast, kann sie ihren Flug auch gut selbst bezahlen. Und wir können ein Doppelzimmer nehmen.« Außerdem hat Kristina sowieso genügend Geld, um das ganze Revier ein Jahr lang nach Dubai ins »Burj al Arab« einzuladen, dachte sie bei sich. Und sie war sich sehr sicher, dass der Freundin mittlerweile die Decke auf den Kopf fiel, auch wenn sie das noch nicht so richtig zugeben wollte.

***

»Willst du auswandern?« Fassungslos starrte Eva am nächsten Nachmittag auf die offene Heckklappe des dunkelgrauen Kombis. Zwei Hartschalenkoffer und ein Kleidersack nahmen die Hälfte der Ladefläche des großen Audis ein. Die kleine Reisetasche, die sie in der Hand hielt, nahm sich dagegen geradezu lächerlich aus.

»Auswandern?« Kristina lachte. »Nein. Aber je ein Abend- und ein Cocktailkleid, Golf- und Fahrradsachen und normale Klamotten für ein paar Tage.« Sie deutete mit einem Funkeln in den Augen auf Evas Tasche. »Wo ist dein restliches Gepäck?«

Eva spürte, wie ihr das Blut ins Gesicht schoss. Hilflos zog sie die Schultern hoch. »Das ist alles. Ich glaube nicht, dass wir große Garderobe brauchen.«

Kristina lachte noch mehr und knuffte sie in die Seite. Dann erlöste sie Eva aus ihrer misslichen Lage. »Mach dir nichts draus. In den Koffern ist nur elektronisches Spielzeug, keine Abendkleider. Ich hab auch nicht mehr Zeug dabei als du.«

Als Sauerwein nach etlichem Hin und Her endlich grünes Licht für die Aktion gegeben hatte, war Kristina sofort Feuer und Flamme gewesen. Die Reise an die Ostsee war ein kleines Abenteuer und ein ungefährliches noch dazu. Sie war es auch gewesen, die vorgeschlagen hatte, den Autozug zu nehmen und die Nacht gemütlich in einem Schlafwagen erster Klasse zu verbringen. Dann könnten sie auch den Fahrradträger benutzen, der seit Monaten sinnlos in der Garage einstaubte, und ihre Räder mitnehmen. »Außerdem möchte ich ein bisschen elektronischen Schnickschnack einpacken, den ich nie im Leben durch die Sicherheitskontrolle am Flughafen bekomme«, hatte sie erklärt.

Obwohl Eva bei Kristinas Worten hellhörig geworden war, hatte sie es dabei belassen. Sie wollte auch jetzt noch gar nicht so genau wissen, was in den Taschen im Kofferraum schlummerte, und außerdem war sie froh darüber, dem umständlichen Prozedere am Flughafen beim Einchecken ihrer Dienstwaffe zu entkommen.

Knapp zwei Stunden nachdem Kristina den Wagen am frühen Morgen in Hamburg vom Zug gefahren hatte, kamen sie in Boltenhagen an. Was ehemals trostloses DDR-Gebiet gewesen war, war schon vor Jahren modernen Hotels und Kurkliniken gewichen. Sie fuhren die lange Hauptstraße entlang und konnten zwischen den Häuserreihen das Meer blitzen sehen. Einer Eingebung folgend, setzte Kristina den Blinker, fuhr in eine kleine Seitenstraße und parkte den Audi vor einem langen Sandstrand. Eine Weile stapften sie schweigend durch den goldgelben Sand.

»Gefällt es dir hier?«, fragte Kristina.

Unschlüssig drehte sich Eva um ihre eigene Achse. »Ich weiß nicht. Irgendwie ist hier alles so flach.« Und das trübe Wasser fand sie auch nur wenig verlockend.

Kristina lachte. »Na ja, wir sind am Meer, da ist das nun mal so.«

»Das stimmt nicht«, widersprach Eva. »Kroatien, Santorin, Mallorca, Sardinien«, zählte sie nur ein paar Beispiele auf. »Da gibt es überall Berge. Und das Wasser ist viel sauberer als hier.« Sie war enttäuscht, zugegeben. Jeder Berg war ihr tausendmal lieber als das flache Land hier.

»Ich finde es wunderschön.« Kristina hingegen war schwer begeistert und ließ sich rücklings in den Sand fallen. »Das Wasser ist trüb, weil der Untergrund sandig ist. Ich wette mit dir, dass es genauso sauber ist wie dein geliebtes Mittelmeer. Und der Sand ist einfach herrlich!« Sie grub mit den Händen eine kleine Kuhle. »Wir können uns komplett einbuddeln und dämliche Fotos machen.«

***

Eine rothaarige, etwa fünfzigjährige Frau in verwaschenen Jeans stand bis zum Rand ihrer Gummistiefel im Schlick eines ausgelassenen Teichs, als Eva und Kristina mit ihren Fahrrädern vor dem Haus des Polizeihauptmeisters a. D. Prahl ankamen. Neugierig kam sie an den Zaun und begrüßte die Besucher aus Bayern.

»Mein Mann erwartet Sie bereits. Seit dem Unglück hat er sich völlig zurückgezogen, nachdem keiner seiner Kollegen mit ihm noch über den Fall reden wollte. Er hat nie verwunden, was damals passiert ist. Die vielen hundert Menschen, die im Meer trieben, und die, die im Schiff eingeschlossen und nie gefunden wurden, lassen ihn nachts bis heute nicht mehr schlafen. Tagsüber sitzt er oft stundenlang da und sieht aufs Meer hinaus.«

Inga Prahl deutete auf einen imaginären Punkt auf der Ostsee. »Da draußen ist die Evendor gesunken. Die eingesetzten Schiffe konnten nicht alle Toten einsammeln, bevor am nächsten Tag die ersten Leichen am Strand angeschwemmt wurden. Helge hat an dem Tag des Untergangs zwei Zeugen befragt, die etwas Merkwürdiges beobachtet haben. Seine Kollegen haben ihn ausgelacht und ihm unterstellt, dass er Verschwörungstheorien in die Welt setzen würde. Das Ganze hat ihm so zugesetzt, dass er darüber krank geworden ist. Schließlich hat er sich frühpensionieren lassen. Und jetzt kommen Sie, und er freut sich wie schon lang nicht mehr.«

Während ihrer langatmigen Begrüßungsrede hatte Inga Prahl die beiden zum Haus geführt. Jetzt zog sie ihre schmutzigen Stiefel aus und bat auch Eva und Kristina, die Schuhe vor die Tür zu stellen.

Nach einem kurzen Blick auf die ihnen angebotenen altmodischen und offensichtlich häufig benutzten Gästepantoffeln entschieden sich Eva und Kristina dafür, lieber auf Strümpfen über den kalten Fliesenboden zu laufen.

Obwohl es draußen gut und gern zwanzig Grad hatte, war es im Haus kühl, und Eva bedauerte, dass sie ihre Fleecejacke im Hotel gelassen hatte. Sie folgten der Gastgeberin in ein dunkles Wohnzimmer, in dem ein alter Mann in einem Schaukelstuhl vor einem der Panoramafenster saß und beharrlich hin und her wippte. Eva betrachtete sein Gesicht und war verwirrt. Die Fotos, die Prahl vor eineinhalb Jahren an der Unglücksstelle zeigten, vermittelten das Bild eines sportlichen Mittvierzigers. Der Mann vor ihr aber sah aus wie sechzig. Und der Dielenboden unter ihm war von den Kufen des Schaukelstuhls schwer beschädigt. Jetzt glitt ein Lächeln über sein Gesicht, und Eva bekam eine Ahnung davon, wie viel Dynamik in dem Mann gesteckt haben musste, bevor sie einer eisigen Januarnacht zum Opfer gefallen war.

»Ich, jeder von uns, hat in der Nacht des Unglücks unzählige der überlebenden Passagiere registriert«, kam Oskar Prahl nach einer kurzen, aber herzlichen Begrüßung sofort zum Punkt. »Viele von ihnen trieben im Meer, bevor sie gerettet werden konnten. Es war ein unglaubliches Chaos an dem Abend, das kann sich niemand vorstellen, der es nicht miterlebt hat. Alle einsatzfähigen Boote waren auf dem Wasser, um die Überlebenden einzusammeln, und dabei ging es oft um Minuten. Die Ostsee war um die Jahreszeit eiskalt, und die Menschen, die aus dem Wasser gefischt wurden, waren zum Teil halb erfroren. Deswegen haben wir kein großes Tamtam um die Personalien gemacht. Wir haben die Menschen, die keine schwerwiegenden Unterkühlungen hatten, nur nach den Namen gefragt, sie anhand der Listen, die wir kurzfristig von der Reederei bekommen hatten, ausgestrichen und auf den entsprechenden Formulare jeweils nur die Namen der Geretteten notiert. Die Durchschläge haben wir ihnen mitgegeben, mit der Bitte, sie am nächsten Tag vollständig ausgefüllt an uns zurückzugeben. Anschließend haben wir sie in den umliegenden Hotels untergebracht.«

»In Hotels?«, fragte Eva erstaunt. »Mussten die denn nicht ärztlich behandelt werden?«

»Einige schon«, gab Prahl zu. »Wir hatten alle verfügbaren Ärzte zusammengezogen. Aber viele Personen waren nur kurz im Wasser gewesen, da war es ausreichend, dass sie trockene Kleidung und ein warmes Bett bekamen. Nicht unerheblich wenige waren sogar noch zu einer Aussage fähig.«

Prahl machte eine Pause und sah Eva durchdringend an, bevor er mit schwerer Stimme fortfuhr. »Zwei davon haben übereinstimmend ausgesagt, dass sich ihnen ein Rettungsboot genähert hatte, das aber keinerlei Interesse an ihnen zeigte. Deshalb dachten sie zunächst, dass die nur Frauen und Kinder an Bord nehmen wollten. Allerdings haben sie beobachtet, dass Menschen aus dem Wasser gefischt wurden, die der Statur nach definitiv männlich waren. Manche wurden zurück ins Meer geworfen, und meine Zeugen dachten, dass das Leichen waren, die Platz für weitere Überlebende machen sollten. Aber die zurückgeworfenen Männer haben angefangen zu schreien, sie haben also definitiv noch gelebt. Die Zeugen haben gerufen und gewunken, wurden aber ignoriert. Irgendwann ist das Boot zur Küste gefahren.« Prahl versank in ein dumpfes Brüten.

»Waren das die Männer, die Sie Martin Sauerwein gegenüber erwähnt haben? Die, die ausgesagt haben, anschließend aber verschwanden?«, wollte Kristina wissen. Obwohl sie an dem Gespräch eigentlich nicht teilnehmen durfte, hatte Eva sich dazu entschlossen, die Regeln zu ignorieren. Niemand musste erfahren, dass Kristina keine Kollegin war. Außerdem war sie intelligent genug, um keine Fragen zu stellen, die Verdacht erregten.

»Genau. Sie haben sich als Arne Pöller und Karl-Heinz Fromm ausgegeben.« Prahls Antwort kam wie aus der Pistole geschossen. Er war die Akten wieder und wieder durchgegangen, immer in der Hoffnung, das Stückchen Faden zu finden, das ihm im Laufe der Ermittlungen entglitten war. »Sie waren nur bis zu den Knien im Wasser gewesen, als ein Rettungsboot sie aufgenommen hat, deswegen war ihnen zwar fürchterlich kalt, sie wollten aber unbedingt von dem merkwürdigen Vorfall berichten, den sie beobachtet hatten. Die beiden standen auf der Passagierliste der Evendor und sollten, nachdem ihre Personalien aufgenommen waren, in einem der Hotels einchecken, in denen wir die Überlebenden untergebracht haben. Doch danach verliert sich die Spur. Sie wurden weder beim Abendessen gesehen, noch haben sie je in den Betten geschlafen. Sie waren einfach weg.«

»Wurde das Zimmer untersucht? Nach DNA-Spuren, Haaren, Fingerabdrücken?«, fragte Eva.

»Nein. Es sah ja nicht so aus, als ob sie jemals im Hotel angekommen wären. Sämtliche Kollegen von der Spurensicherung waren damit beschäftigt, die auffindbaren Beweisstücke des Schiffsunglücks zu sichern und zu bewerten. Und dann tauchten die beiden am nächsten Tag doch noch auf.« Prahl lachte bitter auf. »Ertrunken. Alle beide.«

»Wie bitte?« Eva dachte, sich verhört zu haben. »Weshalb denn ertrunken? Sie sagten doch, dass –«

»Die beiden nicht mal im Wasser gewesen waren, richtig. Und doch waren sie ganz offensichtlich ertrunken. Seltsam, was?« Prahl spie die Worte fast aus. »Sie lagen nur fünfzig Meter voneinander entfernt am Strand. So, als hätte sie die Strömung ans Ufer getrieben.«

»Dann muss das eine Verwechslung gewesen sein«, zweifelte Eva. »Das wäre bei dem Chaos, das Sie beschrieben haben, doch auch kein Wunder.«

»Ein Wunder vielleicht nicht«, sagte Prahl mit verbittertem Gesichtsausdruck. »Aber ich habe Wochen später Fotos von den beiden Leichen gesehen. Und sie sahen haargenau aus wie die Männer, die sich bei mir gemeldet hatten. Natürlich bis auf diverse Schrammen und Verletzungen, die sie am ganzen Körper hatten, die die Kollegen von der Rechtsmedizin aber dem Unfall zuschrieben.«

»Könnte es nicht vielleicht doch sein, dass Ihnen Ihre Erinnerung einen Streich spielt?«, fragte Eva vorsichtig. Als er sie nur mit einem maßlos enttäuschten Gesichtsausdruck ansah, ergänzte sie schnell: »Es ist nicht so, dass ich Ihnen nicht glaube. Aber um aktiv werden zu können, müssen wir die Sache von allen Seiten beleuchten.« Sie spürte seinen Widerwillen. Und trotzdem war sein Interesse erwacht. Im Gegensatz zu den Kollegen vor ihr stellte sie ihm wenigstens Fragen und zweifelte nicht von vornherein an seinem Verstand.

»Gut«, sagte er schließlich. »Es kam zu Verwechslungen. Wir hatten ellenlange Tabellen mit Hunderten Namen. Da konnte es in der Eile schon passieren, dass man einen Namen genannt bekam, auf der Liste nachsah und um einen Platz nach oben oder unten verrutscht ist und dadurch den falschen Passagier ausgestrichen hat. Vielleicht hat man dann auch noch den falschen Namen auf das Formular eingetragen. Aber dass das direkt hintereinander bei zwei Personen, die gemeinsam an meinem Tisch saßen, passierte, ist doch so gut wie ausgeschlossen.«

»Zudem frage ich mich, wie gering die Chance ist, dass das keiner sofort gemerkt hat«, sagte Kristina nachdenklich. »Zumindest einem der beiden hätte das doch auffallen müssen.«

Prahl sah sie fast verliebt an. Den Punkt hatte er noch überhaupt nicht bedacht. »Und dazu die räumliche Nähe, in der man die beiden Leichen schließlich gefunden hat.«

»Gut«, gestand Eva ein. »Was war mit der Kleidung der beiden?«

»Was soll damit gewesen sein?«, fragte Prahl.

»Trugen die Leichen dieselbe Kleidung wie die Männer, die bei Ihnen waren?«

Prahl dachte angestrengt nach, dann schüttelte er den Kopf. »Das weiß ich nicht mehr, das ist viel zu lange her. Außerdem waren so viele Menschen gleichzeitig im Raum, dass ich das vermutlich nicht mal am nächsten Tag mit absoluter Sicherheit hätte sagen können.«

»Haben Sie denn nie versucht, Ihren Kollegen das alles zu erklären?«

»Doch, natürlich, das habe ich sehr wohl versucht«, wiegelte er ab, als er Evas fassungslosen Blick bemerkte, »aber da die mich nur ausgelacht und mir unterstellt haben, Gespenster zu sehen, habe ich das Ganze schließlich auf sich beruhen lassen. Und glauben Sie bloß nicht, dass ich es nicht bereut habe, dass ich damals nicht hartnäckiger gewesen bin. Jeden einzelnen Tag bis heute.«

Eva hob die Hand, als er weiterreden wollte. Irgendetwas schwirrte in ihrem Kopf herum und wollte sich partout nicht greifen lassen. »Listen, Passagiere, falsche Namen«, murmelte sie, stichpunktartig die Begriffe wiederholend, die Prahl genannt hatte. »Verwechslungen, Formulare, Chaos, Chaos im Raum. Raum? Viele Menschen –« Mit einem Ruck setzte sie sich kerzengerade hin. »Wie viele Menschen waren in dem Zimmer?«

Prahl sah sie verständnislos an. »In welchem Zimmer denn?«

»Sie haben erwähnt, dass so viele Menschen im Zimmer gewesen seien, dass Sie sich nicht an die Kleidung erinnern könnten!«

»Nicht im Zimmer, sondern im Raum«, berichtigte Prahl. »Wir haben die Personalien in der Sporthalle der Schule aufgenommen.«

Eva versuchte, das Bild vor ihrem inneren Auge entstehen zu lassen. »Das heißt, es wäre für andere Personen möglich gewesen, das Gespräch zu belauschen?«

»Ganz sicher war das möglich.« Prahl schnaubte. »Wir saßen wie die Hühner auf der Stange. Es wäre eher schwierig gewesen, sich so leise zu unterhalten, dass kein anderer es mitbekommt!«

»Was ist mit den Berichten?«, hakte Eva nach. »Wenn Sie die Aussage der beiden hatten, müssen die doch im Computer sein.«

»Ja, das sollten sie«, gab ihr Prahl leise recht. »Aber können Sie sich vorstellen, was damals hier los war? Alle umliegenden Polizeidienststellen hatten ihre Mitarbeiter geschickt, um uns zu helfen. Ein Krisenstab aus Sonderermittlern, Polizeipsychologen und den besten Ermittlern des Landes wurde eilends zusammengestellt. Der ganze Ort wimmelte nur so von Reportern und Schaulustigen. Wir selbst waren nur noch störende Dorfpolizisten, die keine eigenen Schreibtische mehr hatten. Die mussten wir an die Kollegen des Krisenstabs abtreten. Uns stand tagelang kein Computer zur Verfügung, an dem wir unsere Berichte hätten tippen können.« Prahl lachte freudlos. »Als endlich wieder Ruhe einkehrte, war ich bereits als Spinner abgestempelt, dem keiner mehr Glauben schenken wollte.« Die schweren Kiefer Prahls mahlten eine imaginäre Kokosnuss zu Brei, und in seinem ganzen Gesicht zuckte es.

Allmählich verstand Eva, dass es die Geister des gesunkenen Schiffs waren, die Prahl seither nicht mehr losgelassen hatten und ihn zu dem alten Mann gemacht hatten, der er heute war. »Und die handgeschriebenen Berichte?«, fragte sie schließlich.

»Was soll damit sein?«

»Was ist mit denen passiert?«

»Die liegen in der Mappe vor Ihnen.« Prahl deutete auf einen dicken Ordner, dessen Einband vom tausendfachen Öffnen und Schließen ganz abgegriffen war. »Da außer mir niemand daran geglaubt hat, hab ich die Originale behalten. Der Rest sind Kopien und Zeitungsausschnitte.«

»Sind die jemals auf Fingerabdrücke untersucht worden?«

Ohne ihre Frage zu beantworten, starrte Prahl sie wortlos an. Es fiel ihm schwer, zu begreifen, was ihre Frage zu bedeuten hatte. Wenn auf dem Bericht die Fingerabdrücke von Fromm und Pöller zu finden waren, hatte er endlich den Beweis dafür, dass die beiden kein Hirngespinst waren.

Prahl tat Eva leid. Da hatte er monatelang darum gekämpft, ernst genommen zu werden, und dabei lag der Schlüssel dazu vielleicht direkt vor ihm. Vor lauter Bäumen hatte er irgendwann den Wald nicht mehr gesehen.

»Gibt es hier im Labor jemanden, dem Sie vertrauen können?«, fragte Eva. »Der Sie weder für einen Spinner hält noch sofort an die große Glocke hängt, weswegen wir hier sind?«

»Ich fürchte, nein.« Prahl sah sie mit einem traurigen Hundeblick an.

»Nicht so schlimm«, fiel Kristina Eva ins Wort, die ein weiteres Mal nachhaken wollte, und warf ihr einen vielsagenden Blick zu. »Wenn Sie uns die Unterlagen nur für eine Nacht überlassen, dann untersuchen wir sie selbst auf Abdrücke.«

Eva war stinksauer. »Was hast du dir dabei gedacht? Du weißt ganz genau, dass du hier nicht den großen Detektiv spielen sollst. Und was sollen wir jetzt damit anfangen?« Demonstrativ wedelte sie mit einer Klarsichthülle, in die Prahl die alten Befragungsbögen gesteckt hatte.

Kristina ließ Evas Wutausbruch ungerührt über sich ergehen. »Fingerabdrücke nehmen natürlich. Was denn sonst?«

»Womit denn? Und was machen wir dann damit? Immerhin hast du Prahl versprochen, die Unterlagen und das Ergebnis sofort wieder zurückzubringen. Du musst echt einen Vogel haben.« Wütend stapfte Eva los. Dass ihr der Wind den Sand in die Augen trieb, trug nicht zur Verbesserung ihrer Laune bei.

»Ach komm, Eva, reg dich nicht auf. Wir kaufen uns ein paar Graphitstifte, ein Brett und einen Hammer, damit stellen wir Abdruckpulver her, behandeln die Blätter damit, scannen sie ein und schicken alle vorhandenen Abdrücke an Karl. Der kann sie durch die Datenbank jagen, und schon wissen wir mehr.«

»Wenn du glaubst, ich spiele McGyver mit dir, dann bist du auf dem Holzweg. Mit dem Dreck kannst du die Abdrücke unwiederbringlich zerstören.«

Das Lächeln in Kristinas Gesicht wurde immer breiter. »Also, bevor du mich zum Nachtisch frisst, muss ich dir etwas zeigen.«

Sie ging zu ihrem Wagen und öffnete den Kofferraum. Unter dem Kleidersack versteckte sich ein schmaler Alukoffer, der Eva nur allzu bekannt vorkam.

»Das glaube ich jetzt nicht. Wo kommt der denn her?«

»Dein lieber Kollege Preisenbacher dachte, wenn wir den mitnehmen, dann sind wir auf der sicheren Seite. Und du kannst ja wohl damit umgehen, oder?«

Eva öffnete den Schnappverschluss und schüttelte beim Anblick des Inhalts fassungslos den Kopf. Preisenbacher war nie im Leben von selbst auf die Idee gekommen, ihnen einen vollständig bestückten Koffer der Spurensicherung mitzugeben. Dieses verflixte blonde Weib hatte ihm ganz sicher den Verstand vernebelt.

»He, langsam.« Kristina hob die Hände und trat einen Schritt zurück, als sie sah, dass sich die Längsfalte auf Evas Stirn zu einem bedrohlichen Spalt vertiefte. »Ich hab der Spusi lediglich eine kleine Spende hinterlassen, damit sie sich einen neuen Koffer bestellen können. Sieh dir das olle Ding doch an, das fällt doch eh schon auseinander.«

»Nur komisch, dass das olle Ding noch prall gefüllt ist, oder?«

»Na ja, der Inhalt war wohl im Preis inbegriffen. Das Zeug ist ja auch nur begrenzt haltbar. Jetzt hat eure Spurensicherung einen schönen neuen Koffer mit frischen Zutaten. Ist doch ein cooler Deal, oder?«

Eva zeigte ihr einen Vogel. »Manchmal hast du echt bescheuerte Ideen. Aber dann lass uns zusehen, dass deine fünftausend Euro eine gute Investition waren.« Sie schnappte sich den Koffer und lief die Treppe zum Hotel hinauf.

Fünftausend? »Moment, warte mal.« Kristina hievte den größeren der beiden Hartschalentrolleys von der Ladekante. »Du hast davon gewusst?«

»Nein. Aber ich kenne den Wert der Ausrüstung.«

Da das Hotel nur halb belegt war, hatte Kristina das Nachbarzimmer dazugebucht, um den zweiten Raum als Arbeitszimmer zu nutzen. Nun saß Eva am Schreibtisch und tunkte einen Arbeitspinsel vorsichtig in den Behälter mit dem Fingerabdruckpulver. Sie klopfte das überschüssige Pulver vorsichtig am Rand der Dose ab und drehte den Pinsel behutsam zwischen Daumen und Zeigefinger, als er über den ersten Papierbogen glitt. Fasziniert sah Kristina zu, wie von Zauberhand schwarze Riefen sichtbar wurden, Erhebungen und Täler, die in eleganten Bögen zusammenliefen. »Cool«, kommentierte sie das Ergebnis.

»Meine Kollegen haben dafür ganz sicher einen anderen Ausdruck«, meinte Eva trocken.

»Und welchen?«

»Scheiße!«

»Echt? Weshalb denn?«, fragte Kristina enttäuscht. Für sie sah Evas Werk schwer nach einem gelungenen Kunststück aus.

»Weil auf dem Blatt unzählige Abdrücke sind, die sich überlagern. Schau!« Eva deutete auf eine Anhäufung von Riefen, die sich nicht mehr separieren ließen. »Das hier ist der Alptraum jeder kriminalistischen Untersuchung.«

Entmutigt ließ sich Kristina auf das Bett neben dem Schreibtisch sinken. »Dann war das wohl nichts?«

»Das hab ich nicht gemeint. Nur, dass uns die Kollegen von der KTU heute sicher nicht in ihr Nachtgebet einschließen werden. Aber ich hoffe, dass sich der Aufwand lohnt und sie was Brauchbares finden.« Vorsichtig schob sie das Blatt zwischen zwei Lagen durchsichtiger Folie und wiederholte die Prozedur mit den anderen Seiten. Dann scannte sie die Unterlagen auf dem hochauflösenden Flachbettscanner ein, den Kristina aus dem leichteren der beiden Koffer gezogen hatte, und übermittelte die Daten nach Rosenheim. Anschließend zogen sich die beiden Frauen dicke Fleecejacken an und radelten zurück zu

Prahls Häuschen, wo seine Frau sie bereits mit dem Abendessen erwartete.

»Mir ist noch etwas eingefallen«, sagte Prahl ungeduldig. Die Aufregung, dass ein schon längst verloren geglaubter Zufall vielleicht doch noch einen Stein ins Rollen brachte, hatte seinem Gesicht eine gesunde Farbe verliehen. »Eine Familie, die damals ihren Winterurlaub im Nachbarort verbrachte, hat ihren Hund Gassi geführt und beobachtet, dass einige Männer mitten in der Nacht Leichen von einem Schlauchboot auf einen Anhänger verfrachtet haben. Anschließend sind sie verschwunden, obwohl noch jede Menge Menschen im Wasser trieben.« Erwartungsvoll sah er Eva und Kristina an. Als die seine Information unkommentiert ließen, setzte er nach: »Das könnte doch vielleicht mit der Aussage von Fromm und Pöller zu tun haben.«

Eva sah ihn so zweifelnd an, dass seine Hoffnung auf Verständnis erneut zu einem kleinen Häufchen schrumpfte. »Das können aber auch genauso gut Leute gewesen sein, die offiziell mit der Bergung zu tun hatten«, wandte sie ein.

»Nur, dass von denen niemand einen Wagen mit Kennzeichen aus Sachsen fuhr. Außerdem wären unsere Leute nie abgehauen, solange es noch Menschenleben zu retten gab.«

»Ausschließen möchte ich es nicht«, sagte Eva nachdenklich. »Aber das ist ziemlich wenig, finden Sie nicht auch? Die Aussage von zwei Zeugen, die später ertrunken aufgefunden werden. Und das ist überhaupt noch der Punkt mit den beiden Männern, der mich beschäftigt: Wieso sollte das passiert sein? Sie überleben das Schiffsunglück, laufen zurück zum Meer und ertrinken? Haben Sie jemals die Möglichkeit in Betracht gezogen, dass Sie beim Abstreichen der Listen doch zweimal hintereinander in der Zeile verrutscht sind? Und dass Ihnen Ihr Gedächtnis vielleicht doch einen Streich gespielt hat, als Sie die beiden ertrunkenen Männer wiedererkannt haben?«

»Natürlich habe ich daran gedacht. Ungefähr zehntausendmal. Um zu verstehen und auch um mein Gewissen zu beruhigen. Zeitweise dachte ich auch, dass ich in der Nacht einen Blackout hatte. An anderen Tagen habe ich an meinem Verstand gezweifelt.

Ich habe nichts ausgelassen, das können Sie mir getrost glauben. Aber nichts, rein gar nichts davon ergibt einen Sinn, weil das alles nicht meiner Art entspricht. Für all das bin ich viel zu routiniert und gewissenhaft. Und ich bin überzeugt davon, dass ein Mensch in Extremsituationen nach seinen Erfahrungen funktioniert. Man macht in solchen Situationen nicht einfach etwas völlig Irrationales.«

Der Punkt ging eindeutig an Prahl. »Wie sind die Rettungsmaßnahmen damals abgelaufen?«, fragte Eva. »Die überlebenden Opfer wurden an Bord der Boote genommen, die nach dem Unglück ausgelaufen sind, und was ist dann passiert?«

»Sie wurden in den Hafen gebracht, dann liefen die Boote sofort wieder aus, um nach weiteren Personen zu suchen.«

»Wurden alle Passagiere an Land registriert?«

»An jeder Anlegestelle standen Helfer bereit, die Decken und heißen Tee verteilt und die Überlebenden nach Namen und persönlichen Daten befragt haben, damit man sofort auf die telefonischen Anfragen reagieren konnte, die von Angehörigen kamen.«

»Wäre es möglich gewesen, diesen Fragen aus dem Weg zu gehen?«

»Was?«, fragte Prahl verständnislos. »Wieso hätte das jemand tun sollen? Wir hatten doch genügend Helfer an Land, die die Personalien aufnehmen konnten, das ging ganz schnell. Und die Leute wollten ja, dass man ihnen mit Kleidung und einem Bett hilft. Nur mit der Identifizierung der Toten wurde bis zum nächsten Tag gewartet, denen konnte ja nichts mehr passieren.«

Eva hatte ihm nachdenklich zugehört. Jetzt tauchte eine neue Idee in ihrem Kopf auf. »Haben Sie das Umfeld der beiden überprüft?«

»Dazu gab es keinen Grund. Die meisten Überlebenden haben ihre Angehörigen selbst verständigt oder uns gebeten, es für sie zu übernehmen, und das war's dann auch schon. Schließlich konnte keiner von denen was dafür, dass der Kahn sank.«

»Trotzdem werden wir auch dieser Möglichkeit nachgehen. Wenn wir den Stein schon ins Rollen bringen, dann gründlich.« Eva lächelte. »Ich denke, das ist auch in Ihrem Sinn?«

Prahl nickte. »Sicher ist es das. Ich will einfach nur wissen, was damals mit den Männern passiert ist, damit ich endlich wieder in Frieden schlafen kann.«

Zurück im Hotel rief Eva als Erstes Sauerwein an. »Karl soll gleich morgen früh die Angehörigen zweier Passagiere der Evendor überprüfen.« Sie gab ihm die Namen und Adressen durch. »Wir müssen wissen, ob es zwischen denen eine Verbindung gibt. Außerdem interessiert mich, ob die beiden aktenkundig sind.«

»Was ist mit ihrem weiteren Hintergrund?«

»Den überprüft Kristina gerade online.«

Eva saß warm eingepackt in einem bequemen Stuhl auf dem kleinen Balkon ihres Hotelzimmers und verfluchte sich jetzt dafür, den Rotwein getrunken zu haben, den Prahl ihnen zum Abendessen kredenzt hatte. Obwohl es nur ein Glas gewesen war, konnte sie die Wirkung spüren. Sie bemühte sich, extra deutlich zu sprechen, doch Sauerwein durchschaute sie sofort. »Kann es sein, dass du getrunken hast?«

»Ach woher. Ich bin nur müde, es war ein langer Tag.« Sie gähnte demonstrativ. »Und dann die viele frische Seeluft hier. Ich könnte glatt ein paar Tage Urlaub anhängen.«

»Untersteh dich. Ich brauche dich so schnell wie möglich wieder hier. Wann kommst du zurück?«

»Wir schauen morgen nach dem Frühstück noch mal bei Prahl vorbei und berichten ihm, was Karl bis dahin herausgefunden hat. Auf dem Weg zurück nach Rosenheim wollten wir einen Abstecher in die neuen Bundesländer machen. Dahin, wo der Ort ist, der auf dem Nummernschild des Anhängers stand, mit dem die Leichen abtransportiert wurden. Wo genau das ist, da ist Kristina noch auf der Suche.« Eva hätte sich in den Hintern beißen können. Verschachtelte Sätze brachte sie wirklich nur unter Alkoholeinfluss zustande, und spätestens jetzt würde Sauerwein ihre Aussprache nicht mehr dem langen Tag zuschreiben.

»In Ordnung, macht das. Und lass die Finger vom Wein.«

Zwei Stunden später war der Alkohol verflogen und ihr Kopf wieder klar genug, um den Ausführungen Kristinas zu folgen, die die Zeit genutzt hatte, um die Weiten des World Wide Web zu durchforschen.

»Fromm hat bis auf seine Mutter, die im Altenheim lebt, keine Angehörigen. Er war Polier mit einem gesicherten Einkommen. Pöller hinterlässt eine Frau und zwei kleine Kinder, war Architekt und hatte sich auf Messebau spezialisiert. Auf dem Haus der Familie liegt eine überschaubare Hypothek, die Pöller aber bereits vor dem Unglück jederzeit hätte begleichen können. Keiner der beiden steckte finanziell in der Klemme, und es gibt auch keine Anzeichen dafür, dass einer von ihnen in kriminelle Machenschaften verstrickt war.«

»Es ist wie verhext.« Eva hatte sich einen Stuhl geschnappt und sich neben Kristina an den Schreibtisch gesetzt. »Alle Namen, die im Zusammenhang mit dem Unglück auftauchen, führen ins Leere. Keiner hat Dreck am Stecken, alle sind verschwunden und augenscheinlich ums Leben gekommen, und doch tauchen die Namen plötzlich wieder auf. Ich fange an, Prahl zu glauben, dass mit der Geschichte etwas nicht stimmt. Aber weißt du, was das Schlimmste daran ist?«

»Hm? Nein. Was denn?«, fragte Kristina.

»Sollte Prahls Gedächtnis ihm tatsächlich keinen Streich spielen, dann hatten Fromm und Pöller das Glück, mit nur leichten Unterkühlungen gerettet zu werden. Und im nächsten Augenblick haben sie das unglaubliche Pech, dass ihnen ihre Beobachtung zum Verhängnis wird. Das könnte nämlich bedeuten, dass zum Zeitpunkt ihrer Aussage jemand in unmittelbarer Nähe war, der von ihren Hinweisen betroffen war. Und dass diese in einem derart kriminellen Zusammenhang standen, dass jemand die beiden Männer verfolgt und völlig skrupellos ermordet haben könnte. Und wir die Hintergründe vielleicht nie herausfinden, weil wir keinen einzigen Anhaltspunkt haben.«

ACHT

Am nächsten Morgen wartete nach dem Frühstück eine Überraschung auf sie. Karl hatte offensichtlich alle Mittel und Hebel in Bewegung gesetzt, und so quoll das mobile Faxgerät schier über, als Eva und Kristina zurück in ihr Zimmer kamen. Während Kristina im Bad verschwand, bückte sich Eva, um die zahllosen Seiten aufzusammeln, die das Gerät auf den Boden gespuckt hatte.

Als sich Kristina mit einem halben Meter Zahnseide in der Hand zu Eva aufs Bett setzte, sortierte die gerade die Blätter nach Seitenzahlen. »Sieh dir das an«, murmelte sie. »Das ist doch nicht zu fassen.« Sie reichte Seite vierzehn weiter.

»Wow«, fasste Kristina ihre Eindrücke in einem Wort zusammen, nachdem sie die Zusammenfassung gelesen hatte. »Das ist doch nicht normal, oder?«

»Das kannst du laut sagen«, antwortete Eva. »Damit hätte ich im Leben nicht gerechnet.«

Ein frischer Wind wehte, als Kristina den Audi vor Prahls Haus parkte. Eva sah auf die Uhr. »Wir sind eine halbe Stunde zu früh. Lass uns zum Strand laufen, bis Prahl uns erwartet, dann kannst du mich gleich ins Bild setzen, was du herausgefunden hast.«

»Dieses Kennzeichen, das sich die Hundefamilie gemerkt hat, gehört zum im August 2008 neu gegründeten Landkreis Nordsachsen und ist in einem winzigen Ort direkt an der Grenze zu Sachsen-Anhalt registriert. Das muss ein echt gottverlassenes Nest sein, ich habe so gut wie nichts darüber im Netz gefunden«, erzählte Kristina. »Zu DDR-Zeiten gab es dort eine landwirtschaftliche Produktionsgenossenschaft, kurz LPG, also das ostdeutsche Äquivalent einer Kolchose. Nach der Wende gab es keine Arbeit mehr, und die meisten Bewohner sind von dort weggezogen, jedenfalls leben laut Melderegister nur noch wenig Menschen in der Gegend. Eins macht mich aber stutzig: Zu der LPG gehörte auch eine Gerberei mitsamt angeschlossener Werkstatt für Tierpräparationen. Zumindest Letzteres finde ich ziemlich ungewöhnlich.«

»Hmm. Ungewöhnlich ist es vielleicht«, gab Eva zu. »Aber es könnte auch sein, dass das damals völlig normal war.«

»Kann sein. Trotzdem finde ich es merkwürdig.«

»Wir behalten es im Hinterkopf. Ich habe Martin Bescheid gegeben, dass wir einen Abstecher dorthin machen, vielleicht finden wir dabei ja etwas heraus.« Eva bückte sich und hob eine rosafarbene Muschel auf. »Lass uns umkehren, Prahl wartet sicher schon. Ich denke, er wird genauso wie wir überrascht sein, dass von den Leuten, die auf der Passagierliste standen, achtzehn polizeilich erfasst sind, weil sie Dreck am Stecken haben. Auch wenn uns das zumindest im Moment nicht weiterhilft.«

***

»Hier ganz in der Nähe muss es sein.« Dem Navi zum Trotz hatte Kristina den Routenverlauf ausgedruckt. Sie hatte im Internet keine Informationen gefunden, ob es in der Gegend ein Hotel oder eine Pension gab. Wenn sie sich die Dörfer so ansah, durch die sie bisher gekommen waren, schienen die Chancen auch denkbar schlecht, dass sie durch Zufall auf eine Bleibe für die Nacht stoßen würden.

»Das ist echt der Arsch der Welt.« Fasziniert betrachtete sie die vorüberziehende Landschaft. Fast kahle Landstriche wechselten sich mit Sümpfen ab, die beinahe tropisch wirkten. Als sie vor einer Stunde haltgemacht hatten, hatten sie den Eindruck, in ein Märchen geraten zu sein. Eine Ewigkeit lang waren sie keinem anderen Menschen begegnet, und in dem schattigen Wald gab es außer verschiedenen Vögeln und einem in der Ferne verschwundenen Röhren eines Damwildbocks keine anderen Geräusche.

Eva hatte den Wagen am Seitenrand angehalten, und nun saßen sie mit offenem Schiebedach da und beobachteten das grandiose Lichtspiel zwischen Sonne und Schatten.

»Es ist ein richtiger Zauberwald«, fand Eva. Auch sie war völlig gefangen von der verwunschenen Atmosphäre. Und ausnahmsweise musste sie zugeben, dass die Schönheit der Landschaft mit ihren geliebten Bergen gleichzog. Na ja, fast.

»Denkst du, Hänsel und Gretel haben sich hier verirrt?«

»Das könnte man glatt annehmen. Und stell dir vor, vielleicht gibt es hier Trolle und Elfen.« Kristina hatte Spaß daran, ihrer Phantasie freien Lauf zu lassen. »Ich hoffe, wir finden eine Unterkunft in der Nähe. Was meinst du, können wir nicht das Wochenende dranhängen und ein paar Tage hierbleiben?«

Eva startete den Motor, und keine fünf Minuten später brachte sie den Wagen vor einem einsamen Haus zum Stehen. »Wahnsinn. Hier ist die Zeit völlig stehen geblieben.«

Erschüttert betrachteten sie das schmucklose Anwesen. Die Fassade hatte ein schmutziges Graubraun, und in den Fenstern hingen biedere, gewebte Gardinen. Im Garten wuchsen hinter einem billigen Lattenzaun ein paar kümmerliche Kohlköpfe, und in einem großen Topf hatte es eine Kürbispflanze zu immerhin außergewöhnlicher Fruchtfülle gebracht.

»Gruselig«, sagte Kristina.

»Was meinst du?«

»Na, das ist doch noch absoluter DDR-Style. Stell dir vor, wir sind in eine Zeitschleife gefallen und hinter uns ist die Mauer wieder da. Dann verbringen wir den Rest unserer Tage an einem so trostlosen Ort wie diesem.« Kristina schüttelte sich, um den beängstigenden Gedanken wieder loszuwerden, und öffnete langsam die Beifahrertür.

»Immerhin sind wir bemerkt worden.« Unsichtbar für die Gestalt, die sich hinter dem wild wuchernden Gestrüpp, das von einer Pergola herabhing, versteckt hielt, deutete Eva auf sie. »Wahrscheinlich ist in der Gegend hier so wenig los, dass wir für die Leute eine richtiggehende Sensation sind.« Sie blieben sitzen, um der Frau Gelegenheit zu geben, sie zu begutachten. Nach einer Weile befand sie offensichtlich, dass die Fremden keine unmittelbare Gefahr darstellten, und kam langsam näher.

»Was wollen Sie?« Allen gesellschaftlichen Konventionen zum Trotz hielt sie es nicht für nötig, die beiden Frauen zu grüßen.

»Zur LPG«, fiel Kristinas Antwort auch entsprechend knapp aus.

»Und was wollen Sie da?«

»Uns umsehen.«

»Weshalb?«

»Einfach so.«

Eva hörte der seltsamen Unterhaltung mit einem Schmunzeln zu und stand nun kurz davor, in einen Lachanfall auszubrechen. Sie öffnete kurzerhand die Wagentür, stieg aus und stellte sich und Kristina vor, ohne zu verraten, in welcher Mission sie unterwegs waren.

»Wir machen Urlaub und sind auf einer Art Zeitreise, weil wir beide noch nie in den neuen Bundesländern waren. Da wir gelesen haben, dass es hier noch ziemlich ursprünglich ist, wollten wir uns das gern ansehen.«

Misstrauisch beäugte die Bewohnerin die gut gekleideten Frauen und das teure Auto, in dem sie vorgefahren waren.

»Die Gebäude stehen leer, und die Bewohner sind weggezogen. Sie werden da nichts finden, was für Sie interessant ist. Wenn Sie die Straße weiterfahren, kommen Sie in drei Kilometern in ein Dorf, das bewohnt ist.«

»Dörfer haben wir zu Hause genug. Uns interessiert das, was wir noch nicht kennen«, sagte Eva bestimmt. »Wenn Sie also so freundlich wären und uns den Weg beschreiben.«

Eine Weile schien die Frau in einem inneren Zwiespalt versunken. Dann richtete sie sich kerzengerade auf. »Gehören Sie zu denen?« Als sie Evas erstaunten Gesichtsausdruck bemerkte, setzte sie nach: »Zu den Männern, die hier immer wieder mit großen Autos zu irgendwelchen Treffen in der LPG kommen, sich im Dorf wichtigmachen und am nächsten Tag wieder verschwinden?«

Eva und Kristina wechselten einen raschen Blick. »Von den Männern wissen wir nichts«, sagte Eva. »Und wichtigmachen wollen wir uns ganz bestimmt nicht. Aber wir würden uns gern anhören, was Sie über die Leute erzählen können, die sich hier treffen.«

Bei Evas Worten versteifte sich der Rücken der Frau. Dann trat sie einen Schritt zurück. »Verschwinden Sie und lassen Sie sich hier nicht mehr blicken, haben Sie verstanden?« Sie machte auf dem Absatz kehrt und ging mit eiligen Schritten auf ihr Haus zu. An der Tür drehte sie sich noch einmal um. »Haben Sie mich nicht verstanden? Verschwinden Sie, sonst rufe ich die Polizei.«

Als sie sich wieder gefangen hatten, fragte Kristina: »Sollen wir es im Ort versuchen? Hier kommen wir wohl nicht weiter.«

»Warte«, hielt Eva sie zurück. »Es gibt bestimmt einen triftigen Grund, weshalb sie so überreagiert, und den würde ich gern erfahren.« Sie ging zum Auto und nahm einen Gegenstand aus ihrer Handtasche. Dann ging sie langsam zum Haus und legte ihn auf den Stufen ab.

»Hören Sie, sehen Sie sich das an, was auf Ihrer Treppe liegt«, sagte sie laut und deutlich. »Ich gehe jetzt wieder zurück zum Wagen.«

Zwei Minuten später stand die Frau mit Evas Polizeiausweis in der Hand wieder vor ihnen. »Polizei? Aus Bayern? Was wollen Sie denn hier?«

Mit wenigen Worten umriss Eva vage den Grund ihrer Anwesenheit.

Endlich wich der misstrauische Gesichtsausdruck aus dem unscheinbaren Gesicht der Hauseigentümerin. Sie gab sich einen Ruck, stellte sich vor, wischte sich die Hand an ihrer geblümten Hose ab, streckte sie den Frauen hin und lud sie zu Kaffee und Kuchen in ihr Haus ein. »Es tut mir leid, dass ich so unhöflich war. Es ist nur –«

Eva winkte ab. »Machen Sie sich deshalb keinen Kopf. Aber vielleicht wollen Sie erzählen, was das für Männer sind, die Sie erwähnt haben, und was die hier wollen?«

Gerda Siebert hielt einen Moment inne, dann zuckte sie hilflos mit den Schultern und deutete mit einem weit ausgestreckten Arm die Straße hinunter. »Das weiß ich nicht. Alle paar Monate fahren ein paar Idioten mit Vollgas am Haus vorbei, biegen da vorn links ab, wo es zur LPG geht, und verschwinden am nächsten Tag wieder. Fleur, meine Tochter, hat mir erzählt, dass sich die feinen Herren abends im Dorf benehmen, als würde ihnen alles gehören. Und einer hat einem Freund von Jérôme einen Hundert-Euro-Schein vor die Füße geworfen, nur weil er sein Fahrrad beim Einparken angekratzt hat.«

»Jérôme?«, hakte Eva nach.

»Mein Enkel.«

»Das klingt jetzt zwar nicht nach einem guten Benehmen dieser Herren, andererseits ist es aber auch nichts, was Ihnen Angst machen muss, oder?«

»Das glauben Sie!« Gerda Siebert lachte hart auf. »Aber wissen Sie, der Mann, der zu DDR-Zeiten für die Gerberei verantwortlich war, der war immer einer der Schlimmsten. Sie glauben nicht, mit welchen Methoden er schon alles bekommen hat, selbst als es hier noch gar nichts gab.« Gerda Siebert schniefte und wischte sich die Nase an ihrem Blusenärmel ab. »Ob er nun ein frisches Huhn gebraucht hat, Gemüse oder eine Frau für sein Bett. Es hat keine Stunde gedauert, und Lubiczek hatte, was er wollte. Noch mehr Kaffee?«

Eva blickte in ihre halb volle Tasse, in der auf einer hellbraunen Brühe eine Heerschar Fettflecken schwamm. Sie verneinte und versuchte die Alarmglocken in ihrem Kopf auf ein erträgliches Maß zu drosseln.

Dann sprang sie auf, murmelte: »Bin sofort wieder da«, und lief nach draußen. Zwei Minuten später stand sie mit vor Erregung rotem Kopf und einem Packen Papier in der Hand wieder im Zimmer. »Welchen Namen haben Sie gerade erwähnt? Lubo –«

»Lubiczek«, antwortete Gerda Siebert. »Schreibt man el u be i ze zett –«

»Das genügt«, sagte Eva und blickte alarmiert zu Kristina. Wortlos reichte sie ihr die Seite mit der Namensauflistung von Karls Fax. »Den Herrn kennen wir bereits.« An Gerda Siebert gewandt, fragte sie: »Was ist dieser Lubiczek für ein Mensch? Kann er die Leute so einfach um den Finger wickeln?«

Gerda Siebert sortierte mit dem gelben Nagel ihres rechten Zeigefingers die Zigarettenstummel im Aschenbecher. Als sie fündig geworden war, zog sie den längsten Rest heraus und zündete ihn an. Sie nahm einen tiefen Zug und blies den Rauch zufrieden an die Zimmerdecke.

»Nein, er hat keinen Charme, wenn Sie das meinen. Er hatte seinen Spaß damit, jedwedes Lebewesen leiden zu sehen. Ob das ein Frosch war, den er mit Helium so weit aufblies, bis er zu schweben anfing, oder ein Hund, dem er zwei Füße abhackte und sich köstlich darüber amüsierte, dass der arme Köter umfiel, sobald er zu laufen versuchte. Er war ein Denunziant, und als letztes Mittel hat er immer damit gedroht, dass er Menschen spurlos verschwinden lassen konnte.«

»War er bei der Stasi?«

»Er hat es zumindest bei jeder Gelegenheit anklingen lassen. Ob es gestimmt hat? Keine Ahnung. Vielleicht war es nur ein Druckmittel. Aber ich glaube nicht, dass er die Straflager gemeint hat.«

»Sondern?«

»Er war nicht nur Gerber, er war auch Waldhüter, Jäger und Tierpräparator. Und er war dafür zuständig, dass sich keine Seuchen unter dem Wild ausbreiten konnten. Dafür hat ihm das Regime einen Verbrennungsofen gebaut.«

Alarmiert sah Eva auf. »In der Gerberei gibt es ein Krematorium?«

»Genau. Verstehen Sie jetzt, weshalb das Schwein immer bekommen hat, was es wollte?«

»Fleur und Jérôme, das ist der Knaller, oder?« Kristina verdrehte die Augen. »Das passt wie die Faust aufs Auge zum Dialekt. Genauso wie wenn du einen Franzosen Alois oder Heidi nennst.«

»In der DDR hatten sie halt nicht viel. Das Einzige, bei dem man vermutlich ungestraft kreativ sein konnte, war in der Vergabe von außergewöhnlichen Vornamen. Deshalb findet man gerade bei Kindern, die in den dreißig Jahren der ostdeutschen Republik geboren wurden, herrliche Variationen an Namen.«

Eva und Kristina hatten es sich auf Gerda Sieberts Terrasse gemütlich gemacht. Kristina packte ihren Laptop aus der Tasche und wartete, bis der Rechner betriebsbereit war. Nach wenigen Minuten hatte sie gefunden, wonach sie gesucht hatte. »Sieh mal einer an. Der frühere Betreiber der Gerberei, ein gewisser Wladimir Lubiczek, hat sich vor einem guten Jahr ein recht großes Haus in der Nähe von Miesbach gebaut. Da frag ich mich einerseits, ob das in irgendeinem Zusammenhang mit den Einbrüchen stehen kann, und andererseits, woher er plötzlich so viel Geld hat.«

»Vielleicht war es ja gar nicht so teuer. Kommst du an die Rechnungen ran?«

»Nicht so einfach. Aber, ich habe … na ja, es war nicht besonders schwer, herauszufinden, dass er für den Grund nur hundertvierzigtausend Euro bezahlt hat. Aber die Hütte, die er darauf gebaut hat, mein lieber Schwan. Hier, schau dir die Aufnahme auf Google Earth an, das ist eine richtige Villa. Das dürften zirka hundertfünfzig Quadratmeter Grundfläche sein, hier sieht man den Pool, einen japanischen Steingarten, eine riesige Terrasse und ein Garagenhaus, das für bestimmt fünf Pkws ausgelegt ist. Woher hat ein Gerber so viel Kohle?«

»Vielleicht ein Lottogewinn oder eine Erbschaft.«

»Vergiss es, das hab ich abgecheckt. Er hat weder gewonnen noch geerbt. Es gibt keine Erklärung.« Kristina spielte mit einem knapp einen Meter langen Schilfhalm und kitzelte Eva damit am Ohr. »Das heißt, natürlich gibt es die. Es gibt schließlich immer eine Erklärung. Ich weiß nur nicht, ob du möchtest, dass ich das herausfinde.«

Oh Gott. Eva verdrehte die Augen. »Vergiss es! Wir können deine illegalen Nachforschungen sowieso nicht verwenden. Außerdem bringst du uns in Teufels Küche, wenn das rauskommt.«

Kristina sah ihre Freundin gekränkt an. »Du hast wohl vergessen, mit wem du es zu tun hast. Wenn ich das anpacke, dann so, dass es niemand merkt. Ich bin doch nicht blöd.«

»Ich hab nicht vergessen, wer du bist und was du kannst. Aber ich habe auch nicht vergessen, dass du wegen deiner krummen Dinger schon im Bau gesessen hast.«

»Meine Güte, Eva, das war doch eine ganz andere Nummer. Da ging es um das Eindringen in einen Hochsicherheitstrakt. Das bisschen, was es hier zu hacken gibt, ist völlig banal, und dabei erwischt mich garantiert niemand. Das wär ja grade so, als ob du das SEK zum Kerzenauspusten zu einem Kindergeburtstag bestellst.«

»Trotzdem.« Eva bückte sich nach einem hübschen Stein. Dann blickte sie Kristina mit einem warnenden Blick an. »Ich will nichts mehr davon hören.«

Gerda Siebert hatte ihnen davon abgeraten, mit dem schweren Audi zur LPG zu fahren. Obwohl Wladimir Lubiczek ihres Wissens nach nur noch gelegentlich in die Gegend kam, traf das nicht auf alle seine Schläger zu, von denen zumindest noch einige ganz in der Nähe wohnten. Man konnte ja nie wissen. Sollten er oder seine Mitstreiter ausgerechnet heute wieder einmal auftauchen, würden die beiden Frauen mit ihren Fahrrädern einen wesentlich harmloseren Eindruck hinterlassen.

Sie fuhren den Wagen hinter das Haus, informierten Sauerwein über ihren Standort und ihr Vorhaben und radelten anschließend einen verwilderten Feldweg neben einem idyllischen Bachlauf entlang.

Als sie das Genossenschaftsgehöft erreichten, machte es einen verlassenen Eindruck. Türen und Fenster waren fest verschlossen, und keine Menschenseele war zu sehen. Sie stiegen von ihren Rädern und gingen den staubigen Weg zwischen den Häusern entlang, bis sie die Baracke gefunden hatten, die Gerda Siebert ihnen beschrieben hatte.

»Das muss es sein«, sagte Kristina und deutete auf den breiten Schornstein. »Genau so, wie sie es geschildert hat. Und da rechts ist der Bach, der durch die Lauge von den Gerbmitteln vergiftet war.«

Sie stellten die Fahrräder an die Wand und liefen um das Gebäude herum. »Ist dir aufgefallen, dass es das einzige Haus ist, das abgesperrt ist?« Eva deutete auf die großen glänzenden Vorhängeschlösser. »Die sind neu. Ich frage mich, weshalb jemand Türen und Fenster sichert, wenn es doch schon seit Jahren nichts mehr zu holen gibt.«

Kristina versuchte, einen Blick durch das verdreckte Fenster zu werfen, das einst zu einer Art Büro gehört haben musste. Dann riss sie ein Büschel vertrocknetes Gras aus und wischte damit den Staub von der Scheibe. Als sie ihre Bemühungen verstärkte und fester dagegendrückte, knirschte es kurz, und die Scheibe fiel klirrend zu Boden.

»Ostdeutsche Wertarbeit«, murmelte sie und drückte das Fenster auf. »Was meinst du, ist das eine Einladung?«

Im Inneren war es so still, dass Eva ihren Herzschlag wie ein Trommelfeuer hören konnte. Sie spürte, wie ihr trotz der Kälte, die hinter den dicken Mauern herrschte, der Schweiß ausbrach. Ein Blick in Kristinas weit aufgerissene Augen zeigte ihr, dass sich die Freundin genauso unwohl fühlte wie sie selbst.

»Es ist voll gruselig hier«, wisperte Kristina.

Eva musste ihr recht geben. Sie waren durch das Kämmerchen, das nur noch einen leeren Aktenschrank und einen kleinen

Schreibtisch beherbergte, der über und über mit Brandmalen von Zigaretten übersät war, in eine Art Vorraum gelangt, von dem drei Türen abgingen. Hinter einer davon verbarg sich ein bis zur Decke gekachelter Raum, in dessen Mitte ein mit getrocknetem Blut verkrusteter Hackstock stand. An der Seite waren zwei große Becken in die Wand eingelassen, und daneben lehnte eine verschmierte, zusammengeklappte Stahltrage an der Wand.

»Das Schlachthaus«, flüsterte Eva.

»Wieso flüsterst du?«, wisperte Kristina zurück.

Eva lachte und versuchte, das beklemmende Gefühl abzuschütteln, als ein kaum hörbarer Schlag sie herumfahren ließ.

»Was war das?« Alarmiert blickte sie in die Richtung, aus der das Geräusch gekommen war. Sie schlich zur Tür, die in den Vorraum führte, lugte um die Ecke und schrak zusammen, als sie plötzlich einen warmen Atem in ihrem Nacken spürte. »Oh Gott, hast du mich erschreckt. Was machst du so dicht hinter mir?«

»Ich hab Schiss«, gab Kristina zu. »Was ist los?«

»Keine Ahnung. Ich hab was gehört und wollte nachsehen, was es ist.«

»Lass uns bitte zusammenbleiben und so schnell wie möglich hier abhauen. Bitte!« Kristina griff nach Evas Hand und ließ sich von ihr in den Raum ziehen, der nach rechts abzweigte.

»Das muss das Krematorium sein. Siehst du?« Eva bückte sich nach der Klappe aus feuerfestem Glas, nahm den Schürhaken und stocherte in der Asche herum, als sich das Geräusch wiederholte, das sie zuvor erschreckt hatte. Nur diesmal kam es von direkt hinter der Wand.

»Das war doch –« In Kristinas Augen blitzte Angst auf.

Im gleichen Moment, als die dritte Autotür zuschlug, gab es ein klickendes Geräusch, und kurz darauf knarzte die Haustür. Schnelle, hastige Schritte ertönten und steuerten auf den Vorraum zu, der wie eine Insel in der Mitte des Hauses saß und ihnen nun den Weg abschnitt.

Sie saßen in der Falle.

***

Als es an der Tür klingelte, bekam Sauerwein kurzfristig Panik. Nervös zupfte er den Schnipsel Toilettenpapier vom Gesicht, den er auf die blutende Stelle geklebt hatte, die vom Rasierer herrührte, und atmete erleichtert auf, als er hörte, wie sich ein Schlüssel in der Haustür drehte. Zehn Sekunden später stand seine höchst amüsierte Schwester im Türrahmen und beobachtete ihn, wie er eine weitere erbsengroße Portion Gel in seinen Händen verrieb und anschließend vergeblich versuchte, seinen Haaren den nötigen Pep zu verleihen, um als cooler Typ durchzugehen.

Schließlich nahm ihm Claudia die Tube aus der Hand und dirigierte ihn zur Toilettenschüssel. »Setz dich«, befahl sie ihm und fing an, an ihm herumzuzupfen. »Wann kommt denn deine Herzensdame?«

»Sie ist nicht –«, fing er an zu protestieren, gab das Vorhaben aber umgehend wieder auf. Sich mit seiner älteren Schwester anzulegen, war noch nie ein guter Plan gewesen. Er sah auf die Rolex an seinem Handgelenk, die er sich vor drei Jahren von der kleinen Hinterlassenschaft seiner Mutter als Erinnerung an sie gekauft hatte. »In zehn Minuten.«

Als Claudia fertig war, klingelte es an der Tür. Keine Minute zu früh. Sie lächelte in sich hinein, als sie die feine Röte sah, die prompt das Gesicht ihres Bruders überzog.

Sauerwein lief die Treppen hinab, öffnete die Tür und bemerkte weder das hübsche rote Kleid noch die offenen Schuhe, die ein paar sehr hübsche, rot lackierte Zehen präsentierten. Wie immer, wenn er die Unzahl Sommersprossen vor sich sah, setzte sein Verstand aus. Im Grunde hätte er es nicht einmal bemerkt, wenn sie in einer Kittelschürze vor ihm gestanden hätte.

»Soll ich hereinkommen?«, fragte Charlotte Sommerfeldt schließlich. »Oder bleiben wir noch länger hier stehen?«

Die Röte in Sauerweins Gesicht vertiefte sich. »Entschuldig–«, er unterbrach sich sofort, als sie zu lächeln anfing und ihm mit dem Zeigefinger drohte. Dann lachte auch er. Die Erinnerung, wie sie sich das erste Mal begegnet waren und er sich gefühlte hundert Mal für alles Mögliche entschuldigt hatte, verursachte bei beiden ein warmes Gefühl.

»Bitte«, sagte er galant und führte sie ins Haus, wo im Hintergrund bereits seine beiden Gören an der Hand seiner Schwester warteten. Anstelle, wie sonst üblich, sofort auf das Kindermädchen zuzurennen, waren die beiden Claudia aufs Wort gefolgt und hatten ihrem Vater Zeit gelassen, Charlotte Sommerfeldt zu begrüßen. Doch jetzt war es mit ihrer Beherrschung vorbei.

»Papi, wiso bistn so lod?«, fragte Hannah neugierig.

»Weil er in Tante Charlotte verknallt ist und sie heute mit ihm ausgeht«, antwortete Lisa altklug an der Stelle ihres Vaters.

Bevor er noch verlegener werden konnte, schob Claudia ihren Bruder samt seiner Verabredung aus dem Haus und wünschte ihnen einen schönen Abend.

***

Geistesgegenwärtig zog Eva eine Wasserflasche aus ihrem Rucksack, setzte sich auf die kleine Bank, die neben einem Holzstapel stand, und zog Kristina zu sich. »Wir tun so, als ob wir hier nur eine kleine Rast machen«, zischte sie leise und fing an, lauthals und zusammenhanglos Geschichten über ihren Kater zum Besten zu geben. »Du kannst dir nicht vorstellen, wie witzig das war! Julian steht auf, schlüpft in seine Jeans und sieht Moritz nicht, der unter dem Wäschehaufen liegt. Prompt stolpert er darüber, fällt gegen die Kommode, reißt im Fallen meine Puderdose herunter, die sich über ihn und den Kater ergießt. Ich weiß nicht mehr, wer von beiden dämlicher geschaut hat.« Eva japste vor Lachen und hielt ihren Blick auf den Boden gerichtet. Um alles in der Welt wollte sie vermeiden, Kristina in die Augen zu sehen, in denen die nackte Panik stand. Sie konnte beinahe körperlich spüren, wie das eben erst verheilte Trauma ihrer Freundin sich einen Weg zurück an die Oberfläche bahnte. Eine weitere Gefangenschaft, die ihr Leben bedrohte, würde sie nicht verkraften, so viel war klar. Im Augenwinkel nahm Eva wahr, dass eine weitere Person den Raum betreten hatte. Sie setzte die Wasserflasche an den Mund, nahm einen kräftigen Schluck und hielt sie dann Kristina hin. »Möchtest du?«

Auf Kristinas Kopfschütteln hin erzählte sie die Geschichte zu Ende. »Jedenfalls waren beide voll von meinem teuren Gesichtspuder. Moritz hat das Weite gesucht und dabei das ganze Zeug an das Sofa und die Vorhänge gebracht. Ich hätte ihn am liebsten erwürgt und Julian gleich dazu.« Sie lachte laut auf und sah dabei wie zufällig nach links.

»Oh. Hallo!«, sagte sie leichthin und hoffte, dass ihre Überraschung gut genug gespielt war, um echt zu wirken.

»Was machen Sie denn hier?«, fragte der Mann, der das grobschlächtige Aussehen einer Bulldogge hatte.

Irritiert blickte Eva auf ihre Wasserflasche. »Rast, nachdem wir uns das verlassene Dorf angesehen haben.«

Kleine wasserblaue Schweinsäuglein in einem runden Gesicht musterten sie misstrauisch. »Rast? In einem abgesperrten Haus? Wollnse mich verarschen?« Er stemmte die Arme in die Seite und stellte sich breitbeinig vor Eva. »He, Scholle, Holger«, brüllte er durch den Raum. »Kommt mal her. Wir haben Besuch. Und zwar sehr hübschen.«

Während Eva angewidert die plumpen Tätowierungen auf seinen nackten Armen beäugte, nahm sie den sauren Geruch wahr, der von dem Stiernacken ausging. Alter Schweiß und Alkohol, eine höchst unappetitliche Mischung. Noch immer vermied sie es, Kristina anzusehen, um den Dicken nicht auf sie aufmerksam zu machen. Dann klapperte im Nebenraum eine Tür, und die Schritte von zwei verschieden schweren Personen stapften durch den Vorraum. Kurz darauf streckte ein geckenhaft gekleideter Hänfling seinen Kopf durch die Tür und stieß einen Pfiff aus.

»Na, das nenn ich mal eine gelungene Überraschung.« Mit einem überheblichen Lächeln kam er, gefolgt von einem weiteren Schlägertypen, ins Zimmer und stellte sich neben den Stiernacken. Sein Blick wanderte zwischen Eva und Kristina hin und her, und augenblicklich fing die hellgraue Anzughose an zu spannen. »Willkommen die Damen. Meine gut aussehenden Freunde und natürlich auch ich sind hocherfreut, dass Sie uns Gesellschaft leisten wollen.« Affektiert drehte er sich zu seinen Handlangern um. »Ich hoffe, es ist okay für euch, wenn ich euch in den Ausdruck meiner Wertschätzung mit einbeziehe.«

Grölend klopfte sich der Stiernacken auf die Schenkel. Vermutlich hatten weder er noch sein Kumpel ein Wort von dem verstanden, was der Lackaffe von sich gegeben hatte. Eva wäre am liebsten aufgesprungen und hätte ihm sein blasiertes Grinsen aus dem Gesicht geschlagen. Unmerklich ließ sie ihre Hand zum Boden sinken, bis sie das raue Gewebe ihres Rucksacks fühlte. Fieberhaft versuchte sie abzuschätzen, wie viel Zeit ihr blieb, um den Verschluss zu öffnen, in den Untiefen nach ihrer Waffe zu suchen, sie aus dem Holster zu ziehen, zu entsichern …

»Ruf Wlado und erzähl ihm, was für einen außerordentlich erfreulichen Besuch wir bekommen haben«, unterbrach der Geck ihren Gedankengang. »Und frag ihn, was wir damit machen sollen.«

Prompt lief der Stiernacken nach draußen. Nur kurz darauf kam er zurück. »Kein Empfang«, grunzte er.

»Idiot«, gab der Schnösel zurück. »Dann schalte den Verstärker ein.«

»Nicht hier«, gab der so Gescholtene einfältig zurück. »Sein Handy hat keinen Empfang. Was muss der auch in dieses bayerische Dreckskaff ziehen. Das ist doch alles scheiße.«

Der Lackaffe verdrehte die Augen. »Weil es ihm dort besser gefällt als hier. Bei all den Reichen und Schönen. Passt ja auch irgendwie zu ihm.«

»Ja aber –«

»Ja aber, ja aber. Halt jetzt das Maul. Wir wollen die beiden Damen doch nicht mit alten Kamellen langweilen.« Mit einem lasziven Lächeln wandte er sich wieder den beiden Frauen zu, die noch immer wie verschreckte Kaninchen auf der Bank saßen.

»Ich schlage vor, wir machen es uns etwas gemütlich.« Der Lackaffe packte Kristinas Hand, zog sie mit einem Ruck aus ihrer Ecke hervor und stieß sie gegen die Wand. Er fuhr mit der Hand in ihre langen blonden Haare, zog ihren Kopf zu sich und fing mit der anderen an, ihre Bluse aufzuknöpfen. Dass in ihren angsterfüllten Augen Tränen schwammen, törnte ihn nur noch mehr an. Grob riss er den Träger ihres BHs herunter und presste eine Hand auf ihre Brust. Plötzlich drehte er sich zu seinen Handlangern um. »Was soll der Krach?«

Die beiden Schläger hatten inzwischen ihre Freude mit Eva. Bevor Eva sich weiter Gedanken machen konnte, wie sie an ihre Waffe kam, riss einer der beiden ihr den Rucksack aus der Hand und warf ihn in die Ecke. Als er sie vom Hocker ziehen wollte, biss sie ihn mit aller Kraft ins rechte Handgelenk, was ihm einen Schrei entlockte.

Der Anführer beobachtete den ungleichen Kampf eine Weile amüsiert, während der Dritte mit Stielaugen nun auf Kristinas entblößte Brust starrte und darauf wartete, dass er an die Reihe kam.

»Was glotzt du so blöd?«, fuhr der Lackaffe ihn an und deutete auf Eva. »Halt das Biest da von hinten fest, und später tauschen wir die Weiber durch.«

Bevor der Schläger der Idee seines Anführers Folge leisten konnte, durchdrang ein schauerliches Geheul den Raum.

»Was zum Teufel soll das?« Wütend stieß der Anführer Kristina von sich weg. Sie war so überrascht, dass sie stolperte und zu Boden fiel. Er zerrte den Stiernacken von Eva weg und hieb ihm mit der Faust auf den Kopf. »Bist du Trottel völlig taub?«, schrie er. »Geh nachsehen, was das da draußen für ein Lärm ist. Und du«, blaffte er das Glubschauge an, »du passt auf die Zicke auf!«

Als der Stiernacken nur wenige Augenblicke später zurück ins Krematorium kam, war er außer Atem und stieß schnaubend hervor: »Indianer.«

»Was? Du Idiot!« Der Lackaffe schubste ihn fluchend zur Seite. In dem Moment vernahm auch er das Geräusch, das der Dicke gehört hatte. Es klang in der Tat wie Indianergeheul. Und dann hämmerte jemand gegen die Tür. Scholle dachte keine Sekunde daran, nachzusehen, was draußen vor sich ging, sondern kontrollierte nur rasch, dass der schwere Riegel vorgeschoben war. Kurz darauf polterte es in dem ehemaligen Büro, dem ein lang gezogenes »Iiiiiiiiiiiiii« folgte. Er hätte sich selbst ohrfeigen können. An das kaputte Fenster hatte er keinen Gedanken verschwendet, und das rächte sich jetzt. Wer da draußen auch immer herumgesponnen hatte, war jetzt im Haus.

Im selben Moment, als er die Tür des Krematoriums von innen zuschieben wollte, drückte es mit aller Gewalt von außen dagegen.

»Oh großer Manitu, zwei weiße Squaws. Ein Traum! Danke!« Die seltsame Gestalt mit den Grasbüscheln im Haar, die in der Tür stand, war ein junger Mann, vielleicht achtzehn oder zwanzig

Jahre alt. Er musterte das kleine Grüppchen mit unverhohlener Begeisterung und fing an, lauthals nach seinen Gefährten zu rufen. Hilflos standen der Lackaffe und seine beiden Schläger da und waren innerhalb einer Minute von einem Pulk johlender junger Männer umringt, bis einer von ihnen gebieterisch die Hand hob und auf die beiden Frauen zeigte.

»Ich Winnetou. Diese Squaws gehören jetzt mir.«

»Du kannst mich am Arsch lecken, du Affe«, knurrte Scholle. »Die Weiber gehören zu mir, und wenn du mit deiner kranken Bande nicht sofort verschwindest, dann lernst du meine beiden Freunde hier näher kennen.«

»Böse Worte, weißer Mann. Indianer in der Überzahl, kapiert?«

Fast unmerklich hatten die jungen Männer eine Gasse gebildet, die den Frauen den Weg zur Tür frei machte. Jetzt bückte sich Eva nach ihrem Rucksack und nahm Kristinas Hand.

»Ach, lasst mal, Jungs, wir wollten eh gerade gehen. Der Spaß hat ja wohl ein Ende. Also dann, macht's mal gut.« Energisch zog sie ihre Freundin zur Tür, stemmte den Riegel nach oben und zerrte sie nach draußen. Sie schnappten sich ihre Fahrräder von der Hauswand und strampelten mit aller Kraft den Weg am Bach entlang, bis sie außer Sicht- und Rufweite der LPG waren.

»Mein Gott, warte, ich kann nicht mehr.« Erschöpft ließ sich Kristina vom Rad ins Gras fallen. Tränen strömten über ihre Wangen, und ihre Hände zitterten wie Fähnchen im Wind. Eva setzte sich zu ihr und zog sie in ihre Arme.

»Sie sind hier! Ich hab sie gefunden!« Ein lauter Schrei ließ die beiden gleich wieder auseinanderfahren.

»Hallo Ladys. Sind Sie okay?« Der junge Mann, der sich Winnetou genannt hatte, sank vor ihnen ins Gras. Im Nu waren sie von der ganzen Horde Jugendlicher umringt. Eva sah beim sanften Klang der Stimme erstaunt auf. Das geckenhafte Gehabe der Jungen war verschwunden, genauso wie die albernen Grasbüschel, und der Ring aus unschuldigen Gesichtern hatte eher etwas Beschützendes als etwas Drohendes.

»Ja. Ich glaub schon«, sagte sie zögernd und drückte dabei Kristinas Hand ganz fest. »Wer seid ihr denn? Was wollt ihr von uns?«

»Wie Sie sich schon denken können, sind wir keine Indianer, und ich heiße auch nicht Winnetou. Ich bin Jérôme, das da ist Christian, Jasper, Patrick ...«

»Halt. Einen Augenblick.« Evas Hand schnellte wie ein Stoppschild nach oben. »Jérôme? Der Enkel von Frau Siebert?«

»Genau der.« Er strahlte über das ganze Gesicht. Dass sie wusste, wer er war, freute ihn über die Maßen.

»Was macht ihr denn hier?«

»Meine Großi, also die Oma, hat mich angerufen. Etwa eine Stunde nachdem Sie von ihr losgefahren sind, sind die drei Idioten mit Vollgas an ihrem Haus vorbeigebrettert. Und da sie wusste, dass Sie zur LPG wollten, hat sie sich Sorgen gemacht. Deswegen hat sie die Feuerwehr alarmiert. Also uns.« Mit stolzgeschwellter Brust sah er die beiden Frauen an. Hübsch waren die beiden ja, und wie! Wenn auch schon ziemlich alt. »Na ja, jedenfalls habe ich alle zusammengetrommelt, und dann haben wir uns als Indianer verkleidet, um Sie da rauszubekommen. Was anderes ist uns nicht eingefallen, obwohl wir für so alberne Kinderspiele eigentlich zu alt sind.« Plötzlich blickte er unsicher auf seine Schuhe. »Das war doch richtig, oder?«

»Ja.« Eva ließ Kristinas Hand los und stand auf. »Ich weiß offen gestanden nicht, ob euch das recht wäre, aber ich würde euch alle am liebsten umarmen. Ich habe keine Ahnung, wie schlimm es hätte werden können, aber es ist möglich, dass ihr uns mit eurem Mut das Leben gerettet habt.« Sie blickte in die jungen Gesichter, die bei ihren Worten vor Stolz glühten.

Jérôme lächelte verlegen. Dann gab er sich einen Ruck. »Wir grillen heut Abend am Dorfweiher. Wenn Sie Lust haben, dann kommen Sie doch vorbei.«

Eva sah Kristina fragend an. Ihre Freundin sah so mitgenommen aus, dass sie ihr die Entscheidung allein überlassen wollte. Was auch immer Kristina guttat, Eva würde dem mit ganzem Herzen zustimmen.

»Ja. Vielleicht«, sagte Kristina und lächelte schief. »Vielleicht ist das eine ganz gute Idee, um auf andere Gedanken zu kommen.«

Eva blickte ihr tief in die Augen. Als sie spürte, dass es Kristina ernst war, zog sie einen Fünfzig-Euro-Schein aus ihrer Jeanstasche.

»Wir kommen gern«, sagte sie zu Jérôme und hielt ihm den Schein hin. »Vorausgesetzt, wir dürfen uns an den Kosten beteiligen.«

***

Als Miriam aus dem Bad kam, hing ein Kleidersack am Türhaken, und auf dem Bett lag eine mit Stoff bezogene Box. Sie zog den Reißverschluss auf und schälte ein schlichtes schwarzes Abendkleid aus der Hülle. Unter dem Deckel der Hutschachtel kam eine dunkelbraune Perücke zum Vorschein.

Sie fand ihn schließlich in seinem Büro am Computer.

»Was soll das?«, fragte sie und hielt ihm den falschen Schopf unter die Nase.

»Wir müssen doch verhindern, dass du erkannt wirst, oder?«

Mit Tränen in den Augen starrte sie ihn an und warf das Haarteil auf den Schreibtisch. »Du glaubst doch nicht ernsthaft, dass ich das Ding trage!«

Er stoppte die Perücke mit einer Handbewegung. Dann sah er sie abschätzend an. »Ich glaube nicht, dass du eine Wahl hast.« Er schob die üppige Mähne zurück über den Tisch. »Entweder du setzt sie auf, oder du bleibst zu Hause.«

Ohnmächtig vor Wut saß sie auf dem Bett, als er zehn Minuten später an ihre Tür klopfte. »Hast du dich entschieden?« Er sah auf die teure Uhr an seinem Handgelenk. »Ich fahre in dreißig Minuten los. Wenn du bis dahin nicht fertig bist, fahre ich ohne dich.« Er zog die Tür hinter sich zu und entging nur knapp dem Haarteil, das sie nach ihm warf.

Genau eine halbe Stunde später klopfte es erneut. Als er seinen Kopf durch die Tür streckte, verzog sich sein Mund zu einem Lächeln. »Also, dann komm.« Galant reichte er ihr die Hand und half ihr die Treppe hinunter. Überrascht blieb sie stehen, als sie den mitternachtsblauen Maserati sah, der vor der Tür geparkt war.

Während der Fahrt gab er ihr weitere Instruktionen. »Du wirst an meiner Seite bleiben. Und zwar ohne Unterlass. Ich werde dir weder erlauben, dort auf die Toilette zu gehen, noch mit irgendjemandem zu reden. Solange ich nicht weiß, ob ich dir zu hundert

Prozent vertrauen kann, musst du mit gewissen Einschränkungen leben.«

Sie sah zum Fenster in die Dämmerung hinaus und kämpfte erneut mit den Tränen. Dass jemand sie mit der Perücke erkennen würde, war illusorisch. Der fast schwarze, elegant geschnittene Bob veränderte ihr Aussehen derart, dass sie sich selbst nicht erkannt hätte. Und nun zerplatzte auch ihre letzte Hoffnung wie eine Seifenblase. Jetzt verstand sie auch, weshalb er so darauf gedrängt hatte, dass sie vor dem Verlassen des Hauses noch mal aufs Klo ging.

»Ich hätte gern eine Flasche Wasser«, antwortete sie in der Pause auf seine Frage, was sie trinken wollte.

Prüfend sah er sie an. Dann bestellte er ein Glas Sekt für sie und einen Rotwein für sich selbst. »Keine Tricks«, warnte er sie. Dann fasste er sie unter. »Komm«, sagte er, »sehen wir uns ein bisschen um.«

Sie schlenderten durch das Opernhaus, und er erzählte ihr viel über die Geschichte des Hauses. Eine Weile war sie abgelenkt durch seine unterhaltsame Art, ihr die historischen Ereignisse näherzubringen. Bis plötzlich ein anderer Opernbesucher Robert aus Versehen anrempelte, während Miriam, die ihren Blick auf die Decke gerichtet und nichts von dem Vorfall mitbekommen hatte, weiterging.

Als sie schließlich bemerkte, dass sie sich aus den Augen verloren hatten, blieb sie stehen und suchte verunsichert die Menge nach ihm ab.

»Kann ich Ihnen helfen?«, fragte eine wildfremde Frau, der die Panik in Miriams Gesicht aufgefallen war.

Bevor Miriam zu einer Antwort ansetzen konnte, war der Schmerz in ihrem Rücken wieder da. Für den Bruchteil einer Sekunde verkrampfte sich ihr Körper unter dem Stromstoß, den der Taser in ihr Rückenmark schickte. Und ebenso unvermittelt, wie er gekommen war, verschwand der Schmerz.

Sekunden später war Robert an ihrer Seite. Er fasste sie am Arm und entschuldigte sich bei der fremden Frau. »Meine Frau hat in der Aufregung über den Opernbesuch vergessen, ihre

Medikamente zu nehmen. Ausgerechnet, wo ich sie für einen Moment in dem Gedränge hier aus den Augen verloren habe, bekommt sie einen Anfall.« Er lächelte entschuldigend. »Vielen Dank, dass Sie so freundlich waren, sich um sie zu kümmern.« Er zog Miriam zur Seite und führte sie zu einer kleinen Bank, deren Besetzer den Vorfall beobachtet hatten und nun bereitwillig Platz machten.

»Ich habe dich gewarnt«, zischte er böse. Und lauter: »Hier Schatz, nimm deine Tablette.« Er drückte ihr etwas gegen die widerwillig verschlossenen Lippen. »Mach sofort den Mund auf.« Fast unmerklich glitt seine Hand in die Jackentasche.

Ohne zu schlucken, schob sie die kleine Kapsel in die Backentasche. Sobald er wegsah, würde sie sie wieder ausspucken. Kaum hatte sie den Gedanken zu Ende gebracht, als sie spürte, wie sich die Pille auflöste. Der Inhalt schmeckte süß und ein bisschen nach Johannisbeere.

»Sieh mich nicht an wie ein Reh«, flüsterte er und streichelte zärtlich ihre Wange. »Denkst du, ich würde dir etwas geben, was dir schaden könnte? Hörst du?«, fragte er, als ein Gong ertönte. »Die Pause ist zu Ende.« Er half ihr hoch und führte sie zurück zu ihrem Platz in der fünften Reihe.

Als sie an der Unbekannten vorbeikamen, trat die auf sie zu und berührte Miriam am Arm. »Geht es Ihnen wieder gut?«

Robert spürte, wie Miriam sich bei den Worten der unbekannten Frau verkrampfte. Beruhigend streichelte er ihre Hand und antwortete an ihrer Stelle. »Sie ist immer ein wenig durcheinander, wenn sie Schmerzen hat. Bitte entschuldigen Sie uns.«

»Kennst du die Frau?«, fragte die Freundin, die die unbekannte Helferin begleitete.

»Nein. Aber irgendwie hatte ich das Gefühl, dass sie mir etwas mitteilen wollte.«

Die Freundin lachte. »Du siehst Gespenster. Sieh sie doch an. Sie sieht toll aus und hat einen liebevollen, gut aussehenden Mann. Was soll sie dir denn sagen wollen? Du bist eifersüchtig, weil du im letzten Jahr nur Idioten kennengelernt hast.«

»Ich weiß nicht«, sagte die Frau zögernd. »Irgendwas stimmt

nicht mit ihr.« Vor allem die weit aufgerissenen, wie um Hilfe flehenden Augen gingen ihr nicht mehr aus dem Kopf.

***

Die Feier war ein voller Erfolg. Jérôme und seine Freunde hatten eingekauft und ein paar Mädchen und alle Erwachsenen, die Lust hatten, mitgebracht. Das einzige Wirtshaus am Ort hatte für Schnitzel und Salate gesorgt, und Eva erzählte auf Drängen der Jungs Geschichten aus dem aufregenden Alltag der Kriminalpolizei. Dann hatten drei der jungen Männer Gitarren ausgepackt und an dem großen Lagerfeuer einschlägige Songs gespielt. Jetzt lagen alle faul und zufrieden dick in warme Decken gekuschelt an dem kleinen Waldweiher und lauschten den Geräuschen der ungewöhnlich milden Spätsommernacht. Es war ein Abend voller Sehnsüchte; Erinnerungen an vergangene Zeiten, als die Erwachsenen selbst noch halbe Kinder gewesen waren und jeder Einzelne von ihnen dachte, er sei der Mittelpunkt des gesamten Universums.

Eva lag auf dem Rücken und bestaunte die Unendlichkeit der Milchstraße. Sie fragte sich, wie es Kristina ging. Im Getümmel der Party hatten sie sich aus den Augen verloren. Sie stemmte sich auf die Ellbogen und sah sich um. Überall lagen knutschende Pärchen, die kleine Gruppe war näher ans Feuer gerückt und stimmte ihre Gitarren. Auch Kristina saß bei ihnen, mit geschlossenen Augen dicht an einen gut aussehenden jungen Mann gelehnt, der mit ihren Haaren spielte und sich mit seinem Mund ihrem Hals verdächtig näherte. Eva musste schmunzeln. Alles war gut. Sie ließ sich zurück auf die Decke sinken, die sich Jérôme brüderlich mit ihr teilte, und ließ sich treiben.

Mit einem Ruck fuhr Eva hoch. Panik schwappte wie eine große Welle in ihr hoch, und innerhalb weniger Sekunden war sie schweißgebadet. Sie schnappte sich ihren Rucksack, leerte den Inhalt auf die Decke und wühlte hektisch darin herum.

»He, was ist los?«, fragte Jérôme besorgt. »Was suchst du denn?«

»Mir wird schlecht.« Selbst in der Dunkelheit war zu erkennen, dass Eva bleich war wie ein Gespenst. Sie zitterte am ganzen Körper und hatte Angst, dass sie gleich ohnmächtig werden würde.

»Eva!« Jérôme packte sie an den Armen und schüttelte sie. »Sag doch was!« Er drehte sich um und suchte die Gesichter in der Menge ab. »Kristina! Komm her! Schnell!«

»Was ist los? Schatz, was hast du?«

Eva klammerte sich an Jérôme und sah Kristina mit weit aufgerissenen Augen an. »Meine Waffe. Sie ist weg.«

»Scheiße!« Kristinas Kommentar traf den Nagel auf den Kopf. »Und jetzt?«

»Ich muss da noch mal hin.« Eva schlang die Arme um ihre Knie. Trotz der warmen Decke fror sie erbärmlich.

»Du bist verrückt.« Kristina war geschockt. Keine zehn Ochsen würden sie wieder dorthin bringen, und sie würde alles dafür tun, dass auch Eva das bleiben ließ.

»Du verstehst das nicht. Meine Existenz steht auf dem Spiel. Die Waffe ist ballistisch registriert, und wenn damit ein Mensch auch nur verletzt wird, dann hänge ich mit drin. Nicht nur meine Karriere ist im Eimer, ich werde unehrenhaft entlassen und bekomme einen Eintrag in mein polizeiliches Führungszeugnis, und damit bekomme ich nie wieder einen Fuß auf den Boden. Ich hab den Vorfall heute Mittag nicht gemeldet, und Martin bringt mich um, wenn er das auch nur erfährt. Falls die Typen die Waffe gefunden haben und einen Menschen damit erschießen, dann bin ich wegen Beihilfe zum Mord dran. Außerdem habe ich kein Amtshilfeersuchen gestellt, das heißt, ich darf mich hier dienstlich überhaupt nicht aufhalten und ermitteln.« Die Worte sprudelten wie ein Wasserfall aus ihr hervor, bis Jérômes Vater ihr seine Hand auf den Mund legte.

»Psst. Keine Panik, okay?« Gernot hatte den anderen Arm beruhigend um sie gelegt und hielt sie fest im Griff. Erst als sie schließlich nickte, ließ er sie los. »Du musst da nicht allein hingehen. Ich begleite dich auf jeden Fall, und deine Freundin hilft uns sicher auch.« Ohne zu merken, dass Kristina bei seinen Worten fast in Ohnmacht fiel, sagte er: »Wir kriegen das schon hin.«

NEUN

Nach kurzer Diskussion mitten in der Nacht hatte Eva Gernots Vorschlag endlich zugestimmt. Allerdings bestand sie darauf, die Aktion bei Tagesanbruch durchzuführen, um das Risiko so gering wie möglich zu halten. Jérômes Idee, dass auch er und seine Freunde helfen wollten, hatte sie rigoros einen Riegel vorgesetzt. Nie im Leben würde sie die Jugendlichen in Gefahr bringen. Lieber würde sie ihren Job mitsamt sämtlichen Pensionsansprüchen verlieren. Ihr einziges Zugeständnis war, dass sich die jungen Leute in kleinen, harmlos wirkenden Gruppen auf die Ausfallstraßen verteilten und sie gegebenenfalls auf dem Handy anrufen durften, um sie zu warnen, falls Mitglieder des Schlägertrupps auftauchten.

Evas Herz klopfte bis zum Hals, als sie den Trampelpfad am Bach entlangliefen, und ihre Hände waren vor Aufregung klatschnass. Zweimal rutschte ihr der Koffer mit den Utensilien der Spurensicherung aus der Hand, bis Gernot ihn ihr schließlich abnahm.

»Was willst du denn damit? Das Ding ist schwer wie Blei und behindert uns nur«, hatte er schon gesagt, als sie beschlossen hatte, dass der Koffer unbedingt mitmüsse.

»Wenn wir schon mal dort sind, dann ist es vielleicht die einzige Gelegenheit, ein paar Spuren zu sichern. Es dauert nicht lang, und wenn wir dabei was finden, hätten wir endlich einen …« Eva schluckte.

Eine Zeit lang sah er sie nur stumm an. »Du lässt wohl nie locker, was?« Dann grinste er jungenhaft und gab sein Okay. »Von mir aus. Du bist der Chef.«

Als sie vor der alten Gerberei standen, bewahrheiteten sich Evas schlimmste Befürchtungen: Das eingebrochene Fenster war von innen verrammelt und verriegelt worden. Einzig und allein der Umstand, dass kein Fahrzeug auf dem Hof stand und sie deshalb davon ausgehen konnte, dass das Gebäude leer war, ließ so etwas wie Hoffnung in ihr aufkeimen.

Trotz der einschlägigen Erfahrung des erfahrenen Schlossers dauerte es eine geschlagene Viertelstunde, bis das Vorhängeschloss offen war. Gernot hatte anerkennend genickt, als er das Modell gesehen hatte. In Anbetracht Lubiczeks krimineller Vergangenheit hatte er bereits damit gerechnet, dass es kein Baumarktmodell sein würde, das den Zutritt zu dem Gebäude verhindern sollte. Bevor er sich an die Arbeit machte, lief er mit Eva und Kristina um das Gebäude herum und besah sich aufmerksam die beiden Fenster.

»Da hast du den Grund dafür, dass euch die Schläger überrascht haben.« Er deutete mit dem Finger auf ein winziges Stück Draht, das, kaum sichtbar, aus dem Holz des kaputten Fensterrahmens ragte. »Falls du dich das je gefragt haben solltest, es war kein Zufall, dass die Idioten ausgerechnet gestern hier aufgetaucht sind.«

Eva machte große Augen und sich selbst Vorwürfe. »Verdammt noch mal. Das ist mir überhaupt nicht aufgefallen. Das hätte ich doch sehen müssen!«

»Das konntest du nicht sehen«, widersprach Gernot bestimmt. »Die Farbe direkt um den Draht ist heller als ein paar Zentimeter daneben, siehst du das?«

Eva nickte. »Und was schließt du daraus?«

»Dass irgendetwas darübergeklebt war.«

Kristina hatte den Disput mit gemischten Gefühlen verfolgt und sah die beiden verständnislos an. Jetzt fragte sie: »Was ist denn an dem Draht so Besonderes?«

»Dass er ein Teil einer Alarmvorrichtung sein muss«, antwortete Eva. »Vermutlich ist der Draht abgerissen, als wir das Fenster aufgedrückt haben, und hat dadurch ein Signal ausgelöst. Das erklärt zum einen, weshalb sich die Scheibe so leicht aufdrücken ließ, und zum anderen, warum die Schläger so schnell hier waren. Es war eine Falle.«

»Und was, wenn wir jetzt wieder einen Alarm auslösen?«, fragte Kristina voller Angst.

»Glaube ich nicht«, sagte Gernot, nachdem er die Eingangstür einem fachmännischen Blick unterzogen hatte. »Die haben das Fenster so präpariert, dass es wie eine Einladung an einen eventuellen Eindringling aussehen musste. Nachdem ihr die Vorrichtung gestern zerstört habt, haben die sich so schnell keinen Ersatz besorgen können.«

Eva bestand darauf, dass Kristina das Haus nicht betrat, sosehr die auch darauf drängte, Eva nicht im Stich zu lassen.

»Das bringt nichts«, sagte Eva. »Du bist ja allein schon bei dem Gedanken völlig mit den Nerven runter. Mir wäre lieber, du versteckst dich hinter einem Strauch, von dem aus du das Gelände beobachten kannst, und warnst uns, falls Gernot sich doch getäuscht hat. Denkst du, du schaffst das?«

Als die Tür endlich offen stand, drangen Eva und Gernot ins Haus vor und kontrollierten blitzschnell alle Zimmer. Es war von vornherein der heikelste Punkt des Unternehmens gewesen und hatte Eva eine schlaflose Nacht beschert. Konnte sie es wirklich verantworten, den Mann da mit hineinzuziehen?

Als klar war, dass sich wirklich niemand im Haus aufhielt, lief Eva zielstrebig in den Raum, in dem das Krematorium untergebracht war, und sah sich um. Auf den ersten Blick schien der Raum genauso leer wie am Vortag. Ihr Herz machte einen Satz, als sie die Waffe nirgendwo entdecken konnte.

»Wo lag dein Rucksack?«, fragte Gernot, als sie blass wurde.

Und tatsächlich, neben dem aufgeschichteten Holzstapel lag die Pistole. Eva war so erleichtert, dass ihr fast schlecht wurde. Mit einem raschen Griff zog sie die Heckler & Koch P7 aus dem Holster, ließ das Magazin herausschnappen und schnupperte am Lauf.

»Alles okay?«

»Ja. Alle Patronen sind noch da. Sie riecht auch nicht nach Kordit. Sie wurde nicht abgefeuert.«

»Gott sei Dank!« Auch Gernot war die Erleichterung deutlich anzusehen. Er war es auch, der sie aus ihrer Starre riss. »Machen wir weiter. Wir sollten keine Zeit vergeuden!«

Eva nickte und öffnete den Koffer. Sie nahm sterile Wattestäbchen und eine Flasche mit einer klaren Flüssigkeit heraus. Dann reichte sie ihrem Begleiter ein paar Einweghandschuhe.

»Nimm den Schürhaken und grab die Asche in dem Ofen um, aber vorsichtig, damit du sie nicht aufwirbelst. Achte auf kleinste Teile, die dem Feuer widerstanden haben.«

Während er sich an die Arbeit machte, sicherte sie Blutproben, die am Hackstock, am Boden und auf der Bahre zu getrockneten Klümpchen erstarrt waren. Sie besprühte die Wattestäbchen mit destilliertem Wasser, um das getrocknete Blut ablösen zu können, wischte verschiedene blutbefleckte Stellen ab, zog die Stäbchen in ihre Hülsen zurück und schrieb mit einem Stift Datum, Uhrzeit und Abnahmestelle darauf. Als sie die sechste Probe abnahm, meldete Gernot einen ersten Erfolg.

»Da ist etwas. Ich glaube, das solltest du dir ansehen.«

Ohne Hast beendete Eva die Abnahme und tütete sie sorgfältig ein. Erst nachdem das Röhrchen ordnungsgemäß beschriftet war, ging sie zu ihm und begutachtete, was er gefunden hatte. »Verdammt.«

»Ist es das, was ich glaube?«

Eva legte ihm eine Hand auf die Schulter. »Ja, es ist ein Zahn. Ich kenne mich aber zu wenig in der Dentalforensik aus, um sagen zu können, ob er menschlich ist. Kleine Backenzähne können auch von Tieren stammen. Hier.« Sie gab ihm eine Packung steriler Tütchen. »Alles, was wir finden, nehmen wir mit. Einzeln verpackt.« Sie nahm eine Pinzette, pickte den Zahn vorsichtig aus der Asche und ließ ihn in die Tüte fallen, die Gernot ihr hinhielt. »Gut gemacht!«

Er suchte weiter, und kaum dass er erneut mit dem Haken in der Asche stöberte, fiel ihm ein Glitzern auf. »Eva!«

Gernot war käsebleich geworden, und seine Hände zitterten, als das neue Fundstück schwer wie eine Tonne Blei in das Tütchen fiel.

Eva kniete sich vor ihn in den Staub. »Der Zahn ist von einem Menschen, das ist richtig. Aber wir dürfen keine voreiligen Schlüsse ziehen, verstehst du? Sein ehemaliger Besitzer kann ihn bei einer Schlägerei verloren haben, oder er hat ihn sich irgendwie ausgeschlagen. Es muss nicht heißen, dass er nicht mehr lebt, okay?« Sie glaubte selbst nicht, dass es so war. Ausgeschlagene Zähne waren in der Regel abgebrochen und hatten keine drei perfekt erhaltenen Wurzeln wie dieser hier.

»Soll ich hier weitermachen?«, fragte sie.

»Nee, es geht schon.« Er zog die Nase hoch. »Es ist nur ganz schön heftig.«

»Ich weiß.« Evas Blick glitt zu einem Punkt in der Unendlichkeit. Erinnerungen stiegen in ihr hoch, als sie gemeinsam mit dem damaligen Kollegen in Stuttgart ihre erste Leiche gefunden hatte. Wahrhaft kein schöner Rückblick. Widerstrebend schüttelte sie die Bilder von sich ab und stand auf. »Gut. Dann mach weiter.«

»Ich versteh das nicht.« Gernot hatte sich von dem Schock erholt und deutete nun neugierig auf die Tütchen mit den beiden Zähnen in Evas Hand. »Wieso sind die nicht verbrannt?«

Sie hob den Zahn auf Augenhöhe und zeigte mit der Spitze der Pinzette auf den Rand, der sich klar abzeichnete. »Normalerweise wäre das so, das ist richtig. Bei einer professionellen Kremierung, die etwa eineinhalb bis zwei Stunden dauert, werden Temperaturen von achthundert bis tausend Grad erreicht. Der Ofen hier wurde vermutlich mit einfachem Holz wie Kiefer, Buche oder Fichte befeuert, deren Entflammungspunkt wesentlich niedriger liegt. Bei vielleicht etwas über zweihundert Grad. Wenn Holz mit einem niedrigen Brennpunkt verwendet wird, dann können verschiedene Materialien dem Verbrennen widerstehen. Wie die Zähne hier zum Beispiel. Und Gold hat einen enorm hohen Schmelzpunkt, deswegen ist der Zahn mit seinem Inlay komplett erhalten geblieben.«

Nachdem sie keine weiteren Spuren gefunden hatten, mühte sich Gernot eine Weile erfolglos mit dem Deckel einer Tonne ab. Schließlich bat er Eva um Hilfe.

Kaum drang ein Spalt Luft in die Tonne, als sich auch schon ein widerwärtiger Gestank blitzschnell im Raum verteilte. Eva ließ den Deckel fallen und schrie: »Raus, raus, sofort raus hier!« Geistesgegenwärtig schob sie ihn aus dem Raum und stolperte ihm hinterher.

»Oh mein Gott. Was war das denn?« Gernot lehnte schwer atmend in der warmen Sonne und schnappte gierig nach der frischen Luft.

»Irgendetwas verwest in der Tonne. Und zwar schon seit Längerem.«

»Und deshalb hast du solche Panik bekommen?«, fragte er erstaunt. »Du hast das doch sicher schon öfter erlebt.«

Irritiert blickte Eva ihn an. Dann musste sie lachen. »Ich hatte keine Panik. Aber wenn du nur fünf Sekunden länger in dem Raum geblieben wärst, dann hättest du alles vollgekotzt. Außerdem wollte ich nicht, dass du siehst, was es ist. Weil es, es könnten …«

»Es könnten menschliche Überreste sein«, vervollständigte Gernot den Satz.

»Es ist möglich, ja.«

Er zog ein Päckchen Zigaretten aus seiner Jackentasche, zündete sich eine an und nahm einen gierigen Zug. »Und was passiert jetzt?«

»Ich muss noch mal dort hinein.«

Zweifelnd sah er sie an. »Und du musst nicht kotzen?«

»Nein. Man gewöhnt sich zwar nie daran, aber im Lauf der Zeit härtet man ab.« Sie bückte sich nach dem Koffer, zog einen hauchdünnen Papieranzug heraus und schlüpfte vorsichtig hinein. Dann griff sie nach einem Döschen und strich sich eine intensiv nach ätherischen Ölen riechende zähgrüne Salbe unter die Nase.

»Jetzt fährst du aber alle Geschütze auf, was?« Gernot war deutlich anzusehen, dass er den Schutzanzug für völlig albern hielt.

»Jedenfalls versaue ich mir so meine Klamotten nicht.« Eva klemmte sich einen großen Plastikbeutel unter den Arm und wollte wieder ins Haus, als er sie zurückhielt.

»Soll ich dir nicht helfen?«, fragte er unsicher. »Wenn du mir auch was von der Salbe abgibst, dann werd ich schon nicht kotzen.«

Überrascht sah Eva ihn an. »Ähm, das ist sehr nett von dir, aber ich glaube nicht, dass das eine gute Idee ist.«

»Wenn es wegen des Anblicks ist, den bekomme ich schon wieder aus dem Kopf.«

Nachdenklich sah Eva ihn an. Er war ein ernsthafter Mann, und sie hatte keinen Grund, an seinen Worten zu zweifeln. Außerdem könnte es unter Umständen wirklich unmöglich sein, das, was auch immer in der Tonne verweste, allein in den Beutel zu bekommen. Aber falls es menschliche Überreste waren, dann würde sie einen Teufel tun und ihm den Anblick zumuten.

»Also gut«, sagte sie schließlich. »Wir machen es so: Ich gehe rein und sehe mir an, was es ist. Wenn ich deine Hilfe brauche, dann hole ich dich, okay?«

Eine Mischung aus Erleichterung und Enttäuschung stand ihm ins Gesicht geschrieben, aber schließlich sagte er: »Ja, in Ordnung.«

Zehn Minuten später stand Eva in der Eingangstür des Hauses und sah sich um. Dann rief sie Gernot zu sich, der sich neben einem Strauch mit Kristina unterhielt.

»Wenn du deine Meinung nicht geändert hast, dann kannst du mir tatsächlich helfen. Aber du musst dich darauf gefasst machen, dass es kein schöner Anblick ist.« Sie hatte eine gefühlte Ewigkeit überlegt, ob es in Ordnung war, ihn damit zu konfrontieren. Jetzt sah sie ihn fragend an.

»Wie schlimm ist es denn? Und ...« Er unterbrach seine Frage selbst.

Sie überlegte einen Augenblick. »Es ist ein Fellhase. Feldhase«, verbesserte sie sich rasch. »Viel Fell, aber auch Blut am Rücken, weil er dort eine Wunde hat.«

»Und was willst du mit ihm machen?«

»Ihn mitnehmen«, sagte Eva und hoffte, ihm eine Erklärung dafür schuldig bleiben zu können. Leider ging ihre Rechnung nicht auf.

»Mitnehmen? Wieso denn das? Habt ihr in Bayern noch nie einen toten Hasen gesehen?« Der Scherz war mager, aber er half ihm, den bevorstehenden Anblick zu verdrängen.

Eva lächelte. »Selbst wenn, ich glaube nicht, dass ich mich bei meinen Kollegen besonders beliebt machen würde, wenn ich ihnen einen Kadaver liefere. Aber ich habe in der Wunde etwas entdeckt, das ich nicht einordnen kann. Deswegen möchte ich ihn gern untersuchen lassen.«

Gernot sah sie naserümpfend an. »Gibt es Fliegeneier und Maden?«

Eva verneinte. Er hatte offensichtlich viel ferngesehen oder gelesen. »Die Tonne war fest verschlossen, deswegen kamen keine Insekten an ihn heran.« Ihr Lächeln verstärkte sich, als er dreinblickte, als wäre ihm eine riesige Last von den Schultern gefallen.

Als Gernot ebenfalls mit einem Schutzanzug fertig ausstaffiert war, gingen sie ins Haus. Kaum über der Schwelle, musste Eva trotz der mentholhaltigen Salbe gegen die anbrandende Übelkeit ankämpfen. Der Hase war vermutlich wochenlang luftdicht in der Tonne verpackt gewesen, und das warme Wetter hatte sein Übriges dazu getan, den Verwesungsprozess zu beschleunigen. Sie atmete flach gegen den Mundschutz aus Papier an und warf ihrem Helfer einen fragenden Blick zu. Als sie sah, dass er entschlossen nickte und darauf wartete, dass sie weiterging, atmete sie erleichtert auf.

»Wir müssen sehr vorsichtig sein, wenn ich den Hasen heraushebe. Am besten hältst du den Beutel mit einer Hand von unten, damit er nicht in die Tüte plumpst. Mit der anderen musst du ihn weit genug offen halten, dass ich ihn hineinlegen kann, ohne dass er die Tüte außen berührt. Glaubst du, du schaffst das?«

Er nickte. »Kein Problem.«

Eva nahm zwei kurze Latten, die an der Wand lehnten, und setzte sie an der Bauchseite des Hasen an. »Gernot? Kipp die Tonne ein Stück weit zu mir, bis der Hase auf die Bretter rollt. Ja, so ist es gut.«

Mit der Hebelwirkung der Bretter, die sie auf den Tonnenrand stützte, war es einfach, das Kaninchen in einem Stück nach oben zu bugsieren. Weit schwieriger dagegen war es, es heil in den Beutel zu bekommen. Sollte es irgendwo dagegenstoßen, würde es aufplatzen wie eine reife Frucht. Die Leichengase hatten dem kleinen Körper mächtig zugesetzt, und im Grunde wurde er nur noch von seiner Haut zusammengehalten.

Gernot war es, der die Idee hatte, den Beutel über den Hasen mitsamt seiner Tragekonstruktion zu stülpen. Unendlich behutsam hielt er den Körper fest, bis Eva die Bretter aus dem Sack gezogen und ihn luftdicht verschlossen hatte.

Dann sah er sie an, und seine Augen über der Papiermaske blickten sie in einer Mischung aus Stolz und Ekel an. »Wir sind ein gutes Team, oder?«

»Das sind wir. Du bist der beste Partner, den ich mir heute hätte vorstellen können«, antwortete sie. Und es war ihr voller Ernst.

Nachdem sie die Tonne wieder verschlossen und an ihren Platz gestellt hatten, kontrollierte Eva, dass keine Spuren ihres Besuchs zurückblieben. Gegen den verräterischen Geruch konnte sie nichts unternehmen, aber sie hoffte, dass sich die Schläger nicht blicken ließen, ehe er sich wieder vollständig verzogen hatte. Anschließend hängte Gernot das Vorhängeschloss zurück an seinen Platz, und sie sahen zu, dass sie das Gelände so schnell es ging hinter sich ließen.

In Gerda Sieberts Haus warteten gekühlte Erfrischungsgetränke und ein Tablett voller Kuchen auf sie. Eva war so erleichtert, dass sie ihre Waffe wiederhatte, dass sie nicht merkte, dass Kristina ein überwältigend schlechtes Gewissen hatte.

»Bist du mir böse?«, fragte sie, als Eva mit nassen Haaren aus Gerda Sieberts Dusche stieg.

Eva hörte für einen Augenblick auf, ihre Haare trocken zu rubbeln. »Böse? Hab ich denn einen Grund dazu?«

»Immerhin hab ich dich heute im Stich gelassen.«

»Wie kommst du denn auf den Schmarrn? Du warst doch mit dabei und hast auf uns aufgepasst!«

»Du weißt genau, was ich meine.«

Eva warf das Handtuch in das kleine Waschbecken und griff nach einem Kamm. Während sie mit verzerrtem Gesicht versuchte, ihre Locken zu entwirren, beobachtete sie Kristina im Spiegel. Dann drehte sie sich zu ihr um.

»Weißt du, bei der Polizeiarbeit gibt es immer Posten, die ungefährlicher sind als andere. Das heißt aber nicht, dass sie deshalb weniger wichtig sind. Ohne dich und die anderen, die aufgepasst haben, dass wir in der LPG unbehelligt geblieben sind, wäre die ganze Aktion heute nicht möglich gewesen. Wenn du und Gernot nicht gewesen wärt, dann hätte ich es nie gewagt, dorthin zurückzukehren. Dann läge meine Pistole noch immer dort, und ich hätte ein echtes Problem. Also sag nicht, dass du mich im Stich gelassen hast. Ohne euch beide hätte ich es nie im Leben geschafft.«

Bevor Eva sich des Papieranzugs entledigt hatte, hatte sie den Beutel mit dem Hasen in drei weitere schwarze Müllsäcke verpackt und jeden einzelnen davon mit Klebeband umwickelt. Trotzdem war Kristina skeptisch, als sie das verklebte Bündel ansah.

»Muss das unbedingt in den Kofferraum? Oder können wir es irgendwie am Fahrradträger festbinden?« Sie wusste nicht, ob es nur Einbildung war, aber sie hatte das Gefühl, dass der Verwesungsgestank noch immer durch das Paket drang.

Eva konnte verstehen, was in ihrer Freundin vorging. Wer den Geruch einmal in der Nase hatte, bekam ihn nie wieder aus dem Gedächtnis. Sie selbst hatte nach verschiedenen Leichenfunden schon bergeweise Kleidung in die Mülltonne geworfen, weil sie auch nach dem Waschen und literweise Duftspüler noch immer das Gefühl hatte, dass die Klamotten nach Verwesung stanken. Selbst wenn es nur das Gedächtnis war, das einem den Streich spielte, Kristina könnte ihren Kofferraum nie wieder öffnen, ohne daran zu denken, was sie siebenhundert Kilometer weit darin transportiert hatte.

Als sie nach einer Riesenportion Kuchen fertig zur Abfahrt waren, mussten sie selbst lachen. Sie hatten das Hasenpaket und einen weiteren schwarzen Sack mit den Papieranzügen und Evas Klamotten zwischen die Fahrradreifen geschoben und alles mit Klebeband gesichert. Nun sah der schicke Audi aus wie ein Mülltransporter.

Zum Abschied bedankte sich Eva bei jedem Einzelnen und versprach, sie über die Ermittlungen auf dem Laufenden zu halten. Soweit es möglich war jedenfalls. Als ihr Jérôme kurz vor ihrer Abfahrt noch von einem Plan erzählte, den er und die anderen ausgeheckt hatten, wäre sie fast vom Hocker gefallen.

»Auf gar keinen Fall«, sagte sie entsetzt und zog ihn am Arm, da sie das Gefühl hatte, dass er ihr gar nicht richtig zuhörte. »Jérôme! Ihr lasst das bleiben, verstehst du! Das ist kein Spiel. Ihr haltet euch von der Genossenschaft fern, versprich mir das!«

»Aber –«

»Kein *Aber.* Ich will weder, dass ihr dort nach dem Rechten seht, noch, dass ihr den Männern hinterherspioniert oder Fotos macht, falls sie sich hier wieder blicken lassen.«

Gekränkt sah er sie an. »Wir sind doch keine Amateure.«

Natürlich waren sie genau das, aber davon wollte er nichts wissen. »Nein und nochmals nein. Ihr veranstaltet hier keine Alleingänge, habt ihr das verstanden? Ich will auf keinen Fall, dass ihr euch in Gefahr bringt!«

Es war schon spät, als Eva und Kristina endlich in Rosenheim ankamen. Sie hatten sich mit dem Fahren abgewechselt, und da

Samstag war, kamen sie bis auf einen neun Kilometer langen Stau bei Ingolstadt gut durch. Unterwegs telefonierte Eva mit Sauerwein und erfuhr, dass auch ihre Kollegen nicht untätig gewesen waren und es viele Neuigkeiten gab. Dann versuchte sie, Rosie zu erreichen. Nachdem sich ihr letzter Arbeitgeber als Verbrecher übelster Sorte erwiesen hatte, betätigte sich die alte Frau abwechselnd als Haushälterin für Kristina und Eva und vielleicht auch schon bald als Kindermädchen für Sauerweins Mädchen. Sie war es auch gewesen, die sofort eingewilligt hatte, sich um Evas Kater zu kümmern, solange sie mit Kristina auf Tour war. Jetzt war Rosie bei Eva zu Hause, hatte ein fürstliches Willkommensmahl gekocht und verwöhnte die beiden Frauen, bis sie alle drei das Gefühl hatten, zu platzen.

»Ich kann nicht mehr.« Eva schob den Dessertteller nach dem zweiten Nachschlag Mousse au Chocolat von sich und griff nach Rosies Arm, als die sofort aufspringen wollte. »Du bleibst jetzt sitzen. Ich muss mich unbedingt bewegen.«

ZEHN

Am nächsten Morgen fuhr Eva zuerst in die Rechtsmedizin, wo sie das Paket mit dem Hasen am Empfang abgab. Dann stattete sie dem kriminaltechnischen Labor einen Besuch ab und hinterließ eine Nachricht mit der Bitte um zügige Bearbeitung der Spuren, die sie in der Gerberei gesammelt hatte. Als sie schließlich in der Polizeidirektion ankam, roch es schon im Treppenhaus nach angebranntem Kaffee.

»Oh, Eva, gut, dass du wieder da bist!« Karl stand im Büro der Sekretärin, die Kaffeekanne in der Hand, an deren Boden sich eine dicke schwarze Kruste festgesetzt hatte. Sie konnte ihn gerade noch davon abhalten, kaltes Wasser in die glühend heiße Kanne laufen zu lassen.

»Wir haben gestern Abend vergessen, die Kaffeemaschine abzuschalten. Und jetzt ist alles angebrannt. Seltsam eigentlich«, murmelte er nachdenklich. »Ich dachte, die Dinger haben aus Sicherheitsgründen einen Abschaltmechanismus.«

»Haben sie auch«, bestätigte Eva. »Vorausgesetzt, es ist nicht ein Vorkriegsmodell wie das hier. Dann können wir wohl von Glück reden, dass die Bude nicht abgefackelt ist.« Schweren Herzens entschied sie sich für den wirklich scheußlichen Kaffee aus dem Automaten im Gang.

»Was habt ihr herausgefunden?«, fragte er neugierig. »Martin hat gestern nur gesagt, dass eure Reise ein voller Erfolg war.«

»Erzähl du zuerst. Sonst muss ich noch mal von vorn anfangen, wenn Martin da ist.«

»Ich hab durch Zufall etwas entdeckt, das uns vielleicht eine ganze Ecke weiterbringt. Die Tatorte, an denen wir Ammlers Fingerabdrücke gefunden haben, wurden zwar von verschiedenen Versicherungen abgedeckt, die Policen wurden aber allesamt von ein und demselben Versicherungsagenten abgeschlossen.«

Eva war nicht überzeugt. »Das ist noch kein Beweis. So groß ist Rosenheim nun auch wieder nicht, dass es Hunderte Vertreter gibt.«

»Das stimmt. Aber«, er sah sie triumphierend an, »was sagst du dazu, dass dieser Stefan Lohkamp in den letzten Jahren zu erheblichem Wohlstand gekommen ist? Und zwar in einem Maß, das sich kaum durch die Provisionen erklären lässt, die er bezogen hat. Und eine Erbschaft hat er auch nicht antreten können. Im Lotto gewonnen hat er übrigens auch nicht.«

»Sondern?«

»Keine Ahnung. Daran arbeite ich noch.«

Das war ihr zu hoch. »Woher wisst ihr es dann überhaupt?«

»Wir sind am Freitag bei ihm vorbeigefahren. Einfach so, ohne uns vorher anzukündigen. Und als wir da vor diesem luxuriösen Neubau parken, kommt ein sehr schickes Cabrio angefahren, ein Mann steigt aus und lässt eine brillantbesetzte goldene Rolex am Handgelenk blitzen. Da haben wir beschlossen, erst mal weitere Nachforschungen einzuziehen, bevor wir den Herrn direkt befragen.«

»Und was, wenn es gar nicht der Versicherungsheini war, sondern einer seiner Kunden?«

»Weil der kaum einen Schlüssel zu dem Haus hätte.«

»Okay.« Das leuchtete ein. »Und weiter?«

»Martin hat mit Richter Kirchberg gesprochen und ihm eine Genehmigung aus den Rippen geleiert, dass wir die Bankkonten überprüfen dürfen. Und da ist es richtig interessant geworden.« Karl lehnte sich zufrieden in seinem Stuhl zurück, bis es knarzte. Er liebte Überraschungen über alles, konnte seine Neugier selten im Zaum halten, und dass er etwas wusste, von dem Eva keine Ahnung hatte, war mindestens so aufregend wie die Tage vor Weihnachten.

»Och Mensch, Karl, lass dir nicht jedes Wort aus der Nase ziehen!«

»Was meinst du, ist die Kanne schon kalt?«

»Was?«, fragte sie irritiert.

»Na, die Kaffeekanne. Damit wir sie sauber machen können.«

Eva nahm einen Radiergummi und warf ihn ihrem Kollegen an den Kopf. »Rück raus mit der Sprache, sonst brauchst du keinen Kaffee mehr.«

»Was bist du nur für ein Spielverderber«, sagte Karl und rieb sich die getroffene Stelle am Schädel. »Also pass auf. Es gibt zwei Konten, auf die von den verschiedenen Versicherern Prämienzahlungen eingehen. Zahlungsausgänge sind die monatlichen Belastungen für Miete, Strom, Rücklagen, Telefon. Die ganzen Festkosten also. So weit alles völlig normal. Auffällig ist aber, dass es seit etwa zwei Jahren keine Bargeldabhebungen am Automaten mehr gibt. Es gibt auch keinen Dauerauftrag für Ratenzahlungen für das Auto, es werden keine Zahlungen per Kredit- oder EC-Karte getätigt, keine Überweisungen an Onlineshops, einfach gar nichts.«

»Das ist allerdings ungewöhnlich. Vielleicht gibt es ja noch ein drittes Konto.«

»Das kann ich mir nicht vorstellen. Dann hätte er nämlich irgendwann Geld von einem der beiden bekannten Konten dorthin transferieren müssen. Wir sind die beiden Konten fünf Jahre rückwirkend durchgegangen, und bis vor etwa zwei Jahren war eben alles ganz normal. Er hat Bargeld abgehoben, Rechnungen überwiesen und so weiter. Völlig unauffällig. Er hat das Konto kaum jemals überzogen, hat aber auch keine sonderlichen Reichtümer anhäufen können. Die Abbuchungen für die Miete beliefen sich bis vor einem guten Jahr auf etwa siebenhundert Euro monatlich. Dann ist er umgezogen. Jetzt blecht er nämlich knapp zweitausend für den Tempel, in dem er wohnt. Für seinen Kontostand macht das allerdings keinen Unterschied, weil es eben keine anderen Zahlungen gibt.«

»Er hat also entweder einen Geldesel im Keller oder auf eine andere Art und Weise Zugang zu erheblichen Mengen an Bargeld, willst du das damit sagen?«

»Genau. Aus Beteiligungen am Diebesgut zum Beispiel. Und außerdem passt es mit dem Zeitraum überein, seitdem es diese ominösen Einbrüche gibt.«

»Ach, sieh mal einer an, unsere Urlauberin auf Staatskosten ist wieder da.«

Wie von der Tarantel gestochen fuhr Eva herum. Max hatte sich von hinten anschlichen und ihr seine Hand auf die Schulter gelegt.

»Na, Evchen, hast du dich gut amüsiert?«

»Was machst du denn hier?«

»Oha, welch freundlicher Empfang!«

Das musst du gerade sagen, dachte sie und beobachtete ihn, wie er zu seinem Schreibtisch stelzte und sich auf seinen Stuhl fallen ließ. Dann sah er sie abschätzend an. »Ich bin früher zurückgekommen. Damit wir endlich in dem Fall weiterkommen.«

Eva warf Karl einen verzweifelten Blick zu. Das glaub ich jetzt nicht, sag mir, dass ich das träume! Doch Karl verdrehte nur die Augen und zog die Schultern nach oben.

Sie verdrängte den Mordgedanken, den sie kurzfristig gegen Max hegte, und bat Karl, fortzufahren.

»Eigentlich war's das schon. Weiter sind wir noch nicht.«

»Und wie sieht es mit Miriam Dahl aus? Gibt es dazu etwas Neues?«

Karl schüttelte den Kopf. »Leider nein.«

Als Sauerwein eine Stunde später eintrudelte, hatte Eva ihren Bericht geschrieben, und Karl hatte es geschafft, den Teerbelag aus der Kaffeekanne zu entfernen. Max hatte einen guten Moment und holte vier Stück Kuchen aus der Konditorei zwei Straßen weiter. Nachdem er zurück war, setzten sie sich um den Tisch im Besprechungsraum. Eva erzählte von den Ergebnissen, die der Ausflug gebracht hatte, und verharmloste die Begegnung mit den Schlägertypen. Dass sie ihre Pistole verloren hatte, ließ sie komplett unter den Tisch fallen. Als alle auf dem neuesten Stand waren, entschied Sauerwein, dass der restliche Sonntag arbeitsfrei war.

Wenig später lehnte er in der Durchgangstür und wunderte sich, dass Eva keine Anstalten machte, das Büro zu verlassen. Obwohl Karl sie zu überreden versuchte, das schöne Wetter zu nutzen, saß sie wie festgeklebt auf ihrem Stuhl und murmelte etwas von Berichte schreiben. Damit nicht genug, versuchte sie ihrerseits ihn nach Hause zu schicken, Sie redete ihm förmlich aus, dass er noch irgendwelche Schreibarbeiten erledigte, und bot ihm sogar an, dass sie das am nächsten Morgen für ihn tun wollte. Wenn Sauerwein ihr Verhalten richtig deutete, drängte sie Karl richtiggehend dazu, endlich zu verschwinden.

»Was ist los?«, fragte er, als sie es geschafft hatte, Karl aus dem Zimmer zu drängen. »Wieso gehst du nicht auch nach Hause?«

Prompt wurde sie rot. »Ähm, ich –«

»Ähm, was?«, fragte Sauerwein, der nicht den leisesten Hauch einer Ahnung hatte, was mit ihr los war. »Willst du mich auch loswerden?«

»Was? Nein!« Eva schluckte. Schnell wurde ihr klar, dass er ihre Taktik durchschaut hatte. Aber schließlich war er der Grund, dass sie noch nicht gehen wollte. »Setz dich«, bat sie ihn schließlich. »Ich muss dir was beichten. Ich habe Mist gebaut. Ich wollte es nur nicht vor den anderen breittreten.«

Als er seine linke Augenbraue verständnislos nach oben zog, erzählte sie ihm die ganze Wahrheit über die Ereignisse in der LPG.

***

»Ihr habt doch vor einiger Zeit ein Fahndungsfoto von dieser Miriam Dahl für die Zeitungen freigegeben«, brummte der diensthabende Beamte der Polizeidienststelle Ottobrunn ins Telefon. »Wir haben eine Frau bei uns, die der Überzeugung ist, eure Vermisste vor ein paar Tagen gesehen zu haben.«

Nach einigen Rückfragen beendete Sauerwein das Gespräch mit dem Versprechen, zwei Kollegen vorbeizuschicken. Dann informierte er Eva. »Die Zeugin hat kein Auto. Nimm Karl mit und fahr nach Ottobrunn. Ihr müsst die Frau auf dem Revier dort befragen. Und Eva«, sagte er mit einem Augenzwinkern, als sie schon fast zur Tür hinaus war, »lass deine Waffe nicht wieder bei irgendwelchen fremden Leuten herumliegen.«

»Da war das Bild in der Zeitung. Ich glaube, dass ich die Frau in München in der Oper gesehen habe.« Umständlich erzählte Ingrid Paulsen von dem Zusammentreffen mit dem schönen Paar.

»Sie haben sie am Freitag gesehen und warten drei Tage, bis Sie sich bei uns melden?«, fragte Karl erstaunt. Er wunderte sich immer wieder, weshalb die Menschen so viel Zeit verstreichen ließen, bevor sie der Polizei ihre Beobachtungen mitteilten. In diesem Fall machte der Faktor Zeit zwar keinen Unterschied mehr, aber manchmal war es genau dieses bisschen, das darüber entscheiden konnte, ob ein Täter gefasst wurde oder ihnen durch die Lappen ging.

»Es tut mir leid«, sagte Ingrid Paulsen schuldbewusst. »Ich habe das ganze Wochenende gegrübelt, aber es ist mir erst heute früh wieder eingefallen, wo ich das Gesicht schon einmal gesehen habe. Dann musste ich es auch erst im Internet suchen, weil ich mir ganz sicher sein wollte.«

»Die Frau, die Sie beschreiben, hatte schwarze, zu einem Bob geschnittene Haare«, sagte Eva. »Die Frau auf dem Foto sieht aber ganz anders aus. Wieso sind Sie so sicher, dass es dieselbe Person ist?« Obwohl Ingrid Paulsen sehr überzeugend wirkte, hatte Eva ihre Zweifel.

»Weil ich meiner Freundin recht geben muss. Ich war eifersüchtig. Oder zumindest neidisch«, gab Ingrid Paulsen leise zu. »Von einem Mann wie dem hab ich immer geträumt. Der wäre genau mein Typ gewesen.« Sie sah verlegen zur Seite. »Aber er hatte nur Augen für seine Frau. Und deswegen habe ich ganz genau hingesehen.«

»Wie sicher sind Sie, dass Sie wirklich diese Frau gesehen haben?«, hakte Eva nach.

Ingrid Paulsen zögerte einen Moment. »Achtundneunzig Prozent«, sagte sie schließlich. »Je länger ich mir die Aufnahme in der Zeitung anschaue, desto sicherer bin ich mir. Ich habe mich nämlich schon am Freitagabend gefragt, was mich an der Frau so irritiert. Das habe ich auch zu meiner Freundin gesagt. Jetzt bin ich mir sicher, dass sie eine Perücke trug. Der Mann, ja, der war auf eine unauffällige Art sehr attraktiv.« Angestrengt kniff sie die Lippen zusammen. »Obwohl er ein paar Narben im Gesicht hatte, aber die fand ich nicht störend.«

»Narben?«, fragte Eva alarmiert. »Von einem Unfall oder einer Operation?«

Verständnislos blickte die Frau Eva an. »Woher soll ich denn da einen Unterschied kennen?«

»Unfallnarben sind eher ungleichmäßig. Vielleicht gezackt, unterschiedlich dick, wulstig. Narben, die von einem Skalpell herrühren, sind in der Regel fein und gleichmäßig.«

Ingrid Paulsen fixierte einen Punkt in der Unendlichkeit und versuchte, sich genau zu erinnern. »Gleichmäßig«, sagte sie schließlich. »Und fein.«

Eva zog ein Foto von Matthis Ammler aus ihrer Jackentasche. »War es dieser Mann?«

Ingrid Paulsen betrachtete das Porträt lange. Schließlich schob sie es über den Tisch zurück zu Eva. »Auf den ersten Blick würde ich sagen, das war er nicht. Aber sicher bin ich mir nicht.«

»Wirst du schlau daraus?«, fragte Karl, als sie auf dem Rückweg nach Rosenheim waren.

»Ich finde, Ingrid Paulsen hat uns eine ziemlich genaue Schilderung der Ereignisse gegeben. Und ihre Begründung, weshalb sie sich so genau an die Frau erinnert, klingt plausibel. Wenn sie allerdings recht hat mit den Narben, dann hat sich der Mann einer umfassenden kosmetischen Korrektur unterzogen. Dann werden wir ihn nie anhand seines Aussehens fassen. Und es ist auch schwer zu sagen, ob es sich bei der Frau tatsächlich um Miriam Dahl handelt.«

»Und wenn wir doch auf dem Holzweg sind und es wirklich ein Zufall war, dass wir Spuren von Ammler und der Dahl an dem Tatort gefunden haben?«

Eva zog die Schultern nach oben. »Dann haben wir nichts mehr in der Hand. Und können wieder bei null anfangen.«

Eine Weile hingen beide ihren Gedanken nach. Dann griff Eva nach dem Telefon, wählte Sauerweins Nummer und erzählte ihm von der Befragung Ingrid Paulsens.

»Können wir das Foto von Miriam Dahl ein weiteres Mal veröffentlichen lassen?«, fragte sie. »Und ihre Frisur vom Grafiker so anpassen lassen, dass sie so aussieht, wie es uns die Zeugin beschrieben hat? Und vielleicht –«, sie hielt für einen Augenblick inne, als sich ein neuer Gedanke in ihrem Kopf einnistete, »vielleicht sollten wir auch die Information herausgeben, dass wir ihre DNA in Zusammenhang mit der Einbruchserie gefunden haben.«

Sauerwein dachte eine Weile über ihre Idee nach, bevor er darauf antwortete. »Was erhoffst du dir davon?«, fragte er schließlich.

»Das weiß ich selbst noch nicht«, gab sie zu. »Vielleicht meldet sich jemand, der etwas beobachtet hat, das uns weiterbringt, oder der neben dem Paar gesessen hat, und wir finden dadurch über die Theaterkasse die Adresse oder Telefonnummer der beiden heraus.

Es ist nur ein Versuch, der vielleicht überhaupt nichts bringt. Aber schaden kann er ja auch nicht, oder?«

***

Als Eva und Karl die Treppe nach oben in den ersten Stock liefen, hörten sie schon von Weitem ein nur allzu bekanntes Geschrei. Und tatsächlich, als sie um die Ecke bogen, stand Dr. Amadeus Dyrkhoff vor ihr. Wie einem Modejournal entsprungen, stand der Rechtsmediziner in Sauerweins Büro und machte dicke Backen.

»Ihre Tussi hat doch nicht mehr alle Tassen im Schrank. Mir einfach einen toten Hasen auf den Tisch zu werfen, ich bin schließlich kein Amtstierarzt. Das können Sie vergessen, Sauerwein. Sehen Sie zu, dass das Vieh wieder aus der Rechtsmedizin verschwindet. Und zwar sofort!«

»Falls Sie mit Tussi mich meinen, ich bin hier.« Eva lehnte mit einem lasziven Lächeln im Türrahmen. Seit sie herausgefunden hatte, wie sehr Dyrkhoff jede Weiblichkeit verabscheute, nutzte sie jede Gelegenheit, ihn anzusülzen.

»Sie!« Dyrkhoff fuhr herum und ging mit erhobenem Zeigefinger auf Eva zu. »Sie holen sofort den Kadaver bei mir ab. Ansonsten gibt es ein Unglück!«

»Das glaube ich kaum.« Sauerwein hatte sich erhoben und kam nun langsam um seinen Schreibtisch herum. »Die Leiche ist ein Beweisstück in unserer Einbruchserie. Deswegen –«

»Das ist keine Leiche, sondern ein Karnickel!«

»Ach, der Hase ist gar nicht tot?«

»Sauerwein, bringen Sie mich nicht auf die Palme!«, schrie Dyrkhoff. »Natürlich ist er tot. Aber ein totes Tier ist ein Kadaver, keine –«

»Also doch eine Leiche«, unterbrach ihn Sauerwein. »Deswegen brauchen wir eine Obduktion und einen Bericht. Und zwar noch heute. Oder schaffen Sie das nicht?«

Verwirrt sah ihn Dyrkhoff an. Er wusste nicht, ob Sauerwein mit seiner Frage den Zeitraum oder seine medizinische Kompetenz in Frage stellte. Unwillkürlich richtete er sich gerade auf und straffte seine Schultern. »Natürlich schaffe ich das. Aber –«

»Ja, aber das ist doch wunderbar.« Sauerwein legte seine Hand auf Dyrkhoffs Schulter, drehte ihn zur Tür und schob ihn mit leichtem Druck vorwärts. »Dann wollen wir Sie auch gar nicht länger aufhalten.«

Es war später Nachmittag, als sich Dyrkhoff endlich dazu herabließ, seinen Befund kundzutun. Obwohl er schon vor Stunden mit der Untersuchung fertig geworden war, war es eine Genugtuung, Sauerweins unfähige Truppe schmoren zu lassen. Jetzt begnügte er sich damit, »Ich wär dann so weit« ins Telefon zu schnarren. Dann drehte er eine CD mit seinen Lieblingsstücken von Bach bis zum Anschlag auf und wartete darauf, dass Sauerwein und sein Liebling antanzten.

Als die Musik abrupt endete, wäre er fast von seinem Stuhl gefallen. Sauerwein und Eva waren hereingekommen und hatten kurzerhand den Stecker der Minianlage aus der Wand gezogen. Konsterniert überlegte er, wie er die beiden –

»Doktorchen, können wir anfangen?« Mit einem unschuldigen Lächeln riss Eva ihn aus seinen finsteren Gedanken.

Er maß sie mit einem bösen Blick. »Wie Sie sich denken können, war die Obduktion an einem Tier für mich ein Kinderspiel. Fast eine Beleidigung an einen herausragenden Arzt.« Er machte eine Pause und sah die beiden über den Rand seiner Brille an.

»Aber gut. Ein anderer hätte vielleicht auch das Wichtigste übersehen.« Erneute Pause. Als Sauerwein und Eva noch immer keine Reaktion zeigten, fuhr er fort. »Der Hase wurde am Rücken neben der Wirbelsäule operiert. In der Toxikologie zeigen sich Reste eines Narkosemittels, er war bei dem Eingriff also betäubt. Allerdings gab es für eine Operation keinerlei Befund. Soweit man das in dem Stadium noch sagen kann, war das Vieh gesund.«

»Und was sollte das dann?«

»Ich nehme an, dass man ihm eine Art Tasche in den Rückenmuskel geschnitten hat. Vielleicht wollte der Operateur dort etwas hineinschieben, was weiß denn ich. Dafür würde jedenfalls das Stück Draht sprechen, das Sie entdeckt haben.« Missmutig sah er Eva an. Es ging ihm gegen den Strich, dass dieses Gör, das sich unbedingt in einer Männerwelt beweisen musste, einen derart guten

Blick wie auch Instinkt an den Tag gelegt hatte, als sie das winzige Metallstück entdeckt hatte. »Wie auch immer, jedenfalls war da ein Stümper am Werk, der den großen Muskel komplett durchtrennt hat, und ich vermute, dass er sich daraufhin entschlossen hat, dem Vieh den Rest zu geben. Schließlich hätte es nie wieder laufen können.«

»Welchem Zweck könnte eine derartige Tasche dienen?« Eva tappte wie Sauerwein völlig im Dunkeln.

Dyrkhoff sah die beiden genervt an. Es wollte ihm nicht in den Kopf, wie man derart begriffsstutzig sein konnte. »Es gibt schließlich genügend Spinner, die sich Katzen oder Hunde halten. Die ihr Viehzeug sogar mit Mini-GPS-Sendern ausstatten lassen, damit sie die Stinker auch ja wiederfinden, wenn eines mal ausbüxt. Diese Sender kommen in der Regel ohne Batterie aus, weil sie selbst kein Signal aussenden, sondern nur geortet werden müssen. Das funktioniert aber nicht, wenn das Vieh weiter als ein paar hundert Meter weg ist, sich in einem Gebäude befindet oder in einer Gegend, in der kein GPS-Signal zur Verfügung steht. Möglicherweise experimentiert da jemand mit einem GPS-unabhängigen Sender, der mit Batterien betrieben wird. Statt dass die Idioten froh wären, diese unhygienischen Verhältnisse los zu sein. *Haustiere*, pfui Teufel!« Dyrkhoff schüttelte sich. »Das Vieh da war das sprichwörtliche Versuchskaninchen. Da hat irgendein Dilettant geübt.«

»Ich habe das Loch gestopft«, sagte Karl mit glühenden Wangen, als Eva von Dyrkhoff zurück war.

Sie verstand nur Bahnhof. »Welches Loch denn?«

»Na, das mit dem Versicherungsvertreter. Du hast doch eingeworfen, dass die Einbrüche nichts mit ihm zu tun haben können, da das Schiffsunglück eineinhalb Jahre her ist, er aber schon länger in Saus und Braus lebt.«

»Stimmt. Und was hat sich daran geändert?«

»Dass ich mir die offenen Fälle unserer Kollegen vom Bruch angesehen habe«, sagte Karl triumphierend. »Und jetzt stell dir mal vor, die ermitteln schon seit über drei Jahren ohne Erfolg wegen einer anderen Einbruchserie.«

»Und?«

»Ich habe mich mal schlaugemacht. Auch da war der Versicherungsfritze derjenige, der die meisten Policen abgeschlossen hat.«

Eva ließ die Information auf sich wirken, bevor sie nachhakte. »Definier *die meisten* genauer.«

»Dreiundzwanzig Brüche, zweiundzwanzig Policen davon über Lohkamp.«

»Wow. Das kann kein Zufall sein«, gab Eva ihm recht. »Gab es da auch Fingerabdrücke?«

»Nein. Warte«, sagte Karl, als Eva schon abwinken wollte. »Es kommt noch besser. Seit Ammler sein Unwesen treibt, hat die erste Serie abrupt aufgehört.«

Später wartete Eva ungeduldig auf einen Rückruf der österreichischen Kollegen. Ein weiterer Einbruch war dort verübt worden, und ihre beiden Ansprechpartner waren im Einsatz. Als Christian Spitzer endlich die Zeit fand, zurückzurufen, schilderte Eva ihm, was Karl herausgefunden hatte, und bat ihn, ebenfalls zu recherchieren, bei wie vielen Vertretern die Versicherungspolicen der Bestohlenen aus seinen Fällen abgeschlossen worden waren.

***

»Ich warne dich«, sagte Robert böse. Er stand an ihrem Schlafzimmerfenster und blickte in den Garten hinunter. »Sag mir, was du gemacht hast. Dann überlege ich mir, welche Konsequenzen es haben wird.«

Als er sich wieder zu ihr umdrehte, saß sie noch immer auf dem Bett, ohne sich bewegt zu haben. Trotzig sah sie ihn an. »Ich habe überhaupt nichts getan. Und das wird sich auch nicht ändern, wenn du mich noch hundertmal fragst.«

Er musterte sie nachdenklich. »Du lügst«, sagte er schließlich und warf eine Tageszeitung auf ihr Bett. »Du hast der Frau in der Oper irgendetwas gesagt, das die Polizei auf meine Spur bringen soll. Und ich möchte jetzt verdammt noch mal wissen, was es war.«

Verständnislos sah sie ihn an. »Wie kommst du denn darauf?«, fragte sie verblüfft. »Ich hatte doch überhaupt keine Zeit, ihr irgendwas zu erzählen. Und außerdem weißt du ganz genau, dass ich mich dafür entschieden habe, bei dir zu bleiben.«

Den Ausdruck, mit dem er sie jetzt musterte, hatte sie nur ein einziges Mal an ihm gesehen. An dem Tag, als er sich gewaltsam Zutritt in ihre Wohnung verschafft und sie entführt hatte. Zu spät sah sie, dass er seine Hand in seine Hosentasche geschoben hatte, in der sich eine verdächtige Beule herausdrückte.

»Nein«, entsetzt sah sie ihn an. »Ich habe nichts getan. Wirklich nicht. Das musst du mir glauben, bitte!«

Sekunden später durchfuhr sie der bekannte Schmerz. Nur diesmal war er nicht sofort wieder vorbei. Ihre Haut fühlte sich an, als ob sie Blasen werfen würde, und ihre Haarwurzeln schienen zu kochen. Ihre Finger krümmten sich, und die Nägel bohrten sich in ihre Handflächen. Sie schrie, bis sich ihre Blase entleerte. Ihr Körper zuckte noch ein paarmal, dann war es still.

Als sie wieder zu sich kam, war es dunkel. Nur ein paar Meter weit entfernt brannte ein kleines Licht. Sie blinzelte, schaffte es aber nicht, den hellen Fleck scharf zu stellen. Ihr Körper fühlte sich an, als ob jeder einzelne Knochen gebrochen wäre. Stöhnend kam sie hoch. Ihre Hände tasteten ein raues Gewebe, auf dem sie lag. Es war nicht ihr Zimmer, es war das fürchterliche Kabuff im Keller. Sie lachte verzweifelt auf. *Ihr* Zimmer, hatte sie für einen Moment lang gedacht. Der Raum, den ihr Robert zur Verfügung gestellt hatte, als sie noch brav war und ihm gehorchte. Nein, es war nie ihr Zimmer gewesen. Das hier unter ihren Händen fühlte sich viel mehr an wie das, was es war: ein Gefängnis.

Miriam hatte bereits jedes Zeitgefühl verloren, als ohne jede Vorwarnung das grelle Licht an der Decke aufflammte. Mit einem Schrei bedeckte sie ihre Augen mit der rechten Hand. Als sie sich an die Helligkeit gewöhnt hatte, stand Robert einen Meter von ihr entfernt und starrte sie grimmig an.

»Bist du immer noch der Meinung, dass es besser ist, wenn du mich anlügst?«

Das Weiße in ihren Augen war rot. Er hatte den Knopf zu lange gedrückt gehalten, und nun tat sie ihm beinahe leid. Aber es war ihm nun klar, dass er einen Fehler gemacht hatte, als er ihr vertraut hatte. Nur weil sie mit ihm ins Bett gegangen war und ihm vorgespielt hatte, dass es ihr gefiel. Nun würde er nicht noch einen zweiten Fehler machen und ihr glauben. Auch wenn irgendetwas in ihm flüsterte, dass sie die Wahrheit sagte.

Abrupt drehte er sich zur Tür. »Also gut. Du willst es nicht anders.« Mit einem Knall fiel die Tür ins Schloss. Sie hörte das zweifache Klicken, als er den Schlüssel herumdrehte, und kurz darauf erlosch das Deckenlicht.

***

Am Nachmittag setzte sich Eva in ihren Smart und fuhr in die KTU. Dort war Wolkenstein damit beschäftigt, irgendwelches Glibberzeug an seinen Händen zu entfernen. Er fluchte wie ein Henkersknecht und wurde rot, als Eva vor ihm stand.

»Äh, die Ergebnisse liegen auf meinem Tisch, ich bin aber noch nicht dazu gekommen, sie mir anzusehen. Wärst du mal so nett …?«

Eva schnappte sich die Blätter und studierte mit hochgezogenen Augenbrauen, was dort stand.

»Und? Alles klar?«

»Ich versteh nur Bahnhof.« Sie hielt ihm Seite eins vor die Nase. Als er nickte, blätterte sie weiter.

Nachdem sie alle Bögen durchgesehen hatten, zuckte er mit den Schultern. »Ja, Scheiße, was soll ich sagen. Die Proben, die du mitgenommen hast, sind durch die Bank unbrauchbar.«

»Das ist nicht dein Ernst!«, sagte sie fassungslos. »Sag, dass das nicht wahr ist!«

»Leider doch. Zeig noch mal die erste Seite«, forderte er sie auf. »Das ist die erste Blutprobe. Sieh dir den vierten Wert an. Daran siehst du es. Die DNA ist völlig zerstört. Das Blut war schon getrocknet, oder?«

»Staubtrocken.«

»Womit hast du es angelöst?«

»Mit destilliertem Wasser.«

»Bist du sicher?«

Eva sah ihn verwirrt an. »Klar. Ich meine, ja, ich bin mir sicher. Warum fragst du?«

»Die DNA wurde mit an Sicherheit grenzender Wahrscheinlichkeit durch Lösungsmittel zerstört. Kann es sein, dass du die Flaschen verwechselt hast? Und vielleicht die mit dem Reinigungsmittel erwischt hast?«

Sie wollte sofort zu einer Antwort ansetzen, doch dann schloss sie die Augen. Sie versuchte, die Ereignisse in der Gerberei bildlich zurückzuholen, und konzentrierte sich auf ihre Arbeit an dem Hackstock und der Bahre. Nach einer Weile öffnete sie die Augen wieder und schüttelte den Kopf.

»Die Flasche mit dem Reinigungszeug hat einen roten Aufkleber. Ich bin mir sicher, dass die im Koffer stand. Und die Flasche, die ich benutzt habe, war unbeschriftet. Wenn also die Flüssigkeiten in den Flaschen nicht vertauscht worden sind …«

»Von wem hattest du den Koffer überhaupt?«

»Kristina hat der Spusi eine großzügige Spende vermacht und dafür den Ersatzkoffer mitgenommen.«

»Denkst du, dass sie …?«

Eva brauchte nicht mal darüber nachzudenken. »Nie im Leben. Weshalb hätte sie das auch tun sollen? Außerdem konnte sie nicht wissen, wofür man das Zeug in dem Koffer braucht.«

»Das lasse ich nicht gelten. Jeder, und das trifft besonders auf eine Ex-Hackerin zu, kann sich heutzutage solche Informationen im Internet besorgen.«

»Trotzdem, nein. Ich schließe es aus.«

»Dann muss vorher jemand Desinfektionsmittel über alle Flächen gekippt haben, an denen du Proben genommen hast.«

»Oder der Fehler ist hier passiert.« Sie sah ihn mit einem schiefen Lächeln an. Obwohl sie die Erfahrung gemacht hatte, dass so ziemlich jeder, der mit der Spurenauswertung zu tun hatte, sich in eine gottgleiche Selbstüberzeugung erhob, war Wolkenstein einer der Kollegen, der ausreichend reflektierte, um zumindest darüber nachzudenken, dass auch er etwas falsch machen konnte. Für Dyrkhoff hingegen käme eine solche Frage einer Majestätsbeleidigung gleich.

Wolkenstein musterte sie mit einem leicht überheblichen Lächeln. »Meine liebe Eva, ich weiß ja nicht, was du von meiner Arbeitsweise hältst. Hättest du mir nur eine Probe gebracht, dann wär ich mit mir selbst schwer ins Gericht gegangen. Gut, vielleicht auch bei zwei Proben, jeder hat ja mal einen schlechten Tag. Aber fünfzehn Wattestäbchen versaue ich nicht mal, wenn ich eine Flasche Wodka intus habe.«

Sie stutzte, dann fing sie an, übers ganze Gesicht zu grinsen. »Konjunktiv bitte.«

Wolkenstein sah sie an, als käme schwarzer Rauch aus ihrem Mund. »Was für ein Zeug?«

»Es muss heißen, *würde ich nicht mal versauen, wenn ich eine Flasche Wodka intus hätte.* Sonst könnte man denken, du arbeitest tatsächlich mit drei Promille.«

»Pah, Eva, ich wusste gar nicht, dass du so ein Erbsenzähler bist. Eigentlich ist das doch Max' Job, oder?«

»Max ist der Korinthenkacker. Die Erbsen hab ich mir reservieren lassen.«

Wolkenstein lachte. »Okay, das merk ich mir. Also, wo waren wir?«

»Dass der Fehler nicht hier im Labor liegen kann. Für Kristina leg ich die Hand ins Feuer, und ich bin mir hundertprozentig sicher, dass ich die richtige Flasche genommen habe. Also bleibt nur, dass die Leute in der Gerberei selbst Hand angelegt haben. Nur weshalb?«

»Vielleicht, um auf Nummer sicher zu gehen. Man weiß ja nie, ob nicht irgendwann ein Erbsenzähler durchs Haus schleicht«, zog er sie auf.

»Wie auch immer, das Ding ist wohl durch, oder?«

»Ja.«

»Und was ist mit den Zähnen?«

»Beide sind menschlichen Ursprungs. Und leider, auch hier gibt es keine DNA.«

»Mist. An was liegt es diesmal?« Eva war so enttäuscht, dass sie in Versuchung war, den Papierstapel in ihrer Hand zum Fenster hinauszuwerfen.

»Du hast sie aus einem Aschehaufen ausgegraben, richtig?«

»Richtig.«

»Dann kannst du dir die Antwort selbst geben. Die Hitze hat alles zerstört.«

»So ein Mist!«

Als Eva zurück ins Büro kam, wartete eine Nachricht auf sie. Überrascht nahm sie den Telefonhörer und wählte eine Nummer. »Neunhoeffer hier. Ich soll zurückrufen?«

»Ihre Frage hat mir keine Ruhe gelassen, und da bin ich dem nachgegangen«, sagte Christian Spitzer in seinem unverkennbar salzburgerischen Dialekt. »Ich denke, es wird Sie nicht wundern, dass Sie recht hatten. Auch bei uns wurden alle Policen von einem einzigen Makler abgeschlossen. Zwar bei anderen Versicherungen als bei Ihnen, aber da wir nun wissen, wo wir hinsehen müssen, springt es einem förmlich ins Auge.«

»Wow.« Obwohl Eva mit genau dieser Antwort gerechnet hatte, war es doch ein Schock. Sie bedankte sich bei Christian Spitzer und versprach, ihn weiter auf dem Laufenden zu halten. Dann nahm sie eine Handvoll wasserlöslicher Farbstifte und stellte sich an die große Glaswand, die vor einem Jahr die Stelle der drei Flipcharts abgelöst hatte. Sie notierte alles, was bisher darauf stand, auf einen Block, putzte das Glas blitzblank und begann, alle Informationen zu strukturieren und in die entsprechende Verbindung zu setzen. Während sie schrieb und malte, wurde ihr erneut bewusst, für welch eine Bereicherung sich Sauerwein monatelang mit Märkel angelegt hatte. Es war ein regelrechter Kampf gewesen, bis der ihnen das Geld für die riesige Scheibe bewilligt hatte, aber die Praxis bewies täglich, dass sie jeden Euro wert war.

In die obere Mitte notierte Eva den Untergang der MS Evendor. Dabei fiel ihr etwas ein, und sie legte die Stifte zur Seite und wählte Wolkensteins Nummer.

»Hast du bei den Vernehmungsprotokollen, die ich dir von der Ostsee gefaxt habe, noch etwas herausgefunden?«

»Sicher hab ich das. Hat dir Max die Ergebnisse nicht gegeben?«

Eva biss die Zähne zusammen. Sie war zwar der Überzeugung, dass Max' Entziehungskur seinen Medikamentenkonsum reduziert hatte, sein Verhalten ihr gegenüber hatte sich aber nicht zum Besseren gewandelt. Obwohl sie im Normalfall lieber den direkten Weg ging, nahm sie sich vor, ihn diesmal vor versammelter Mannschaft darauf anzusprechen. Ein Gespräch unter vier Augen brachte eh so gut wie nichts.

Zum ersten Mal seit Wochen waren alle vier Kommissare wieder gleichzeitig im Büro, und da es keine akut zu erledigenden Aufgaben gab, trommelte Sauerwein seine Mitarbeiter zu einer Besprechung zusammen.

»Karl, sieh zu, dass du die Zahnärzte derjenigen Schiffspassagiere ausfindig machst, die noch immer als vermisst gelten. Sag ihnen, dass du von jedem Patienten Röntgenaufnahmen brauchst, damit wir sie mit den beiden Zähnen vergleichen können. Wenn wir Glück haben … Was ist denn?«, fragte er genervt, als Max die Augen verdrehte und ein langes Gesicht zog.

»Die Chance, dass das was bringt, ist doch gleich null. Was meinst du, was es für eine Arbeit macht, wenn wir den ganzen Kram abgleichen müssen. Außerdem können wir nicht mal davon ausgehen, dass es von jedem der Vermissten ein Zahnschema gibt.«

»Zumindest von dem, dem der goldgefüllte Backenzahn gehörte, muss es eines geben«, widersprach Eva. »Wir können zwar nicht ausschließen, dass der gesunde Zahn von einer anderen Person ist, aber das finden wir heraus, sobald wir den Besitzer des ersten Zahns haben.«

»Außerdem ist es doch wurscht, wie gering die Chance ist«, war auch Karls Meinung. »Hauptsache, es gibt überhaupt eine.«

Sauerwein hatte die Diskussion regungslos verfolgt. Jetzt wandte er sich an Max. »So ist es. Und falls es wirklich so viel Arbeit sein sollte, wie du befürchtest, dann hilfst du Karl eben.«

Bevor Max an die Decke gehen konnte, warf Eva ihm den nächsten unverdaulichen Knochen hin. »Wo sind eigentlich die Untersuchungsergebnisse der Bögen mit den Fingerabdrücken, die ich von der Ostsee gefaxt habe?«

»Was fragst du da mich?«

»Na, rate mal.«

»Hör mal, Eva, wenn du dein Zeug verschlampst, dann kann ich ja wohl nichts dafür.«

Eva holte tief Luft und zählte bis drei. Im Stillen beglückwünschte sie sich, dass sie ihn nicht unter vier Augen gefragt hatte. Er hatte ein unglaubliches Talent, ihr das Wort im Mund umzudrehen und ihr die Schuld an allem Möglichen in die Schuhe zu schieben.

»Zufällig habe ich von Jost die Information, dass er dir die Auswertung gegeben hat.«

»Mir?« Max lachte auf. »Du träumst wohl.«

Sauerwein hatte die Nase voll von dem Theater. Er wählte Wolkensteins Nummer und schaltete den Lautsprecher ein.

»KTU hier.«

»Servus Jost, Martin hier. Sag mir bitte, wo die Untersuchungsergebnisse der Vernehmungsprotokolle sind, die Eva –«

»Was wollt ihr eigentlich alle von mir?«, unterbrach ihn Wolkenstein ungeduldig. »Ich hab ihr doch schon vor einer Stunde erklärt, dass ich sie Hansen gegeben habe.«

Sauerwein bedankte sich und legte auf. Dann sah er Max böse an. »Und jetzt will ich wissen, was los ist. Sofort!«

Mit unendlich schlechtem Gewissen sah Max seine Kollegen an. Dann stand er auf. »Dann hab ich mich eben getäuscht, kann ja mal vorkommen, oder?« Er ging ins Nachbarzimmer und zog die Schubladen an seinem Schreibtisch auf. Keine drei Minuten später rückte er seinen Stuhl zurück an den Tisch und warf Eva eine Klarsichthülle hin. Als sie keine Anstalten machte, sich die Seiten anzusehen, zog er sie auf. »Evchen, was ist denn los? Hast du dich etwa noch nie geirrt?«

Eva saß mit verschränkten Armen so nah am Tisch, dass sich die Kante in ihren Bauch drückte. Ihr Blutdruck war vermutlich auf dreihundert, und sie musste sich beherrschen, ihn nicht anzuschreien.

Bevor es zum Eklat kommen konnte, zog Karl die Mappe zu sich und sah sich an, was darauf stand. »Wolkenstein hat es tatsächlich geschafft, zwei Abdrücke teilweise zu separieren. Allerdings hat er aber auch einen Vermerk gemacht, dass er seine Hand nicht dafür ins Feuer legt.« Karl drehte das Blatt so, dass die Kollegen die rot umrandete handschriftliche Ergänzung sehen konnten. »Dafür musste er wohl zu viel improvisieren. Er merkt hier aber auch noch an, dass er keinen Sinn darin sieht, die Originale anzufordern. Aber das wäre eh schwierig, wie ich dich verstanden habe?«, fragte er Eva.

Sie nickte. »Prahl überlässt sie uns erst, sobald wir einen handfesten Verdacht haben, vorher will er sie nicht aus der Hand geben. Aber vielleicht kommen wir mit Josts Ergebnissen schon ein Stück weiter.«

»Lass die Teilabdrücke durch die Datenbank laufen«, wies Sauerwein Max an. Dann wandte er sich an Eva. »Falls sie einen Namen ausspuckt, rufst du Prahl an und sagst ihm, dass wir das Original brauchen, um hundertprozentig sicher zu sein. Du kannst ihm bei der Gelegenheit auch alles erzählen, was wir herausgefunden haben. Ich schätze, je mehr er spürt, dass wir ihn ernst nehmen, umso mehr wird er sich kooperativ zeigen.«

»Ein Punkt lässt mich nicht in Ruhe«, sagte Eva nachdenklich. »Falls Prahl in der Nacht nicht phantasiert hat, müssen die beiden Zeugen unmittelbar nach ihrer Aussage ermordet worden sein. Sie werden sich ja kaum freiwillig zum Ertrinken ins Wasser gelegt haben.«

Karl nickte. »Ich bin mir sicher, dass Prahl die Wahrheit sagt. Ich glaube ihm nämlich, dass man einmal in der Zeile auf einer Liste verrutschen kann, aber nicht zweimal direkt hintereinander.«

»Dann sollten wir herausfinden, was für Menschen die beiden waren. Traut ihr Umfeld ihnen zu, dass sie gelogen haben? Kannten sie sich, oder haben sie sich auf der Überfahrt kennengelernt? Sie haben sich im Anschluss an ihre Aussagen nicht bei ihren Familien gemeldet, und das finde ich zumindest merkwürdig«, sagte Eva. »Wie wahrscheinlich ist es, dass sie Lubiczek kannten? Vielleicht ist einer der beiden sogar der Gerber, der sich spontan eine fremde Identität angeeignet hat, um irgendetwas zu vertuschen. Oder um irgendetwas noch gar nicht Konkretes in petto zu haben. Prophylaktisch sozusagen«, spekulierte sie nachdenklich.

Sauerwein nickte. »Das ist eine gute Frage. Und es soll ja nichts geben, was nicht schon mal vorgekommen ist. Deswegen müssen wir untersuchen, welche Querverbindungen es zwischen den Personen gibt. Und da beziehen wir auch Ammler und Kreiner ein.« Er lächelte, als seine Mitarbeiter kollektiv aufstöhnten. »Ich weiß, es ist eine Scheißarbeit. Aber da müssen wir durch. Eva, was meinst du, können wir auf Hilfe aus Salzburg hoffen?«

»Ich kann Spitzer gern fragen, aber er hat einen neuen Einbruch am Hals. Allzu viel Zeit wird er nicht haben.«

»Versuch es trotzdem. Und jetzt zu deinem ersten Szenario: Die Havarie der Evendor war ein unvorhersehbares Unglück, so viel ist sicher. Nehmen wir nun an, Pöller und Fromm wurden tatsächlich nach ihrer Aussage bei Prahl ermordet«, sagte Sauerwein. »Sollte Lubiczek dahinterstecken, welches Motiv hätte er? Was wussten die beiden, dass er sie nicht laufen lassen konnte? Selbst wenn wir davon ausgehen, dass es das war, was sie Prahl erzählt haben, nämlich dass Leichen statt Überlebende aus dem Wasser gefischt wurden, hätten die beiden Lubiczek sowieso nicht identifizieren können. Immerhin war es zum Zeitpunkt des Untergangs stockfinster. Die hätten die Gesichter der Männer, die auf dem Schlauchboot waren, gar nicht sehen können. Und selbst wenn doch, rechtfertigt das einen Doppelmord? In dem ganzen Chaos hätte doch niemand dem Gerber etwas nachweisen können. Der hätte nur behaupten müssen, dass er lediglich geholfen hat.«

»Oder sie wollten nicht verraten, dass sie Lubiczek erkannt haben, und ihn später mit ihrem Wissen erpressen«, wandte Karl ein.

»Ein guter Punkt«, bestätigte Sauerwein. »Den werden wir im Auge behalten. Aber ich bin noch nicht fertig. Wie hätte Lubiczek von der Aussage erfahren können? Können wir davon ausgehen, dass er ebenfalls in dieser Turnhalle war und das Gespräch mit Prahl belauscht hat? Schließlich gab es auch noch diese Zeugen mit dem Hund, die beobachtet haben, wie die Leichen auf den Hänger verfrachtet wurden. Genau genommen bestätigt das Pöllers und Fromms Aussage. Wenn Lubiczek die Leichen nicht selbst entsorgt hat, wer hat es dann getan? Und er kann kaum an zwei Orten zur gleichen Zeit gewesen sein. Die nächste Frage ist, was mit Ammler und Kreiner passiert ist und ob sie ihn gekannt haben. Sind sie Lubiczek freiwillig gefolgt? Hat er etwas gegen sie in der Hand? Geht es um räuberische Erpressung? Aber womit sind zwei oder mehr Männer so erpressbar, dass sie allesamt zu Verbrechern werden? Oder hat er sie, wie Miriam Dahl, doch entführt und später gezwungen, bei den Einbrüchen mitzumachen?«

»Ich frage mich, ob das mit der Entführung nicht ein völliger Blödsinn ist.« Max kroch endlich aus seiner Schmollecke und beteiligte sich wieder am Gespräch. »Ich weiß nicht, ob wir nicht komplett auf dem Holzweg sind. Stellt euch doch mal vor, was das für ein elender Aufwand ist: Erst mal braucht man ein paar Personen, die dem Ideal entsprechen, das man entführen möchte. Dazu ein paar Komplizen, denn wenn man nicht mit der Kavallerie anrückt, kommt schließlich kein Mensch freiwillig mit. Und falls es tatsächlich irgendwie gelingt, dann verteilt man die, die mitmachen, über Bayern und Österreich und lässt sie Wohnungen ausrauben. Spätestens jetzt bekommt die Theorie ein Loch: Sobald die Jungs aus Lubiczeks Reichweite sind, könnten sie mir nichts, dir nichts zur Polizei latschen und ihn verpfeifen. Das ist doch ein völliger Quatsch! Und wofür das Ganze? Nur um an Diebesgut heranzukommen und es in den Osten oder sonst wohin zu verscherbeln? Dafür gibt es weiß Gott einfachere und weniger umständliche Methoden.«

Eine Weile war es still in dem kleinen Zimmer, und alle hingen ihren Gedanken nach. Schließlich unterbrach Eva die Stille. »Du hast recht«, sagte sie zu Max. »Das wäre zu aufwendig und vor allem unsicher; eine derartige Situation wäre kaum zu kontrollieren.«

Nachdenklich sah sie Max an. Sauerwein nickte ihr schließlich zu, dass sie weitermachen sollte.

»Also ist die Wahrscheinlichkeit, dass einer der beiden oder beide dessen Bande angehören, recht hoch.«

»Aber Ammlers und Kreiners familiäres Umfeld lässt einen derartigen Schluss kaum zu«, warf Karl ein. »Außerdem wohnten sie viel zu weit entfernt von der LPG.«

Wieder war es eine Weile still im Raum.

»Wurde jemals überprüft, ob die Männer, die sich dafür ausgegeben hatten, überhaupt wirklich Pöller und Fromm waren?«, kehrte Sauerwein sein Augenmerk wieder den beiden Ertrunkenen zu.

»Keine Ahnung«, entgegnete Eva. »Glaub ich aber nicht. Schließlich standen sie beide auf der Passagierliste, und es gab keinen Grund zu zweifeln, dass sie es nicht waren.«

»Dann fangen wir eben jetzt an zu zweifeln«, entschied Sauerwein. »Setz dich mit den Familien in Verbindung und lass dir Fotos schicken. Prahl soll in seinem Gedächtnis kramen, ob er sich an die Gesichter erinnern kann.«

»Was ist mit dem Versicherungsfritzen?«, fragte Max.

»Was soll mit ihm sein?«

»Wieso bestellen wir ihn nicht zum Verhör ein und setzen ihm Daumenschrauben an?«, schlug er vor. »Ich kann mir vorstellen, dass so ein Schreibtischtäter nicht besonders hartgesotten ist und wir ganz schnell alle Antworten von ihm bekommen, die wir haben wollen.«

»Ich glaube nicht, dass das eine gute Idee ist«, widersprach Eva. »Solange wir keinen handfesten Beweis haben, haben wir auch keine Handhabe, ihn in Haft zu nehmen. Und ihn nur zu befragen, um ihn dann wieder laufen zu lassen, halte ich zum gegenwärtigen Zeitpunkt für das Dümmste, was wir machen können. Ich an seiner Stelle würde daraufhin sofort meine Komplizen informieren, die dann schön alle Spuren verwischen und in Deckung gehen können.« Sie schüttelte den Kopf. »Ich bin dafür, zu warten, bis wir auch an die Hintermänner rankommen. Außerdem haben wir keinen einzigen Hinweis darauf, wie wir Ammler finden sollen, wenn seine Informationsquelle, wo wann was zu holen ist, versiegt. Und die scheint nach unserem derzeitigen Wissensstand der Versicherungsvertreter Lohkamp zu sein.«

»Apropos Hinweise, sollten wir nicht allmählich ein Amtshilfeersuchen an die Kollegen in Leipzig stellen?«, fragte Karl. »Die machen uns die Hölle heiß, wenn wir nicht nur unbefugt in ihrem Dunstkreis ermitteln, sondern auch noch sämtliche Informationen zurückhalten.«

Sauerwein starrte eine Zeit lang auf das Foto seiner beiden Töchter und dachte nach. Karls Frage war mehr als berechtigt und hatte ihn selbst schon schlaflose Stunden gekostet. Bevor er antworten konnte, intervenierte Eva.

»Ich glaube, damit sollten wir noch warten.«

»Worauf denn? Je länger wir es hinauszögern, umso mehr Ärger wird es geben.«

»Wir können den zeitlichen Rahmen immer noch schönen, wenn es so weit ist. Aber wenn wir jetzt an die Kollegen herantreten, dann machen wir damit vielleicht genau das Falsche.«

Karl sah sie überrascht an. »Das versteh ich nicht.«

»Überleg doch mal. Wenn wir richtigliegen, dann ist das ein ziemlich großes Ding, das die da abziehen. Wie Kristina herausgefunden hat, lebt Lubiczek auf ziemlich großem Fuß. Ich schätze, es ist nicht so einfach, in Saus und Braus zu leben, wenn du nicht entsprechende Einkünfte hast; da gibt es immer jemanden, der Fragen stellt. Also ist es einfacher, die zuständigen Stellen mit genügend Bakschisch zu schmieren, und schon ist Ruhe.«

»Du glaubst, dass die Leipziger Kollegen involviert sind? Das wär ja der Hammer.«

»Erst mal glaub ich gar nichts. Ich will nur ausschließen, dass uns das Ding aus den Fingern gleitet.«

»Also gut, dann warten wir«, beschloss Sauerwein. »Aber worauf?«

»Eine Idee hätte ich schon«, sagte Eva gedankenverloren. »Aber die ist ein bisschen heikel.«

Sauerwein sah sie aus zusammengekniffenen Augen an. Wenn Eva von heikel sprach, dann meinte sie mit Sicherheit illegal. »Schieß los«, seufzte er.

»Kristina könnte überprüfen, ob es vom Telefon Lubiczeks Anrufe zu Anschlüssen unserer ostdeutschen Kollegen gegeben hat«, sagte sie mit einem unschuldigen Augenaufschlag.

»Du willst, dass sie sich in den Server des Telefonproviders einhackt? Uiuiui, Eva, das ist aber eine harte Nummer.« Max zeigte ihr einen Vogel. »Das kannst du niemals vorlegen. Statt es als Beweis anzuerkennen, buchtet uns der Richter gleich noch mit ein.«

»Quatsch. Ich will das nicht vorlegen. Ich will nur wissen, ob es eine solche Person gibt, damit wir uns bei einem Amtshilfeersuchen nicht ausgerechnet an denjenigen wenden, der mit Lubiczek unter einer Decke steckt.«

»Kommt nicht in Frage.« Sauerweins entschiedener Tonfall stellte klar, was er von der Idee hielt. »Wir lassen das für den Moment so stehen und setzen uns morgen noch mal deswegen zusammen. Vielleicht fällt uns bis dahin etwas Besseres ein.« Damit löste er die Besprechung auf und hielt nur Eva zurück, als sie mit den Kollegen zurück in ihr Büro gehen wollte.

»Mach die Tür zu und setz dich. Hast du den Verstand verloren?«, fing er an, als sie ihren Stuhl an den Tisch rückte. »Du fragst allen Ernstes vor den Kollegen, ob wir Kristina eine verdeckte, ähm, illegale Ermittlung durchführen lassen? Was machst du, wenn einer von den beiden zu Märkel rennt und dich verpfeift? Das kann dich Kopf und Kragen kosten.«

»Äh, na ja, wir haben doch schon öfter irgendwelchen Kram zusammengesponnen, das macht doch jeder von uns.«

»Nur, dass es diesmal nicht wie eine Spinnerei geklungen hat, sondern wie ein durchaus ernst gemeinter Vorschlag.«

»Ja, okay, das war vielleicht etwas voreilig.«

»Mann, Eva, manchmal bist du echt ein Schaf.«

Sie verzog das Gesicht, dann musste sie lachen. »Verrat mir doch mal, wieso du mich fragst, was ich mache, wenn einer der beiden zum Chef rennt. Wieso schließt du dich nicht mit ein?«

»Weshalb sollte ich? Ich finde die Idee schließlich gut. Hätte fast von mir stammen können.«

Fassungslos sah sie ihn an. »Das ist nicht dein Ernst, oder?« Als sie das belustigte Funkeln in seinen Augen sah, zog sie eine Schnute. »Du bist ein Depp.«

»Wie hab ich das vermisst, dass du mich so nennst!«

»Ich habe noch nie *Depp* zu dir gesagt.«

»Stimmt. Sonst ist es meistens *Arsch*, richtig? Wie auch immer, so richtig charmant finde ich jedenfalls keines von beiden.«

»Ach Mann, zieh mich nicht andauernd auf. Sag mir lieber, was ich machen soll.«

»Ganz einfach: Du triffst dich mit Kristina, erklärst ihr, was wir von ihr wollen, und hältst unseren Kollegen gegenüber die Klappe.«

Als Eva zurück in ihr Büro kam, stand ein kleines Päckchen auf ihrem Schreibtisch. Es war hübsch in Geschenkpapier eingewickelt und hatte eine opulente blau-goldene Schleife. Verwirrt drehte sie es in den Händen. Eine Nachricht war nicht darangeheftet.

»Von wem ist das?«, fragte sie.

»Na von wem wohl«, giftete Max. »Hast du außer deinem bekloppten Traumtänzer noch andere Verehrer in petto?«

Eva sah ihn mit einem verzweifelten Ausdruck an. Es raubte ihr den allerletzten Nerv, dass er bei jeder Gelegenheit auf ihrem

Freund herumhacken musste. Dagegen, dass Max noch immer in sie verknallt war, konnte sie nichts machen, aber wieso konnte er sie nicht einfach in Ruhe lassen. Die Freude an dem Päckchen hatte er ihr erst mal gründlich verdorben, auch wenn sie überhaupt keine Ahnung hatte, von wem es kam. Von Julian jedenfalls war es sicher nicht; der würde den trügerischen Frieden im Büro niemals gefährden, indem er Öl in Max' Feuer goss.

Als Evas Blick zwanzig Minuten später wieder auf das hübsch verpackte Geschenk fiel, konnte sie ihre Neugier nicht länger im Zaum halten. Sie zupfte an der Schleife und löste das Geschenkpapier vorsichtig ab, während sie darauf achtete, dass Max keinen Blick auf den Inhalt werfen konnte. Als sie schließlich sah, was unter der Verpackung steckte, brach sie in schallendes Lachen aus.

Kaum war Eva aus dem Zimmer, stand Max auf und ging um ihren Schreibtisch herum. »Trockenerbsen«, las er, was auf der Verpackung stand. »Was sie daran nur so lustig findet? Das ist doch voll scheiße, oder?«

Zwei Stunden später kam Eva mit knallroten Wangen zurück ins Präsidium. »Ist das ein Scheißwetter«, stöhnte sie.

»Immerhin hast du richtig Farbe bekommen.« Max grinste. »Tomatenrot steht dir richtig gut. Was wird dein Traumtänzer dazu sagen, dass du ihn wegen eines Sonnenbrands nicht mehr küssen kannst?«

Eva sparte sich die Antwort und ging weiter in Sauerweins Zimmer.

»Wo warst du denn so lange?«, fragte er.

»An der frischen Luft. Ich habe etwas ausgebrütet. Kommst du mit rüber?«

Nachdem Sauerwein es sich auf Evas Stuhl bequem gemacht hatte, stellte sie sich an die noch unbeschriebene linke Seite der großen Glastafel und nahm einen Marker in die Hand.

»Ich erzähl euch jetzt von einer Idee. Lasst mich bitte erst ausreden, bevor ihr etwas sagt, egal ob pro oder contra.« Letzteres war insbesondere an Max gerichtet. »Alles, was euch dazu einfällt, schreibe ich an die Wand.« Sie holte einen Zettel aus ihrer Hosentasche, der mit schwer leserlichen Buchstaben bekritzelt war.

»Also, wir wissen, dass Pöller und Fromm wirklich tot sind und dass Ammler und Kreiner ihren Tod vorgetäuscht haben. Wir vermuten, dass Ammler und Kreiner für Lubiczek arbeiten, auch wenn wir noch nicht sicher sind, woher die sich kennen.«

Als alle nickten, fuhr sie fort. »Unser Einbrecher, Matthis Ammler, lebt irgendwo unter neuem Namen, deswegen nenne ich ihn *John Doe*«, lehnte sie sich an die amerikanische Praxis an, männliche Unbekannte so zu nennen, »John Doe und seine Komplizen gehen selbstverständlich davon aus, dass ihre Idee so brillant ist, dass die Polizei niemals dahinterkommt und auf ewig den längst für tot erklärten Evendor-Passagieren hinterherjagt. Allen Einbrüchen wurden bisher nur Randnotizen in den Zeitungen gewidmet, bis auf den einen, bei dem Lore Hildebrandt ums Leben kam. Da wir aber von einer Zufallstat ausgingen, wurde auch der Fall nicht groß ausgeschlachtet.« Sie machte eine kleine Pause, um ihren Kollegen Zeit zu geben, darüber nachzudenken.

»Der Täter fühlt sich also sicher. Was würde passieren, wenn ein groß aufgemachter Artikel in der Presse erscheint, in dem wir Matthis Ammler einen frischen Einbruch zuschreiben?«

»Du willst ihn aus der Reserve locken?«, fragte Sauerwein.

»Genau.«

»Haha, wie lustig. Du denkst also, er ruft dann prompt bei uns an und beschwert sich, dass wir ihn zu Unrecht verdächtigen.« Max wedelte mit den Händen in der Luft. »Wie genial, Eva.«

»Es reicht«, wies ihn Sauerwein zurecht. »Mach weiter«, bat er Eva.

»So unrecht hat Max gar nicht«, sagte sie belustigt. »Genau genommen will ich sogar auf etwas Ähnliches hinaus. Es ist schließlich eine Tatsache, dass viele Verbrecher an ihre Tatorte zurückkehren. Wie oft hat man schon festgestellt, dass sie sich als Zaungäste unters Volk gemischt haben? Eben.«

»Aber das ist doch gar nicht sein Tatort«, warf Karl ein. »Was sollte ihn denn dorthin ziehen?«

»Glaubt ihr nicht auch, dass es ihn verrückt machen würde, zu erfahren, was los ist? Wie die Polizei darauf kommt, ihm eine Tat zuzuschreiben, die er gar nicht begangen hat? Es liegt in der Natur der Menschen, neugierig zu sein, und die wenigsten lässt es kalt, zu Unrecht beschuldigt zu werden.«

»Aber nach deinem Plan beschuldigen wir nicht John Doe, sondern Matthis Ammler.«

»Ich glaube, das ist egal. Ammler ist Does Alter Ego, und wenn wir ein bisschen Glück haben, kriecht der Fuchs aus seinem Bau.«

Sauerwein lächelte. Er war sich sicher, dass Eva nicht nur eine Idee hatte, sondern einen handfesten Plan. Nicht umsonst war sie zwei Stunden in der Hitze spazieren gegangen.

»Wir müssen einfach Theater spielen. Dazu brauchen wir einen inszenierten Tatort. Zuerst dachte ich dabei an eine Sackgasse, aber das könnte ihm zu heikel sein, da er von dort nur schlecht wieder fliehen kann. Deswegen wäre eine Einbahnstraße besser. Dort kann er langsam durchfahren, die Lage sondieren, und wenn es ihm ungefährlich genug erscheint, aussteigen und sich unter die Schaulustigen mischen.«

»Das kann er in einer beidseitig befahrenen Straße aber auch«, warf Max ungewohnt friedlich ein. »Und für uns wäre es leichter, ein geeignetes Objekt zu finden.«

»Aber es wäre schwieriger, den Verkehr zu überwachen.« Sauerwein ahnte, worauf Eva hinauswollte.

»Genau. Zum einen haben Einbahnstraßen weniger Durchgangsverkehr, zum anderen möchte ich jedes Fahrzeug filmen, das an dem Haus vorbeifährt. Bei einer viel befahrenen Straße kommen zu viele Autos zusammen, deren Halter wir anschließend überprüfen müssen. Außerdem filmen oder fotografieren wir die Schaulustigen.« Eva schraubte den Verschluss von einer Flasche Wasser und trank sie in einem Zug halb leer. »Wir müssen den Schauplatz einem echten Tatort angleichen, mit polizeilichem Absperrband, Streifenwagen vor der Tür, Spusikollegen in Papieranzügen, und auch wir selbst müssen vor Ort sein und uns entsprechend verhalten.«

»Findest du das nicht ein bisschen viel Aufwand?«, warf Max ein. »Schließlich haben wir Wichtigeres zu tun, als Theater für Ammler-Doe zu spielen!«

»Aber wir drehen uns nur noch im Kreis und kommen keinen Schritt weiter«, sagte Eva. »Wir müssen irgendwas machen.«

»Ich glaube, ich weiß, warum Eva selbst hinwill.« Im Gegensatz zu Max war Karl hingerissen von ihrer Idee. »Du vermutest, dass er schon öfter an einem seiner Tatorte war und die Kollegen kennt, die dort ein und aus gehen, richtig?«

»Hmm«, nickte Eva.

»Mir gefällt die Idee«, gab Sauerwein zu und sah auf die Uhr. »Ich muss zu Märkel, deswegen brechen wir hier ab. Macht euch Gedanken, was für die Ausführung wichtig ist, wir reden dann morgen weiter. Was noch?«, fragte er Eva, die die Hand gehoben hatte.

»Soll ich anhand des Materials, das wir bisher gesammelt haben, ein Profil von John Doe erstellen lassen? Vielleicht kann Martha besser einschätzen, ob sich Doe auf unser Spiel einlassen wird.«

»Schaden kann es nicht, wenn du mit ihr darüber sprichst. Aber untersteh dich, deine Therapiestunde dafür herzunehmen!«

Martha Dornbach war Polizeipsychologin, Profilerin und Schulter zum Anlehnen und Ausweinen in einem. Seit Eva vor ein paar Monaten den Serienmörder erschossen hatte, der damals auch Kristina in seiner Gewalt gehabt hatte, war sie bei Martha in Behandlung. Therapie gehörte zum Pflichtprogramm jedes Polizisten, der im Dienst einen Menschen schwer verletzt oder getötet hatte. Im Gegensatz zu den im Fernsehen und Kriminalromanen so gern propagierten coolen Polizisten, die die dunklen Nächte ihrer Seele allein ausbadeten, war Eva über Marthas Hilfe froh. Sie konnte sich noch immer nur schemenhaft an den Tag erinnern, an dem sie einen Menschen getötet hatte. Nur im Schlaf öffnete sich manchmal ein Fenster zu den Ereignissen jener verhängnisvollen Nacht, und dann wachte sie schweißgebadet und mit rasendem Herzen auf.

***

Kaum hatte Miriam einen Funken Hoffnung geschöpft, erstickte Robert diesen auch schon wieder im Keim. Nachdem sie sich nach den endlosen Stunden im Keller endlich wieder wie ein Mensch gefühlt hatte, als er sie zum Essen nach oben geholt und ihr auf der Terrasse sogar ein Glas Wein eingeschenkt hatte, zog er sie ohne jede Vorwarnung grob am Arm hoch und schubste sie vor sich her ins Haus zurück.

»Bitte. Nicht«, flüsterte Miriam heiser, als er sie auf die Kellertür zuschob. »Nicht wieder in den Keller! Bitte«, heulte sie und klammerte sich am Türrahmen fest.

Als er ihre Finger mit Gewalt aufbog, schrie sie auf und versuchte, sich an ihm festzuhalten. Die Ohrfeige, die mit voller Wucht in ihrem Gesicht landete, gab ihr den Rest, und sie brach völlig in sich zusammen. Nun hatte er ein leichtes Spiel. Er schubste sie die Treppe hinab, lief ihr hinterher und zerrte sie rücksichtslos zu dem kleinen Kellerabteil.

»Jetzt hast du ausreichend Zeit, dir Gedanken über die Wahrheit zu machen. Offensichtlich kann ich es dir ja nicht recht machen«, schrie er böse. »Vielleicht denkst du dabei ja an die schöne Zeit, die du heute Abend hattest. Aber wenn es dir hier unten besser gefällt, dann bitte!« Er schlug die Tür mit einem Knall zu, sie hörte die Riegel klicken, und dann war es wieder still um sie.

***

»Die Witwe von Pöller hat gestern Abend noch eine Aufnahme ihres Mannes geschickt, und auch das Altenheim, in dem Fromms Mutter lebt, hat reagiert und ein Bild gefaxt. Ich habe beide Fotos an Prahl weitergeleitet«, sagte Eva am nächsten Morgen zu Sauerwein. »Er hat mich vor zehn Minuten angerufen und gesagt, dass ihm die Gesichter bekannt vorkommen, aber sicher ist er sich nicht, dafür ist das Unglück schon zu lange her. Intuitiv würde er sagen, dass es die beiden Männer sind, die damals vor ihm standen, aber er betont mit Nachdruck, dass er dafür keine Hand ins Feuer legt.«

»Scheiße. Das habe ich befürchtet.« Sauerwein stellte das Foto seiner Familie zurück auf den Schreibtisch. »Und was ist mit Fingerabdrücken und DNA?«

»Du denkst an die Bögen, die Prahl aufbewahrt?«

»Genau.«

»DNA-Spuren wird es darauf keine geben. Der Meinung ist jedenfalls Jost. Und außerdem wäre es auch viel zu aufwendig, in den Häusern der Frauen danach zu suchen. Die sind seither zigmal geputzt worden, und die Haar- und Zahnbürsten der Männer existieren nicht mehr. Aber beide Frauen haben versprochen, Unterlagen herauszusuchen, die ihre Männer garantiert, sonst aber eher niemand, angefasst haben, und sie noch heute in die Post zu geben. Dann haben wir wenigstens die Fingerabdrücke.«

»Gut gemacht, Eva.« Sauerwein nickte anerkennend. Er war so stolz auf sie, dass sie es spüren konnte. Prompt wurde sie rot.

»Zurück zu unserem fingierten Tatort«, lenkte Sauerwein ab, bevor Max angesichts des Lobs erneut an die Decke gehen konnte. »Wir werden in der Presseerklärung eine Vorgehensweise andeuten, die von der wirklichen um einige entscheidende Nuancen abweicht. Wenn Doe auch nur den leisesten Verdacht schöpft, dass wir ihm auf den Fersen sind, wird er sich garantiert zurückziehen. Wir müssen uns also etwas überlegen, das gerade so weit von seinem üblichen Muster abweicht, dass er den Köder zwar schluckt, er aber keinen Verdacht schöpft, dass wir ihn reinlegen wollen. Vielleicht schaffen wir es, dass er sich erst recht in Sicherheit wiegt, da er denkt, dass wir in eine völlig falsche Richtung ermitteln.«

Sauerwein sah Eva an, dass ihr etwas gegen den Strich ging. »Was ist los?«, fragte er sie.

»Ich weiß nicht. Wenn er sich zu sicher fühlt, dann räumt er vielleicht nur die nächste Wohnung aus und macht weiter wie bisher. Vielleicht wäre es besser, wenn wir ihm einen Happen vorwerfen, der ihn nervös macht und aus dem Haus treibt. Wenn wir Glück haben, dann ruft er Lubiczek an oder fährt sogar dorthin. Wenn Kristina …«, sie spürte Sauerweins warnenden Blick und kratzte gerade noch die Kurve, »wenn wir das Okay bekämen, dass wir die eingehenden Anrufe an den Gerber zurückverfolgen dürfen, dann wären wir Doe ziemlich nah auf den Fersen. Wenn er selbst dort auftaucht, dann wäre es natürlich noch besser«, sie warf einen unschuldigen Blick in die Runde, »dann bekommen wir vielleicht sogar sein Autokennzeichen.«

»Das mit Märkel und der Genehmigung kannst du dir abschminken«, sagte Max. »Ohne Amtshilfeersuchen an die Leipziger Kollegen gibt er uns gar nichts, und das willst du ja nicht stellen.«

»Max hat recht«, sagte Sauerwein. »Aber ich stimme dir zu, dass wir den Pressetext so formulieren sollten, dass wir die Ratte von zwei Seiten aus dem Loch treiben.« Er sah auf die Notizen, die er sich am Vormittag gemacht hatte. »Hast du Martha erreicht?«

Eva nickte. Die Psychologin hatte meist ein bis zwei Stunden Leerlauf am Tag, da die meisten Polizisten eine ungeahnte Kreativität entwickelten, wenn es darum ging, eine Stunde bei ihr kurzfristig abzusagen.

»Sie sagt, wenn wir in all unseren Punkten recht haben, macht es genau das unmöglich, ihn einzuschätzen.« Sie hob die Hand, als Max sie unterbrechen wollte. »Warte, die Erklärung kommt noch. Martha ist der Meinung, dass der Tathergang vermutlich nicht seinem eigenen Persönlichkeitsprofil entspricht, weil zu viele Personen involviert sind, und das Prozedere von daher nicht auf seinem eigenen Mist gewachsen ist. Sie vermutet genau wie wir, dass Lubiczek der große Unbekannte ist, der hinter dem Ganzen steckt. Planung, Organisation, Verkauf des Diebesguts und Rekrutierung der Schergen gehen auf seine Kappe. John Doe alias Matthis Ammler ist nur ausführendes Organ, und das lässt keine Rückschlüsse auf seine Persönlichkeit zu.«

Karl sah sie enttäuscht an. »Dann können wir uns die Presseerklärung ja sparen.«

»Im Gegenteil. Sie ist sich ziemlich sicher, dass es ihn neugierig machen wird. Und den Gerber kann sie recht genau einschätzen. Da ich seine Handlanger kennengelernt und ihr dazu auch noch die alten Geschichten von Gerda Siebert erzählt habe, konnte Martha ein sehr klares Profil über ihn erstellen. Ihrer Meinung nach hat er ausgeprägte narzisstische Züge. Er ist seit seiner Kindheit gewohnt, zu jeder Zeit alles zu bekommen, selbst wenn es durch Erpressung ist. Dabei hat sich ein übersteigertes Selbstwertgefühl entwickelt, und das wird ihm zum Verhängnis, sobald er denkt, dass es einen Trittbrettfahrer gibt, der seine Idee geklaut hat. Es wird ihm keine Ruhe lassen, dass wir glauben, dass Doe dahintersteckt. Vielleicht kommt ihm sogar der Verdacht, dass Doe plötzlich auf eigene Faust loszieht und ihm seinen Anteil an den Raubzügen unterschlagen will.«

»Vielleicht, vielleicht, vielleicht. Weißt du eigentlich, wie viele

Vielleichts es in deiner ganzen Geschichte gibt? Vielleicht sind sogar deine Vermutungen nur Quatsch, und wir investieren eine Menge Arbeit und Energie, nur dass wir hinterher wieder am Anfang stehen. Oder hatte dein Supermann wieder einen seiner berüchtigten Träume, und wir ermitteln aufgrund seiner höchstbegabten Phantasie?« Max schaute abrupt zum Fenster hinaus, während sein Wutbarometer schlagartig nach oben stieg. Dass Eva sich vor Monaten in den damaligen Hauptverdächtigen ihres bisher größten Falles verliebt hatte, war an sich schon genug gewesen. Dass diese undurchschaubare Type ihnen allerdings wochenlang versucht hatte, weiszumachen, dass er regelmäßig eine Art von hellseherischen Träumen hatte, und die Kollegen ihm allesamt auf den Leim gegangen waren, brachte ihn auch heute noch zur Weißglut.

»Hast du *vielleicht* eine bessere Idee?«, fragte Eva spitz, als er sie endlich wieder ansah.

Max bedachte sie mit einem unergründlichen Blick. »Nein. Wir müssen doch sowieso nach deiner Pfeife tanzen und haben überhaupt keine Zeit, irgendwelchen anderen Spuren nachzugehen.«

»Welchen anderen Spuren denn? Weißt du etwas, was wir nicht wissen?«, giftete sie zurück. »Das wäre dann Unterschlagung von Hinweisen und macht dich zum Mittäter, das ist dir schon klar, oder?«

Sauerweins Kopf war wie ein Pingpongball zwischen den beiden Kampfhähnen hin und her geschnellt. Jetzt hatte er die Nase gestrichen voll. »Aufhören, und zwar alle beide. Max, ich stelle dir ab sofort eine Stunde pro Tag zur Verfügung, in der du deinen angesprochenen Hinweisen nachgehen kannst. Sollte dabei etwas Produktives herauskommen, bekommst du von uns jede Unterstützung, die du brauchst. Solltest du aber glauben«, sagte er auf den plötzlich ausgesprochen zufriedenen Gesichtsausdruck seines Mitarbeiters, »dass du dir in der Stunde einen faulen Lenz machen kannst, dann sieh dich vor. Wenn ich dich dabei erwische, dann setzt es was.«

Eva musste lächeln, als Max' Gesicht in Sekundenschnelle seinen altbekannten miesepetrigen Ausdruck annahm. Bevor er aufbrausen konnte, redete Sauerwein schon weiter. »Überlegt euch, was für die Pressemeldung wichtig ist, und gebt es an die Pressestelle, die sollen es entsprechend formulieren. Ich hole mir von Märkel inzwischen das Okay für die Aktion.«

»Soll das schon morgen in den Zeitungen erscheinen?«, fragte Karl.

»Nein. Wir brauchen erst die Genehmigung und müssen eine Wohnung finden, die wir als Tatort präsentieren können.«

»Haben Sie den Verstand verloren?«, blaffte Märkel. »Haben Sie auch nur den kleinsten Schimmer, was es kostet, eine Wohnung bereitzustellen und die Spurensicherung und Ihr ganzes Team dort für ein paar Stunden antanzen zu lassen? Und das nur, weil Ihr kleines Mädchen denkt, dass der böse Wolf kurzerhand die liebe Großmutter ausspuckt und sie darauf einfach die Handschellen einschnappen lassen kann?«

Sauerwein sah seinen Vorgesetzten entgeistert an. Dass Märkel ein Idiot war, war nichts wirklich Neues. Dass seine dämlichen Sprüche von Max Hansen inspiriert schienen, hingegen schon.

»Eine Wohnung für drei Tage zu mieten, dürfte nicht die Welt kosten, außerdem komme ich vielleicht sogar kostenlos dran. Falls kein aktueller Fall dazwischenkommt, hat die Spusi genügend Leerlauf, dass keine Überstunden anfallen, und das Gleiche gilt für mein Team. Im Grunde kostet es also nichts oder zumindest fast nichts. Jedenfalls wesentlich weniger als jedes Jahr ein neuer Dienstwagen.«

Märkel sah Sauerwein mit einem unergründlichen Blick an. Es brachte sein Blut zum Kochen, dass sein Mitarbeiter immer, wenn ihm die Argumente ausgingen, darauf herumritt, dass es nicht mit rechten Dingen zugehen konnte, dass jährlich ein neues Oberklasse-Fahrzeug auf dem besten Parkplatz vor dem Präsidium stand. Märkel knirschte unhörbar mit den Zähnen und gab schließlich nach. Der Katalog mit den neuen Modellen lag bereits in seiner Schublade, und falls Sauerwein den Mund nicht hielt, musste Märkel den Wagen zwei weitere Jahre fahren, bis er Anspruch auf einen neuen hatte.

»Also gut. Sehen Sie nur zu, dass die Wohnung nichts kostet, dann können Sie von mir aus machen, was Sie wollen. Und nun verschwinden Sie.«

***

»Eva, komm mit. Ich glaube, es wird Zeit für einen Besuch.« Sauerwein weigerte sich, näher auf seine Aussage einzugehen. Er stand in der Tür zum Flur und klimperte ungeduldig mit seinem Autoschlüssel.

»Wohin fahren wir?«

»Zu einem Freund.«

Mehr war nicht aus ihm herauszubekommen, aber nach zehn Minuten ahnte Eva, wohin es ging. Und tatsächlich bog Sauerwein nur wenig später in einen gepflegten Privatweg ein. Als er vor dem großen Tor in der das Grundstück weiträumig umlaufenden Mauer abbremste, öffneten sich die kunstvoll geschmiedeten, zwei Meter hohen Torflügel wie von Geisterhand.

Eva sah Sauerwein erstaunt an. »Du hast uns angemeldet?«

»Eigentlich habe ich nur auf eine Einladung reagiert. Von Hohenfels hat mich in den letzten Wochen mehrfach angerufen und uns zum Kaffeetrinken eingeladen.«

»Uns?« Eva blickte ihn ungläubig von der Seite an.

»Sicher. Du bist ihm wohl in guter Erinnerung geblieben. Oder schickt er dir keinen Kaffee mehr?«

»Doch.« Sie lächelte und sah auf die kleine Kuppe ein paar hundert Meter vor ihnen, die ihnen die Sicht auf von Hohenfels' Anwesen verbarg. Sie war nur ein einziges Mal mit Sauerwein im letzten Winter hier gewesen, und damals versank halb Bayern im Schnee. Jetzt war sie gespannt, wie die Burg im Sommer aussah.

Wenig später bremste Sauerwein und gab ihr Gelegenheit, sich an dem Anblick sattzusehen. Was im Winter unter einer weißen Decke verborgen gewesen war, stand jetzt in voller Blüte. Der kleine See vor der Burg war zur Hälfte von blühendem Schilf umgeben, dessen Ähren sich sanft im Wind wiegten. Auf der großen gepflegten Wiese vor dem Haus standen exklusive Teakholzmöbel, von denen sich der Hausherr erhob, als die Reifen des BMW im Kies knirschten.

»Enchanté, Mademoiselle.« Galant beugte sich von Hohenfels über Evas Hand und hauchte einen Kuss drauf. »Ich freue mich, Sie wiederzusehen.«

»Ganz meinerseits.« Evas Gesicht überzog eine zartrosa Farbe. Sie hatte völlig vergessen, wie charmant der Graf war. Jetzt war sie froh, dass sie beim Friseur gewesen war und einer Eingebung zufolge morgens eines der bislang ungetragenen hübschen Kleider angezogen hatte, die sie im Frühjahr gekauft hatte.

Von Hohenfels führte sie über den Rasen zu einer Sitzgruppe, die von einem großen Schirm überschattet wurde.

»Ich habe mir erlaubt, Kaffee zu bestellen. Ich hoffe, das ist Ihnen recht?«

Eva lächelte. »Sehr. Ich muss gestehen, dass ich jedes Wochenende an Sie denke.«

»Das ist durchaus meine Absicht.« Von Hohenfels lächelte zurück. »Deswegen schicke ich Ihnen immer nur so viel Kaffee, dass es für zwei Tage pro Woche reicht. Sonst denken Sie ständig an mich und werfen mich am Ende noch mit all den bösen Buben in einen Topf, die Ihre Gedanken von Montag bis Freitag beanspruchen.«

Obwohl Eva von Sauerwein wusste, dass von Hohenfels ein mindestens ebenso böser Bube war, der Kontakte zur Mafia ebenso wie auch zur Regierung pflegte, mit Waffen wie auch mit Immobilien und Lebensmitteln handelte, fühlte sie sich in seiner Gegenwart unglaublich wohl. Er war ein Kavalier der alten Schule, höflich, unterhaltsam, und er verstand es, seinen Gästen das Gefühl zu geben, sie seien der erfreuliche Mittelpunkt seines Tages. Entweder er kannte keinen Standesdünkel, oder er konnte ihn gut verbergen.

Getreu den Gepflogenheiten des Hauses wurde der Grund ihres Besuchs nicht vor dem Kaffee erwähnt. Von Hohenfels bot Eva an, ihr seinen Nachwuchs zu zeigen.

Nachwuchs? Eva sah Sauerwein erstaunt an. Sie hatte nicht gewusst, dass der Graf in einer Beziehung war. Sauerwein schüttelte leicht den Kopf. Die Information war auch für ihn neu.

Sie gingen den See entlang, bis sie ein aufgeregtes Meckern hörten. Als sie um das Schilf herumbogen, standen sie vor einem niedrigen Gatter, hinter dem sich eine kleine Herde Zwergziegen einen Schaukampf lieferte. Von Hohenfels öffnete ein Tor, und sofort kamen sechs Jungtiere zu ihnen gelaufen und bettelten um Futter.

»Mein Gott, sind die niedlich!« Eva war hingerissen von der kleinen Schar. Sie setzte sich auf ein niedriges Bänkchen und vergaß die beiden Männer völlig, als die Ziegen zu ihr auf den Sitz sprangen und sich zutraulich an sie schmiegten. Erst als ein kleiner Bock anfing, an ihren Haaren zu knabbern, protestierte sie und schob ihn auf Armlänge von sich weg.

Sauerwein und von Hohenfels beobachteten amüsiert, wie Eva voller Begeisterung in der Begegnung mit den Tieren aufging. Nach einer Weile sah der Graf auf seine Uhr und bat sie, mit ihm zu kommen. »Der Kaffee ist fertig.«

Mit Bedauern streichelte Eva die Zicklein ein letztes Mal und folgte den Männern. Als sie nochmals kurz stehen blieb und auf die vergnügte Herde blickte, sagte von Hohenfels: »Suchen Sie sich zwei aus. Ich schenke sie Ihnen.«

Sie warf ihm einen sehnsüchtigen Blick zu. »Ach, das wäre zu schön. Aber leider hab ich keinen Platz.«

»Fragen Sie Ihren Freund, ob Sie sie bei ihm unterstellen dürfen. Soweit ich weiß, hat er Platz genug.« Er drehte sich zu der Haushälterin, die mit einem Tablett in den Händen in den Garten kam.

Eva starrte verwirrt auf seinen Rücken. Spionierte er ihr etwa nach? Bevor sie etwas Unüberlegtes sagen konnte, legte ihr Sauerwein den Arm um die Schulter. »Denk dir nichts dabei«, flüsterte er. »Es ist sein Job, informiert zu sein. Mach jetzt bloß keine Szene.«

Eva atmete einmal tief durch, und als sich von Hohenfels wieder zu ihnen umdrehte, hatte sie ihre Mimik wieder im Griff. Sie nahm an seiner Seite Platz, bedankte sich für die Tasse Kaffee, die er ihr in die Hand drückte, und schnupperte so, wie sie es bei ihrem letzten Besuch gelernt hatte, genießerisch an dem dampfenden Fähnchen, das von ihrer Tasse aufstieg. Fast unmerklich zuckte sie ein Stück zurück. Der Duft war ganz anders, als sie erwartet hatte. Sie roch erneut daran, mit dem gleichen Ergebnis. Seltsam. Seit ihrem ersten Besuch hatte sie über fünfzig Tassen Kopi Luwak getrunken, aber das, was sie jetzt in der Hand hielt, hatte damit keine Ähnlichkeit. Unschlüssig hob sie den Blick und sah direkt in von Hohenfels' gespannte Augen.

»Was sagen Sie dazu?«

»Ich bin verwirrt.« Fragend sah sie Sauerwein an. Er zuckte ratlos mit den Schultern. Auch er hatte keine Erklärung.

»Lassen Sie sich nicht durcheinanderbringen, meine Liebe. Das, was Sie in der Hand halten, ist Black Ivory Coffee. Eine ganz andere Sorte als die, die ich Ihnen immer schicke.«

Ach so. Dann war alles gut. »Und woraus …?«

»Lösen Sie das Rätsel selbst«, forderte er sie auf.

»Ivory … wie – Elfenbein?«

»Richtig. Und das bedeutet?«

»Elefanten.«

»Sehr gut. Und schon haben Sie die Lösung.«

»Oh Gott. Sie meinen, es wird, ähm, es ist das gleiche Verfahren wie bei den Schleichkatzen?«

»Mmhhm.« Genießerisch nippte von Hohenfels an seiner Tasse.

Eva und Sauerwein wechselten einen kurzen Blick. Dass Kopi Luwak im Magen einer bestimmten Katzenart fermentierte, war schon abenteuerlich genug. Aber Kaffee, der einen ganzen Elefanten durchwandern musste, bevor er in ihrer Tasse landete? Prost Mahlzeit! Immerhin konnte so ein Dickhäuter Unmengen an Futter vertilgen und damit die Herstellungskosten von Kopi Luwak um ein Vielfaches unterbieten. Und Eva konnte ohne schlechtes Gewissen auch eine vierte Tasse nicht abschlagen.

Dann kam Sauerwein auf den Grund ihres Besuchs zu sprechen. »Im Rahmen einer Ermittlung sind wir auf der Suche nach einer Wohnung, die wir als fingierten Tatort benutzen können.«

Er erläuterte die Konditionen, die das Objekt in Hinsicht auf Lage, Beschaffenheit und Verfügungsdauer erfüllen musste. »Ideal wäre es dazu, wenn die Räume nicht leer stehen.« Ihm war völlig klar, dass er viel verlangte, aber vielleicht hatten sie ja Glück, und von Hohenfels konnte zumindest einen Teil ihres Ideals erfüllen.

Der Graf musste nicht lange überlegen. »Ich denke, ich kann Ihnen ein passendes Objekt in der Innenstadt anbieten. Die Wohnung ist an einen Geschäftspartner aus Hamburg vermietet, der nur selten in der Gegend ist. Geben Sie mir einen Tag, um zu klären, ob er einverstanden ist.«

***

Eva brachte einen Stapel Unterlagen zu Nora und bat sie, alles an Prahl zu faxen. Als sie zurück ins Büro kam, lag ein Ausdruck auf ihrem Schreibtisch. Es war ein Artikel aus der »Welt« mit der Überschrift »Elefanten verdauen Kaffee-Bohnen für Genießer«. Eva setzte sich auf ihren Stuhl und begann zu lesen. Keine zehn Sekunden später ließ sie die Seite fallen und vergrub ihren Kopf in den Händen. Als sie wieder aufsah, stand Sauerwein bis über beide Ohren grinsend vor ihr.

»Und was sagst du dazu?«

»Wie ich nur so blöd sein konnte!«

»Komm mal wieder runter. Ich hab dir schon das letzte Mal erklärt, dass du von Hohenfels nicht arm trinken kannst.«

»Mag ja sein, aber das ist doch der Wahnsinn. Ich hab gedacht, so ein Elefant, na, der verdaut doch ganz andere Mengen als eine blöde kleine Katze.«

»Und daraus hast du geschlossen, dass der Kaffee entsprechend billiger als der Katzenkaffee sein muss.«

»Genau. Und dabei ist er angeblich noch teurer. Oh mein Gott, ist das peinlich.«

»Blödsinn.« Sauerwein stand auf und drückte ihr den Ausdruck in die Hand. »Fertig lesen kannst du ihn aber trotzdem.«

Erst eine Stunde später traute sich Eva, den Artikel zu Ende zu lesen. Und wirklich, da stand noch immer, dass ein Tässchen von dem Zeug knapp vierzig Euro kostete; das Kilo entsprechend achthundertfünfzig. Im Land des Erzeugers wohlgemerkt. Was von Hohenfels in Deutschland dafür berappt hatte, das mochte sie sich gar nicht ausmalen.

ELF

Am nächsten Tag kündigte der Portier unangemeldeten Besuch an. Als Eva hörte, wer auf dem Weg zu ihnen war, war ihr erster Gedanke, sich die nächsten zwei Stunden auf dem Klo einzuschließen. Sauerwein sah ihr an, was sie dachte, und schüttelte belustigt den Kopf.

»Stell dich nicht so an«, sagte er. »Da musst du durch. Außerdem kannst du dich nicht die nächsten hundert Jahre vor ihm verstecken.«

»Aber vielleicht so lange, bis Gras über die –«

»Das ist ja eine Freude! Ich hatte nicht zu hoffen gewagt, dass ich meine Lieblingspolizistin im Büro antreffe.«

Als Eva sich mit hochrotem Kopf zu dem Besucher umdrehte, erblickte sie einen zauberhaften Strauß bunter Dahlien, den er ihr entgegenstreckte.

»Die sind für Sie. Ihre Lieblingsblumen, richtig? Ich habe mit meinem Geschäftspartner gesprochen, und wie ich schon vermutet habe, hat er kein Problem damit, dass Sie die Wohnung ein paar Tage lang zweckentfremden. Er bittet nur darum, dass Sie seine Kunstgegenstände pfleglich behandeln.«

Von Hohenfels hatte sich einen Stuhl geschnappt und sich rittlings völlig leger zu Eva an ihren Schreibtisch gesetzt. Er war ausgesprochen zufrieden mit sich selbst und blickte Eva freudestrahlend an. »Wann kommen Sie mich wieder besuchen? Rufen Sie mich das nächste Mal vorher an, damit ich genügend Kaffee im Haus hab«, neckte er sie. »Außerdem müssen Sie mir noch sagen, was ich mit Ihren beiden Zicklein machen soll.«

Eva wäre am liebsten im Boden versunken. Dass der Graf nun auch noch Öl ins Feuer goss, war einfach zu viel.

Von Hohenfels' Blick fiel auf den Ausdruck aus der »Welt«, den Eva als ständige Mahnung an die Wand hinter sich gepinnt hatte. »Sie haben sich erkundigt, wie ich sehe. Was sagen Sie, ist das Zeug den Preis wert?«

»Bitte, ich … Es tut mir leid«, wand sie sich und studierte intensiv einen kleinen Fleck auf dem hellgrauen Teppichboden.

Von Hohenfels bewunderte erstaunt die zarte Röte, die ihrem Gesicht eine entzückende Mädchenhaftigkeit verlieh.

»Hören Sie, meine Liebe. Ich hoffe, Sie unterstehen sich, sich dafür zu schämen, dass Ihnen mein Kaffee geschmeckt hat. Sie haben mir eine große Freude damit gemacht.«

Evas Blick glitt über sein Gesicht. Kein Hauch von Spott war darin zu sehen. »Aber, also ich weiß nicht. Wenn ich gewusst hätte, was das Zeug kostet, dann hätte ich niemals vier Tassen davon getrunken.«

Von Hohenfels lachte schallend auf. Er amüsierte sich köstlich über so viel Ehrlichkeit. »Da ich nicht dekadent klingen möchte, verrate ich Ihnen lieber nicht, wie wenig Zeit es dauert, das zu verdienen, was Sie getrunken haben. Belassen wir es doch dabei, dass meine Freude über Ihren guten Geschmack um ein Vielfaches größer war als die paar Euro, die mich die Kaffeebohnen gekostet haben, einverstanden?«

Als sie ihn mit großen Augen ansah, machte sein Herz einen leichten Satz. Insgeheim wusste er, wie töricht es war, der jungen Frau gegenüber romantische Gefühle zu hegen, aber er musste sich eingestehen, dass sie etwas ganz Besonderes war. Grundehrlich, blitzgescheit und vom Geld völlig unverdorben. Und verdammt hübsch dazu. Die Frauen, die er sonst kennenlernte, waren meist auf eine künstliche Art bildschön, oberflächlich und in erster Linie hinter seinem Vermögen und Status her. Er seufzte. Auch wenn er die fünfzehn Jahre Altersunterschied abzog und ihre offensichtlich noch lose Beziehung zu diesem Vossen ignorierte, wäre es ausgesprochen unklug, sich in seiner Situation eine Polizistin anzulachen. Obwohl sich ihr Kleidergeschmack seit ihrem ersten Besuch um mindestens tausend Prozent gebessert hatte.

Sauerwein riss ihn aus seinen Gedanken. »Wir lassen von unserer Rechtsabteilung einen Vertrag über die Nutzung der Wohnung aufsetzen. Dazu benötige ich noch die genaue Adresse, den Namen des jetzigen Mieters und die tägliche Nutzungsgebühr.«

Von Hohenfels lächelte, als er Sauerwein ansah, der in der Verbindungstür stand und die ganze Unterhaltung mit angehört hatte. Er zog einen Umschlag aus seiner Aktentasche und reichte ihn Sauerwein.

»Das haben meine Anwälte bereits erledigt. Lassen Sie es von Ihren Advokaten prüfen und gegenzeichnen, wenn es für Sie so passt. Der Tageszins dürfte sich im Rahmen Ihrer Möglichkeiten bewegen.«

Sauerwein blätterte auf die zweite Seite und pfiff durch die Zähne, als er sah, was dort eingetragen war. »Ich weiß nicht, was ich sagen soll. Außer, ja, danke.«

»Nicht dafür. Vielleicht erweist mir Frau Neunhoeffer ja eines Tages die Ehre, mit mir zu Abend zu essen?«

Am Nachmittag war der Vertrag unterschrieben, von Hohenfels hatte die Schlüssel vorbeibringen lassen, und die Soko konnte noch gar nicht fassen, wie viel Glück sie hatte.

»Im Grunde haben wir das nur Eva zu verdanken«, schüttete Sauerwein einen ganzen Sack Lorbeeren über ihr aus.

»Wieso denn das?« Max wurde sofort misstrauisch.

Entweder übersah Sauerwein die Warnsignale, die Eva in seine Richtung schickte, oder er kapierte sie einfach nicht. »Weil ich mir sicher bin, dass sich der Graf nur ihretwegen so entgegenkommend zeigt. Er hätte uns im Normalfall die Wohnung entweder gar nicht oder nur zu einem Preis überlassen, den Märkel schlichtweg abgelehnt hätte.«

»Ach so?«, fauchte Max in Evas Richtung. »Reicht dir dein Traumfänger also nicht mehr? Musst du dich jetzt auch noch an einen echten Grafen ranwanzen?« In Max stieg die Eifersucht so schlagartig nach oben, dass er nicht mehr klar denken konnte. Dass sie diesen unerträglichen Julian Vossen ihm vorzog, war schlimm genug. Dass sie sich aber, nur um auf Nummer sicher zu gehen, jetzt auch noch einem Adligen an den Hals warf, brachte das Fass zum Überlaufen. »Als ich dich kennengelernt habe, hatte ich wirklich eine gute Meinung von dir. Aber dass du es so darauf anlegst, einen Mann abzubekommen, hätte ich nicht von dir gedacht.«

Mit einem Schlag war es so still, dass man das Getrappel einer Stubenfliege hätte hören können. Max fing an, sich unter den schockierten Blicken seiner Kollegen immer unbehaglicher zu fühlen. Gerade als die Stille unerträglich wurde, sprang Sauerwein auf und stieß seinen Stuhl mit so viel Schwung zurück, dass er mit einem Krachen auf den Boden fiel.

»Hansen, mitkommen!« Ohne ihn eines weiteren Blickes zu würdigen, stapfte er in sein Büro. Als Max keine Anstalten machte, ihm zu folgen, sondern wie gelähmt auf seinem Stuhl sitzen blieb, ließ Sauerwein einen Schrei los. »Hansen!«

Eine Viertelstunde lang drang kein Ton aus dem Chefbüro. Eva und Karl tauschten unbehagliche Blicke und waren sich einig, dass es besser gewesen wäre, wenn lautes Geschrei zu hören gewesen wäre. Wenn ihr Chef so sauer war, dass er nur noch flüsterte, dann war das ein ganz schlechtes Zeichen. Dementsprechend schlich Max wenig später geduckt wie ein geprügelter Hund zu seinem Schreibtisch. Als Eva sah, dass er mit den Tränen kämpfte, tat er ihr beinahe leid.

»Ich fasse also zusammen: Märkel hat die Aktion abgesegnet.« Sauerwein holte tief Luft. Er hatte gut zehn Minuten gebraucht, um sich so weit wieder zu beruhigen, dass er die Besprechung fortführen konnte. »Von Hohenfels' Partner stellt uns die Wohnung für einen symbolischen Euro pro Tag zur Verfügung, und wir können sie so lange nutzen, wie wir wollen. Trotzdem möchte ich sein Entgegenkommen nicht über Gebühr beanspruchen. Karl, setz dich mit der Spusi in Verbindung und frag an, ob sie im Moment genügend Kapazität haben, dass sie drei oder vier Leute für einen Tag entbehren können. Erklär ihnen, worum es geht. Solange sie sichtbar sind, müssen sie sich so verhalten, dass ein unbeteiligter Beobachter glauben würde, dass es sich um einen echten Fall handelt. Sobald sie im Haus sind, können sie von mir aus Karten spielen oder sonst was machen. Wie weit seid ihr mit der Presseerklärung?«

Eva nahm ein Blatt aus ihrem Ablagekorb und reichte es ihm.

Die Polizei bittet um Ihre Mithilfe!

Gestern Abend kam es im Landkreis Rosenheim erneut zu einem schweren Einbruchdiebstahl. In der Wohnung des Münchner

Industriellen Magnus F. nahe der Fußgängerzone wurden gegen Mitternacht Schmuck und Gemälde im Gesamtwert von rund vierhunderttausend Euro erbeutet. Der Einbruch trägt die Handschrift des Täters, der in Polizeikreisen als das »Ostseephantom« bekannt ist. Der gesuchte Matthis A. verschwand bei dem tragischen Untergang der MS Evendor spurlos. Wie Polizeidirektor Märkel noch am späten Abend in einer Pressekonferenz bekannt gab, konnte die Spurensicherung an verschiedenen Tatorten A.s Fingerabdrücke sicherstellen. A. besaß in allen Fällen Kenntnisse der Örtlichkeiten, deswegen appelliert die Polizei: Lassen Sie keinen unangekündigten fremden Besuch in Ihre Wohnung! Handwerker melden sich in der Regel schriftlich oder durch einen Aushang im Treppenhaus an. Sollten Sie Zweifel an der Rechtmäßigkeit einer Wohnungsbegehung haben, dann versichern Sie sich bei dem Betrieb, der den Zugang fordert, oder wenden Sie sich an das nächstgelegene Polizeirevier.

Sollten Sie im Zusammenhang mit dem Einbruch in der Adlzreiterstraße sachdienliche Hinweise haben, wenden Sie sich bitte an die Polizei. Ihre Hinweise nimmt die Polizeidirektion Rosenheim sowie jede andere Polizeidienststelle entgegen.

»Sehr gut.« Sauerwein war zufrieden. »Sobald die Spusi Zeit hat, legen wir los.«

***

Diesmal hatte er sie fast eine ganze Woche in ihrem Kellerloch schmoren lassen. Einmal hatte er ihr ein Betäubungsmittel gespritzt und ihre Ohnmacht ausgenutzt, um zwei Kameras und einen weiteren Deckenstrahler im Raum anzubringen. Er ärgerte sich, dass er sie nicht schon früher installiert hatte, bevor die Dinge eskaliert waren und er die Frau hierhergeschafft hatte. Doch als der Crawler in ihrer Mail die Anhäufung an Schlagwörtern gefunden hatte, die ihm Robert vorgegeben hatte, hatten sich die Dinge überschlagen. Und niemand hatte im Vorfeld ahnen können, dass ihnen jemand auf die Schliche kommen würde. Jetzt stand er vor der Kellertür und entspannte sich. Die Kameras waren eine

Erleichterung. Schließlich war es nach wie vor ein gefährliches Spiel, die Tür zu öffnen und befürchten zu müssen, dass sie das Bettgestell zerlegt hatte und nun mit einem Eisenrohr hinter der Tür auf ihn wartete.

Er schaltete die Deckenstrahler ein, kontrollierte den Bildschirm und stellte zufrieden fest, dass sie wie ein verschrecktes Kaninchen auf das grelle Licht starrte und sich so etwas wie Hoffnung in ihr breitmachte. Als er nichts entdeckte, das sich als Waffe missbrauchen ließ, öffnete er die Riegel und trat in das Zimmer.

»Hast du nachgedacht?«, fragte er schließlich.

»Ja«, krächzte sie und räusperte sich. Nach den Tagen der Stille war es für sie ungewohnt, ihre eigene Stimme zu hören. »Du hast recht. Du hast alles, was ich mir jemals gewünscht habe. Das habe ich nur zu spät begriffen. Ich hätte die Frau sofort wegschicken müssen, das weiß ich jetzt. Aber sie wollte mir doch nur helfen, weil ich dich aus den Augen verloren hatte.« Sie hasste sich selbst dafür, wie jämmerlich bettelnd ihre Stimme klang. Aber sie war so froh, ihn zu sehen, dass sie fast schon wieder in Tränen ausgebrochen wäre.

»Und das bedeutet?«, fragte er lauernd.

»Ich tu alles, was du willst. Nur sperr mich bitte nicht mehr hier unten ein.« In dem Augenblick, als sie die Worte aussprach, wurde ihr bewusst, dass es ihr voller Ernst war. Alles, wirklich alles, war besser, als hier allein eingesperrt zu sein.

»Gut.« Er sah sie eine Weile prüfend an. Dann lächelte er und reichte ihr die Hand. »Wollen wir mal sehen, ob du das ernst meinst. Schließlich bin ich kein Unmensch. Ich gebe dir eine Woche, um dich zu bewähren.«

***

Am frühen Morgen wunderten sich die Anwohner der Adlzreiterstraße, dass die Einbahnregelung für den Vormittag umgedreht war. Des einen Freud war des anderen Leid, denn der Ausnahmezustand sorgte dafür, dass so mancher einen weitläufigen Umweg fahren musste, um zur Arbeit zu kommen. Und so hatten die beiden vermeintlichen Arbeiter der Stadtwerke auf ihrem Hebewagen mehr damit zu tun, die aufgebrachten Bewohner aufzuklären und zu beschwichtigen, als mit ihrer eigentlichen Arbeit. Da gegen zehn Uhr strömender Regen die Wartungsarbeiten an den Straßenlampen zusätzlich erschwerte und die bereits geöffneten Gehäuse mit wasserfesten Hüllen abgedeckt werden mussten, dauerte es statt der veranschlagten zwei Stunden bis zum frühen Nachmittag. Dann waren drei Glasabdeckungen gegen hochdurchlässiges, nichtreflektierendes Spezialglas ausgetauscht, und im Inneren waren fernsteuerbare Hochgeschwindigkeitskameras installiert, die den gesamten Verkehr aufzeichnen konnten.

Als Wolkenstein endlich im Präsidium auftauchte, war er mit den Nerven am Ende.

»So eine Scheiße«, fluchte er. »Dieser Trottel von Elektriker hat Höhenangst und hätte fast den ganzen Einsatz versaut. Am liebsten hätte er mich den ganzen Mist allein machen lassen und sich mit seiner Kaffeekanne einen faulen Lenz im Auto gemacht. Aber wer hätte uns abgenommen, dass ein Mitarbeiter der Stadtwerke sich nicht auf den Hebewagen traut?« Wolkenstein grinste über beide Ohren.

»Und, habt ihr es geschafft?«, fragte Max.

»Jep. Den Laptop mit der Steuerung haben wir im Trafokasten neben Hausnummer vierzehn versteckt, und seit einer Stunde funken die Kameras Informationen über jeden Gegenstand, der sich schneller als mit einem Stundenkilometer bewegt, dorthin.«

»Genial«, befand Max. »Wie viel Zeit bleibt uns, bis die Speicherkarte voll ist?«

»Das dürfte unsere kleinste Sorge sein. Bei dem Verkehrsaufkommen ist sie in einem Jahr noch halb leer.«

»Und was ist unser größtes Problem?«

»Falls es regnet, wenn die Party steigt. Die Lampen hängen fünf Meter hoch, und durch die Wölbung der Glasvorsätze wird es bei Nässe schwierig, Personen und Nummernschilder abzulichten. Es ist durchaus möglich, dass sich die Kameras dann nicht scharf stellen können und dadurch zu spät oder überhaupt nicht auslösen.«

»Gut zu wissen. Aber jetzt funktioniert es? Hast du es ausprobiert?«

Wolkenstein sah ihn beleidigt an. »Was glaubst du denn? Natürlich funktioniert es.« Er zog einen kleinen Stapel Fotos aus seiner Jackentasche und warf sie auf den Tisch.

Eva griff danach und blätterte die Bilder rasch durch. »Super«, sagte sie. Die Ergebnisse waren wirklich beeindruckend. Aber sie sah auch, was der Techniker gemeint hatte: Die Bilder waren durch die Lampenschirme grotesk verzerrt.

»Die Wettervorhersage sagt für die nächsten Tage gelegentliche Abendgewitter voraus«, sagte Max nach einem Blick in seinen Computer. »Aber tagsüber soll es trocken und sonnig bleiben.«

»Was machen wir eigentlich, falls überhaupt keine Schaulustigen auftauchen?«, fragte Karl.

»Ist doch auch egal.« Max gähnte hinter vorgehaltener Hand. »Es reicht ja, wenn unser Einbrecher kommt. Je weniger Zaungäste, desto weniger Arbeit haben wir hinterher mit der Auswertung.«

»Karl hat recht«, widersprach Eva. »Wenn keine anderen Leute rumstehen und gaffen, wird John Doe kaum als Einziger stehen bleiben. Wir brauchen ein paar Statisten.«

Als Sauerwein ins Büro kam, unterbreiteten Eva und Karl ihm ihre Bedenken.

»Wenn Märkel mit einer verlängerten Pause einverstanden ist, können uns die Kollegen aus der Verwaltung unterstützen und im Halbstundentakt zum Tatort kommen. Wenn jeweils an die fünf Personen gleichzeitig etwa eine Stunde lang bleiben, dann können wir einen Zeitraum von ungefähr sechs Stunden abdecken und haben genügend Leute an der Absperrung, dass sich auch andere Passanten trauen, stehen zu bleiben.«

***

Zwei Tage später war es so weit. Die Spurensicherung hatte in der Nacht eine Erstbegehung der Wohnung gemacht, großzügig Absperrband um den Gartenzaun gewickelt und Wolkenstein dabei geholfen, ein Vogelhäuschen übereck auf das Balkongeländer zu binden. Gut getarnt und von Sonnenblumenkernen umgeben, war die Kamera darin auf höchste Auflösung gestellt und deckte mit einem Weitwinkelobjektiv den gesamten Bereich ab, in dem sich neugierige Beobachter aufhalten konnten.

Eva hatte sofort Bedenken geäußert. »Wenn Spatzen vor dem Objektiv hocken, um zu fressen, bekommen wir kein einziges brauchbares Motiv! Außerdem füttert um die Jahreszeit doch noch kein Mensch Vögel.«

Wolkenstein hatte sie beruhigt. »Es sitzt immer ein Kollege am Computer und steuert die Kamera per Fernbedienung. Das Futter ist nur Tarnung, ich glaube aber nicht mal, dass sich überhaupt irgendwelche Vögel blicken lassen. Außerdem bin ich mir sicher, dass sie wegfliegen, sobald sie die Kamerageräusche hören. Und falls das nicht funktioniert, müsst ihr ab und zu die Balkontür öffnen und schließen. Mach dir keinen Kopf deswegen, das klappt schon.«

Um sieben Uhr morgens hatte sich ein ganzes Heer an Ermittlern an dem angeblichen Tatort eingefunden, und vor dem Haus waren die ersten Schaulustigen aufgetaucht. Anfangs waren es nur die Mitarbeiter aus dem Präsidium, im Laufe des Vormittags kamen jedoch zunehmend mehr echte Gaffer, in der Hoffnung, einen Blick auf die Geschehnisse werfen zu können. Um sie bei Laune zu halten, liefen immer wieder Mitarbeiter der Spurensicherung in ihren weißen Papieranzügen zwischen dem Haus und ihren Fahrzeugen hin und her und übergaben den vor dem Haus postierten Streifenbeamten ominös beschriftete Kisten.

Der Gipfel war das Fahrzeug der Rechtsmedizin, das plötzlich vor dem Haus auftauchte. Sofort brach eine vorfreudige Unruhe unter den Zaungästen aus. Offensichtlich gab es neue Entwicklungen im Haus, und die Leiber drängten sich nach vorn, in der Hoffnung, einen guten Blick zu erhaschen. In dem Getümmel bemerkte niemand, dass sich eine Gestalt entgegen dem nach vorn drückenden Strom aus der Menge kämpfte, zur Seite trat und ein Mobiltelefon hervorzog.

»Was soll der Blödsinn mit dem Leichenwagen?«

»Ein Leichenwagen? Was soll damit sein?«

»Vielleicht solltet ihr zur Abwechslung mal zum Fenster hinaussehen.«

»Das glaub ich jetzt nicht.« Eva beendete die Verbindung und suchte nach Sauerwein. Sie fand ihn wenig später in der Küche, wo er mit Wolkenstein Kaffee trank.

»Hast du den Rechtsmediziner bestellt?«

Alarmiert sah Sauerwein auf. »Was? Natürlich nicht! Wieso?«

»Weil er direkt vor dem Haus parkt.«

»Das darf doch nicht wahr sein!« Die Männer sprangen auf und liefen nach vorn, um aus dem Fenster zu spähen. Sauerwein ließ einen Fluch vom Stapel. Dann drehte er sich zu Eva um.

»Von uns hat den niemand angefordert, oder?«

»Ganz bestimmt nicht.« Eva schüttelte nachdrücklich den Kopf. »Ich habe keine Ahnung, wer das war.«

»Aber ich.« Sauerwein suchte mit grimmiger Miene nach einer Nummer in seinem Handy. Als der Angerufene das Gespräch annahm, hielt er sich nicht mit Vorgeplänkel auf.

»Haben Sie uns den Leichenwagen geschickt?«

Eva konnte hören, dass der Teilnehmer am anderen Ende in ein meckerndes Gelächter ausbrach. Alarmiert blickte sie Wolkenstein an und hauchte: »Märkel?«

Inzwischen war Sauerwein vom Konversationston in ein zorniges Schreien übergegangen. »Wir reißen uns den Arsch auf, um einen glaubhaften Einbruch zu inszenieren, und Sie versauen uns den Einsatz? Was haben Sie sich dabei gedacht?«

Er unterbrach sich kurz, um Märkel zuzuhören, und schrie dann weiter. »Nein, es hilft uns nichts, wenn wir alle Geschütze auffahren, die uns zur Verfügung stehen. Weil wir nämlich keinen Mord inszenieren wollen, sondern einen Einbruch. Was? Nein. Es ist das Dämlichste, was man sich ausdenken konnte. Wen soll ich denn in den Sarg legen?« Mit zornesrotem Kopf beendete Sauerwein das Gespräch.

»Ich kann da jetzt nicht rausgehen«, keuchte er. »Eva, schick den Fahrer wieder weg und sag den Zaungästen, dass er irrtümlich angefordert wurde. Oder denk dir was aus, was plausibel klingt.«

Keine Minute später trat Eva auf die Straße und ging auf Dyrkhoffs Assistenten zu. Insgeheim schickte sie ein Dankgebet zum Himmel, dass Dyrkhoff nicht selbst gekommen war. Das Theater, das der Rechtsmediziner mit an Sicherheit grenzender

Wahrscheinlichkeit abgezogen hätte, hätte die gesamte Aktion in Windeseile auffliegen lassen. Als Eva zu dem Leichenwagen trat, verstummte das aufgeregte Summen, das von der kleinen Menschenmenge ausging.

»Sie sind hier am falschen Ort, die Zentrale hat das durcheinandergebracht, tut mir leid. Hier«, sie reichte dem Arzt einen Zettel, auf dem stand, dass er zurück ins rechtsmedizinische Institut fahren sollte. »Das ist die Adresse, zu der Sie müssen.«

Sollten ein paar Gaffer dem Leichenwagen hinterherfahren, wäre es nicht weiter schlimm. Den Mann, auf den sie es abgesehen hatten, würde ein anderer Tatort nicht die Bohne interessieren.

Zwei Stunden später packten die Tatortermittler ihre Taschen in die Fahrzeuge und rückten geschlossen ab. Nur ein Kollege blieb bis zum Einbruch der Dunkelheit in Stellung und wollte etwaige Nachzügler fotografieren.

Zurück im Präsidium begannen Eva und Karl sofort, die Aufnahmen auszuwerten, die auf dem Speicherchip der Vogelhauskamera waren. Auf den Chip aus dem Trafohäuschen mussten sie sich gedulden, bis Wolkenstein ihn am nächsten Morgen in seiner Stadtwerke-Verkleidung abholte.

Sie sortierten und löschten alle Bilder, auf denen ihre Kollegen zu sehen waren, und hatten anschließend eine noch immer beachtliche Anzahl von dreiundzwanzig Personen, die überprüft und mit den Fotos aus der Verkehrslampenkamera abgeglichen werden mussten.

ZWÖLF

Am nächsten Morgen hätte Eva ihren Wecker am liebsten aus dem Fenster geworfen. Nachdem sie gegen halb zwölf ins Bett gegangen war, konnte sie eine halbe Ewigkeit nicht einschlafen. Nur um dann, nach nur einer knappen Stunde Schlaf, gegen drei Uhr wieder aufzuwachen und sich erneut zwei Stunden lang hin und her zu wälzen. Jetzt war sie so müde, dass sie am liebsten noch drei Stunden im Bett geblieben wäre.

Als sie in ihr Büro kam, wartete auf ihrem Schreibtisch bereits eine dampfende Tasse Kaffee neben einem Stapel Fotos auf sie.

»Ist der für mich?«, wunderte sie sich.

»Ich hab gesehen, wie du dich aus dem Auto gequält hast«, sagte Karl. »Ich dachte mir, dass du sicher gleich einen Muntermacher brauchen kannst.«

Sie sah ihn nachdenklich an. Wenn Karl am Fenster stand und darauf wartete, dass sie ins Büro kam, musste er umwerfende Neuigkeiten haben. Sie hoffte, dass seine Aufregung mit ihren Ermittlungen zusammenhing und nicht wie schon so oft mit der Information, dass sich zwei Celebritys verlobt oder getrennt hatten.

»Was ist los?«

»Versprichst du mir, dass es vorerst unter uns bleibt?«

Oh Gott. Also hing es nicht mit dem Fall zusammen. Sie konnte nur hoffen, dass es sich weder um einen seiner Lieblingsschauspieler noch irgendeinen Sänger handelte. Dann wäre er für die nächsten Tage zu paralysiert, um klar denken zu können.

»Ich verspreche es. Schieß los.«

Nervös trat er von einem Bein aufs andere und hatte vor Begeisterung feuchte Hände. »Sissy bekommt ein Kind.«

Eva hätte sich vor Schreck beinah den Kaffee über die zartrosa Bluse gekippt. Karls Frau war schwanger? Das kam nun zum definitiv schlechtesten Zeitpunkt. Karl war ein schreckliches Sensibelchen, und die Aufregung um seinen ersten Nachwuchs würde seinem Arbeitseifer einen gehörigen Dämpfer versetzen.

Nicht weil er ein Faulpelz war, er konnte sich einfach nicht konzentrieren, wenn sein Herz in Aufruhr war.

»Das ist ja toll«, sagte sie lahm. »Gratuliere.«

»Es freut dich nicht so, was?«, fragte er enttäuscht und setzte sich ihr gegenüber auf Max' Platz.

»Nein. Doch! Blödsinn.« Sie stand auf und kam um den Tisch herum. »Steh auf.« Sie umarmte ihn unbeholfen und ließ ihre Bedenken fürs Erste unter den Tisch fallen.

»Was ist denn hier los? Kuschelstunde oder was?« Max versprühte schon beim Hereinkommen Gift und Galle. Er warf einen Packen Bilder auf den Tisch und machte keine Anstalten, sich zu bücken, als die Hälfte davon über die Tischkante rutschte und auf den Boden fiel. »Im Gegensatz zu euch hab ich schon gearbeitet und zusammen mit Wolkenstein die Speicherkarte geholt und ausgelesen. Den Rest könnt ihr machen.« Sprach's, drehte sich um und rauschte zur Tür hinaus.

Karl musterte Eva mit einem vielsagenden Blick und hob die Fotos auf. Er reichte ihr die Hälfte, und dann machten sie sich daran, die Bilder zu sichten. Sie verglichen die Personen auf den Aufnahmen aus der Vogelhauskamera mit denen, die die Kamera in der Straßenlampe von den Fahrzeugen aufgenommen hatte, soweit deren Fahrer deutlich genug erkennbar waren.

»Ich hab hier eine Frau mit Kinderwagen. Was meinst du, sollen wir sie ausschließen?« Karl schob vier Bilder einer verhärmt aussehenden, etwa zwanzigjährigen Frau über den Tisch.

»Ich würde sie nicht in die engere Wahl nehmen, aber aussortieren möchte ich sie im Moment noch nicht.« Eva musterte die Vergrößerungen gründlich. »Aber du hast vermutlich recht. Erstens kommt für mich eher ein Mann als Täter in Frage, zweitens sehen die Klamotten von Mutter und Kind ziemlich abgetragen aus. Und auch der Buggy ist schon recht oll. Wenn die Mama da an den Taten beteiligt wäre, dann könnte sie sich bessere Sachen leisten.«

»Das ist ziemlich klischeehaft, findest du nicht?« Sauerwein stand mit einer Tüte warmer Brezen in der Hand in der Tür, die so verführerisch dufteten, dass Eva das Wasser im Mund zusammenlief. »Ich denke, wir sollten uns hüten, voreilige Schlüsse zu ziehen, was die Lebensgewohnheiten anderer Menschen anbelangt.

Was willst du denn?«, fragte er Eva, die aufgestanden war und nun neugierig an seiner Tüte zupfte.

»So viele Brezen. Die isst du doch nicht allein, oder?«

»Aber sicher. Zu den Weißwürsten, die ich mir aber erst noch warm machen muss.« Er hob die andere Hand, in der er eine Plastiktüte hielt.

»Och.« Sehnsüchtig legte sie den Kopf schief und bedachte ihn mit einem unwiderstehlichen Welpenblick.

»Wenn du dich darum kümmerst, dass sie nicht platzen, gebe ich dir eine ab.«

Eva riss ihm die Tüten aus der Hand und flitzte in die Küche, bevor er es sich anders überlegen konnte. Kurz darauf stand sie misstrauisch in seinem Büro. »Du willst mir ernsthaft weismachen, dass du zehn Weißwürste und acht Brezen allein essen willst?«

Sauerwein musterte sie mit einem belustigten Blick. »So viel haben die mir eingepackt? Unglaublich. Vermutlich haben sie geahnt, dass ich ein Raubtier als Kollegin habe.«

Nachdem sie die Brotzeit mit gemeinsamen Kräften verdrückt hatten, machten sie sich daran, die Autokennzeichen zu überprüfen. Allen Klischees zum Trotz kamen sie überein, sich zuerst über die teuren Marken herzumachen. Eins nach dem anderen glichen sie Fahrzeuge, Halter und Wohnorte ab und legten die aus schwachen sozialen Verhältnissen zur Seite.

»Was ist mit denen da?«, fragte Eva und deutete auf die Aufnahmen zweier Personen, denen sie keine Fahrzeuge zuordnen konnten.

»Die standen einfach so in der Menge. Sind aber nicht mit dem Auto gekommen«, sagte Karl.

»Vielleicht Nachbarn, die die Menschenmenge angelockt hat.« Eva sah sich die Aufnahmen der beiden Männer genau an, konnte aber nichts Auffälliges feststellen. Sie beriet sich mit Karl und Max, der endlich wieder aufgetaucht war, und legte sie dann auf den Eher-nicht-Stapel.

»Sie haben nicht mehr alle Tassen im Schrank«, sagte Märkel entrüstet. »Ich kann doch nicht die Konten von zehn unbescholtenen

Bürgern nur auf die hirnverbrannten Vermutungen Ihrer Leute hin überprüfen lassen. Oder haben Sie einen hinreichenden Verdacht, dass einer von denen Dreck am Stecken hat?«

Als Sauerwein betreten den Kopf schüttelte, ereiferte sich der Polizeidirektor weiter. »Falls es Ihnen noch nicht aufgefallen ist, wir leben nicht in einem Polizeistaat. Schlagen Sie es sich aus dem Kopf. Die Sache mit dem Versicherungsvertreter war schon grenzwertig genug.«

»Mag sein«, gab Sauerwein zu. »Sie müssen aber auch zugeben, dass wir damit richtiglagen.«

»Und wieso nehmen Sie ihn dann nicht fest?«

»Weil wir an die Hintermänner herankommen wollen. Was nützt es uns schon, wenn wir den kleinen Fisch schnappen, uns aber die Haie durch die Lappen gehen?«

»Egal.« Märkel grub einen Daumennagel zwischen zwei Zähne, in der Hoffnung, einen Rest seines Mittagessens hervorgraben zu können. »Meine Antwort ist Nein. Bringen Sie mir etwas Handfestes, dann sehen wir weiter.«

***

Als Miriam in die Küche kam, stand Robert am Fenster und telefonierte. Sie bekam gerade noch mit, wie er etwas von *entsorgen* murmelte und dann etwas lauter sagte, dass das letzte Wort noch nicht gesprochen sei und sie morgen darüber reden sollten.

»Fährst du weg?«, fragte sie zaghaft. Im Flur hatte sie eine halb volle schwarze Reisetasche stehen sehen.

Er drehte sich um und musterte sie eindringlich. Auch wenn sich ihr Verhältnis wieder gebessert hatte, gefiel ihm immer weniger, was er sah. Das einst so hübsche, lebenslustige Wesen, das ihm schon zu Beginn ihrer Zeit in der Firma ausgesprochen gut gefallen hatte, war in nur kurzer Zeit einer verhärmten Frau mittleren Alters gewichen. Ihm war klar, dass er einen Großteil der Schuld daran zu tragen hatte. Die Zeit ohne soziale Kontakte, die ständige Angst vor Bestrafung und die Abhängigkeit von ihm und seinen Launen hatten ein unterwürfiges, verhuschtes Wesen aus ihr gemacht. Was ihm vormals als geniale Idee vorgekommen war, war zu einer Last geworden, die nicht nur aus ihr, sondern in der Konsequenz auch aus ihm einen Gefangenen gemacht hatte.

»Robert?«, unterbrach sie zaghaft seine Gedanken. »Sag doch was. Fährst du weg?«

»Nur für ein paar Tage«, murmelte er, in Gedanken ganz woanders. »Mach dir keine Sorgen.« Er nahm ein Glas aus dem Schrank und schenkte sich aus der offenen Flasche, die auf der Anrichte stand, ein.

Rotwein um elf Uhr vormittags. Dass er vormittags Alkohol trank, gefiel ihr überhaupt nicht. Irgendetwas stimmte nicht mit ihm.

»Was ist mit mir? Kann ich mitkommen?«, fragte sie leise. Obwohl sie sich selbst für den bettelnden Ton verachtete, der in den wenigen Worten lag, kam sie nicht dagegen an.

»Das geht nicht. Nimm dir Essen und Getränke für drei Tage und etwas zu lesen mit nach unten.« Sein Tonfall machte ihr deutlich, dass er nicht bereit war, sich auf eine Diskussion einzulassen. Trotzdem nahm sie einen erneuten Anlauf.

»Ich könnte dir Gesellschaft leisten. Vielleicht suchen wir uns ein hübsches, kleines Hotel und verbringen ein paar schöne Tage dort. Das würde dir doch gefallen.« Sie schlang ihre Arme um seinen Hals. »Ich erfülle dir auch jeden Wunsch. Bitte!« bettelte sie. »Du kannst alles mit mir machen, was dir gefällt, nur lass mich nicht allein hier.«

Als er sie unwillig von sich schob, fing sie an zu weinen. »Bitte sperr mich nicht in den Keller. Ich ertrage das nicht mehr. Lass mich wenigstens oben im Haus bleiben, es kann doch nichts passieren.«

»Im Keller passiert dir auch nichts.« Und er konnte in Ruhe verreisen, wenn er wusste, dass sie keine Möglichkeiten hatte, etwas anzustellen. Auch wenn er sich sicher war, dass sie keine Chance hatte, vom Grundstück zu fliehen, würde er keine Ruhe haben, wenn sie durch die Räume geistern und aushecken konnte, wie sie die Menschen außerhalb ihres begrenzten Umfeldes auf sich aufmerksam machen konnte. Seine größte Befürchtung war, dass es ihr gelingen könnte, das Haus niederzubrennen, wenn sie eine Gelegenheit sah, lebend davonzukommen. Und um das zu schaffen, musste sie sich nur in den Weiher setzen, bis die Feuerwehr kam. Nein, es kam überhaupt nicht in Frage, sie unbeaufsichtigt im Haus zu lassen.

Er sah auf die Uhr. »Ich fahre in zwanzig Minuten los. Wenn du bis dahin nichts Essbares nach unten gebracht hast, wirst du hungern müssen, bis ich wiederkomme.«

Am Ende hatte es eine Stunde gedauert, bis sie sich so weit beruhigt hatte und sich wie in Trance in das Verlies bringen ließ. Als einziges Zugeständnis hatte er in ihrer Gegenwart seinen Anwalt telefonisch darum gebeten, dass er den bei ihm hinterlegten Brief öffnen sollte, falls Robert sich nach vier Tagen nicht bei ihm zurückgemeldet hatte.

Auf der langen Fahrt nach Sachsen jagten seine Gedanken die Kilometer, die der BMW fraß, um die Wette. »Ich habe die Schnauze von deinem Gejammer gestrichen voll. Das Weib wird entsorgt«, hatte Lubiczek wieder zu ihm am Telefon gesagt. »Der Ärger, den du mit ihr hast, steht in keinem Verhältnis zu dem Nutzen, den sie dir bringt.«

Insgeheim musste er ihm recht geben und sich eingestehen, dass er seit Wochen immer öfter darüber nachdachte, wie er sie loswerden konnte. Aber trotz der vielen ethischen Grundsätze, die er in den letzten Monaten über Bord geworfen hatte, brachte er es nicht übers Herz, die Frau einfach zu entsorgen wie ein Stück Vieh. Miriam hatte ihm, wenn auch unfreiwillig, über die Maßen geholfen, und nachdem sie gemerkt hatte, dass sie nichts zu befürchten hatte, wenn sie sich anständig benahm, hatten sie eine Zeit lang fast so etwas wie eine Beziehung geführt. Doch jetzt fühlte er sich selbst mehr und mehr wie ein Gefangener in ihrer Gegenwart und in seinem schönen Haus. Deswegen hatte er beschlossen, seinem Ausflug nach Sachsen zwei Tage Urlaub anzuhängen. Fast hätte er über dem Gedanken laut aufgelacht. Urlaub. So weit war es schon mit ihm gekommen. Ein halbwegs normaler Mensch machte Urlaub, um Abstand von seiner Arbeit zu bekommen. Doch er musste sich von seinem Zuhause erholen. Immerhin waren es vier Tage, die er beschlossen hatte, wegzubleiben. Vielleicht würde er darüber so weit zur Ruhe kommen, dass er eine Perspektive entwickelte, wie es weitergehen sollte. Und sie? Sie würde die paar Tage im Keller schon überstehen.

Nervös trommelte er mit den Fingern auf dem Lenkrad und hätte um ein Haar übersehen, dass der Tank fast leer war. Als nach acht Kilometern die nächste Tankstelle kam, setzte er den Blinker und verließ die A 9. Er tankte beim Autohof Bayerisches Vogtland, kaufte sich die neueste Ausgabe des »Stern« und setzte sich in das Autobahnrestaurant, um einen Kaffee zu trinken. Erst als er nach einer Stunde zurück zum Auto kam, fiel ihm auf, welch blöder Fehler ihm unterlaufen war.

***

Am Nachmittag war Eva mit Kristina in einem kleinen Straßencafé verabredet. Sie war fünfzehn Minuten zu früh, bestellte sich einen großen Eiskaffee und genoss die angenehme Temperatur.

»Oh, das ist klasse. Für mich auch einen«, rief Kristina der Bedienung hinterher, als sie sich erschöpft auf den Stuhl neben Eva fallen ließ.

»Ist das ein geniales Wetter«, freute sie sich. »Das einzig Vernünftige an so einem Tag wäre, an einen See zu fahren und den ganzen Tag am Wasser zu liegen.«

»Und all den Männern den Kopf zu verdrehen, ich weiß.« Kristina war die schönste Frau, die Eva jemals kennengelernt hatte. Und sie schien, obwohl sie sich in den paar Monaten, seit sie sich kannten, noch nie für einen Mann näher interessiert hatte, die Aufmerksamkeit, die ihr das andere Geschlecht entgegenbrachte, sehr zu genießen.

»Na klar.« Kristina lachte. »Verehrer kann man nie genug haben.«

»Und wie wäre es mit einem Mann für eine Beziehung? Etwas Festes?«

»In der Theorie klingt das immer ganz schrecklich toll. Aber in der Praxis? Oje. Schmutzige Socken, die herumliegen, Samstagabende, die vom Fußball bestimmt werden, eifersüchtige Szenen, wenn du mit einer Freundin im Café sitzt und vom Nachbartisch angelächelt wirst.« Sie warf dem dicklichen, glatzköpfigen Endfünfziger, der sie unverhohlen anstarrte, einen lasziven Blick über den Rand ihrer Sonnenbrille zu. »Und wenn es ganz blöd läuft, siehst du morgens aus wie sechzig, weil dich sein Geschnarche die halbe Nacht wach gehalten hat.« Sie lehnte sich entspannt zurück und saugte den Eiskaffee mit geschürzten Lippen durch den Strohhalm, während dem Dicken fast die Augen aus dem Kopf fielen. Dann hauchte sie der völlig überraschten Eva einen zärtlichen Kuss auf den Mund und sagte laut genug, dass er es hören konnte: »Ich stehe auf Frauen, tut mir leid.«

Mit einem Japsen zog der Spanner seinen Geldbeutel aus der Hosentasche, warf einen Zehn-Euro-Schein auf den Tisch und riss im Wegrennen fast die Bedienung um, die mit einem vollen Tablett aus der Tür kam.

»Hast du sie nicht mehr alle?« Eva erwachte aus ihrer Starre und sah sich nach allen Seiten um. »Was soll das denn? Seit wann stehst du auf Frauen?«

»Tu ich gar nicht. Aber der Blödmann ging mir auf die Nerven. Hast du gesehen, wie sich seine Hose ausgebeult hat? Sorry, aber so was geht ja gar nicht.«

Eva bekam einen Lachanfall und beruhigte sich erst wieder, als die Kellnerin zwei weitere Portionen Eiskaffee auf ihrem Tisch abstellte.

»Halt«, riefen sie ihr unisono hinterher. »Die haben wir nicht bestellt!«

»Sie nicht. Aber der Herr mit den dunklen Haaren da hinten neben dem Oleander.«

Als sie endlich alle unerwünschten Verehrer abgeschreckt hatten, zog Kristina einen Schnellhefter aus der Tasche. Darin waren lediglich zwei Blätter abgeheftet.

»Ich war nicht besonders erfolgreich bei der Überprüfung des Handys. Schau.« Sie deutete auf die Spalte mit dem Datum. »Das sind die Einzelverbindungsnachweise der letzten beiden Monate. Und das hier sind die Nummern, die er gewählt hat. Wie du siehst, ist es nur eine Handvoll. Und jetzt rate mal, wem die gehören.«

»Keine Ahnung.« Hoffnungsvoll blickte Eva auf die Anrufliste. »Unseren bösen Buben?«

Kristina schüttelte den Kopf. »Offensichtlich ist Lubiczek ein richtiges Mamasöhnchen.«

»Du machst Witze.«

»Leider nein. Die Nummer, die er jeden Tag mindestens einmal wählt, gehört seiner Mutter. Zwei andere seinen Schwestern, dann hat er noch ein paarmal bei einer Behörde angerufen und bei verschiedenen Geschäften in der Miesbacher Innenstadt.«

»Kannst du herausfinden, welche Behörde das war?«

»Das hab ich schon. Es ist das Arbeitsamt.« Auf Evas enttäuschten Blick sagte sie: »Das hilft dir nicht weiter, oder?«

»Nein. Und du bist dir sicher, dass sonst nichts war? Vielleicht musst du noch ein paar Monate weiter zurückgehen.« Resigniert warf sie den Hefter auf den Tisch. »Oder wir haben uns einfach nur total in die Idee verrannt, und Lubiczek hat überhaupt nichts mit der Sache zu tun.«

»Ich kann noch weiter unter der Nummer nachforschen, wenn du das möchtest. Ich vermute aber, dass der Typ noch ein weiteres Handy hat, und zwar mit einer Prepaidkarte. So wie wir seine Schergen erlebt haben, kann ich mir nicht vorstellen, dass er wirklich sauber ist. Außerdem sprechen die Zähne im Krematorium ja auch für sich. Ich glaube, dass er sich so abgesichert hat, dass ihm keiner was nachweisen kann.«

»Eva«, flüsterte Jérôme zwei Stunden später aufgeregt in sein Telefon. »Sie sind im Anmarsch. Bisher sind vier Autos am Haus meiner Oma vorbeigefahren und zur LPG abgebogen.«

Eva spürte, wie sich ihr Herzschlag beschleunigte. »Ist ein Kennzeichen aus dem Kreis Rosenheim oder Miesbach dabei?«

»Ich glaube nicht. Ich habe es aber nicht so genau gesehen, weil ich auf dem Dach der Scheune neben der Gerberei liege und den Kopf unten halten muss, da die Typen alle im Freien herumrennen.«

Himmel, Arsch und Zwirn. »Ich hab dir doch gesagt, du sollst dich da fernhalten!«

»Ich hab hier aber den besten Ausblick. Und die anderen Jungs stehen bereit, um einzugreifen, falls sie mich schnappen.«

DREIZEHN

Eva saß die ganze Nacht auf glühenden Kohlen und konnte nicht schlafen, so groß waren die Sorgen, die sie sich um den jungen Mann machte. Stundenlang geisterte sie durch ihre Wohnung, schwer in Versuchung, die Leipziger Kollegen anzurufen und sie zu bitten, in der LPG nach dem Rechten zu sehen. Erst als Jérôme auf ihre mittlerweile siebte WhatsApp reagierte, beruhigte sie sich allmählich.

»Was ist los?«, fragte sie nervös, als er sich am Vormittag endlich telefonisch meldete. »Geht es dir gut?«

»Alles paletti«, antwortete er. »Es hat so lang gedauert, weil zwei von den Typen die ganze Nacht auf dem Gelände geblieben sind und ich mich nicht mehr von dem Dach getraut habe.« Dass er in seiner Not im Liegen pinkeln musste und sich dabei eingenässt hatte, verschwieg er ihr lieber. Der Spott seiner Kumpel war schon schlimm genug.

Eva biss sich auf die Zunge, um ihm nicht eine lautstarke Standpauke zu halten, weil er ihr Verbot ignoriert und sich dadurch in Gefahr gebracht hatte. Zum Glück war noch mal alles gut gegangen. »Wo bist du jetzt?«

»Bei meiner Großi. Und die restlichen Typen sind im ›Goldenen Fass‹ abgestiegen. Meine Mutter schickt dir später eine Kopie von der Zimmerliste.«

Sie überwand ihre Bedenken, für die es jetzt eh zu spät war. »Was ist mit den Kennzeichen?«

»Ich hab alle Autos fotografiert und maile dir die Bilder, sobald ich sie von der Kamera heruntergeladen habe. Ist eine Stunde okay?«

Eva hätte ihn am liebsten gebeten, ihr die Nummern einfach durchzugeben, aber sie spürte, dass er ungeheuer stolz darauf war, dass er die Autos einzeln für sie fotografiert hatte. Da sie ihn nicht enttäuschen wollte, gab sie nach, bedankte sich und versprach, sich bald wieder zu melden.

Als die Mail ankam, öffnete sie die Anhänge und druckte die Fotos aus. Durch die Bank waren es Fahrzeuge der gehobenen

Klasse, und Jérôme hatte sie alle von vorn oder hinten ablichten können, sodass die Kennzeichen klar erkennbar waren.

Nachdem Eva die Abzüge durchgeblättert hatte, gab sie sie mit einem resignierten Gesichtsausdruck an Max weiter. Überrascht sah er sie an. »Ist nichts dabei?«, fragte er.

»Kein Kennzeichen aus der Umgebung. Vielleicht haben wir uns doch getäuscht, und alles war umsonst.«

»Und was ist mit dem hier?« Max drehte eine Aufnahme so, dass sie das Nummernschild lesen konnte.

»Was ist damit? WI, das ist ja wohl nicht in unserer Nähe!«

»Nein. WI steht für Wiesbaden.«

»Ich weiß. Aber was hilft uns das?«

»Die meisten Fahrzeuge von AVIS sind in Wiesbaden registiert«, ergänzte Karl. »Möglicherweise ein Mietwagen. Zeig mal her.« Er nahm Max die Aufnahme aus der Hand und hängte sich ans Telefon. Fünf Minuten später druckte er eine formelle Anfrage auf das Briefpapier der Polizeidirektion und faxte es an die Zentrale des Autovermieters. Wenig später klingelte sein Telefon, und die Zentrale stellte den Anrufer zu ihm durch.

»Silke Hermann noch mal, AVIS Wiesbaden. Wir hatten gerade telefoniert?«

Karl schaltete den Lautsprecher ein. »Frau Hermann, meine Kollegen hören das Gespräch mit«, informierte er sie. »Was haben Sie für uns?«

»Das Fahrzeug ist in Hof stationiert und wurde vorgestern Abend an einen Robert Koch vermietet. Er hat den Wagen für zwei Tage reserviert. Alle weiteren Informationen werden uns erst mit der Datensicherung um Mitternacht übermittelt. Hilft Ihnen das?«

»Mehr als das. Können Sie mir noch die Telefonnummer Ihrer Filiale in Hof geben?« Karl klemmte den Hörer zwischen die Schulter und kritzelte die Rufnummer auf einen Zettel. Dann bedankte er sich bei Silke Hermann und legte auf.

Er gab die Notiz an Eva weiter. »Vielleicht sind wir ja doch auf Gold gestoßen.«

»Magst du dort auch noch anrufen?«, fragte sie ihn und gab ihm den Zettel zurück. »Du machst das super.«

Er bekam vor Freude über das Kompliment rote Ohren und nahm sofort den Telefonhörer wieder auf. Nachdem er einen Ansprechpartner gefunden hatte, wiederholte sich das Prozedere mit dem offiziellen Antrag und der Rückversicherung des Autovermieters, dass es wirklich die Polizei war, die die entsprechenden Informationen anforderte.

»Frau Hermann hat uns vor ein paar Minuten bereits darüber informiert, dass Sie mit einem Anliegen auf uns zukommen wollen. Trotzdem müssen wir uns versichern, dass Sie befugt sind, Auskunft von uns zu erhalten«, entschuldigte sich Sigi Braun zuvorkommend.

Karl erklärte ihm den Sachverhalt und bat ihn, sämtliche Unterlagen, die den Mietvertrag betrafen, per Fax und Mail zu schicken.

»Ich glaube, ich habe eine schlechte Nachricht«, kam Sigi Braun ohne Umschweife zum Punkt. »Das Fahrzeug steht bereits wieder auf dem Hof. Herr Koch hat den Wagen heute früh außerhalb unserer Geschäftszeiten zurückgebracht und den Schlüssel und die Fahrzeugpapiere in den dafür vorgesehenen Nachtbriefkasten geworfen.«

»Scheiße«, rutschte es Eva heraus, die über Lautsprecher mitgehört hatte. Verdammt, verdammt, verdammt. Der Kerl war ihnen durch die Lappen gegangen. Sie überlegte fieberhaft. »Bitte fassen Sie die Unterlagen und den Schlüssel nicht mehr mit bloßen Händen an«, schaltete sie sich in das Gespräch ein. »Am besten, Sie belassen alles, was Herr Koch berührt hat, so wie es ist. Wenn es sich nicht vermeiden lässt, dann ziehen Sie Einmalhandschuhe an oder nehmen Sie ein Tuch.«

»Das ist ja wie im Krimi, und wir stecken mittendrin.« Braun amüsierte sich köstlich über das unerwartete Abenteuer. »Selbstverständlich unterstützen wir Sie in jeder erdenklichen Weise.«

»Haben Sie eine Überwachungskamera?«

»Sogar drei. Direkt am Nachtbriefkasten ist eine, eine zweite deckt den Kundenraum ab und die dritte unseren Fuhrpark.«

»Gut. Wir brauchen die Aufnahmen von vorgestern, als Koch das Fahrzeug angemietet hat, und auch die von heute früh, als er es zurückgebracht hat.«

»Die Daten von heute kann ich Ihnen geben, die anderen wurden bereits gelöscht. Wenn es keine außergewöhnlichen Vorkommnisse gibt, überspielen wir die Aufnahmen nach vierundzwanzig Stunden.«

Das war zwar schlecht, ließ sich aber nicht ändern. Die Aufnahmen von der Fahrzeugrückgabe waren besser als nichts. »Herr Braun, können Sie mir noch einen Gefallen tun? Rühren Sie den Wagen nicht an. Wir werden ihn vermutlich beschlagnahmen, und es kann ein paar Stunden dauern, bis wir eine offizielle Genehmigung dafür bekommen. Aber es wäre fatal, wenn Sie das Fahrzeug reinigen lassen und damit alle Spuren beseitigen.«

»Wie lange wird das dauern?«

Eva sah auf die Uhr und rechnete rasch nach. »Wir müssen die entsprechenden Stellen erreichen, und das könnte schon zwei, drei Uhr nachmittags werden.«

Braun lachte. »Na, wenn Sie nicht von einer Woche ausgehen, ist das kein Problem. So was in der Art dachte ich mir schon. Keine Sorge, wir sind zu jeder Kooperation bereit. Allerdings fängt es hier gleich an zu regnen. Sollen wir den Wagen in eine Halle fahren?«

Bloß nicht! »Nein, damit würden Sie eventuell Spuren verwischen. Können Sie ihn mit einer Plane abdecken?«

Als Brauns Mail kam, druckte Eva die Seiten zweifach aus und überreichte ein Exemplar an Karl.

Er war es auch, der zuerst fündig wurde. »Mich laust der Affe«, murmelte er.

»Wenn du es nötig hast.«

»Was?«, er sah sie verständnislos an. Dann glitt ein Lächeln über sein Gesicht, und er warf ihr ein Ferrero Küsschen über den Tisch.

Mit einem »Mhh, danke« entfernte sie das Papier und steckte sich das Küsschen in den Mund. »Wach haschd du entdeckt?«, fragte sie.

»Sieh dir das Führerscheinfoto an!«

»Das ist doch …« Sie griff nach dem kleinen Stapel Abzüge, der auf dem Sideboard hinter ihr lag, und blätterte sie rasch durch. Als sie fündig geworden war, jubelte sie auf.

»Bingo!«

Von ihrem Frohlocken angezogen, stand Sauerwein in der Tür. »Gibt es was Neues?«

»Das kannst du laut sagen. Der Typ mit dem Leihwagen ist unser Fahrradmann.«

»Fahrradmann?«, fragte Sauerwein.

»Na der, den wir an unserem fingierten Tatort fotografiert haben.«

Inzwischen hatte auch Max Hansen sich dazu herabgelassen, im Büro zu erscheinen. Seine miese Laune besserte sich nicht dadurch, dass er das Beste des Tages offensichtlich schon verpasst hatte. Deshalb schnappte er sich die Ausdrucke der Mails von Evas Tisch und hackte wie wild auf seiner Tastatur herum.

»Ihr könnt wieder aufhören, euch wie kleine Kinder zu benehmen«, murrte er wenig später. »Der Führerschein bringt uns nicht weiter. Es gibt keinen Robert Koch mit den darauf angegebenen Daten, und der einzige hier im Landkreis gemeldete Robert Ernst Koch ist vierundsiebzig Jahre alt.«

»Was?«, fragten Eva und Karl gleichzeitig.

»Du meinst, der Führerschein ist eine Fälschung?«

»Ja, was denn sonst?«

»Scheiße.«

»Fachlich nicht unbedingt korrekt, aber immerhin sonst sehr treffend«, kommentierte Sauerwein Karls Ausruf. Dann sah er Eva an. »Trotzdem hat das auch was für sich, oder?«

Als sie ihn fragend ansah, grinste er. »Unser Wunsch nach Unterstützung von oben hat soeben ordentliches Gewicht verliehen bekommen. Damit kann Märkel weder einen Amtshilfeantrag noch die Beschlagnahmung des Wagens abblocken.«

Er zog sich einen Stuhl an den Tisch heran. »Was haben wir noch?«

»Die Bänder der Videoüberwachung. Dazu sind wir aber noch nicht gekommen.«

»Dann nichts wie los«, forderte er sie auf.

Dadurch, dass Sauerwein wie festgenagelt sitzen blieb, blieb Eva nichts anderes übrig, als sich mit Max einen Schreibtisch zu teilen. Während sie versuchte, Abstand zu ihm zu halten, rückte er mit seinem Stuhl immer wieder nach, bis sie schließlich nicht mehr vor, sondern seitlich versetzt zum Computer saßen.

»Kannst du bitte aufhören, mir auf die Pelle zu rücken? Wir sollen nicht kuscheln, sondern arbeiten.« Eva stand auf und schob ihn mitsamt seinem Stuhl zurück vor den Bildschirm.

Bis sie die Aufnahmen durchgesehen hatten, wiederholte sich das Spiel mit dem Stühlerücken noch zweimal, und Eva kochte vor Wut. Und dass sie auf den Videobändern absolut nichts Brauchbares gefunden hatte, trug nicht dazu bei, ihre Laune zu verbessern.

»Wie machen wir jetzt weiter?«, fragte Karl.

»Was hat den Kerl dazu veranlasst, sich ausgerechnet in Hof einen Leihwagen zu mieten, Kalkül oder Zwang?«

»An Berechnung glaube ich nicht«, führte Eva Sauerweins Gedanken zu Ende. »Falls er den Verdacht hat, dass wir ihm auf den Fersen sind, macht er es nur schlimmer, wenn er auch noch wegen dem falschen Führerschein auffällig wird.«

»Des«, warf Max ein.

»Was?«

»Es muss ›des‹ heißen. Wegen des falschen Führerscheins. Nicht wegen dem falschen Führerschein.«

Eva warf ihm einen bösen Blick zu und ignorierte ihn dann völlig. Dafür betonte sie den nächsten, ebenso falschen Satz umso deutlicher. »Also, wenn er wegen dem falschen Lappen erwischt wird, dann hängt er richtig drin. Deswegen glaube ich eher, dass er den Mietwagen nehmen musste. Vielleicht hatte er eine Panne.«

»Das denke ich auch«, sagte Sauerwein. »Karl, überprüf die Autowerkstätten.«

Karl rief ein weiteres Mal bei der Autovermietung in Hof an. »Ich kann auf dem Formular nirgendwo die Uhrzeit finden, zu der Koch den Wagen angemietet hat.«

Braun bat ihn um ein wenig Geduld und suchte währenddessen die Unterlagen heraus. Dann sagte er: »Das war um siebzehn Uhr siebenundvierzig.«

Anschließend telefonierte Karl die Automobilclubs ab, von denen jedoch keiner um die entsprechende Uhrzeit ein Pannenfahrzeug abgeschleppt hatte. Beim ADAC bekam er immerhin die Auskunft, dass deren Subunternehmer meist keine Informationen an sie weiterleiteten, wenn der Hilfesuchende kein Mitglied war und den Pannenservice direkt bezahlte. Außerdem gab ihm der hilfsbereite Mitarbeiter sämtliche in seiner Liste verzeichneten Telefonnummern der in Hof und Umgebung ansässigen Abschleppunternehmen.

Bevor Karl den zweiten Versuch unternehmen konnte, hielt Eva ihn zurück. Sie stand vor der großen Straßenkarte, die an der Wand zum Flur hing. »Ich glaube, du kannst das Gebiet eingrenzen, dann wird es einfacher. Wir können davon ausgehen, dass Koch von Süden über die A 9 oder A 93 gekommen ist. Im zweiten Fall war er auch noch ein kurzes Stück auf der A 72. Dementsprechend müsste die Panne auf einem dieser Autobahnabschnitte passiert sein.«

Nach seinem dritten Gespräch lehnte sich Karl zufrieden in seinem Stuhl zurück.

»Ein gewisser Herr Koch hat vorgestern gegen siebzehn Uhr einen BMW mit Rosenheimer Kennzeichen von der Autobahnraststätte Bayerisches Vogtland zur nächstgelegenen Werkstatt abschleppen lassen, weil das Fahrzeug liegen blieb, nachdem er den falschen Sprit getankt hatte. Er hat dem Fahrer dreihundert Euro bar bezahlt und sich von ihm direkt vor dem AVIS-Büro absetzen lassen.«

Ohne Karls Erfolg auch nur mit einem Hauch von Anerkennung zu würdigen, nölte Max: »Gibt es vielleicht auch noch ein bisschen mehr von dem Kennzeichen als nur den Landkreis?«

Karl klatschte sich mit der offenen Hand gegen die Stirn. »Ach, wie dumm von mir«, rief er theatralisch. »Was täte ich nur ohne dich!«

Eva senkte den Kopf, damit Max nicht mitbekam, dass sie bis über die Ohren grinste. Dem war jeglicher Sarkasmus aber absolut fremd.

»Idiot«, war dementsprechend auch sein einziger Kommentar, als er Karl den Zettel mit der Nummer aus der Hand riss.

Während Karl bei der Werkstatt in der Warteschleife hing, überprüfte Max das Kennzeichen.

»Der Wagen wurde bereits abgeholt«, sagte Karl enttäuscht. »Da Koch Diesel in einen Benziner getankt hatte, musste nur die Einspritzanlage gereinigt werden, das konnten die schnell erledigen. Was machen wir jetzt?«

»Wir fahren zu der Adresse, unter der der BMW gemeldet ist.« Eva sah auf die Uhr. »Wenn Koch vor einer Stunde in Hof losgefahren ist, dann bleiben uns noch gut drei Stunden, um ihm einen netten Empfang zu bereiten.«

»Ich dachte, wir wollten warten, bis wir genügend Informationen über die Hintermänner haben, und erst dann das ganze Pack gleichzeitig hochgehen lassen«, sagte Karl.

»Ich will ihn nicht verhaften, sondern vor seinem Haus eine allgemeine Verkehrskontrolle durchführen lassen. Wir nehmen ihn wegen des gefälschten Führerscheins mit aufs Präsidium und stellen ihm ein paar unangenehme Fragen.«

Karl sah sie skeptisch an. »Wenn der den Bus von der Verkehrsüberwachung sieht, dann erzählt er denen doch nur, dass er seinen Schein vergessen hat, bekommt vierzig Euro Bußgeld aufgebrummt und haut wieder ab.«

»Ihr könnt euch eure Spekulationen sparen.« Max lehnte sich mit einem überheblichen Gesichtsausdruck an Evas Tisch. »BMW hast du gesagt, richtig?«

Als Karl nickte, fuhr Max fort. »Dann, lieber Kollege, hast du es nicht geschafft, zwei Buchstaben und drei Ziffern richtig zu notieren. Das Kennzeichen gehört zu einem Opel Corsa, der auf einen Armin Käfer zugelassen ist. Und komm mir nicht damit, dass sich der Abschleppheini getäuscht haben muss. Nicht mal ein Blinder könnte das verwechseln.«

»Da geb ich dir recht.« Karl zuckte ratlos mit den Schultern. »Ich überprüf das noch mal.«

Nachdem Karl den Abschleppdienst wie auch die Werkstatt angerufen hatte, hatte er schlechte Nachrichten.

»Das Kennzeichen stimmt. Ich meine, wenn du recht hast, dann stimmt es eben nicht. Ich will sagen, der BMW hatte die Nummernschilder, die ich notiert habe, das bestätigt auch die Werkstatt. Und ja«, wiegelte er Max' Einwurf im Vorfeld ab, »die Schilder waren abgestempelt.«

»Komisch«, befand Eva. »Wenn die Schilder gefälscht waren, woher kommt dann das TÜV-Siegel? Und wenn sie geklaut waren, dann hättest du das bei der Überprüfung doch sehen müssen?«, fragte sie Max.

»Nur wenn sie als gestohlen gemeldet sind. Wenn der Besitzer das aber noch gar nicht gemerkt hat, dann können wir lange auf die Information warten.«

Eva schnappte sich ihre Tasche. »Ich fahre da jetzt hin und seh mir den Corsa an. Wer kommt mit?«

***

Vor dem Haus der Familie Käfer war weit und breit kein Opel Corsa zu sehen. Die Rollläden an dem Einfamilienhaus waren heruntergelassen, und die Terrassenmöbel waren mit einer großen grauen Plane abgedeckt.

»Die sind im Urlaub.« Eine gepflegte Mittvierzigerin radelte an ihnen vorbei, stieg fünf Meter weiter von ihrem Fahrrad und schloss die Haustür gegenüber auf.

»Warten Sie«, rief Eva ihr hinterher, als sie in der Tür verschwand. Als die Frau nicht reagierte, zuckte sie mit den Schultern und ging am Haus der Käfers vorbei, um einen Blick auf die Garage zu werfen.

Kurz darauf kam die Frau von gegenüber zurück. »Ich musste nur schnell die Eiscreme in den Gefrierschrank legen. Was wollen Sie denn wissen?«

Zehn Minuten später war Eva um die Information reicher, dass die Käfers vor ein paar Tagen in ihre Ferienwohnung in der Schweiz aufgebrochen waren und am Wochenende zurückkommen wollten. Auf Evas Nachhaken zeigte sich die Nachbarin völlig sicher, dass die Familie auch tatsächlich abgereist war. »Klar sind sie das. Herr Käfer hat mir noch die Küchenkräuter vermacht, bevor sie gefahren sind.«

»Hat einer der Nachbarn einen Schlüssel vom Haus?«, ließ sich Max endlich dazu herab, sich am Gespräch mit der Nachbarin zu beteiligen.

»Nein. Glaube ich zumindest.«

»Glauben heißt nicht wissen«, stellte er hochnäsig fest. »Eva, überprüf schon mal die anderen Nachbarn, ob das stimmt.«

Einen Teufel würde sie tun. Sie war doch nicht sein Laufbursche. »Was ist mit dem Briefkasten?«, fragte sie. »Wer leert den aus?«

»Den Briefkastenschlüssel habe ich. Herr Käfer hat mich gebeten, die Post bei mir zu behalten, bis sie wiederkommen. Das ist übrigens neu. Früher hatte ich immer einen Schlüssel zum Haus und hab die Post in den Vorraum gelegt. Seit einiger Zeit ist er aber der Ansicht, dass es so einfacher ist, und außerdem hat er den Schlüssel seiner Mutter gegeben, die im Seniorenstift in Aibling lebt.«

Als Eva auf die Erwähnung des Altenheims verdutzt schaute, meinte die Nachbarin: »Ja, so wie Sie hab ich vermutlich auch geschaut. Was soll die alte Frau damit, sie kommt ja ohnehin nicht mehr allein hierher. Aber was soll's, schließlich gehen mich die Befindlichkeiten meiner Nachbarn nichts an.«

»Sie erwähnen immer nur Herrn Käfer. Was ist denn mit seiner Frau?«

»Sie kann das Haus nicht verlassen, weil sie eine Lichtallergie hat. Die gleiche Krankheit wie Hannelore Kohl. Wirklich tragisch, so was. Die arme Frau! Dabei hab ich sie nie kennengelernt, ihr Mann sagt nämlich, dass es sie depressiv macht, wenn Besuch kommt. Weil der wieder ins Tageslicht gehen kann, verstehen Sie?«

Bevor sie sich verabschiedeten, brachte Max das Gespräch auf den Corsa. »Sind Ihre Nachbarn mit dem kleinen Auto in den Urlaub gefahren?«

»Ach, wo denken Sie hin. Käfer fährt einen Firmenwagen. Einen BMW.«

Nachdem sie sich von der Nachbarin verabschiedet hatten, setzten sich Eva und Max ins Auto. Als Max den Motor starten wollte, legte Eva ihm die Hand auf den Arm.

»Entweder Käfer und Koch sind ein und dieselbe Person, dann ging seine Reise statt in die Ferienwohnung in Wirklichkeit nach Sachsen, und seine Frau ist bei heruntergelassenen Rollläden zu Hause geblieben. Oder Familie Käfer weilt tatsächlich in der Schweiz, und ihr Haus soll der nächste potenzielle Tatort für Koch sein.«

»Hmm.« Max verfiel in ein dumpfes Brüten. »Was schlägst du vor?«

»Wir lassen das Haus rund um die Uhr überwachen, bis einer von beiden auftaucht. Falls es Käfer ist, dann lassen wir uns überraschen, ob er einen Einbruch meldet. In dem Fall war Koch schon in den letzten Tagen hier, und wir sind zu spät. Und falls Koch auftaucht, dann lassen wir ihn die Bude in aller Ruhe ausräumen und verfolgen ihn bis zu seinem Wohnort.«

»Die Idee ist gut«, fand Karl, als die beiden wieder zurück im Präsidium waren. »Aber wieso seid ihr nicht gleich dort geblieben und habt darauf gewartet, dass ihr abgelöst werdet?«

»Weil ich nicht glaube, dass einer von beiden am helllichten Tag auftaucht. Koch wird sich unterstehen, das Haus zu plündern, wenn ihn die gesamte Nachbarschaft dabei beobachten kann, und die Käfers können erst nach Anbruch der Dunkelheit vor die Tür gehen, weil sie sich durch ihre Krankheit sonst schwere Verbrennungen zuzieht. Deswegen werden sie nachts zurückfahren.«

»Also gut«, sagte Sauerwein und stand auf. »Es ist mir eine Freude, mich mit Märkel über eine Rundumüberwachung auseinanderzusetzen, die vier bis fünf Tage in Anspruch nehmen kann. Aber immerhin haben wir jetzt genug in der Hand, um damit durchzukommen.«

Der Streit zwischen Sauerwein und Märkel eskalierte in einer Lautstärke, die noch ein Stockwerk tiefer zu hören war. Letzten Endes war es Sauerwein, der am längeren Hebel saß und die Schlacht schließlich für sich entschied.

»Dieses Mal haben Sie gewonnen«, gab sich Märkel geschlagen. »Aber glauben Sie nicht, dass Ihre erpresserischen Methoden Schule machen. Die Sache mit dem Dienstwagen zieht nicht länger bei mir, schreiben Sie sich das hinter die Ohren. Und jetzt raus!«

Sauerwein grinste in sich hinein, als er die Treppenstufen nach unten lief. Die Sache mit dem Dienstwagen zog eben doch immer; allerdings war er sich im Klaren darüber, dass er seinen Lieblingstrumpf schon über die Maßen strapaziert hatte. Egal. Sollte sich der Chef ruhig weiter seinen Jahreswagen ergaunern und sich damit ins eigene Fleisch schneiden. Wer nämlich mit dem Geld der Steuerzahler prasste, hatte schlechte Argumente gegen die Verwendung selbiger, wenn es um Verbrechensaufklärung ging.

Am Freitagnachmittag hatte die Euphorie im Präsidium spürbar Schlagseite erlitten. Das Warten auf Koch oder Käfer war bislang mit so wenig Erfolg gekrönt, dass niemand mehr so recht daran glauben wollte, dass der sich noch einstellen würde. Während Karl die aktuelle »Gala« bereits auswendig kannte, hatte Evas Schreibtischunterlage deutlich an Stärke abgenommen. Dafür hatten ihre Fähigkeiten im Zeichnen von Blümchen merklich an Profil gewonnen. Mit einem Seufzer warf sie den Graphitstift auf den Tisch.

»Was machen wir, wenn Koch nicht kommt? Ich meine, wenn er überhaupt nicht auftaucht, weil er weder Käfer ist, noch um das Haus auszuräumen?«

»Dann fangen wir wieder von vorn an«, antwortete Karl. »Wir gehen alle Informationen erneut durch und suchen nach dem, was wir bisher übersehen haben. Irgendwie finden wir schon heraus, wo Koch wohnt.«

»Immerhin haben wir einige Anhaltspunkte.« Max gähnte lauthals. Er hatte mit dem Kopf an der Wand gedöst, bis seine Kollegen die seltene Ruhe mit ihrem Geschwätz gestört hatten. »Koch muss in der Gegend leben. Dafür spricht, dass sämtliche Einbrüche, bei denen wir Ammlers Fingerabdrücke gefunden haben, im Kreis Rosenheim stattfanden, und dazu kommt auch noch, dass er höchstpersönlich an dem fingierten Tatort aufgetaucht ist. Außerdem stammt auch das geklaute Kennzeichen von hier. Wär ja schon ein komischer Zufall, wenn er aus Stuttgart oder Passau wäre.«

Da er keine Antwort bekam, ließ er sich wieder zurück gegen die Wand sinken und schloss die Augen. Leider war der göttliche Frieden nicht von Dauer, da Evas Lineal auf der Jagd nach einer fetten Fliege mit einem so lauten Knall auf ihren Schreibtisch klatschte, dass Max vor Schreck fast vom Stuhl fiel.

»Sieh es doch mal positiv: Solange sich bei den Käfers nichts tut, haben wir die Chance auf ein freies Wochenende«, sagte Karl. »Apropos, wie wär es, wenn wir damit schon mal anfangen?«

Widerwillig musste Eva ihm recht geben. Sauerwein hatte schon mittags das Feld geräumt, weil er nachmittags niemanden für die Kinder hatte, und außerdem hatte er einen Mordsaufstand um seinen Wochenendeinkauf gemacht. Nach einem flüchtigen Blick auf seine To-do-Liste war ihr klar geworden, dass am Samstag nicht nur Claudia und ihr Mann zum Grillen eingeladen waren, sondern auch ein sehr hübsches Kindermädchen. Und Karl hatte nichts Besseres vor, als den, wie er sagte, bereits jetzt immer größer werdenden Babybauch seiner Gemahlin zu streicheln. Wobei sich Eva fragte, wie er das Baby unter all den überflüssigen Pfunden ertasten konnte, die Sissy Holtau vor sich herschob.

Sie selbst wollte kurz zu Hause vorbeifahren, ihren Kater nebst seiner und ihrer Habseligkeiten in den Smart verfrachten und zu einem langen Wochenende in die Berge aufbrechen. Mit Blick zum See, wie es sich gehörte. Und im Gegensatz zu Sauerwein musste sie sich um nichts weiter kümmern als um sich selbst und gute Laune. Kristina wollte Getränke und Rosie mitbringen, und Julian hatte genug eingekauft, um die drei Frauen bei sich zu Hause ein ganzes Jahr lang begrillen zu können. Sosehr sich Eva über seinen Vorschlag gefreut hatte, hatte es sie doch auch verwundert.

»Du willst das ganze Wochenende mit drei Mädels verbringen? Hast du dir das gut überlegt?«

»Ich hab mir schon immer einen Harem gewünscht«, hatte er gelacht. »Außerdem zählt Rosie mit ihren fünfundsiebzig Jahren nicht mehr wirklich als Mädel. Und wenn du Moritz mitbringst, dann sind wir Jungs ja auch zu zweit.«

Widerstrebend räumte sie ihren Schreibtisch. Es ging ihr gegen den Strich, dass die Kollegen von der Zivilüberwachung ihr Wochenende opfern mussten und sie selbst zur Untätigkeit verdammt war. Oder, schlimmer noch, das süße Nichtstun würde ausgerechnet am Samstagabend ein Ende finden, wenn Koch, Käfer oder wer auch immer ausgerechnet dann auftauchte, während die gesamte Mannschaft mit Grillen, Bauchstreicheln oder sonst was beschäftigt war. Sie warf Max einen Blick zu. Er war der Einzige, der sich nicht wie sonst fanatisch auf ein paar freie Tage freute. Im Gegenteil schien er geradezu darauf zu hoffen, dass etwas geschah, was sämtliche Pläne über den Haufen warf. Verwundert sah sie ihm nach, als er das Büro verließ und ein halbherziges »Schönes Wochenende« in den Raum rief.

»Es ist eben blöd, wenn man seine miese Laune so lange pflegt, bis einem sämtliche Freunde weglaufen«, meinte Karl die Ursache zu kennen. »Und sorry, aber ich will mir den Miesepeter auch nicht aufhalsen, nur damit er nicht allein rumhängt.«

***

Evas Befürchtungen traten zum Glück nicht ein, und der ganze Samstag verlief in einer gottgnädigen Ruhe, die Seltenheitswert hatte. Am Sonntag packten sie nach dem Frühstück eine kleine Brotzeit ein, schnappten sich ihre Räder und strampelten zum Aufwärmen um den See, um schließlich am »Gasthof Hennerer« den Schotterweg zur Freudenreichalm in Angriff zu nehmen.

»Ich soll mit euch zum Mountainbiken gehen? Das habt ihr euch so gedacht. Wollt ihr mich den ganzen Berg hinauf schieben?« Rosie hatte sich beim Frühstück über die Idee schlappgelacht, bis Julian sie wie eine Feder hochhob und hinters Haus trug. Als die beiden nach einer Viertelstunde noch nicht zurück waren, standen Eva und Kristina schweren Herzens vom Frühstückstisch auf, der unter einem großen Apfelbaum vor dem alten Bauernhaus stand.

Sie nahmen den Weg durch die Küche, und als sie einen Blick durchs Fenster warfen, kamen sie aus dem Staunen nicht mehr heraus. Draußen radelte eine quietschfidele Rosie mit einem Affenzahn den kleinen Hügel neben der Straße rauf und runter, bis Julian sie stoppte, damit sie den Akku nicht schon vor der Tour leer fuhr.

»Das glaub ich jetzt nicht«, war dann auch Evas Kommentar. »Du hast ein Elektrorad?«

»Nur geliehen«, sagte Julian. »Wenn wir schon einen Ausflug machen, dann mit dem ganzen Harem.«

Julian hatte Rosie versprechen müssen, dass sie mit der Höllenmaschine nicht über Wurzeln und Steine fahren musste, dann konnte es losgehen. Sie umrundeten den See, zuerst an der Hauptstraße entlang, später am autofreien Westufer bis nach Schliersee. Am Campingplatz bogen sie nach links, hatten einen kurzen, aber knackigen Anstieg zu bewältigen und passierten einen idyllischen kleinen Weiher. Kurz darauf verließen sie die Teerstraße, bogen in einen Forstweg ein und sahen die Steigung vor sich. Es dauerte keine fünf Minuten, bis hinter Kristina ein Klingeln ertönte. Mit minimaler Eigenunterstützung ihrer Beine fuhr Rosie an den beiden Frauen vorbei und konnte sich ein spöttisches »Na, ihr lahmen Enten« nicht verkneifen.

Später saßen sie glücklich in Julians Lieblingseisdiele »Milchhäusl« in Schliersee und ließen sich vier überdimensionale Eisbecher schmecken. Und Rosie strahlte über das ganze Gesicht.

»Ich hätte nie gedacht, dass ich mit euch jungen Hüpfern noch so einen Spaß haben kann«, sagte sie. »Wenn man bedenkt, dass wir das alles einem durchgeknallten Psychopathen zu verdanken haben.«

»Na hör mal, meine Süße, redest du etwa von mir?«, fragte Julian mit einem Augenzwinkern.

»Von dir doch nicht, mein Schatz«, erwiderte Rosie schlagfertig, zog ihn zu sich und drückte ihm einen sanften Kuss auf die Wange.

»Dann ist's ja gut.« Julian nahm ihre runzlige Hand und hielt sie zärtlich fest. »Meine Frau«, erklärte er dem amüsierten Paar am Nachbartisch. »Und die beiden missratenen jungen Damen sind unsere Töchter.«

***

Gerade als Eva sich dazu entschieden hatte, die Nacht noch am Schliersee zu bleiben und sich in der Folge am nächsten Morgen durch eineinhalb Stunden Berufsverkehr zu kämpfen, klingelte ihr Telefon.

»Es tut sich was«, sagte Sauerwein. »Die Zivilüberwachung hat mich angerufen, dass ein Wagen in die Garage gefahren ist. Jetzt brennt im ganzen Haus Licht.«

»Das sieht nicht nach einem Einbruch aus«, stellte Eva fest.

»Das denke ich auch. Vermutlich sind die Käfers nach Hause gekommen.«

»Was hast du jetzt vor?«

»Ich hole dich in zehn Minuten ab. Es ist zwar schon fast Mitternacht, aber wenn die Herrschaften jetzt erst nach Hause kommen, können wir ihnen auch noch einen späten Besuch zumuten.«

»Ähm, das geht nicht.«

»Wieso denn nicht? Als dienstbeflissene Gesetzeshüter dürfen wir uns auch in der Nacht Sorgen machen, wenn Zivilisten bedroht sind.«

»Das meine ich nicht. Ich bin am Schliersee.«

»Oh, ja, das ist blöd. Macht nichts, dann nehme ich Max mit.« Ohne sich zu verabschieden, hängte Sauerwein ein.

VIERZEHN

Auf Evas Frage, ob er wisse, was in der letzten Nacht passiert sei, schüttelte Karl den Kopf. Sie mussten warten, bis Sauerwein gegen neun Uhr mit einem zerknitterten Gesichtsausdruck erschien.

Eva orderte bei Nora einen Latte macchiato für den Chef, dann konnte sie ihre Neugier nicht länger im Zaum halten.

»Hast du Käfer verhaftet?«

Sauerwein hängte sein Jackett ordentlich auf einen Bügel, bevor er sie aus kleinen Augen musterte. Dann gähnte er ausgiebig. »Mein Gott, bin ich müde. Verhaftet? Nein. Käfer ist aus allen Wolken gefallen, als wir bei ihm geklingelt haben. Er hat uns bereitwillig in seine Garage geführt, und da stand der Corsa. Mitsamt den dazugehörigen Nummernschildern.«

Als Sauerwein nichts weiter sagte, bohrte Eva nach. »Ja, und wer ist Käfer nun? Was ist mit seiner Frau? Und mit Koch? Wurde eingebrochen?«

»Hey, mach mal langsam, okay? Ich hab im Gegensatz zu dir nur drei Stunden geschlafen. Eins nach dem anderen, okay?«

»Jawohl«, stand Eva stramm. »Sind Käfer und Koch ein und dieselbe Person?«

»Keine Ahnung. Eine auffallende Ähnlichkeit mit den Bildern konnte ich jedenfalls nicht feststellen. Vielleicht hat er sich ja maskiert, das hatten wir doch schon mal, oder?«

Ja. Erst vor einem halben Jahr. »Mensch, Martin, lass mich doch nicht so betteln. Was sagt denn dein Bauchgefühl?«

»Keine Ahnung. Noch immer nicht, ehrlich. Ich bin viel zu müde.«

Herrgott noch mal! »Und seine Frau?«

»Die war schon im Bett.«

»Wurde in das Haus eingebrochen?«

Sauerwein streckte sich, bis seine Knochen krachten. »Nein. Glaub ich zumindest. Jedenfalls hat Käfer nichts davon gesagt. Und das wär ja wohl das Erste gewesen, wenn schon die Polizei von allein kommt, oder? Und jetzt lass mich bitte meinen Kaffee trinken, du Nervensäge. In einer halben Stunde fühle ich mich wieder wie ein Mensch, aber bis dahin will ich leiden, verstanden?«

Die halbe Stunde machte keinen Unterschied. Sauerwein war zwar wie versprochen durch das Koffein wieder unter die Lebenden zurückgekehrt, an seiner Einschätzung der nächtlichen Befragung änderte sich dadurch aber nichts. Frustriert kickte Eva den Tennisball, der von der Stippvisite ihres Katers vor ein paar Monaten im Büro zurückgeblieben war und nun zum Aggressionsabbau diente, gegen die Wand.

Als Sauerwein um zehn Uhr eine Besprechung einberief, war die Stimmung im Präsidium auf dem Nullpunkt.

»Was ist eigentlich aus der Liste mit den Übernachtungsgästen aus dem ›Goldenen Rad‹ geworden?«, fragte er.

»Goldenen Fass«, berichtigte Karl. »Die Liste ist ein Witz. Sieh dir mal die Namen an.«

Er reichte Sauerwein den Ausdruck einer Fotografie, die Fleur Siebert vom Gästeverzeichnis der Pension gemacht und an Eva gemailt hatte.

»Robert Koch, Nick Tesla, Robert Bosch, Werner Heisenberg«, las Sauerwein vor. »Fehlt nur noch Albert Einstein. Das ist ein Scherz, oder?«

»Sag ich doch. Die haben sich aus Jux und Tollerei die Namen irgendwelcher Forscher gegeben. Ich kann nur nicht verstehen, dass das im Hotel niemandem aufgefallen ist.«

»Weil die Namen an sich nicht besonders ausgefallen sind«, vermutete Eva. »Bosch und Koch, so kann jeder heißen. Und uns wäre es auch nicht aufgefallen, wenn es sich nicht um eine Ansammlung ausgesprochen elitärer toter Wissenschaftler handeln würde. Allein bei dem Namen Robert Koch sind wir schließlich auch nicht stutzig geworden. Außerdem bist du es doch, der Sendungen à la ›Verstehen Sie Spaß?‹ liebt. Geh runter auf die Straße, sprich zehn Passanten an und frag sie, wer Nikola Tesla war. Ich wette mit dir, dass du höchstens eine richtige Antwort bekommst.«

Später nahm sich Eva erneut die Fotos vor, die die Spurensicherung an ihrem vorgetäuschten Tatort aufgenommen hatte. Sie legte die Aufnahmen des Verdächtigen nebeneinander und versuchte, irgendetwas zu erkennen, was sie weiterbrachte.

»Robert Koch«, murmelte sie. »Wer zum Henker bist du?«

Nachdem sie eine Zeit lang gegrübelt hatte, stach ihr etwas ins Auge. »Max!« Suchend sah sie sich um. Als er auf ihr Rufen ins Zimmer kam, bat sie ihn, zwei der Bilder in der höchstmöglichen Auflösung so weit wie möglich zu vergrößern. Dann holte sie ein Vergrößerungsglas aus ihrem Schreibtisch und versuchte angestrengt, das zu lesen, was aus seiner Jackentasche ragte.

»Dafür brauchst du eine Lupe?«, frotzelte Max. »Das sieht doch ein Blinder, dass das eine Bäckertüte ist.«

»Das seh auch ich, du Schlaumeier. Ich will wissen, welche Bäckerei das ist.«

»Wozu? Hast du dem Bäcker deines Vertrauens die Freundschaft gekündigt?«

Mit einem zufriedenen Lächeln lehnte Eva sich zurück. »Genau deswegen versuche ich, die Schrift zu entziffern. Wegen dem Bäcker des Vertrauens. Ich hab meinen Haus- und Hofbäcker, Martin hat auch einen und vielleicht auch John-Robert Doe-Koch. Und wenn wir den herausfinden, dann brauchen wir dort nur zu warten, bis Johnny wieder auftaucht.«

»Gute Idee.« Das musste selbst Max zugeben. »Zeig her.«

Obwohl er sich anstrengte, war aus der Aufnahme nicht mehr herauszuholen. »Der Knick läuft genau über die Schrift. Vielleicht reichen ja die Schriftfarbe und die Tüte, um herauszufinden, welche Bäckerei das ist.«

Eva blieb skeptisch. »Vermutlich verwenden neunzig Prozent aller Bäckereien braune Papiertüten mit roter Schrift.« Sie wählte die Nummer der Spurensicherung.

»Habt ihr noch mehr Bilder, auf denen der dunkelhaarige Mann mit der beigefarbenen Wildlederjacke zu sehen ist?«, fragte sie. »Was? Das ist egal. Mir geht es nicht um den Mann, sondern um das, was er in seiner Tasche hat. Schick mir bitte jedes Foto, auf dem die Bäckereitüte zu sehen ist.«

»Was geht dir denn durch den Kopf?«, fragte Sauerwein. Wenn Eva die Stirn in Falten zog und einen Punkt in der Unendlichkeit fixierte, dann heckte sie mit Sicherheit etwas aus.

»Ich denke an den Versicherungsvertreter. Lohmann.«

»Lohkamp. Stefan Lohkamp«, berichtigte Karl. »Was ist mit ihm?«

»Selbst falls es uns gelingt, Ammler respektive Koch-Käfer-Doe die Einbrüche nachzuweisen, haben wir gegen Lohkamp nichts in der Hand. Es sei denn, sein Komplize lässt ihn auffliegen. Aber falls der dichthält, haben wir ein Problem. Dass er seine Einkäufe bar bezahlt, macht ihn ja nicht strafbar. Und ihm nachzuweisen, woher er das Bargeld hat, dürfte auch nicht einfach werden.«

»Und?«, fragte Sauerwein.

»Was, und?«

»Du wirst mir doch nicht weismachen wollen, dass du nur darüber grübelst. So wie du aussiehst, geht dir eine Idee durch den Kopf, wie wir ihn zu fassen bekommen. Ich bin mir nur nicht sicher, ob ich wirklich wissen will, was du schon wieder ausbrütest.«

Eva kicherte, als Sauerwein das Gesicht verzog. So unrecht hatte er nicht, das musste sie zugeben.

»Ich habe mir überlegt, dass wir ihn auf frischer Tat ertappen müssten. Einer von uns bestellt ihn mit dem Vorwand, dass er eine Hausratversicherung abschließen möchte, zu sich nach Hause. Dabei können wir ihm auf den Zahn fühlen, ob er sich dazu herablässt, Andeutungen darüber zu machen, dass es eine Möglichkeit gäbe, sich nebenbei etwas hinzuzuverdienen.«

Erwartungsvoll sah sie ihre Kollegen an. Die brauchten eine Weile, um über ihre Idee nachzudenken.

»Ich finde das gut«, sagte Karl schließlich.

Auch Max und Sauerwein stimmten zu.

»Das Blöde ist nur, dass keiner von uns so eingerichtet ist, dass sich ein Einbruch lohnt«, sagte Sauerwein. »Selbst wenn wir uns aus dem Polizeifundus irgendwelche Gemälde an die Wand hängen, glaubt niemand, der einen Blick dafür hat, dass wir uns die freiwillig aufgehängt haben.«

»Ganz davon abgesehen, dass die Schinken eh nicht viel wert sind«, sagte Max.

»Ich dachte dabei auch gar nicht an einen von uns.«

»Sondern?«

»An Kristina.«

Durch die Reihe ihrer Kollegen lief ein kollektives Aufstöhnen.

»Eva und ihr Lockvogel«, sagte Max. »Befürchtest du nicht, dass sie dir irgendwann die Freundschaft kündigt, wenn du sie ständig irgendwelchen Verbrechern zum Fraß vorwirfst?«

»Aber das ist doch völlig ungefährlich«, protestierte Eva. »Lohkamp ist ja allerhöchstens der Tippgeber und raubt die Häuser nicht selbst aus. Außerdem würde ich sie bei der Aktion verkabeln und vor dem Haus ein paar Kollegen in Zivil postieren. Und wir sitzen in der Nachbarwohnung und hören mit.«

Das Für und Wider ging noch eine Weile hin und her, bis Sauerwein sagte: »Eigentlich finde ich die Idee nicht schlecht. Und ich muss dir recht geben, dass die Aktion völlig ungefährlich ist. Wir haben nur schon wieder das Problem, dass wir den Tonbandmitschnitt nicht vor Gericht verwenden dürfen.«

»Brauchen wir auch gar nicht. Falls Lohkamp Kristina ein derartiges Angebot macht, genügt ihre Aussage. Sie braucht nur Anzeige gegen ihn zu erstatten, und schon haben wir ihn.«

»Außerdem kann ich mir vorstellen, dass er sich auf einen Deal einlässt, wenn es darauf ankommt«, sagte Max. »Wie ich ihn einschätze, würde er seine Kinder verpfeifen, wenn er im Gegenzug straffrei ausgeht und dazu sein schickes Auto und die Rolex behalten darf.«

»Also gut«, entschied Sauerwein. »Frag Kristina, ob sie sich das antun will.«

***

»Du bist echt noch der Nagel an meinem Sarg.« Kristina nahm einen großen Schluck Eiskaffee. Sie hatten sich wieder in ihrem Lieblingscafé in der Fußgängerzone verabredet, und nachdem Eva eine Weile herumgedruckst hatte, verlor Kristina die Geduld.

»Nun hör schon auf, herumzueiern. Ich seh dir doch an, dass du mich etwas fragen willst, was mich aus den Latschen kippt.«

Verlegen nippte Eva an ihrem Kaffee. »Stimmt. Ich hab nämlich eine Idee. Und die ist diesmal wirklich völlig ungefährlich.«

»Stopp, hör auf«, unterbrach Kristina ihre Freundin. »Wenn ich aus deinem Mund das Wort *ungefährlich* höre, bekomme ich einen Hörsturz. Vergiss es. Ich mach das nie wieder, hörst du? *Nie, nie* wieder!«

Eva nickte bedrückt. Nachdem sie gestern noch weiter über ihre Idee nachgedacht hatte, war ihr ziemlich bald klar geworden, dass Kristina es rundherum ablehnen würde, sich erneut auf etwas einzulassen, was niemand wirklich kalkulieren konnte. Trotzdem hatte sie gehofft, dass sie sich wenigstens anhören würde, worum es ging.

»Trinkst du einen Aperol Spritz mit mir?«

»Würd ich gern, aber ich muss noch arbeiten«, antwortete Eva mit einem bedauernden Lächeln. Es wäre schön, den warmen Spätsommertag mit ein bis drei Gläsern des erfrischenden Cocktails ausklingen zu lassen und sich dabei einer mittelschweren Trägheit hinzugeben.

»Vielleicht später, falls ich es schaffe, ohne Überstunden aus dem Büro zu kommen.«

Kristina überlegte kurz und winkte die Bedienung zu sich. Sie bestellte einen Spritz und streckte zwei Finger in die Luft, ohne dass Eva es sah. Dementsprechend verwirrt blickte die auch drein, als plötzlich ein bauchiges Glas mit einer orangefarbenen Flüssigkeit und einer aufgesteckten Orangenscheibe vor ihr stand.

Als sie die Kellnerin auf ihren Fehler aufmerksam machen wollte, legte Kristina eine Hand auf ihren Arm und schüttelte den Kopf.

»Süße, das ist zwar lieb gemeint, aber ich kann nicht.«

»Kannst du schon. Ich hab dir das nämlich verordnet. Dienstlich sozusagen.«

Eva kicherte. »Ich wusste gar nicht, dass du jetzt meine Vorgesetzte bist.«

Kristina schwenkte ihr Glas, bis die Eiswürfel darin klirrten. Dann stieß sie es leicht gegen Evas Drink und nahm einen kleinen Schluck. Wohlig ließ sie sich gegen die Rückenlehne des Loungesessels sinken.

»Völlig ungefährlich sagst du?«

Fassungslos blickte Eva sie an. Sie dachte, sich verhört zu haben. Dann nahm sie einen großen Schluck.

»Hab ich das jetzt richtig verstanden?«

»Nein. Aber erzähl es mir, bevor ich es mir anders überlege.«

»Bist du betrunken?«, fragte Sauerwein, als Eva mit einem glücklichen Lächeln und leichter Schlagseite zwei Stunden später zurück ins Büro kam.

»Nur ein bisschen beschwipst.«

»Das ist ja nicht zu fassen«, regte sich Max auf. »Du gehst während der Arbeitszeit einen heben? Deine Nerven möchte ich haben.«

»Im Gegensatz zu dir gehe ich wenigstens noch arbeiten, auch wenn ich dazu vielleicht gar keine Lust mehr habe.« Eva funkelte ihn böse an. »Vor allem wenn ich schon vorher weiß, dass mein eben noch schöner Tag von einem Arsch wie dir versaut wird.«

Max schnappte nach Luft. Da Sauerwein direkt neben ihm stand, traute er sich nicht, ihr Kontra zu geben. »Muss ich mir das bieten lassen?«, fragte er ihn.

»Ich denke schon. Sie hat nämlich recht. Im Vergleich zu dir arbeitet sie sicher zwanzig Stunden pro Woche mehr. Also halt den Mund und hör dir an, weshalb sie einen sitzen hat.«

Eva kicherte und hauchte einen Kuss in Sauerweins Richtung. »Jungs, ich hab gewonnen. Darauf sollten wir einen trinken.« Sie hob eine Flasche in ihrer linken Hand nach oben.

»Du hast ja wohl schon genug.« Max konnte es trotz Sauerweins Maulkorb nicht lassen, sie weiter anzugiften.

»Meine Güte, was bist du nur für ein Spielverderber.« Eva nahm drei Gläser aus dem Schrank, drehte den Flaschenverschluss auf und schenkte ein. Dann überreichte sie die Gläser feierlich an Sauerwein und Karl.

»Du bekommst nix, weil du so ein Ekel bist«, informierte sie Max.

Genussvoll nippten sie an ihren Gläsern. Dann lobte Sauerwein den edlen Tropfen. »Ein phantastischer Jahrgang, das muss man ihm lassen. Hmmm. Und du hast nur eine Flasche davon mitgebracht? Du kleiner Geizkragen.«

Eva kam aus dem Kichern nicht mehr heraus, und Max' Gesicht wurde immer länger. Jetzt ärgerte er sich doch darüber, dass er den Mund nicht gehalten hatte und Eva ihn, unfair, wie sie war, von dem kleinen Umtrunk ausgeschlossen hatte. Dabei sah das, was sie da tranken, schon sehr verlockend aus. Der trüben, leicht gelblichen Farbe nach war es ein Federweißer, und gegen den hätte er jetzt auch nichts einzuwenden.

»Was ist, Max, magst du vielleicht doch ein Schlückchen?«, lenkte Eva schließlich ein.

»Doch, ja. Gern.«

Nachdem sie ihm eingeschenkt hatte, nahm er den leicht säuerlichen Duft verwirrt wahr, bevor er das Glas ansetzte und einen Schluck nahm.

»Das ist ja Apfelsaft!«

»Was dachtest du denn?«

»Aber lecker ist er schon.« Karl amüsierte sich königlich darüber, wie sie Max hereingelegt hatte.

»Aber jetzt zu deinem Erfolg. Was hast du denn gewonnen?«, fragte Sauerwein.

»Ich hab Kristina gewonnen. Dafür, dass sie mitmacht, meine ich. Sie musste zwar fast notärztlich versorgt werden, als ich nur erwähnt habe, dass ich eine ungefährliche Idee habe, aber neugierig war sie doch. Im Grunde ist ihr das Leben, das sie führt, eh viel zu langweilig. Jedenfalls musste ich einen Spritz mit ihr trinken.« Eva gähnte lauthals. Dann schüttelte sie die leichte Benommenheit ab. »Sie kommt morgen früh hier vorbei und hört sich unseren Plan an.«

»Unseren Plan?«, echote Karl. »Haben wir denn einen?«

»Noch nicht. Aber bis morgen kriegen wir das hin.«

FÜNFZEHN

»Du siehst umwerfend aus«, stellte Sauerwein fest, als Kristina am nächsten Morgen in einem getupften Sommerkleid, einem dazu passenden breitkrempigen Hut und hohen Schuhen ins Büro schwebte und mit einer Tüte frischer Croissants wedelte.

»Also schießt los. Wie habt ihr euch das vorgestellt?«

»Du rufst bei dem Versicherungsbüro an und erzählst, dass du eine neue Hausratversicherung abschließen möchtest. Die Versicherungssummen, die bei den bisherigen Einbrüchen ergaunert wurden, lagen bei zwei- bis vierhunderttausend Euro, deswegen solltest du ebenfalls in dem Bereich liegen. Du bleibst dabei aber ziemlich ungenau, er soll dir von sich aus anbieten, dass er dir bei der Beurteilung hilft.«

»Warte mal kurz, da muss ich einhaken«, unterbrach ihn Kristina. »So weit ist das alles gut und schön, nur wenn er sich in meiner Wohnung umsieht, dann wird ihm doch sofort klar, dass es bei mir keine zweihunderttausend Euro oder mehr zu holen gibt. An sich ist meine Bude zwar in etwa der Höhe eingerichtet, aber da sind viele Möbel und maßgefertigte Einbauten darunter, und kein Mensch klaut eine ganze Küche oder ein Ankleidezimmer. Meine Bilder und der Schmuck sind zusammen grad mal siebzigtausend wert.«

»Also doch der Polizeifundus«, schlug Max vor.

»Vergiss es«, winkte Sauerwein ab. »Wie du schon gestern gesagt hast, sind das richtige Schinken, und wenn man sich Kristina so ansieht, dann spannt auch ein Blinder, dass der Krempel nicht zu ihr passt. Um das zu wissen, muss man noch nicht mal in ihrer Wohnung gewesen sein.«

»Was ist mit der Asservatenstelle in München?«, fragte Karl. »Dort wartet Diebesgut in Millionenhöhe darauf, dass die Besitzer gefunden werden. Können wir uns dort nicht etwas Adäquates ausleihen?«

Sauerwein verneinte. »Dafür müssten wir offenlegen, dass wir eine verdeckte Ermittlung durchführen, in die wir eine Zivilistin eingebunden haben. Märkel beobachtet uns sowieso mit Argusaugen, und das will ich ihm lieber nicht auch noch auf die Nase binden müssen.«

Eva stand von ihrem Stuhl auf. »Martin, kann ich dich bitte kurz unter vier Augen sprechen?«

Als sie zehn Minuten später zurück ins Büro kamen, hatte Max sich aufgeplustert wie ein liebestoller Hahn und versuchte, Kristina dazu zu bewegen, dass sie mit ihm Kaffee trinken oder, besser noch, essen ging, während Karl dem Geplänkel der beiden fasziniert zuhörte.

»Wir haben eine Lösung gefunden«, sagte Sauerwein, ohne weiter darauf einzugehen, worin diese bestand.

»Ist es ein Problem für dich, wenn wir deine Wohnung dafür kurzfristig umgestalten?«, fragte er Kristina.

»Überhaupt nicht.«

»Gut. Sobald das über die Bühne ist, rufst du wie besprochen bei der Agentur an und machst einen Termin mit dem Chef persönlich aus. Dann werden wir in allen Räumen Überwachungskameras und Wanzen installieren, damit wir euer Gespräch lückenlos verfolgen können.«

»In allen Zimmern? Lückenlos?«, fragte Kristina entsetzt. »Dann überwacht ihr mich auch auf dem Klo und in der Dusche? Muss das sein?«

Sauerwein lachte. »Die Überwachung läuft nur in der Zeit, in der Lohkamp bei dir in der Wohnung ist. Vielleicht kannst du dir deine menschlichen Bedürfnisse in der Zeit ja verkneifen. Falls du unbedingt zur Toilette musst, dann hängst du eben ein Handtuch über die Kamera. Und falls dich das Bedürfnis überkommen sollte, gemeinsam mit Lohkamp zu duschen, dann bekommst du hinterher eine Gratiskopie des Videos von uns.«

Nachdem das allgemeine Gelächter verstummt war, wurde Sauerwein ungewohnt ernst. »Kristina, ich weiß, was du durchgemacht hast, als du uns letzten Winter geholfen hast. Obwohl ich dir schon beim ersten Mal versprochen habe, dass es ungefährlich ist, wärst du dabei fast gestorben, und davon bekomme ich heute noch Magenschmerzen. Ich kann dir nur sagen, wie sehr ich deinen

Mut bewundere, und dir dafür danken, dass du uns trotz allem wieder hilfst. Bist du dir sicher, dass du das auch wirklich willst? Ich weiß, dass du und Eva gute Freundinnen geworden seid, aber ich will nicht, dass du es ihretwegen machst. Und Eva will das sicher auch nicht.«

Kristina schniefte leicht. »Weißt du was, Sauerwein? Du bringst mich glatt zum Heulen mit deiner Rührseligkeit. Aber ich weiß das zu schätzen, ehrlich. Und um deine Frage zu beantworten: Ja, ich bin mir sicher, dass ich das machen will. Seit ich euch kenne, ist in meinem Leben wenigstens wieder was los. In der Zeit, in der ich für die Sicherheit im Konzern verantwortlich war, hätte mich die Langeweile fast das Leben gekostet.« Sie schnäuzte sich, zerknüllte das Taschentuch und warf es zielsicher in den Papierkorb neben der Tür.

Sauerwein war zufrieden. »Gut. Und damit du auch wirklich mit Seil und Haken gesichert bist, werden wir auch dich verwanzen und mit einem Peilsender ausstatten. Zieh an dem Tag Hosen und Sportschuhe an für den Fall, dass du wegrennen musst.«

***

»Wer hätte das gedacht: meine Lieblingskommissarin und ihre entzückende Freundin. Willkommen!« Hubert von Hohenfels hakte die beiden Frauen links und rechts unter und schlenderte mit ihnen um seine Burg herum.

»Sie gehen der Polizei zur Hand, wie ich höre? Keine Lust mehr auf Aichach und Rothenfeld?«, zog er Kristina auf.

»Und Sie? Immer noch Lust auf Waffenhandel und den Handel mit ägyptischen Grabbeigaben?«, konterte sie blitzschnell.

Von Hohenfels bog sich vor Lachen. »Touché, meine Liebe. Wie ich sehe, habe ich in Ihnen meinen Meister gefunden.«

Der fassungslosen Eva erklärte er: »Dass ich vor Jahren einen Deal mit der ägyptischen Regierung hatte, das wussten bislang nur meine Geschäftspartner. Und Ihre durchtriebene Freundin hier.«

Eva packte Kristina am Arm und zog sie ein Stück beiseite. »Spinnst du? Du kannst doch nicht den Grafen ausspionieren!«, flüsterte sie.

»Wieso denn nicht? Macht er doch genauso. Dass ich, bevor ich nach Aichach überführt wurde, zwei Monate in Rothenfeld eingesessen habe, das steht nicht mal mehr in meiner Polizeiakte.«

»Himmel!« Eva verdrehte verzweifelt die Augen. »Woher weißt du nun schon wieder, was alles in deiner Polizeiakte steht?«

»Schatz, manchmal bist du aber auch naiv. Kann die Katze das Mausen lassen? Eben. Auch wenn ich meine kriminelle Laufbahn für beendet erklärt habe, muss ich doch informiert sein. Egal«, wischte sie Evas Bedenken beiseite. »Von Hohenfels hat mich überprüft, und ich ihn. Quid pro quo.« Dann drehte sie sich zu ihrem Gastgeber um, der geduldig außer Hörweite das aufgeregte Gestikulieren der Frauen beobachtet hatte.

»Sie dürfen uns nun zum Kaffee geleiten«, erlaubte sie ihm hoheitsvoll.

Eva konnte kaum fassen, wie die beiden miteinander umgingen. Kristina begegnete dem Grafen mit einer freundschaftlichen Respektlosigkeit, als hätten sie schon im Sandkasten zusammen gespielt. Und dem Grafen schien zu gefallen, dass sein Status und Besitz der schönen Frau völlig egal waren.

»Ich habe mir die Fotos angesehen, die Sie mir geschickt haben«, sagte von Hohenfels, als er Kaffee einschenkte. »Ich denke, ich habe einiges gefunden, was von der Größe her in Ihre Wohnung passt und dazu Ihrem Geschmack entspricht. Außerdem das hier.« Er bückte sich nach einer intarsienbelegten Holzschatulle, die auf einem Beistelltischchen stand. »Machen Sie es auf«, forderte er Kristina auf.

»Allmächtiger!« Andächtig blickte Eva auf das, was vor ihnen blitzte und funkelte. »Ist das echt?«

»Selbstverständlich. Sie dürfen es ruhig anfassen. Und auch anlegen.«

***

Auf dem Rückweg war Eva noch immer völlig aufgeregt. »Es ist unglaublich, wie sich so ein Pfund Juwelen anfühlt, oder? Ich hatte das Gefühl, als ob ich dadurch einen halben Meter gewachsen wäre.«

Kristina warf ihr einen Blick über die Schulter zu. Eva saß auf dem Beifahrersitz und sah aus wie Aschenputtel, das endlich seinen verloren geglaubten Schuh wiedergefunden hatte.

»Komisch, oder? Aber es stimmt schon, dass Kleider Leute machen, das siehst du schon an dir. Und Diamanten erst recht.«

»Moment mal, wie meinst du das denn?«

»Wann immer du auf die Idee kommst, eines der hübschen Kleider anzuziehen, die ein vernachlässigtes Dasein in deinem Kleiderschrank fristen, hältst du dich ganz anders, ist dir das nicht bewusst? Beobachte dich doch mal selbst, wie du dich bewegst, wenn du eins davon trägst, und wie es ist, wenn du die Klamotten anhast, in denen du meistens rumläufst.«

Tatsächlich musste Eva ihr recht geben. Auch wenn es ihr nicht mehr so stark auffiel wie am Anfang, aber es stimmte schon.

»Und jetzt stell dir ein rückenfreies Abendkleid vor und dazu das Diamantcollier, das du vorhin umhattest.«

»Ich glaube, ich würde mich fühlen wie eine Prinzessin. Mindestens«, gab Eva zu. »Nur schade, dass ich nicht mal ansatzweise die Gelegenheit habe, ein derartiges Kleid auszuführen. Und Schmuck gibt's selbst secondhand nicht wirklich billig.«

»Den brauchst du auch nicht zu kaufen. Von Hohenfels leiht ihn dir jederzeit, da bin ich mir sicher.«

»Oh Gott, das könnte ich niemals annehmen. Was meinst du, was los wäre, wenn ich ihn verliere. Oder er mir gestohlen wird. Ich hätte den ganzen Abend keine ruhige Minute.«

»Also erstens kannst du davon ausgehen, dass der Krempel versichert ist, und zweitens, solltest du eines Tages Gelegenheit dazu haben, derart wertvolles Zeug auszuführen, dann werden nur sehr wenig Kriminelle mit dir auf der gleichen Party sein.«

»Schon. Aber trotzdem. Und außerdem wüsste ich nicht, wie ich jemals auf eine derartige Party eingeladen werden sollte.«

»Der Graf nimmt dich bestimmt mit, wenn du ihn nur lässt.«

»Ach was. Der würde einen Teufel tun und sich mit mir vor seinen elitären Geschäftspartnern blamieren.«

»Du machst mich noch wahnsinnig!« Kristina sah Eva mit zusammengekniffenen Augen an. »Stell dein Licht nicht ständig so unter den Scheffel! Ich glaube, ich schenke dir zum Geburtstag einen Kurs in Selbstwahrnehmung. Du bist klug, grundehrlich, hast eine Menge Blödsinn im Kopf und kannst dich trotzdem gut benehmen, wenn es denn sein muss. Außerdem bist du bildhübsch und hast eine ganze Menge Ausstrahlung. Und der einzige Mensch, dem das alles noch nicht aufgefallen ist, bist du selbst. Und von Hohenfels hat nun mal einen Narren an dir gefressen. Vielleicht gibst du ihm einfach eine Chance.«

»Ausgeschlossen. Dass ich da mitmachen würde, meine ich. Das wär doch genau das, was mir Max die ganze Zeit vorhält: dass ich mich an einen adligen, reichen Mann heranwanzen würde. Kommt überhaupt nicht in Frage.«

»Wieso machst du dir so viele Gedanken darüber, was ein Typ, der dir eh den ganzen Tag nur auf die Nerven geht, von dir denkt?«

»Weil ich mit ihm zusammenarbeiten muss. Und außerdem hab ich einen Freund.«

»Und das ist das, was du dir vorgestellt hast? Mit Julian? Jetzt mal ganz ehrlich.« Als Eva nicht antwortete, setzte sie nach. »Als ich euch am Wochenende beobachtet habe, sah das zwar alles ganz nett und harmonisch aus, aber so völlig überzeugt bin ich nicht davon, dass es das ist, was du dir für den Rest deines Lebens vorstellst.«

Eva drehte den Kopf weg und studierte die vorbeihuschenden Bäume. Dann sagte sie: »Einerseits ist es das schon, andererseits aber auch wieder nicht. Wenn wir zusammen sind, ist es toll. Aber es ist auch echt schwierig. Er ist durch seine Vergangenheit ein gebranntes Kind, das sich schwertut, Vertrauen zu fassen. Außerdem stand er bereits zweimal im Fokus polizeilicher Ermittlungen. Zudem ist es durch meine chaotischen Arbeitszeiten und die Entfernung von Rosenheim zum Schliersee schwierig, einen regelmäßigen Rhythmus zu finden. Vor allem komme ich nur schwer mit seinen Träumen zurecht. Wenn es stimmt, was er vermutet, dann träumt er durch mich noch mehr von dem schrecklichen Zeug als vorher. Als wenn ich ein Kanal wäre, der ihm Zugang zu den Verbrechen verschafft, an denen ich gerade arbeite. Wenn ich nachts neben ihm liege und er zu träumen beginnt, dann ist das so abgefahren, dass es mir richtig Angst macht. Er schreit und redet im Schlaf, als ob ein anderer Mensch in ihm steckt, und es ist so gut wie unmöglich, ihn in einer solchen Phase wach zu kriegen.«

»Oje, das ist allerdings schräg«, gab Kristina zu. »Du meinst, ich kann meine Hoffnungen begraben, deine Trauzeugin zu werden?«

Eva lachte. »In nächster Zeit schon.«

»Schade. Dabei hätte ich schon die perfekte Location für deine Hochzeit gefunden.«

»Du spinnst ja«, kicherte Eva. »Du willst mir doch nicht ernsthaft erzählen, dass du dafür auf der Suche warst.«

»Gesucht habe ich zwar nix, aber gefunden, und das war eher Zufall. Du weißt doch noch, als ich meine Rehareise gemacht habe?«

Eva nickte. Nach dem traumatischen Erlebnis in der Gefangenschaft eines Serienkillers hatte sich Kristina, kaum dass sie körperlich genesen war, ins Auto gesetzt und war quer durch halb Österreich gefahren. Mit Reha hatte das Ganze wenig zu tun gehabt, eher mit einer ausgedehnten Tour durch die Weingüter des Nachbarlandes. Und als sie nach vier Wochen zurückgekommen war, hatte sie den Boden unter ihren Füßen wiedergefunden.

»Und was hast du da entdeckt?«

»In der Südsteiermark, fast schon an der Grenze zu Slowenien, gibt es einen charmanten Winzer, der neben seinen Weinbergen ein wunderschönes altes Schloss besitzt und dort den ganzen Sommer über Traumhochzeiten ausrichtet. Und ich sage dir, so was Romantisches findest du selten.« Kristina lächelte, als sie an die sommerlich warmen Tage auf Schloss Gamlitz dachte. »Falls du es dir doch noch anders überlegst, dann gebe ich dir die Telefonnummer von Arnold Melcher. Wenn du erst die Fotos von seinem Schloss siehst, willst du doch noch heiraten, nur damit du dort feiern kannst. Oder wir fahren nächsten Sommer zusammen mal ein paar Tage unter der Woche hin, ganz ohne Hochzeitsklimbim.« Kristina unterbrach sich selbst und kehrte zum Thema zurück. »Und wie ist es mit deinen Gefühlen um Julian bestellt?«

Nachdenklich sah Eva zum Fenster hinaus. »Keine Ahnung. Aber ich glaube schon, dass es da noch mehr geben muss.«

Es war schwer, ihr darauf einen Rat zu geben. Während Kristina den schweren Audi sicher durch die Kurven lenkte, dachte sie scharf nach. »Nur mal angenommen, es haut zwischen dir und Julian auf Dauer wirklich nicht hin. Was ist dann? Kannst du dir vorstellen, dich mit von Hohenfels näher zu befreunden?«

»Du meinst, ob ich mit ihm was anfangen würde?«

»Hmm.«

»Kann ich mir nicht vorstellen, nein.«

»Wieso nicht? Er sieht gut aus, hat Manieren und könnte dich nach Strich und Faden verwöhnen. Würde dich das nicht reizen?«

»Grundsätzlich schon. Aber ich käme mir trotz deiner Aufmunterung neben ihm vor wie eine Maus. Die kleine Polizistin und der Großindustrielle. Ich kann mir beim besten Willen nicht vorstellen, dass das lange gut gehen würde.«

Nachdem Kristina den Wagen vor Evas Haus geparkt hatte, drehte sie sich zu ihr, ohne den Schlüssel abzuziehen. »Ich könnte mir das schon vorstellen.«

»Dass es zwischen mir und dem Grafen klappt?«

»Nein. Dass ich mit einem Mann wie ihm eine Beziehung führen könnte.«

Eva war sprachlos. Als sie sich wieder gefangen hatte, sagte sie: »Mit einem Mann wie ihm oder mit ihm?«

Unsicher zuckte Kristina mit den Schultern. »Das käme ganz auf dich an.«

»Auf mich? Wieso denn? Meinst du …? Der Graf gefällt dir?« Aber natürlich. Die beiden hatten gleich bei ihrem ersten Zusammentreffen eine Vertrautheit an den Tag gelegt, dass ein unwissender Beobachter ein Paar in ihnen vermutet hätte. Und Kristina hatte im Umgang mit von Hohenfels eine Eloquenz zur Schau gestellt, die Eva sich selbst nach jahrelanger Übung nicht zugetraut hätte.

»Also wenn er dir gefällt, dann nix wie ran an den Speck!«

»Bist du sicher?«

»Todsicher. Ich glaube, ihr wärt ein tolles Paar. Und keiner von euch wäre dem anderen unterlegen. Weder finanziell noch intellektuell.« Evas Augen leuchteten. »Und du als Gräfin, das wäre ohnehin der Knaller. Das würde zu dir passen. Jeder würde denken, dass du in die Rolle hineingeboren wärst.«

Eva war sich nicht sicher, dass sie das, was ihre Freundin murmelte, als sie die Autotür ins Schloss warf, richtig verstanden hatte. »Was war das? Kristina? Du hast doch gerade was gesagt.« Eva lief hinter ihr her und wartete vergeblich auf eine Antwort. Schließlich zog sie sie am Arm und brachte sie dadurch zum Stehen. »Was ist los? Was hast du gerade gesagt?«

»Nichts. Ich hab nur laut gedacht.« Kristina drückte ihr einen Kuss auf die Wange. »Nichts, was im Moment wichtig wäre. Ich erzähl es dir ein andermal.«

Der ungewohnt harsche Tonfall machte Eva klar, dass es besser war, die Sache auf sich beruhen zu lassen. Vorerst zumindest. Denn das, was Kristina gemurmelt hatte, hatte ganz so wie »das bin ich ja auch« geklungen.

SECHZEHN

Kristina lag noch im Halbschlaf, als es an ihrer Tür klingelte. Sie sprang aus dem Bett, kämmte mit den Fingern durch die Haare und wäre fast in Ohnmacht gefallen, als sie in der Videoüberwachungsanlage sah, wer vor der Tür stand. Sie bat den unerwarteten Besucher um etwas Geduld, putzte sich eilig die Zähne und schlüpfte in Jeans und T-Shirt. Nach einem kurzen Blick in den Spiegel war sie bereit, ihren Gast zu empfangen.

»Schön haben Sie es hier«, sagte von Hohenfels, als Kristina mit zwei Kaffeebechern zu ihm auf die Terrasse trat. Er lehnte an der Balkonbrüstung und genoss die angenehm kühle Morgenluft und den Blick auf die Berge.

»Vielleicht nicht ganz Ihr Geschmack«, sagte sie und reichte ihm eine Tasse. »Aber gut ist er trotzdem.«

Nachdem sie eine Weile über den zu erwartenden sonnigen Tag und die Berge, die heute zum Greifen nah erschienen, geplaudert hatten, klingelte es erneut. Es waren die Angestellten des Grafen, die eine große Truhe mit Bildern und anderen Wertgegenständen nach oben brachten.

Die Männer hängten Kristinas moderne Bilder ab und tauschten sie gegen Werke von zwei zeitgenössischen Malern. Anschließend fanden zwei antike Vasen, eine vergoldete Standuhr mit Tourbillonwerk und drei Bronzeskulpturen einen Platz. Gemeinsam betrachteten von Hohenfels und Kristina ihr Werk.

»Perfekt«, war denn auch ihre einhellige Meinung.

»Muss ich nichts unterschreiben?«, fragte Kristina, als von Hohenfels sich eine Stunde später verabschieden wollte. »Eine Quittung, einen Überlassungsvertrag, irgendetwas in der Richtung?«

»Einen Menschen wie mich betrügt man nicht«, antwortete er leichthin. »Außerdem bilde ich mir ein, einen ausreichend guten Menschenverstand zu haben. Und Ihnen vertraue ich mein letztes Hemd an.«

Kristina sah ihn überrascht an, nicht sicher, ob er sie auf den Arm nahm.

»Ausgerechnet mir vertrauen Sie? Obwohl Sie wissen, dass ich eine kriminelle Vergangenheit habe?«

»Wie Sie sagen: eine Vergangenheit. Und dass Sie ein paar korrupte und skrupellose Firmen geprellt haben, nehme ich Ihnen nicht übel. Die hatten nichts Besseres verdient.«

Nachdem er gegangen war, setzte sich Kristina mit ihrem Laptop und dem Telefon auf die Terrasse. Sie zögerte einen winzigen Moment lang, dann wählte sie die Nummer des Versicherungsvertreters.

***

Je länger er sie beobachtete, wie sie sich von Tag zu Tag unterwürfiger verhielt, fing eine Wut in ihm an zu brodeln, die er nur noch schwer kontrollieren konnte. Seit er aus Sachsen zurück war, hatte er sie endgültig in den Keller verbannt und ließ sie nur noch zum Essen nach oben kommen. Und selbst das wurde ihm fast schon zu viel. Von ihrer devoten Art, nach seinen Zuwendungen zu gieren, wurde ihm regelrecht übel. Allein, wie sie von ihrem Brot abbiss, den Bissen langsam und gründlich kaute und ihre Zungenspitze hin und wieder zwischen den Lippen hervorschnellte, wie um zu überprüfen, ob es da noch etwas Essbares gab. Einen Krumen, der hängen geblieben war, ein Stückchen Käse vielleicht. Am liebsten hätte er ihr das Brot aus dem Gesicht geschlagen und zugesehen, wie sie es vom Boden fraß. Jetzt blickte er auf seine Hände. Sie zitterten, wie immer in letzter Zeit, wenn sie in seiner Nähe war.

»Du isst wie ein Schwein«, stieß er schließlich angeekelt hervor. »Ich möchte nicht wissen, wie deine Kinderstube ausgesehen hat. Deine Mutter hat dir sicher nicht beigebracht, so zu essen, dass es deinem Gegenüber speiübel wird!«

Als er die Tränen sah, die bei seinen Worten in ihre Augen traten, drehte er sich abrupt weg und lief aus dem Zimmer. Er trat die Tür mit dem Fuß zu, rannte nach oben und schloss sich ins Schlafzimmer ein. Außer sich vor Zorn hieb er mit der Faust gegen den Boxsack, der von der Decke baumelte. Einst als Fitnessgerät gedacht, taugte er in letzter Zeit nur noch dazu, die Frustrationen abzubauen, die sie in ihm hervorrief. Dazu kam, dass Lubiczek bei ihrem Treffen in der LPG stundenlang auf ihn eingeredet hatte.

»Ich habe dir doch von Anfang an gesagt, dass das eine Schnapsidee ist«, war noch das Harmloseste, was der Sachse dazu zu sagen hatte. »Aber du kennst mein Angebot. Du brauchst sie nur hierherzubringen, wir vögeln sie, bis ihr das Licht ausgeht, damit erledigt sich die Sache quasi von allein. Und wir haben alle noch unseren Spaß mit ihr. Du brauchst dir deine zarten Fingerchen nicht schmutzig zu machen.«

Nachdem er eine Viertelstunde wie besinnungslos ohne Handschuhe auf den Punchingsack eingedroschen hatte, schmerzten seine Hände, und die Knöchel waren rot angeschwollen. Zitternd hielt er inne. Schweiß lief von seiner Stirn ins Auge, was ihn erneut wütend machte. Er ging zurück in die Küche, wo sie immer noch wie ein Häufchen Elend saß.

»Sieh, was du wieder angerichtet hast«, schrie er sie an und hielt ihr die verletzten Knöchel seiner Hand vors Gesicht. »Wegen dir habe ich mich verletzt.«

»Aber, ich habe doch gar nichts –«, setzte sie an, brach aber wieder ab, als sie seinen Gesichtsausdruck sah. Schnell senkte sie den Kopf, damit er ihre neuerlichen Tränen nicht sah. »Es tut mir leid«, wisperte sie. »Das wollte ich nicht.«

Sie sank vom Stuhl in die Knie und umklammerte seine Beine. »Bitte, ich wollte das nicht. Ich werde in Zukunft besser aufpassen, das verspreche ich.«

***

»Frau Winter, was geht hier vor?«, fragte die neugierige Nachbarin streng. »So viel Herrenbesuch an einem Tag. Sie werden doch nicht einer Beschäftigung nachgehen, die wir im Haus keinesfalls tolerieren können?«

»Ach woher, liebe Frau Hummel«, sagte Kristina zuckersüß und gab dem verdutzten Sauerwein einen zärtlichen Kuss auf den Mund. »Das, was ich mit diesen Männern anstelle, bekommen die völlig umsonst.« Kristina fasste Sauerweins Hand und warf der erstarrten Miss Neugier einen letzten Blick über die Schulter zu. »Und wundern Sie sich nicht, später kommen noch mehr. Außerdem kommt meine Freundin zur Unterstützung. Ich weiß nämlich nicht, ob ich so viel geballte Männlichkeit allein zufriedenstellen kann.«

»Was ist denn mit deiner Nachbarin los?«, fragte Eva, als sie mit Wolkenstein und zwei weiteren Technikern ankam. »Seit wann steht die im Flur und kontrolliert, wer im Haus ein und aus geht?«

»Ach, das ist neu. Erst seitdem sie glaubt, dass ich heute eine Orgie feiere.«

Zwei Stunden später waren alle Zimmer einschließlich der Abstellkammer verwanzt, der Systemcheck war reibungslos über die Bühne gegangen, und Kristina traute sich nicht mehr, nackt durch die Wohnung zu laufen.

»Also ich weiß nicht«, stöhnte sie. »Wer garantiert mir, dass ihr mich nicht doch beobachtet? Oder dass sich die Kameras von allein einschalten und alles aufnehmen?«

»Zieh dich einfach aus, solange wir noch hier sind«, schlug Sauerwein vor. »Dann gibt es nichts mehr, was wir nicht schon kennen, und du kannst sicher sein, dass wir später keinen Bedarf mehr haben, zu spannen.«

Kristina warf einen Spülschwamm nach ihm. »Nimmt mich denn keiner ernst?«

Eva konnte gut nachvollziehen, was in ihr vorging. »Du kannst gern bei mir übernachten, bis die Kameras wieder weg sind.«

»Meine Frau ist auf Kur«, sagte Wolkenstein feixend. »In meinem Bett ist also auch gerade ein Platz frei.«

Kristina verdrehte die Augen. »Geht das jeden Tag so?«, fragte sie Eva.

»Fast. Da ich bis auf wenige Ausnahmen nur männliche Kollegen habe, muss der Hausmeister jeden Abend die Eingangstür im Präsidium eine Stunde offen stehen lassen, damit das Testosteron abfließen kann. Aber daran gewöhnt man sich.«

Kristina kämmte sich ihre langen blonden Haare so, dass sie über ihre Ohren fielen. »Hört ihr mich?«, fragte sie bei einem letzten Blick in den Spiegel.

»Klar und deutlich«, kam Evas Antwort leise aus dem Ohrstöpsel, der in ihrem linken Ohr steckte und den Wolkenstein mit Swarovski-Steinchen beklebt hatte, damit er aussah wie glitzernder Modeschmuck.

»Dein Besuch ist im Anmarsch«, flüsterte Evas Stimme wenig später in Kristinas Ohr, und kurz darauf klingelte es.

»Also gut. Lauft ja nicht weg!«

Letztlich hatten sie sich in gemeinsamer Entscheidung gegen die Einbeziehung der Nachbarn ausgesprochen. Die Hummel war so neugierig, dass sie es fertigbrachte, vorab halb Rosenheim über die Aktion zu informieren, und das junge Paar neben ihr kannte Kristina noch nicht lange genug, um ihnen zu vertrauen. Jetzt saßen Eva, Sauerwein und Wolkenstein in einem als Blumenhandel getarnten Lieferwagen, und drei Zivilstreifen standen bereit, die Straßen um Lohkamps Parkplatz zu blockieren, sobald er das Haus betreten hatte.

»Ist das nicht etwas übertrieben?«, hatte Kristina gefragt. Obwohl Sauerwein klargemacht hatte, dass er nur wegen ihrer traumatischen Erfahrungen in der Vergangenheit die halbe Kavallerie zu ihrem Schutz abstellte, war ihr gerade deshalb mulmig geworden. Irgendein Teufelchen flüsterte ihr ins Ohr, dass sich die Polizei doch nicht so sicher war, was die Harmlosigkeit der Situation anbetraf. Aber nun war es zu spät, den Einsatz abzubrechen. Lohkamp war auf dem Weg nach oben, und als sie durch den Spion sah, dass sich die Türen des Fahrstuhls öffneten, wischte sie ihre verschwitzte Rechte an ihrer Jeans ab.

»Wunderbar, ganz ausgezeichnet.« Lohkamp verschaffte sich mit Kennerblick einen kurzen Überblick über ihr Wohnzimmer. »Sehr geschmackvoll. Und so, wie Sie mir Ihre Situation geschildert haben, sind Sie wirklich völlig unterversichert. Aber dafür haben Sie ja nun mich.«

»So ein Schmierlappen«, flüsterte Eva in Kristinas Ohr, um ihrer Freundin die Nervosität zu nehmen und auch um ihr zu zeigen, dass sie da waren und auf sie aufpassten. Der Empfang im Lieferwagen war ausgezeichnet, und bis auf ein gelegentliches weißes Rauschen war auch das Bild einwandfrei. Sie beobachteten eine Weile, wie Kristina ihrem Gast Kaffee und Wasser anbot und unruhig auf der Couch herumrutschte.

»Geh bitte für einen Moment aus dem Zimmer«, wisperte es aus dem Ohrstöpsel.

Kristina sprang wie von der Tarantel gestochen vom Sofa auf und entschuldigte sich bei ihrem Besuch. Im Flur lehnte sie sich mit klopfendem Herzen an die Wand.

»Süße, du bist viel zu nervös«, sagte Eva. »Das irritiert ihn. Wenn du das nicht in den Griff bekommst, müssen wir abbrechen, sonst merkt er was.«

Sie hatten vereinbart, dass Eva sich als Cousine ausgeben und mit der Nachricht vom Tod des Onkels anrufen sollte, falls Kristina die Situation entglitt.

»Sag ihm, dass dein Lieblingsonkel krank ist und du Angst hast, dass er stirbt. Das erklärt deine Unruhe.«

Lohkamp nickte verständnisvoll, als Kristina von ihrer Sorge um den angeblichen Verwandten erzählte. Um sie davon abzulenken, schlug er vor, sich ganz auf die Wertgegenstände zu konzentrieren.

»Wie sieht es mit Expertisen für die Bilder und Antiquitäten aus? Ist alles echt und rechtmäßig erworben?«

»Ja, leider.« Kristina kicherte albern und schob die Zertifikate, die von Hohenfels ihr überlassen hatte, zu ihm hinüber. »Ich wüsste gar nicht, woher ich gefälschte oder gestohlene Ware beziehen könnte.«

»Dafür können Sie diese Sachen versichern lassen. Für Hehlerware gilt das nämlich nicht.«

»Ach so? Aber dafür hätte ich sie für einen Bruchteil davon bekommen. Das wär auch nicht schlecht gewesen.«

Übertreib es nicht, dachte Eva. Sie hatten einige wenige Schlagwörter vereinbart, die in dem Gespräch unbedingt fallen sollten, wollten alles Weitere aber Kristinas Intuition überlassen.

Lohkamp brauchte eine ganze Stunde, um ihr drei verschiedene Angebote zu erstellen. Kristina hatte die Schatulle mit dem Schmuck aus dem Schlafzimmer geholt, und es dauerte, bis er jedes Stück mit den Rechnungen und Zertifikaten verglichen und notiert hatte. Zusätzlich zu den Wertgegenständen galt es, das

Alter und den Restwert der Wohnungseinrichtung zu bestimmen, und schließlich legte Lohkamp ihr drei vorläufige Angebote vor.

Kristina vertiefte sich in die Zahlenflut und lehnte sich dann enttäuscht zurück. Sie ließ sich Zeit, um scheinbar darüber nachzudenken. »Ich hätte nicht gedacht, dass das so teuer wird«, sagte sie schließlich.

»Sie müssen bedenken, dass wir einen Gesamtwert von mehr als dreihundertfünfzigtausend Euro absichern müssen, das schlägt natürlich in der Berechnung zu Buche. Stellen Sie sich nur vor, dass ein Brand das Haus zerstört, dann steht Ihnen eine unerhörte Summe an Neuanschaffungen ins Haus.« Lohkamp musterte sie nachdenklich. Sie saß zusammengesunken in ihrer Sofaecke und trug ein angespanntes Gesicht zur Schau.

»Ich weiß. Aber um ehrlich zu sein, ich kann mir eine Versicherungspolice in dieser Höhe nicht leisten.« Sie streichelte vorsichtig über die Intarsien auf der Schatulle und blickte dann beschämt zu Boden. »Ich hab mich mit dem ganzen Zeug finanziell total überhoben und noch dazu viel Geld mit Aktien verloren. Um Ihnen die ganze Wahrheit zu sagen, ich bin im Moment völlig pleite. Vielleicht ist es besser, ich verkaufe den ganzen Kram.«

»Sieh mal, wie er sie anglotzt!«, sagte Eva begeistert zu Sauerwein. »Er geht ihr voll auf den Leim. Sie spielt das genial!«

Tatsächlich war Lohkamp auf dem Sofa näher an die verzweifelte Schönheit gerückt. »So schlimm?«, fragte er vorsichtig. Als sie nickte und weiter zu Boden blickte, legte er eine Hand auf ihr Knie. »Hören Sie, es ist doch nicht tragisch, wenn Sie eine schlechte Zeit durchmachen. Das kann jedem von uns passieren. Dafür geht es aber auch irgendwann wieder aufwärts.«

»Meinen Sie?« Kristina musste sich beherrschen, nicht zu lachen, und verzog deshalb ihr Gesicht zu einer Grimasse. »Ich weiß nur nicht, ob bis dahin nicht alles dem Gerichtsvollzieher zum Opfer fällt, falls ich Insolvenz anmelden muss. Das Einzige, was im Moment noch schlimmer wäre, ist, dass tatsächlich das Haus brennt oder die Sachen gestohlen werden. Dann bleibt mir nichts mehr. Dann kann ich putzen gehen.«

»Nein. Nein, nein. Das müssen Sie nicht. Keinesfalls. So weit wird es nicht kommen, das verspreche ich Ihnen. Und ob Sie es glauben oder nicht, ich habe sogar schon eine Idee, wie wir das drohende Unheil von Ihnen abwenden können.«

Vier Stockwerke unter ihnen sog Sauerwein die Luft mit einem Zischen ein. »Los, spuck es aus. Gleich haben wir dich.«

Doch Lohkamp wartete geduldig, bis Kristina den Brocken verdaut hatte.

»Wirklich?«, hauchte sie.

»Vertrauen Sie mir«, forderte Lohkamp sie mit einem schleimigen Lächeln auf. »Das können Sie doch, oder?«

Mit einem mädchenhaften Augenaufschlag sah sie ihn an wie ein Reh. »Ja.«

»Gut.« Er streichelte ihr Bein, und seine Hand rutschte wie beiläufig höher. »Können Sie die Police für drei Monate berappen?«

»Nein. Es sei denn, ich trenne mich von einem der Bilder. Aber wenn ich keine Zeit habe, einen adäquaten Käufer zu finden, dann muss ich unter Preis verkaufen.«

»Das kommt überhaupt nicht in Frage. Wir werden einen anderen Weg finden. Gemeinsam!« Lohkamp tat so, als ob er in ein dumpfes Brüten versank.

»Ich muss gestehen, dass heute Nachmittag noch ein Kunstsachverständiger kommt, um sich ein paar Sachen anzusehen. Ich dachte mir, wenn er mir entgegenkommt, dann kann ich wieder besser schlafen.« Kristina nahm ihm sein Schauspiel keine Sekunde lang ab und versuchte nun ihrerseits, ihn aus der Reserve zu locken.

Dem Vertreter war die aufkeimende Panik denn auch deutlich anzusehen. Das, was in der Wohnung hing, war ein Vermögen wert und auf dem Schwarzmarkt spielend abzusetzen. Wenn das blöde Weib Ernst machte und einen Teil davon Hals über Kopf verkaufte, dann schmälerte das den Gewinn, den er schon vor Augen hatte, beträchtlich.

»Das ist eine ganz schlechte Idee, meine Liebe. Aber ich sehe schon, es ist wichtig, dass wir eine sehr schnelle Lösung finden. Würden Sie sich von einem der Ringe trennen?«

Diesmal war Kristinas Verzweiflung echt. Schließlich gehörte der Schmuck von Hohenfels, und aus Angst, Lohkamp könnte auf die Idee kommen, eines der Schmuckstücke sofort an sich zu nehmen, wagte sie nicht Ja zu sagen.

»Ich könnte mir vielleicht ein bisschen Geld leihen«, sagte sie schließlich. »Aber das hilft mir doch trotzdem nicht weiter. Wenn die drei Monate rum sind, dann habe ich ja wieder keine Versicherung!«

»Sollten Sie es schaffen, wenigstens die Prämie für einen Monat zusammenzubekommen, und meinen Vorschlag annehmen, dann steht Ihnen schon bald mehr Geld zur Verfügung, als Sie sich träumen lassen.«

»Wirklich?« Kristina machte große Augen. »Was muss ich denn dafür tun?«

Lohkamp lachte, als sich der Schrecken auf ihrem Gesicht spiegelte.

»Nur für ein paar Tage in Urlaub fahren. Und ich würde Sie gern begleiten.« Dann beugte er sich ganz nah zu ihr und fing an, ihr seinen Plan zu erläutern.

»Ich glaube, ich muss mich übergeben.« Kristina lief durch ihre Wohnung und versprühte dabei eine halbe Flasche Jean Paul Gaultier. »Wenn ich den Geruch von dem Schleimbeutel nicht aus der Nase bekomme, muss ich die nächsten Tage in ein Hotel auswandern.«

Sauerwein nahm ihr den Flakon aus der Hand. »Und wenn du damit weitermachst, dann stinkt es wie in einem Bordell.« Er riss die Fenster in der Küche auf, und sofort schwappte ein Schwall feuchter Luft in die Wohnung.

»Du warst richtig gut«, lobte Eva. »Anfangs dachten wir schon, du versaust deinen Auftritt, weil du so hibbelig warst, aber nachdem du dich beruhigt hattest, war es hollywoodreif.«

»Danke. Wenn ich es mir recht überlege, habe ich sogar einen Oscar verdient. Der Typ war so widerlich, und dann fing er auch noch an, mich zu begrapschen. Brrr«, sagte Kristina angewidert. »Was sagt ihr nun zu seinem Angebot?«

Nachdem Lohkamp sich mit einem Blick aus den Augenwinkeln auf den wie zufällig auf dem Tisch liegenden Kontoauszug davon überzeugt hatte, dass seine Kundin wirklich hoffnungslos pleite war, war er über sich hinausgewachsen.

»Hängt an irgendeinem dieser Stücke Ihr Herz? Oder könnten Sie sich vorstellen, sich gänzlich davon zu trennen und später andere Teile zu erwerben?«

Kristina tat so, als ob sie darüber nachdachte. Dann deutete sie mit dem Finger auf eines der weniger wertvollen Stücke. »Das da würde ich nie hergeben. Aber an den anderen Sachen hängen keine Erinnerungen.«

»Sehr gut. Ich erzähle Ihnen, was wir machen. Wir schließen eine Police ab, in die wir noch weitere Gegenstände aufnehmen, ich würde sagen, in einem Wert von weiteren hunderttausend Euro. Falls Sie die Summe für die erste Rate nicht aufbringen können, gebe ich Ihnen dafür einen zinsfreien Kredit und behalte einen der weniger wertvollen Ringe als Sicherheit. Dann vereinbaren wir einen Zeitraum über ein paar Tage, an denen Sie garantiert nicht in Rosenheim sind und auch niemand anderes in die Wohnung kommt, und wenn Sie zurückkommen, werden Sie eine große Überraschung erleben.«

Diesmal war Kristinas verblüffter Gesichtsausdruck echt. Der Goldfisch hatte tatsächlich angebissen. Dass er aber von sich aus noch einen drauflegen würde, damit hatte niemand gerechnet. »Sie meinen, aber das …«, stotterte sie. Angesichts der Anspannung, die mit einem Mal von ihr abfiel, tat sie sich schwer, ernst zu bleiben.

Lohkamp deutete ihren Stimmungsumschwung dann auch als Reaktion auf den zu erhoffenden Geldsegen.

»Aber was haben Sie denn davon?«, fragte sie ihn.

»Ein paar wundervolle Bilder, Vasen …« Er machte eine weiträumige Armbewegung, die ihre Antiquitäten einschloss. »Auf dem Schwarzmarkt ist das Zeug nur die Hälfte wert, aber das lohnt sich immer noch. Und die Hunderttausend on top teilen wir uns, einverstanden?«

Jetzt saßen sie zu viert auf der Terrasse, und Kristina fühlte sich wie betrunken, obwohl sie keinen Tropfen angerührt hatte.

»Das kommt vom Adrenalin«, erklärte Wolkenstein. »Dazu ein paar Endorphine und man fühlt sich wie auf einem Trip. Ein rein biochemischer Vorgang.«

»Jedenfalls war die Idee mit dem getürkten Kontoauszug genial«, sagte Eva. »Wir haben seine Reaktion beobachtet, als er sich die Augen fast aus dem Kopf geschielt hat, um herauszufinden, wie es um deine Finanzen bestellt ist. Vielleicht war es das Zünglein an der Waage, dass er dir so schnell vertraut hat.«

»Sobald Lohkamp dir den Versicherungsantrag zur Prüfung vorlegt, setzen wir uns mit dem Versicherungskonzern in Verbindung und informieren deren Rechtsabteilung darüber, welch eine Made in ihrer Speckschicht sitzt«, sagte Sauerwein. »Ich gehe davon aus, dass man uns mit Handkuss erlauben wird, sie von dort operativ zu entfernen. Deswegen werden sie mit der Prüfung des Antrags keine Zeit verschwenden, und sobald du die Bestätigung hast, dass du in vollem Umfang versichert bist, informierst du Lohkamp darüber und vereinbarst mit ihm einen Zeitpunkt, wann du für ein paar Tage wegfährst. In der Zeit werden wir deine Wohnung nochmals verwanzen und deine ungebetenen Gäste in flagranti filmen.«

»Bleibt ihr beiden noch kurz hier? Ich möchte euch etwas zeigen.« Kristina stand auf und brachte Wolkenstein zur Tür. Sie machte einen Umweg über ihr Arbeitszimmer, kam mit ihrem Laptop zurück und setzte sich zwischen Eva und Sauerwein.

»Ich habe mich ein wenig in den Archiven der Mobilfunkbetreiber umgesehen und bin dabei auf einen Teilnehmer gestoßen, der zur entsprechenden Zeit im Bereich der Autobahnraststätte Anrufe zu der Autovermietung und einem Abschleppunternehmen geführt hat. Da eine Base-Transceiver-Station auf dem Dach der Tankstelle steht und nur diese eine Funkzelle versorgt und sonst weit und breit nichts ist, lässt sich der Standort der Person auch im Rückblick ziemlich genau lokalisieren.« Kristinas Blick wanderte zwischen Eva und Sauerwein, die sie beide verständnislos ansahen.

»Vereinfacht gesagt, es lässt sich genau bestimmen, dass ein Mensch mit seinem Handy von dort diese beiden Anrufe geführt hat. Das ist an sich noch nicht besonders spannend, da wir das ja schon wussten. Aber dadurch bin ich zum einen an seine Rufnummer gekommen, und zum anderen hat die betreffende Person im Anschluss einen weiteren Teilnehmer angerufen. Und die befand sich zu dem Zeitpunkt …?«

»In der LPG?«, riet Eva.

»Genau. Zumindest in der Funkzelle, die auch für die LPG zuständig ist. Beide Rufnummern gehören zu Prepaidkarten. Da landläufig davon ausgegangen wird, dass Anrufe von diesen Nummern nicht nachvollzogen werden können, gehen die meisten Menschen ziemlich sorglos damit um.«

»Das dachte ich auch«, gab Eva zu.

»Und genau das ist ein Irrtum. Damit hast du eine bessere Kostenkontrolle, weil du nicht mehr ausgeben kannst, als auf der Karte geladen ist, und bist deshalb im Falle eines Diebstahls recht gut abgesichert. Du brauchst keinen Vertrag abzuschließen, kannst die Nummer ohne großen Kostenaufwand ändern und so weiter. Trotzdem speichert der Netzbetreiber dieselben Daten der Telefonnummer wie bei einer Vertragskarte. Nur sind die Prepaidkarten nicht namentlich an die Daten einer bestimmten Person gekoppelt.«

»Das habe ich verstanden«, sagte Sauerwein, und auch Eva nickte. »Wie hilft uns das weiter?«

»Wir können über die Rufnummern jederzeit lokalisieren, in welcher Funkzelle sich die Personen aufhalten, die im Besitz der jeweiligen Karten sind. Außerdem vermute ich, dass wir die Nummer, die in der sächsischen Funkzelle eingeloggt war, Lubiczek zuordnen können. Da Koch eine Autopanne hatte, liegt es nahe, dass er den Gerber über seine Verspätung informieren wollte.«

»Aber du hast noch etwas anderes auf Lager«, stellte Eva fest.

»Ich habe mir diese Nummer ebenfalls ein wenig genauer angesehen. In den Tagen vor dem Treffen wurden wiederum Gespräche mit einem Teilnehmer geführt, der sich in der Gegend um Salzburg aufhielt. Und eure Salzburger Kollegen haben doch äquivalente Fälle.« Kristina ließ ihre Worte mit einem zufriedenen Lächeln nachklingeln.

»Bingo«, sagte Sauerwein triumphierend. »Langsam, aber sicher verifizieren sich unsere Vermutungen. Super Arbeit, Kristina, das muss ich dir echt lassen.«

***

»Eva und Karl, ihr stattet Käfer morgen früh einen Besuch ab«, sagte Sauerwein, als sie wieder im Kommissariat waren. »Da er euch noch nicht kennt, wird er keinen Verdacht schöpfen, wenn ihr euch danach erkundigt, ob im Haus alles in Ordnung ist. Seht euch unauffällig um und versucht, an seine Frau heranzukommen. Vielleicht gelingt es euch, mit beiden getrennt zu reden und herauszufinden, wo sie Urlaub gemacht haben, wie lange sie fort waren und wer von der Reise gewusst haben kann. Wenn wir Glück haben, widersprechen sich ihre Aussagen. Macht Fotos von dem Corsa und versucht, Käfer mit auf das Bild zu bekommen, damit wir einen Gesichtsabgleich mit den Aufnahmen von Koch machen können. Wolkenstein hat mir versichert, dass die Software gut genug ist, zu erkennen, wenn ein Gesicht optisch verändert wurde. Das Programm kann die Änderungen zu neunzig Prozent herausrechnen und die Toleranz für den Abgleich berücksichtigen.«

»Du bist ja witzig. Glaubst du etwa, der merkt das nicht?«, fragte Eva. »Besser, ich lasse mich von der KTU mit einer Kamera verkabeln, dann gehen wir kein Risiko ein.«

»Das wirst du bleiben lassen«, sagte Sauerwein entschieden. »Das wäre das nächste vor Gericht nicht verwertbare Indiz, da wir noch immer nicht genügend Anhaltspunkte haben, um eine verdeckte Ermittlung durchzuführen. Und dafür benötigen wir endlich genügend Material, damit ich zu Märkel gehen und einen entsprechenden Antrag stellen kann. Deswegen brauchen wir unbedingt ein offizielles Foto von Käfer. Wenn wir beweisen können, dass er und Koch ein und dieselbe Person sind, dann kann sich der Chef nicht mehr gegen eine entsprechende Verfügung sperren.«

»Gut, verstanden. Trotzdem finde ich die Kamera gut. Als Backup, falls es uns nicht gelingt, die Aufnahme zu machen. Zumindest wissen wir dann, wo wir stehen und wer in dem Spiel welche Rolle spielt.«

SIEBZEHN

Pünktlich um halb sieben Uhr morgens klingelte Karl an Evas Tür. »Nimm dir einen Kaffee«, rief sie aus dem Badezimmer. »Ich krieg das blöde Ding nicht um den Hals.«

Eine Viertelstunde später gab sie auf. »Kommst du mal? Ich schaff es nicht allein.«

Karl wurde rot wie ein Hummer, als sie in Jeans und BH die Tür zum Bad öffnete und verlegen lächelte. Sie hatte es zwar geschafft, den Sender für die Kamera unsichtbar unter der Unterwäsche zu positionieren, dafür drückte ein Kabel so unglücklich gegen den Stoff ihrer Bluse, dass man keine große Phantasie benötigte, um zu erkennen, welchem Zweck es diente.

»Kleb das Ding mit Pflastern fest, und zwar so, dass mir eher die Haut abgeht, als dass es sich lösen kann.«

Karls Finger zitterten vor Nervosität so stark, dass er das Pflaster im ersten Versuch versehentlich auf ihren BH klebte, statt auf die Haut, was das Ganze noch schlimmer machte. Hätte er nicht versucht, krampfhaft an ihrem Dekolleté vorbeizusehen, wäre er nach einer Minute fertig gewesen.

»Menno, hör auf, die Fliesen anzustarren, und reiß dich zusammen! Ich habe nichts, was deine Frau nicht auch hat«, kicherte Eva. Höchstens vier Körbchengrößen weniger. »Du kannst mir nichts wegsehen. Stell dir einfach vor, wir liegen am Baggersee. Da laufen genügend Frauen weniger bekleidet durch die Gegend.«

Vier Versuche später klebten drei Pflaster endlich so stabil über dem Kabel, dass nichts mehr verrutschen konnte, und sie konnten aufbrechen.

***

Am Haus der Käfers waren alle Jalousien herabgelassen, und Eva entschied, im Auto zu warten, bis sich der Herr aus dem Haus wagte. Es dauerte eine geschlagene Stunde, bis er im Morgenmantel vor die Tür trat, um die Zeitung aus dem Briefkasten zu holen.

»Muss der denn nicht arbeiten?« Eva zog ihr Handy aus ihrer Tasche und rief im Präsidium an.

»Hat euch Käfer erzählt, dass er noch Urlaub hat?«, fragte sie Max, der das entschieden verneinte.

»Dann gehen wir jetzt rein.« Eva stupste Karl an, der, noch ganz erschöpft von dem peinlichen Vorfall in Evas Wohnung, den Kopf an das Seitenfenster gelehnt hatte und döste.

»Guten Morgen, Herr Käfer«, sagte Karl und stellte sich und seine Kollegin vor. Sie hatten während der Fahrt besprochen, dass Karl die Führung des Gesprächs übernehmen sollte, während Eva die einfältige Landpolizistin mimte.

»Schau, Karl, die sind aber schön!«, rief sie auch sofort, als sie die teuren Gemälde im Flur sah, und blickte den Hausherrn fragend an. »Sind die vom Segmüller?«

Der schüttelte konsterniert den Kopf und ersparte sich eine Antwort. »Was wollen Sie denn noch?«, fragte er Karl. »Ich habe Ihren Kollegen doch schon erklärt, dass ich im Urlaub war und das Auto in der Garage stand.«

»Wir befürchten, dass ein Einbrecher Ihre Nummernschilder gestohlen hat. Deswegen wollten wir uns vergewissern, dass alles in Ordnung ist«, sagte Karl.

»Ich habe die Polizei bereits in die Garage geführt, und wir haben gemeinsam festgestellt, dass die Schilder nicht fehlen. Das muss alles ein Irrtum sein.«

Eva drückte sich langsam an Käfer vorbei, indem sie vorgab, sich für die anderen Bilder zu interessieren. Käfer streckte einen Arm aus, um sie daran zu hindern, weiter in die Wohnung vorzudringen. Geistesgegenwärtig stolperte Eva, ergriff seine Hand und bedankte sich artig für seine Hilfe. Ehe er sich's versah, hatte sie die Gelegenheit genutzt und stand nun in einem riesigen Wohnzimmer, und jetzt war ihre Begeisterung echt.

»Ist das hier schön! Und so tolle Bilder haben Sie. Nun verraten Sie doch, wo ich die kaufen kann. Wir haben ja sicher nicht den gleichen Bekanntenkreis, da fällt das doch gar nicht auf.«

Unbemerkt von dem Hausherrn hatte sie plötzlich ihr Smartphone in der Hand.

»Davon muss ich unbedingt ein Foto machen, ich darf doch?«

Ohne seine Antwort abzuwarten, knipste sie wie wild drauflos. Gerade als Käfer gegen den Überfall protestieren wollte, ließ sie das Handy sinken und lobte, wie freundlich er war.

»Wissen Sie, ich suche schon lange nach schönen Bildern, aber wenn ich im Baumarkt stehe, dann weiß ich nie, ob die Sachen auch noch gut aussehen, wenn sie bei mir zu Hause hängen. Aber wenn man das so vor Ort sieht, dann ist das schon was anderes. Und wissen Sie, was schade ist? Dass nicht alle Menschen so entgegenkommend sind wie Sie. Was glauben Sie denn, wie viele mir gesagt hätten, dass sie nicht wollen, dass ich fotografiere. Wo ist eigentlich Ihre Frau?«

Völlig geplättet von Evas Redeschwall starrte er sie verständnislos an, bis ihm aufging, dass sie ihm eine Frage gestellt hatte.

»Hhmm«, räusperte er sich. »Äh, meine Frau, die ist im Souterrain. Sie hat eine Lichtallergie und verbringt ihre Tage deshalb im Keller. Sonst müssten wir die Jalousien immer geschlossen halten.«

»Können wir mit ihr sprechen?«

»Ich fürchte, das geht nicht. Seit Ihre Kollegen hier waren, geht es ihr nicht gut. Zusammen mit ihrer Krankheit ist das zu viel für sie.«

Als sich die Polizisten wenig später verabschiedeten, hatte Käfer das diffuse Gefühl, hereingelegt worden zu sein. Er wusste nur nicht, woran es lag.

»Unglaublich, wie du dich verstellen kannst«, attestierte Karl Eva auf dem Rückweg ins Kommissariat. »Ich hätte nicht gedacht, dass du so einen auf dummdreist machen kannst. Vielleicht solltest du mit deiner Freundin gemeinsam zum Theater gehen.« Vergessen war der Vorfall in Evas Bad. So schüchtern Karl auch war, so schnell waren unangenehme Ereignisse wieder von seiner Festplatte gelöscht.

Während Sauerwein sich die Aufnahme ansah, die die Miniaturkamera an Evas Bluse aufgenommen hatte, lud Eva die Bilder von ihrem Smartphone herunter. Zufrieden mit dem Ergebnis, hängte sie sie an eine Mail und schickte sie an Wolkenstein. Dann setzte sie sich neben Sauerwein, der das Band zum dritten Mal laufen ließ.

»Was sagst du dazu?«

»Dass Kristina sich mit dir den Oscar teilen muss. Als ich mit Max bei ihm war, hat er uns nicht weiter als drei Meter ins Haus gelassen, und das wäre euch nicht anders ergangen, wenn du ihn nicht so überrumpelt hättest. Was hattest du für ein Gefühl, als du dort warst?«

»Undefinierbar. Er war nervös, unkooperativ und hätte uns am liebsten aus dem Haus geworfen, hat sich aber nicht getraut. Eingebrochen wurde jedenfalls nicht. Abgesehen davon, dass er es aus versicherungsrechtlichen Gründen längst hätte melden müssen, sieht es in der Wohnung auch nicht so aus, als ob etwas fehlt.«

Eva stand auf und ging im Raum auf und ab. »Nur mal angenommen, Käfer ist doch nicht Koch. Käfer verreist nebst Gattin für ein paar Tage, um den Weg für einen Einbrecher frei zu machen. Geeignete Hehlerware findet sich in der Wohnung reichlich, jedenfalls sehen die Gemälde ziemlich wertvoll aus, ebenso wie die Antiquitäten. Käfer wäre somit nicht der Dieb, sondern das Opfer. Dann durchkreuzen wir den ganzen schönen Plan, indem wir mit unserem fingierten Einbruch Koch aufscheuchen und in den Osten jagen. Als er zurückkommt, ist Käfer bereits auf dem Rückweg, und die Gelegenheit ist verpasst.«

»Und wie passt das Nummernschild in deinen Plan?«

»Das weiß ich noch nicht. Aber ich habe Preisenbacher zu Käfer geschickt, damit er das Kennzeichen auf Spuren untersucht. Sobald das Ergebnis vorliegt, wissen wir hoffentlich mehr.«

»Derf i jetz a amoi?« Nora Wallner stand schon eine geraume Zeit im Zimmer und war von Sauerwein dazu verdonnert worden, den Mund zu halten, bis die Kommissare ihre Unterhaltung beendet hatten.

»I hob ja ned den ganzn Tag Zeit. Des hat Wolknstein zu mia gfaxd, wahrscheinlich war bei eich wieda dauerbelegt. Des is irgndwas wegn na Papierdüddn.«

Max nahm ihr das Fax aus der Hand und studierte es kurz. Dann setzte er sich an seinen Computer und überprüfte ein paar Daten. »Es geht um die Semmeltüte, die Koch in der Hand hatte, als er unseren fingierten Tatort besichtigt hat. Wolkenstein schreibt, dass die anderen Aufnahmen noch schlechter waren, aber er hat das Logo der Bäckerei nachbearbeiten können. Das gehört zur Rebenhauser-Kette, und davon gibt es in Rosenheim keine Filiale. Dafür jeweils eine in Bad Aibling und in Großkarolinenfeld. Und außerdem hat er die Fotos von Koch und Käfer mittels einer Spezialsoftware abgeglichen.« Er lächelte Eva an. »Du hattest recht mit deiner Vermutung. Die beiden sind nicht ein und dieselbe Person.«

Das Faxgerät hinter Max surrte, und als er den Ausdruck aus dem Gerät fischte, grinste er über beide Ohren. »Scheint, als ob wir uns dem Hauptgewinn nähern. Käfers Hausrat ist über eine Gesamtsumme von achthunderttausend Euro versichert. Wie es scheint, werden unsere Freunde immer dreister. Ratet mal, wer ihm die Police verkauft hat.«

»Wie sieht es mit dem Amtshilfegesuch aus, das du nach Hof geschickt hast?«, fragte Eva. »Die Autovermietung sitzt uns im Nacken, weil sie den BMW wieder vermieten wollen.«

»Keine Ahnung«, antwortete Sauerwein. »Die Kollegen in Hof haben mir versichert, dass sie sich das Fahrzeug vornehmen.« Er ging in sein Zimmer, um zu telefonieren. Als er zurückkam, war er vor Wut weiß um die Nase.

»Sie haben den Wagen schon vor vier Tagen abgeschleppt, können ihn aufgrund einer Überlastung ihrer Spusi im Moment aber nicht untersuchen.«

»Das ist zwar blöd, aber weswegen regst du dich so auf? Das wäre bei uns nicht anders, wenn wir bis über die Ohren in Arbeit stecken.«

»Aber soweit ich informiert bin, geben wir der anfragenden Stelle wenigstens Bescheid.« Er nahm Evas Telefon und wählte die Nummer der Spurensicherung.

»Sauerwein hier. Wie viel habt ihr zu tun?« Ohne Preisenbacher die Gelegenheit zu geben, sich lang und breit über den aktuellen Arbeitsumfang auszulassen, warf er ihm einen schwer verdaulichen Brocken hin. »Du schnappst dir morgen früh einen Kollegen und fährst nach Hof, um ein Fahrzeug zu untersuchen. Was? Nein, nicht bei uns im Hof. Ich rede von der Stadt Hof. Nordbayern.

Die Karre steht dort in der Verwahrstelle, und wir haben keine Zeit mehr zu verlieren.«

Als Sauerwein kurz Luft holte, nutzte Preisenbacher seine Chance, um sich gegen die Anweisung zur Wehr zu setzen. Noch bevor er seinen ersten Satz zu Ende gesprochen hatte, redete Sauerwein weiter.

»Es ist mir scheißegal, dass es nicht in unser Zuständigkeitsgebiet fällt. Wir haben um Amtshilfe angefragt, die kann uns im Moment nicht gewährt werden, also müssen wir selbst ran. Und nein, ich lasse den Wagen nicht hierherbringen. Das verursacht Kosten, die ich nicht genehmigt bekomme. Schnapp dir einen deiner Handlanger und mach einen Tagesausflug mit ihm.«

***

Schweren Herzens hatte Kristina nach Lohkamps Besuch dem Vorschlag zugestimmt, die Kameras und Abhörgeräte so lange in ihrer Wohnung zu belassen, bis der Vertreter ihr den Antrag zum Unterschreiben brachte. Sauerwein hatte argumentiert, dass der Aufwand und die Gefahr, entdeckt zu werden, zu groß wären, um den ganzen Kram wieder ab- und aufzubauen, und letztlich gewonnen.

Außerdem hatte Sauerwein einen Teilerfolg erreicht. Da Märkel nach wie vor nichts unternahm, um ihnen eine Abhörgenehmigung zu verschaffen, hatte Sauerwein den direkten Weg genommen und war zum Gericht gefahren. Richter Benno Kirchberg hatte sich geduldig alle Argumente angehört, und als ihm Sauerwein Kristinas Aussage als letzten Trumpf präsentierte, waren sämtliche Zweifel vom Tisch.

In aller Eile hatte Karl alle Wanzen und Kameras in den Genehmigungsvordruck eingetragen, Kirchberg hatte schwungvoll seine Unterschrift daruntergesetzt, und Kristina hatte Lohkamp erneut zu sich bestellt.

Jetzt saß sie ihm in einer über und über mit Farbe bekleckerten Jeans gegenüber, in der Hoffnung, ihn dadurch davon abzuhalten, sie erneut zu begrapschen.

»Ich habe noch nicht verstanden, wie Sie die Erhöhung der

Versicherungssumme begründen wollen. Ich kann schließlich für Sachen, die ich nicht besitze, weder Rechnungen noch Zertifikate vorlegen.«

»Keine Sorge, meine Liebe. Alles, was wir brauchen, habe ich hier.« Lohkamp wedelte mit einer abgegriffenen Mappe, in der Fotos und gefälschte Belege für drei Bronzefiguren und Schmuck im Gesamtwert von gut hunderttausend Euro abgeheftet waren. Während er mit der rechten Hand in den Unterlagen blätterte und ihr zeigte, was sich für die Augen der Versicherung noch in ihrem Besitz befand, tätschelte er mit der linken ihr Knie und fuhr geübt ihren Oberschenkel entlang. Entgegen Kristinas Plan schien ihn die verdreckte Hose nicht im Geringsten zu stören. Bevor er seine Hand weiter nach oben schieben konnte, klingelte das Telefon. Kristina sprang dankbar auf und rannte in die Küche.

Am Apparat war Eva. »Ich dachte, ich muss dich vor dem Schleimbeutel retten, bevor du ihm ins Gesicht springst.«

Im Gegensatz zu Lohkamp, der selbst in dreißig Zentimeter Entfernung nicht spürte, dass sein Gefummle unerwünscht war, hatte Eva die Qualen ihrer Freundin sogar durch das etwas undeutliche Bild der Kamera wahrgenommen, die hinter einem Vorhang versteckt war.

»Greif auf deinen kranken Onkel zurück. Vielleicht besitzt der Schleimer ja wenigstens einen Anflug von Pietät und geht auf Distanz«, schlug Eva vor und beendete das Gespräch.

Kristina trat mit Leichenbittermiene zurück ins Wohnzimmer. »Meine Cousine braucht dringend Beistand. Wir müssen leider schnell machen, weil sie gleich hierherkommt.« Mit viel Mühe brachte sie ein halbherzig bedauerndes Lächeln zustande.

»Dafür können wir ja später essen gehen?«, schlug er vor. »Haben Sie sich das mit unserem gemeinsamen Urlaub schon überlegt? Wir beide in einem schönen Liebesnest? Dafür, dass ich Ihnen so weit entgegenkomme und Sie durch mich bald eine wohlhabende Frau sind.«

»Das ist doch nicht zu fassen«, murmelte Eva. Dann schaltete sie das Mikrofon frei und flüsterte Kristina ins Ohr: »Bleib cool, Süße. Wir bekommen ihn damit auch noch wegen sexueller Belästigung und Nötigung dran. Tief durchatmen«, sie kicherte, als sie Sekunden später sah, dass sich Kristinas Brustkorb hob und wieder senkte. »Genau so. Du machst das prima. Sei ein bisschen zutraulicher. Leg deine Hand auf seinen Arm und schmachte ihn an. Sehr gut. Schau mal, wie er dich anstiert. So ein Depp. Und jetzt steh langsam auf, du weißt ja, deine Cousine kreuzt gleich auf.« Eva hatte einen Heidenspaß damit, Kristina zu soufflieren, was sie als Nächstes tun sollte, um dann zu beobachten, wie sie alles wunderbar umsetzte. Offensichtlich irritierte es sie nicht im Geringsten, dass es in ihrem Ohr zwitscherte; es schien ihr sogar zu helfen, ruhig zu bleiben. »So, und jetzt bring ihn zur Tür. Meinst du, du könntest ihm noch ein Küsschen geben? Weil er doch so ein Süßer ist. Natürlich nur auf die Wange«, sagte sie schnell, als das Bild der Kamera im Flur zeigte, wie Kristina ihr Gesicht verzog.

»Du bist ein gemeines Biest«, stellte Kristina fest. »Wie dachtest du, dass meine Lippen jemals wieder verheilen? Küsschen? Brrr.«

Sie stand mit Eva in ihrer Küche, mischte Prosecco mit Aperol und war heilfroh, den Auftrag erfolgreich abgeschlossen zu haben.

»Das ist er doch, oder?«, fragte sie. »Abgeschlossen, meine ich. Oder muss ich mich von dem Widerling ein weiteres Mal befummeln lassen?«

»Nun hab dich nicht so«, neckte Eva sie. »Stell dir vor, du wirst entdeckt und kommst zum Film. Eines schönen Tages erhältst du die Hauptrolle in einem Hollywood-Schinken und verbringst Tage damit, einen Berufsaschenbecher wie Mickey Rourke zu küssen, nur für eine Szene, vor der dann grad mal zwei Minuten gezeigt werden. *Das* erfordert Beherrschung.«

»Wenn ich erst mal so berühmt bin, dass sich alle Produzenten der Welt um mich reißen, dann schreiben sie die Szene um, nur damit ich ihnen keinen Korb gebe, du wirst schon sehen. Oder ich engagiere dich als mein Körperdouble.«

»Uah, bäh. Ich darf leider keinen Nebenjob annehmen, das verbietet mir mein Arbeitsvertrag.«

»Ich werde dir so viel Geld anbieten, dass du nicht Nein sagen kannst. Sollen sie dir eben kündigen. Und anschließend bist du reich, nur weil du tagelang mit Mickey Mouse geknutscht hast.«

Das Herumgealbere tat richtig gut. Und in Verbindung mit

dem Alkohol trug es dazu bei, die Anspannung abfallen zu lassen, die sich in den letzten Tagen aufgebaut hatte.

***

»Wer hat Lust, morgen die Bäckerei zu überwachen?«, fragte Sauerwein zwei Stunden später. »Preisenbachers Untersuchungen an dem Leihwagen haben uns leider nicht weitergeholfen. Fingerabdrücke gibt es keine, Koch trug also Handschuhe oder hat alles gründlich sauber gemacht. Und die sichergestellten DNA-Spuren lassen sich nicht zuordnen, da wir keine Vergleichsproben haben. Somit dürfen sich zwei von euch auf einen Außeneinsatz freuen.«

»Ich kann nicht.« Wie in der Schule schnellte Karls Finger empor. »Ich hab irre viel Schreibkram, den muss ich erledigen, bevor Märkel merkt, dass du ihn mit der Abhörgenehmigung gelinkt hast.«

»Du wirst wohl oder übel trotzdem mit Max hinfahren müssen«, bedauerte Eva. »Ich war bei unserem fingierten Einbruch vor der Tür, um den Leichenwagen wegzuschicken. Falls Koch mich dabei gesehen hat und wiedererkennt, dann fliegen wir auf. Gib mir die Unterlagen, dann erledige ich das.«

»Es dauert viel zu lang, bis ich dir das alles erklärt habe«, wiegelte er ab. »Du kannst doch im Auto sitzen bleiben und eine Perücke oder einen Hut aufsetzen, dann erkennt er dich nicht.«

»Bei den Temperaturen? Ich habe keine Lust, Grillhähnchen zu spielen.«

»Lass gut sein, Karl«, sagte Sauerwein. »Du kannst dir sicher sein, dass Eva sich den Kopf scheren würde, nur um aus dem Haus zu kommen. Aber sie hat recht. Wenn Koch sie erkennt, dann haben wir unsere einzige Chance verspielt, ihm auf die Schliche zu kommen.«

Kurz bevor sie sich anschickten, Feierabend zu machen, fragte Karl zögernd: »Eva? Wär das nichts für dich? Dir den Kopf scheren, meine ich. Ist doch praktisch. Überleg mal, wie viel Zeit du dann morgens sparen kannst.«

Sie sah ihn sprachlos an. »Das meinst du jetzt aber nicht ernst, oder?«

Karl kicherte. »Nein. Auch wenn ich echt null Bock auf Außeneinsätze habe, so weit würde selbst ich nicht gehen. Ich habe etwas anderes entdeckt. Schau.« Er stand auf und breitete drei Fotos vor ihr aus. »Da bist du vor dem Leichenwagen.« Er tippte auf das Bild auf der linken Seite. »Der Zeitstempel zeigt neun Uhr vierunddreißig. Die nächste Aufnahme stammt aus der Laternenkamera um zehn Uhr elf. Hier kommt Koch mit seinem Fahrrad an. Und das Bild rechts ist die erste Aufnahme von ihm, als er sich zwischen die Schaulustigen gemischt hat. Das war um zehn Uhr dreizehn. Es liegen also fünfunddreißig Minuten zwischen deinem Ausflug zum Leichenwagen und der Ankunft Kochs. Er kann dich gar nicht gesehen haben.«

So viel Aufwand, nur um weiter in der Bude hocken zu können. Eva stand auf. »Also gut. Ich verlasse mich darauf, dass du recht hast. Aber wenn du dich irrst, dann ist der Teufel los. Das muss dir klar sein.«

***

In weiser Voraussicht hatte Eva ein Taschenbuch zu den beiden Wasserflaschen gepackt. Die Aussicht, stundenlang neben Max im Wagen warten zu müssen, hatte so wenig Reizvolles, dass ihr ein Kriminalroman, der mit der Realität vermutlich so wenig gemein hatte wie der vor ein paar Jahren für den 21.12.12 von irgendwelchen Spinnern vorhergesagte Weltuntergang, tausendmal lieber war.

Natürlich hatte Max sie sofort damit aufgezogen. »Ah, du bildest dich weiter. Finde ich gut. Lies nur schön, damit du endlich verstehst, was bei der Kripo abgeht.«

Sie hatte sich nicht die Mühe gemacht, seinen süffisanten Kommentar zu beantworten. Tatsächlich versank sie schon nach wenigen Minuten in einer Welt voller Windmühlen, die für Nele Neuhaus Anlass genug waren, den ganzen Taunus in Angst und Schrecken zu versetzen.

»Ist er das?«, unterbrach Hansen ihren Ausflug in ein Paralleluniversum.

Sie blickte auf und studierte Körperbau und Gesicht des Mannes eindringlich. Im Geiste verglich sie ihn mit den Fotos von Koch.

»Nein. Der ist zu klein. Außerdem ist Koch schlanker.«

Drei Minuten später holte er sie erneut aus ihrer fiktiven Welt. Nachdem es eine ganze Weile so gegangen war, riss ihr der Geduldsfaden.

»Ich habe dir schon gestern gesagt, dass ich es für zweckmäßig halte, dass wir uns beim Beobachten ablösen, weil ich keinen Sinn darin sehe, dass wir beide ständig in dieselbe Richtung starren. Du hast dich freiwillig für die erste Stunde entschieden, also lass mich in Ruhe. Ich traue dir nämlich durchaus zu, selbst zu entscheiden, dass sich Koch weder als zehnjähriges Mädchen noch als achtzigjährige Frau verkleidet hat.«

Nachdem Max fünfzehn Minuten lang wie ein trotziges Kind wortlos aus dem Fenster gestarrt hatte, erwachte er plötzlich zum Leben.

»Sieh mal nach rechts. Der mit dem Fahrrad, das könnte er sein.«

Diesmal musste Eva ihm recht geben. Statur und Körpergröße passten, und das Fahrrad hatte eine helle Farbe. Stumm beobachteten sie, wie der Mann die Bäckerei betrat.

»Was denkst du?«, fragte Max.

»Eine Ähnlichkeit ist da, keine Frage. Blöd, dass wir wegen dem Käppi sein Gesicht nicht erkennen können. Aber wir sollten ihn uns nicht entgehen lassen. Übernimmst du die erste Tour?«

Max stieg aus dem Auto und schnappte sich eins der beiden Fahrräder, die Preisenbacher ihnen, für den Fall, dass Koch wieder auf zwei Rädern unterwegs war, morgens mit dem Mannschaftsbus zur Bäckerei gebracht hatte. Als sein Zielobjekt aus der Bäckerei kam, wartete er gerade lange genug, um ihm nicht zu dicht auf die Pelle zu rücken.

Es dauerte nicht lange, und Max kehrte locker in die Pedale tretend zurück. Nachdem er das Rad hinter ihrem Fahrzeug versteckt hatte, ließ er sich auf den Fahrersitz fallen.

»Und?«, fragte Eva, als er nichts sagte.

»Fehlanzeige. Der Typ hat eine Glatze.«

Eva musste an Karls Vorschlag denken, dass man auch sie ohne ihr Haupthaar kaum wiedererkennen könnte. »Es könnte trotzdem –«

»Kann es eben nicht. Sieh her.« Max gab ihr seine Kamera. Sie klickte sich durch die Aufnahmen, die er von einem Busch verborgen gemacht hatte. Sie zoomte an das Gesicht des Mannes heran und musste Max enttäuscht recht geben. Der Mann hatte eine Nase wie eine Gurke. Kochs Näschen dagegen sah aus wie vom Schönheitschirurgen designt.

Max sah auf die Uhr. »Du bist dran. Weck mich, wenn er kommt.«

Nachdem sie abwechselnd drei weitere potenzielle Kandidaten zu Fuß oder mit dem Fahrrad verfolgt hatten, riss es sie fast aus den Sitzen. Der Mann, der aus dem silbergrauen Cabrio stieg, war ihnen nur allzu vertraut.

»Verdammt, was machen wir jetzt?«

Fieberhaft versuchten sie, zu einer Lösung zu kommen. Schließlich öffnete Eva die Tür und stieg aus.

»Fahr ihm hinterher. Ich bleibe hier.«

Als die beiden Fahrzeuge außer Sicht waren, trat Eva hinter ihrem Versteck hervor und rief Sauerwein an. »Du wirst nicht glauben, wer gerade hier war. Unser Versicherungsvertreter höchstpersönlich.«

»Lohkamp?«, fragte Sauerwein überrascht. »Der wohnt doch gar nicht in der Gegend.«

»Eben. Es kann natürlich ein Zufall sein, oder er hat einen Termin bei einem Kunden in der Nähe. Jedenfalls ist Max an ihm dran. Und ich stehe mir vor der Bäckerei die Beine in den Bauch.«

Sie lehnte das Herrenrad gegen den Baum und machte es sich soweit möglich auf dem Oberrohr bequem. Zum Glück hatte sie geistesgegenwärtig ihr Smartphone von der Ablage geschnappt, bevor Max davongebraust war, und konnte sich im Internet die Zeit ein wenig vertreiben, wenn kein Kunde in Sicht war.

Trotz der improvisierten Sitzgelegenheit war Eva nach einer Stunde fix und fertig. Ihr Gesäß schmerzte von der Stange, und sie war so durstig, dass sie am liebsten einen Getränkelaster überfallen hätte. Wenn wenigstens einer des Weges gekommen wäre. Die Minuten tröpfelten wie in Zeitlupe, und von Max war noch immer nichts zu sehen. Als sie es nicht mehr aushielt, rief sie im Büro an.

»Hat sich Max bei euch gemeldet?«

Karl klinkte sich in das GPS-System des Dienstwagens ein und fand kurz darauf das Signal, das das Fahrzeug sendete.

»Der Wagen steht in der Innenstadt. Komisch. Was will er denn da? Ich melde mich gleich wieder bei dir.« Ungewohnt distanziert legte Karl einfach auf.

Eine Viertelstunde später hielt ein Streifenwagen neben ihr und ließ das Fenster herunter.

»Servus, Eva. Wir haben gehört, dass du ein Taxi brauchst. Steig ein, die Fahrräder holt Preisi später ab.«

***

Im Präsidium erwartete Eva ein unglaublicher Tumult. Als sie merkte, dass es Sauerwein war, der schrie wie am Spieß, rannte sie die Treppe in Rekordgeschwindigkeit nach oben. Obwohl die Tür zum Gang als auch die Verbindungstür zu ihrem Büro geschlossen waren, hatte Eva das Gefühl, ihr Chef würde ihr mit einem Megafon ins Ohr brüllen. Sie musste sich durch die Kollegen drängen, die der Tumult auf den Gang gelockt hatte, um in ihr Büro zu kommen.

Schließlich war es Karl, der ihr erklärte, was los war. Er lief wie ein Tiger in ihrem Büro auf und ab. Eva hatte ihn noch nie so wütend erlebt, und auch seine Ausdrucksweise war ihr neu. »Dieses dumme Arschloch. Ich würde ihm am liebsten die Fresse polieren.«

»Er hat *was*?«, fragte Eva fassungslos und ließ sich erschöpft auf ihren Stuhl sinken. »Bist du dir da sicher?«

Wie sich herausstellte, hatte Karl die Information des GPS-Signals äußerst suspekt gefunden. Er hatte Sauerwein über seinen Verdacht informiert, und dann hatten sie das Präsidium gemeinsam verlassen, den Hauptmarkt überquert und Max bei Kaffee und Kuchen und in Gesellschaft einer Blondine angetroffen, die seit Neuestem als seine Freundin fungierte. Karls Eindruck zufolge war sich Max keiner Schuld bewusst gewesen, seine Mittagspause angetreten zu haben. Schließlich hielt Eva die Stellung, und auf die war doch Verlass.

Hätte Karl ihn nicht zurückgehalten, hätte Sauerwein Max vermutlich an Ort und Stelle in Gegenwart von etwa vierzig Zeugen erwürgt.

Als sie schließlich zurück waren, konnte sich selbst Märkel nicht mehr hinter seiner Sekretärin verschanzen. Während Sauerwein Max zur Schnecke machte, leitete der Polizeidirektor ein Disziplinarverfahren ein, das seinen Anfang in Max' sofortiger Suspendierung nahm.

»... Handy, Dienstausweis und deine Waffe hier. Und dann verschwinde!«

Eva wunderte sich, dass ein Mensch so lange so laut schreien konnte. Sie beobachtete, wie sich die Verbindungstür wie von Geisterhand öffnete und ein sehr blasser Max Hansen herauskam. Er machte einen Schlenker zu seinem Schreibtisch, nahm ein paar Sachen aus der Schublade und schlurfte zur Tür. Bevor er den Raum verließ, drehte er sich ein letztes Mal um und musterte den Raum, bis sein Blick an Eva hängen blieb. »Petze!«

Es fiel ihr schwer, zu verdauen, dass er auch noch sie für seine Misere verantwortlich machte. Obwohl sie innerlich kochte, riss sie sich schließlich zusammen. »Hat die Verfolgung Lohkamps wenigstens etwas gebracht? Oder ist Max ihm gar nicht nachgefahren?«, fragte sie Karl, kaum dass Max zur Tür hinaus war.

Karl fummelte an dem Fahrtenschreiber aus dem Dienstwagen herum. Das Gerät war zwar eine eierlegende Wollmilchsau, aber Karls technisches Talent hielt sich in Grenzen.

»Er ist eine durchgängige Strecke von sieben Kilometern gefahren, dann hat er für vier Minuten angehalten«, sagte er schließlich. »Anschließend ist er weitergefahren, und sein nächster und letzter Stopp war das Parkhaus am Lokschuppen. Vermutlich hat er nach seinem Zwischenstopp die Überwachung abgebrochen.«

»Überprüf sein Telefon, ob er um die Zeit herum telefoniert hat.«

»Passt genau«, stellte Karl fest, als er die Anrufliste des Handys überprüfte. »Die Uhrzeit, zu der er den Wagen angehalten hat, entspricht einem Anruf, den er erhalten hat.«

»Das heißt, wir wissen nicht, ob er in dem Augenblick vor Lohkamps Ziel angekommen war oder den Anruf als wichtiger empfand. Scheiße.« Sauerwein klang, als hätte er eine Schachtel Reißnägel gelutscht. »Wer war der Anrufer?«

»Laut seinem Telefonbucheintrag ein gewisser Sandro Murks.«

»Kenn ich nicht. Ihr etwa?« Als seine Mitarbeiter den Kopf schüttelten, sagte er: »Rausfinden!«, und verschwand in seinem Büro.

»Sandro Murks ist eine Sandra Marks und offensichtlich die Dame, die Herrn Hansen wichtiger ist als unser Fall.« Eva stellte eine große Tasse Salbeitee auf Sauerweins Tisch. »Mit extra Honig. Damit du bald wieder schreien kannst.«

»Ich versteh das nicht.« Sauerwein drückte zwei Schmerztabletten aus einem Blister. »Max war doch früher nicht so. Er war zwar noch nie der Hellste, aber immerhin war er verlässlich und ordentlich. Zumindest was seine Arbeit anbelangt. Aber seitdem du angefangen hast, mit Vossen rumzumachen, hat er sich völlig verändert.«

»Ich weiß ja nicht, ob es nur das ist«, sagte Eva vorsichtig. »Kann es sein, dass er gar nicht so clean ist, wie er uns weismachen will? Nur dass seine Medikamentenausstellung verschwunden ist, heißt noch lange nicht, dass er nicht weiter welche nimmt, oder?«

»So ein verdammter Mist!« Eva trat die Tür zum Flur mit dem Fuß zu. Sie balancierte mit beiden Händen ein Tablett, auf dem sich sechs Teller mit Erdbeerkuchen befanden. Nach Max' Abgang herrschte in den Räumen der Kripo Weltuntergangsstimmung, die sie mit einer Extraportion Zucker zu beheben gedachte.

»Mir wird grade erst so richtig bewusst, was Max da abgezogen hat. Er lässt mich allen Ernstes vor der Bäckerei stehen, setzt sich selbst mit seiner neuen Flamme ins Café und lässt es sich gut gehen. Wenn mir das nach einer Stunde nicht komisch vorgekommen wäre, dann stünde ich vermutlich noch immer blöd rum.« Obwohl seit ihrer Rückkehr über zwei Stunden vergangen waren, war ihre Wut kein Stück weit verraucht. »So viel zu meinem persönlichen Dilemma. Dass er aber auch noch eine laufende Ermittlung gefährdet, indem er einen Verdächtigen entgegen jeglicher Absprache –«

»Ich kann es auch nich fassn«, sagte Karl mit vollem Mund. »Wieso so viel Kuchn?«

»Weil ich dem feuerspuckenden Drachen in meinem Inneren

ein Opfer bringen muss.« Eva verdrehte wohlig die Augen. »Außerdem verbrennt Ärger jede Menge Kalorien, hab ich mal gehört. Da kann man auch mal zwei Stück essen, oder bist du etwa schon satt?«

»Morgen gleiches Spiel, neues Glück. Und diesmal bist du mit von der Partie«, sagte Sauerwein zu Karl. »Ich hoffe nur, dass Lohkamps Besuch in der Bäckerei wirklich ein Zufall war. Sollte es sich herausstellen, dass er auf dem Weg zu Koch war und uns Max' eigenwilliges Abbrechen der Überwachung um Tage oder Wochen zurückwirft, dann kann sich der gnädige Herr auf etwas gefasst machen. Dann ist er seine Polizeimarke los, und zwar für immer.«

Was Sauerwein nicht erwähnte, war, dass damit eine unehrenhafte Entlassung aus dem Polizeidienst einherging. Und damit der Verlust sämtlicher Pensionsansprüche. Eva zog ihre Stirn in Falten. Sie konnte nicht verstehen, wie Max so dumm sein konnte, seine gesamte Zukunft aufs Spiel zu setzen.

»Ich habe in einer Stunde einen Termin bei Richter Kirchberg. Bis dahin brauche ich eine Auflistung der Ergebnisse, die wir zusammengetragen haben. Ich werde heute noch einen Antrag auf die weitere Überwachung von Kristinas Wohnung stellen, außerdem möchte ich Lohkamps Telefon anzapfen lassen.« Auch Sauerwein hatte den Energieschub dringend nötig gehabt und fühlte sich nach der Überdosis Zucker fast wie neugeboren.

»Wirklich alle Ergebnisse?«, hakte Karl nach. »Auch die, die wir gar nicht hätten ermitteln dürfen?«

Sauerwein fuhr sich durch seine dichten, allmählich an den Schläfen grau werdenden Haare. »Für den Augenblick, ja. Druck alles, was grenzwertig ist, auf eine Extraseite. Vielleicht können wir das ein oder andere so drehen, dass wir es verwenden können.« Schon an der Tür drehte er sich noch einmal um. »Ach ja. Eva, ich möchte, dass du mitkommst.«

»Wenn ich mich recht erinnere, wurde bei einem dieser Einbrüche ein Haar gefunden, das einer weiblichen Person zuzuordnen ist«, sagte Benno Kirchberg. »Wie passt das in Ihr Bild?«

»Das wissen wir noch nicht«, gestand Sauerwein dem Richter. »Möglich, dass es durch eine Übertragung dorthin gelangt ist, aber ich möchte auch nicht ausschließen, dass Frau Dahl selbst am Tatort war und eine Komplizin des Täters ist. Oder dass sie den dubiosen Machenschaften des Vereins zum Opfer gefallen ist. Vielleicht hat sie etwas gesehen, das sie nicht sehen sollte, und wurde daraufhin beseitigt.«

Kirchberg lehnte sich in seinem Sessel zurück und spielte mit seinem goldenen Füllhalter. »Und was wollen Sie nun von mir?«

»Grünes Licht für den fingierten Einbruch in Frau Winters Wohnung in Verbindung damit, das Fahrzeug des Einbrechers mit einem Peilsender und einer Wanze versehen zu lassen, ebenso beim Wagen von Lohkamp, und zusätzlich eine Genehmigung, sein Telefon abhören zu lassen. Und die Überprüfung und Abhörung des Telefons von Lubiczek. Sobald der Einbruch über die Bühne ist, möchte ich den Transport der gestohlenen Ware verfolgen lassen, wenn es sein muss mit einem Helikopter.«

Kirchberg sah ihn belustigt an. »Tragen Sie nicht ein bisschen dick auf?«

»Wenn wir mit unseren Vermutungen richtigliegen, dann werden Koch oder Lohkamp das Diebesgut zu Lubiczek bringen. Wir haben gesicherte Informationen, dass er zwar ein Haus in Miesbach besitzt, können ihm allerdings bis heute keine kriminellen Aktivitäten dort zuordnen. Also müssen wir damit rechnen, dass sich die Bande nach den Einbrüchen in der alten LPG trifft. Damit wäre eine lückenlose Verfolgung per Fahrzeug aber so gut wie unmöglich. Ich möchte einfach auf jede Eventualität vorbereitet sein.«

Kirchberg schielte nach rechts unten und nickte mit dem Kopf vor sich hin. Früher hatte dieses Verhalten Sauerwein irritiert, doch jetzt wusste er, dass es Kirchbergs Ritual war, wenn er scharf nachdachte.

»Worauf berufen Sie sich?«, fragte er schließlich.

»Paragraf 110a Absatz 1«, antwortete Eva wie aus der Pistole geschossen. »Gewerbs- oder gewohnheitsmäßige Straftaten, von einem Bandenmitglied oder in einer anderen Weise organisiert begangene Straftaten, und es besteht die Gefahr der Wiederholung.«

Kirchberg begann erneut zu schielen, hatte sich jedoch sofort wieder im Griff. »Lassen Sie mir die Unterlagen da. Ich werde darüber nachdenken.«

Sauerwein begriff, dass die Audienz zu Ende war, und stand auf.

Bevor sie sich verabschiedeten, fragte Eva: »Können Sie uns sagen, wie lange …?«

Kirchberg sah auf die Uhr. »Geben Sie mir vierundzwanzig Stunden.«

Sie verließen Kirchbergs Büro. Sauerwein stupste Eva in die Seite. »Mutig, mutig, liebe Eva.«

Eva sah ihn verständnislos an. »Was denn?«

»Kirchberg zu fragen, wie lange es dauert.«

»Wieso denn? Schließlich müssen wir unsere Aktionen planen.«

»Weil Kirchberg dafür bekannt ist, jede Frage nach dem Wann mit einem gehässigen Kommentar zu beantworten. Und er kann *sehr* gehässig sein.«

»Davon hatte ich keine Ahnung. Aber er war doch ganz gnädig.«

»Vermutlich, weil du den Inhalt eines seiner Lieblingsparagrafen so schön auswendig aufgesagt hast.«

***

Kirchberg hielt Wort. Und nicht nur das. Binnen eines Tages hatten sie alle angeforderten Genehmigungen auf dem Tisch; nicht einmal die Abhörung von Lubiczeks Telefon hatte er abgelehnt. Sauerwein war beeindruckt. »Ich war mir fast sicher, dass er das streicht. Das musste das LKA Leipzig genehmigen, und das anzufordern wäre eigentlich unsere Aufgabe gewesen.«

»Und weil du dachtest, dass einer der Punkte sowieso dem Rotstift zum Opfer fällt, hast du den dazugemogelt. Dass Kirchberg uns die Arbeit abgenommen hat, ist doch prima.«

Bis auf Weiteres waren freie Wochenenden gestrichen, und das geschrumpfte Team der Soko stand rund um die Uhr auf Abruf. Sauerwein hatte von Hohenfels um sein Einverständnis gebeten, alle Wertgegenstände mit einem Sender versehen zu dürfen, um sie daraufhin tatsächlich stehlen zu lassen.

»Ich garantiere Ihnen, dass wir die heiße Ware mit allen uns zur Verfügung stehenden Mitteln verfolgen und Ihnen wieder vollständig zurückbringen.«

Von Hohenfels hatte daraufhin nur gelacht. »Machen Sie damit, was Sie wollen. Vermutlich ist Ihnen nicht aufgefallen, dass die Gemälde Kopien sind? Ich habe von jedem meiner Bilder schon vor Jahren Repliken anfertigen lassen, um eventuelle Einbrecher hereinzulegen. Die Versicherungen sind darüber informiert und, wie Sie sich denken können, hocherfreut. Wenn der Krempel also Schaden nimmt oder verloren geht, ist das kein Beinbruch. Nur die Zertifikate, die Frau Winter dem Vertreter vorgelegt hat, sind die der echten Kunstgegenstände. Das ist auch so mit der Versicherung abgesprochen, damit Sie aus dem Schneider sind.«

Sauerwein war perplex. Mit dieser Information würde es ihm die nächsten Tage wesentlich leichter fallen, gut zu schlafen. »Was ist mit dem Schmuck? Der ist allein schon ein Vermögen wert. Und wir können ihn nicht so gut sichern wie die Bilder. Wollen Sie Teile davon zurückziehen?«

»Gut, dass Sie weder Kunstexperte noch Juwelier geworden sind, mein Freund.« Von Hohenfels amüsierte sich königlich. »Nehmen Sie es nicht persönlich, ich kenne Sachverständige, die ohne spezielle Untersuchungen nicht merken würden, dass alle Steine genauso falsch sind wie die Bilder. Nur das Gold ist echt, aber summa summarum reden wir von vielleicht dreißigtausend Euro.«

»Was machen wir mit den Hausbewohnern?«, fragte Eva. »Kristina ist der Überzeugung, dass ihre Nachbarin die Neugier in Person ist. Wenn wir die Hummel warnen, können wir die Aktion genauso gut im ›Rosenheimer Tagblatt‹ ankündigen. Und das Pärchen von nebenan kann sie überhaupt nicht einschätzen, dafür kennt sie sie nicht lange genug.«

»Am besten wäre es, wenn das ganze Haus an dem Abend leer stünde«, überlegte Sauerwein. »Ich habe aber keine Idee, wie sich das bewerkstelligen lässt, ohne Verdacht zu erregen.«

Nach langem Hin und Her hatte Karl eine Idee. »Wir müssen das Treppenhaus sowieso noch verwanzen. Dabei könnten wir den Bewohnern weismachen, dass wir Kammerjäger sind, die den Hausflur am Abend von irgendeinem Befall reinigen müssen. Deshalb darf in der Nacht niemand das Treppenhaus betreten, da damit eine nicht unerhebliche Gefährdung für die Gesundheit einhergeht.«

»Und wenn sie fragen, was in einem Notfall wäre? Herzinfarkt, Schlaganfall et cetera? Oder sie die Geräusche hören, die Koch eventuell macht?«, fragte Eva.

»Die Geräusche erklären wir damit, dass wir nachts Kontrollgänge im Haus durchführen. Wir geben den Bewohnern eine Telefonnummer, unter der sie anrufen können, falls ein Notfall eintritt. Dann kommen wir ins Haus, um sie da rauszuholen.«

»Die Idee gefällt mir. Vielleicht kommen die Leute sogar auf die Idee, woanders zu übernachten. Das wäre mir eh am liebsten«, gab Sauerwein zu. »Wann lassen wir die Party steigen?«

»Wir dachten an Freitag.«

***

Kristina hatte schlechte Nachrichten für den Versicherungsvertreter. »Es geht wirklich nicht. Wir müssen das verschieben.« Sie war heilfroh, dass sie ihm nicht erneut ein Ziel für seine Avancen bieten musste, sondern ihm telefonisch beibringen konnte, dass sie allein verreisen musste.

»Ich schlafe bei meiner Tante im Haus, da kann ich Sie unmöglich mitnehmen. Außerdem wäre das sehr pietätlos, das würden Sie doch auch nicht wollen, oder? Ein Mann wie Sie weiß doch, was sich gehört.« Am Telefon war es viel einfacher, ihm um den Bart zu gehen. Und das nutzte sie nun schamlos aus. »Wie sieht es denn in vier Wochen aus? Ich habe eine ganze Woche Urlaub, und wenn Sie sich Zeit nehmen könnten, dann wüsste ich eine sehr nette Finca auf Mallorca ...« Als zusätzlichen Anreiz versprach sie ihm, die Flugkosten und die Miete für das Haus zu übernehmen. Nur bei den Mahlzeiten ließ sie nicht mit sich reden: »Das Essen bezahlen Sie. Es geht doch nicht an, dass ich als Frau Sie die ganze Woche aushalte. Was macht das denn für einen Eindruck?«

ACHTZEHN

»Möchtest du dir das wirklich antun?«, fragte Eva. Kristina hatte sie gebeten, bei der Überwachung ihrer Wohnung dabei sein zu dürfen. Für die meisten Menschen war es ein traumatischer Übergriff in ihre Privatsphäre, wenn ihre vier Wände von Unbekannten systematisch durchwühlt und ausgeraubt wurden. Das Ganze darüber hinaus noch live zu beobachten und dabei zur Untätigkeit verdammt zu sein, war harter Tobak.

»Das ist mir trotzdem lieber, als mir vorstellen zu müssen, was der Typ alles anfasst. Wenn ich es mit eigenen Augen sehe, dann kann ich die Bereiche später desinfizieren. Oder das ganze Zeug verbrennen«, antwortete Kristina mit einem halb belustigten, halb verzweifelten Gesichtsausdruck.

Eva besprach sich mit Sauerwein und Wolkenstein, bevor sie Kristina das Okay gab. »Es muss dir aber klar sein, dass wir unter Umständen die ganze Nacht nahezu bewegungslos im Auto sitzen müssen.«

Jetzt saßen sie zu viert in einem schallgedämmten Transporter. Das Licht im Inneren war ausgeschaltet, und außer den Bildschirmen, auf denen die überwachten Zimmer der Wohnung zu sehen waren, gab es keine weitere Lichtquelle.

»Habt ihr keine Angst, dass wir bei dem Schummerlicht todmüde werden und einschlafen?«, fragte Kristina.

»Die ersten Stunden hält uns das Adrenalin wach. Und falls zu lange nichts passiert, dann werden wir uns im Stundentakt abwechseln. Während zwei aufpassen, können die anderen beiden schlafen«, antwortete Sauerwein. »Schwierig wird es nur für die drei Jungs in ihren Pkws, die jeweils allein die Zufahrtsstraßen überwachen müssen. Aber die haben für derartige Einsätze lange genug trainiert.«

Eva schaltete die Leselampe über ihrem Kopf an und vertiefte sich in ein Buch, das sie bereits vor Monaten in München bei den netten Damen in der kleinen Buchhandlung am Schatzbogen gekauft hatte. Sauerwein beobachtete eine Weile, wie sich ihr

Gesichtsausdruck mit den verschiedenen Szenen veränderte, bis er ihr das Buch aus der Hand nahm.

»Jojo Moyes, ›Ein ganzes halbes Jahr‹«, las er vor. »Solche Schmöker liest du? Die taffste Polizistin von ganz Oberbayern liest Liebesschmonzetten. Wenn das mal nicht das halbe Präsidium erfährt.«

»Na und?«, konterte sie. »Ich habe neben meinem Job auch noch ein Leben als Frau. Und da ist das durchaus legitim.«

Bevor Sauerwein zu einer Antwort ansetzen konnte, knisterte das Funkgerät. »Dunkler Kombi biegt in die Zielstraße ein«, sagte eine heisere männliche Stimme.

»Ich sehe ihn«, bestätigte der nächste Posten. »Er fährt weiter in eure Richtung.«

»Verstanden«, bestätigte Wolkenstein. »Haben Sichtkontakt. Fahrzeug wird langsamer.« Er funkte einen Kollegen an, der sein Fahrzeug direkt vor Kristinas Haus in einer geräumigen Parklücke abgestellt hatte und nur auf das Zeichen wartete, diese für den erwarteten Einbrecher frei zu machen.

Natürlich hatten sie keinen wirklichen Sichtkontakt, aber die für einen Außenstehenden unsichtbar in der Dachreling des Mercedes-Sprinters verborgenen Kameras sendeten ihre Bilder ins Wageninnere und boten durch ihre erhöhte Position einen Rundumblick über die ganze Straße.

»Fehlanzeige.« Nur Sekunden später kam die Entwarnung. »Er fährt weiter Richtung Innenstadt.«

»Abwarten«, kommentierte Sauerwein Wolkensteins Einschätzung. »Vielleicht sondiert er nur die Lage.« Er drückte den Kippschalter des Mikrofons. »Positionen beibehalten. Wir warten, ob er zurückkommt.«

Kristina, die gespannt die Luft angehalten hatte, wagte es, wieder zu atmen. Eva musste schmunzeln. »Spannend?«, fragte sie leise. Obwohl das Fahrzeug gedämmt war, verleitete die ungewohnte Situation fast jeden Teilnehmer einer Observation, die Stimme drastisch zu senken.

»Und wie!«

»Besser, als sich in große Firmen zu hacken und deren Konten abzuräumen?«

»Anders. Weil du dabei keinen realen Personen begegnest. Aber unterschätze die Faszination des Cyberspace nicht. Es ist aufregender als jede Achterbahn der Welt.«

Ein Knacken des Lautsprechers unterbrach ihre Ausführungen.

»Fahrzeug biegt erneut in die Zielstraße ein.«

»Hab ich's doch gewusst!« Sauerwein ballte seine rechte Hand zur Faust.

Gespannt beobachteten sie, wie der dunkle Kombi erneut langsamer wurde und schließlich in die Lücke einparkte, die der Platzhalter auf Wolkensteins Anweisungen Minuten zuvor frei gemacht hatte. Eva hob den Daumen und nickte Sauerwein zu. Seine Einschätzung hatte verhindert, dass der Kollege den Parkplatz erneut besetzt hatte.

Fünf Minuten lang tat sich nichts. Offensichtlich beobachtete der Fahrer die Umgebung, bevor er sich dazu entschied, auszusteigen. Als ihnen die Warterei schon wie eine Ewigkeit vorkam, öffnete sich endlich die Fahrertür.

»Er ist allein?«, fragte Eva enttäuscht. Sie alle hatten gehofft, dass Koch die Frau mitgebracht hatte, in der sie seine Komplizin vermuteten.

Der Mann stieg aus, sah sich nach rechts und links um und öffnete schließlich die Heckklappe des Wagens. In diesem Augenblick fiel das Licht der Straßenlaterne auf sein Gesicht.

»Bingo.« Erleichterung machte sich im Sprinter breit. Es war das Gesicht, das sie von dem Führerschein und dem fingierten Einbruch kannten. Es war zweifelsfrei das Gesicht Robert Kochs.

Fieberhafte Erregung erfasste die vier Personen in dem Lieferwagen. Eva und Kristina rückten den Männern von hinten so dicht auf die Pelle, dass Wolkenstein Mühe hatte, die Regler der Instrumente zu bedienen.

Ein weiterer Blick Kochs nach links und rechts, dann steckte er einen Schlüssel in das Schloss, und schon war er verschwunden. Nur Sekunden später wechselte die Anzeige auf den Bildschirmen, und die vier sahen dabei zu, wie der Einbrecher im Schein einer schwachen Taschenlampe die Treppe nach oben lief.

»Weiteres Fahrzeug nähert sich über die Seitenstraße«, knackte es aus dem Lautsprecher.

»Das ist Lohkamp. Was macht der denn hier?« Alarmiert blickte Eva ihren Chef an, als der Wagen von den Kameras erfasst wurde.

»Verdammter Mist.« Sauerwein schaltete das Mikro ein und funkte den Kollegen an, der sich zu Fuß Kochs Wagen näherte. »Weitergehen. Nicht am Kombi stehen bleiben. Verdächtige Person gesichtet.«

Der Techniker reagierte sofort und lief weiter, bis er aus Lohkamps Sichtfeld war. »Was soll ich tun?«, sprach er leise in den unscheinbaren Knopf an seinem Jackenkragen.

»Warten«, antwortete Sauerwein. »Nichts unternehmen. Wir melden uns wieder.«

Gespannt wanderten die vier Augenpaare zwischen den Bildschirmen hin und her. Abwechselnd beobachteten sie die Straße und den dunkel gekleideten Mann, der mittlerweile vor Kristinas Wohnung angelangt war und sich nun mit einem Ersatzschlüssel Zugang verschaffte.

»Ich soll Ihnen einen Wohnungsschlüssel und den Code von meinem Safe geben? Niemals!«, hatte sich Kristina heftig gegen Lohkamps Bitte gewehrt. »Die Versicherung zahlt doch nie im Leben, wenn es keinen nachweislichen Einbruch gab.«

»Nur keine Sorge. Vertrauen Sie mir«, hatte er sie aufgefordert und weiter eifrig ihr Knie getätschelt.

Jetzt flüsterte sie: »Ich versteh das nicht. Das mit dem Schlüssel ist doch idiotisch. Das glaubt …«

In dem Augenblick betrat Koch ihr Schlafzimmer. Er öffnete die linke Tür des Kleiderschranks und kniete sich nieder. Aus einem Stoffbeutel holte er einen Saugfuß, bestrich ihn mit einer gelartigen Substanz aus einem kleinen Töpfchen und drückte ihn gegen die Tür des Safes, der in Kniehöhe in die Schrankwand eingelassen war. Dass genau über ihm eine winzige Kamera jede seiner Bewegungen aufzeichnete, sah er nicht. Er drehte den Zahlenknauf hin und her, und nach zehn Sekunden klappte er den Hebel nach unten und zog die Tür auf.

»Was macht er da?«, fragte Kristina neugierig. »Was hat er an die Tür geklebt?«

»Das ist für uns«, ärgerte sich Wolkenstein. »Das an der Tür ist ein Saugnapf. Der soll uns weismachen, dass der Dieb die

Kombination nicht kannte und ein Stethoskop benutzt hat, um den Safe zu öffnen. Damit schützt er dich vor den unvermeidlichen Fragen der Polizei. Und wie es aussieht, hinterlässt er seine Fingerabdrücke mit voller Absicht. Das Arschloch ist sich seiner Sache sehr sicher.«

Sauerwein hatte in der Zwischenzeit den Bildschirm, der Lohkamps Wagen zeigte, nicht aus den Augen gelassen.

»Er steht nur da und beobachtet das Haus«, informierte er die Kollegen vom SEK. »Vermutlich steht er für Koch Schmiere. So kommen wir an das Fahrzeug nicht heran. Lohkamp sieht euch sofort, wenn ihr stehen bleibt, um die Wanze zu befestigen.«

Er stellte das Mikro auf stumm. »Scheiße. Verdammte Scheiße!«

»Warte.« Eva zog die Stirn in Falten. »Ich habe eine Idee.«

Kristina beobachtete mit gemischten Gefühlen, wie Koch, nachdem er den Safe ausgeräumt hatte, ein paar Kleider aus ihrem Schrank holte und zu Boden fallen ließ. Im Vorbeigehen zog er die Schubladen ihrer Wäschekommode auf, grub sich mit den Händen durch ihre Unterwäsche und Socken und warf einen Teil zu Boden.

Es war offensichtlich, dass er damit eine Durchsuchung der Wohnung vortäuschen wollte. Sauerwein stimmte Wolkenstein zu, dass das alles nur dem Zweck diente, die Polizei an der Nase herumzuführen und das vermeintliche Opfer des Einbruchs vor deren Fragen zu schützen.

Die Kamera im Wohnzimmer zeigte wenig später, wie Koch die Gemälde von der Wand nahm und die Leinwände mit einem Skalpell vorsichtig aus den Rahmen schnitt. Er rollte die gefälschten Meisterwerke sorgfältig ein, umwickelte sie mit einem weichen Tuch und schob sie in die mitgebrachten Pappröhren. Seiner großen Tasche entnahm er eine Rolle Luftpolsterfolie, wickelte die nachgemachten Skulpturen dreilagig ein und klebte dicke Streifen Klebeband um sie herum. Anschließend wiederholte er die Prozedur mit der Standuhr, in der nicht, wie erhofft, ein Tourbillonwerk für die genaue Anzeige der Zeit sorgte, sondern ein billiges batteriebetriebenes Uhrwerk.

»Es wäre doch zu schön, wenn wir ihm die Sachen so lange

lassen könnten, bis er merkt, dass er hereingelegt worden ist«, sagte Kristina. »Das Gesicht würde ich zu gern sehen!«

Auf der Straße näherte sich Lohkamps Wagen inzwischen ein angetrunkenes Pärchen, bei dem die Frau deutlich mehr Schlagseite hatte als der Mann. Kichernd knutschte sie ihn immer wieder ab und zog ihn an der Hand von Auto zu Auto, quer über die Straße direkt auf Lohkamps Wagen zu. Dort drückte sie ihn gegen die Beifahrerseite, schob ihm seine Jacke über die Schultern und fing an, ihn mit heißen Küssen zu bedecken. Der so Malträtierte breitete seine Arme aus und stöhnte laut genug, dass der Passagier im Fond es hören musste. »Du ungezogenes Miststück. Warte nur, bis wir zu Hause sind.«

»Hihi«, kicherte sie. »Was machst du denn dann mit mir, mein großer starker Hengst?«

Derart in seiner Sicht behindert, konnte Lohkamp nicht sehen, dass sich gleichzeitig mit dem betrunkenen Liebespaar eine weitere Gestalt näherte, die sich nun neben den Radkasten von Kochs Kombi bückte und eine Wanze mit einem Haftmagneten gegen das Bodenblech drückte. Dann stemmte sie mit einem flachen Spatel die Beifahrertür einen Spalt auf und ließ etwas ins Innere fallen.

Die ganze Aktion hatte keine zwei Minuten gedauert, und damit fand auch die Show des Liebespaares ein schnelles Ende.

»Woher wusstest du, dass Andrea und Hans ein Paar sind?«, fragte Sauerwein. Die Erleichterung, dass ihnen bei der Überwachung Kochs nun doch nicht der Zufall behilflich sein musste, war ihm deutlich anzusehen.

»Seit ich sie letzte Woche händchenhaltend im Biergarten gesehen habe«, antwortete Eva lächelnd.

»Was hättet ihr gemacht, wenn Eva die rettende Idee nicht gehabt hätte?«, wollte Kristina wissen. »Ist es überhaupt möglich, den Wagen ohne die Peilsender lückenlos zu verfolgen?«

»Je kürzer die Strecke ist, desto einfacher ist eine Überwachung«, erklärte ihr Sauerwein geduldig. »Wir benötigen mehrere Fahrzeuge, die sich abwechseln müssen. Sobald eines davon dem zu bewachenden Objekt zu nahe kommt, fällt es raus, weil es ihm aufgefallen sein könnte. Und da wir nicht wissen, wohin er fährt, hätten wir vorsichtshalber ein ganzes Heer an Überwachern gebraucht, um ihn unauffällig verfolgen zu können. Falls er nämlich, wie wir vermuten, nach Sachsen fährt, bräuchten wir an die zwanzig Fahrzeuge, um nicht entdeckt zu werden. Außerdem wird es spätestens dann schwierig, sobald er die Autobahn verlässt. Eine Verfolgung auf der Landstraße macht die Sache ziemlich kompliziert, weil man genügend Abstand halten muss, um nicht aufzufallen, aber nahe genug dranbleiben muss, um ihn nicht zu verlieren.«

Mit einem prüfenden Blick sah sich Koch in Kristinas Wohnung um. Er hasste es, das Zuhause eines fremden Menschen zu verwüsten, aber kein Polizist würde der Wohnungsinhaberin Glauben schenken, dass sie an einen penibel ordentlichen Einbrecher geraten war. Er nahm eine kleine, nicht besonders wertvolle Skulptur vom Regal und legte sie vorsichtig mit dem Gesicht nach unten auf den Boden. Ebenso verfuhr er mit weiteren Gegenständen. Dann fasste er die schwer gewordene Tasche an beiden Enden an den verstärkten Schlaufen und trug sie ins Treppenhaus. Dort sperrte er die Tür mit Kristinas Schlüssel ab, nur um anschließend das Schloss mit einem kleinen Schraubendreher zu bearbeiten.

»Was soll das jetzt?«, fragte Kristina fassungslos. »Erst schließt er mit meinem Schlüssel auf und zu, und nun randaliert er?«

»Jetzt hinterlässt er Spuren, die den Einbruch glaubhaft machen sollen. Weil er hat, was er wollte, und schnell genug fliehen kann, falls jemand den Flur betritt«, antwortete Eva gedankenverloren. »Wenn er vor dem Ausräumen der Wohnung von einem deiner Nachbarn ertappt worden wäre, dann hätte er die gesamte Aktion abblasen müssen, weil die sicher die Polizei gerufen hätten. Aber jetzt hat er, was er will, und nun ist es ihm egal, ob jemand nach Hause kommt und ihn noch erwischt. Bevor die Polizei anrückt, ist er längst über alle Berge.«

»Mich wundert, dass er die Sachen so vorsichtig auf den Boden gelegt hat«, sagte Kristina, bevor sie aus dem Sprinter ausstieg. Sie wartete nur noch, bis Koch und Lohkamp um die Ecke verschwanden, dann würden die Polizeifahrzeuge die Verfolgung aufnehmen.

Dass sie auch dabei mit von der Partie sein durfte, hatte Sauerwein von vornherein ausgeschlossen. »Es sah geradezu danach aus, als ob er sie nicht beschädigen wollte, indem er sie hinunterwarf.«

Sauerwein nickte. »Das war sicher auch der Sinn der Sache. Er will nur den Eindruck hinterlassen, dass er alles durchwühlt hat. Das war alles nur Show.«

***

»Seltsam«, murmelte Eva. Sie beobachtete verwirrt, dass der rote Punkt auf dem Bildschirm plötzlich von der A 8 abfuhr. »Wo will er denn jetzt hin?« Sie deutete Sauerwein an, langsamer zu fahren, da sie von der Beifahrerseite die Kurve besser überblicken konnte und die Bremslichter des Kombis aufleuchten sah. Dann funkte sie den Helikopter an, der hoch am Himmel irgendwo außerhalb ihres Gesichtsfeldes schwebte und sie seit einer halben Stunde über die Position des BMW auf dem Laufenden hielt.

»Vielleicht muss er austreten«, mutmaßte Karl vom Rücksitz.

Allerdings wurde das Fahrzeug nur langsamer, stoppte aber nicht. Und die Verwirrung der Verfolger wurde immer größer, als sie merkten, dass Koch weiter in Richtung Miesbach fuhr. Kurz darauf bog er in eine Seitenstraße ein und hielt den Wagen lange genug an, bis sich ein automatisches Tor gerade so weit geöffnet hatte, dass er hindurchfahren konnte.

»Was machen wir jetzt?«, fragte Eva, als sie zusahen, wie sich das Tor wieder schloss. »Steigen wir aus, klingeln und fragen höflich, ob er aus Versehen ein paar Dinge eingepackt hat, die ihm nicht gehören?«

»Wohl kaum.« Sauerwein grinste, wurde aber sofort wieder ernst. »Wir warten. Wenn es sein muss, die ganze Nacht.«

»Hoffentlich geht dem Heli dabei der Sprit nicht aus«, murmelte Eva bei dem Gedanken, eine Nachtwache einzulegen, und bat die Kollegen in der Luft um eine Einschätzung der Situation.

»Die Zielperson hat das Gebäude betreten«, gab der Copilot seine Beobachtungen an sie weiter. »Die Beute liegt noch im Fahrzeug.«

»Das deutet darauf hin, dass er vorhat, weiterzufahren«, mutmaßte Sauerwein. »Und wenn wir Glück haben, dann führt er uns direkt zum Rest der Bande. Deswegen warten wir.«

Hätte er geahnt, welches Drama sich im Inneren des Hauses abspielte, hätte er, allen Bedenken zum Trotz, die sofortige Stürmung des Hauses veranlasst.

Als er die Wohnung der Frau verließ und die volle Tasche zu seinem Auto schleppte, fasste er schweren Herzens einen Entschluss. Auch wenn sein Gewissen Alarm schlug, brach ihm beim Gedanken daran, Miriam noch länger ertragen zu müssen, der Schweiß aus. Und auch wenn er sich selbst dafür hasste, er würde sie heute aus seinem Haus holen und zu dem Gehöft bringen. Vielleicht fand sich dort doch noch eine Lösung, mit der alle zufrieden waren. Als ihm bewusst wurde, was er gerade gedacht hatte, lachte er freudlos auf. *Sie* würde sicher nicht damit zufrieden sein. Bevor er es sich anders überlegen konnte, zog er sein Telefon aus der Tasche und wählte Lubiczeks Nummer.

Das Gespräch verlief unbefriedigend, und Lubiczek verhielt sich so unkooperativ wie eh und je.

»Nein, es gibt keine andere Möglichkeit«, schrie er in einem Ton ins Telefon, der keine Fragen offenließ. »Natürlich machen wir uns vorher einen Spaß mit ihr, aber anschließend …«

Roberts Herz raste, dass ihm der kalte Schweiß ausbrach. Die Visionen, die Lubiczeks Worte in seinem Kopf auslösten, waren so grauenvoll, dass er drauf und dran war, es sich anders zu überlegen und die Frau doch bei sich zu behalten. Er zwang sich aufzuhören, darüber nachzudenken. Erst einmal musste er sie aus dem Haus holen. Dann konnte er immer noch überlegen, ob er die schmutzige Arbeit selbst übernehmen sollte. Dann bliebe ihr wenigstens das erspart, worauf sich außer Lubiczek auch noch seine Schläger freuten.

Als er vor seinem Haus angekommen war, sprang er aus dem Wagen und stürmte in den Keller. Ohne sich mit langen Worten aufzuhalten, schaltete er das Deckenlicht ein, entriegelte die Tür und zerrte die völlig überraschte Miriam vom Bett hoch. Er packte sie mit festem Griff, schubste sie vor sich her und dirigierte sie zum Wagen. Ohne auf ihren Protest zu achten, riss er die hintere Tür auf, stieß sie hinein, holte die Fernbedienung aus seiner Jackentasche und hielt sie ihr demonstrativ vor die Nase.

»Du hältst die Klappe, verstanden? Oder muss ich dir in Erinnerung rufen, was passiert, wenn du nicht gehorchst?«

»Zwei Personen haben das Haus verlassen«, informierte der Copilot des Helikopters die in ihren Fahrzeugen wartenden Kollegen. »Wie es aussieht, die zweite nicht ganz freiwillig.«

»Handelt es sich dabei um einen Mann oder eine Frau?«, hakte Eva nach.

»Schwer zu sagen bei der Dunkelheit. Das Bild ist ziemlich schlecht. Eher eine Frau. Ist aber nur eine Vermutung. Sie sitzen jetzt im Auto.«

Sie folgten dem Kombi eine gute halbe Stunde lang, bis er, nachdem er Fischbachau passiert hatte, am Ende der Straße nach links in Richtung Bayrischzell abbog und noch immer keine Anstalten machte, irgendwo anzuhalten. Ohne ein Wort darüber zu verlieren, war den Polizisten klar, dass es mit jedem Kilometer heikler wurde. Und dabei war es völlig egal, ob er geradeaus weiterfuhr oder nach rechts abbog. So oder so wären sie in weniger als zwanzig Minuten auf österreichischem Staatsgebiet, und damit wäre die Verfolgung zu Ende.

Tatsächlich bog Koch in Bayrischzell nach rechts ab und fuhr weiter Richtung Thiersee.

»Was will er denn am Ursprungspass?«, murmelte Eva. »Halt schon an, verdammt!«

Kurz darauf schien ihr Wunsch in Erfüllung zu gehen. »Fahrzeug wird langsamer«, hielt die Helikoptercrew die Kommissare auf dem Laufenden. »Jetzt hält es an.«

Sauerwein nutzte die nächste Gelegenheit und fuhr den BMW an den Straßenrand. Angespannt hielten die Polizisten die Luft an und schauten wie hypnotisiert auf das eingebaute Navigationsgerät. Die Grenze war weniger als fünf Kilometer entfernt, und die Bandbreite ihrer Mittel wurde immer enger. Blitzschnell wog er die wenigen Möglichkeiten gegeneinander ab. Solange das Fahrzeug stand, wäre es ein Leichtes, wie unbeteiligt daran vorbeizufahren, die Straße vor ihm zu blockieren und Koch zum Aussteigen zu zwingen. Falls der jedoch den Braten roch und Gas gab, würden sie es nicht schaffen, ihn noch auf deutschem Boden zu stellen.

»Fahrzeug wendet«, rauschte es aus dem Lautsprecher, noch bevor er sich zu einer Entscheidung durchringen konnte.

Eva stieß laut vernehmlich die Luft aus und rieb sich ihre vor Aufregung feuchten Hände an ihrer Jeans ab. »Mach das Licht aus«, sagte sie im gleichen Augenblick, als Sauerwein den Schalter drehte.

»… biegt rechts in einen Weg. Hält in einem Waldstück«, folgten weitere Informationen. »Wir haben keinen Sichtkontakt, nur die Informationen aus dem Infrarotbild. Beide Personen haben das Fahrzeug verlassen.«

Ungeduldig warteten die Insassen des BMW darauf, dass der Copilot sie mit weiteren Informationen versorgte.

»Was ist los?«, fragte Eva, als der Funk über eine Minute lang nichts mehr von sich gab.

»Zielpersonen befinden sich noch immer in der Nähe des Fahrzeugs. Eine Person steht oder sitzt, die andere bewegt sich um die erste herum.«

»Können Sie Ihre Position so verändern, dass Sie Sichtkontakt bekommen?«, fragte Sauerwein.

»Negativ. Der Wald ist zu dicht.«

»Scheiße«, murmelte Sauerwein. »Wenn das jetzt bloß nicht in die Hosen geht.«

Eva zupfte vor Nervosität so lange an einem kleinen Fitzelchen Nagelhaut, bis sie es mit einem Ruck so weit einriss, dass es zu bluten anfing. Sie schloss die Augen und schalt sich wegen ihrer eigenen Dummheit. Es war seltsam, wie bösartig ein so kleines Stück Körper schmerzen konnte. Dagegen war die gebrochene Schulter, die sie sich vor zwei Jahren bei einem Sturz zugezogen hatte, fast ein Klacks gewesen. Zumindest wenn man das Flächenverhältnis in Relation stellte.

»Person eins ist noch immer statisch. Keinerlei Bewegung auszumachen. Person zwei geht zurück zum Fahrzeug.«

Unwillkürlich hielten die Kommissare die Luft an.

»Fahrzeug wendet und fährt zurück zur Hauptstraße. Person eins bewegt sich nicht mehr.«

»Scheiße«, wiederholte sich Sauerwein, diesmal in ungewohnter Heftigkeit.

»Mein Gott.« Eva krümmte sich, als hätte sie Magenkrämpfe. Ihr graute davor, was sie in dem Waldstück vorfinden würden. Offensichtlich hatte Koch kurzen Prozess mit seiner Gefährtin gemacht. Ohnmächtig vor Wut und Hilflosigkeit starrte sie aus dem Fenster.

»Karl, fahr mit den Kollegen in den Wald«, wies Sauerwein an. Er warf Eva einen Blick zu. Die Kollegin war weiß wie ein Bettlaken. »Bist du in Ordnung?«

Sie schluckte und sah ihn mit einem gequälten Blick an. Dann nickte sie. »Es geht schon. Ich hab nur nicht damit gerechnet, dass wir keine Chance haben, der Frau zu helfen.«

»Ich weiß.« Sauerwein starrte eine Zeit lang aus dem Fenster. Dann nahm er behutsam ihre Hand und drückte sie. »Komm. Lass uns dafür sorgen, dass so etwas nicht wieder passiert.«

Auf dem Bildschirm sahen sie, dass der Kombi die Hauptstraße wieder erreicht hatte. Eva nahm das Funkgerät und drückte auf den roten Knopf. »Folgen Sie dem Wagen und halten Sie so viel Abstand wie möglich. Bleiben Sie auf deutschem Hoheitsgebiet, aber versuchen Sie, den Kontakt so lange wie möglich zu halten. Unsere Kollegen kümmern sich um die Frau.«

»Verstanden«, bestätigte der Pilot. Er vergrößerte den Radarausschnitt und drehte den Helikopter ein wenig nach Osten ab, bis er weit genug entfernt war, dass der Peilsender gerade noch einen Punkt am Rand der Skala abbildete.

Obwohl beide bis zum Schluss gehofft hatten, hatten weder Sauerwein noch Eva letzten Endes damit gerechnet, dass Koch in Bayern bleiben würde. Als er schließlich nur wenige hundert Meter, nachdem er die Frau in dem Waldstück zurückgelassen hatte, erneut in einen kleinen Feldweg einbog, stand ihnen der Schweiß auf der Stirn. Eva kontrollierte das Navigationsgerät und stellte fest, dass der Weg nicht verzeichnet war. Nur der blinkende rote Punkt gab Aufschluss darüber, dass das Fahrzeug noch immer in Bewegung war. Als der Punkt schließlich zum Stehen kam, war es zur Grenze nur noch ein knapper Kilometer.

»Puh, das war knapp«, sagte Eva erleichtert.

»Abwarten«, entgegnete Sauerwein. »Dass er jetzt steht, heißt noch gar nichts.«

Eva griff nach dem Funkgerät und rief den Hubschrauber.

»Der Wagen hält vor einem Gebäude«, rauschte es aus dem Lautsprecher. »Da stehen noch mehrere Fahrzeuge. Moment – es sind insgesamt vier.«

Sauerwein bedankte sich und wies den Helikopter an, noch ein paar Minuten abzuwarten und, falls es keine weitere Bewegung gab, in der Nähe zu landen, um Sprit zu sparen.

»Habt ihr mitgehört?«, fragte er Tietze, den Einsatzleiter des SEK, der aus seinem Einsatzfahrzeug gestiegen war und nun an die Scheibe des BMW klopfte.

Während Tietze sich mit Sauerwein und Eva auf einem Tablet das Luftbild ansah, das der Helikopter gefunkt hatte, machte sich sein Trupp fertig zum Abmarsch. Es war gespenstisch, zu beobachten, wie die durchtrainierten Männer den Rest ihrer Ausrüstung anlegten, ohne ein überflüssiges Wort zu sagen. Jeder Handgriff war Tausende Male trainiert und saß auf Anhieb. In wenigen Minuten waren die Kämpfer einsatzbereit und warteten geduldig auf das Zeichen ihres Chefs.

Sauerwein war froh, dass Archie Tietze das Kommando über das Team hatte. Sie hatten bereits mehrere Male zusammengearbeitet, und er wusste, dass der Einsatzleiter einer der kommunikativeren Kommandanten war. Zumindest hatte er keine Ressentiments den Kollegen von der Kripo gegenüber und nahm Vorschläge, die die Kommissare einbrachten, ernst.

Nachdem die Männer im Laufschritt abgerückt waren, führte Tietze sie zu dem Van, dessen Heckklappe weit offen stand. Ein Techniker hatte bereits alle Computer hochgefahren, und nun zeigten fünf Bildschirme verwackelte Eindrücke der Landschaft, während das Knacken von berstendem Holz zu hören war.

Erst als die Männer näher an das Gebäude heranrückten, wurden die Bilder ruhiger, und vereinzelt waren nun auch Atemgeräusche auszumachen.

Tietze kippte einen Schalter nach oben, und die Geräusche verstummten. Er drückte ihnen zwei Kopfhörer in die Hand und machte sie mit dem Equipment vertraut, das von dem Techniker bedient wurde.

»Da wir nicht wissen, ob Lubiczek eine Überwachungsanlage in den Häusern installiert hat, verzichten wir vorerst darauf, die Gebäude zu stürmen«, sagte Tietze. »Wenn ich Sie richtig verstanden habe, wollen Sie mit dem Zugriff warten, bis Sie sicher sind, dass die ganze Bande zusammengekommen ist?«

»Soweit möglich, ja«, sagte Sauerwein. »Können Sie wenigstens einen Mann in das Hauptgebäude schicken, der dort ein Mikrofon installiert?«

»Nach meiner Einschätzung ist das Risiko dafür zu hoch. Wir decken das Gebäude mit Richtmikrofonen von außen ab. Keine Angst«, sagte Tietze, als Eva das Gesicht verzog, und deutete mit dem Zeigefinger auf einen der Bildschirme. »Sehen Sie sich das Gebäude an. Es ist alt und nicht besonders gut isoliert. Unsere Technik packt das schon.«

Auch gut. Sauerwein nickte. »Wie ist die Situation jetzt?«

Tietze gab die Frage an den Techniker weiter, der die Geräte bediente.

»Im Moment stehen vier Fahrzeuge auf dem Hof. Zwei Männer patrouillieren zwischen den Gebäuden. Im Wohnhaus halten sich derzeit fünf Personen auf.«

»Und wie kommen wir auf das Gelände?«, fragte Sauerwein.

»Vorerst überhaupt nicht«, antwortete Tietze. »Meine Männer sondieren das Areal und halten uns auf dem Laufenden.«

Als Eva protestieren wollte, winkte er ab. »Es macht keinen Sinn, dass wir uns exponieren. Unsere Basis ist der Van. Die in die Helme eingebauten Kameras funken uns Bilder in Echtzeit. Keine Angst«, wiederholte er, als Eva nach wie vor zweifelnd dreinschaute. »Sie bekommen alles mit, was passiert.«

Bevor sie antworten konnte, deutete der Techniker ihnen an, dass sie zuhören sollten.

»Verdammte Scheiße, das darf doch nicht wahr sein! Ich glaube das jetzt nicht, verdammte Scheiße noch mal. Wieso hast du die Frau nicht mitgebracht? Wie oft soll ich dir noch sagen, dass es längst überfällig ist, sie zu entsorgen«, dröhnte plötzlich eine Stimme glasklar aus den Lautsprechern.

»Weil ich nicht mit ansehen möchte, wie ihr sie vergewaltigt, bevor ihr sie kaltmacht«, entgegnete ein anderer Mann missmutig. »Außerdem bin ich mir immer noch nicht sicher, ob ich das überhaupt will.«

»Ob du was willst?«

»Sie loswerden.«

»Du spinnst doch total. Erinnere dich bitte, was du mir vor nicht mal einer Stunde am Telefon gesagt hast. Wie oft willst du es dir denn noch anders überlegen, du Memme? Du bist wirklich schlimmer als ein Waschweib. Wie lange willst du dir diese Krücke denn noch ans Bein binden?«

»Dass sie zu einer Belastung geworden ist, ist immerhin meine eigene Schuld. Sie kann schließlich nichts dafür, dass ich sie entführt habe.«

»Das ist Koch«, flüstere Eva. »Der andere muss Lubiczek sein.«

»Du bist und bleibst ein blödes Arschloch.« Der Gerber hieb seine Faust auf den Tisch. »Wie ich es hasse, wenn ein erwachsener Mann seinen Schwanz nicht unter Kontrolle hat.«

»Das hat damit überhaupt nichts zu tun«, protestierte Koch. »Mir ging es dabei um etwas ganz anderes.«

»Deine Traumfrau, ja, ja«, höhnte Lubiczek. »Ich weiß. Hat die Dame denn wenigstens kapiert, wer du bist?«

Offensichtlich schüttelte Koch nur den Kopf, denn Lubiczek brach in ein schadenfrohes Lachen aus. »Ich hab es dir gleich gesagt. Die ganze Aktion ist völlig für den Arsch. Die Entführung genauso wie die bescheuerte Idee, dem Weib einen Taser einzupflanzen, nur damit sie gehorsam ist.«

Das Gespräch verwirrte die ungebetenen Lauscher. Offensichtlich hatte Koch dem Gerber nicht gesagt, dass er seine Begleiterin bereits selbst in einem versteckten Waldstück *entsorgt* hatte, wie Lubiczek es so unschmeichelhaft genannt hatte. Eva zog die Augenbrauen nach oben und wollte etwas sagen, als Koch abrupt das Thema wechselte.

»Worauf warten wir noch?«, fragte er. »Kommt sonst noch jemand?«

»Möller und Karlsson. Eigentlich müssten die beiden schon längst hier sein«, beteiligte sich ein weiterer Mann am Gespräch. »Dann wären wir komplett.«

Ohne es zu ahnen, hatten die Männer ihren ungebetenen Zuhörern zwei äußerst wertvolle Informationen geliefert. Zum einen, dass sie mit dem Zugriff warten mussten, bis die erwähnten Komplizen mit an Bord respektive im Haus waren, und zum anderen, dass es darüber hinaus keine weiteren Mitwisser gab. Sauerwein nickte zufrieden. Perfekt, dass sich alle bösen Buben gleichzeitig versammeln würden und sie damit das ganze Rattennest auf einen Schlag ausräuchern konnten.

»Was machen wir?«, wollte Tietze wissen.

»Sobald der letzte Mann eintrifft, greifen wir zu«, antwortete Sauerwein. »Wir können nicht riskieren, dass uns die jetzt Anwesenden durch die Lappen gehen. Spätestens wenn sie merken, dass Koch Fälschungen angeschleppt hat, wird es kritisch. Entweder sie kapieren, dass sie von uns hereingelegt worden sind, oder sie verdächtigen Koch. Dann laufen wir Gefahr, dass Lubiczek ihn eliminieren lässt. Das Risiko können wir nicht eingehen. Wir haben sowieso schon ein Opfer zu viel und außerdem –«

»Ein weiteres Fahrzeug biegt in die Zufahrt ein«, wisperte eine leise Stimme in ihren Kopfhörern.

Gespannt drängten sich die Ermittler und die beiden Männer des SEK an den Bildschirmen.

»Das müssen die beiden sein«, sagte Tietze. »Greifen wir zu?«

»Noch nicht«, entschied Sauerwein. Eine innere Stimme sagte ihm, dass es besser war, noch abzuwarten. »Wir warten, bis wir sicher sind, dass beide Männer im Fahrzeug sind. Und dass es auch die Richtigen sind.«

»Was ist mit den Kennzeichen?«, fragte Eva Tietze. »Haben Sie die überprüft?«

»Nein«, entgegnete er. »Wozu auch?«

»Machen Sie es einfach«, bat sie ihn. »Ist nur ein Gefühl.«

Tietze lächelte herablassend. Doch dann gab er sich einen Ruck und nickte seinem Mitarbeiter zu.

Keine zwei Minuten später hatten sie die Antwort. »Das Frankfurter Kennzeichen gehört nicht zu dem Mercedes, sondern zu einem Mazda, und die anderen drei Nummern existieren überhaupt nicht. Zumindest wurden sie von den entsprechenden Zulassungsstellen nicht vergeben.«

Verblüfft blickte Tietze Eva an. »Woher haben Sie das gewusst?«

»Nicht gewusst, nur geahnt. Das gibt uns einen Grund, sie alle zumindest vorläufig festzunehmen, selbst wenn wir außer Kochs Beute kein weiteres Diebesgut finden. Ein vertauschtes Kennzeichen wäre noch plausibel. Vier sind es dagegen nicht.«

»Achtung«, machte der Techniker sie auf eine neue Entwicklung aufmerksam. »Hört euch das an!«

Das Richtmikrofon schwenkte auf eine Stelle im hinteren Teil des Hauses, wo sich Lubiczek inzwischen aufhielt.

»Tippner?«, fragte er. »Was will der denn hier?«

»Keine Ahnung. Er besteht darauf, es dir selbst zu sagen.«

Ein schabendes Geräusch war zu hören, als Lubiczek seinen Stuhl zurückschob. Mit polternden Schritten stiefelte er aus dem Zimmer. Sein fester Schritt machte es dem Mann mit dem Mikrofon leicht, den Empfänger neu auszurichten.

»Was willst du denn hier?«

»Ich habe eine Information, die dich interessieren dürfte.«

»Aha. Und die wäre?«

»Zuerst möchte ich wissen, was du dafür springen lässt.«

»Ich glaube nicht, dass du in der Situation bist, Forderungen zu stellen. Sag, was du hier willst, oder verschwinde wieder.«

Eine Weile sprach niemand. Dann sagte der Mann: »Gut, dann gehe ich. Aber beschwer dich nicht, dass ich dich nicht gewarnt habe, dass dir die Polizei hinterherspioniert.«

Eva, Sauerwein und Tietze wechselten alarmierte Blicke. Es wäre fatal, wenn sie ausgerechnet jetzt auffliegen würden.

»Was willst du damit sagen?«, knurrte Lubiczek.

»Dass es ein paar Leute gibt, die wissen, dass du und deine Schlägertypen Dreck am Stecken haben.«

Lubiczek fing an, schallend zu lachen. »Welch ein Blödsinn! Meine Jungs sind so friedlich wie die Kohlmeisen, und außerdem weiß ich überhaupt nicht, was du meinst. Wir treiben hier nichts Illegales.«

»Hier vielleicht nicht. Du bist vermutlich nicht so blöd und legst dir ein Ei in diesen Unterschlupf. Aber dass du in großem Maß mit gestohlenen Kunstgegenständen handelst, das pfeifen die Spatzen doch schon von den Dächern.«

»Ich weiß zwar nicht, wo du deine Informationen herhast«, sagte Lubiczek gefährlich leise. »Aber ich rate dir, dein dummes Maul zu halten, wenn du in Frieden mit deiner Familie alt werden willst.«

»Du kannst mir nicht drohen! Ich habe einen Brief bei meinem Anwalt hinterlegt, in dem alles steht, was ich weiß. Wenn mir oder den meinen etwas zustößt, dann geht der Brief an die Polizei. Und glaub mir, es wird sie sehr interessieren, was darin steht.«

Eine Weile war nur ein leises Knacken zu hören. Und in der Tat kaute Lubiczek nachdenklich an seinen Fingernägeln. Wenn Tippner tatsächlich etwas gegen ihn in der Hand hatte, war höchste Vorsicht geboten. »Was willst du?«, fragte er nach einer Weile.

»Fünfhunderttausend.«

»Eine halbe Million? Hast du den Verstand verloren? Das bisschen, was wir geklaut haben, war keine hunderttausend wert. Und daran waren fünf Leute beteiligt.«

»Du hältst mich für schön blöd, was? Aber wenn du meinst, dass du mich verarschen kannst, dann erzähl doch der Polizei, wovon du dir den Palast in Miesbach leisten kannst.«

Lubiczek lachte ein ekelhaftes, knurrendes Lachen. »Mein Palast, wie du ihn sehr treffend nennst, ist das Ergebnis eines kleinen Lottogewinns und der darauf folgenden äußerst erfolgreichen Spekulationsgeschäfte an der Börse. Die Polizei wird das sehr schnell herausfinden und dich auslachen.« Er stellte sich drohend vor den ungebetenen Besucher. »Aber ich befürchte, du hast dann ausgelacht.«

Tippner stand kurz davor, aufzugeben. Doch dann wagte er einen letzten Versuch. »Wie du willst. Lassen wir es darauf ankommen.« Er drehte sich um und ging mit steifen Schritten zur Tür. Lubiczek den Rücken zudrehen zu müssen war ein Alptraum, und doch unterstrich es eine Selbstsicherheit, die er schon längst nicht mehr verspürte.

»Warte«, rief Lubiczek ihn zurück, als er bereits in der Tür stand. »Fünfzigtausend. Übermorgen. So viel ist von meinem Börsengeld übrig. Das kannst du haben. Wenn ich danach noch einen Ton von dir höre, kannst du Abschied von deinen Kindern nehmen, verstanden? Auch wenn du hundert Briefe bei deinem Anwalt hinterlegst, ist es mir scheißegal. Du bist die dumme Wurst, die sich die Schuld dafür geben kann, dass es seine Kinder nicht bis zur Grundschule geschafft haben.«

»Du willst ihm fünfzigtausend Mäuse in den Rachen schieben?«, fragte einer der Gorillas, nachdem Tippner in seinen Wagen gestiegen und vom Hof gefahren war.

Lubiczek stierte ihn mit blutunterlaufenem Blick an. »Natürlich nicht. Wir haben achtundvierzig Stunden, bis er zurückkommt, um das Geld zu holen. Bis dahin brauche ich die Adresse von dem Anwalt. Und dann wird es Zeit, wieder mal nach Hause zu fahren und den Ofen in der LPG einzuschüren.«

Lubiczeks Telefon klingelte. »Ja?« Er hörte eine Weile zu, gab eine knappe Antwort und hängte auf.

»Möller und Karlsson kommen erst morgen«, informierte er sein Gefolge, das untätig auf den großen Sofas in dem zu einer Art Wohnzimmer umfunktionierten Anbau fläzte. Dass Koch bei seinen Worten blass wurde, bemerkte er indes nicht. »Möllers Frau hat Frühwehen und muss über Nacht ins Krankenhaus.« Er sah auf die Uhr. »Wir übernachten am Schliersee und machen morgen weiter.«

»Wer ist dieser Tippner?« Sauerwein stupste den Techniker an.

»Gerhard Tippner, sechsundvierzig Jahre alt, seit elf Jahren arbeitslos und pleite«, las der Techniker kurz darauf von seinem Bildschirm ab. »Ist wegen mehrerer kleiner Delikte zu Geldstrafen in Höhe von fünfundzwanzigtausend Euro verurteilt worden. Da er das Geld nicht aufbringen konnte, hat der Richter die Strafe in gemeinnützige Stunden umgewandelt, um ihn nicht in noch größere Existenzprobleme zu bringen. Offensichtlich hat Tippner nichts daraus gelernt, und das letzte Mal hatte der Richter nicht so viel Geduld mit ihm.«

»Das heißt, er muss nun bezahlen?«, hakte Eva nach.

»Genau. Vermutlich ist er deswegen dazu übergegangen,

Lubiczek zu erpressen. Der wird ihn deswegen sicherlich nicht anzeigen.«

»Stimmt. Der bringt ihn bloß um. Auch eine Art und Weise, seine Probleme aus der Welt zu schaffen«, sagte sie nachdenklich. »Was machen wir jetzt?«

»Wir schicken eine Streife zu Tippner und lassen ihn in Schutzhaft nehmen«, antwortete Sauerwein. »Dort kann er gern nach seinem Anwalt schreien. Damit schlagen wir zwei Fliegen mit einer Klappe und können den auch gleich unter Schutz stellen. Ich gehe davon aus, dass ihm kein allzu schöner Auftritt blühen würde, wenn die Gorillas ihn vorher finden.«

»Mist«, murmelte Eva. Sie hatte ihr Handy vorsichtshalber auf lautlos geschaltet, bevor sie aus dem Auto gestiegen waren, da sie nicht ahnen konnte, dass sie bei ihren Fahrzeugen bleiben würden. Jetzt zeigte ihr Anrufspeicher eine erschreckende Anzahl Anrufe in Abwesenheit.

»Was ist los?«, fragte Sauerwein.

»Karl. Er hat sechzehn Mal angerufen.«

Sauerwein zog sein Telefon aus der Hosentasche, das ebenfalls auf stumm geschaltet war. »Fünfzehn Anrufe bei mir«, stellte er fest. »Irgendwas ist passiert.«

Eva hatte den Hörer bereits am Ohr und wartete, dass die Verbindung zustande kam.

Als Karl sich meldete, war er über ihren Anruf so erleichtert, dass er nur unzusammenhängendes Zeug stammelte. Erst als Eva ihn unterbrach und ihn aufforderte, sich zusammenzureißen, verstand sie, was er sagte.

»Was gibt es denn so Wichtiges?«, fragte Sauerwein, nachdem sie aufgelegt hatte. Er hatte sie beobachtet und war aus ihrem Gesichtsausdruck und den wenigen Worten, die sie Karl geantwortet hatte, nicht schlau geworden.

»Es geht um die Frau. Ich habe keine Ahnung, was los ist, aber Karl sagt, dass er mich dringend braucht.« Sie zuckte mit den Schultern. »Kann ich den Wagen nehmen?«

»Du bekommst ihn sogar mit Chauffeur«, sagte Sauerwein. »Hier passiert heute sowieso nichts mehr. Aber wir warten erst ab, was Koch macht. Ich würde nur ungern von ihm dort überrascht werden. Sag Karl Bescheid, dass sie vorsichtshalber in Deckung gehen sollen, da Koch vielleicht gleich dort auftaucht.«

Fünfzehn Minuten später wussten sie, dass seine Sorge unbegründet war. Koch war in seinen Wagen gestiegen und fuhr den anderen Autos in Richtung Schliersee hinterher.

»Können Sie die Straße zwischen Bayrischzell und der Einfahrt zu dem Waldstück, in dem Koch die Frau zurückgelassen hat, absperren?«, fragte Sauerwein den Leiter des SEK. »Falls er noch mal zurückkommt, brauchen wir genügend Zeit, um von dort zu verschwinden.«

Tietze nickte. »Wir simulieren einen Verkehrsunfall. Ich schicke dem Trupp sowieso drei Männer hinterher, um sie im Auge zu behalten. Falls Koch die Unterkunft verlässt und in unsere Richtung fährt, dann blockieren wir die Straße so, dass er nicht daran vorbeikommt.«

Fünfzig Meter nach der Einfahrt wartete Karl mit den Kollegen aus dem Einsatzfahrzeug auf sie. Als Sauerweins BMW in den Feldweg einbog, sprang er aus dem Streifenwagen und fing an, heftig zu winken.

Sauerwein stoppte und fuhr das Fenster herunter. »Was ist los? Wieso seid ihr nicht bei der Frau?«

»Gute Frage, Martin. Sehr gute Frage. Am besten ihr seht euch das selbst an«, erwiderte Karl. »Es ist aber besser, wenn ihr den Wagen hierlasst und zu Fuß weitergeht.«

Eva schluckte den Kloß in ihrem Hals hinunter. Wenn das gesamte Team vom Tatort abgerückt war und auf die Spezialisten von der Rechtsmedizin wartete, musste der Anblick schlimm sein. Unvorstellbar schlimm. Sie stieg mit zitternden Knien aus. »Also los. Bringen wir es hinter uns.« Sie straffte ihre Schultern und rannte den Waldweg entlang, bis die Baumgruppe in Sicht kam, unter der Koch die Frau zurückgelassen hatte.

»Eva, warte doch«, keuchte Karl hinter ihr. Mit der Kondition der trainierten Mountainbikerin konnte er bei Weitem nicht mithalten. Wo Evas Puls sich um gerade mal fünf Schläge pro Minute erhöhte, geriet der passionierte Stubenhocker bereits völlig außer Atem.

»Worauf soll ich denn warten?«, fragte sie, blieb aber doch stehen und wartete, bis er aufgeschlossen hatte.

Schwer atmend beugte sich Karl vornüber und stützte seine Hände auf die Oberschenkel. Bis er sich einigermaßen erholt hatte, kam auch Sauerwein bei ihnen an, der den Weg gemächlich entlanggetrabt war.

Karl wollte gerade zu einer Erklärung ansetzen, als ihn ein schrilles Kreischen unterbrach.

»Verschwinden Sie, Sie Arschlöcher. Sind Sie taub? Hauen Sie endlich ab!«

Verblüfft starrten Eva und Sauerwein Karl an. Dann zog Eva ihn am Arm, weg von der schreienden Buche. »Die Frau lebt? Wieso hast du das denn nicht gleich gesagt?«

»Weil keiner von euch die Güte hatte, mir zuzuhören.«

»Aber was ist mit ihr? Und wieso will sie, dass wir verschwinden?«

»Das ist das große Rätsel. Wir kommen überhaupt nicht an sie heran. Sie spuckt Gift und Galle, sobald sie uns sieht. Die Kollegin, die sie losbinden wollte, hat sie in den Arm gebissen, und alle anderen hat sie angespuckt.« Karl holte tief Luft. »Deswegen wollte ich ja, dass du kommst. Vielleicht kannst du mit ihr reden.«

Fassungslos sahen sich die Polizisten an.

»Am besten, du näherst dich von hinten und überraschst sie«, schlug Karl ihr vor.

Von einem Baumstamm verdeckt, beobachteten sie die Frau, die nach ihrem Rückzug wieder in einen Zustand der Agonie gefallen war.

Eva trat hinter dem Baum hervor und ging etwa zehn Meter auf die Frau zu. Dort blieb sie stehen und wartete. Es dauerte eine Weile, bis die Frau spürte, dass sie nicht mehr allein war, und den Kopf hob. Mit vom Schreien geröteten Augen beobachtete sie Eva, die sachte den Kopf schüttelte, als sie erneut zu kreischen anfangen wollte.

»Gehen Sie«, krächzte sie schließlich erschöpft und begann, leise zu weinen. »Wieso verschwinden Sie nicht einfach?«

In einer sicheren Entfernung von knapp zwei Metern ließ Eva sich auf die Knie sinken und sah die Frau ruhig an.

»Wieso möchten Sie sich nicht von uns helfen lassen?«, fragte sie leise. »Wir tun Ihnen doch nichts. Wir binden Sie los und bringen Sie in ein Krankenhaus. Dort sind Sie sicher, und niemand kann Ihnen etwas tun.«

Die Frau lachte gequält auf. »Sie haben ja keine Ahnung«, schluchzte sie. »Er erwischt mich überall, egal, wo Sie mich hinbringen. Er hat dafür gesorgt, dass ich ihm nicht entkommen kann. Und wenn er mich hier mit Ihnen sieht, dann wird er dafür sorgen, dass ich das sehr lange bereue. Deswegen möchte ich, dass Sie wieder gehen. Bitte!« In ihrem Gesicht zeichnete sich eine unendliche Qual ab.

Eva dachte nach. Dann sagte sie: »Im Augenblick sind Sie hier sicher. Meine Kollegen haben eine Straßensperre errichtet. Niemand kann hierherkommen, ohne dass wir gewarnt werden. Falls sich jemand nähert, erfahren wir es früh genug und können verschwinden, ohne bemerkt zu werden. Ich verspreche Ihnen, dass wir Sie nicht in Gefahr bringen. Ist das in Ordnung für Sie?«

Sie dachte eine Weile über Evas Worte nach. Nach einer gefühlten Ewigkeit nickte sie.

»Ich komme jetzt zu Ihnen hinüber, okay?«, fragte Eva vorsichtig. »Versprechen Sie mir, mich weder zu bespucken noch zu beißen?«

Die völlig entkräftete Frau wurde rot und senkte den Blick. Beschämt flüsterte sie: »Es tut mir leid, wenn ich jemanden verletzt habe. Aber ich habe schreckliche Angst.«

»Machen Sie sich nichts draus«, sagte Eva leichthin. »Spucke kann man abwaschen, und die Kollegin wird ihren Biss überleben.« Sie ging dicht neben ihr in die Hocke. Irgendwo in ihrer Erinnerung kamen Fetzen aus ihrer Ausbildung hoch. »Wenn es hochdringlich ist, Vertrauen herzustellen, dann stellen Sie sich einer Person mit Ihrem Vornamen vor«, hatte ihr Ausbilder gesagt. »Lassen Sie sich duzen, wenn es der Sache dient. Manchmal ist es hilfreich, alle Schranken der Distanz fallen zu lassen, aber es gibt kein pauschales Rezept. Gehen Sie intuitiv vor.«

»Ich bin Eva«, sagte sie und wartete auf eine Reaktion.

»Miriam«, antwortete die erschöpfte Frau gehorsam.

»Miriam?«, hakte Eva nach und bekam vor Erleichterung weiche

Knie. »Miriam Dahl?« Als die so Angesprochene nur mit Tränen in den Augen nickte, lächelte Eva ihr offen zu. »Hallo, Miriam. Schön, dich endlich kennenzulernen, auch wenn die Umstände nicht so toll sind. Möchtest du etwas trinken?« Neben Miriam lag eine umgefallene Wasserflasche am Boden. Nachdem sie stundenlang an den Baum gebunden ausgeharrt hatte, musste sie halb verdurstet sein.

»Ja«, flüsterte sie denn auch.

Eva zog ihr Telefon aus der Hosentasche und wählte Sauerweins Nummer.

Keine drei Minuten später näherte sich Sauerwein langsam. Außer je zwei Dosen Cola und Wasser hatte er die karierte Picknickdecke seiner Töchter unterm Arm.

»Das ist mein Kollege, Hauptkommissar Sauerwein«, stellte Eva ihn vor. »Und das ist Miriam Dahl.«

»Hallo, Frau Dahl.« Sauerwein lächelte sie freundlich an. »Wenn Sie möchten, dann können wir Sie losbinden. Sollte Ihr Begleiter an unsere Straßensperre kommen, dann bleibt uns noch über eine Viertelstunde, um Sie wieder an den Baum zu binden und uns zurückzuziehen.«

Widersprüchliche Gefühle zeichneten sich in Miriams Gesicht ab. »Nein!«, sagte sie panisch. »Ich muss dringend aufs Klo, aber ich kann hier nicht weg.«

»Wieso denn nicht?«, fragte Eva verwundert. »Wenn wir dich losbinden, dann bist du doch frei!«

»Du verstehst das nicht«, schluchzte Miriam hysterisch. »Niemand versteht das. Ich werde niemals mehr frei sein. Lasst mich einfach in Ruhe.«

Ratlos sahen sich Eva und Sauerwein an. Dann wagte Eva einen erneuten Vorstoß. »Aber wenn du doch aufs Klo musst?«

»Ich bleibe hier am Baum!«

»Okay«, sagte Eva vorsichtig. »Das habe ich jetzt verstanden. Aber wenn du pinkelst, solange du an den Baum gebunden bist, dann saust du dir deine Hose ein. Sollen wir dich losbinden, und du pinkelst einfach vor den Baum? Wir können uns ja umdrehen oder ein paar Meter weggehen.«

Ihr Gesicht spiegelte den Kampf, den sie mit sich selbst ausfocht.

Zum einen die Qual, dass ihre Blase schier zu platzen drohte, zum anderen gab es da noch etwas Undefinierbares, das weder Eva noch Sauerwein einordnen konnten. Schließlich gab sie nach. »Gut, bindet mich los. Aber nur wenn du versprichst, dass ihr mich nachher wieder festmacht. Und zum Pinkeln will ich allein sein.«

Mit vereinten Kräften lösten Eva und Sauerwein die Knoten des Stricks und halfen der geschwächten Frau auf die Beine. Sie stützten sie lange genug, dass das Blut wieder zirkulieren konnte und sie sicher stand. Sauerwein reichte ihr eine Packung Taschentücher, dann verschwanden sie im Wald.

»Was machen wir, wenn sie abhaut?«, fragte er.

»Wieso sollte sie?«, gab Eva zurück und schüttelte den Kopf. »Zuerst weigert sie sich, sich losbinden zu lassen, und dann verschwindet sie?«

Nach ein paar Minuten rief Miriam, dass sie zurückkommen sollten.

»Wollen Sie uns nicht erzählen, wovor Sie so große Angst haben?«, fragte Sauerwein.

Störrisch ließ Miriam den Kopf hängen, baumelte mit dem Oberkörper vor und zurück. Dann hob sie den Kopf und sah Sauerwein in die Augen. »Nein«, sagte sie bestimmt. »Und jetzt bindet mich wieder fest.«

Weder Eva noch Sauerwein konnten sich einen Reim auf Miriams irrationales Verhalten machen. Schließlich hob Eva den Strick vom Boden auf und deutete ihr, sich wieder an den Baum zu lehnen. Als sie den Strick um den Baum schlang, stolperte sie über eine kleine Baumwurzel. Instinktiv streckte sie die Hand aus und stützte sich an Miriams Schulter ab.

Als Eva sich gefangen hatte und einen weiteren Ansatz machte, Miriam festzubinden, hielt Sauerwein sie am Ärmel fest und deutete mit einer Kopfbewegung auf Miriams Gesicht. Eva erstarrte in ihrer Bewegung, als sie sah, dass der verstörten Frau die Tränen in Strömen über die Wangen liefen und alle Farbe aus ihrem Gesicht gewichen war. Dann sah sie ratlos zu Sauerwein und hob die Schultern. Das war doch nicht so schlimm, signalisierte sie ihm hilflos.

»Miriam?«, fragte sie schließlich. »Was ist denn?«

Die hatte sich nach vorne gebeugt und gab ein Stöhnen von sich, das sie nicht mehr unterdrücken konnte. Offensichtlich waren ihre Schmerzen so groß, dass sie mit Mühe dagegen ankämpfen musste, sich nicht zu übergeben.

Als Eva sie erneut ansprechen wollte, hielt Sauerwein sie zurück. »Irgendetwas stimmt hier nicht«, sagte er leise. »Sie kann sich nicht durch deine Berührung so wehgetan haben. Schau dir doch den Baumstamm an! Das ist eine arschglatte Buche. Die hat nicht mal eine richtige Rinde!«

Eva ließ sich auf die Knie nieder und zog die mittlerweile haltlos schluchzende Miriam behutsam in die Arme. Als ihr Blick ihren Rücken streifte, fiel ihr eine kleine Erhebung ins Auge. Schnell wanderte ihr Blick zu dem Baumstamm, aber Sauerwein hatte recht. Dort gab es nicht mal ein Astloch, an dem sich Miriam gestoßen haben konnte.

»Miriam, was ist das auf deinem Rücken?«, fragte sie leise. »Bist du krank?«

Es dauerte eine Weile, bis sich Miriam so weit erholt hatte, dass sie wieder sprechen konnte. Und es schien, als ob sie trotz ihrer unfassbaren Schmerzen einen Entschluss gefasst hätte. »Drehen Sie sich um«, bat sie Sauerwein mit brüchiger Stimme.

Er blickte erst sie, dann Eva überrascht an. Als Eva ihm zunickte, drehte er sich weg.

Miriam biss sich auf die Lippe, zögerte noch einen Moment, dann zog sie sich ihr T-Shirt mit einem Ruck über den Kopf. Sie drehte sich mit dem Rücken zu Eva und Sauerwein, presste das Stückchen Stoff fest vor die Brust und sagte: »Sie können sich jetzt wieder umdrehen.«

Sauerwein sah zuerst Eva an, die ihre Hand entsetzt vor den Mund geschlagen hatte. Dann wanderte sein Blick weiter zu Miriams nacktem Rücken.

Eine große, ausgefranste und schlecht verheilte Narbe prangte über einer streichholzschachtelgroßen Erhebung, die aussah wie ein bösartiges Geschwür. Stellenweise war das Gewebe entzündet. Sie musste entsetzliche Schmerzen haben.

»Was ist das?«, fragte Eva leise.

»Ich habe keine Ahnung«, erwiderte Miriam mit hängendem

Kopf. »Ich wurde aus meiner Wohnung entführt, und da wurde mir das Ding eingepflanzt. Seither kann er jeden meiner Schritte kontrollieren.«

Eva verstand. »Ein Peilsender. Deswegen willst du nicht von hier weggebracht werden?«

»Ja.«

»Aber wir können dich in ein Krankenhaus fliegen und den Sender entfernen lassen. Dann kann er dich nicht mehr orten.«

Miriam lachte freudlos auf. »Das Problem ist, dass das nicht nur ein einfacher Sender ist, sondern er damit auch Stromstöße abgeben kann. Außerdem kann er das Ding mit dem Computer und auch mit dem Telefon ansteuern. Wenn er sieht, dass ich mich von hier entferne, muss er auf seinem Handy nur eine Anwendung aktivieren und kann mich mit dem Stromschlag umbringen.«

»Wir können sie im Moment nicht von hier wegbringen. Falls Koch merkt, dass das Signal wandert, dann haben wir ein Problem«, sagte Eva, nachdem sie sich für ein Beratungsgespräch zu den Kollegen gesellt hatten.

»Das Kaninchen«, sagte Sauerwein nachdenklich.

Eva sah ihn fragend an. Als er nichts weiter sagte, hakte sie nach.

»Erinnerst du dich an das verweste Kaninchen, das du aus der LPG mit nach Rosenheim gebracht hattest? Dyrkhoff hat damals schon vermutet, dass der Hase ein Übungsobjekt gewesen ist.«

»Ich habe mit einem Arzt aus der Klinik Agatharied telefoniert«, sagte Karl fünf Minuten später. »Er kann uns zwar versprechen, dass er Miriam Dahl sofort operiert, wenn wir sie mit dem Helikopter einfliegen, aber alles in allem wird es inklusive Flug und Narkose eine gute Stunde dauern, bis der Sender entfernt ist.«

»Das können wir nicht riskieren.« Sauerwein schüttelte den Kopf. »Es wäre gefährlich genug, wenn sich der Sender so langsam bewegt, dass er denkt, sie flieht zu Fuß. Wenn das Signal sich aber mit hoher Geschwindigkeit in einer geraden Linie entfernt, dann weiß er genau, dass sie in einem Hubschrauber sitzt. Um herauszufinden, was das zu bedeuten hat, muss man wahrlich kein Genie sein. Und wenn er dann den Taser aktiviert und sie im Helikopter anfängt, um sich zu schlagen, dann stürzt der Vogel womöglich auch noch ab. Das Risiko ist zu hoch.«

Eva zog ihr Telefon aus der Tasche und wählte Tietzes Nummer. »Gibt es eine Möglichkeit, das Signal zu stören?«, fragte sie, nachdem sie ihm den Sachverhalt geschildert hatte.

»Nein«, antwortete Tietze. »Zumindest nicht auf der Frequenz, auf der Koch unterwegs ist. Er nutzt das normale Mobilfunknetz, und das bedeutet, dass wir sämtliche Sendemasten im Umkreis von mindestens fünfzig Kilometern abschalten müssten. Erstens glaube ich nicht, dass wir dazu eine Genehmigung bekommen, und falls doch, würde es viel zu lange dauern.«

»Dann bleiben also nur drei Möglichkeiten.« Eva verzog das Gesicht und beendete das Gespräch.

Sauerwein blickte sie verwundert an. Ihm selbst fielen nur zwei ein. »Und zwar welche?«, fragte er gespannt.

»Erstens, wir lassen den Chirurgen herkommen, und er muss das Ding hier entfernen. Oder wir warten, bis Koch wieder auftaucht, um die Frau mit Essen und Trinken zu versorgen, und nehmen ihn fest.«

»Das würde bedeuten, dass er nicht mehr in seine Unterkunft zurückkehrt, und das würde die anderen warnen.«

Eva nickte. »Wir können auch bis morgen warten, bis die Sache erledigt ist und wir alle festgenommen haben. Dann können wir Miriam ins Krankenhaus fliegen.«

»Das würde aber heißen, dass sie heute Nacht hier draußen bleiben muss.«

»Das ist kein Problem«, schaltete sich der Streifenpolizist, der die ganze Zeit geduldig neben ihnen auf neue Anweisungen gewartet hatte, in das Gespräch ein. »Ich kann die nächsten Stunden bei ihr bleiben und mich später von einem Kollegen ablösen lassen.«

»Sehr gut«, quittierte Sauerwein das Angebot und wandte sich wieder an Eva. »Was ist deine dritte Idee?«

»Sobald wir wissen, wo der Schlägertrupp nächtigt, schnappen wir uns den Wirt und weisen ihn an, ein langsam wirkendes Betäubungsmittel in Kochs Essen zu mischen. Vorausgesetzt, Lubiczek übernachtet mit seiner Bande in einem Hotel oder einer Pension und nicht irgendwo privat. Sobald er tief und fest schläft, können wir Miriam transportieren.«

»Das ist zu gefährlich«, verwarf Sauerwein die Idee sofort. »Wir wissen nicht, ob er allein im Zimmer ist, und wenn einer der anderen Vögel etwas mitbekommt, dann kann der den Taser genauso gut aktivieren. Außerdem können wir nicht ausschließen, dass Lubiczek im Hotel einen Komplizen sitzen hat. Und falls das ausgerechnet die Person ist, die wir brauchen, um das Essen zu präparieren, dann fliegen wir auf.«

Eine Weile diskutierten sie hin und her, besprachen das Für und Wider der einzelnen Vorschläge. Der Vorschlag, Koch zu betäuben, wurde als Erstes verworfen. Die Gefahr, dass er selbst oder einer der anderen im letzten Moment doch noch den Taser auslöste, war einfach zu groß. Auch die Idee, Miriam Dahl über Nacht am Baum zu lassen, wurde ad acta gelegt. Das Risiko, dass Koch es sich überlegte und den Auslöser drückte oder sie gar an seine Mitwisser verriet, war zu hoch.

»Wir müssen zusehen, dass sie hier operiert wird«, entschied Sauerwein.

»Haben Sie den Verstand verloren?«, fragte der Arzt. Gut, dass sein Gesprächspartner am Telefon nicht sehen konnte, wie er sich mit dem Finger an den Kopf tippte. Schließlich war das hier nicht der Wilde Westen. »Ich werde ganz sicher nicht das Risiko eingehen, die Frau im Wald zu operieren. Schließlich wurde kein Kriegszustand ausgerufen.«

»Wie Sie wollen.« Sauerwein war völlig entnervt. »Sie werden sich dann wegen unterlassener Hilfeleistung zu verantworten haben. Im schlimmsten Fall mit Todesfolge.« Bevor der Chirurg auch nur über seine Worte nachdenken konnte, legte er auf.

Die umstehenden Personen sahen ihn entgeistert an.

»War das nicht etwas übertrieben?«, fragte Eva vorsichtig.

»Abwarten.« Sauerwein kaute wütend auf seiner Unterlippe. Als er nach einigen Minuten seine eigene Strategie schon in Frage stellen wollte, klingelte endlich das Telefon.

»Ja«, sagte er knapp.

»Was soll das?« Die Stimme am anderen Ende war laut genug,

dass alle mithören konnten. »Sie können mir nicht mit einer Anzeige drohen.«

»Und ob ich das kann.« Sauerweins Stimme war leise und unheimlich ruhig geworden, der bestimmte Unterton unüberhörbar. »Wir können die Frau nicht von hier entfernen, denn das könnte sie das Leben kosten. Aber das habe ich Ihnen ja schon erklärt. Wenn Sie Ihren Arsch nicht hierherbewegen wollen, um ihr zu helfen, wird sie sterben. Und das werden Sie verantworten. So einfach ist das.«

»Miriam«, sagte Eva sanft. Als Miriam den Kopf hob und sie trübsinnig anstarrte, erläuterte Eva ihren Plan.

»Du bist verrückt!«, war deren prompte Reaktion. »Ich soll mich hier operieren lassen? Mitten im Wald?« Ungläubig starrte Miriam sie an. »Das kann nicht dein Ernst sein!«

Als Eva nichts darauf erwiderte, dämmerte es ihr, dass die Polizistin es durchaus ernst meinte.

»Vergiss es. Da mache ich nicht mit!«

Eine Viertelstunde später stand Eva auf und ging über die große Wiese zu ihren Kollegen, die es sich hinter den Bäumen gemütlich gemacht hatten.

»Und?«, fragte Sauerwein.

»Sie will nicht.«

»Wie bitte?« Verständnislos sah er sie an.

»Du hast schon richtig gehört. Sie will nicht.«

»Hast du ihr denn nicht gesagt, dass sie keine Angst haben muss? Wir werden alles Erdenkliche –«

»Martin!« Eva wurde laut. »Was, glaubst du, habe ich die letzten fünfzehn Minuten gemacht? Kochrezepte ausgetauscht? Es hat nichts damit zu tun, dass sie Angst vor der OP hat. Das, was hier abläuft, geht viel tiefer.«

»Wie meinst du das?«

»Ich glaube, sie fühlt sich Koch gegenüber zu irgendwas verpflichtet. Und irgendwie«, Eva schüttelte den Kopf, wie um einen völlig abstrusen Gedanken loszuwerden, »werde ich das Gefühl nicht los, dass sie ihm hörig ist. Wenn wir sie operieren, dann denkt sie, dass sie ihn damit verrät und im Stich lässt.«

»Das ist doch krank«, protestierte Karl. »Dann zwingen wir sie eben.«

»Wenn das so einfach wäre.« Sauerwein verzog das Gesicht. »Ohne psychiatrisches Gutachten und einen darauf folgenden richterlichen Beschluss haben wir nicht die geringste Handhabe, sie zu irgendetwas zu zwingen. Es ist ihr Körper, und damit kann sie tun und lassen, was sie will.«

»Trotzdem«, beharrte Karl. »Als ihr das Ding eingepflanzt wurde, war es nicht ihr freier Wille. Da sie nach so langer Gefangenschaft völlig durcheinander ist, können wir das sehr wohl in die Wege leiten.«

»Ich möchte mich nicht länger mit der Diskussion aufhalten und Zeit vergeuden«, sagte Sauerwein entschieden. »Wir brauchen auf jeden Fall ein Gutachten, und das würde Tage dauern. Zeit, die wir nicht haben. Aber ich habe eine andere Idee.«

Keine zehn Minuten später hatte er den Kollegen seinen Plan erläutert und sich bei dem Techniker des SEK versichert, dass sein Plan durchführbar war. Jetzt galt es nur noch, die Hauptperson in den Plan einzuweihen, und vor allem, ihr Einverständnis einzuholen.

»Sie haben doch nicht mehr alle Tassen im Schrank.« Angewidert hatte Dr. Lehmann Sauerwein angestarrt, als der ihm erklärt hatte, was er von ihm wollte. Sein Vorurteil, dass die abgeschnittenen Täler und hohen Berge Bayerns viel zu lange verhindert hatten, dass frisches Blut den Verfall der geistigen Fähigkeiten eines ganzen Volkes hatte aufhalten können, bewahrheitete sich voll und ganz.

Und doch hatte er letztlich nachgegeben. Nun starrte der Chirurg auf die offene Wunde und das von entzündetem Gewebe umwucherte Kästchen, das er zutage gefördert hatte. Nichts von der ganzen Aktion entsprach auch nur im Entferntesten seiner Vorstellung von medizinischer Ethik. Allein schon eine Operation an einem lebenden Menschen mitten in der Wildnis! Wo doch sein steriler Operationssaal keine dreißig Kilometer weit entfernt war.

Dass nun aber auch noch ein völlig in Schwarz gekleideter Rambo mit einem Mundschutz und Schraubenzieher in dem kleinen Kästchen in der offenen Wunde stocherte, das ging entschieden zu weit. Dementsprechend kochte Lehmann vor Wut, als sich der Typ vom SEK wenig später erhob und mit seinem Werkzeug auf ihn deutete.

»Sie können weitermachen.«

Lehmann holte kurz Luft und versuchte, das Zittern in seinen Händen unter Kontrolle zu bekommen. Obwohl der Schraubendreher nagelneu gewesen war und die dreißig Minuten, die er gebraucht hatte, um die Frau zu betäuben und die Narbe zu öffnen, in einer Sterilisationslösung geschwommen hatte, hatte er kein Vertrauen. Er übergoss die Wunde förmlich mit Desinfektionsmitteln. Mit sterilen Tupfern versuchte er anschließend, die Sauerei wieder aufzusaugen, bevor er die Wundränder zusammenzog und sie, so gut es ging, wieder vernähte.

Mit hochrotem Kopf zerrte Lehmann die Latexhandschuhe herunter und warf sie vor Sauerwein auf den Boden, der nur einen Meter außerhalb der Plane stand, die zwischen drei Bäume gespannt war. Letztlich hatte es nicht mal zu einem sterilen Zelt gereicht, damit die Rambos schnell alles abbauen konnten, falls ein nicht näher erläuterter eventueller Notfall eintrat. Vielleicht war es sogar das, was Lehmann am meisten stank. Um die Narbe zu öffnen und kurz darauf wieder zu vernähen und zu verbinden, war er gut genug. Weshalb er die Kunststoffkapsel nicht entfernen durfte und was die ganze bescheuerte Aktion überhaupt sollte, das hatte ihm niemand verraten wollen.

»Das ist alles?«, fragte Sauerwein den Techniker. Verwundert beäugte er das fingernagelgroße Relais in seiner Hand.

»Was hatten Sie denn erwartet?«, gab der amüsiert zurück. »Sie haben doch darauf bestanden, nur den Impulsgeber zu entfernen. Den Peilsender habe ich nicht angerührt.«

Mit einem Nicken entließ Sauerwein den Kollegen. Er war wie Eva und Karl heilfroh, dass Miriam Dahl wenigstens zugestimmt hatte, dass sie den Taser deaktivierten und die Kapsel in ihrem Rücken somit keine potenzielle Todesgefahr mehr darstellte. Er trat unter die Plane zu Eva und Lehmann, die der Frischoperierten halfen, wieder auf die Beine zu kommen. Um die Aktion nicht weiter zu gefährden, hatte Lehmann nur unter einer, wenn auch extrem starken örtlichen Betäubung operieren können, was einen weiteren Wutanfall seinerseits hervorgebracht hatte. Nun band er ihren Oberarm ab und injizierte ein schnell wirkendes kreislaufstabilisierendes Mittel.

»Haben Sie Schmerzen?«, fragte er in einer Mischung aus Verachtung und Mitleid.

Miriam schüttelte den Kopf. »Nein. Es fühlt sich nur ganz taub an.«

»Das ist auch besser so. Ich verstehe überhaupt nicht, weshalb Sie –«

»Doktor«, unterbrach ihn Sauerwein. »Sie können zu meinen Kollegen da hinten im Wald gehen und warten. Wir holen Sie, wenn wir Sie wieder brauchen.«

Eine Stunde später knisterte Sauerweins Funkgerät.

»Koch verlässt das Hotel«, quäkte es aus dem Lautsprecher.

»In Ordnung«, gab Sauerwein zurück und stand auf. Auch Eva rappelte sich auf die Füße. Gemeinsam banden sie die Seile um Miriams Oberkörper fest. Dann überprüfte Eva anhand der Fotos, die sie zuvor mit ihrem Handy geschossen hatte, dass alles genauso aussah, wie Koch es zurückgelassen hatte.

»Es tut mir so leid«, flüsterte Koch heiser. »Ich hab die ganze Zeit an dich gedacht und gehofft, dass es dir gut geht. Aber ich hab es einfach nicht geschafft, früher zu kommen. Heb die Arme, damit ich dich losbinden kann.«

Gespannt hielten die Kommissare die Luft an. Würde Koch merken, dass etwas nicht stimmte? Das Mikrofon, das das SEK in den Baum gehängt hatte, war völlig unsichtbar. Selbst Eva und Sauerwein, die wussten, wo es hing, hatten es nicht entdecken können. Trotzdem lieferte es einen glasklaren Ton.

»Ich muss aufs Klo«, murmelte Miriam. »Hast du ein Taschentuch für mich?«

Eva lächelte. Sie und Sauerwein hatten gemeinsam mit ihr überlegt, was die dringendsten Bedürfnisse eines Menschen wären, der seit zehn Stunden an einen Baum gefesselt gewesen war.

»Es ist gespenstisch«, murmelte Eva, das Nachtsichtgerät vor der Nase. Sie wusste, dass mehrere Einsatzkräfte des SEK rund um Miriams Baum auf der Lauer lagen oder standen. »Ich weiß genau, dass sie hier sind. Ich kann aber keinen Einzigen sehen.«

»Das ist auch besser so«, sagte der Einsatzleiter. »Wenn ein Greenhorn wie Sie meine Männer sehen könnte, müsste ich alle entlassen.«

»Und wie geht es dem Profi?«, fragte Eva spitz.

»Mir?« Er lachte leise auf. »Ich sehe jeden Einzelnen von ihnen.«

Ungläubig studierte Eva seinen Gesichtsausdruck. Viel war in dem schwachen Mondlicht nicht zu erkennen, aber sie hatte nicht den Eindruck, dass er sie auf den Arm nahm. Sie wandte sich wieder dem Baum zu und starrte angestrengt durch das Gerät. Der Restlichtverstärker war kombiniert mit einem Präzisionsfernglas, und sie konnte jedes Blatt an dem Baum genau erkennen. Aber sie sah nicht einen Ast, kein einziges Blatt, das nicht wie Ast oder Blatt aussah.

»Vielleicht sollten Sie den kleinen Knopf auf der rechten Seite drücken.«

Eva tat wie ihr geheißen und erstarrte. Jetzt konnte auch sie die fünf Gestalten sehen, die in schillernden Tönen von Gelb bis Rot leuchteten. Ein kurzer Blick in Sauerweins Gesicht bestätigte ihren Verdacht. Er hatte gewusst, dass das Gerät eine Wärmebildkamera besaß. »Toll. Ich hoffe, ihr habt euch gut über mich Provinzmaus amüsiert«, sagte sie sauer und drückte ihrem verblüfften Chef das Glas in die Hand.

Eine unerträglich lange Stunde später verabschiedete sich Koch von seinem Opfer. Die Männer des SEK waren trainiert, stundenlang regungslos auszuharren, ohne je die Geduld oder die Konzentration zu verlieren. Die vier Menschen aber, die neben dem Einsatzleiter zusammengepfercht in der Dunkelheit in dem Polizeibus saßen, waren kurz davor, die Nerven zu verlieren, als sich Koch endlich auf den Weg zurück ins Hotel machte.

»Gott sei Dank!« Eva sprang aus dem Wagen und streckte sich. »Ich dachte schon, der übernachtet hier.«

Gemeinsam schleppten sie eine wattierte Unterlage und zwei Decken zum Baum, banden die apathische Miriam los und kümmerten sich darum, dass sie es warm und bequem hatte. Der Streifenpolizist hatte mit einem Kollegen eine Ablöseregelung getroffen, und drei Männer vom SEK würden die ganze Nacht darüber wachen, dass Miriam und ihr Aufpasser sicher waren.

Als das Prozedere für die Nacht geklärt war, fuhren Eva und Sauerwein mit einem der Streifenpolizisten zu dessen Haus in Neuhaus, das er ihnen für die Nacht angeboten hatte.

»Leider hab ich nur drei Matratzen«, hatte er gesagt. »Die können Sie gern haben. Für die anderen Leute müssen Sie selbst sorgen.«

Obwohl Eva wusste, dass auf das SEK hundertprozentig Verlass war, war es ein seltsames Gefühl, Miriam Dahl im Wald zurückzulassen. Trotzdem war der Tag so anstrengend gewesen, dass sie einschlief, kaum dass ihr Kopf das alte, leicht muffige Kopfkissen berührte.

NEUNZEHN

»Eva, wach auf. Wir müssen los.«

Unwillig schob sie die Hand beiseite, die seit einer geraumen Zeit an ihrer Schulter rüttelte. Der Traum, der wie in einer Zeitschleife schon die ganze Nacht durch ihr Unterbewusstsein tobte, hielt sie eisern fest. Bis Sauerwein ihr ein nasses Handtuch ins Gesicht klatschte.

Mit einem Schrei fuhr Eva hoch. »Spinnst du?«

Anstelle einer Antwort drückte Sauerwein ihr einen Becher mit starkem, viel zu süßem Kaffee in die Hand. »Trink das. Wir müssen los.«

Sie hatte gerade noch Zeit, ihre Zähne zu putzen und ihre Haare notdürftig mit den Fingern zu entwirren, da schob Sauerwein sie auch schon in den BMW. Fünfzehn Minuten später liefen sie einen schmalen Trampelpfad zu dem alten Bauernhaus entlang, den die Männer des SEK in der Nacht geschlagen hatten. Da Lubiczek und seine Männer noch beim Frühstück saßen, war es einfach, zu einem provisorischen Unterstand in Sichtweite der Gebäude zu gelangen, den das SEK über Nacht errichtet hatte. Als sie dort ankamen, wartete Archie Tietze bereits mit einer Thermoskanne Kaffee auf sie.

Eva versuchte, ihre verspannte Schultermuskulatur zu lockern, als die Außenposten bekannt gaben, dass der Hehlertrupp im Anmarsch war. Schlagartig beruhigte sich das Treiben im Wald, und kurz darauf waren nur noch die Vögel zu hören, die in der kühlen Morgenluft eifrige Unterhaltungen führten.

»Es ist echt zu blöd, dass wir nicht wissen, was die in der Nacht alles besprochen haben«, flüsterte Eva. »Was ist, wenn die ihre Pläne geändert haben?«

Obwohl das SEK alles unternommen hatte, die Zimmer des Hotels, in dem Lubiczek mit seinem Trupp abgestiegen war, abzuhören, war es bei dem Versuch geblieben. Die Mauern des Gasthofs waren zu dick, als dass die Richtmikrofone etwas Brauchbares hätten empfangen können.

»Das werden wir gleich wissen«, gab Sauerwein zurück. »Aber bevor wir zu spekulieren anfangen, warten wir einfach ab.« Er drehte sich zu Tietze um. »Habt ihr Tippner verhaftet?«

»Ja. Als wir ihm mit einer Anzeige wegen Erpressung drohten, hat er die Adresse seines Anwalts herausgerückt. Beide stehen jetzt unter Schutz.«

Eva streifte sich die Kapuze vom Kopf und fuhr sich durch die Haare. »Jetzt hätte ich für mein Leben gern eine Zigarette«, sagte sie.

Sauerwein betrachtete sie irritiert. »Du rauchst doch gar nicht!«

»Egal. Hat vielleicht damit zu tun, dass es etwas völlig Irrationales wäre.«

Das wäre es in der Tat. Trotzdem hatte der Gedanke, wie dumm der Schlägertrupp aus der Wäsche schauen würde, wenn aus dem vermeintlichen Dickicht vor dem alten Bauernhaus plötzlich Rauch aufsteigen würde, etwas Erheiterndes.

Nachdem die vier Fahrzeuge dicht an dicht vor dem alten Gebäude geparkt hatten, konnten die versteckten Beobachter verfolgen, wie Koch seinen Kofferraum leerte und ein weiteres Fahrzeug, in dem zwei Personen saßen, zu dem Hof abbog. Tietzes Mitarbeiter überprüfte das Kennzeichen, das genau wie die anderen gefälscht war. Sauerwein nickte zufrieden und reckte den Daumen nach oben. Es konnte losgehen.

Plötzlich ging alles sehr schnell. Die Männer vom SEK liefen mit ihren Waffen im Anschlag geduckt aus allen Richtungen auf das Haus zu. Als sie sich verteilt hatten, gab Tietze den Befehl, das Gebäude zu stürmen. Die Männer hielten sich nicht damit auf, die verschalten Fenster zu öffnen, sondern schlugen mit ihren Rammböcken alles kurz und klein, was ihnen den Zugang versperrte. Der Großteil des Trupps drang durch die beiden Türen ins Haus ein, nur zwei Männer blieben draußen und bewachten die Fenster, damit niemand fliehen konnte. Nach dem Angriffsbefehl dauerte es weniger als dreißig Sekunden, bis das Haus gestürmt war. Die Verbrecher wurden von dem Angriff so überrascht, dass an Gegenwehr nicht zu denken war. Lediglich einer der Stiernacken schaffte es, im Reflex eine Waffe aus seinem Hosenbund zu ziehen, wurde aber schon in der Bewegung hart von einem gezielten Fußtritt getroffen. Das Knirschen des brechenden Handgelenks war selbst in dem Tumult noch zu hören.

Eva und Sauerwein waren von Tietze dazu verdonnert worden, vor dem Hof zu warten, bis das SEK aufgeräumt hatte. Die Räumlichkeiten waren zu beengt, als dass *Amateure* die Aktion behindern durften. So hatte sich Tietze ausgedrückt, was ihm zwei entrüstete Blicke einbrachte.

Als der Trupp wenige Minuten später mit seinen Gefangenen zur Vordertür heraustrat, mussten ihm Eva und Sauerwein insgeheim recht geben. Sie hätten das Tempo nie mithalten können und das Manöver nur erschwert.

Der beste Augenblick kam, als die Gauner im Gänsemarsch an den ausgesprochen zufrieden dreinblickenden Kommissaren vorbeiliefen. Eva erkannte die drei Schläger, die ihr und Kristina in der LPG auf den Leib gerückt waren, auf den ersten Blick; bei den Männern dauerte der Prozess allerdings etwas länger. Zuerst kam der Stiernacken an ihr vorbei. Er stutzte, als er das leichte Lächeln auf ihrem Gesicht sah, starrte sie mit zusammengekniffenen Schweinsaugen an, ohne sie zu erkennen, und ging schließlich weiter. Auch der zweite Rohling starrte nur einfältig und kapierte nichts. Erst als der geckenhafte Hänfling sie sah, wurde klar, wer die hübsche Frau war, die sich offensichtlich so gut amüsierte.

»Sie!«, stieß er wutentbrannt aus und ballte die Hand zur Faust. »Sie haben uns reingelegt, und das wird Ihnen noch leidtun.«

»Klappe halten und weitergehen«, sagte der vermummte Mann vom SEK, der direkt hinter ihm lief, und stieß ihn vorwärts.

Als die Parade vorüber war, wandte sich Tietze an Eva und Sauerwein. »Was meinen Sie, haben wir alle erwischt?«

»Ich denke schon«, antwortete Eva wie aus der Pistole geschossen. »Wir haben Ammler alias Koch und Lohkamp, und die beiden Österreicher sind vermutlich Kreiner und der Salzburger Versicherungsvertreter, aber das werden die Kollegen dort überprüfen. Und da sogar das sächsische Fußvolk versammelt angetreten ist, wird das wohl der gesamte Trupp sein.«

Drei Stunden später hatte Sauerwein die Kollegen in Sachsen über den Stand der Dinge informiert und darum gebeten, die LPG auf verdächtige Spuren hin untersuchen zu lassen. Karls Überlegung, die von Eva in der LPG gefundenen Zähne vorher wieder zurück an den Fundort zu bringen und an Ort und Stelle zu platzieren, bevor die sächsischen Kollegen das Genossenschaftsgehöft auf den Kopf stellten, hatte ihm einen Vogel eingebracht.

»Du spinnst«, war Sauerweins Kommentar dazu. »Wie willst du das vor den Sachsen verheimlichen? Du kannst doch nicht einfach mal dort aufkreuzen, beiläufig in der Asche herumstochern und dabei zufällig die Zähne entdecken. Abgesehen davon, dass es überhaupt nicht auffällt, wenn wir uns plötzlich und ohne Grund in der LPG herumtreiben, ist es dazu noch Fälschung von Beweismitteln.«

»Ist es gar nicht«, protestierte Karl. »Klar, es ist unorthodox, aber sie hat die Dinger schließlich wirklich dort gefunden.«

»Und da Eva sie ohne Durchsuchungsbeschluss mitgenommen hat, von einem Amtshilfeersuchen ganz zu schweigen, wird kein Richter der Welt sie als Beweismittel anerkennen.« Sauerwein seufzte. »Aber ich bin mir sicher, dass das auch gar nicht sein muss. Ich glaube, dass die Spurensicherung dort auch ohne Tricks noch genügend Material finden wird.«

Und genau so war es auch. Als sie sich von Tietze ein paar Stunden später verabschiedeten und sich bei ihm bedankten, hatte die sächsische Spurensicherung bereits zwei weitere Molaren und einige Knochen gefunden. Außerdem hatten die Dumpfbacken in Lubiczeks Trupp offensichtlich vergessen, den Inhalt einer weiteren Tonne zu verbrennen, die mit blutgetränkten Kleidungsstücken gefüllt war.

Sauerwein machte sich mit seinen Mitarbeitern auf den Weg zurück nach Rosenheim. Die Stimmung war, wie jedes Mal am Ende eines Falles, ausgesprochen seltsam. Noch vor wenigen Stunden hatte ein ganzer Trupp Polizisten unter Hochspannung gestanden. Und nun? Zu Hause wartete lediglich jede Menge Schreibkram, auf den kaum jemand wirklich Lust hatte. Außer Karl vielleicht. Er war der Einzige, der wirklich gute Laune hatte. Der Fall war gelöst, niemand war weiter zu Schaden gekommen, und es gab keine Überwachungen mehr zu organisieren, von unliebsamen Außeneinsätzen ganz zu schweigen.

Unterwegs machten sie an einer Raststätte halt und kauten schweigend auf trockenen Hähnchenteilen herum. Nachdem sie anfangs übereuphorisch durcheinandergeredet hatten, hingen nun alle ihren Gedanken nach und waren insgeheim froh, als Sauerwein das Zeichen zum Aufbruch gab.

ZWANZIG

Als Eva am nächsten Morgen ins Büro kam, war nur das eifrige Klappern von Karls Tastatur zu hören. Sauerwein hatte am Abend zuvor angekündigt, dass er seine Töchter in der Schule krankmelden würde. Zu lange hatte er sie kaum zu Gesicht bekommen, und nun wollte er gemeinsam mit ihnen ausschlafen und gemütlich frühstücken.

Eva holte sich einen Kaffee aus der kleinen Küche neben Nora Wallners Büro, setzte sich Karl gegenüber an den Schreibtisch und hörte ihm amüsiert zu, als er ihr die neuesten Informationen weitergab.

Obwohl Märkel von der Idee, einen Teil der Verhafteten abzugeben, nicht gerade begeistert war, hatte der Polizeidirektor in Absprache mit der Staatsanwaltschaft schließlich der Verlegung von Lubiczeks Schergen in die JVA Leipzig zugestimmt. Unter der Voraussetzung, dass Lubiczek selbst in die JVA Bernau verbracht wurde; schließlich hatte er die letzten Jahre in Bayern gelebt.

»Das dachte ich mir schon«, sagte sie, als Karl fertig war. »Jetzt dürfen sich die sächsischen Kollegen ein paar Lorbeeren abholen, für die sie nie einen Finger krumm machen mussten. Und das geht Märkel gegen den Strich. Als ob er auch nur ansatzweise etwas dafür getan hätte!«

Sie rief in Salzburg an. Als sich Christian Spitzer wortreich bedankte, nur um schließlich anzukündigen, seinerseits Anspruch auf die österreichischen Beschuldigten zu erheben, hatte sie bei dem Gedanken daran, dass Märkel jetzt auf noch mehr Verdächtige verzichten musste, ein breites Lächeln auf dem Gesicht.

Sie beendete das Gespräch und legte zufrieden die Füße hoch, als das Telefon klingelte.

»Oh Mann. Kann man hier nicht ein einziges Mal fünf Minuten seine Ruhe haben«, murmelte sie.

Karl stand auf und griff nach ihrem Telefonhörer. Als sie ihm eine Kusshand zuwarf, wurde er bis zu den Ohren rot. »Moment. Das musst du wiederholen!« Mit großen Augen blickte er Eva an und deutete ihr an, den Lautsprecher einzuschalten. »Eva hört jetzt mit.«

»Hi, Eva!«, quäkte Wolkensteins Stimme aus dem Telefon. »Wollt ihr mich verarschen?«

Eva zog die Stirn kraus. »Was ist denn los?«

»Nachdem ich zwischen den alten Fotos von Ammler und den Aufnahmen, die die JVA heute Nacht von Koch gemacht hat, mit bloßem Auge keinerlei Übereinstimmung gefunden habe, hab ich die Gesichtserkennungssoftware drüberlaufen lassen. Der Witz ist, dass die ebenfalls keine gemeinsamen Parameter erkennt.«

»Wir haben uns schon gedacht, dass er verändernde Operationen hatte. Er wollte sicher nicht als Ammler wiedererkannt werden, und außerdem sieht man es doch auch, dass das Gesicht operiert wurde.«

»Schon«, gab Wolkenstein zu. »Aber du kannst ein Gesicht nicht so verändern, dass die Software überhaupt keine Deckung mehr findet. Außer du transplantierst ein ganzes Gesicht.«

»Vielleicht ist das ja die Lösung?«

»Vergiss es. Google das mal und sieh dir die entsprechenden Ergebnisse an. Das sieht nie wieder auch nur annähernd normal aus. Abgesehen davon, dass derartige Verfahren nur dann angewendet werden, wenn mit herkömmlichen Rekonstruktionsmethoden nichts erreicht werden kann. Nach einem Säureunfall zum Beispiel. Oder nach einem Hundebiss, dem mehr als vierzig Prozent des Gesichts zum Opfer gefallen sind.«

Karl hatte den Suchbegriff in den Computer eingegeben und drehte nun den Bildschirm so, dass Eva darauf sehen konnte.

»Ich sehe, was du meinst«, sagte sie zu Wolkenstein. »Und was jetzt?«

»Jetzt solltest du dich besser hinsetzen.«

Eva blinzelte Karl zu. »Schlimmer kann es ja gar nicht mehr werden, oder?«

Wolkenstein lachte kurz auf. Dann fing er an zu erzählen.

Fünf Minuten später hängte Karl den Hörer ein und starrte Eva fassungslos an. »Und was machen wir jetzt?«, fragte er ratlos.

»Wir müssen Martin verständigen.«

Der Morgen, auf den Sauerwein sich so gefreut hatte, hatte weniger gut begonnen, als er sich das gewünscht hatte. Kaum hatte seine Jüngere mitbekommen, dass ihr Vater sich nicht wie in den letzten Wochen schon vor dem Sonnenaufgang aus dem Bett quälte, und kaum, dass er geduscht und sich die Zähne geputzt hatte, mit einem Brot in der Hand zur Tür hinaussprang, als sie auch schon bei ihm am Bett saß.

»Prinzessin, lass mich noch ein bisschen schlafen, ja? Ich bin todmüde!«, murmelte er mit völlig verquollenem Gesicht.

»Papi, wach auf!« Energisch rüttelte Hannah an seiner Schulter. »Mir müssn redn.«

Oh Gott. Der schlimmste Satz, den der Allmächtige einer Frau geschenkt hatte. »Wir können später auch noch reden, Schatz. Ich bleibe heute zu Hause.«

»Es is aba wichtig.«

Der quengelnde Ton ließ keine Option offen. Mühsam stemmte sich Sauerwein auf die Ellbogen und schaffte es kaum, die Augen offen zu halten. »Was ist denn so wichtig?«, fragte er und schaffte es nicht, ein Gähnen zu unterdrücken.

»Wirst du heiratn?«

»WAS?« Nun waren seine Augen doch offen. Weit offen sogar. »Wie kommst du denn da drauf?«

»Lisa sagt.«

»Oh Gott.« Sauerwein sank zurück in die Kissen. »Häschen, das ist Quatsch.«

»Aba Lisa sagt, du un Dante Schalotte, ihr habt euch lieb.«

Mist. Er hatte gehofft, dass die Gefühle, die er Charlotte Sommerfeldt entgegenbrachte, den Kindern bisher verborgen geblieben waren. Claudia würde ihn ob seiner Naivität auslachen, so viel war sicher.

Als er gerade zu einer Antwort ansetzen wollte, hatte Gott ein Einsehen und ließ sein Handy klingeln. Sauerwein verkniff sich einen Fluch und angelte mit einem Bein nach seiner Hose, die er um drei Uhr morgens auf dem Weg ins Schlafzimmer einfach vor dem Bett hatte fallen lassen.

Hannah zog eine Schnute. Im reifen Alter von vier Jahren war ihr völlig klar, dass es auf ihre Frage jetzt keine Antwort geben würde. Sie hob die Jeans auf und drückte sie ihrem Vater in die Arme.

»Also, was ist los?«

Eva leckte die Sahne von ihrer Kuchengabel und lehnte sich in ihrem Stuhl zurück. »Nachdem Wolkenstein keine Übereinstimmung in den Gesichtern gefunden hat, hat er sich von der JVA einen Satz Fingerabdrücke Kochs schicken lassen. Tja, und auch die stimmen nicht mit denen Ammlers überein.«

Sauerwein schüttelte den Kopf. Die Hoffnung, dass Evas Anruf am Morgen nur ein schlechter Traum gewesen war, verflüchtigte sich im Nu. »Das verstehe ich nicht. Wir haben doch nach dem Einbruch in Kristinas Wohnung auch seine Abdrücke gefunden, oder etwa nicht?« Als Eva nur nickte, sagte er: »Und wenn es nur ein Stempel war, der uns in die Irre führen sollte?«

»Das schließt Wolkenstein aus. Ein Fingerabdruckstempel ist nur die Kopie eines echten Abdruckes. Und damit zweidimensional. Ohne Erhebungen also. Er hat das Material, das ihm vorliegt, genauestens untersucht. Und die sichergestellten Abdrücke waren definitiv dreidimensional.«

»Wenn es also kein Verfahren gibt, von dem wir noch nichts wissen, dann können es keine Stempel gewesen sein?«

»Nein. Und noch etwas: Wolkenstein hat die Abdrücke noch weiter untersucht. Und dabei hat er DNA gefunden, die zweifellos von Ammler stammt.«

»Das verstehe ich nicht.«

»Damit bist du in guter Gesellschaft.«

Eine Weile war es so still im Büro, dass man die berühmte Nadel hätte fallen hören. Schließlich fragte Sauerwein: »Was sagt Koch dazu?«

»Der schweigt sich aus. Ich war am Vormittag eine Stunde lang bei ihm, die hätte ich mir aber sparen können.«

»Wissen wir schon etwas über seine Identität?«

»Nein. Seine Fingerabdrücke sind in keiner Kartei. Die Spusi ist gerade bei ihm im Haus. Wir können nur hoffen, dass sie etwas finden, was Licht in den Fall bringt.«

»Was ist mit Miriam Dahl?«

»Sie liegt in Agathaaried im Krankenhaus und wurde heute Morgen operiert. Ich fahre später zu ihr und hoffe, dass sie ansprechbar ist.«

***

»Hallo, Frau Neunhoeffer!« Die nette Ärztin, die Eva schon vom letzten Fall her kannte, kam mit ausgestreckter Hand auf sie zu. »Ich habe schon gehört, dass Sie uns wieder einen Ihrer Kunden geschickt haben.«

Eva lachte. »Ich bin mir noch nicht sicher, ob Miriam Dahl eine Kundin ist. Im Moment sieht es eher aus, als ob sie ein Opfer eines unserer Kunden ist.«

Dr. Paul führte Eva in ihr Zimmer und fragte: »Könnten Sie uns das nächste Mal dann vielleicht mit Menschen beglücken, die etwas weniger schwierig sind?«

Eva zog verwundert die Stirn nach oben. »Schwierig? Weshalb denn?«

»Sagen wir mal so: Ihr Opfer ist nicht besonders gut auf Sie und Ihre Kollegen zu sprechen.«

Eva nickte. »So was in der Art hat sich bereits abgezeichnet. Aber ich verstehe es trotzdem nicht. Schließlich kann sie dank unserer Hilfe wieder in ihr altes Leben zurückkehren.«

Nachdenklich sah die Ärztin auf den Schreibtisch vor sich und malte kleine Kringel auf einen Block. Dann sah sie auf. »Sagt Ihnen der Begriff ›Stockholm Syndrom‹ etwas?«

Eva dachte kurz nach. »Es geht um die Opfer von Entführungen, so weit kann ich mich erinnern. Sie verlieren den Bezug zur Realität, geht es darum? Und gab es nicht einen sehr prominenten Fall in den Siebzigern? Patty Hurst?«

»Patty Hearst, genau. ›Stockholm Syndrom‹ ist eine Bezeichnung dafür, dass ein Entführungsopfer beginnt, mit seinem Entführer zu sympathisieren, und sich schließlich auf seine Seite stellt. Es hat den Eindruck, von seinen Freunden und Familie im Stich gelassen zu werden. Schließlich hat das Opfer das Gefühl, dass niemand nach ihm sucht. Und auch die Polizei scheint sich nicht allzu groß zu bemühen, sonst hätte man das Opfer längst gefunden.

Die Wahrnehmung verzerrt sich also. Das wird dadurch verstärkt, dass der Entführer ausschließlich derjenige ist, der sich kümmert. Er sorgt für Nahrung, er hilft bei Krankheit und ist schließlich der einzige soziale Kontakt. Dabei spielt das menschliche Bedürfnis nach Liebe und Nähe eine nicht unwesentliche Rolle. Ich bin mir sicher, dass Miriam Dahl letztlich nicht ein rein sexuelles Verhältnis mit ihm eingegangen ist, sie ist auch überzeugt davon, dass sie ihn liebt. Und dass er umgekehrt der einzige Mensch ist, dem sie wichtig ist.«

»Aber das ist ja krank«, sagte Eva. »Selbst als Gefangene kann ihr Verstand doch nicht so weit aussetzen, dass sie nicht mehr klar denken kann.«

»Selbstverständlich ist sie krank. Sehr sogar. Aber unter rationalen Gesichtspunkten ist das nicht zu erklären. Frau Dahl ist tief traumatisiert. Ich befürchte, es wird Jahre dauern, bis sie wieder zurück in ein normales Leben findet.«

Das musste Eva erst einmal verdauen. »Aber schaffen wird sie es?«

»Schwer zu sagen.« Dr. Paul zuckte die Achseln. »Die Erfahrungswerte auf dem Gebiet sind naturgemäß gering. Wenn sie einen guten Psychologen findet, dem sie vertraut und sich öffnen kann, dann wird sie es hoffentlich packen.«

***

Am späten Abend war die Spurensicherung mit dem Haus Kochs fertig. Hinter einer Wandverkleidung hatten sie den Safe gefunden, in dem außer einer größeren Menge Bargeld auch Gold und Schmuck lagen, aber einen Hinweis auf seine Identität entdeckten sie nicht. Sie hatten buchstäblich jeden Stein umgedreht und fanden – nichts.

»Das gibt es doch nicht!« Eva lief seit einer geraumen Zeit im Büro auf und ab. »Wie kann es sein, dass er nichts aufbewahrt hat, das seine echte Identität belegt? So paranoid kann doch kein Mensch sein.«

»Vielleicht wollte er auf Nummer sicher gehen«, sagte Karl. »Damit, selbst wenn er irgendwann wegen seiner Einbrüche gefasst wird, seine Vergangenheit geheim bleibt. Er konnte schließlich nicht ahnen, dass die Polizei dem ganzen Betrug auf die Schliche kommt. Und er wird wohl noch irgendwo eine Wohnung haben, oder zumindest ein Schließfach. Wir haben es nur noch nicht gefunden.« Karl gab sich zuversichtlicher, als er in Wahrheit war. Aber Evas Herumgetigere ging ihm gehörig auf die Nerven.

»Dann hätte die Spusi doch zumindest einen Hausschlüssel finden müssen.«

»Nicht, wenn er den Zugang über ein Zahlenschloss gesichert hat.«

Auch wieder wahr. Aber wenn Koch den Mund hielt, dann hatten sie überhaupt keine Chance, jemals die ganze Wahrheit herauszufinden.

»Was ist mit den Salzburger Kollegen?«, rief Sauerwein aus seinem Büro.

»Was soll mit denen sein?«

»Vielleicht haben die einen Hinweis im Haus ihres Einbrechers gefunden, der uns weiterhilft.«

Daran hatte sie noch nicht gedacht. Eva blätterte in ihrem Telefonbuch und wählte Spitzers Nummer.

Evas Tonfall hatte Sauerwein aus seinem Büro geholt. Nun saß er mit hochgekrempelten Ärmeln auf ihrem Schreibtisch und wartete darauf, dass sie das Gespräch beendete.

»Ich glaub das einfach nicht!« Sie warf ihren Bleistift mit so viel Schwung auf den Tisch, dass er über die gesamte Länge der Platte rollte und am anderen Ende zu Boden fiel. »Salzburg hat das gleiche Problem. Die Fingerabdrücke an ihren Tatorten stimmen nicht mit Kreiners überein. Genau wie bei uns. Ich kapier's einfach nicht!« Angestrengt schüttelte sie den Kopf. »Wozu das Ganze? Und was mir erst recht nicht in den Kopf will – wozu hat sich Koch einer umfassenden Gesichtsoperation unterzogen, wenn er überhaupt nicht Ammler ist? Wieso finden wir Fingerabdrücke an Tatorten, die nicht zu den Einbrechern passen? Wieso finden wir *überhaupt* Abdrücke? Jeder Mensch, der für einen Euro Grips im Kopf hat, trägt Handschuhe, wenn er Dreck am Stecken hat.«

Sauerwein war bei Evas Ausbruch ein Licht aufgegangen.

»Kochs Operationen haben unter Umständen überhaupt nichts mit den Einbrüchen zu tun. Vielleicht können uns die Kollegen aus der KTU weiterhelfen, oder wir ziehen einen Chirurgen zurate. Womöglich kann man anhand des Narbenverlaufs rekonstruieren, was genau da verändert wurde, und daraufhin ein Phantombild erstellen, das wir dann an die Presse geben können. Und ich glaube, dass wir mit den Fingerabdrücken nur an der Nase herumgeführt werden sollten. Das war ein Ablenkungsmanöver. Nicht mehr und nicht weniger.«

Eva nickte. »Das wäre eine Erklärung. Aber trotzdem bleibt die Frage, wie die Abdrücke in die Wohnungen kommen.«

»Mein Gott!«, rief Karl. »Wir haben wirklich was übersehen! Wer war denn in jeder Wohnung? Nicht bei den Einbrüchen, sondern schon vorher?«

»Die Eigentümer und Mieter.«

»Mensch, Eva. Seit wann stehst du so auf der Leitung?« Karl sah beinahe gekränkt aus. »Der Versicherungsheini natürlich.«

»Himmel, ja!« Eva sprang aus ihrem Stuhl hoch. »Und der konnte schlecht Handschuhe tragen, solange er sich nicht sicher sein konnte, dass die Versicherungswilligen bei seinem perfiden Spiel mitmachen!«

»Selbstverständlich hab ich das überprüft«, sagte Wolkenstein mit einem beleidigten Unterton. »Ich wusste ja nicht, dass ihr den auch auf dem Schirm habt, deswegen hab ich nichts gesagt. Aber das kannst du getrost vergessen. Seine Abdrücke stimmen auch nicht mit denen Ammlers überein.«

Also noch eine Sackgasse. Eva stöhnte und legte den Kopf auf die Arme. Am liebsten wäre sie so an ihrem Schreibtisch eingeschlafen und erst wieder aufgewacht, wenn der Fall verjährt wäre. Mit einem Ruck fuhr sie hoch. Noch bevor der Gedanke richtig Gestalt annehmen konnte, hatte sie bereits den Telefonhörer in der Hand.

»Spitzer.«

»Ich brauche die Inventarliste aus Kreiners Haus. Am besten sofort.«

»Ihnen auch einen schönen guten Tag, werte Kollegin.«

»Oh … Entschuldigung.« Eva wurde rot. Ein Glück, dass es kein Bildtelefon gab. »Ich war ganz in Gedanken …«

Spitzer lachte. »Kein Problem. Was wollen Sie denn mit dem Pamphlet? Ihnen ist klar, dass das über tausend Posten sind?«

»Ja. Leider. Ich meine, es ist mir klar. Ich will sie mit der Aufstellung vergleichen, die unsere Spusi in Kochs Haus erstellt hat.«

»Na dann. Da kann ich Ihnen nur viel Spaß wünschen. Und ein noch besseres Durchhaltevermögen!«

Als die Liste ausgedruckt vor Eva lag, wurde ihr die Unmöglichkeit ihres Vorhabens klar. Sie griff erneut zum Telefonhörer.

»Du willst einen Tabellenabgleich? Das ist ein Klacks. Ich bin in zwanzig Minuten bei dir.«

Pünktlich auf die Minute stand Kristina in der Tür. Und dazu hatte sie vier riesige Eisbecher dabei, deren Inhalt langsam vor sich hinschmolz.

»Das Problem ist nicht der Abgleich an sich, solange die Begriffe gleich sind. So weit bekomme ich es selbst noch hin«, erklärte Eva. »Schwierig wird es, wenn einmal Zahncreme dasteht und auf dem anderen Verzeichnis Zahnpasta, dann matched es nicht. Und wir haben schon genug Arbeit damit, Sachen zu vergleichen, für die die Österreicher und wir völlig verschiedene Begriffe verwendet haben. Ich will ganz einfach, dass so wenig wie möglich zum manuellen Abgleich übrig bleibt. Verstehst du, was ich meine?«

»Klar. Ich binde den Duden in das Suchprogramm ein und gebe einen Auftrag, dass auch Synonyme abgeglichen werden.« Kristina überflog die Rosenheimer Aufstellung. »Außerdem werde ich nach ähnlichen Wörtern suchen lassen. Eure Spusi mag zwar gründlich sein, aber Helden in Rechtschreibung sind sie nicht.«

Eine gute Stunde später hatte Kristina ein Programm geschrieben, das die Verzeichnisse nicht nur gemäß den Vorgaben abglich, sondern die Ergebnisse einander in zwei Spalten gegenüberstellte. Trotzdem war der Teil, in dem das Programm keine Übereinstimmung gefunden hatte, noch immer ellenlang.

Eva schob Karl die Hälfte der Bögen über den Tisch und bedankte sich bei Kristina.

»Du schickst mich nicht ernsthaft nach Hause, jetzt, wo es spannend wird?« Kristina machte ein enttäuschtes Gesicht.

Spannend? Eva hob die Augenbrauen. Sie konnte sich nichts Langweiligeres vorstellen, als endlose, öde Aufstellungen durchzugehen. Sie hatte nichts gegen ein drittes Augenpaar einzuwenden, und auch Sauerwein würde das so sehen, da war sie sich sicher.

Knapp zwei Stunden später verstand Kristina, weshalb Eva dem Vorhaben nur wenig abgewinnen konnte. Der Listenabgleich war derart eintönig, dass es schwer war, die Konzentration so weit aufrechtzuerhalten, dass man nichts übersah. Und hätte Karl nicht seinen Widerwillen gegen Geselchtes kundgetan, hätten sie den entscheidenden Punkt womöglich übersehen.

Es dauerte ein paar Minuten, bis es in Kristinas Kopf klick machte. »Was hast du gerade gesagt?«, fragte sie und hakte nach, als er nicht antwortete. »Karl?«

»Hm?« Karl schaute verständnislos von seiner Liste auf.

»Woran findest du etwas eklig?«

»Ich stehe halt nicht auf so Zeug«, verteidigte er sich. »Und meine Frau ist sowieso dagegen, weil –«

»Nein, nein, das meine ich nicht«, sagte Kristina ungeduldig. »Was genau haben die Österreicher da aufgeführt?«

»Warte«, sagte er und blätterte zwei Seiten zurück. »Das war … geselchte Hühnerbeine.«

Kristina blickte auf die Uhr und konzentrierte sich dann auf einen Punkt am Boden. »So was in der Art hatte ich auch.« Hektisch wühlte sie in den Blättern, die vor ihr lagen. »Das war vor ungefähr einer halben Stunde, also dürfte das vor fünfzehn Seiten gewesen sein …«

Erstaunt wechselten Eva und Karl einen Blick. Auch wenn Karl ein gewisses Organisationstalent besaß, war er, genau wie Eva, doch eher intuitiv veranlagt. Keinem von beiden wäre jemals die Idee gekommen, anhand der vergangenen Zeit zu bestimmen, wie viele Seiten sie bearbeitet hatten. Und standen damit im krassen Gegensatz zu Kristina, die die Strukturiertheit in Person war. Und tatsächlich hatte sie sich nur minimal getäuscht und fand das Gesuchte auf der sechzehnten Seite.

»Da hab ich es. Hähnchenteile in Aspik.« Fragend sah sie auf. »Ist das nicht das Gleiche?«

»Nein«, antwortete Karl. »Geselchtes sagt man in Österreich zu Geräuchertem. Aber was soll daran so wichtig sein? Hast du nichts Essbares in deinem Vorratsschrank? Ich denke, die wenigsten Menschen kaufen immer nur das ein, was sie gerade brauchen. Und immerhin lebt davon ein riesiger Industriezweig wie die Made im Speck.«

»War nur ein Gedanke«, gab Kristina ihm recht. »Ich fand es nur ungewöhnlich.«

»Das ist es auch«, schaltete sich Eva ein, die den beiden mit wachsendem Interesse zugehört hatte. »Aber nicht, weil es der ein oder andere unappetitlich findet, sondern, weil man Hühnchen nicht selcht. Glaube ich zumindest. Das macht man doch eher mit Schweinefleisch. Steht da etwas, wie das Zeug verpackt ist?«

Karl und Kristina studierten ihre Listen und antworteten gleichzeitig: »Nein, wieso?«

»Weil sich die beiden Einbrecher sicherlich kennen. Kann ja sein, dass sie gemeinsam unterwegs einkaufen waren. Oder das Zeug geschenkt bekommen haben. Und vielleicht ist die österreichische Spusi zwar besser in Rechtschreibung, aber kulinarisch weniger bewandert.«

Während Eva weiter ihren Teil der Liste durchforschte, ging ihr das vorangegangene Gespräch nicht mehr aus dem Kopf. Schließlich wählte sie die Nummer der Spurensicherung.

»Das war in einer Art Plastikdose. Tupper oder so«, antwortete Preisenbacher, nachdem er kurz über Evas Frage nachgedacht hatte. »Und nein, ich würde sagen, das wurde selbst eingelegt.«

»Was beißt ihr euch denn so an ein paar Hühnerknochen fest?«, fragte Karl verständnislos. Es war ihm völlig schleierhaft, dass sich Eva derart mit etwas Essbarem aufhielt, dass sie darüber offensichtlich vergessen hatte, dass sie noch einen ganzen Berg Arbeit zu bewältigen hatten.

»Bauchgefühl«, antworteten Eva und Kristina unisono.

Dann stand Eva auf. »Ich fahre da jetzt hin und sehe mir das an«, entschied sie. »Kommst du mit?«

Karl, an den die Frage gerichtet war, schüttelte entsetzt den

Kopf. Zeit vergeuden hieß schließlich, am Abend länger bleiben zu müssen. Und seitdem im Bauch seiner Frau ein kleines Wunder heranwuchs, waren Überstunden das Allerletzte, was er sich anzutun gedachte.

»Ich fahre mit dir«, sagte Sauerwein, der schon mit der Jacke in der Hand hinter ihr stand. »Ich wollte mich sowieso noch mal in Kochs Haus umsehen.«

***

Während Sauerwein den obersten Stock in Angriff nahm, ging Eva zielstrebig auf die Speisekammer zu, die hinter der Küche lag. Obwohl die Schränke nur überschaubar gefüllt waren, konnte sie die Plastikdose, die Preisenbacher ihr beschrieben hatte, nirgendwo finden. Und auch in den Schränken in der Küche und im Kühlschrank fand sie keine Spur davon. Letztlich blieb ihr nichts anderes übrig, als ihn erneut anzurufen.

»Wie, du findest die Dose nicht?«, fragte Preisenbacher ungläubig. »Das gibt es doch gar nicht. Die ist schließlich groß genug, dass du sie nicht übersehen kannst.«

»Versuch dich genau zu erinnern, wo du sie gesehen hast«, bat sie ihn, als auch eine weitere Begehung der Speisekammer nichts zutage förderte.

»Was?«, fragte sie Sekunden später. »In welchem Klappschrank denn? Hier ist kein Klappschrank, nur ganz normale Küchenschränke.«

Preisenbacher war einen Moment lang verwirrt. »Küchenschränke?«, echote er belustigt. »Bist du sicher, dass du im richtigen Haus bist?«

»Du Scherzkeks. Was für Schränke hast du denn in deiner Küche?«

»Küchenschränke«, bestätigte er. »Aber doch nicht im Keller!«

»Im Ke –« Eva unterbrach sich selbst und starrte auf die vollgekritzelte Liste in ihrer Hand. Erst jetzt fiel ihr auf, dass das einzige Manko auf der überarbeiteten Version das Fehlen einer Spalte war, die den genauen Ort bezeichnete, an dem sich der jeweilige Gegenstand befand.

»Wie blöd«, murmelte sie und machte sich selbst für den Fehler verantwortlich. Schließlich hatte sie Kristina die entsprechenden Parameter vorgegeben, die diese in die Tabelle einbinden sollte.

Als sie schließlich im Keller stand, entdeckte sie den Schrank sofort, den Preisenbacher ihr beschrieben hatte. Sie zog einen kleinen Hocker heran, kletterte darauf, öffnete die Klappe und sah die Dose sofort.

Als sie den Deckel öffnete, verzog sie das Gesicht. Der Geruch nach altem Hähnchen und Gelatine war einfach ekelhaft. Widerwillig betrachtete sie den Inhalt, und nachdem sie kurz einen behandschuhten Finger in die glibberige Masse getaucht hatte, klappte sie den Deckel wieder zu. Sie öffnete das Kellerfenster, setzte sich auf den Hocker und vergrub ihr Gesicht in den Händen. »Verdammt«, murmelte sie. Obwohl ihr Bauch und all ihre Instinkte ihr sagten, dass die Dose der Schlüssel war, kam sie einfach nicht darauf, wozu.

»Hier bist du«, sagte Sauerwein, als er sie endlich gefunden hatte. »Was machst du hier unten? Und was stinkt hier so widerlich?«

Eva deutete auf die Dose, die neben ihr auf einem Schrank lag. »Fehlanzeige«, sagte sie entmutigt. »Das ist einfach nur ein vergammeltes Huhn in Aspik. Mir völlig unverständlich, wieso man so etwas aufbewahrt.«

Da musste Sauerwein ihr recht geben. »Und woher kommt der Formalingeruch?«

»Das ist kein Formalin, das ist nur das Huhn. Das stinkt einfach abartig.«

Diesmal musste Sauerwein ihr widersprechen. »Hier drin bemerkt man es nicht, weil das Huhn alles überlagert. Aber das Erste, was ich wahrgenommen habe, als ich nach unten kam, war ein Hauch von Formalin.«

»Das verstehe ich nicht«, sagte Eva. »Ich habe nichts davon bemerkt. Und das ist komisch.«

»Dann war da auch noch nichts in der Luft, als du nach unten gekommen bist«, sagte Sauerwein bestimmt. Evas Geruchssinn schlug seinen eigenen um Längen. Und wenn sie nichts gerochen hatte, dann war da auch nichts gewesen. Basta. »Also muss es was mit der Geflügeldose zu tun haben.«

»Aber das macht doch keinen Sinn«, sagte Eva. »Wieso sollte denn jemand Formalin ins Essen kippen?« Dann hellte sich ihr Gesicht auf. Vielleicht war es genau der Schlüssel, nach dem sie suchte! Allerdings weigerte sie sich, den Deckel erneut im Keller zu öffnen. »Das tue ich mir nicht noch mal an. Wozu hat Koch denn so einen riesigen Garten!«

Sie schleppten neben der Aspikdose auch noch eine kleine Plastikwäschewanne, eine Schöpfkelle und eine Fleischgabel nach draußen. Nachdem sie den Behälter geöffnet hatten, warteten sie eine Weile, bis sich der schlimmste Gestank verzogen hatte. Und nun vernahm auch Eva den stechenden Geruch, der unter der überwältigenden Duftnote des Huhns lag.

»Igitt, ist das eklig«, stellte sie fest, als sie das Innenleben bei Tageslicht betrachtete. Dann machten sie sich mit gemeinsamen Kräften daran, den Inhalt umzuschichten.

»Was ist das denn?«, fragte Sauerwein, nachdem sie die obere Schicht entfernt hatten und seine Fleischgabel auf etwas Hartes stieß. Vorsichtig schöpfte Eva von der schleimigen Brühe ab, bis sie sahen, dass auf dem Grund der Wanne ein länglicher Glasbehälter lag. Eva spürte, wie sich ihr Pulsschlag beschleunigte, und beinahe hätte sie mit bloßen Händen in den Rest des Glibbers gelangt, wenn Sauerwein sie nicht noch rechtzeitig davon abgehalten hätte.

Als das Objekt schließlich vor ihnen im Gras lag und Sauerwein das ekelhafte Zeug mit dem Gartenschlauch heruntergespült hatte, zeichnete sich durch den Glasdeckel undeutlich ein Umriss ab.

»Oh mein Gott«, flüsterte Eva. »Bitte nicht!«

Sauerwein entfernte die Klammern am Rand der Dose und hob den Deckel ab. Und jetzt gab es keinen Zweifel mehr, was da in Formalin schwamm.

Bis Eva nach einer Viertelstunde wieder hinter dem Busch hervortrat, neben dem sie sich übergeben hatte, hatte Sauerwein bereits die Spurensicherung verständigt. Als sie mit Tränen in den Augen zu ihm trat, reichte er ihr eine Flasche Wasser und das kleine Zahnputzset, das sie immer in ihrer Tasche bei sich trug.

Erst als sie sich wieder einigermaßen in der Lage fühlte, mit ihm zu reden, bemerkte sie, dass auch er ganz grau im Gesicht war.

Erschöpft sah sie ihn an. Als er sie an sich zog, entfuhr ihr ein Schluchzen. Dann gab sie ihrem Gefühl ein paar Minuten lang nach und ließ sich von ihm halten. So standen sie, bis sie das Knirschen eines Fahrzeugs auf dem Kies vor dem Haus hörten.

»Geht es?«, fragte Sauerwein und hielt sie auf Armeslänge von sich weg. Er sah ihr prüfend ins Gesicht und lächelte dann leicht. »Mit einer wasserfesten Wimperntusche wird das wohl nie was bei dir, oder?«

Als er das kurze Aufblitzen in ihren Augen sah, lächelte er noch mehr. Und als er das gepresste »Du Ar…« hörte, wusste er, dass sie sich wieder gefangen hatte.

»Na, dann komm«, sagte er. »Den Rest sollen die Kollegen übernehmen.«

***

Karl verstand eine ganze Weile nicht, was Eva und Sauerwein ihm beizubringen versuchten. Das Gehörte war so abwegig, dass sein Verstand sich schlicht weigerte, die Nachricht zu begreifen.

»Aber wieso denn?«, fragte er störrisch. »Das kapiere ich nicht.«

Bevor Eva es ihm ein weiteres Mal erklären konnte, klingelte das Telefon.

»Ich werde mich im Moment nicht weiter dazu äußern. Vorher muss ich noch ein paar Untersuchungen machen«, sagte Wolkenstein. »Nur so viel ist jetzt schon sicher: Ihr habt Ammler gefunden.«

EINUNDZWANZIG

Zwei Tage später waren alle Untersuchungen abgeschlossen, und auch die Salzburger Kollegen hatten die Dose mit den Hähnchenteilen öffnen lassen. Obwohl Spitzer von Eva vorgewarnt worden war und er den Behälter daraufhin von der Spurensicherung hatte untersuchen lassen, war ihm die Erschütterung am Telefon anzumerken, als er Eva über das Resultat informierte.

Jetzt saßen die Kommissare in Sauerweins Büro, und auch Preisenbacher war gekommen, um Wolkensteins Ausführungen zuzuhören.

»Es ist verhältnismäßig schwierig, Gewebe zu bestimmen, das in Formalin eingelegt ist. Der Verwesungsprozess wird komplett außer Kraft gesetzt, und im Gegensatz zu einer nicht konservierten Leiche kann man nicht sagen, ob die Amputation vor oder nach dem Tod vorgenommen wurde.«

Wolkenstein schaltete den Beamer an und warf ein schauerliches Bild an die Wand. »Viel zu untersuchen gab es leider nicht mehr, und ein Großteil wird für immer Spekulation bleiben. Außer die Vögel, die ihr festgenommen habt, fangen an zu singen. Aber davon ist wohl nicht auszugehen, oder?«

Als Sauerwein nur stumm den Kopf schüttelte, fuhr Wolkenstein fort. »Wir haben also keine DNA, die das Formalinbad überlebt hat, aber die Fingerabdrücke konnte ich auch in allen weiteren Tests als die von Matthis Ammler bestimmen.«

»Eins verstehe ich nicht«, sagte Eva. »Was soll der ganze Aufwand mit den Gummihandschuhen?« Nur mit Müh und Not konnte sie die Erinnerung an den Nachmittag in Kochs Garten verdrängen. Als Sauerwein die Dose geöffnet hatte und der chemische Gestank sich wie eine Wolke um sie gelegt hatte, waren sie beide für den Bruchteil eines Augenblicks erleichtert gewesen. In der stinkenden Flüssigkeit schwammen zwei völlig normale Haushaltshandschuhe. Bei näherem Betrachten war die Erleichterung aber schnell einer völligen Fassungslosigkeit gewichen.

»Das habe ich mich auch gefragt«, unterbrach Wolkenstein

ihre Gedanken. »Deshalb habe ich einen Leichenpräparator um seine Einschätzung gebeten.« Er holte tief Luft, bevor er fortfuhr. »Formalin hat zwar die Eigenschaft, Gewebe zu konservieren, allerdings verhärtet es sich durch den Konservierungsprozess und schrumpft. Man kann also einer Leiche die Haut nicht einfach abziehen und sich ein Kostüm daraus nähen. Es sei denn, man hat selbst zwei Konfektionsgrößen weniger als der Verstorbene.«

»Wahnsinn«, befand Karl. »Das heißt, der Gerber hat sich gezielt Leichen ausgesucht, deren Hände groß genug waren, um Handschuhe daraus zu machen. Weil er wusste, dass die Haut schrumpfen würde.«

»Das erklärt auch, weshalb Pöller und Fromm beim Untergang der Evendor bemerkt haben, dass die Männer auf dem Schlauchboot manche Leichen wieder zurück ins Wasser geworfen haben«, sagte Sauerwein. »Deren Hände waren für Lubiczeks Vorhaben zu klein.«

»Aber wieso macht der Gerber den Umweg über die Haushaltshandschuhe?«, fragte Eva. »Wäre es nicht einfacher gewesen, die komplette Hand zum Handschuh umzuarbeiten?«

»Also Eva!«, empörte sich Karl. »Das ist doch auch so schon schlimm genug.«

»Das war einfach nur eine Frage! Ich wundere mich nur, weshalb er das so umständlich gemacht hat, wenn es anders doch viel einfacher gewesen wäre!«

»Das wäre es eben nicht«, unterbrach Wolkenstein die beiden Streithähne. »Aber ich kann dich gut verstehen, Eva, das Gleiche habe ich mich nämlich auch gefragt. Nach Auskunft des Präparators war der Umweg über die Gummihandschuhe sogar die einzige Möglichkeit. Bei einer Präparation der gesamten Handhaut wäre das Gewebe viel zu empfindlich geworden, und die Gefahr, dass die Haut reißt, wenn man sie überstreift, ist viel zu groß. Deshalb hat Lubiczek nur die Fingerkuppen abgelöst, sie präpariert und auf das Latex aufgezogen. Damit wurde der ganze Handschuh als solcher ziemlich unempfindlich. Der Träger musste nur aufpassen, dass er die Stellen, an denen die Leichenhaut aufgeklebt war, nicht verletzt, das hätte nämlich einen irreparablen Schaden bedeutet und die Abdrücke unbrauchbar gemacht.«

»Weil Verletzungen der Fingerkuppen narbenlos verheilen. Aber nur, solange der Besitzer noch am Leben ist«, murmelte Eva.

»Genau«, bestätigte Wolkenstein. »Wären die Handschuhe an einer Stelle gerissen, an der sich Fingerabdrücke befinden, hätte man das immer gesehen. Und wir hätten den Braten schon viel früher gerochen. Und noch etwas«, spielte er seinen letzten Trumpf aus, »sollte sich irgendjemand von euch die Frage gestellt haben, weshalb ich DNA von Ammler gefunden habe, dann habe ich nun auch dazu die Lösung.«

»Wieso denn auch nicht?«, fragte Karl. »Schließlich war es ja wirklich Ammlers Haut, die die Abdrücke hinterlassen hat.«

»Aber die DNA wurde durch das Formalin zerstört«, erinnerte sich Eva an Wolkensteins Worte.

»Richtig«, bestätigte Wolkenstein. »Könnt ihr euch erinnern, dass Kristina während der Überwachung ihrer Wohnung gefragt hat, weshalb Koch den Saugnapf an den Safe geklebt hat?«

»Klar«, sagte Eva. »Du hast ihr erklärt, dass er damit die Spusi hereinlegen wollte.«

»Genau«, sagte Wolkenstein. »Trotzdem hätte es keine DNA geben dürfen. Aber Koch hatte ein kleines Döschen dabei, aus dem er etwas entnommen hat.«

»Stimmt. Die Trägersubstanz für den Saugnapf.«

»Falsch«, sagte Wolkensein. »Das war menschliches Fett. Und zwar von Ammler. Frag mich nicht, wie Lubiczek das extrahiert hat, aber es sollte wohl ebenfalls dazu dienen, eine falsche Fährte zu legen.«

***

Bevor sie den Fall endgültig zu den Akten legen konnten, gab es noch einige Dinge, die unklar waren. Und dazu mussten sie die gesamte Bande zu den Geschehnissen verhören, was sich als schwieriges Unterfangen herausstellte, da keiner den Mund aufmachen wollte. Nur zögerlich tröpfelten Informationen, und erst das vierte Gespräch mit Robert Koch führte zu einem Durchbruch.

»Ich glaube nicht, dass er so abgebrüht ist, wie er sich gibt«, sinnierte Eva. »Auch wenn er genauso stur ist wie ein Esel, aber irgendwie habe ich das Gefühl, dass sich hinter seiner Fassade mehr abspielt, als wir ahnen.«

Schließlich hatten sie beschlossen, dass Eva einen weiteren Versuch unternehmen sollte, zu ihm durchzudringen. Und zwar allein.

»Herr Koch«, begann sie sanft. »Auch wenn Sie bisher wenig zu dem Sachverhalt beigetragen haben, denke ich, dass die Geschehnisse Sie nicht so unbeteiligt lassen, wie Sie uns weismachen wollen.« Sie hielt inne, um ihm die Gelegenheit zu geben, etwas zu erwidern oder zumindest über ihre Worte nachzudenken.

»Da ist zum Beispiel Frau Dahl«, fuhr sie fort, als er mit verschränkten Armen verstockt an ihr vorbeisah. »Ich glaube nicht, dass es Ihnen egal ist, wie es ihr geht.«

Für einen Augenblick spiegelte sich tatsächlich so etwas wie Interesse in seinen Augen. Dass er bei der Erwähnung von Miriams Namen das erste Mal Eva direkt angesehen hatte, wertete sie als gutes Zeichen. Um weiter an ihn heranzukommen, wechselte sie ohne Vorwarnung zum Vornamen der Entführten.

»Ich habe mit Frau Gebauer gesprochen, Miriams Freundin. Kennen Sie sie?«

Koch schüttelte kaum merklich den Kopf.

»Sie sagt, dass Miriam eine sehr lebenslustige Frau gewesen ist. Bis Sie sie gekidnappt haben. Ich kann das nicht beurteilen, ich habe das erste Mal vor ein paar Tagen mit ihr gesprochen. Und ich habe eine gebrochene, vorzeitig gealterte Frau erlebt. Eine Frau, die gegen ihren Willen entführt und fast ein Dreivierteljahr lang gefangen gehalten wurde.« Wieder machte sie eine kurze Pause.

»Und wissen Sie, was seltsam ist? Das Einzige, was Miriam gestern von mir wissen wollte, war, wie es Ihnen geht. Ihnen, Herr Koch. Sie macht sich Sorgen um Sie. Dabei ist sie es, die schwer krank ist. Psychisch krank. Und daran tragen Sie die Schuld, ist Ihnen das eigentlich bewusst? Besitzen Sie so wenig Empathie, dass es Ihnen scheißegal ist, was aus Ihrem Opfer wird? Oder ist noch ein Rest Anstand übrig, der es möglich macht, dieser armen Frau zu helfen, wieder ein normales Leben zu führen?«

Evas Worte fuhren wie Schläge auf Robert Koch nieder. Als sie den letzten Satz beendete, hatte er Tränen in den Augen. Instinktiv spürte Eva, dass er nun Zeit brauchte. Während der nächsten Minuten setzte er wiederholt zum Sprechen an, unterbrach sich jedoch immer wieder selbst, bevor er auch nur ein Wort herausgebracht hatte.

Nach gut zehn Minuten hatte er sich so weit gefangen, dass Eva schon befürchtete, dass er sich wieder völlig in sich zurückgezogen hatte. Sie klappte die Mappe vor sich zu und wollte gerade aufstehen, als er sagte: »Das wollte ich alles nicht. Das müssen Sie mir glauben, bitte.«

Eva ließ sich zurück auf ihren Stuhl fallen und hakte nach. »Was soll ich Ihnen glauben? Das müssen Sie mir näher erklären.«

»Miriam, sie ist … war so was wie eine Arbeitskollegin. Sie war zwar nicht bei uns in der Versicherung angestellt, hatte aber den Sonderauftrag, verschiedene Abteilungen unter die Lupe zu nehmen, um zu überprüfen, ob es dort zu irgendwelchen Unregelmäßigkeiten gekommen war.«

»In der Versicherung?«, echote Eva. »Sie arbeiten auch dort?«

Koch nickte. »Als IT-Administrator. Ich kannte sie nur vom Sehen. Ich fand sie so hübsch, es hat sich aber nie ergeben, dass wir ins Gespräch kamen.« Er sah Eva traurig an. »Sie war ja auch nicht oft da, weil sie eine Externe war. Ich glaube nicht mal, dass sie mich überhaupt bemerkt hat. Der Laden ist eh groß genug, dass man Jahre dort arbeiten könnte, ohne alle Kollegen zu kennen, wenn man nicht in der gleichen Abteilung arbeitet oder sonst wie miteinander zu tun hat.«

»Und dann fiel ihm nichts Besseres ein, als sie zu entführen, um sie kennenzulernen? Das ist ja ein grandioser Plan. Hoffentlich macht der nicht Schule«, sagte Karl zu Sauerwein, die das Gespräch im Nebenzimmer durch den Einwegspiegel verfolgten.

»Natürlich nicht«, sagte Koch gerade zu Eva, die ihm die gleiche Frage gestellt hatte. »Lohkamp und ich hatten ja quasi freie Bahn in der Firma. Er hat die gefälschten Versicherungspolicen abgeschlossen, und ich habe dafür gesorgt, dass nichts rauskam. Nur tauchte Miriam eines Tages in der Versicherung auf und kam irgendwann auf die Idee, Lohkamp zu überprüfen. Weil es in kurzer Zeit unter seinen Versicherten ziemlich viele Einbrüche mit einem hohen Versicherungswert gab, hat sie Verdacht geschöpft.« Koch lachte hart auf. »Wir haben das viel zu spät mitbekommen, sonst hätten wir ein paar Projekte erst mal auf Eis gelegt, bis Miriam mit ihren Prüfungen fertig gewesen und das Unternehmen wieder verlassen hätte. Aber wir hatten keine Ahnung.«

»Was ist dann passiert?«, fragte Eva, als Koch in ein dumpfes Brüten verfiel.

»Dann hat sie diese unglückselige Mail an Lohkamps Chef geschrieben. Wir mussten sofort handeln.«

Irritiert sah Eva ihn an. »Eine Mail? Welche Mail denn? Davon hat uns niemand etwas erzählt.«

Koch lachte. »Natürlich nicht. Ich hatte eine Routine geschrieben, die alle Mails, die an oder von einer Firmenadresse kamen, auf Stichworte untersucht. Wie zum Beispiel *Betrug*, *Diebstahl* oder *Einbruch*. Wenn eine Mail eines der betreffenden Wörter enthielt, wurde ein Alarm ausgelöst und die Nachricht auf meinen Account umgeleitet, damit ich sie prüfen konnte, bevor sie an den tatsächlichen Empfänger ausgeliefert oder eben gestoppt wurde. Und Miriam hat in der Nacht an Lohkamps Chef geschrieben, dass sie einen Mitarbeiter, nämlich Lohkamp, überprüft hat und nach mehrwöchiger Recherche der Verdacht nicht mehr von der Hand zu weisen wäre, dass er die Firma bescheißt. Sie hat ihn für den gleichen Tag um ein Gespräch gebeten. Mir blieb nichts anderes übrig, als Hals über Kopf zu handeln.«

Eva ließ das Gehörte eine Weile auf sich wirken. Und wurde sich darüber klar, dass Miriam fast froh sein konnte, dass sie an Koch geraten war. Wäre sie in Lubiczeks Hände geraten, sie hätte es sicher nicht überlebt.

»Und dann kam Ihnen der Gedanke, sie zu entführen? War Ihnen denn bewusst, was das auf lange Sicht bedeuten würde?«, fragte sie kopfschüttelnd.

»Zuerst nicht«, gab Koch kleinlaut zu. »Als mich der Mail-Alarm mitten in der Nacht aus dem Bett geworfen hat, habe ich sofort Lubiczek angerufen und eine Stunde lang mit ihm darüber diskutiert, was wir machen sollten. Das Einzige, worin wir uns einig waren, war, dass sie die Firma nicht mehr betreten darf.«

»Und sonst?«, fragte Eva nach. »Was wollte Lubiczek mit ihr anstellen?«

»Er wollte sie *entsorgen.* Das waren seine Worte«, sagte Koch leise. »Vorher wollte er sie noch an seine Männer durchreichen und ein Video davon drehen, um es zu verkaufen. Aber das konnte ich nicht zulassen. Deswegen habe ich sie bei mir untergebracht. Ich wollte sie doch nur schützen.«

»Und weswegen haben Sie sie dann in der Nähe des Bauernhofs an den Baum gebunden? Ist Ihnen nicht klar, dass sie da draußen hätte sterben können, wenn wir sie nicht die ganze Nacht beschützt hätten? Auch wenn wir in einer zivilisierten Gegend leben, gibt es noch immer Tiere, die sie hätten anfallen können!«

Nur die steilen Stirnfalten verrieten, dass hinter Kochs Stirn mehr brodelte, als er zugeben wollte. Schließlich ließ er sich zu einem »Es tut mir leid« herab.

Da sein verschlossener Gesichtsausdruck verriet, dass er sich nicht weiter zu dem Thema äußern würde, sammelte Eva ihre Unterlagen zusammen und sortierte ihre Gedanken. Dann fiel ihr etwas ein. »Bevor Sie die Einbrüche begangen haben, an denen Sie Matthis Ammlers Fingerabdrücke und DNA so großzügig verteilt haben, waren Sie bereits an einer weiteren Einbruchserie beteiligt. Wieso haben Sie es nicht dabei belassen? Wieso mussten Sie die toten Passagiere schänden?«

Koch wurde bei ihren Worten blass. Das schlechte Gewissen stand ihm ins Gesicht geschrieben und verhinderte, dass er noch klar denken konnte. Dass Evas Worte ein Schuss ins Blaue gewesen waren und die Kripo überhaupt keinen Beweis hatte, dass die vormaligen Einbrüche ebenfalls auf das Konto der Bande gingen, kam ihm überhaupt nicht in den Sinn.

»Es war, weil ...« Er hielt einen Augenblick inne.

»Weil?«, fragte Eva, als nichts mehr kam.

»Weil Miriam misstrauisch geworden war und uns hätte auffliegen lassen, wenn wir sie nicht irgendwie gestoppt hätten«, sagte Koch schließlich. »Lubiczek war letztes Jahr mit seinem Bruder auf der Evendor. Das ist eine Fähre, die –«

»Wir wissen von dem Unglück und auch, dass Matthis Ammler dabei ums Leben gekommen ist«, unterbrach ihn Eva. »Und wir haben die präparierten Handschuhe in Ihrem Haus gefunden.

Aber wozu das Ganze? Sie waren doch schon vorher in genügend Verbrechen verwickelt. War das denn noch nicht genug?«

»Lubiczek hat die Gunst der Stunde genutzt, als die Fähre sank. Er hatte schon seit Jahren den Plan, gefälschte Fingerabdrücke bei unseren Einbrüchen zu hinterlassen, um die Polizei auf eine falsche Fährte zu lenken. Sicherheitshalber, verstehen Sie? Er hat lange herumgetüftelt und alles Mögliche ausprobiert, aber nichts davon hat funktioniert. Als er auf der Fähre war und die vielen Toten gesehen hat, ist ihm die Idee gekommen, wie er das Problem lösen kann. Deswegen hat er die beiden Leichen mit in die LPG genommen, um ihnen dort in Ruhe die Haut abziehen zu können. Als Miriam anfing, herumzuschnüffeln, hat er befürcht, dass sie noch andere Personen informiert hat, deshalb wollte er nur weitermachen, wenn wir die Handschuhe benutzten. Er war überzeugt davon, dass niemals jemand die Hintergründe erfassen würde.«

Bevor Eva das Gespräch beendete, wollte sie noch zwei Sachen wissen. »Wie ist Ihr richtiger Name?«

Er sah sie verdutzt an. »Koch. Robert Koch.«

»Lassen Sie die Spielchen«, sagte Eva resigniert. »Irgendwann finden wir es ja doch heraus.«

»Nein«, wehrte Koch sich gegen ihren Verdacht. »Ich heiße wirklich so.«

»Alles klar«, sagte Eva sarkastisch. »Dann hatte Ihre Versammlung nichts mit Einbruchdiebstahl zu tun, sondern war nur eine Zusammenkunft elitärer Wissenschaftler.«

Einen Moment lang sah Koch sie verständnislos an. Plötzlich fing er an zu grinsen wie ein kleiner Junge. »Das mit den Namen war Lubiczeks Idee. Er hat sich darüber totgelacht, dass ich heiße wie der Nobelpreisträger. Das hat ihm gefallen. Die anderen haben sich dann ebenfalls Namen berühmter Männer ausgesucht, die sie verwendet haben, wenn sie irgendwo übernachten mussten.«

»Nette Geschichte«, bestätigte Eva ihm. »Nur leider haben wir Ihre Personalien überprüft und herausgefunden, dass sie nicht echt sind.«

»Das kann nicht sein.«

»Doch.«

»Aber … nein. Natürlich stimmt mein Name.« Koch sah sie mit zusammengekniffenen Augen an. Dann erhellte sich sein Gesicht. »Welche Angaben haben Sie denn überprüfen lassen?«

»Na, Ihre.« Eva sah ihn an, als hätte er den Verstand verloren.

»Ich meine, woher hatten Sie mein Geburtsdatum?«

»Das hatten wir schon früher. Wir hatten Sie nämlich schon in Verdacht, als Sie die Autopanne in Hof hatten.«

»Okay, ich verstehe.« Koch lehnte sich zurück. »Berichtigen Sie den Zahlendreher, dann finden Sie mich auch. Allerdings mit einer Adresse in Köln, dort habe ich bis vor ein paar Jahren gewohnt. Ich habe mich nie umgemeldet.«

Als Eva ihn mit hochgezogenen Augenbrauen ansah, ohne ein Wort zu sagen, setzte er nach. »Als ich das Auto gemietet habe, habe ich die Zahlen meines Geburtstags vertauscht. Drehen Sie die 21 um, dann passt es. Ein kleiner Trick, der kaum jemandem auffällt. Wenn doch, geht es als Versehen durch«, sagte er selbstzufrieden. »Ist ein super Mittel, um sogar die Polizei aufs Glatteis zu führen.«

Nachdem Eva sich von der Überraschung wieder erholt hatte, stellte sie ihm ihre letzte Frage. »Diese Narben in Ihrem Gesicht. Was hat es damit auf sich?«

Koch sah sie irritiert an. »Meine Narben? Was haben die denn mit den Einbrüchen zu tun?«

»Vielleicht gar nichts. Ich würde es einfach gern wissen.«

»Ich wurde mit einer Hasenscharte und einer schiefen Knollennase geboren. Die Scharte wurde zwar schon in der Kindheit operiert, aber ich sah immer noch schlimm aus und wurde andauernd angestarrt. Deshalb habe ich mich unters Messer gelegt, als ich volljährig war, und habe das alles korrigieren lassen.«

EPILOG

»Wahnsinn«, befand Karl.

Es war der wohl letzte schöne Tag für eine längere Zeit, denn die Wettervorhersage hatte schwere Stürme und ergiebigen Niederschlag angekündigt. Sauerwein hatte daraufhin die Gelegenheit genutzt und seine Mitarbeiter zu sich nach Hause zum Grillen eingeladen.

Als Karl aus seinem Auto ausstieg, folgte er einfach dem Geruch und ging außen um das Haus herum in den Garten. Nun stand er vor einem Tisch, der sich unter der Last von Salaten, selbst gemachten Soßen und anderen Leckereien bog, während Sauerwein, eine Flasche Bier in der Hand, den Grill bewachte, auf dem fingerdicke Steaks und Würstchen brutzelten. »Hast du das etwa alles allein gekocht?«

Sauerwein lachte. »Wo denkst du hin! Nein, daran war eine ganze Armada guter Geister beteiligt.«

Als Eva, Kristina und Rosie mit je einer Flasche Prosecco und Aperol aus dem Haus traten, waren sie bereits völlig in ein Gespräch über den letzten Fall vertieft. Insbesondere Rosie war bestens informiert, da sie, wie die beiden Frauen jetzt so ganz nebenbei erfuhren, bereits vor einer Woche in die Einliegerwohnung in Sauerweins Haus gezogen war.

»Wie bitte?«, fragte Eva bass erstaunt. »Du wohnst jetzt hier? Das nenne ich mal eine Entwicklung.«

»Es ist nur ein Versuch«, beeilte sich Rosie zu erklären. »Für vorerst ein halbes Jahr. Wenn das gut geht, dann verkaufe ich mein Haus und angle mir Martin.«

»Ich versuche seit ein paar Nächten, sie dazu zu überreden, sofort zu verkaufen«, feixte Sauerwein und legte einen Arm um die alte Frau. »Aber sie ziert sich noch.«

»Klar willst du das«, sagte Charlotte Sommerfeldt, die gerade mit Sauerweins Töchtern im Schlepptau ums Haus herumkam. »Jetzt kennt sie deine schlechten Seiten auch noch nicht, und eine derart günstige Gelegenheit kommt nie wieder.«

Bevor Sauerwein sich entrüstet wehren konnte, war Lisa zu Rosie gelaufen und hatte sie an der Hand gepackt. »Oma Rosie, wir waren im Tierpark«, sagte sie und sah mit kindlicher Ernsthaftigkeit zu ihr hoch. »Das nächste Mal musst du aber mitkommen.«

»Es ist einfach unvorstellbar, wozu Menschen fähig sind«, sagte Kristina, als sie mit dem Essen fertig waren und Sauerwein, Eva und Karl abwechselnd erzählt hatten. »Und ich kann nach meiner Erfahrung letzten Winter wirklich ein Lied davon singen. Aber eine Leiche zu schänden, nur um ihr die Haut von den Fingern zu ziehen, um dann bei Einbrüchen eine falsche Fährte zu legen? Wie skrupellos muss man sein, um so etwas auszuhecken?«

»Wenn man Koch Glauben schenken darf, dann hat Lubiczek einfach die Gunst der Stunde genutzt«, klärte Eva auf. »Die Idee, die Polizei mittels unechter Fingerabdrücke auf eine falsche Fährte zu lenken, hatte er wohl schon seit Längerem. Und der Untergang der Evendor war für ihn so etwas wie ein Gottesgeschenk.«

»Kann es denn nicht sein, dass er selbst irgendwie an dem Untergang beteiligt war?«, fragte Charlotte Sommerfeldt. »Ich denke dabei zwar nicht daran, dass er ein ganzes Schiff versenkt, nur um an ein paar Leichen heranzukommen, aber wenn ich euch richtig verstehe, hat er wenig Skrupel, sich an einem Attentat zu beteiligen, wenn nur genug dabei für ihn herausspringt.«

»Möglich ist es schon«, sagte Sauerwein. »Aber das wird man wohl nie herausfinden. Bis heute konnte noch nicht mal abschließend geklärt werden, was die Ursache für den Untergang war. Und das ist auch nicht unsere Baustelle. Wir können nur annehmen, dass Lubiczek und sein Bruder unter den Ersten waren, die unbeschadet von Bord gegangen sind. Vermutlich hat sich einer von ihnen eins der Rettungsboote der Evendor geschnappt und ist dann auf Leichenraub gegangen. Ich könnte mir auch vorstellen, dass Lubiczek da bereits Unterstützung von seinen Männern angefordert hat. Merkwürdig ist nur, dass sich sein Bruder erst ein paar Tage später bei der Polizei gemeldet hat. Angeblich wurde er von einem der kleinen Privatboote gerettet, die keinen Funk an Bord hatten. Vermutlich hat er sich blöd gestellt und den Kollegen erzählt, dass er nicht wusste, dass er sich früher hätte melden sollen.

Lubiczek hat das Ganze organisiert, sein Bruder und andere haben es ausgeführt. Wir denken, dass Lubiczek mit Pöller und Fromm unter den Geretteten in der Turnhalle war und so deren Gespräch mit Prahl belauscht hat; Prahl hat keine Geister gesehen, die beiden haben das Unglück tatsächlich überlebt und sind dann Lubiczek zum Opfer gefallen.«

Sauerwein hob bedauernd die Schultern. »Und solange die Arschlöcher es für witzig halten, uns im Dunklen tappen zu lassen, werden wir wohl nie erfahren, ob wir damit richtigliegen.«

»Und Ammler und Kreiner? Waren die wirklich schon tot?«, fragte Kristina.

»Im Moment bestreiten alle Beteiligten, dass Matthis Ammler und Thomas Kreiner noch gelebt haben«, antwortete Eva. »Auch wenn sich ihre Aussagen zum Teil erheblich unterscheiden, in dem Punkt sind sie sich bemerkenswert einig und schwören, die Männer wären bereits tot gewesen, als sie sie aus der Ostsee gefischt haben«.

»Wenigstens mussten die nicht auch noch dafür sterben. Gott sei Dank!«, sagte Kristina erleichtert.

»Allerdings gibt Lubiczek unumwunden zu, dass sich sein Bruder bei der Auswahl tatsächlich an den Handgrößen orientiert hat. Alle Männer mit kleinen Händen schieden von vornherein aus, da es bei der ganzen Sache nur darum ging, an das Hautgewebe der Verunglückten zu kommen. Da das beim Konservierungsprozess schrumpft, musste es auch danach noch groß genug sein, um über die Pranken unserer Einbrecher zu passen«, sagte Sauerwein angewidert.

»Und es ist eine Tatsache, dass sein Bruder ein Rettungsboot gestohlen, oder *ausgeborgt*, wie er selbst es nennt, hat, um sich Leichen zu beschaffen«, ergänzte Eva. »Allerdings haben sie dabei die Überlebenden, die noch im Wasser trieben, einfach ignoriert und damit riskiert, dass sie ertrinken oder in dem eiskalten Wasser erfrieren.«

»Oh Gott«, murmelte Rosie. »Wie kann man nur so skrupellos sein!«

»Und das Allerschlimmste ist, dass wir ihnen nichts anderes nachweisen können. Den Mord an Pöller und Fromm, meine ich«, sagte Sauerwein. »Wir wissen nur, dass sie die Leichen gestohlen, geschändet und anschließend verbrannt haben, wir können ihnen zahlreiche Einbrüche nachweisen sowie die Entführung einer Frau. Damit kriegen wir sie wegen Störung der Totenruhe, Leichenschändung, Entführung, Einbruchdiebstahl, Hehlerei und ein paar anderer Kleinigkeiten dran. Im Grunde klingt das zwar nach viel, aber es ist nichts dabei, wofür man sie den Rest ihres Lebens wegsperren würde. Ich kann nur hoffen, dass sie einen knallharten Richter bekommen, sonst sitzen sie ein paar Jahre ab und werden unter Umständen auch noch wegen guter Führung frühzeitig entlassen.«

Nachdem es eine Weile still gewesen war, weil sie alle ihren Gedanken nachhingen, fiel Kristina noch eine Frage ein. »Was passiert jetzt mit all den angeblichen Opfern? Also den Leuten, bei denen eingebrochen wurde? Die sind doch irgendwie mitschuldig?«

»Nicht nur irgendwie«, bestätigte Sauerwein. »Die werden auf jeden Fall der Mittäterschaft angeklagt. Zumindest, was die Einbrüche anbelangt, wegen Vortäuschung einer Straftat und Versicherungsbetrug. Aber das ist nicht mehr unser Problem, das übernimmt die Staatsanwaltschaft. Außerdem sind zwei Kollegen aus dem Einbruchsdezernat vor drei Tagen aus dem Krankenhaus entlassen worden, und damit können sie die notwendigen Nachforschungen nun selbst vorantreiben.« Er grinste schelmisch. »Wo wir doch schon den ganzen Fall für sie gelöst haben.«

»Übrigens, ich habe heute mit Max gesprochen«, sagte Sauerwein unvermittelt, als Charlotte mit den Mädchen nach oben gegangen war, um sie ins Bett zu bringen, und Rosie und Kristina sich diskret in die Küche verzogen hatten, weil sie spürten, dass es noch etwas gab, das Sauerwein mit seinen Mitarbeitern allein besprechen wollte.

Bei dem Namen riss es Eva und Karl hoch, die sich nach den Unmengen an Essen träge in ihre Stühle hatten sinken lassen.

»Und?«, fragte Eva zögerlich.

»Es ist schwierig«, gab Sauerwein zu. »Ich musste ihm leider klarmachen, dass er für unsere Abteilung untragbar geworden ist.«

»Nimmt er das so einfach hin?«

»Er kann nichts dagegen machen, und das weiß er auch. Wir haben schon viel zu viele Augen zugedrückt, und eigentlich ist er nach seiner letzten Aktion endgültig raus.«

»Aber?«, hakte Eva nach.

»Was, aber?«

»Du hast gesagt ›eigentlich‹. Und uneigentlich?«

Sauerwein verzog den Mund. »Ich habe nicht nur mit Max, sondern auch mit Märkel gesprochen. Was dabei rauskam, könnt ihr euch ja denken.«

Eva stöhnte auf, was ihrem Chef ein belustigtes Lächeln entlockte. »Sauerwein, Sie gehen mir auf den Sack«, quäkte sie. »Machen Sie, was Sie wollen, und geben Sie mir sofort den Audi-Prospekt zurück. Ich habe Wichtigeres zu tun, als mich um die Befindlichkeiten Ihrer Truppe zu kümmern.«

»So ungefähr«, sagte Sauerwein, als das allgemeine Lachen verklungen war. »Er hat ziemlich deutlich klargelegt, dass das Thema für ihn durch ist. Aber wir kennen ihn ja. Wenn ich ihm nur ausdauernd genug auf die Nerven gehe, dann bin ich mir sicher, dass ich ihn erweichen könnte, Max noch eine allerletzte Chance zu geben und das Disziplinarverfahren zurückzuziehen. Ich denke, er wird sich da nicht groß einmischen, weil er seine Ruhe haben möchte. Aber ich will das nicht entscheiden, ohne eure Meinung dazu zu hören.«

»Was hat Max denn überhaupt gesagt?«, fragte Karl.

»Dass es ihm leidtut. Nein«, winkte er ab, als Eva und Karl erneut aufstöhnten. »Ich nehme es ihm durchaus ab. Zum ersten Mal hat es jedenfalls so geklungen, als ob er unvoreingenommen reflektiert hat. Zeit genug hatte er ja dafür. Er hat unumwunden zugegeben, dass er weiterhin Tabletten konsumiert und den Entzug auf die leichte Schulter genommen hat. Deswegen ist er auch noch mal so abgedreht. Im Moment ist er wieder in einer Klinik, und da wird er bleiben, bis er endgültig clean ist. Ihm ist auch klar, dass es nicht nur darum geht, unehrenhaft aus dem Polizeidienst entlassen zu werden. Es geht auch darum, dass er in der freien Wirtschaft bestenfalls noch als Kaufhausdetektiv anheuern kann, und der Gedanke schmeckt ihm herzlich wenig. Warte«, sagte er, als Eva ihn unterbrechen wollte. »Außerdem ist ihm bewusst geworden, dass er wirklich gern mit uns allen zusammengearbeitet hat. Und dass er das nicht aufgeben will.«

»Ja, und was heißt das nun im Klartext?«

»Dass ihr euch, wir alle uns überlegen müssen, wie wir mit der Situation umgehen. Ob wir ihm noch eine letzte, eine allerletzte Chance geben wollen.«

Unschlüssig sah Karl von Sauerwein zu Eva und wieder zurück zu ihm, während Eva die Blümchen auf der Tischdecke musterte.

»So, wie ihr beide im Moment ausseht, so fühle ich mich seit heute Nachmittag. Was meint ihr? Kann sich einer von euch jetzt zu einer Entscheidung durchringen?« Als Sauerwein keine Antwort bekam, stand er auf, um sich noch ein Bier zu holen. »Dann schlafen wir eine Nacht darüber.«

Susanne Rößner

FANGERMANDL

Broschur, 368 Seiten

ISBN 978-3-95451-448-9

»Susanne Rößner gelingt es, Ermittlern und Täter Profil zu geben. Die Handlung führt mitten hinein in das Privatleben der Protagonisten und gibt dabei immer wieder Einblicke in Denken und Fühlen aller Beteiligten. Für Krimi-Fans ist ›Fangermandl‹ damit ein guter Lesetipp für kalte Winterabende.« Oberbayerisches Volksblatt

»Der düster-melancholische Krimi fesselt durch eine glaubhafte Story und gute Charaktere. Die Geschichte spielt im bayerischen Oberland zwischen Rosenheim, Schliersee und Tegernsee und kommt ganz ohne den oft in Regionalkrimis herangezogenen Klamauk aus. Spannend bis zur letzten Seite und mit unerwartetem Ausgang. Sehr zu empfehlen!« Bayern im Buch

www.emons-verlag.de